U0726302

民国世界文学经典译著·文献版（第九辑：法国英国戏剧）

◆史诗剧◆

统治者——拿破仑战事史剧（一）

The Dynasts, A dram of the Napoleanic wars

［英］哈代（Thomas Hardy）著
杜衡 译

上海三联书店

图书在版编目(CIP)数据

统治者：拿破仑战事史剧 / [英]哈代著；杜衡译 .
—上海：上海三联书店，2018.4
ISBN 978-7-5426-6063-3

Ⅰ. ①统… Ⅱ. ①哈… ②杜… Ⅲ. ①诗剧—剧本—英国—近代
Ⅳ. ① I561.34

中国版本图书馆 CIP 数据核字（2017）第 194036 号

统治者：拿破仑战事史剧（1–4 册）

著　者 / [英]哈代
译　者 / 杜　衡

责任编辑 / 陈启甸
封面设计 / 清　风
责任校对 / 江　岩
策　划 / 嘎　拉
执　行 / 取映文化
监　制 / 姚　军

出版发行 / 上海三联书店
（201199）中国上海市闵行区都市路 4855 号 2 座 10 楼
电　话 / 021-22895557
印　刷 / 常熟市人民印刷有限公司

版　次 / 2018 年 4 月第 1 版
印　次 / 2018 年 4 月第 1 次印刷
开　本 / 650 × 900　1/16
字　数 / 1750 千字
印　张 / 109.5
书　号 / ISBN 978-7-5426-6063-3 / I.1323
定　价 / 498.00 元（1–4 册）

出版人的话

中国现代书面语言的表述方法和体裁样式的形成，是与20世纪上半叶兴起的大量翻译外国作品的影响分不开的。那个时期对于外国作品的翻译，逐渐朝着更为白话的方面发展，使语言的通俗性、叙述的完整性、描写的生动性、刻画的可感性以及句子的逻辑性……都逐渐摆脱了文言文不可避免的局限，影响着文学或其他著述朝着翻译的语言样式发展。这种日趋成熟的翻译语言，推动了白话文运动的兴起，同时也助推了中国现代文学创作的生成。

中国几千年来的文学一直是以文言文为主体的。传统的文言文用词简练、韵律有致，清末民初还盛行桐城派的义法，讲究“神、理、气、味、格、律、声、色”。但这也在一定程度上限制了情感、叙事和论述的表达，特别是面对西式的多有铺陈性的语境。在西方著作大量涌入的民国初期，文言文开始显得力不从心。取而代之的是在新文化运动中兴起的用白话文的句式、文法、词汇等构建的翻译作品。这样的翻译推动了“白话文革命”。白话文的语句应用，正是通过直接借用西方的语言表述方式的翻译和著述，逐渐演进为现代汉语的语法和形式逻辑。

著译不分家，著译合一。这是当时的独特现象。这套丛书所选的译著，其译者大多是翻译与创作合一的文章大家，是中国现代书面语言表述和中国现代文学创作的实践者。如林纾、耿济之、伍光建、戴望舒、曾朴、芳信、李劼人、李葆贞、郑振铎、洪灵菲、洪深、李兰、钟宪民、鲁迅、刘半农、朱生豪、王维克、傅雷等。还有一些重要的翻译与创作合一的大家，因丛书选入的译著不涉及未提。

梳理并出版这样一套丛书，是在还原中国现代文学史上的重要文献。迄今为止，国人对于世界文学经典的认同，大体没有超出那时的翻译范围。

当今的翻译可以更加成熟地运用现代汉语的句式、语法及逻辑接轨于外文，有能力超越那时的水准。但也有不及那时译者对中国传统语言精当运用的情形，使译述的语句相对冗长。当今的翻译大多是在著译明确分工的情形下进行，译者就更需要从著译合一的大家那里汲取借鉴。遗憾的是当初的译本已难寻觅，后来重编的版本也难免在经历社会变迁中或多或少失去原本意蕴。特别是那些把原译作为参照力求摆脱原译文字的重译，难免会用同义或相近词句改变当初更恰当的语义。当然，先入为主的翻译可能会让后译者不易企及。原始地再现初时的翻译本貌，也是为当今的翻译提供值得借鉴的蓝本。

搜寻查找并编辑出版这样一套丛书并非易事。

首先确定这些译本在中国是否首译。

其次是这些首译曾经的影响。丛书拾回了许多因种种原因被后来丢弃的不曾重版的当时译著，今天的许多读者不知道有所发生，但在当时确是产生过一定的影响。

再次是翻译的文学体裁尽可能齐全，包括小说、戏剧、传记、诗歌等，展现那时面对世界文学的海纳百川。特别是当时出现了对外国戏剧的大量翻译，这是与在新文化运动影响下兴起的模仿西方戏剧样式的新剧热潮分不开的。

困难的是，大多原译著，因当时的战乱或条件所限，完好保存下来极难，多有缺页残页或字迹模糊难辨的情况，能以现在这样的面貌呈现，在技术上、编辑校勘上作了十足的努力，达到了完整并清楚阅读的效果，很不容易。

“民国世界文学经典译著·文献版”首编为九辑：一至六辑为长篇小说，61种73卷本；七辑为中短篇小说，11种（集）；八、九辑为戏剧，27种32卷本。总计99种116卷本。其中有些译著当时出版为多卷本，根据容量合订为一卷本。

总之，编辑出版这样一套规模不小的丛书，把世界文学经典译著发生的初始版本再为呈现，对于研究界、翻译界以及感兴趣的读者无疑是件好事，对于文化的积累更是具有延续传承的重要意义。

2018年3月1日

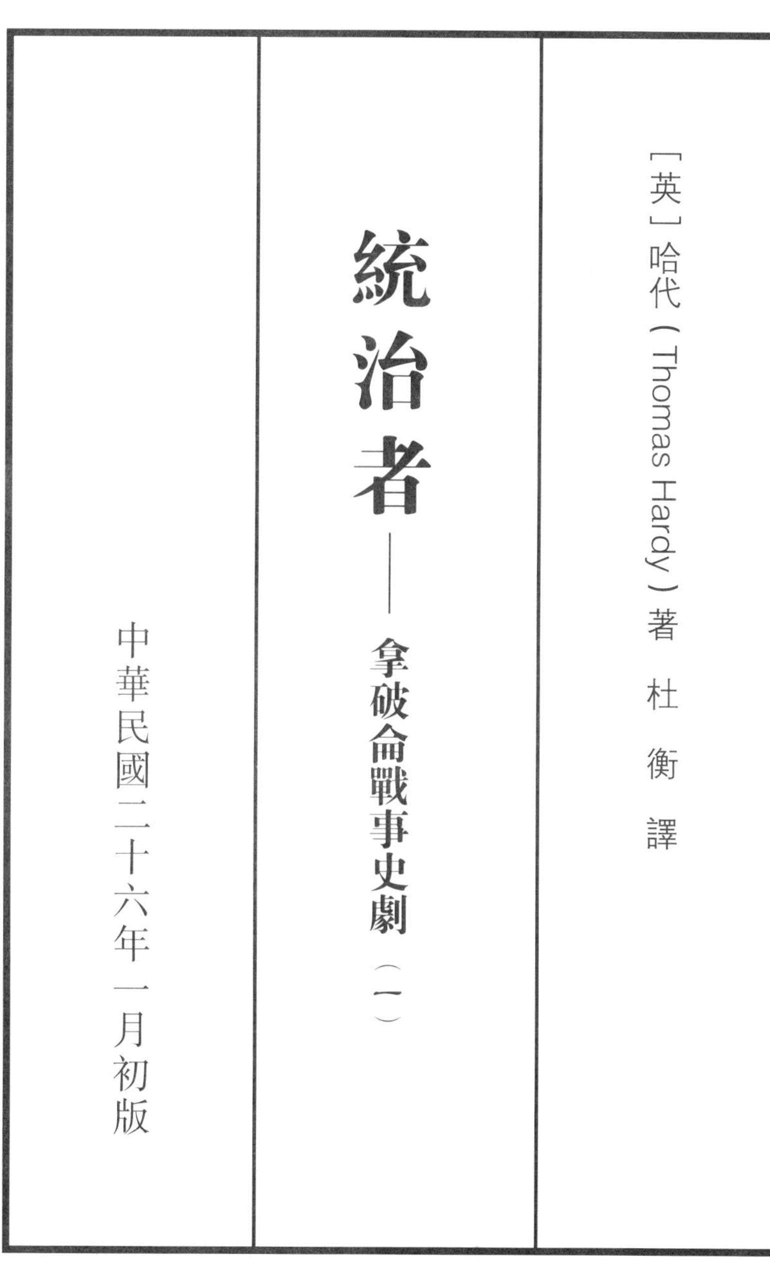

[英]哈代(Thomas Hardy)著

杜衡 譯

統治者

——拿破侖戰事史劇(一)

中華民國二十六年一月初版

統治者

——拿破侖戰爭史劇

全劇分三部，十九幕，一百三十次，

劇中事跡經過的時間約計十年。

我聽到侮慢，恥辱，和寃屈的呼聲，
又聽到宣佈着戰爭的號角。

目次

第二部……四五九

引言

一　哈代的生平

託馬斯·哈代，英吉利小說家，詩人，在一八四〇年六月二日生於離多卻斯特（Dorchester）三哩遠的上波克漢麥登（Upper Bockhampton）地方。這是在英吉利東南面比較偏僻的威賽克斯（Wessex）區域裏在他的家宅後面便是一帶稱爲愛格登草原（Egdon Heath）的廣闊的荒野。哈代的出生地，跟他將來的文學生活是相着密切的關係；他的大部分小說都以威賽克斯爲背景，那本著名的本地人的回來（詳下）也寫着愛格登草原上的非蹟；就是我們手頭的這一部統治者，如果原著者並不生在這個地方，恐怕也是不會寫出來的（參看著者的原序。）本書一翻開來的第一個場面作者就把它放在威賽克斯隄岸上；不久之後，他就又寫述着愛格登草原上的瑣事了。

他是一家中的長子；父親跟他同名，也叫託馬斯·哈代（一八一一——一八九二），是一個石工。這位老哈代是個健康的人，漂亮，文雅，會拉提琴，喜歡跳舞和旅行，慣於過戶外的生活。母親琴蜜馬・斯威克曼・哈代（Jemima Swetman Hardy）（一八一四—一九〇四）是多徹斯特的地主的女兒，聰明，能幹，哈代在孩提時代，就受的這位母親的教育，一直到一八四八年八歲的時候爲止。這一年，他被送到了波克淡麥登的小學校去。

哈代是在智力上非常早熟的孩子，還不會說話，卻已經能認書；在八歲時，母親送他的禮物中已經有了德萊登（Dryden）的維吉爾（Virgil）翻譯，約翰生（Johnson）的雷西拉斯（Rasselas）和聖・比野爾（Saint-Pierre）的保羅與維琪（Paul and Virginia，中譯離恨天）這一類決不是孩子看的書了；同時，他又被鄉村裏的多情而不識字的姑娘們僱用着代寫情書。他在小學裏擅場的是算術和地理，習字卻成績極壞。一八四九到五〇這兩年間，他是在一家非英國國教的日校裏。一八五三到五六這四年，便是他的中學時代，這時候他攻讀拉丁文和算術，又學着圖畫。同時，他又跟一位私人的女教師學了一年法文。到一八五六，哈代年十六，他的正式教育就永遠告了結束，因爲他的家庭狀況已經不能供給他再讀大學了。

父母當然想不到他們的孩子將來會成爲一位作家的，這時候便不得不開始爲失了學的哈代而煩惱。經過好久的考慮，他們決定把他送到多徹斯特的一位教堂建築師約翰・希克斯那裏去當學徒。剛巧，這位希克斯倒也是一位小規模的學者，他倒能夠允許哈代把應該做事務上的工作的時間省下來，讓他去閱讀希臘的古典文學。哈代在這位仁慈的師父下一直工作了六年，到一八六二年年二十二，他便出發到倫敦去，在建築師阿塞・威廉・勃朗菲爾德（Arthur William Blomfield）的辦事處任事，以求建築學上的深造。

在倫敦，哈代也像對建築的事務並沒有十分的興味；平時，甚至在辦公室裏，稍稍有點空閒，他時常喜歡替同事們講說着詩歌。他爲人和藹，稍稍帶一點鄉村式的遲鈍，愛好音樂和演劇。當這時期，他還抽空在倫敦大學附設的夜校裏又讀了一兩學期的法文。

可是我們不能誤會，以爲哈代對於建築的業務是完全玩忽的；雖然沒有多大興味，但到底也有了相當的成就。在一八六三年，他曾經得過建築學會的獎金，同年，又因一篇論文而得了不列顛皇家建築學院的獎牌。這榮譽曾有一時使哈代想做一個藝術批評家，但是不久，他就把這個希望放棄了。

在剛到倫敦的幾年，雖然對文學已經有了長久的興味，但哈代卻彷彿還沒有開始了寫作的嘗試。一直到一八六五年，他纔有一篇最初的作品在欽勃雜誌（Chamber's Journal）上發表，這是一篇幽默文題名叫做『我怎樣替自己造一間屋子』（"How I Built Myself a House"）。在差不多同時候，他是比較嚴肅的開始寫着詩，又把這些詩作向各雜誌投寄；但是不幸，他的早期的詩作是完全被拒絕刊登，一直到三十多年以後，在一八九八，纔得到一個印行的機會，而那時候，作爲小說家的哈代，是早就有着極穩定的地位了。這一八九八年出版的集子，題名是稱爲威塞克斯詩篇（Wessex Poems），實際上是哈代最早期的作品，而且裏面也包含了晚年所不及的寶貴的東西。萬一不幸，他在小說方面沒有達到這樣的成就，他的早期詩歌就此會永遠埋沒了，也是極爲可能的事。

早期詩作的前途的黯淡使他把文學的嘗試轉向了小說的路上去。他的第一部小說成於一八六七年，題名叫窮人與貴婦（The Poor Man and the Lady）。他拿這原稿送到了 Chapman and Hall 的書店去；當時，那書店的閱稿人便是約翰·莫里(John Morley)和在小說方面已享盛名的喬治·梅雷迭斯(George Meredith)。梅雷迭斯對這部作品的批評是說，設計太簡單了。哈代終於把這原稿拿了回來，自己毀掉。他的第二部作品絕望的補救(Desperate Remedies)，因爲受了梅雷迭斯的批評的影響，便有意把故事弄得錯綜，便因此又受到「設計太複雜了」的批評。可是，這第二部作品卻得到機會在一八七一年出版，這算是哈代的第一部印行的書。

一八七〇年，哈代被公司派到康瓦爾去，擔任在那裏重建一座禮拜堂的職務。在這時期內，他認得了一位律師的女兒愛馬·拉維尼亞·吉福德女士(Emma Lavinia Gifford)；四年之後，他就和吉福德女士在倫敦結婚。這是哈代的第一個妻子，他的一部叫做一雙藍眼睛(A Pair of Blue Eyes)的小說裏面的女主人公，大都就是拿他的妻子爲模型寫的，不過裏面的男主人公，卻完全不是哈代自己那樣的人格了。

在絕望的補救出版後一年，哈代就出版了第二部小說，叫做綠林樹下(Under the Greenwood Tree)；這部小說卻引起了康希爾雜誌(Cornhill Magazine)的編者弗烈得里克·格林烏德（Frederick Greenwood）的注意。這一件事情說來也是非常偶然的，格林烏德所以會注意這本書，最初卻不過是為了這本書的題名中"Greenwood"一字卻巧是他的姓氏。可是在看了這本書之後，他卻發現了一位極有希望的青年作家，便約哈代替他的康希爾雜誌撰稿。這特約，哈代自然很樂意的接受了。他的應徵的稿子，便是那本有名的遠離了瘋狂的人群（詳下）；這本書出版於一八七四年，纔使哈代第一步踏上了成功之路，那時，作者的年齡是已經有三十四歲。

從這時候以後，一直到一八九五年，這二十年的歲月完全是哈代的小說創作的時期。他把建築公司的職務也乾脆辭掉了。在這二十年間，他出版的書計有長篇十一部，短篇三集，差不多全是精心的作品，因為哈代是從來沒有粗製濫造的習慣的。

在一八九五年，他的最後一部長篇小說無名的裘德（詳下）出版後，他的創作生活便遭到一個重要的轉機。這其實是一部哈代一生最為代表的作品，但是因為內容過於灰色的緣故，卻引起了不少批評家的苛刻的評語。哈代永遠停止小說的創作，也許還有着旁的我們所不知道的原因，但是這部裘德的不幸的遭遇，卻多少總是更促成了他的這個決意的。

這以後，哈代便又把創作的活動回到了詩歌的路上去。在這方面自從早期的失敗之後差不多停頓了有三十年而在他一生中最後的三十年中，他卻又努力的寫着所出版的詩集計有十本。哈代從來不寫雜文晚年作中除了抒情詩之外，就祇有我們手頭這一部詩劇統治者（第一部出版於一九〇四年，第二部一九〇六，第三部一九〇八）和另外一個短短的詩劇了。

一九一二年，哈代的前妻吉福德·哈代逝世，在兩年之後，他就和他的書記弗羅倫斯·愛蜜麗·德格代爾女士(Florence Emily Dugdale)結婚。女士曾經當過新聞記者，也曾經寫過幾本兒童讀物；在哈代身後，她還寫了兩大冊的她的丈夫的傳記。

一九二八年一月十一日，哈代沒於他自己設計的多卻斯特的住宅裏，年八十八。他病了祇有一個月，一直到死時神志都很清楚，死前數小時還叫他的夫人替他誦讀莪馬·哈亞麥（Omar Khayyam）的四行詩。死後，葬於威斯敏斯特禮拜堂，但是他的心卻葬在故鄉的他的前妻的墓穴裏，在喪儀中執拂者有首相包爾溫（Baldwin），工黨首領麥唐納（MacDonald），和名作家蕭(Shaw)，吉伯林（Kipling），高斯華綏（Galsworthy），戈斯（Gosse），巴里(Barrie)等人。

二　他的作品

哈代的統治者之外的其它作品，雖然彷彿在這裏沒有一述的必要，但是爲更了解作者的思想的一貫的發展起見，在這裏就幾部代表的著作來作一個相當的介紹，大概也不是完全無益的事吧。

作者早期的小說，我們可以拿遠離了瘋狂的人羣（Far from the Madding Crowd）和本地人的回來（Return of the Native）二書來做代表；前者出版於一八七四，後者出版於一八七八年。

遠離了瘋狂的人羣是一部牧歌式的小說，以一個伶俐的鄉村姑娘貝斯歇巴·愛佛定（Bathsheba Everdene）的戀愛故事爲中心。她是個性情活潑的女孩子，對於呆板的鄉村生活頗有些不厭煩。農夫奧克（Oak）愛上了她，答應了她種種未來生活的幸福，但是當他提出了他們結婚之後，他們倆要永遠不離開一步的條件之後，她卻害怕起來。這種婚後生活她是忍耐不住的。她把奧克放棄，另和一位軍人結婚，這自然是一個錯誤，她的結婚是非常不幸的，到這時候她纔想起了奧克的好處。不過這時候，她的境況卻跟以前完全不用；奧克始終忠心耿耿的替她管理着的財產但是兩人的經濟地位的懸殊，卻使一切未來的希望都成爲不可能的了。全書故事比較簡單，但是始終籠罩着一種灰色的宿命論的空氣又到處都顯示着風土描寫的特色，卻是可以代表哈代的作風的許多方面的。

本地人的回來也可以說是一部陰沈的作品，它的背景，卽是在哈代的故鄉愛格登草原上。這部書裏的所謂本地人，本來乃是巴黎的一個珠寶商，名字叫克林·郁勃萊特(Clym Yeobright)，但是後來因爲想做一些更有益於人類的事業，便覺得這種職業是太自私，而且是太庸俗了。他回到故鄉來，先創辦了一個學校，以教育平民爲素志，此外又計劃着不少理想的事業。但是不幸，他愛上了一個美麗而熱情，但是慾望極大的女子。他們的結婚使他的事業一天天的失敗，而離理想的人生也一天天的更遠了。到結果，這女子還是因爲不能滿足慾望而沈河自殺，但是這對於郁勃萊特已經太遲，他再想從新開始人生理想的追求，卻已經來不及。在這部書裏，哈代是對照的表現了兩種不同的人生觀的衝突，而到底，這兩種人生觀是相互的犧牲了。

一八九一年出版的杜伯維爾家的苔絲姑娘（Tess of the D'Urbervilles）一書，也許是被認爲哈代的在藝術最爲完美的一部作品；它所寫的就是這位美麗的鄉村姑娘的一生事蹟。她在青春時代不幸做一個無義的男子的犧牲，但是這肉體上的玷污，卻祇有使她的靈魂更聖潔起來。她生了個孩子，這孩子不久就死了，彷彿給了她一個從新做人過的機會。她後來在異鄉認識了一位紳士的兒子，叫安基爾・克萊（Angel Clare），克萊也是把她當做了天神般聖潔的女性看待。他們終於因戀愛而結合。在新婚之夕，苔絲姑娘把她的過去生活坦白的告訴了那男子，那知道竟得不到他的諒解；他對她幻覺完全破滅，殘酷的離開了她。剩下來，苔絲姑娘便祇能在絕望和窮苦中消度她殘餘的生命了。在這本書裏，哈代是使它的人物遭逢到了比其它的書裏所敍述的更冷酷的命運，苔絲可以說完全是這個無情而偉大的力量的犧牲者。

最後，我們自然還應該把那本引起了不少糾紛的無名的裘德（Jude the Obscure）說一說。裘德的故事是比較瑣屑的，大致是說一個出身低微的青年對人生懷着崇高的理想，想成爲一個學者。可是，他的環境，他的遭遇，卻把他阻擱。一個愚蠢而平庸的女子愛着他，但是他卻愛着另一個漂亮而心理上有病態的女子。這兩個女子使他受到了不少無謂的煩惱，以致使他的事業完全不能進行。裘德是做了荒淫的，貧困的生活的掠物，幾次的掙扎都不能自拔於泥沼，而終於沒沒無名的死去。在這裏，哈代所表現的裘德，決不是那種自甘墮落的典型，他在一切遭遇下都處於迫不得已，被動的地位而都不是普通的人力所能挽救的。

對哈代的早期和中期的作品有了相當的認識，我們可以進一步說到眼前這部統治者了。

三　統治者的思想和藝術

統治者(The Dynasts)雖然是以戲劇的形式寫成，但是哈代卻並不能因此而被稱爲戲劇家；在統治者之外的劇作是太少，祇有一個短短的詩劇，而且就連這部統治者，也並不是能夠上演的戲劇（這一點，哈代在本書自序裏已經說得很詳細，可以參看），祇能視爲一種外形類似戲劇的史詩。在這部書寫作的時候，哈代早已停止了小說的創作，祇寫一些簡短的詩章，一般人都以爲這位作者的精力是衰退了，再不可能有偉大的作品產生。因此，統治者的企圖和完成，是着實使人吃驚的事實一方面且不說，量一方面就超出了他以前的一切著作，竟會使人不相信是一位六七十歲的老頭子筆下的產物。

在統治者之中，極顯然的，作者所表現的還是他的小說作品裏所表現的一貫的思想。這思想，他是利用在本書中插入許多所謂「精靈」的議論的方法來發表着他的中心思想，簡單的說，便是宿命論。在這個歷史的大悲劇之中，一切事變的原動力是拿破命，而拿破命便成爲全書的當然的主人翁。推動拿破命幹這些事情的，是野心，而對於這所謂「野心」，我們的作者所給予的唯一的解釋，便是——天意。這一點，就連拿破命自己也感覺到，他時常會覺得自己的行動並不是出於自己的意志，而是冥冥之中另有一種力量在推動他，使他會不期而然的這樣做。天意一下子籠着他，使他達到了人間的權力的最高峯，就連他自己都不相信怎麽會有這種神異的力量；然後天意又把他打到了失敗的深淵裏去，以前所得到的完全給剝奪了，竟叫他用盡了氣力都沒有法子挽回。這個盛衰的波折，便構成了本書的骨幹。

如果我們進一步問，天意又爲什麽要這樣呢？那麽，作者的回答也是非常簡單的：天意是根本沒有所以然可以說。他玩弄着人類，正像孩子們玩弄着螞蟻一樣，根本沒有一點兒理性可言因爲作者是從這一種絕對的宿命論爲出發點，所以全書對於各種事變的社會學的因果關係，作者是根本沒有給予了絲毫的注意：這一層也成爲當然的，不足爲怪的事了。

大致哈代對於歷史的觀念，是和近世唯物主義的宿命論者剛巧相反，他是認爲一切結果都是偶然的。滑鐵盧之役的勝利之所以會屬於惠靈登，而不屬於拿破侖，照本書的表現，也實在不能用社會學的，或甚至軍事學的理由來解釋。但是這場戰役，卻不但決定了拿破侖的命運，同時也決定了歐羅巴的前途了。

除拿破侖之外，對書中許多次要的人物，作者也同樣用力的寫了他們各個的不幸的遭遇，使人感到無論勝利者或是失敗者，都是逃不了天意的玩弄的。這些人物，如英王喬治，如英大臣庇特，如奈爾遜，如法海軍將領維葉奈夫，如奧軍事首領馬克，如普魯士王后路易沙，如拿破侖的兩個妻子，約瑟芬和瑪麗·路易絲，他們的生活都是被陰沈的空氣所籠罩着。在全書中，大概祇有惠靈登纔是最被命運所寵幸的人物吧。

哈代對於人類的前途是悲觀的，但是他的悲觀卻並不像其他作家似的以對人性的咒詛爲歸結。人性的善良的方面，他是願意承認。在本書中，所有的政治家，軍人，哈代差不多全是善意的描寫着。他們都不是個人主義的自私者，他們都是不惜犧牲自己來服務於人。但是結果，他們的努力和犧牲究竟是不是能夠造福於人類呢？那就不可問了。就連對於拿破侖這個野心家，哈代雖然沒有同情，但也並不給予了苛刻的責難，因為他自己也不過是個天意的工具，命運的犧牲品而已。

除了這個作為哈代的人生觀的根基的宿命論之外，從本書裏，我們還看得出作者的反對戰爭的態度。兩個敵對的國家在交戰的時候，兩國的民衆卻一樣的親密；戰死的將卒的陰魂的怨恨；拿破侖在失敗以後受到民衆的侮辱——這些場面，都很顯然的說明了作者的對戰爭的概念。總之，民衆不過是受了所謂「統治者們」的愚弄，而「統治者們」卻又是在無意中受了命運的愚弄，這纔造成了人類的永久的大悲劇。

哈代寫統治者這部詩劇的方法，有幾點已經在著者的原序上，有了詳細的說明，無需乎在這裏重說。這裏所能說的，祇是它的剪裁和文體方面的特點。

因為一部藝術品的最大的目的是在表現作者自己的對人生的批評，所以這部歷史的詩劇就沒有必要把所有歷史的事蹟都正面的搬演出來祇需揀那些作者所認爲必要的場面包含在內就夠了。這樣便必然會造成了許多故事上的空隙。但是我們應當看出這些空隙，作者常苦心的想出許多方法來補足。這些方法之一，便是叫「精靈之屬」且來把這空隙中的事實交代明白；另一種方面便是利用一些與大局無關的人物的談話來報告着事情的經過。譬如，歐洲大陸上的事實作者可以使讀者從一個在倫敦的俱樂部裏聽到。這種辦法，一方面固然可以補救了敍述上的呆板，另一方面又時常可以把時代的空氣更濃密的烘托出來。

在作正面描寫的場面，作者的表現常是非常用力，非常詳盡；單單一個滑鐵盧戰役，就在書中要佔據了五六十頁的篇幅。如果要整個拿破侖戰事都用這個比例來寫出，那恐怕把全書的篇幅加長三倍，都還是沒有法子容納。但是，經過作者巧妙的剪裁，我們祇覺得他反能在這較短的篇幅中佈置得非常寬裕，而在全書中隨時都插入許多「閒筆」，一點也沒有顯出忽忙侷促的樣子來。這是本書在布局方面成功之處。

全書的對話，大部以散文詩的形式寫成。除這個形式之外，「精靈」的話有時候是用散文，而一些普通的談話，即所謂"Familiar talks"，卻時常用着散文。在用散文詩的時候，因爲是詩，當然沒有像普通說話那樣的自然，而是精練，典雅，頗有古典文學的作風。但是不幸，這種文體上的優美，經過翻譯，卻大部分都損失了。在用散文的地方，卻也着實可以表現了作者的對白的才能；如果天假以年，再作純粹的話劇的嘗試，作者也是可以達到偉大的成就。在這些地方文字常是比較輕鬆，比較有風趣，可以調和着貫穿着全書的嚴重的感覺。

不過整個的看，這還是一部比較太嚴重的書，也許對以消閒爲目的的讀並不能完全適合。看譯文是要好一點，如果看原文，它那種句子的長，用字的僻，是有更多的機會使沒有耐性的讀者中途掩卷的。這一層，多半也是作者取了這詩劇的形式的必然的結果吧。

二十五年三月，譯者記。

原序

在這裏所表現的像一本戲劇似的景象，是跟約莫在一百年以前巧妙的發生的所謂「歷史的大災難」，或是所謂「各民族的衝突」有關的。

這一個題材之所以被選用，大部分是為了三點偶然的地域的關係。在英格蘭疆域內的緊近國王喬治第三的海水浴場那一帶地方，著者剛巧是非常熟悉的；在跟拿破侖第一交戰的時候，國王正在那裏避暑，在那裏，他曾接見了許多把英吉利的正當緊要關頭的國事加在自己的或適當或不適當的仔肩上的大臣們和旁的人們。第二，這一個區域又跟海岸非常接近，而在敵人威脅着要攻打過來的時候，這一帶海岸上所聽到的謠言又是最為熾盛，所以那地方從當時起就保存着好多關於為着對付這次事變的急迫的軍事準備的記憶和傳說。第三，這一帶地方的鄉間有一個村子，這個村子又剛巧是奈爾遜的在特拉法爾加的指揮艦長的故鄉。

在二十多年以前，當那本第一次公開發表了這些偶然的機會的結果的軍號長（The Trumpet Major)(註一)印行了出來的時候，我就有着一種不痛快的感覺彷彿祇是接觸到了這個偉大的國際悲劇的邊緣，而由於設計，知識和機會的限制，卻不能對這些事件作更深一層的探討；這種限制差不多繼續了好多年。可是有許多記錄過拿破侖的事蹟的大陸作家大都對於英吉利在這場衝突中所造成的影響和作用相當的忽略，這一層卻彷彿時常留着一個從新把這材料來處理的餘地，而這個新的處理便應該把英吉利的影響的各種姿態用確當的比例包含進去；因此，在延宕了好久之後，到了距今約莫六年以前，下面這個劇本的大綱是打出了，此後便隨時續寫，但中間也隔開了一些長久的間斷。

這部書，我想至少在事變的經過和日期一方面，大致總可說是非常忠實於各種普通記載的。每當劇中人物在各種情形下所確實說過的或是寫下來的話，我們可以得到相當明證的時候，祇要對本書所選定的形式能夠適合，著者便總嘗試着把這些話的儘量接近的意譯運用進去。在各種情形下，除了口頭的傳說可以看得到的背景和至今保存着的遺跡之外，我的各種詳細的描寫，便當然是不斷的要借用着英吉利的和外國的許多歷史家，傳記家，和新聞記者們的豐富的篇頁。

把一些擬人式的抽象的東西，或者說是各種『人性』，引用進來，叫它們來做這個地下的非越的超自然的看客，著者以為是一個適當的辦法；這些東西在書中就稱為『精靈』。著者的原意，是希望讀者把這些東西祇當做幻想的產物就够了。它們的理論不過是著者的一種嘗試，並不是企圖成為一種擔保可以揭穿這個不可理解的世界的神秘的，有系統的哲學。在這些東西上，著者祇是希望它們和它們的說話，能够一方儘量合乎戲劇的外形，而同時又能獲得科爾里支(Coleridge)所謂『在構成詩的真實的時候故意用不可信的事情來打斷讀者對於故事本身的注意』(註二)的那種作用。在這個二十世紀，宇宙一元論的普遍的流行，已經不允許我們再把任何古代的神話中的神明引用進來，作為我們自己的因果論的現成的泉源和借徑；就是在詩歌裏也是辦不到；而同時，這一元論又把類似失樂園(Paradise Lost)裏的那種天上的組織，也像伊里亞德(Iliad)或是兩部愛達(The Eddas)(註三)裏的天上的組織同樣斷然的排斥了。又在說到那個首創萬物的原動力的時候，本書也廢棄了男性的人稱代名詞不用，這一層，也可以說是近代思想家早就把這原動力是神人一體的觀念否定了之後的，必然而又合理的結果。

這些虛幻的精靈們是分成了幾類，其中祇有一類，即憐憫之精靈，那一類是和希臘悲劇裏的合唱隊的「人性的普遍的同情」相接近，而成爲「理想的看客」；（註四）它是容易受感動的，見解前後不一致的，它的見解可以受着事實的影響而偏向到這邊或那邊去。另一類是接近着歷盡滄桑的年歲的不動感情的透視。其餘的一些都是依照折衷的原則而選定的輔助品，它們的意義都可以極現成的被看出來。在文學形式一方面，這些外形上的對照的合唱隊和其它沿用舊例的方法，著者卻總儘量使它們成爲一種現代的觀念的現代的表現法，而和那些用古代的題材來表現古代的觀念的古典劇或是其它戲劇的先例完全不同。

在計劃這個歷史劇的時候，著者是並不想要創製出那整個經過的完全無缺的機體的組織，和人物與主題的密接不離的發展來；這一層，大概也沒有向讀者特別聲明的必要吧。這些條件，在一本故事佈置得絕對綿密的戲劇中原是必不可缺，不過眼前這一本連續畫片式的演劇，它本身卻祇是一串歷史的「坐標」（這裏不妨用一個幾何學上的名詞）：這材料是盡人皆知的；讀者預先曉得了這故事，便可以把接筍的地方自己補足，而拿所有的場面聯合一個有統一性的藝術品。如果那紙面上的看客不願意，或者沒有能力這麼辦，那麼，一本用間斷的形式編成的，而劇中人物除了群衆和軍隊之外還達到幾百的數量的歷史劇，就成爲對於他個人是根本不適當的東西了。

像這種要看這劇本的人來假想這故事的經過是完全了的辦法，我們雖然沒有找先例的必要，但是能找出個先例來，倒也是很有趣的事。這個先例便是年代久遠的艾斯基羅斯（Aechylus）。他的劇本，委拉爾博士（Dr. Verrall）告訴我們（註五）都是一些作爲觀衆已經知道的故事裏的一些場面，如果觀衆不用自己的想像來把未演出的場面補充進去，那就沒有法子懂得。

同時，讀者們還可以很現成的感到這本統治者是祇預備叫人在心裏上演，而不預備拿到舞臺上去的。有一些批評家曾經這樣主張，一個劇本（註六）而說是不預備上舞臺，那就等於說了一句主題和表詞互相對銷的話。這主張，其實彷彿祇是一個不重要的名詞的問題。本來，這種形式的作品當然都是祇爲着舞臺而編製的，因此，這種作品裏面所用的「幕」，「景」，和其它各種名稱，也都是直接從表演的方式上得來。但是，經過了相當時間，這種形式卻成爲一種頗可閱讀的東西。

并且，完全置舞臺於不顧，這種形式倒可以更自由的處理一切；如果時時刻刻要非常注意的顧忌到舞臺表演的各種物質上的可能，那就得不到這種便利了，雖然這些作品已經跟舞臺完全脫離了關係，但是祇要用人的說話極自然的把它唸出來，卻倒可以把實際的化裝表演的特殊效果保留着。

在目前這情形下，著者所謂一部戲劇形式的作品而不預備上演這句話，實際上祇不過是等於說：這部著作所用的形式剛巧不能用一個簡單的定義來說明，因此便祇能拿一種現成的表面上相像而實際上並不完全相像的作品的名稱來稱它了。

這裏倒又可以連帶引起一個頗有興趣的問題：在心裏表演，究竟是不是除了現代生活或瑣屑的生活的戲劇之外的一切戲劇弄到頭來所必然要遭到的命運？我們看到希臘的和伊里沙白時代的舞臺時常把場面放到「遙遠的非實際的境地」去，而又嚮往着當時偉大的成功，便時常會詫異的問起為什麼在現代再這樣辦卻不會得到成功。可是我們要知道，在今日，人類的想像是比從前更有經驗，更惡毒，更靈敏，又更尖刻了；今日的人類既已不幸而被黍勃斯（註七）所從來不知道的死之謎所困擾，便不能像希臘人和古代英吉利人一樣的毫無成見的來接受當時舞臺上所表演的那種極單純的，而時常又是極怪誕的東西了。

對於這些詩意和夢境的戲劇，我們倒可以想出一個實際上能應用的折衷的辦法來，那就是把這戲劇變成單純的背誦的形式，再加上一種幻夢似的傳統的表情，這種背誦和表情大致可以效法舊時的聖誕節演技人所照例保留着的那副樣子——這些演技人在說話的時候有着一副非常機械的態度，彷彿所說的話都不是出於自己的意志，但是他們的那種奇幻的，催眠似的，動人的力量，卻是每一個經歷過的人都還能夠記得起來。同時，還可以用輕紗或是帷幕使人物的輪郭，更顯得朦朧，這樣便會把現實的意味隔絕得更遠了，這辦法，有時候也偶然有人實際的在試用着。但是這一種話題的討論，卻跟我們這裏的本題是無關的。

託·哈，一九〇三年九月

（註一）哈代早期的小說。

（註二）科爾里支所謂詩的眞實，是指作者個人的思想或情感的忠實的表現，即是作意的發抒；全句的意義大致是說，作者要發抒自己的觀點的時候，就應該使讀者把對全書的故事的注意暫時放鬆，以便趁這時機拿作者自己的思想或情感灌輸給讀者。

（註三）愛逸，古冰島傳說的總集，有新舊兩部；舊愛逸用韻文寫成，新愛逸用散文，故亦稱韻文愛逸與散文愛逸，兩者都是十三世紀以前的產物。

（註四）原註：『希萊格爾（Schlegel）』。

（註五）原註：『喬艾福里（Choephori）序文』。

（註六）原註：『現在是稱爲史劇（Epic-drama）了（一九〇九）』。

（註七）黎勃斯（Thebes），埃及古城，後希臘亦有城同名。

第一部

人物

一 精靈之國

古年歲之精靈
年歲之精靈的合唱隊

憐憫之精靈
憐憫之精靈的合唱隊

災禍之精靈與諷刺之精靈
災禍之精靈與譏刺之精靈的合唱隊

謠言之精靈
謠言之精靈的合唱隊

大地之魂

諸傳書使者

諸司書使者

二　凡人之屬

男　性

喬治第三世

肯勃蘭公爵

庇得

福克斯
薛里登
溫德漢
惠特布雷德
鐵爾奈
拜塞斯特與福勒
樞密大臣愛爾登
曼斯勃里伯爵
麥爾格雷夫爵士
另一內閣大臣
格侖維爾爵士
凱漱雷子爵

—西德茅斯子爵
另一高級勳爵
—羅斯
—肯寧
—配西福爵
—格雷
—愛波特議長
—湯姆林，林肯州主教
—瓦爾特·法卡爾爵士
—孟斯特伯爵
其他貴族，大臣，退職大臣，議員與縉紳之類。
——

奈爾遜
科林烏德
哈代
斯各特祕書
比底醫師
梅格甯斯醫師
亞力山大·斯各特神學博士
勃克，會計官
派斯科參將
另一參將
波拉德，海軍士官候補生
另一海軍士官候補生

阿岱爾隊長
雷姆參將與依普爾參將
其他英吉利海軍軍官
塞克軍曹長與海上步兵
參謀官與其他英吉利陸軍軍官
一隊兵士
英吉利陸軍軍隊與漢諾佛軍隊
水手與船夫
一園丁
海軍船員
——
倫敦府尹與董事

一上流紳士
威爾特歇，一鄉村紳士
一騎兵
二守烽火者
英吉利公民與市民
驛車與其他官道旅客
使者，僕役，與村夫

——

拿破命·波納巴特
達呂，拿破命的戰事秘書
羅里斯東，副官
崇什，哲學家

統治者

貝爾底棐

繆拉，拿破侖的妹夫

蘇爾

奈伊

拉納

貝爾那多特

瑪爾蒙

杜朋

烏底諾

達符

凡達麥

其他法蘭西大將

——下級軍官

——

維業奈夫，拿破侖的海軍提督

德克萊，海軍部長

馬剛底，指揮艦長

多底農參將

傅爾尼葉參將

德·普里尼，參謀長

呂加斯艦長

其他法蘭西海軍軍官與小軍官

法蘭西與西班牙海軍士兵

法蘭西陸軍軍隊

驛使

傳介官

副官，雜職，聽差，等等

隨從

法蘭西公民

——

加昔拉拉紅衣主教

教士，贊禮生，唱詩班

意大利名流與各團體領袖

米蘭公民

——

弗蘭西斯皇帝

菲迭南德大公爵

約翰，里支登斯坦因親王

希伐爾貞堡親王

馬克，奧地利將軍

葉拉支赫

里支

伐伊羅特爾

另一奧地利將軍

二奧地利軍官

——

亞力山大皇帝

庫圖淑夫親王，俄羅斯元帥

閔格除伯爵

布赫夫登伯爵

米羅拉多維支伯爵

多赫託羅夫

—

裘萊，戈特斯罕因，克列勝，與曾列歇夫斯湛

奧地利陸軍軍隊

俄羅斯陸軍軍隊

女　性

査羅特王后

英吉利郡主

英吉利宫庭命妇
赫斯特·斯坦服普女士
一女士
凯罗林·兰姆女士，伯麦夫人，与其他英吉利命妇
——
约瑟芬皇后
约瑟芬宫庭中的郡主与命妇
七米兰青年女子
——
城市妇女
乡村妇女
一园丁之妻

一娼婦

船婦

僕婦

前景

上界

古年歲之精靈及其合唱隊，悽惻之精靈及其合唱隊，大地之魂，災禍與諷刺之精靈及其合唱隊，諸言之精靈，諸傳書使者，與諸司書使者同上。

大地之魂

上天的密旨和它的計劃是怎麼樣的？

年歲之精靈

還是照以前一樣，它將不聲又不響的
永遠就着固定的模型拿人間來塑造；
這個日積月累的鑄成的精巧的模型，

彷彿它本身就是上天的唯一的目標，
而並不在於所造成的結果。
　憐憫之精靈的合唱隊（縹緲的音樂）
還是這樣還是這樣？
永遠是不解不變？
要不由自主的行進，
一切都莫明究竟？
照往常一樣結局是無可逃避，
雖然這結局我們是不敢同意！
　年歲之精靈
執迷不悟的精靈們，儘管反對吧，
你們也不能妨礙了天意的推行；

它祇想到就做，永遠不加考慮的，
它的法律也永遠不會停頓。

災禍之精靈（旁白）

那倒很好，
我的小小的機器又有把戲可以玩了。

憐憫之精靈

爲什麽要這樣，這樣，永遠是這樣，
這個無影無聲的輪子的推動者？

年歲之精靈

有人這樣說，上天已經對這個世界
討厭了，便把注意移到別個世界去；
因此，它對人間的苦惱是毫不關心。

同時也有人是這樣說，當這個行星
在還沒有開化的時候，人類就已經
自作主張的想了許多愚蠢的計謀，
而幹下了許多狂妄的叛離的行爲，
那便當然從此失掉上天的默祐了。——
遂古的記錄上的確有這樣的事情，
雖然不是我所記錄的。

憐憫之精靈

無論怎麽說，
你總該明白，即使上天的關懷已經
轉移到了旁的什麽地方去了，可是，
人間的大變動卻還會把它喚醒的。

　　年歲之精靈

不會的。在從前，甚至對於創世的事情，
都並沒有一點具體的形象顯露出來，
明明白白的表示它在佈置人間的事，
而且，據我想，將來也定然是依樣葫蘆。
還不如說像一個瞌睡着的織工似的，
他的純熟的手指毫不留意的移動着，
他的意志也祇在無意之中織了進去，
這情形是有生以來就永遠的如此了。

　　災禍之精靈

它把線織到阿斐契亞女人的肚子裏去，
那我們就有許多精采的戲文好排演了！（註一）

年歲之精靈

別這樣說，這是誰也估量不到的事。
我們是祇有溷亂了上天所特賜的
這一點點神力來記錄着又觀察着
冥冥之中的那種行所無事的擺佈。

憐憫之精靈

年歲之精靈呀，關於世界上的事，我倒要
對你說：雖然謠言之精靈所報告我們的
人間的消息會使你覺得非常高興，可是，
最好還是把這些事情打消，同時把這個
異人的前程毀壞了吧，因爲他那種行爲，
是和造物主所應有的慈悲之懷不合的。

他現在已經完全成爲一個極世俗的人，
對什麽都無益了。因爲，他以前的那一種
用美麗的自由來替代特權的堅決主張，
以及支持那種主張的氣力，現在都已經
開始腐化，而成爲一種專爲個人利益的
最平凡不過的打算了。

大地之魂

忠厚的精靈呀，
既然造物不仁，那麽叫誰來替代它呢？
憐憫之精靈的合唱隊（縹緲的音樂）
我們所擁戴的，定然是天性溫良，
要有慈悲的心腸，

要有極精明的改善人生的藝術；
你的領土既然是這樣廣大無倫，
有這麽許多上千上萬的守護人，
　總可以找到少數
溫和，仁厚，而又並不顯赫的人物，
不願意再這樣任意的欺壓良民。
若有人能把正義竭誠的愛護，
我們是一定極願意擁戴爲君。

　大地之魂

讓這樣的人來吧。我是一定照樣歡迎。
可是要知道，我不過是那位「工作者」的
無形的影子，而「工作者」他自己也祇是

上天的奴僕，一切行動都受到牽制的。

　　年歲之精靈

現在還討論這些事情？自從我在這裏
坐守以來，已經有許多怪把戲翻弄過。
可是舊時的規律依然適用，一次次的
人間的朝代和王位的糾紛，都不過是
依樣畫葫蘆罷了。雖然對於我個人，
我是不管它變得怎樣都無所關心。

　　憐憫之精靈

長老呀，你彷彿也有點惻隱之心吧？

　　年歲之精靈

惻隱之心我是瞭解的，可是並不執着：——

對於你所謂善惡，我也祇是個旁觀者。
這些由上天的手驅策着來行使它的
預定的規程的肉身傀儡，我是既不會
對他們表示同情，也不會表示憎厭的；
我祇是幾世紀幾世紀的看着又望着
他們的形態，他們的狀況，他們的活動。

憐憫之精靈

不管是不是傀儡，他們總是血肉的人形，
而且每人都在造物主身上佔據一部分。

年歲之精靈

那麽它正可以像本部統率各分支似的，
好好御着他們了。

災禍之精靈（旁白）

真是造物主的肢體嗎？
全是它身上的一小部分幻化出來的嗎？
我今後倒要對所有的人類都忌憚三分！

憐憫之精靈

好吧。叫這地上的悲劇——

諷刺之精靈

不，應該說是喜劇——

憐憫之精靈

叫這你所說起的
世上的悲劇馬上在眼前呈現出來，
好讓我們看得比往常更清楚一點。——

年歲之精靈

現在怎麼樣了？（向一司書使者）

請翻開了你新近的紀錄

念一遍我們聽聽，好叫我們約略的知道

目前發生了些什麼事；剛纔我們在這裏

議論紛紛，竟把這一方面完全的忽略了。

司書使者（看着書朗誦）

酢恨蹤朧的『和平』做了俘虜，

『復仇』已經被準許

拿着它的刀鎗在各民族

散佈它的厄運。

人們的思想一刻不停的
　在估量兵力和戰爭，
眼前又一刻不停的看見
　動亂與災禍的幻影。

東方的君主留意的看着，
　準備嚴守中立；
西土的國王卻處處防範，
　前後都用重兵守鎮。

有人趁着登基禮的興奮
　正要集合師旅，

去攻打他的島上的隣國，
　要把它掃平蕩淨！
　　謠言之精靈的半合唱隊一（縹緲的音樂）
都隆的飛擊艦隊呀，
　羅歇福的兵將，
要趁奈爾遜還沒有到來，
　馬上就乘風西引！
他不知道你們的實力你們船上
　又載了多少戰士，
不知道你們幾時會着手猛攻，
　又會從那裏入境，

半合唱隊二

奈爾遜呀，你是這樣的勤勤懇懇，
幾個月的在海上巡航，
可是你的敵人會避開了你，
照樣的領兵前進；

他們立刻會開到西方，去跟
西班牙聯軍集合，
又馬上會把阿爾比洪（註二）的邊疆，
用武力來佔領！

年歲之精靈
仁厚的精靈們呀，我覺得你們對於我所

保持着的秘密，是說得未免太肯定了吧；可是這沒有關係。——現在，我們的注意既然集中於這個迫害着英吉利島國的勢力，我們就應該上那兒去一場一場的看着在騷亂之中的歐羅巴的各種活動景像，而且不妨依着我們那位慈悲而年輕的憐憫之精靈的那種天眞而自由的信條，姑且把這些活動當做完全出於自動的，而故意忘記了那機器的最高的推動者，正如看傀儡戲而把牽線人忘記了一樣。——你們好去看看這個波納巴特在跟別人一起跳舞的時候，是怎樣被牽動着，一直被牽到了自己的寂寞的墳墓裏去爲止；
又好去看看他的跳蹤害得那些弱者們，
像在溫水的池沼裏的許多微生物似的，
團團的旋轉着。——現在，到塵世的邊界去吧，
把這一片片迷戀着陽光的雲層，當做了
我們所要去看的那本戲的一幅大佈景，
於是，你們就可以判斷究竟世上的時鐘，
是由上天來開撥着的呢，還是出於自動。

下界的天空展開：露出了像一個屈曲而又消瘦的人形似的歐羅巴，阿爾卑斯山形似脊骨，一些支出的山脈像是許多肋骨，西班牙半島高原像是一個人頭的樣子。闊而且長的幾條低地從法蘭西北部伸展着，直穿過俄羅斯，像一件青灰色的衣服，由烏拉爾山和閃光的北冰洋鑲，

脊邊。
於是觀點穿過空間往下沈，慢慢的接近了許多紛擾的國家的地面，在那裏，可以看到許多爲了並非自己所引起的事件而苦惱着的人民，在各個城市裏和國土上，輾轉着，匍匐着，喘息着，又顫抖着。

年歲之精靈（向憐憫之精靈）
我首先呈現了你所提心的垂問着的天意之網，而這就是整本戲的關鍵了；你知道，使這些情形顯示出來的能力，也是我從古到今保持着的一種特權，（雖然定要費上極大的勁纔能辦得到。）趁我的能力沒有過去，請看看明白吧。

一道新的透入的光降到這景像上，使人類和事物都顯出一種透明的樣子，用以表示生命的組織和包含在這景像之內的一切人類以及有生命的事物的活動，都是一個整個的有機體。

悵惘之精靈（稍稍停頓一下）

在這個實質的事物的景像中，我看到了慢慢的變得顯然的風似的奇幻的波浪，它們在無數的迴旋中露着人體的形態，在各方面糾纏着，又蜿蜒着。同時還看到像一片蛛網似的許許多多屈曲的游絲，——可是並不像蛛網般一碰就會碰斷的，——紛亂而又錯雜的一團團盤結在一起。

年歲之精靈

這就是最高的意旨，就是主宰的
纖微，血管，肉網，神經，以及脈搏了；
它們遍佈在大地的整個組織上，
它們的總量像腦筋的裂片一樣，
時常連不可知的事情都要管到；
這整個的腦筋包括着一切地域，
而它的行動，卻祇有像我們這種
精靈的眼睛纔能看到；它支配着
人類，人類卻還像你一樣的以為
自己的行動並不受到任何支配；
還以為生命跟生命都互相分離，
所有的行動都出於自己的主意——

雖然實際上祇是主宰身上的一部分，
而主宰卻又無處不寄託着它的踪影——
可是不必多說吧，此刻是根本無從說明。
執行天意的組織消隱了。

全體精靈的總合唱隊（縹緲的音樂）

我們要像鳥兒斂翼似的收束了時間，
我們要憑藉着精靈的能力穿過空間；
要把相隔億萬里的東西都放在一起，
使從生到死的光陰都在轉瞬間經過——
照這樣，纔可以緊接着眼面前的原因，

一下子就叫顯示出來了遙遠的結果。
造物者不假思索的想出了各種主意
它的腦筋就是空間，思想也就是律法，
這些在我們看來卻像是游絲和網線，
眞叫人莫測高深，永遠祇能贊嘆稱諾。

（註一）阿亞契亞係拿破侖生長地，故云。

（註二）英吉利之舊稱。

第一幕

第一景

英吉利　威賽克斯提岸

時間是一八〇五年三月間晴朗的一天，一條官道在斜堤頂上穿過，堤是近海的，下邊的風景一直延續到南面的海岸線爲止，再外邊，廣闊的海峽伸展着。

年歲之精靈

你聽聽就明白，戰鬭的情緒已經激動了英吉利的最卑怯的心了。我們馬上就可以把這緊張的空氣對上天的同僚去報告。

災禍之精靈

啊；開頭是小小的，後來就慢慢的擴大了起來。這是一條健全的戲劇原理。我在排演瘟疫，火災，飢荒，和旁的各種喜劇的時候，總是要照了這條原理做。雖然我的「里斯朋地震」倒的確是一個例外，可是我的「法蘭西恐怖，」我的「聖多明我諷刺劇，」卻還是遵守的。

年歲之精靈

說什麼你的「里斯朋地震，」你的「法蘭西恐怖；」

你不過是依着天意施行，又何曾能自己作主！

一輛驛車上場，外邊有旅客若干人。他們的語聲跟前面的語聲比較起來是顯得微細而又平庸了，彷彿是從另一種傳聲體傳達出來似的。

第一旅客

甚至在這個年頭兒，塘路上都好像還有許多車馬來往呢。

第二旅客

是的。這是爲了王上跟滿朝文武不久就要駕臨的緣故。他們是很少到這個地方來的……現在你瞧，海峽跟海岸像一幅航海地圖似的攤在眼前。咱們下面的那一團霧氣，就是咱們所要去的城市了。再外邊就是斯介格島，像一條浮着的蝸牛似的。右邊那個廣闊的海灣，就是上個月約翰·渥玆渥斯船長帶領的『愛伯格文尼』號輪船沈溺了的地方。從這兒咱們一直可以望到上法蘭西去的路程的一半那麼遠。

第一旅客

一半。過了這一半就是另外的一半，再過去，後面的什麼東西都會碰到了，就連那個科西加的壞蛋（註一）也在內！

第二旅客

可不是。住在這兒附近的人，誰都比住在內地的更容易感覺到法蘭西是太近了——我自己就是一個本地人。

第一旅客

正爲了這個緣故，所以咱們纔會在路上看到這麼許多開來開去的軍隊。我猜想他（註二）對咱們的最大的企圖，定然會在這一年裏面實行了。

第二旅客

咱們最好能夠準備一下！

第一旅客

自然，咱們應該準備的。上帝知道，咱們已經接到過夠多的警報了。

第三旅客

我可非常懷疑，說不定他壓根兒就沒有打算要來。

前面看到有幾小隊步兵，驛車立刻就追上了他們。

兵士們（一邊走一邊唱）

我們是王室的干城，忠誠而強壯。
要前去跟波納巴特較量；
假如他不敢航行，怕給海風吹倒，
那麼我們祇算是白走一遭！
啊，白走一遭！

我們是王室的干城，忠誠而強壯，
要前去跟波納巴特較量；
假如他害怕乘船，說一聲「不去了，」
那麼我們祇算是白走一遭！

啊，白走一遭！

兵士們退到旁邊，讓驛車趕了過去。

第二旅客

聽說上個月波納巴特寫了一封信給咱們王上，這消息可是真的？

第一旅客

是有這個話。一封他親筆寫的信，信上他還希望咱們王上也要親筆寫信答覆他。

兵士們（剩下在後面，繼續唱）

我們是王室的干城，忠誠而強壯，
要前去跟波納巴特較量；
夥計們，我們還是應該快樂逍遙。

即使我們到底要白走一遭！

啊，白走一遭！

第三旅客

那麼他的信是不是很客氣呢？

第一旅客

自然。他向咱們王上求和。

第三旅客

那麼王上爲什麼不照樣客客氣氣的回他一封信呢？

第一旅客

什麼話！你要知道，他在信上居然跟咱們王上稱兄道弟起來，像這樣不要臉的僭妄的行爲，難道還應該縱容他，讓他可以得意欣欣的自以爲跟英吉利的君王是平等的人嗎！

第三旅客

咱們不應該照他從前的地位來看他，應該照他現在的地位；（註三）他就是跟喬治陛下稱兄道弟起來，也未見得就有什麼不客氣的意思吧。

第一旅客

不管怎麼說，王上的對付方法是一點兒也沒有錯的：他沒有親筆覆信，祇叫咱們的外交大臣麥爾格雷夫爵士回了一封信去；那信上說，不列顛的君王是要等到跟大陸上的列國照會過了之後，纔能夠給確切的答覆。

第三旅客

這個答覆的態度跟內容倒的確都是道地的不列顛式的；不過這是一個莫大的錯誤

第一旅客

老兄，我眞要把你當做是一個波納巴特的黨羽，一個賣國的奸賊——

第三旅客

眞見了鬼，像你這種諂媚朝廷的人也配說我是賣國賊！

（他打開手鎗匣子。

第二旅客

您兩位別動手，別動手！在這個也許不到三個月之內就得爲着咱們自己的生存而奮鬬的地點，難道現在還可以起這樣的衝突嗎？這太沒有道理了，我說。祇有上帝能夠懂得這個人心裏的秘密，因此也祇有上帝能夠說得出他的用意跟企圖是怎麽樣的，并且王上對他的來信答覆得究竟算是妥當呢，還是不妥當。

爲要下山坡，驛車停下來把輪子撐住；正要從新出發，一個風塵僕僕的騎兵追上了它。

若干旅客

倫敦來的差人！（向騎兵）老總，有什麽消息？我們全是從不列斯多爾來的。

騎兵

消息多的很。咱們已經跟西班牙宣戰了，（註四）這眞是一個錯誤，叫法蘭西鬧了非常高興的。

波納巴特說他以後的文書就可以從倫敦發出，他的軍隊每天都有登陸的可能。（騎兵下。）

第三旅客（向第一旅客）

老兄，我剛纔很對不起。波納巴特眞是當不住的他始終是要打仗，要現實他的侵略的野心。

他從新裝好手鎗。接着是沈默。驛車和旅客們向下移動，在海岸那邊不見了。

悽惘之精靈

這眞是一件不幸的事，英王喬治爲什麼沒有去響應那位皇帝呢？

災禍之精靈

我倒以爲是很好玩的事，我眞要贊美

阻撓了這麽一種騙人的舉動的天意——（註五）
這舉動也許會打消了歐羅巴的紛擾，
也許會把準備着要穿膛破腹的刀劍
都完全收拾了的。

憐憫之精靈

你別再這樣說了吧；
如果眞有什麽東西可以叫上天歡喜的，
那也應該是你的諫諍，而不是你的贊美。

年歲之精靈

我們照例祇應該旁觀着事情的進行，
不必參加什麽議論。現在還是看戲吧。
海峽那邊的陰謀，縂是這片土地上的

一切騷亂的關鍵。——我們且上那邊去吧。

場上雲霧凝聚，又慢慢展開，顯出了別一個地點。

（註一）指拿破侖，因拿破侖生於科西加島。

（註二）指拿破侖，下同。

（註三）拿破侖剛在上年（一八〇四）十二月就法蘭西皇帝位，故云。

（註四）其時西班牙正和法蘭西同盟。

（註五）指拿破侖與不列顛續和不成一事而言。

第二景

巴黎　海軍部長辦公室

德克萊提督坐在桌前。外有叩門聲。

德克萊　進來！我希望是好消息！

〔一隨從上。

隨從　大人，送公事的。

德克萊

馬上帶他來見。（隨從退。）是臬上送來的吧，我想！

驛使被傳入，呈上公文一件。

驛使

大人，這是要您親自拆看的，不能經旁人的手。

德克萊

好。你下去等一等吧。

（驛使退。

德克萊（說）

「我已經決定不再對印度有什麼野心，
希望在那邊弄到些什麼好處，也不想
打到西方去，勇敢的從新把蘇里南河（註一）
把沿那些海岸的別的許多荷蘭港口，
或附近的英屬小島都完全征服；現在，
我祇一心想照最初的計劃，從波羅湼
直打進英吉利國境去。我要是真動手，
就一定要有效果的；目前祇有一條路
可以達到我們的目的——這就是看準了

英吉利本部這塊腹地給它個致命傷。——
為着早在阿密安說定了的關於馬耳他的事，（註二）
我這一次用很好的態度去責問他們的失約，
他們倒給了這麼一封驕傲而又俏皮的回信，
那便又激動了會把整個世界都牽連在內的
沖天的怒氣了。——現在，我們決定這樣對付：
我們的海軍實力可以照着下面的辦法，
一點也不給敵人方面預先聽到或猜到，
就全部召集起來。我要你極鄭重的依了
我所規定的辦法進行；當你記熟了之後，
你要一個字一個字極固執的遵照着做，
絕對不能對它們發生一絲一毫的懷疑。

「這辦法是：第一步派維𨚗奈夫等着順風首先一直進兵到西方的馬底尼克島去，在那裏引誘着敵人。然後再派格拉維那，密謝西和剛多麥到那地方去跟他會集；一會集成功，就馬上把我們全部的戰艦——那時候算來大概已經有六十隻的樣子——都整個的撥回到孟希來，讓追兵在西面弄得毫無辦法。照這樣的騙了他們之後，我們的船隻再偷放過去，軍隊全體登陸，要叫對方的援軍一閃眼的功夫都沒有，就把倫敦佔領下來。

「這一切都必需要絕對秘密的去進行，除維葉奈夫和剛多参這兩個人之外，不叫任何長官稍稍覺察到；你必需要親筆寫這些命令。爲要免得他們猜疑，我就要出發到意大利去，在那裏裝着一心的在對付宴樂和登基禮的樣子，直到必要的時候，我就會回到波羅湼來指揮全艦的軍事。——拿破侖。」

德克萊沈思片刻，然拿起筆來寫着。

憐憫之精靈

又出了事情嗎？德克萊應該怎麼辦呢？

年歲之精靈

他已經在動手進行了。先通知維葉奈夫，
這是他以前的同伴，也是小時候的朋友，
此刻還逗留在都隆。他飛快的寫着，然後
又要去通　剛多麥。——信寫完馬上就封好，
外邊還這樣的註明白『到海上再行拆看。』
街上傳來喧擾的歌聲。

憐憫之精靈

我聽到外邊一片混亂而沸騰的聲音，

像在薄暮時分的蜂窠邊擁擠着一羣
嗡嗡的蜜蜂似的。

年歲之精靈

他們在向羣衆宣示。

羣衆狂熱的唱着又喊着，要他們執行
那個爛熟了的，攻打英國海岸的計劃；
羣衆用他們鈍直的言辭不住的慫恿，
竭力想要打動他們的變換無定的心，
而使希望一變而爲預言。「我們的皇上，
（他們這樣的說了，）在這一次的戰爭裏，
一定會顯得像電光一樣的堅決，銳利，
而又所向披靡的。我們的廣大的艦隊，

已經巧妙得像變戲法似的集在一起；
陸軍變成水手，通商口岸也都變成了
由鎗礮來嚴密保衛着的海上的城堡。
敵人準備怎樣來抵擋我們的精兵呢？——
未經世事的生意人從帳房裏跑出來，
鄉下人離開田野，手抓着臨時趕造的
粗笨的生鐵的長矛，當做極好的兵器，
就放號稱自己已經完全武裝起來了。
他們的礮壘，他們的飛車，他們的木筏，
都一點沒有用處；衹消化一夜的時間，
我們就可以打進去。」

司書使者

這預言靠得住嗎？

年歲之精靈

將來總會明白。

大地之魂

長老，究竟有什麽好處呀？——

像這樣打倒這個皇朝，又扶起了那一個，

鬧得疲於奔命的民衆得不到片刻安寧，

叫我的果實在這裏零落，又在那裏繁盛，

叫我終年累月永遠是單調的奔走四方，

既沒有一些兒目的，也沒有一些兒效果，

而其實祇消把世界毀滅，就可以收束了

這一切討厭的把戲了。不要以爲造物主

與能用聰明的手段來管轄這芸芸衆生，
其實倒不如根本不讓衆生存在，那纔是
統治者的最高的智慧。

年歲之精靈

不，一種看不到的
力量在催促事情進行；也許這樣的糾紛
會照例有它的好處。

憐憫之精靈

可是照的什麼例呀？

年歲之精靈

慈悲的精靈呀，你還是去叩問蒼天吧！
我不過是一個幫忙人家工作的助手，

要不是多年的經歷，我也是一無所知；
眼看別人施行法令，那纔是我的本分。

憐憫之精靈

不朽的精靈呀，如果照你這樣的說法，
那麽天意茫茫，叫我又從那裏去叩問
他的永遠不肯放鬆一點兒的意旨呢？

年歲之精靈

你說得一點不錯。可是也不必問我吧。
現在，戲又要進行了。——我們且離開這裏，
從新換上一班腳色，看看上天的勢力
怎樣的在震撼着英吉利這一片國土，
那班議員們又怎樣的在大放厥辭吧。

雲幕落。

（註一）在南美洲荷屬圭內亞。

（註二）在一八〇二年，英吉利曾與拿破侖在阿密安訂約，決定除錫蘭與特里尼達德二島之外，英吉利應把所有海上的征服都完全放棄。

第三景

倫敦　衆下議院

一間長的會議室，兩邊都有行廊，行廊由纖細的柱子支撐着，柱上有鍍金的伊歐尼亞式的柱頭。屋子一端有三座圓頂的窗門，下面就是議長的座位，椅背極大，成三角形，白色與金色相間，頂上飾有獅子和獨角獸。窗上並不拉上帷幔，其中有一座還開着，從那裏可以看到外面幾條樹枝在午夜的昏暗中搖蕩。從天花板中央掛下來的黃銅大燭臺上，從行廊裏斜伸過來的燭臺上，蠟燭燒得低低的，搖蕩着，又滴着燭淚。

議院正在集會，櫈子排得緊緊的，一直繞到議長的手臂邊；行廊裏也同樣塞滿了人。出席的議員，幫政府方面的，有庇得和旁的幾位大臣，以及他們的擁護者，包含肯寧、凱淑雷、西・桑麥塞特爵士、歐斯欽威·鄧達斯、赫斯基森、羅斯、貝斯特、愛里奥特、達拉斯，和他們的黨圍在反對方面，重要的有闊克斯、薛里登、温德漢、恢特布雷德、格雷梯·格侖維爾、鐵爾奈、坦普爾伯爵、彭森貝、甚·瓦爾坡爾、亨·瓦爾坡爾、德特萊·諾斯，和泰莫塞·薛里愛波特職長坐在主席的座位上。

年歲之精靈（向二司晝使者）

趁現在這本戲還沒有開場之前，爲使年輕的同伴們更容易懂得它的意義，請翻開你們的記錄，先簡單的把這裏最近的辯難說一遍，因爲今晚的議程，完全是上一次討論的後文。

司書使者依據着他們的書本用半低音吟誦的形式輪流的唱起來。

使者一（縹緲的音樂）

一群猶疑昏庸懦弱的人們，
竊佔了王家最高的議會，
全國的民心彷彿是到了冬天，
都顯得那麼陰沈憔悴頹唐。

使者二

英吉利連一個對手也沒有，
卻要去抵擋拿破侖的刀鋒；
人馬和軍需都散漫零落，
陣勢和戰略也是毫無主張。

使者一

祇有庇得卻還以爲民心未死，
要在這精疲力盡的時候，
爲着祖國的存亡振臂疾呼，
急圖集中餘力重整紀綱。

使者二

可是還沒有一點兒成效，
就已經聽到旁人紛紛議論，
誰都說這不過是一場春夢，
徒勞，無謂，而且計劃也欠周詳。

二使者

今晚上，且再獨他們各逞辯才，

或嚴肅或輕快的互相詰難，
其實他們是誰都沒有知道，
茫茫天意究竟是短是長。

憐憫之精靈（向年歲之精靈）
現在，我們不妨也勉強的穿上了
肉色的緊身衣，裝做凡人的樣子
去參加蒼白的辯士們的集會吧。
說不定你一旦換上了世人的服裝，
就會對他們同情的。

年歲之精靈
助助你的興也好，
雖然不動情的本性是斷然不會改變，

即使叫我穿上了全人類的各種服裝。

諷刺之精靈

叫英吉利的每一隻小狗都跑去混在裏面聽這位庇得放開喉嚨唱戲，就已經够瞧的了！我也跟你們兩位化裝起來吧，趁這機會倒可以去聽聽另一種彈法的調子。

災禍之精靈

第四個就是我。在我所要去的政治家會集的地方，定然是會發生些什麽事情的。

四個精靈喬裝做普通的陌生人，走進議院的行廊。

薛里登（起立）

主席，我所要請求在這兒提出的議案，是主張撤消上次開會所通過的條例，這條例，根據黨部書記的記錄，是叫做『英吉利自衛辦法』可是別處有許多人卻稱之爲庇得先生的新『專賣衛生丸』。（廿一）（笑。）

我看得很明白，聽了我這種率直的提議，各位大臣都大吃一驚，連臉色都凝住了——爲什麽不能靜心的估量一下呢！說不定他們對於自己的像轟炸機一樣的論據，都有一種牢不可破的剛愎自用的信仰，反覺得我們的勇氣是失掉了，而且已經沈溺到希望的底裏去，定要有一次奇蹟纔可以使我們從新浮起來；也許說不定他們會詫異着我們居然會這樣的大膽，

竟敢在這裏嘲笑從王家首相的腦袋裏
所想出來的一條英吉利的神聖的國法——
我聽到他們在哼鼻子，可是一切聽便吧，
我的責任總是不得不盡的；我馬上就要
舉幾個實例來說明。
　　　　　　保衛國家的辦法嗎？
恐怕不是保衛，而是削弱吧；在海峽對面，
日漸強大起來的法蘭西的暴君和悍卒
此刻大概已經知道了，而且一定在嘲笑。
我們的民衆也是知道的——那些能夠躲在
這襤褸的佈景後面偷看的人們，誰都說
這祇是敷衍面子的事——這條例已經失敗，

將來也還是要失敗，理由已經由我那位
可敬的朋友在上次夜裏說得明明白白，
可是終於被他的對手方面禁止發言了；
那眞可算得是道地的政府派的手段呢，
正像一個聲勢洶洶的潑婦，費盡了心機，
結果還是毫無用處。（笑）總之，這條例是希望
得到這樣的成效：要使英吉利全部實力
再加多一萬五千人；但實際上，
我們來算一算，不列顛的步兵，
現在倒比以前又少了八百名——

在愛爾蘭地方，我們那位可尊敬的貴人
是有着一種像魔術似的誘人的勢力的，

在那裏，我們聽說此刻居然已經積聚到
十一名兵士。還有在五口（註二）那一帶，他也是
受着一般人的絕對尊敬的，在那些地方，
他的策略當然更容易引起戰鬪的情熱，
而居然招募到兵士——一名。我眞非常願意
看看這一位好漢！（笑。）無疑的是一位大力士，
是這個條例所製造出來的天兵天將吧：
他大概祇消舉起一條手臂就可以打退
波納巴特的全部軍隊，叫他的船隻根本
休想碰一碰我們的無需防衛的海岸吧！
主席，這就是我的意見，這就是我的提案。

（他在鼓掌聲中坐下。

各處剪着燭心，庇得站起來。在他暫時停頓着還沒有開口的時候，全場肅靜無聲，靜默中可以聽到外邊樹枝在搖曳着的聲音，早班驛車吹着號角的聲音，以及守衛兵報告時刻的聲音。

庇得

我們這反對方面的人，大概沒有一個
不佩服那位完全依靠着出身的高貴
而在這裏顯赫一時的可敬的紳士的
那許多珍貴的機智和輕快的俏皮吧。
他所努力想出來的每一句嘲笑的話，
（或者是從旁人口頭一句句搜集來的，）
實際上顯得都祇是一時的隨嘴亂說，

（或者是睡在牀上慢慢的預備好了的，）
都祇是他的備忘錄裏面的一些存貨，
一天天毫不費力的就可以積聚起來，
他祇拿來堆在一起，點上火，又扇上風，
輕易的當做他的熱烈的雄辯的燃料，
毫不加思索的就到處隨意的使用着，
也不管跟本題究竟是不是發生關係。
　　自然，如果要我在這一方面跟他去競爭，
那就一定會弄得一敗塗地的，因為主席，
憑藉個人的空想來做事實記錄的根據，
利用神話和笑話來做預測將來的資料，
這些實在不是我的能力所能辦到的事；

我是一個實事求是的人，根本就不懂得
那種巧妙的修飾的。——現在且說到本題吧。
　　敵人方面固然是在努力的準備着，
一心一意的想要蕩平我們的國土，
不過進行卻確實是相當的遲緩的。
那些情形我們大家都看到，都明白。
但是他們卻到底沒有清清楚楚的
更進一步向我們恐嚇他們的開拔
也許會拖延到幾年，而我們的條例
卻儘來得及趕上他們。照原定辦法，
如果有幾千人陸陸續續的來應徵，
即使進行得遲緩，卻也還是可以使

國家的軍隊，及時的，冷靜的，堅決的，
達到了可驚的數量和強固的實力。
既然這樣，我們爲什麼要在還沒有
得到一點好處之前就把它撤消呢？
正當這條例剛剛走上確當的軌道，
要充分的顯出它的用處來的時候，
爲什麼我們的議會偏偏要去聽從
像那樣的一種荒乎其唐的提案呢？
剛纔那位可敬的紳士所說的理由，
倒使我馬上就想起一位酒店老闆。
他在別人剛裝好了麥芽，摻好了水，
正在那裏釀造，裝桶，又上蓋的時候，

就性急的把酒一嘗，搖搖聰明的頭，
用尖銳的聲音喊着：這麥酒是新的！
夥計，快造些陳酒來；把這壞的拿掉！（鼓掌。）

可是今晚上，我敢極鄭重的下着結論，
要像嚴肅的人處理嚴肅的事情似的
在這裏發言。……主席，我敢擔保的這樣說：
我們在上一次的戰爭中既然表現了
一種空前的光榮的努力，那麼這一次，
請大家等着瞧吧，也未始一定不能夠
更超過上一次。像這樣的努力，決不是
我的批評者像監工人似的從衣袋裏
抽出把輕便的尺來就馬上可以量的！……

作戰的計劃一定非常艱苦而且麻煩，
就是想要批評它，也是同樣的不容易，
決不是三言兩語就可以潦草了事的。

　　我們是註定生在這麼樣的一個時代裏，
它的奇怪的命運簡直沒有相同的例子。
這是個充滿了危機，困難，和黑暗的時代；
我們要留心着它的變動，把它對付過去。
主席，請注意一下這緊張的時代的意義，
就可以相信我個人雖然有許多的缺點，
但是每一個明白我的過去的人，都一定
知道我會不會輕易忽略了國家的防衛。
不會，絕對的不會！——不過，要是這裏的議員覺有人會並不這樣的想法，那麼我對於英吉利目前的可悲的運命，眞是不得不加倍的悲觀起來了！因此我堅決的相信，在這議院裏的人，誰都會了解我的意思，誰都會信任我在今晚上所說的這番話；在這個屢次受到從對岸傳來的威脅的，緊張而又嚴重的時刻，我們是確確實實已經有了準備了；而且，靠着上帝的保祐，我們一定可以抵抗敵人所加諸我們的每一次或者是顯明，或者是暗中的打擊。

他在大臣們的熱烈的鼓掌聲中坐下去，顯着非常吃力的樣子。

溫德漢　今晚上議會所討論到的這個問題並不是個給大家競賽智力的機會，為英吉利着想，我們應該早早決定究竟應不應該把這個新訂的條例認為是決不能馬上見效的鼓動起熱烈的抵抗來的辦法而把它打消。——無論會發生些什麼效力，它總不過是一種政治家的靠不住的試驗品。萬一試驗失敗了，是不是再在應該穩健行事的緊急關頭更進一步的去做各種新的嘗試呢？現在，敵人們正虎視眈眈的祇等我們走錯一着，就可以佔到些兒便宜，我們是不是要等到弄糟之後再用妥善的辦法來替換了會使那位妄想家滿意的各種新的冒險政策呢？

剛纔發言的我那位朋友覺得這事情非常有趣，有趣祇是在開始的時候，等到將來也許會鬧成嚴重而悲慘的結果吧。我們都是毫不思索的在草率行事，我們花費了寶貴短促，緊要的時間，在這裏猜啞謎。這辦法一定會失敗，不，而且已經失敗了；現在，我們要請首創這個辦法的人自己也下決心提議把它撤消！（鼓掌。）

恢特佈雷德

我祇想說幾句非常簡單的話來補充我那位可尊敬的朋友所發表的意見。我也同樣覺得目前的危機是超出了以前我們所曾經碰到的一切危機的。什麼原故呢？因爲我們的狂暴的敵人決不放棄他的計劃，而且可以從容的在每一個角落裏都集中了他的兵力，隨時隨地可以打到我們的海岸上來。

甚至他的海軍都已經開始在集合了：
在此刻，他的兩個聯在一起的大艦隊
就已經在海面上不聲不響的移動着。——
它們的所在是根本無從捉摸的，非到
我們做夢也想不着的地方已經受了
致命的打擊，而弄得國破人亡的時候，
我們絕對不會預先知道。
以爲這樣的條例就能夠挽救我們，
實不過是不近情的癡人說夢能了。……
國家的處境如此，是需要着更徹底，
更有力的辦法的！把這條例撤消吧，
像這種條例的存在，是祇有妨礙着

更靠得住的辦法的形成，而使軍隊永遠的不會組織起來！（鼓掌。）

拜塞斯特　主席，這個問題在清醒的人們看來眞是非常的明白；或者就讓這條例作一次應有的試驗，或者就馬上把它打消。我個人卻以爲後面這個辦法是不對的。——主張埋葬了這個被嘲笑做死屍般的條例的人們首先應該想出個替代的辦法來纔對！但是他們沒有，他們甚至並沒有去想，從這一點，他們是不知不覺的洩漏了他們的內幕的企圖和隱秘的目的了！
對於他們，問題倒並不是在想出一個
能够打退敵人的侵入的更好的辦法；
辦法的好壞他們根本並不需要顧到，
問題祇是在目前誰的主張得到勝利，
誰就一定成爲將來的當國的權臣了！
他們甚至出發去運動各地的士紳們
都來參預他們的陰謀。但是，感天保祐，
士紳們當然是些愛惜名譽的明白人；
他們的聲望，他們的財產，他們的人格，
他們的數量，他們的學識，他們的門第，（反對派的帶諷刺意味的鼓掌聲。）
都可以保證他們決不至於會來破壞

我們這條例，而鬧出場悲慘的結果來。（鼓掌與譏笑。）

福勒

我根本不贊成對這條例有所責難。——對這樣的辦法還會不滿意的，當然都是些顛倒黑白，不分晝夜的人們。祇要是規矩人，便誰都不會去加入那爲着自己而犧牲國家的一幫的——（笑。）

鐵爾奈

我的責任使我不得不正當着剛纔發言的那位先生的面而提出我的有非常清楚的合法的根據的責難。——目前這個條例所着眼的目的，是要

組織一支強大而又永久的常備軍，
但是這樣一種軍備的存在，卻正是
本院所常常認爲最多流弊的組織。
它無疑的將成爲一種擾民的東西，
會到處徵役而不給予應得的報酬，
同時也沒有規定的罰法可以禁止。
爲了這個，和剛纔說過的各種理由，
我不能讓這條例破壞國家的法典，
我主張馬上就把它撤消。（聽着，聽着。）

福克斯（在鼓掌聲中站起來）

時候已經不早，
火一般的熱烈的辯論也已經够多的了，

我現在祇打算極簡單的再來說幾句話。這個條例的存在，無論憑經驗或是理性，都是不能被允許的；這一點，即使由當初擁護它的人看來也是非常明白的事了。口說要做許多事情，實際上是一無用處；聲明着擔保一切，實際上誰也不會相信。不但如此；效果固然已經顯得這樣微弱，而在原則方面講，又是那樣的不合正軌。目的是要使人爲着大衆的福利而努力，但是結果卻祇有對我們的社會施行了一種非常苛刻的，害人的，不平等的賦稅。——請費心在一世紀以來的年鑑上去找吧，比這樣一種的條例所可能造成的苛政更厲害的情形，恐怕是根本找不出來的。這條例（像這位當國的政治家所提出的其它各種的辦法一樣，都用漂亮的帷幕來掩藏了幕內的平凡而又可憐的眞相）雖然形式上號稱爲了保衛國家而制定，但是在本質上卻有着政黨壟斷的氣息。幾乎可以說是走向寡頭政治去的初步，是要爲着少數人的好處而損害大衆的！（鼓掌。）

無論這一位政治家的辦法在表面上是顯得怎樣的寬大而又怎樣的公正，這些辦法的信用差不多還是依靠着他的前任們所成就的各種勳功偉績。
他的政府之所以居然能够勉強博得
全英吉利的民衆一些兒信賴的緣故，
自然是全賴着前任們的威信和榮譽
至今還能够相當保證着政府的健全，
而絕不是所謂自衛條例這麽個東西，
它本身的確能够得到一般人的贊同。
　這個條例的首創者的偉大的才幹，
我是比在這議院裏出席的任何人
都更願意完完全全坦白的承認的。
經過了這悠長而多事的年歲，我們
雖然時常互相反對着，但他卻還在

許多地方都使我不得不表示欽佩。
不過，有一件事情卻的確可以使我
對他的偉大的才幹開始懷疑起來，
而對他的能力也從此不再相信的，
這事情便是他竟會如此的不謹慎，
居然肯拿畢生榮譽來做孤注一擲，
而向我們提出了這種奇怪的條例——
在原則上又錯誤，在效果上又貧乏。
從這條例的成績和影響看來，那就
簡直的不像是一個清楚而有力的，
酷愛自由的頭腦所想出來的計劃，
就連對他有友誼上的偏愛的人們，

也找不到一個理由來替他迴護了！

他在反對派的拖長的鼓掌聲中坐下去。

薛里登

我這總結的話是簡單而又切要的。——

剛纔，那位可尊敬的首相大臣曾經

當衆指摘着，以爲我所發表的意見，

都不過是一些不負責任的開玩笑；——

他急迫的請求着要打消一個從來

沒有看過那條文的人的信口雌黄。

我所說的那一些他所謂俏皮的話，

他以爲是花了許多時日搜集起來，故意小小心心積蓄起來，專門爲着要像放焰火似的施之於我們這位公正而又無人可以比並的紳士的忠實，温藹，而又富於思慮的頭腦的！（笑。）但是，如果我的卑微而嚴肅的辯難，（笑。）眞會像他所說的完全是一些空話，那麼我們這位政府裏的堂堂首相居然也會唯恐不及的馬上站起來死勁的答辯，那豈不是成爲可笑的聞所未聞的奇事了嗎？他明明知道，要打破幾句完全是無知識的妄說，

而並沒有一些實際力量的俏皮話，
是根本就無需乎馬上的施展出了
他那一副偉大而驚人的本領來的！
Nec Deus intersit，（註三）這一句被人引用得
爛熟了的成語，它的最恰當的意義，
在這座廟堂裏是恐怕沒有人能比
對面的主座神明懂得更加透澈吧。（笑。）
他的偉大的答辯其實是害了他了！
　　不但如此，他甚至還在答辯的時候，
故意的把我的責難所依據的理由
避免了不提起呢！
　　　　因此，我的提案還是

照剛纔一樣我已經明明白白的看到，
這位我們以前所崇拜的有才能的人，
現在是在開始倒施逆行了。——（『呵，呵，』的喊聲。）
這位大臣，
他的一切計算永遠的沒有操過勝算，
他的幾次團結也是並不能結合成功；
這一位訂立盡人皆知的密約的專家，
這一位貴族階級所寵幸的當國要人，（笑『呵呵』一聲，鼓掌，以及『投票表決』的呼聲。）
要害得幾百萬蒼生都陷入我認爲是
永遠不會告結束的歐洲大陸的紛爭，
而走到毀滅的路上去了！（鼓掌。）

議員們站起來投票表決。

憐憫之精靈

假如祇要有一個人那麼隨便的一說，
這議決案就會不知不覺的起了作用，
那麼，他們竟敢這樣以爲自己的雄辯
有着莫大權力而胡亂的贊成或反對，
眞是叫我不勝痛心的事了！

諷言之精靈

這些舉動
說不定也會使事實眞受到些兒影響，
甚至會動搖了我們所秉承的天意呢。

年歲之精靈

這是絕不會有的事！——現在，我最好還是
對我們這個天上的隊伍，精靈的政府
裹的年輕的同伴們解釋解釋明白吧。
我們剛纔所看到的這個橫粲的議會，——
這麽偏狹，又這麽古板，又這麽庸俗的，——
但如果到後世去由回顧的眼光看來，
卻也許會有一種顯著而觸目的意義，
而叫人把這經過在歷史上大書特書。
還有一個緣故，（假如我沒有看錯預兆，）
今晚上，那位大臣在他的久攬大權的
議會上出席，恐怕已經到了他一生中

最後的一次了；到後世去，當人們想起
他這次的辯難的景像和情形的時候，
也許今晚上所發生的這麼許多事情
是會使他的記憶減色的。——現在帶住吧；
每一個黨派的節目都是預先排定，
決不肯放棄一張投票或一個偏見；
大臣們依然會保持着大臣的職守，
所有的細微曲折都還是一律照舊。

憐憫之精靈

引起了這麼許多說話的敵人方面的
佈置究竟怎麼樣？

年歲之精靈

等着吧，年輕的同伴；
且等到繁星斂色，黎明張開它的眼睛，
泉水似的陽光泛濫着的時候，你就會
看到那些正在集合的隊伍的活動了。

一位議員報告着他發覺了陌生人。

這正是叫我們不必再逗留的表示呀！
現在，我們且把這副討厭的手鐐摔掉，
馬上就到海邊去吧。

精靈們從行廊上消隱。議員們魚貫的走出到前廳去。議院與威斯敏士特禮拜堂在夜幕中變得模糊。眼界便很快的移轉到海峽對面了。

（註一）『專賣教區丸』原文作 Patent Parish Pill，三字均以P字母打頭。Parish 一字本爲教區之意，所謂『教區丸』疑是仿藥仁丹一類最常用的藥品。或云 Parish 字音與 Perish（毀滅）相接近，原文故作雙關語，以示譏諷，未知孰是。姑譯爲『衛生丸』，總算雙方都稍稍顧到些。

（註二）五口（Cinque-Port）係指英吉利最接近大陸的那一帶口岸而言，包含多佛、珊德威治、羅姆尼、海士汀斯，與海斷等地。

（註三）拉丁成語，整個句子是："Nec Deus intersit, nisi dignus vindice nodus," 意爲：『非神所屑，勿求神助。』

第四景

波羅涅港口

天明，清晨的陽光照耀着準備攻伐的法蘭西軍隊顯露出來。在城市兩邊和後面的小山上，露出了木房子所組成的大軍營。下面，是另一些多少帶點永久性的營帳，一起可以容納十五萬人。

城市南面，是一個圍繞着許多碼頭的很大的港口；從堆在四周的肥沃的泥土看來，可以知道這港口是新從里亞納河的兩岸開掘出來的。港口裏擠滿了包含幾百隻各種各式的船的小艦隊；裝好鎗的雙桅平底方帆船；單桅的小船，每一隻上有一輛砲車，兩枝鎗，和一座雙樑的馬房；三枝低桅竿的運輸船；以及有許多槳位的狹長的大舢舨。

木料，鋸場，和新鋸好的木板，到處都很豐富的散佈着，有許多市上的住屋都看得出已經被採用做堆棧和醫院了。

啞場

在這一場上，是有無數的軍隊活動着，在做着下船和登陸，以及把馬匹裝進船去又從新拖上岸來的實際演習。載着各種軍需品的車輛在臨時的堆棧前面把貨物裝上又卸下。這一點，在寬曠的陸地上，許多軍隊正做着野外演習。另一些軍隊，脫去了衣服，混身都是汚泥，是在做着濬河工人的修理泥塘的工作。

一個英吉利艦隊，約摸有二十隻船，包含一兩隻頭號戰船，三桅破船，雙桅方帆船，和一些小船，從海上過來，臨到了這忙迫的場面。

場上馬上變得暗淡，不再連續下去，祇看到一些閃光和映照。不久，一張雲幕把全場掩蓋住了。

第五景

倫敦　一位貴婦人的家

一羣上流人在參加一次晚會，其中包含波福特和路特蘭二公爵，曼斯勃里、哈羅貝、愛爾登、格倫維爾、凱瀨雷、西德茅斯、麥爾格雷夫諸爵士，以及他們的夫人；此外還有肯寧、配西爾、湯欣德、安娜·淡密爾登女士、爵麥夫人、凱羅林·蘭姆女士，和其他許多名人。

一位紳士（把他的鼻煙壺遞給人）

那麽我們和寒冷的莫斯科維（註一）之間的互相忽忽忙忙的說好了的條約，已經正式的簽了字嗎？

一位內閣大臣

簽定了還祇有幾天，現在正是它的有效時期。我們極希望這種適當的努力眞能够把喧騰已久，幾乎每天都會聽到的，法蘭西的首領將要向我們進攻的那些消息和風聲，都抑止下去；而在我們的綠野還沒有在酷暑的陽光下把草木全曬枯之前，讓大陸諸國的獨立逐一的恢復過來，讓那些曾經顯赫過而現在毀壞了的王朝，能够把它們的受了屈辱的旗幟像以前一樣的從新體面的張掛起來。

紳士

這樣最好了。不過這個人是一座火山；
上天證明，在以前，火山即使死了好久，
也同樣的會造成地震的！

一位女士走上來，開玩笑似的拍着他的手臂。

女士

什麼事呀？——

所有的人都知道，一切外交活動的
棋盤就是倫敦；他們這樣說，大陸上

各種各式的陰謀詭計都是由這裏發動的！

紳士　唉，現在的陰謀詭計眞多呢！

女士　你的態度很嚴重！那種有分寸的話又像暗示着會叫我們吃驚的事情。——他可是用出了什麽辛辣的手段嗎？或者是郵船從國外帶來了另一些叫人煩惱的消息？

紳士　條約已經簽定了！

大臣

因此，各黨派都互相同意了，
要把幾個被壓迫的歐羅巴
都團結在一起。

女士

團結是很好聽的話；
可是怎樣能夠擔保它不會解散呢？

大臣

這要靠條約。條約裏有這樣的規定：
首先要派遣五十萬名精壯的兵士
（決定由不列顛方面擔負船隻人才，
以及金錢的接濟）去把德意志北部，

把漢諾佛，都一概從敵人的殘酷的
踐踏下挽救出來；再要去挽救瑞士，
再要去解放那痛苦的荷蘭共和國，
使沙定尼亞國王再在庇得蒙登基，
使拿波里不再受到損傷，使意大利
永遠整個的脫離了法蘭西的羈絆；
還要徹底的保障各國的新的秩序；
在每個國度裏都築起無隙可乘的
屏障，使敵人根本沒有下手的機會。

年歲之精靈

他們根本想不到別處出了什麼事情，
還在這兒說這些大話呢！

謠言之精靈

請你答應我去混在他們堆裏，去報告一個他們所斷然不會聽到的驚人的消息，讓他們興奮一下吧！

年歲之精靈

也好，你去去馬上就回來。

謠言之精靈裝着一位新來的貴人的樣子走進屋子去。他上前向衆人招呼着。

精靈

今晚上誰都在這兒談條約的事情。——哈，

全是些紙上談兵吧！

紳士

那麼海上和陸地上呢？

老兄，你彷彿帶來了許多那邊最近的消息。

精靈

那自然。我們打算棄了條約從法蘭西
和波納巴特手裏挽救出來的意大利，
現在卻正唯恐不及的在替他加冕了！
他從波羅涅飛快的趕到米蘭，在那兒，
他將由教皇來舉行第二次的登基禮，
要在他的壓不扁的腦袋上再戴一個
朗巴底的鋼鐵的王冠。（註二）

謠言之精靈混在人堆裏，走開去，馬上就不見了。

女士

可憐的意大利，

唉，唉！

爵士

這樣一來，我們英國人倒僥倖的

避過了他了。——眞的，老年人時常這樣說，

這是陣不會替誰吹來了幸運的惡風！

大臣

你那位莫名其妙的跑來，對我們說了

這幾句奇怪的話的朋友究竟是誰呀？

紳士

怎麽，是諾登。你難道連諾登都不認識？

大臣

不，不是他。諾登我自然是認識的。

我一下子以爲是斯丢瓦特，可是——

女士

我倒看得淸淸楚楚——是阿伯康爵士；

因爲我心裏在想，「這一個怪老頭子，

睡覺的時候蓋一條玄色的絲被單，」——

因爲我聽到城裏謠言是這樣說的。

爵士

小姐，一定不是！還個人年輕得多呢。

紳士　我要去把他找來！眞見鬼，難道我眞會連自己的朋友都不認識了！

他們向四周望着。那位紳士走到熱鬧而嘈雜的賓客羣中去，各處詢問着，隨後又顯着詫異的神色回轉來。

紳士　他們都說他今晚上沒有到這兒來！

大臣

我可以賭咒
一定不是諾登。——這是個頑皮的年輕人，
故意扮成了這麼副奇離古怪的樣子，
到這兒開玩笑來的。我要去報告主人。
——同時，他所說的消息的不近情理，也是
非常明顯的事。波納巴特的秘密計劃，
在英吉利還一個人也沒有聽到說起，
他可憑些什麼，竟會知道得這樣快呢？

女士

如果這消息是真的，那纔有點古怪呢。
天哪，我一想起就禁不住混身流着汗，
竟使我的襯衫都溼得黏住在身上了！

大臣

哈哈！那妙極了。可是我們一定要調查
這騙子究竟是誰。

他們分散，悄悄的在找尋着那個陌生人，又把這事情跟那擁擠的一羣中的別一些人談論着。

年歲之精靈

現在，我們要趕快就出發到米蘭去，
混進那陽光燦爛的大理石的寶殿，
做一個不速之客，去參與登基大典。

會集上的嘈雜的人語聲慢慢的遠了，直到後來，聽去祇像是從一座高高的峭壁上聽着海水的潺湲似的，場面跟着變得徵細而模糊，等到這聲音完全沈默了之後，整個場面便完全不見。

（註一）莫斯科維係俄羅斯之舊稱。

（註二）意大利米蘭一帶，在拿破侖前，原係米蘭大公國轄境，亦稱朗巴底大公國，始由拿破侖改為西斯阿賓共和國，後又改稱意大利王國，王位即由拿破侖兼領。故文中意大利和朗巴底二詞時常混用，並無區分。

第六景

米蘭　大教堂

那建築的內部，在一個多陽光的五月天。

牆上，拱樑上，以及柱子上，都張掛着有金色的流蘇的絲絹。一張鍍金的寶座放在聖壇前面。排得緊緊的一集團人，穿着各種各樣華麗的質料和形式的衣服，都肅靜無聲的在等待着。

啞場

約瑟芬皇后從通到迴廊門口的一條私人的走路上進來穿着耀眼的衣服從陽光裏吸收着七色的虹彩的鑽石，一直照到假樓上的窗邊。她是由愛麗渺郡主引導着，身邊圍滿了隨從的貴婦。暫時停頓了一下，於是進來了皇帝的行列，裏面包含驃騎兵、傳令官、隨從、副官，各團體領袖，佩着帝國和意大利的勳章的政府官吏，以及七個捧着祭品的女子。皇帝自己穿着皇袍，戴着皇冕，手拿着錫杖。在他後面跟着朝臣和家臣。他的步態與其說是莊嚴的，卻還不如說是傲慢的，一層青灰的顏色籠罩在他的臉上。

他由紅衣大主教加晉拉拉率領全體教士迎接着；當他走向寶座去的時候，教士一路的在他前面焚着香。迴游的音樂聲以及會集上的鼓掌聲突然震響了。

憐憫之精靈

這是什麼宗教，倒有這樣華麗的儀式？

年歲之精靈

是一種本地的宗教，名字叫做基督教，像這一類的宗教，都祇是非常可憐的

被限制在一個小小的範圍之內，根本
就休想跳得出這個旋轉着的地球去，
而在這範圍之外，還有許多的太陽系，
都祇顧自己帶領着它們無數的行星，
一刻不停的在無間的太空中行進着，
跟這些宗教是永遠不發生一點關係。

憐憫之精靈

真的，我在這兒竟不認得它了，
雖然它在仁愛而慈祥的往日，
跟我的性情是那樣的接近的。

大主教（對波納巴特致辭）

陛下，當你上一次光降到我們這個

古舊的都城來的時候我們教士們
以及米蘭全體市民所貢獻給你的
一點點敬儀，居然已經不勝榮幸的
承你用一種定然更會使你的威德
增光的寬大和誠意來委屈接受了。
那麼今天，在這個神聖的屋頂下面，
不久就要震響着登基禮所適用的
莊嚴的音樂和愉快的曲子的時候，
請你圓滿了這最後一次的恩典吧；
請再用仁慈的父親似的眼色垂顧
我們這個集會。現在，我謹代表全體
在這裏向萬能的上帝誠心的禱告，

要請求他拿出一切的上天的恩賜，
來賜給聖明的陛下。

行列前進着，皇帝在寶座上坐下，右手是帝國的旗幟和國寶，左手是意大利的旗幟和國寶，賜采聲與凱旋式的樂聲伴送着這進行，隨後聖儀開始。

憐憫之精靈

這些自命爲上帝的僕人的人們，
爲事勢所迫，不得不甘之如飴的
屈伏在那一種偉大的暴力之下，
而把意大利的錫杖輕易的送給
那個如此陰沈而又如此暴戾的，

最初曾經宣言要一反古時陋習
要背棄傳統，要侮慢發羅的王位，
而使統治者與黎民平等的人了！——
可是他，在這路線上順利的進行，
竟使他的靈魂，美麗的「自由」之子，
完全的改變，變得要努力去成就
他自己所推翻的事業了。

年歲之精靈

你總是這樣想法的，以爲是一種
自身的力量在驅策着他的前程。

災禍之精靈

在替那個以奪得別人所坐暖了的

寶座爲唯一企圖的人覬覦的時候，
主教的聲音可不是變得模糊起來，
而他的忍着笑的嘴唇也扭出了嗎？

年歲之精靈

輕一點，不要嘲笑這巧妙的傀儡戲，
人類的聖母甚至還使它有知覺呢。

大地之魂

是的，它們既有了知覺，卻還是傀儡，
這便是人類所喜歡稱之爲「聖母」的
那女神的自相矛盾處了——人類時常
以爲一切現象全都是從她發動的——
她管理這個世界的最熟練的方法，

便是一切都刻板的照着老例做去。

災禍之精靈

她的辦法是很對的，可以提醒我還是安分一點，不要多開口的好因爲，假如我的偶然的嘲謔，年歲之精靈呀，會使你去嘗試證明在宇宙間是有所謂正義和理性那些東西的，那麼你到了世界末日的時候，也就不會完成你的工作了——可是也應該怪她呢；正如人們在下界所說，她一定要照了她的布來裁她的衣服。

年歲之精靈

我眞打算要請上天把你幽禁起來，
判你個一千年的徒刑——（現在讓我來
引一個你所喜歡的地上的典故吧）
你這個幽靈界裏的可惡的伊亞戈，（註一）
「正如人們在下界所說。」

憐憫之精靈

這樣最好了！

不過，長老呀，要你去說動無知覺的上天，恐怕是辦不到吧！

大地之魂

戲文又在那兒進行了。

災禍之精靈

我們最好還是一心一意的看戲吧，因為在別的地方進行着的罪惡跟這個比較起來，是根本不值得一看的。

大教堂裏的儀式繼續着。拿破侖走到聖壇面前，跨上坡級，拿起了朗巴底的王冠，把它放在自己頭上。

拿破侖

這是上帝賜給我的。我就拿了。敢來碰一碰它的人要當心着！（衆聲喧動。）

行彌撒聖禮。拿破侖高聲的讀着就職宣誓。

傳令官

大家聽着！拿破侖，法蘭西皇帝兼意大利國王，是加冕登基了！

羣衆

皇帝國王萬歲萬萬歲！

奏樂。Te Deum（註二）之章。

憐憫之精靈

他居然把朗巴底王冠加在自己頭上，像這樣一種僭妄得有點下流的行爲，簡直可以把呂納維爾條約完全打破，而使歐羅巴的和平要經過許多年歲都不能恢復。從他幹下這冒昧舉動的時候開始，奧地利一定會偷偷的擴充它的軍備，等待一個時機跟他的敵人聯合在一起了。（註三）——我一定要提醒他。

他到拿破侖耳根邊輕輕的說着話。

波納巴特參將，

你倘若能够拒絕這種不健全的光榮，能够永遠爲着你最初所宣誓擁護的自由之神而盡力效忠，可不是更好嗎？

拿破侖

誰在跟我說話？

大主教

陛下，我沒有，誰也沒有說。

拿破侖

我親愛的約瑟芬王后，你在喊我的名字？

約瑟芬

陛下，我沒有喊。

拿破侖

我的女人呀，你沒有說，我知道。你是不會說這些冒失的話的。這是一種擾人的幻想，在操勞過度的精神上起着作用罷了。

儀式完畢。教士們在華蓋下面走到寶座的腳邊，行列從新排齊，準備回宮去。

年歲之精靈

多事的精靈呀，

你年紀太輕，你根本沒有去留意我們
在這裏早對你說過了的萬物的主宰；
否則你也不會去招呼那位皇帝，因為
他的行動也祇是執行着主宰的指示。

憐憫之精靈

長老呀，我眞是不得不感動！像這一種
人生在冥冥中被上天管束着的說法，
我始終不敢領教。

年歲之精靈

那麽讓我再一次的
把這個無所不入的勢力的一切波動
呈現在你那一雙多懷疑的眼睛面前，

使你的不信任永遠的告一個結束吧。

全場又顯出了以前所說起過的那種不可思議的透明，又像是一個腦筋的內部似的，這腦筋彷彿就代表着至高無上的意志，而一切在活動中的人物都祇是它的纖微質上的一部分。

憐憫之精靈

夠了。可是爲着我衷心的感動，我還是不能承認這些妖術的幻影是眞實的。

年歲之精靈

感情永遠是不合邏輯的東西。

諷刺之精靈（旁白）

一位精靈怎麼可以承認所謂邏輯這麼個東西，這是一種最起碼的學問，祇有在世上的人所

謂他們的第三紀時代（註四）纔可能存在的
場而變動。大教堂的外景替代了內景，眼界往後退，整個的構造顯得愈遠愈小，變成一個像雕琢得非常精緻的大理石裝飾品似的東西。連城市也縮小得像模型似的，阿爾卑斯山像一帶白的波紋似的在遠方顯示出來，這一邊是阿德里亞底克海，那一邊是熱內亞湖，意大利夾在中間，隨後，雲幕遮蓋了全景。

（註一）伊亞戈係莎士比亞名劇奧賽羅中的惡人。

（註二）天主教最普通的讚美歌，以 Te Deum（你上帝）二字開始，故稱。

（註三）法、奧二國，為在意大利的權利問題屢起爭論，曾於一八〇一年在呂納維附訂立和約；今拿破侖就意王號，奧地利最為側目，故復與英吉利聯合。

（註四）地質形成的第三期。

第二幕

第一景

海軍軍康，直布羅陀

在鎮市和林蔭路上的花園後面，可以看到一帶巖崖高聳着，英吉利艦隊停泊在海灣裏，海灣對過，從阿爾赫西拉斯起到加爾奈羅角爲止的西班牙海岸把西部封鎖住了。海峽南面是阿非利加的海岸。

年歲之精靈

我們這遷移不定的舞臺，現在又要

排演一幕卡爾貝巖崖上的景像了，
然後再去看爲着某種殘暴的企圖
而聯合起來的西班牙法蘭西艦隊。

司書使者（朗誦）

自從波納巴特在米蘭登了基的消息
迅雷般的震撼着數個的歐羅巴以來，
他們的調動以及他們的演習，都會使
英吉利人心惶惶，作着種種的猜度了。
關於這次預料中的打擊的許許多多
可靠的警報，再加上各種奇怪的傳聞，
已經把衆人都驚動着了；每一處地方——
馬耳他，巴西，威爾斯，愛爾蘭，英領印度——

都一個個輪流的被認爲時時刻刻的
有讓旣強且暴的敵軍侵入的可能了。
『奈爾遜在那裏呀？』人人都在掛念着；——
『他對於這空前的計劃有什麽高見？』
他們擔心而又害怕的到處這樣問。
『如果維黎奈夫眞集中了他的兵力，
一旦越海而來，便定然會所向無敵！』

年歲之精靈

奈爾遜老是在船上，三年多沒有離開，
現在他纔上岸了，我要去把他請過來；
跟着一起來的那個人是精明又銳利，
祇有他能夠看透拿破侖的陰謀詭計。

奈爾遜與科林烏德一起進來，上上下下的踱着。

憐憫之精靈

瞧，奈爾遜的臉色是這樣憔悴，疲勞，
他定然是爲着滿腔心事，日夜心焦。

奈爾遜

總之，老科，你寫給我的那一封信是有着
這樣重大的意義，使我非跟你面談不可；
因爲我斷得定，你的的確確能够猜得透
那個我竭力想破壞而辦不到的計劃的
眞實的內幕和企圖。

科林烏德

我是這麼樣估量的：

他們飛奔到西印度羣島去，目的無非是
爲要把我們避開，而使附近海邊找不到
我們的踪跡，這便解除了最大的障礙了；
在馬底尼克這些地方會出些什麽事情，
他是不屑顧到的，祇要他的最大的目標
並不受到危害，這就是說祇要讓他們的
強固的聯合艦隊能夠很快的回來就好。
格拉維那和維萊奈夫一同到了歐羅巴，
就馬上會來到飛羅爾，首先把港口封鎖，
然後又會趕到布雷斯特去替換剛多麥，
再帶領五十四五艘戰船，就隨時隨地的

可以攻打到我們的海岸上來的。我覺得他們還是照以前一樣的在打算着想要侵入愛爾蘭，這個我已經在信上說過了。

奈爾遜

你的深遠而又敏銳的見解從大體上講是完全跟事實相符合的。不過，那些混蛋打算停船的地方可不會是愛爾蘭海灣。據我看，他們是要到威賽克斯海邊來的；而維葉奈夫所帶領的那個強大的艦隊，目的卻是在遮掩那聚集在運兵船上的主力軍隊的進行，要調虎離山的使我們永遠的逗留在別處。——天哪，科林烏德，我是

非走不可的了！可是還要耽擱兩天，
我總離得開呢。——！我眞是非走不可的！

科林烏德

大人，您無論走到那兒去，勝利之神
總是會跟着您走的。讓他們動手吧，
您的威名可以把他們吹回去，就像
西南風吹着海邊飛來的鷗鳥一樣。

奈爾遜

科林烏德呀，我知道你能夠信任我；可是，
兵船是死的，不會像碼頭邊的鴿子一般
祇要聽到叫笛一聲響，就會從海軍部的
遲鈍的船塢裏面一隻隻自動的跑出來：——

實力又相差得那麽遠，簡直的叫人吃驚，
這眞需要你我非常的努力纔能奏效了！

年歲之神向奈爾遜耳語着。

科林烏德呀，我彷彿接到了許多的警告，
覺得我的一生壽命是在慢慢的縮短了；
時常有奇怪的警告，像自己發出來似的。
我雖然並不害怕，可是究竟不能不承認！……！
不過，靠着上帝的幫助，我還要活在這裏
跟異國的狂徒拚一下；我要先結果他們；
然後再讓死神來把我自己也結果了吧！

科林烏德

大人，請不要把您的一生看得這樣悲觀：您是個受命於天要做一番事業的人哪！

奈爾遜

唉，老科。並不是祇有鎗彈子纔會傷人的。……我在這裏像有一種垂熄的火似的感覺，一種說不出來的像犯了重罪似的感覺，這些感覺老在圍攻着我的私生活，害得我所有的奇功偉績，從我自己眼中看來都顯得那麼黯淡無色了。——我恐怕自己是爲了以前那個使我在拿波里和巴列摩過着些甜蜜的生活的女子而犯了罪吧！……

一個對自己都會感到不滿意的人，即使
全世界都對他表示滿意，也祇像是一隻
五彩的鳥兒瞎了眼睛，自己再不能享受
它所能給予別人的愉快了。什麼是快樂？
這是一塊在這個我所厭倦了的世界上
沒有一個鍊金術士能弄到手的點金石。——
祇要能成就了榮譽，成就了國家的利益，
明天我就會含笑的回到我的老家去的。
——現在我們再會吧。我真費了你不少時間，
作着這些不合時機的自白。

他們走遠去，看不見了，幕垂落。

第二景

飛羅爾口外

法蘭西與西班牙的聯合艦隊。在法蘭西海軍提督的指揮艦上。維葉奈夫可以看到在他的房艙裏，寫着一封信。

憐憫之精靈

他心血來潮的寫着，神色蒼白而又不安，像一個看到厄運在冉冉而來，但既不敢面對它又不能逃避它的人似的。

年歲之精靈

他是在對他的多年的好友德克萊部長說着些非常陰沈的話呀!……

維葉奈夫(寫)

「我已經被任命爲這大計劃的執行者了,可是我祇能料到悲慘的結局。無論我是這樣辦或那樣辦,會爲着個毫無誠意的蕩子而拋棄迫切的求婚者的「成功」女郎,是不會使我如意的。我不妨老實寫下來,海軍的腐敗是到了不可挽救的程度了——壞的桅竿,壞的風篷,壞的軍官,壞的兵士;

我們還死抱住早就過時了的海上戰略，
而時間和機會又來不及使我趕快去
學一些新的。我是老早就這樣疑慮着，
可是直到我看見了援軍，西班牙艦隊，
我卻還有幾分希望。——原定駐軍地點是
布雷斯特，可是我想，凱爾德又會進攻，
再加上奈爾遜或是康瓦里斯的援軍，
便會把我的艦隊完全打散。……依我個人，
老實說，我卻打算馬上開到加提斯去，
而不要照原定的計劃進駐布雷斯特。
——唉這樣辦，我便要違背了皇上的命令，
雖然也許會叫海軍少丟些臉吧。——

你的朋友，維業奈夫。」

羅里斯東將軍進來。

羅里斯東

提督，我打算今晚上就從飛羅爾
派遣一名專使趕快去呈報皇上，
在那呈報上，我打算這樣的說法：——
「我們此刻祇等待就在飛羅爾近旁
祇因爲風色不順而留在海灣裏的
格拉維那的船隻了。等會集了之後，
我們就可以出發到布雷斯特；馬上

就跟康瓦里斯開火，替剛多麥解圍；
於是全部合在一起，就向海峽進兵；
經這樣一來，就推動了陛下的整個
曠世雄圖的第一個輪子，而可以使
全架機器直開動到大功告成爲止；
要顯得法蘭西海軍在念四小時內
就會攻入海峽而把它完全佔領的。——
我打算馬上向皇上這樣的報告，
也可以使他放心的知道我們的
計劃完全遵照着他自己的意旨。（註一）

維葉奈夫

好的，羅里斯東。我可以完全同意。

羅里斯東退出。維葉奈夫還是坐在桌旁，沈思着。

年歲之精靈

我們且幻化爲那暗示着厄運的肉眼所看得見的形體去引動他；他正是一個會受這種引動的人，而在我們，這又是上天所賦予的特殊的本分。

年歲之精靈與憐憫之精靈變形爲白色的海鳥，飛下來停在維葉奈夫的船上的，就在他的房艙的窗子外面的船尾洋臺上。維葉奈夫不久之後擡起頭來，就看到了那兩隻海鳥正用銳利的大眼睛望着他。

維葉奈夫

我的恐慌是甚至超過了合理的緣由了，彷彿有什麽神力從窗外打了進來似的。

他茫然的望着，隨後又沈思起來。

——我爲什麽不敢把我的思想向他說明呢？我每天夜裏聽到呼嘯的梳索在這樣說，布雷斯特是斷然不會看到我們的戰艦在連天的礮火裏安安穩穩往北方推進，而在這一次流血的遠征中佔到先着的。——如果眞要鬧得不堪收拾，那倒不如現在

趁早懸崖勒馬，暫時保全着自己的實力，
不使得受到這次冒險的莫大的損失吧。
可是我倒並非爲了自己怕死纔這樣想，
卽使叫我明天就死，我也是毫無遺憾的。
這些恐慌絕不是出於什麼自私的動機，
而是爲整個事業。我們的海軍是糟極了，
這一點我是知道的，而皇上卻並不知道，
這祕密眞叫人寒心！雖然也許有幾個人
會願意不顧一切的去碰這未定的機會，
我卻不願意來指揮這毫無把握的軍事。
我寧願等在這裏，讓拿破侖懂得了我的
迫於情勢而說的那些模糊的話的意義，

而對我大發雷霆的。

憐憫之精靈（向年歲之精靈）

你這不可知的天意的長子呀，
（我這樣稱呼你，不知道對不對，）
你爲什麽要這樣的虐待他？你爲要
自圓其說，就不惜拿別人來犧牲嗎？
他那種舊式的勇氣是無可非難的，
雖然他的目的也許是在得到報酬。

年歲之精靈

我以前早已說過了，現在就再說一遍吧，
我是不能自作主張的。你可還沒有覺得，
我們是和他一樣的全在上天掌握之中，

我們祗能盡自己的本分，無論到西到東。

海鳥不見了，全場在海霧後面消隱。

（註一）原註；『這一切錯綜的計劃，作者大部分都是依據著諦野；他能够看到當時的許多文件，因此他對於著名的毀滅英吉利的計劃的詳細敍述，大概總是靠得住的。』按，諦野(L. A. Thiers)係法國著名政治家兼歷史家，拿破侖戰後被舉為第一任總統。

第三景

波羅涅營地與港口

遠方是英吉利海岸。在司令部近旁有一間小屋，外面有哨卒和衛隊；這是拿破侖的暫時的居處，當他不在離這裏海岸有二哩路程的磚橋堡的司令部裏的時候。

啞場

一驛使攜帶公文來到，走進皇帝的行營，又從裏面出來，攜帶着別一些公文走向在下面的德克萊的營帳去。不久之後，拿破侖從他的營帳裏出來，手裏拿着一張紙，沉思似的走向一座臨着海峽的山丘去。

沿着下面的海岸，有十萬以上的步兵排成了一條極長的線。在營帳後面的沙地上，有一萬五千馬隊做着作戰演習，他們的武裝像一大叢青花魚似的在陽光裏閃耀。艦隊在港口裏圍成一圈，船上都有活動的人體。

皇帝把頭部聳出在前面，雙手擱在背後，極仔細的察看着這一切生動的進行，但是更時常的把臉轉向西南方，望着石巖上的信號臺，這是為着要當維柴奈夫和聯合艦隊在西面的水平線上出現的時候向他們發施信號而設立的。

他叫過一個副官來，那副官走下到德克萊的營帳去。德克萊從他的營帳裏出來，趕忙走到皇帝身邊。啞場完畢。

拿破侖與德克萊走到佈景的前部來。

拿破侖

德克萊，三禮拜前跟羅勃特·凱爾德爵士

接觸的消息，以前我們祇是模糊的鷄到，
此刻我纔接到一切詳細情形的報告了；
整個的看，這對我們的計劃是很吉利的。
我們跟西班牙合在一起有二十隻兵船，
每隻船都不到八十枝鎗，有的還差得遠，
就已經可以在非尼斯代爾角口外對抗
十五隻都有一百枝鎗的英吉利戰艦了。
我們洗着應戰，像他們一樣的有條不紊，
要不是大霧漫天，我們最後是會勝利的。
英吉利戰艦打壞了兩隻西班牙的船隻，
也有相當損傷，凱爾德就帶了破船逃走，
我們也馬上拖了西班牙的船向前追去。

我們的海軍提督發現沿海岸已經沒有敵人的踪跡，便也不再繼續拚命的追趕，祇順勢進駐到古維尼亞，在那兒便接到在布雷斯特集中向這邊出發的命令了。照這情形，我們必需叫維琪奈夫的艦隊和剛多麥的艦隊更要趕快的發動纔是。

他又向信號臺望着。

德克萊（略帶躊躇）

陛下，如果他們不發動可怎麼辦呢？

拿破侖

不發動？他們會發動的，一定馬上發動的！並沒有障礙可以阻住他們。非這樣不成，因爲對付了英吉利這方面之後，我還有許許多多事情要做呢。我聽達萊朗（註一）說起，奧地利現在正在那兒極急進的準備着，而俄羅斯的軍事計劃也慢慢的成熟了，各方面都馬上就要發動的。——我拿定主意，準備爲一方面一方面分別的對付過來。祇要等維樂奈夫一來到，我就馬上可以打進不列顚海岸去，使他們害怕得發抖；（甚至現在，他們就已經弄得手足無措了，將軍們一心想計劃着各種新式的戰略，又在打岡様製造運輸軍隊的各種車輛。
我一旦穩固的佔領了英吉利的土地，
打到了倫敦，同時另一方面的勢力又
達到了保羅（註二）的皇庭的時候，我就已經
把庇得的聯軍完全解決了，而這樣的
把一個民族從冷酷的封建勢力之下
整個的解放了出來。

他們站在那裏望着英吉利的石灰質的巖崖，直到奈破侖從新說着話：

即使出於意外的，
我的海軍將校們覺失約而沒有會集，——

其實照情形看這是絕不會發生的事，——
我也可以在大陸上借着日耳曼的路，
帶領了這二十萬名百戰疆場的士卒，
一口氣的就直衝進維也納的城腦去，
叫奧皇屈服。隨後把威尼斯也佔領着，
把奧地利的別一個根據地全部剷除，
又把布爾朋族（註三）的遺孽從意大利趕走。
最後再去打俄羅斯。你瞧，我要叫他們
來不及連絡就逐一的解決了。

等一下

來報告我今天海面上有些什麽消息，
還有，你在走下去的時候關照他們把

達呂找到這兒來。

德克萊（一邊引退，一邊說）

皇上的精神眞是壯健。我完全比不上。他的信是要比我的信有力量得多了。唉，維葉奈夫呀，我的老朋友，你爲什麽要在這樣的時候對我說這樣的話呢！

（他一邊下去，一邊看着維葉奈夫的信。

皇帝上上下下的踱着，一直到他的私人秘書達呂來到他身邊纔停止。

拿破侖

達呂，你快一點過來；就坐在這裏草地上，

趁我現在想到，就寫下來

先給維葉奈夫：——

『副提督，我相信在寫這封信的日期之前，你的艦隊早已到過布需斯特。如果沒有，那你還可以接到這封信。請你不要停留，一分鐘也不能隨意耽擱的，馬上出發吧：祇要我們的聯合艦隊一旦渡過了海峽，英吉利就是我們的了。這裏已經準備好，軍隊枕戈待旦，軍用品也都完全裝上船，祇在二十四小時之內就可以渡過海去，我們的目的馬上就達到了。』

再給剛多麥：——

「我給了你這許多通告，是要使你明白我的意思和目的，不過是希望你能夠監視維葉奈夫，使他一小時也不耽擱就趕快的準備，趕快的出發到海上去。而且現在，我又加多了五十隻上等的戰船可以供他調遣了。趕快就決定吧，你要盡全部的力量向海峽那邊推進。我絕對信任着你的義人皆知的人格，你的勇氣和力量也是絕對可以勝任。馬上出發吧；這樣就可以消滅了我們幾世紀以來所受到的屈辱和侮慢了。」

遂呂

陛下，是不是立刻就把它謄寫淸楚呢？

拿破侖

現在就謄下來。馬上派驛使出發送去，不能停留一分鐘時間。

達呂走到了下面不遠的他的辦公處去，皇帝還逗留在巖崖上，拿起他的眼鏡望着。

觀點移轉到海峽對過去，波羅涅巖崖沈下在水平線後面。

（註一）拿破侖的外交官。

（註二）總是指俄皇保羅一世，但其時保羅已於一八〇一年被暗殺。

（註三）法闌西舊王族。

第四景

威賽克斯南部近海岸的一帶隄塘似的沙丘

從沙丘上，可以望到前面的英吉利海峽裏的廣闊的區域，包含那著名的皇家海水浴場，以及斯令格島和它的泊船所，那裏正停泊着一些大戰艦和三桅戰艦。時間是上午十點鐘，七月的陽光照耀着一帶圍繞在前面的大軍營，曬暖了代替籬笆用的石垣。

礮兵，馬兵，和步兵，英吉利的和漢諾佛的，都排列出來讓肯勃闌公爵和參謀部諸長官檢閱，排成盛大的陣容，延長三哩，一直到沙丘上的看不到的地方纔完結。

中間豎着國王的大旗，旗竿旁邊，喬治王帶着全班扈從坐在馬背上。查羅特王后率領三位郡主坐在一輛由六匹乳酪色的漢諾佛駿馬拖着的車子裏；另外一輛四匹馬的車子裏坐着其他二位郡主。此外跟御駕一起到場的，還有樞密大臣，麥爾格雷夫爵士，孟斯特伯爵，以及許多別的體面而又顯赫的貴人。

閱兵式在曠場中進行；許多軍樂隊的喧聲跟喝采的聲音混和在一起。敬禮處後面的草泥上擠滿了許多車輛和步行的看客。

一看客

你也跟王上和我一樣的到這兒看熱鬧來了？眞是，一個傻子可以叫許多人都變做傻子。今天這兒會有這麼許多人！咱們會看到這麼一個時代，一下子打仗，一下子又像過節似的尋快活；波納巴特那個鬼精靈正在那邊等着，而這一邊又剛好是這個有血有肉的喬治陛下他本人！

第二看客

可不是。我眞奇怪，怎麼會讓喬治陛下冒險到這海邊上來呢！在這兒，他一下子就可以給人像鷂鷹捉老鼠那麼容易的捉住的；咱們離波納巴特是那麼近，祇消他轉一轉念頭就會提到咱們身上來。天哪，無論在這兒，或是在旁的什麽地方，他都隨處可以登陸。格羅斯特行宮會給包圍住，到那時候，喬治恐怕連帶上帽子都來不及，查羅特也不能從從容容的披上她的紅大衣，穿上她的高底鞋，就馬上要給帶走了吧！

第三看客

像你所想的把他們嚇了去那樣的笑話是不會鬧出來的。瞧瞧那下面的兵船，每天夜裏它們都要排成一行，密得差不多一隻碰一隻似的擋住了灣口；在岸上又放着雙層的步哨，全帶足了麥酒跟軍火，第一層放在海邊上，還有一層放在營地跟礮臺之間，把整個的前線全保護住。還有在行宮近旁，一到八點鐘之後衛隊就上了班，所有的小山上全有步哨；港口上有一排二十四磅彈的大礮；正對面又有十二尊六磅彈的礮，跟好多尊溜彈礮。此外，你再瞧瞧，這兒的馬兵和步兵的軍營又多麽大呀！

第一看客

可是這一個禮拜誰不是提心吊膽的！王上出去划船，說是還要回來看戲；時間過去，天色一點點的黑下去，戲還不能開場；一直等到八九點鐘，還是連他的影子也不見。我不知道他究竟到什麽時候纔上了岸；大家一致的說，這簡直是輕舉妄動的玩意兒。

第四看客

他眞是個非常固執，又非常滑稽的老先生；有時候人家叫他到港口上來，他就無論怎麽樣都不會來的。

第二看客

上帝明白的，就是他給擲了去，也不會有什麽大了不起的事——以後沒有人會叫咱們唱歌，沒有人會叫咱們玩棍子，也沒有人會叫咱們做把項頸鑽在轡頭裏面跑馬的遊戲了，那倒是眞的。同時也沒有人替咱們簽那些公文了。可是咱們總有法子可以混得過去。

第一看客

走到這個堆堆上去吧，你可以看得更淸楚一點，此刻走過的軍隊就是約克驃騎兵——除了軍官之外全不是跟王上同種的——四年以前在這兒給打死的那兩個年輕的日耳曼人也就隸屬於這一枝軍隊。現在過來的是輕騎兵；他們一下子就完全跑過了！瞧，王上正轉過頭來跟他的一位要人談話呢。眞是的！今天這日子將來一定會在歷史上記載起來。

第二看客

明天也安見得不是呢！（他對海峽望着。）現在，在那一片亮晶晶的水面上固然是連敵人的影子也沒有；可是據說，布雷斯特的艦隊已經起碇了，準備跟從波羅涅穿過來的陸軍同時並進；如果這話是眞的，那麼法國人簡直馬上就會來到；那時候，咱們祇有指上帝來幫忙了吧！我近來老是在喝純粹的酒精，因爲，我說，讓自己的五臟六腑給礮彈子打得粉碎，也就跟讓它們給酒精燒掉沒有什麼不同；而且，燒掉了，還是在自己身上，那究竟好得多。他們說，在尼羅河邊，一個礮彈子打在可憐的詹姆・坡普爾身上，把他的胃剛巧彈到鐵索梯上面，一直在那兒像一頂帽子似的掛到了乾濕。他以前聽了老年的母親的話，連一杯甜酒都不肯喝，可有什麼用處呢！

軍樂隊奏着，閱兵式一直繼續到十一點鐘以後。接着是作戰演習，到正午時候，王上的車駕離開那地方，走上了通到城市和格羅斯特行宮去的大路；接着旁的許多車輛也紛紛離去，擁擠得把路都塞住了。羣衆步行着跟在後面。不久，車輛緩緩的向海水浴場前進，軍隊開回到各自的營帳裏，而最後，一層海霧把全景籠罩着。

第五景

同上　命巴羅烽火臺，愛格登草原

同一個夏季的八月中旬的夜裏一帶高高的聳起的草原朦朧的顯露着，盡頭處是一個峻峭的斜坡，草原頂上有三個土堆，在最顯著的土堆的有陰蔽的一方面，是一間草泥的小屋，煙囱由礫石砌成。前面是兩堆燃料，一堆是容易發火的野草和乾柴，另一堆是耐燒的木材。從那黑暗的感覺和那地方的特性中，彷彿會發出一種無盡的空間的意味；這地方，如果在白天，向東面是一直可以望到槐依特島上的巖崖，西面可以望到死人灣邊的勃萊克登山，南面穿過那魯麥山谷可以望到攔住海峽的堤岸。

兩個手執長矛的人頭、露出來，他們站在兩堆燃料旁邊，看守着烽火臺。

老年人

現在，詹姆斯·配契斯，你再聽我說吧。咱們應該留神的地點是勃萊克登，並不是欽斯勃里；我可以告訴你一個緣故。如果他會在這兒附近的什麼地方上岸的話，那就一定逃不了死人灣的圈子，這麼着，信號一定是直接從勃萊克里打來的。可是你站在那兒老把眼睛死釘住了欽斯勃里這個緣故我也可以告訴你，詹姆斯·配契斯，你的腦筋糊塗了；你變得一天比一天笨，簡直不能擔任像咱們這樣的國家大事了！

少年人

約翰，你說這樣的話，簡直不像從前總算是受過點兒教育的人。

老年人

咱們總督是這樣關照下來的，你們一看到東面的欽斯勃里山，或是西面的勃萊克登燒起烽火來，你們也馬上就燒；你們要把第二堆火燒到兩個鐘頭。咱們接到的訓令是不是這樣的？

少年人

這個我自然承認。所以我總望作了欽斯勃里，我覺得這地方比較起來更像一點。

老年人　那正顯得你眞是無知識得厲害。可是，我倒願意耐心耐想的跟你說個明白。你學過地理沒有？

少年人　沒有。這些沒道理的東西我全沒有學過。

老年人　嘿嘿！——好，我再耐心耐想的換一個樣子來問問他。可知道地是圓的——那麼？我想一定不知道吧！

少年人　這個怎麼會不知道！

老年人　你既然從來沒有上過學，你怎麼會想得出來？

少年人　多謝上帝，我是從禮拜堂裏學來的。

老年人　禮拜堂？全能的上帝要這種沒道理的知識幹什麼用呢？留神一點，別犯了褻瀆神聖的罪呀，啓姆斯・配契斯！

少年人　不管怎麼樣，我說的總是事實！我是從行廊上的唱詩班那兒聽來的。他們大聲的唱着：「圓的地球和活在那上面的人們，」叫我們在下面這班普通人怎麼能不相信他們的話呢！

老年人　很明白的，你還是沒有弄清楚——我可以擔保沒有弄清楚！可是，我還要耐心耐想的跟他說一個明白！——比方說，我的帽子就是地球；這地方假定說就是波羅涅營地，波納巴特就耽在這兒。地球是在那兒轉，像這樣子，波羅涅也就跟着轉。十二個鐘頭過去，地球還是在那兒轉——像這樣子。現在波羅涅到了什麼地方了？

停頓。另外兩個人形，一個是男的，一個是女的，從昏暗中在天空的背景上顯露出來。

老年人（擧起他的長矛）

那邊是誰？是自家人還是敵人？

婦人

眞是糊塗鬼你自己「是誰」你說的是什麼話，約翰・槐伊丁！你連自己的鄰舍都不認識了，你以後難道還想靠着這雙眼睛混飯吃嗎？我們是住在布侖角的鄉團團丁堿特爾和他的女人凱西曷——你難道還以爲是別人嗎！

老年人（放下他的長矛）

堿特爾太太，別再這麼說了；王上的政府規定要每個人都向我們通名報姓的，保衛國家是我們立過誓願的責任。在這樣的時候，祇有一定不移的嚴格的規則，纔是咱們的救星呀。——可是，我的太太，到夜裏這個時候，你爲什麽要闖到這侖巴羅來呢？

婦人

爲着昨天海面上的鎗聲，我們做了許多的惡夢；到後來，我實在再也睡不着了，老像是看到了要出什麽事情的預兆似的。我就對塔特爾說，我要穿起衣服來，上烽火臺去問問今晚上到底聽到什麽風聲，看到什麽動靜沒有。所以我們就來到了這兒。

老年人

一點兒風吹草動也沒有——什麽都安靜得像墳墓一樣。你們先生好嗎？

園丁（上前）

嗨！我很好！我已經入了伍，在這個禮拜王上閱兵的時候，我在幫忙看守陣地。我們那一天眞是威風——威風極了！王上一遍一遍的稱贊着。——是的，他在那兒，我也在那兒，可是在王上面前簡直連眉毛都不敢動一動。今天我告了一夜的假回家來——預備明天再回那邊去。天哪，我們天天在等着波納巴特打過來呢！眞的，我們在軍隊裏誰都這樣說，我們的希望是馬上就會達到的。

老年人 別說了，𡃤特爾，別說了吧；別再挺起了胸脯說這些大話了吧。你的背脊是空心的，就像擱柴的鐵架子一樣。你以為我們在這兒當差的會一點兒軍隊的消息也不知道嗎？你當心點；再傳來一次警報的時候，你別再像去年一樣拔起脚跟就逃走呢！

園丁 那一次跟打仗是沒有關係的，上了勁的時候，我就非常膽大，就像一頭獅子一樣，『瞄準！開鎗！』這樣的聲音我已經聽得非常的熟，就像聽我自己的名字一樣。那一次的事情是——（放低他的聲音。）你們聽到說起過沒有？

老年人 我們自然聽到過。

園丁

眞可怕呢可不是！

老年人

眞可怕！眞可怕！

少年人（向園丁）

他根本沒知道究竟是什麼事！他故意冒充知道的，以爲自己了不起。什麼事情這樣可怕呢——倒底是？

園丁

呵，我們直不能說。這事情把我們整個隊伍裏的八十個人全嚇跑——雖然對於自然界的恐怖，我們要算是膽大的人當中的最膽大的，要不然，那些孩子們也不會跟在我們後面把我們叫做「頂刮刮的鄉團」了。

婦人（低聲）

我倒可以稍稍告訴你們一點。這是關於上帝吃些什麼東西的問題。他們說他是靠人肉過活的，每天早晨要吃些小孩子的醃肉當早飯——世界上所有的人都喜歡講這些古時候的巨人的故事。

少年人

你不能聽到什麼就相信什麼。

園丁

我祇相信一半。我祇承認——我就是這樣倔強的脾氣——也許他在沙漠裏的時候，會吃一些異教徒的小孩子。可是在平常時候卻不會吃基督教的孩子。不會的——這話是太過分了。

婦人

不管怎麽說，請上帝饒恕我！我有時候雖然覺得這些話太古怪，古怪得叫人好笑，可是我總是害怕，怕得腳都發軟，簡直連路也走不動。他說不定以前曾經糟塌過幾個的；我擔保他以後是不會再要吃小孩子了！

沈默，在沈默中他們向黑沈沈的無星的夜空四周望着。

少年人　照那個樣子看來，天氣馬上就要改變了。我聽到非羅麥山谷裏的母牛在叫，近得好像就在我身邊似的；麥克斯·騰派克那兒的提燈亮晶晶的照着。

老年人　好，請進來喝一點我們備在這兒的什麼酒吧；你們走回家去的時候，心裏也可以溫暖一點。我們昨天夜裏替他們碰好了八十桶不知什麼名字的酒——前一天夜裏在勒爾溫灣上岸的，雖然這一次差些兒讓騎兵隊的軍官給截了去。

他們走向小屋；同時在西面的地平線上可以看見一道火光，那火光很快的就大起來。

少年人

他來了！

老年人

他已經來了，還用你多說！這就是英吉利所等待着的事情的開始了！

他們站着，對火光望了一會。

少年人

堪特爾園丁，這就是你剛纔所以要讚美上帝的事情了。

園丁

剛纔我的意思是——

婦人（癡笑）

呵，我爲什麽要嫁給一個野蠻的兵士呢！照他的行當就會叫我給這世界生下些沒有父親的孩子來。我當初爲什麽不去嫁給一個沒氣力的男子呢！

老年人（掮起他的長矛）

好鄰舍，我們再不能聽你們這些無聊的空話了；我們幹着王家的差使，敵人又正在打進來。夥計，過來。把火絨箱找來。走得快一點！

他們二人趕快走進小屋，在外面可以聽到火石打鐵的聲音。他們拿着點亮的提燈回出來，就去點旺了一束乾柴，用這乾柴就拿第一堆燃料發了火。鄉團團丁和他的妻子在烽火的照耀中趕快的退去；在火光裏，紫色的草原變成古銅色，窪地顯得像是骷髏上的眼圈。

災禍之精靈

這樣很好，馬上就會造成流血的局面了（向年歲之精靈的合唱隊。）我猜想上天的意思是要我們去實行這一次的侵略，同時可以舒舒服服的屠殺一下，不願意叫我大失所望吧？

年歲之精靈的半合唱隊一（縹緲的音樂）

用不到實行；上天預定好流血的事，
祇要我們照了不變的方針去佈置！

半合唱隊二

那支配着一切，統治着一切的蒼天，
無論對什麽事情都已經決定在先！

半合唱隊一

在太陽沒有造成，沒有發光的時候，
人類之間已經註定了要互相狠鬭，

半合唱隊二

無論是海上或陸上的殘暴的戰爭，

都像別的事情一樣不能改動毫分—

災禍之精靈

好；這樣也就不錯了。我的原則是：戰爭可以造成響亮而有趣的歷史；和平就完全是枯燥無味的藍本了。我所以要幫波納巴特的忙，原因就是爲了他能叫後世聽了他的故事感到莫大的愉快。

憐憫之精靈

眞是個僞君子—

年歲之精靈的合唱隊

我們不能了解他。

天色在高高的草原上明亮起來，烽火還是在燒着。黎明使一條灰白色的官道顯露着，這條官道是從小山外面的皇家海水浴場迤過來的，一直伸展到草原的邊上，遠遠的在東方消失。

啞場

移動的人體和車輛在官道上到處散佈着，全是從海邊過來，向同一個方向前進。在前面一點，那些人體顯得都是些平民，大部分是步行的，但也有許多坐着兩輪馬車，運輸貨物的馬車。或是騎着馬。當他們走到一座聯在中間的小山邊的時候，有些人都停了脚步回過頭來望望，另一些人卻頭也不回的就走上了落到平地去的斜坡。

從對面的地平線上，有好多隊義勇軍，都穿着紅地綠邊(註二)的本地的制服，排着隊伍向海邊前進；此外還有些不成隊伍同時也不穿制服的拿長矛的人，也一起走着；在傾斜到海邊去的塞地的較高的斜坡上，還可以看到正式的軍隊，馬隊和礮隊一應俱全；都在走向海岸去。

由精靈首領打着傳令的招呼，二謠言之精靈穿着普通鄉下人的服裝走上了官道。

第一精靈(向諸步行者)

各位鄉里，這麼快的跑那兒去呀？而且現在連早飯也沒有吃呢！空了肚子這樣趕路是不好的。

第一步行者（背着一捆東西，說話連氣也喘不過來）
他已經在西面上岸了，在方丈灘那邊。你要是有什麼值錢的東西，趕快照我們一樣的把它連
你自己一起搬走吧！

第二步行者
昨天一整天，波羅涅地方的鎗礟聲是像
當那兒神說話的時候在天上所聽到的
七聲雷響一樣。他把人們的注意引誘到
那方面，然後把他的一千隻滿載的戰船，
而且是平底的，連最淺的海灘都能走到，
在西邊放過來，偷襲了我們這兒的邊境。
從高處望去，那些船點綴着閃耀的水波，
正像將近黃昏的天上有一大羣的燕子

飛集到一片平滑而又穩定的水流上來
找尋着砂洲上的蔓草似的。

第二精靈

我們是派來開導你們，叫你們安心的。
此刻還有一名驛使也到港口去解釋
這毫無依據的恐慌。

第一步行者（向第二步行者）

這些都是內地人，我敢擔保，他們連海船跟江船都分別不出來呢！夥計，咱們不要去管他，順自己趕路吧！

第一精靈

你們難道真會
不肯相信，在半夜的迷霧裏所看到的，

槳片在月光裏閃礫着的那許多船隻，其實不過是因爲後面拖的魚網太重而放回來得遲了點的一隊魚船罷了？

第一步行者

怎麽？你眞知道嗎？——現在我回頭對堤塘頂上望望，那些人倒像眞在那兒停住了似的。——要是這話當眞，以後我除了世界末日之外再也不要聽到一點警報就馬上勞動我的兩條腿了——在這三年之內，波納巴特來到我們這兒的消息，已經把我的風溼病所需要的安寧打斷了九次之多。那傢伙眞是淘氣；現在他又跟我開了次玩笑，眞害得我的肚子像一個洗衣盆似的，老是這樣亂七八糟的空着心搬來搬去！——不過，說不定你是敵人方面派來的，故意來說這些壞話，就是說，故意來散佈這些謠言，叫我們自以爲是非常安全吧？老鄉，是不是這樣的？我無論如何不願意相信這些話！

第二步行者

還是走吧！

波納巴特來了，那自然是不能遲延；

就是他不來，咱們也正好放假一天！

〔踏步行者下。

諾言之精靈消隱。全景彷彿整個的被包裹在烽火的煙霧裏，慢慢的也不見了。（註二）

（註一）原註：『這些有歷史意義的制服滾邊——我想，本地的（第三十九）聯隊，是爲了這種滾邊纔獲得「綠衣兒」這個綽號的——後來是因某種不很明白的原因而改掉了。（現在又恢復原狀。——一九〇九）』。

（註二）原註：『守烽火者所作的簡陋的小屋的殘跡，包含幾塊一半陷入泥土的磚瓦，和一小堆長滿了青苔的土墩，是至今還可以在本文中所說起的那高地上看到。那兩個守烽火者本人，以及他們的奇怪的舉動和談話，一概都依據傳聞，祇把姓名稍稍改變了些。』

第三幕

第一景

波羅廸　磚橋堡

堡中的一間用爲皇家駐驛處的房屋，拿破侖皇帝與算學家兼哲學家加斯巴爾·蒙什先生坐在桌旁用早餐。

隨侍軍官上場。

軍官

海軍提督德克萊大人求見陛下，

還是此刻馬上傳他進來呢，還是叫他再等一會？

拿破侖 自然是馬上就傳他進來——維棐奈夫到底解了布雷斯特的圍了吧！

德克萊上。

德克萊，我們的艦隊現在到底怎麼樣了？已經像一羣游到河裏搶食喫的鵝似的衝開布雷斯特，全向海峽那邊過去了嗎？

德克萊

陛下，這正是我所希望能够在今天天剛亮的時候就送來的消息。可是，照現在看，事情卻沒有那麽容易了；因此我祇能親自趕來向陛下報告，這一無成就的事實眞使我的——

拿破侖（沈下臉色）

怎麽？

德克萊

陛下，正當艦隊從飛羅爾開拔的時候，「阿希爾」和「阿爾赫西拉斯」這兩隻船上卻偏偏的在這緊要關頭鬧起時疫來；不久，我們的西班牙友軍又遭到不幸。

有幾隻船互相撞着，這本來就是一些粗笨不堪的船隻，再加上了新的損傷，便當然的出了毛病，而竟很快的累得幾個艦隊都不可收拾。維業奈夫估量凱爾德一定早就跟奈爾遜合在一起，同時覺得如果這樣漫無秩序的進攻，就一定會遭到從來所未有的大損失，爲事勢所迫，祇能讓從布雷斯特進襲海峽的計劃等待別的機會再來執行，而目前卻萬般無奈的把柁轉向南方，開往加提斯去了。

拿破侖（已經從桌邊站了起來）

什麽話！——照你這樣說，

難道我幾年來苦心的計劃竟讓這個毫無膽量的傢伙隨隨便便給毀了嗎？你怎麽能讓這樣的人偷偷的混進來，叫我把這樣緊要的工作託付給他呢？

蒙什（旁白）

我在這兒是個多餘的人！我先出去一會，等狂風吹過之後再來吧。可憐的德克萊！這個寶貴的計劃完全是從路易王朝的海軍檔案處發掘出來的，其實讓這計劃在原來的地方發了霉倒完全没有事了！（註一）

〔蒙什下。

為幫助朋友，你竟汚辱了國家的聲譽！——
德克萊，你不但重用着這個維葉奈夫，
你甚至暗地裏跟他一樣的懷着這種
荒謬的意見，暗地裏幫忙他設法破壞
這麽一個有健全的根據的，而時機又
正成熟了的計劃。你老是把法國海軍
說得一文不值，你老是在打算着要叫
艦隊弄得走頭無路！維葉奈夫這個人，
你的朋友，這個無用的蠢才，這個畔徒，
卽使叫他帶領一隻小船都是不配的！
我當初祗要他能够打一打，趁此機會
把敵人羈留住就好，也不是非勝不可，

怎麽，他偶然看見有幾名水手生了病，
偶然看見有幾張破了的風篷倒下來，
偶然聽到幾句凱爾德跟奈爾遜已經
聯合在一起的那種似是而非的消息，
竟會一下子就弄得束手無策，而準備
把我們這爛熟的計劃完全放棄了嗎？——
唉，像這樣無用的人還有什麽話說呢！
現在，把他本人吊來，不許他在加提斯，
用主力軍隊強迫他向海峽方面前進；
同時再把他的最高司令的職權革掉。
拿聯合艦隊全交給剛多麥去指揮吧。

德克來

陛下，這是一件說得舌敝脣焦都不容易說清楚的事情，也難怪您會這樣不高興，可是您還進一步把許多不正當的動機加到了這工作的執行者身上，便使我的困難情形越發的困難了。我明知道不配來答覆這些責問，不配來請問您爲什麽這許多年來對法國海軍的聲譽的關心，還始終不能造成一般人的一點兒信仰。我雖然願意說，可是我不會叫您相信的！

話固然是不錯，這個人是我以前的朋友，是我從小的同學，可是正因此我纔敢說，爲替國家服務起見，就是在今天在此刻，叫他把自己的心肝全都挖出來，他也是情情願願的。可是他對什麽事情都看得太遠了，這倒反成爲他一切事情的障礙。陛下，有時候說不定眼光淺近一點倒反會使幸運之神歡喜呢。有些人有着一種暴虎馮河的膽力（例如那位奈爾遜爵士，）用一股愚蠢的蠻勁相信着自己的幸運，甚至於發展到幼稚得非常可笑的程度，（例如那些英國人，就處處地方都慣於用『信任上帝』這一類漂亮話來掩飾；）像這樣用一種盲目的固執去擔當一切的危機，勇往直前的亂闖，到最後卻也許會得到

眼光清楚的人所得不到的良好效果的，
維葉奈夫卻並沒有這一種盲目的勇氣；
但是，陛下，他決不是一個懦夫。

拿破侖

隨你怎麼說吧！——可是現在我們怎麼辦呢？
我的腦筋裏祇有一個目標——就是要成功！

德克萊

陛下，我的聲音跟你比較是微弱得等於
沒有了！可是，既做了海軍部長，卻不得不
放肆的來說幾句話。——我的步驟是這樣的：——
我們原先那個把艦隊合在一起的計劃，
因為久久延遲的原故，早已變得什麼人

都知道的了，而英吉利方面也有了準備。
我打算從新安排過。在今年年尾的時候，
先把這個聯合大艦隊分成了許多小的，
零零碎碎的去搗亂敵人，直到冬天爲止，
於是再在加提斯集合，把一半剩在那裏
以便混亂敵人的視線，分散敵方的兵力，
把另外的一半從蘇格蘭那方面繞過去，
同時您自己再帶領着我們的無數兵船，
浩浩蕩蕩的在東邊向海峽傾全力推進，
這樣的作着致命的打擊。

拿破侖　如果他們發覺了

蘇格蘭方面的虛實，專對付東路可怎麽辦？

德克萊

這一層我也想到過，我也有對付的辦法；
我待近打算把這計劃更詳細的寫下來，
再送到這兒給您陛下看。

拿破侖

好，快把它弄出來；現在，替我把達呂叫來。

德克萊下。蒙什再上。

蒙什，今天我們的早餐可給打斷了；
關於你所擅長的古代學術的討論

倒底不能不讓位給目前的問題了。
可是你不要性急走開呀；雖然剛纔
我爲了那一個冒充替法蘭西盡力，
但實際上是非常懦弱，非常無能的，
可惡的傢伙而大發了一陣子脾氣——
啊——達呂已經來了。

達呂進來。裳什告退。

達呂，你坐下來寫。是的，馬上就在這兒寫
就把這兒當做是我的辦公室吧。你想想：
維葉奈夫竟掉過尾巴逃到加提斯去了！

我打算了這麼許多年的對英國的計劃，已經耽擱得那麼久，現在也許根本摧了！這簡直變成小孩子用牌搭出來的屋子，一會兒就溶化得無影無踪。遂呂，你想想！我的上帝，我的上帝，還有什麼話好說呢！想得這樣周到，準備得這樣充足的計劃，竟會弄得這樣一場沒結果！……你坐下來寫。

拿破侖上上下下的踱着沈默了一會之後又說：

你這樣寫。——這已經是改變方向了！——你寫，寫！

遂呂（執筆就紙）

陛下，我已經準備好了。

拿破侖

先給貝爾那多特——

不錯；「先派遣貝爾那多特從淡諾佛出發，
經過海塞一直達到符爾茨堡和多惱河，
同時叫馬爾蒙從尚關沿着萊茵河推進，
在曼茨和符爾茨堡跟貝爾那多特集合……
等他們這樣的把路先開好，這裏的軍隊
就轉過面來，放棄了討厭的不列顛海岸，
而跟駐兵布雷斯特的奧什羅互相呼應，
就傾全力向東面進攻……
為引誘敵人，在黑森林作一次假的襲擊，

而我們的目的卻是要從它左邊繞過去，
會貝爾那多特和馬爾蒙於非爾科尼亞；
然後再在烏爾謨附近一帶渡過多惱河：
取包抄的形勢一直到奧地利軍的後方；
把他們死勁的圍住；然後再進兵維也納——
像這樣解決了奧地利，我再去對付沙皇；
同時在意大利那方面，我可以叫馬賽納
把查理大公爵牽制住。

預定着這個計劃。

我最近把從這裏達到多惱河的每一條
大路和小路都一概量好，畫好，又考查過；
宜於設軍庫的地點也都選定又標明着；

每枝軍隊的每天的巡行和每晚的露宿，
都統統的寫好在桌子上，以便隨時參考；
這一切詳細的記錄都附在這裏送來了。」

照這樣，我就可以把這兩個日漸強大的，
威脅着我們的帝國的勢力撲滅了下去。
——讓我想。——先送去給貝爾那多特——不，這不對，
要讓派到馬爾蒙那兒去的驛使先出發。
不錯，不錯。——我們從這兒開拔的命令，我倒
還要考慮過。……我本來打算敲開喬治的門，
去好好的請問他爲什麼不客客氣氣的
親自答覆我的非常和平的信，卻一定要
把這事情交給他的手下人去辦，而現在，

這不能不暫時停頓了。可是不會很久的。
即使不直接進攻，我也還可以繞道而行，
另外想出個同樣穩當的間接的方法來。

遼呂

我停一會就把這稿子送來給陛下過目。

拿破命與遼呂分別的走了出去。

年歲之精靈的合唱隊（縹緲的音樂）

司晋使者呀，請記下
他所推動的這一次勇敢的征伐——
假如對於生命如此短促的人類，

還有所謂事業垂諸久遠的可能，
那麼目前這回的戰事，就將成爲
人世間不朽的功勳——
到將來子子孫孫一代代的傳述，
會經人歌詠又贊美，
會被稱爲空前絕後的模範戰略，
「那偉大而又著名的五年之役呀，」
幾百萬未來的人類將這樣喊着。

（註一）原註『「這計劃是保存在拿破侖時常去查閱的海軍部檔案處：他覺得自從路易十四以來，這海軍曾經完成了許多大事業：遠征埃及和佔領英吉利的計劃都至今還保存在海軍部裏。」——加柏非格：執政時代與帝國時代之歐羅巴』。按加柏非格（J. B. Capefigue）係十九世紀法國史學家。

第二景

上奧地利與巴伐利亞之邊界

在半空中所看到的英河南岸的形勢，英河像一條絲線似的，在它和薩爾查河以及多惱河相交會的兩處地方之間向北屈曲的流着，造成了兩國的疆界。多惱河顯得像一條纖細的緞帶，在這幅圖畫的遠景中從左邊一直伸展到右邊；英河水流注入更大的多惱河。

啞場

一大隊奧大利陸軍在半中間遲鈍的爬行着，像是一堆一堆和一排一排分離着的發白色的東西。一排一排的人不知不覺的在走近來，顯得是從東面慢慢的聚集到前面說起過的英河邊去。

一司書使者（朗誦）

我們從這裏上風所能夠遙遠的聽到的，
這個像一張樹葉子上的蛞蝓似的活動，
是著名的馬克所策劃出來的一條妙計，
打算去阻礙傘破命的；他們至今還以為
傘破命是打算從波羅涅進攻到英國去，
而沒有料到馬上會聚集到自己後方來。
馬克目前的企圖是打算取道巴伐利亞，
經過左邊的斯瓦比亞而去佔領烏爾謨——
可是，我們所看到的卻還是一片平靜的

夏季的原野，誰想到會演流血的慘劇呀！
　被迫害的巴伐利亞，在我們後面的那個
臨着伊薩爾河的慕尼赫城中轉輾不安，
一方面因王后的關係而對法蘭西仇恨，
一方面又極想去抵制奧地利大兵臨境，
無所顧忌的踏過本國疆土的那種威脅，
因此弄得左右爲難了。而同時，拿破命的
部隊卻正風馳雲湧的在而東方推進着，
這個，我們不久就會看到的。

奧地利軍隊像蟲一樣的悄悄的爬行到英河河邊去的景像依然可以看到直到整個場面消失在雲霧裏爲止。

第三景

波羅迪　聖奧美路

這是在八月尾的一天早晨，大路從城裏一直向東邊伸展。

『征英軍』的隊伍正在準備開拔。有一部分已經排好了開步的行列。軍樂奏着，軍隊開始向萊茵河和多惱河出發了。波納巴特和他的一些軍官從一處高崗上看着這一切行動。兵士們一邊神采煥發的在他們的鷹章下面開步前進，一邊唱着『告別歌』和其它的軍歌，喊着『皇帝萬歲』以及回憶到在意大利、埃及、馬侖戈，和霍亨林頓等地的那些日子的各種口號。

英吉利，下次再見吧！

全體精靈的合唱隊（縹緲的音樂）

不知再有沒有機會呀！

在這場面繼續着的時候，還可以看到軍隊沿着大路穿過起伏着的八月的風景，慢慢的小下去，直到後來，每枝軍隊都祇小得像一粒微塵一樣；終於，行進的軍隊在東面的地平線上整個的消失。

第四幕

第一景

喬治王的海水浴場，威賽克斯南部

秋季多陽光的一天。被稱爲格羅斯特行宮（註一）的那一座紅磚石築成的皇家住宅裏的一個房間。

在前面的一座三面透光的窗邊，在一個三腳架上，放着一架望遠鏡。從中間一個開着的窗洞裏，可以望見成新月形的海灣像一片綠色的閃光而又透明的被單似的平鋪着，在那上面停泊着一些戰船。在左邊，白色的巖岸伸展着，一直伸展到聖阿爾德亨峯爲止，而這樣的替那一方面的水平線造成了一幅背景。在中間是大海和藍天。一塊貼近的土角聳出在右邊，頂上放着一座暾壂，再上面可以看到更遠的斯介格島的灰色而秃頂的前額。

在前景中，黃沙平滑的鋪着，沙上有各種臨時的運動設備；近傍是一片草地，有許多漂亮的人物正在那片草地上散步。在行宮外面就有許多成隊的兵士，成羣的軍官，和哨卒。

國王和庇得是在房間裏，國王的眼睛顯着剛發過炎症的樣子，那位大臣卻有一種疲乏的神色。

國王

是的，是的；庇得先生，我懂得你的意思，所以我非常的願意接見你。不但如此，你到這兒海邊上來，也是非常適當的；假如你爲了猛烈的辯論，爲了你和我所共同擔負着的別一些煩雜的事務，

而需要稍稍休息一下：那麼到這兒來
也是再好不過的事。這兒的游水浴場，
簡直在整個歐羅巴都找不到第二處，——
你看看我的成績——而且空氣又這樣好。——
可是近來對國外那些舉動有人說話沒有？
議會上通過了什麼關於國事的議案沒有？
國家大事怎麼樣了？戰事進行得怎麼樣了？

庇得

我剛纔對您陛下說的那許多話，
假如把意思總括起來，是這樣的：——
我們必需請福克斯先生，格倫維爾爵士，
和他們那邊的人，都一起來跟我們合作。

梅爾維爾，還有西德茅斯，還有伯欽亨吹，
他們都離開了；因此，事務上的各種處置，
都顯得是臨時性的，這個陛下已經知道，
因此也就不得不行着許多通變的辦法——
爲着大衆的福利，這總不是久常之計吧。
根據我所說過的這種重要的理由，
我要在這裏再正式的向陛下請求，
希望陛下能够毫不猶豫的准許了
我所提出的辦法。

國王　　可是，親愛的庇得先生，
這已經是誰都看得非常明白的事情了；

你自己的已經有了明證的能力和識見，已經儘够推動我們這次反抗拿破侖的新十字軍戰役，再不需要旁人來幫助你。那麼爲什麼還要把福克斯和格倫維爾拉進來呢？這種幫助我們是並不需要的。請你想一想之後再對我說。我們已經接到過許多的警報，說波納巴特已經在近旁上了岸，簡直像縛在脚跟邊的爆仗般使我們驚跳着。

庇得

這些謠言是來得像收割似的有規則的。

國王

現在他已經率領全體人馬離開波羅湼。

那麼他以前究竟是不是眞想打進來呢？
或者他的大集合祇是一種騙人的煙幕？

庇得

陛下，祇要有好的機會，他是毫無疑義的
想要打進來的。他以後也許還要嘗試呢。
可是，我已經說過，祇要能和福克斯聯合——

國王

可是，可是；——我倒要問，他現在打算怎麽樣？
奈爾遜爵士手下的艦長哈代——他就住在
離我們這兒不遠的一個平靜的山谷裏——
兩禮拜以前，他曾經回來探望他的朋友，
我就在這個房間裏跟他談了好多時候。

他說我們的海軍還是在危險的時期內
波納巴特的在海上的企圖，雖然是因為
波羅涅計劃的失敗而暫時停頓了起來，
可是他跟西班牙聯軍總還有新的打算。
『勝利號』在那半個月間是停在斯匹海德，
奈爾遜爵士在那時候就又上船出發了；
是的，他又出發了。『皇家號』就在後而跟着，
另外還有幾隻船也跟着。當奈爾遜離開
南海岸的時候，歡送者把喉嚨都喊啞了，
無論紳士或平民都瘋狂的擠在他身邊。

庇得

陛下，還有許多年輕女子拖住他的手臂，

許多老婦人替他祝福，用手撫摸着他呢。

國王　啊——你自然也聽到過了。上帝保佑他庇得。

庇得　亞門，亞門！

國王　我覺得這種事情就好像是起了一個課一樣，這個課正好啓示着上天對於我和我的世系是完全信任，我倆可以在這樣個時代安居王位了！……啊，啊。——那麽波納巴特的這次新的遠征，是事前所想不到，不得已而出此的吧？

庇得

也許是這樣的，陛下；也許是這樣的。
在昨天正午時候，那位奧地利大使——
我趁他沒有安頓好就去跟他商量——
他對我說他最近接到這樣的消息：
馬克將軍連同他的八萬人馬，已經
飛快的在開過巴伐利亞的疆界去，
準備在烏爾謨把法蘭西軍隊攔住，
那是一個早就選定了的邊疆重鎮，
有壕溝，有城牆，很可以雄據在那裏，
等待敵人長途跋涉，精疲力盡的從
濃陰密佈，道路迂迴難認的黑森林

摸索出來的時候，就好兜頭迎上去。
祇要馬克能够把狡猾的敵人截住，
一面跟波希米亞的俄羅斯軍聯合，
一面就可以拿他們打得落花流水。
　　陛下，照這樣，我費盡幾個月的心機，
國家又花上了這麼許多金錢，船隻，
和人馬的俄羅斯、奧地利和英吉利
這三國的大聯合，總算已經展開了——
這就等於在那梟雄的馬刺上包上
一塊軟布，使我自信能够把他打倒。
可是，——像這樣的一種策略上的聯合，
是需要一個堅強而又積極的內閣，

來幫助您陛下指揮着一切事務的；
因此，我願意不憚煩的再來說一遍——
站在福克斯那一邊的那許多名人，
我們還是需要一和我們聯合，他們——

國王

怎麽，你又來了——我腦袋並沒有糊塗呢！
庇得，相信我，你的確把自己看得太低；
你不需要這樣的幫助。你已經完成了
把歐洲聯在一起去爲正義而努力的
偉大的功績，不久就可以叫那推翻了
許多奉着天意而統治的王朝的強徒
完全的屈服，同時也馬上就可以證明，

我們最好還是照開始時一樣的幹去，而並不需要找許多人來幫我們的忙。照你的習慣，在勇往直前的時候，你是不會猶疑不決的。庇得先生，不要這樣，我必需非常堅定。假如你愛你的王上，那麼請你不要再拿什麼福克斯，什麼格命維爾來不時不刻的激怒着他吧。什麼福克斯！即使為着他而發生內戰，我也是甘心的！怎麼？你還有什麼話說？

庇得

我說，陛下，……啊，沒有什麼話了！

沈默片刻。

國王（愉快的）

樞密大臣現在也在這兒，還有我的許許多多朋友温克爾西夫人，卻斯特菲爾爵士跟他的夫人，伯爾克里夫人，加斯將軍，以及那位對於我也是很重要的眼科醫生菲普斯先生。他是一個很有能力的人，很値得看重。我的眼睛在能力上有了很大的進步，這我是知道的；同時他還說，在持久這方面也有着同樣的進步呢。我準備好明天要帶了肯勃蘭、蘇賽克斯和康橋的郡主和公爵（他們全在這兒）到騎路上去騎馬，去看看海邊上的營地。你高興跟我們一塊兒去嗎？

庇得

陛下這樣的吩咐，我眞不勝榮幸了。

庇得像要告退似的對窗外望望。

陛下，外邊那奇怪的建築是什麼呀？

國王

這是一座戲臺，一種再普通不過的戲臺。這兒的市民特別爲我造起來的。今天晚上六點鐘，就要有爲民衆娛樂的棍子的比賽？打破別人的頭最多的，獎四個基奈亞。比過了棍子，就要舉行把項頸套在馬韁頭裏面的賽跑——這是一種非常有趣的遊戲，我無論如何不願意錯過，一定要在這兒看的；我對於我的百姓所喜歡的事情，差不多沒有一樣不發生興味。

庇得

陛下，這一點通天下的人全知道的。

國王

庇得先生，你現在一定需要休息了；你如果需要告退，請你不必再拘束，一切都隨便吧。

庇得

多謝陛下。

他像一個有目的而沒有遠到的人似的走了開去，幕閉。

（註一）原註：「這一座雨打日曬的古舊的廢墟，雖然現在已經改為一家旅館，樣子卻還沒有多大的變動。」

第二景

烏爾談城前面

從東面所看到的城市的景像，在前景中顯露着一帶低低的澤地，中間由種着一行白楊樹和柳樹的多惱河岸做着界線，河水從全景的左邊直流到近右邊盡頭處的愛爾欣根橋，背景是許多搭着葡萄架的，不規則的山丘和高地。城市是在這些山丘和高地跟河水之間，堆滿了舊式的尖角頂的屋子，周圍是城牆，稜堡，和一條溝道，那龐大的峩特式的禮拜堂的大殿和高塔臨視着一切的建築。

在背面的最顯著的高峯上——密歇爾山上——在全景中的右方上角，駐紮着無數奧地利軍隊，軍隊四邊都是些未完成的戰壕。奧軍的前哨是在城市的東南面，雖法蘭西大軍的前哨並不遠；法軍是由蘇爾、馬爾蒙、繆拉、拉納、奈伊和杜朋帶領着，成半圓形的佔據了前景中的整片平地，一直穿過河流伸展到全景右邊的較高的地帶。

一陣陣濃密的雨點和雪花公平的落在法蘭西和奧地利的軍營上，而小山上的奧軍卻幾乎全被雨雪所遮蔽住了。一陣十月的冷風呼嘯着，吹過原野，白楊樹在大風中倚側。

啞場

溼淋淋的農民們忙迫的工作着，當着敵軍的面替高高的奧地利陣地築着防衛物。上面是奧地利軍隊，下面是法蘭西軍隊，在濃密的霧圍中顯得那麼昏沈而又矇矓，像沒有什麼目的似的在他們各自的陣線邊走來走去。

近邊，拿破侖披着常用的青灰色的斗篷，騎在馬上，帶了他的將校東奔西走，每經過一支軍隊就對他們很熟悉似的演說着，對自己的同伴說着又指點着奧地利軍的陣勢。

黃昏的黑暗加深，更大的雨點奔馳着，最後竟把整個景像都籠罩住，連昏暗的燈火都看

統治者

不見了。

第三景

烏爾謨　城堡

在第二天早晨，在奧地利司令部裏。外邊，暴風雨震響着。

馬克將軍，憔悴而又焦急，非迭南德大公爵、希伐爾真堡親王、葉拉支赫將軍、里支將軍、比伯拉赫將軍，和另一些軍官，都一齊坐在桌邊，面前攤着一張地圖。一堆柴火在一個昏沈的火爐裏的幾條高高的鐵架子中間照耀着。每吹來一陣比平常更猛烈的狂風，便有一陣煙氣打進房間來。

馬克

敵人方面的這種狡猾得可惡的手段，
簡直把所有兵書上的條文都打破了。
差不多任何人都覺得這是必然的事：——
凡是要從萊茵河開到這兒來的軍隊，
無論是平時的行軍或是戰時的進攻，
都一定要取道黑森林，又穿過麥敏根，
而來到我們前面。可是他竟兜着圈子，
不聲不響的從連路徑都沒有的地方，
像做賊似的一點一點偷偷的繞過來，
一下子就到了我們的後門口了！可是，
祇要那些逃兵的話是眞的，英國艦隊
的確已經迫近波羅湼，不久就好登陸，

那麼波納巴特自然也祇好馬上退兵，
從新渡過萊茵河去了。我們祇消等着，
就好眼看他退兵回去的。

大公爵

可是誰能擔保這些好消息一定是眞的？

馬克

大人，這消息的眞假也並不是非常重要；
俄羅斯的軍隊一天天的在開過來；我想，
一定要不了我所預算好的八天的時候，
他們就會來到這兒替我們解了圍。此刻，
我們祇要能夠支持幾天就沒事。

大公爵

算了吧；

像這樣等着，我是受不了的。就算是等着，
也不會有什麽希望。我打算趁今天夜裏，
讓我帶領着我的馬隊小心的衝出城去，
也許會在敵人的圍困中衝出一條生路；
衝出東北角的城門，就又跟委奈克將軍
合在一起，就好向波希米亞那面退卻了；
現在處境如此窘迫，這種冒險是値得的！

馬克（堅定的）

既然全軍的主力隊伍是留在我這裏，
大人，我眞覺得非常非常的奇怪，怎麽
你會想不到離開主力軍是多麽危險！

如果我們要在這兒等，那麽當然是要全部軍隊都緊緊的合在一塊兒來等，決不能照您的辦法分散得零零碎碎。

希伐爾眞堡

主張我們不要分散，而要更團結得緊，固然也有道理。——可是爲什麽不全走呢！我想，現在是祇有一個穩當的辦法了，這辦法就是我們一起從這兒衝出去，一起很小心的暫時先開到底羅爾去。深謀遠慮的人們時常會費盡了心機，想遍了各種各樣的策略，都一無用處，而把凶惡的幻影認爲是逃不了的事，

可是有些頭腦簡單的，卻能化險爲夷，
凶惡的幻影也就煙消雲散了。但同時，
我們也知道圍困着我們的法蘭西兵，
是不會有空隙讓我們輕易溜出去的；
我們要走，就需要直撲着他們的刀鋒，
拚着死命打出去！各位將軍，你們以爲
該怎麼辦？請你們也把意見說出來呀！

柴拉支赫

我是主張衝出去的——向底羅爾那邊走。

里文

最好是到波希米亞！那條路可以通行。

大公爵

我的路線已經決定了。這一次倒楣的事，
全是旅館的那些嚇人的話鼓動起來的，
誰想到會鬧成這個結果！無論什麼犧牲，
我想，比在這兒作城下盟總要好一點吧！

在大公爵說話的時候，馬克已經站起身，走到窗前，望着外邊的雨。他神態有點窘迫似的回轉來。

馬克（向大公爵）

這是我的責任，我應該堅決的向您請求，
希望您無論如何不要去做這個膀大的
嘗試，以致於受到各種意料不到的危險。——

大人，假定您真照您所提出的辦法那樣，帶領了您的輕便的部隊和馬兵，離開了我們的主力軍隊，向北面繞着圈子過去，經過路途險阻的阿爾卑斯山脈，再經過赫爾登海謨，而達到波希米亞——這個計劃，是一定辦不到的；根據任何報告都可以知道您會被攻擊，被圍困，而不得不屈服。留在這兒難道會有更大不了的事情嗎？——大人，您還記得，皇帝曾經指定過，如果有你這一類的意見不合的事情發生的話，那麽就應該由我來做最高的決定者的。為了我們的軍隊和我們的貴族的名譽，

我斷斷乎不能讓您的無論那一枝軍隊，
去做那一個可惡的敵人的戰敗的俘虜；——
那個人根本不能算是代表法蘭西，實際上
他祇是欺騙國家而謀個人利益的人罷了。

大公爵

我非常明白，萬一這個崛起草莽之間的
敵國的首領，竟巧妙的抓到了在歷史上
最顯赫，最悠久的皇族的子孫，而藉此來
向我們作種種苛刻的要挾的話，那當然
會成為與地利帝國的最難堪的恥辱的。

諷刺之精靈

注意！——注意到五年之後，他們將成為同盟的兄弟——

這位皇族的貴人和那個㛷起草莽的匹夫！

大公爵

但我同時也非常明白，永遠逗留在這兒，也就像冒險衝出去一樣的，完全就等於準備着投降了。像我這樣性情高傲的人，與其這樣不聲不響的在這裏靜待滅亡，卻寧願冒着也許目前還有相當可能的，最危險的方法，來渡過最危險的難關了。

（菲迭南德大公爵走了出去。

接着是一種窘迫的沈默，在沈默中，狂風吹進煙囱來，雨點子打在火上。

希伐附貝堡

大公爵的這個辦法是非常聰明的。
我們應該把事實看得更明白一點，
我們顯然的已經被逼迫着，圍困着；
同時這也是顯然的，祇有憑着奇跡，
我們纔能得救！我老早就這樣說過，
這個人的虛張聲勢的三年大計劃，
雖然口說着要打到跟我們聯盟的
英吉利的海岸上去，但是在實際上，
卻不過是爲要轉移我們的注意點。
使我們疏於防範的一種手段而已。

桀拉支赫

我什麼都不懂，誰也不必聽我的話；
不過通盤的看，東面倒的確是一條
可以馬上就傾全力衝出去的道路。

又沈默片刻。

災禍之精靈

命裏註定着馬克又要遭到這樣的困難；
哈哈！——他現在打算怎麼辦！

憐憫之精靈

別這樣殘酷吧，
天上的雲都替他流淚了！

災禍之精鹽

他是逃不了的，

這正是幕給我們消閒的最好的滑稽戲！

馬克不安的走向門邊，可以聽到他在走廊上踱步，又在向聚集在那裏的副官和其他軍官們問着話。

一將軍

他是在動搖着，就像這個煙圈子一樣，跟着風勢，忽而飄到東，忽而又飄到西。

馬克（回來）

現在，再把那個叛兵帶到這兒來問問。

一名法蘭西兵士被帶進來，蒙住雙目，又有人看守着。眼上的帶子被拿掉。

啊，告訴我們，他說些什麽話？

一軍官（對那囚犯用法語說了幾句話之後）

還是一樣，

他還說不列顛的軍隊此刻正在那裏
傾着全力開始向波羅涅那方面推進，
波納巴特馬上就要把軍隊調回去的，
我們這方面祇消再稍稍的支持幾天，
就可以完全的解決。

馬克

仍舊把他扣留着。

他走到火邊，站在那裏望着火。那兵士被帶了出去。

柴拉支赫（彎身在地圖上，跟里支辯論）

我是寧願相信我們自己方面的報告的——
如果我們知道蘇爾將軍是在蘭德斯堡，
（這大概是對的，雖然那個人不是這樣說，）
杜朋是在阿爾貝克嚴密的防衛着我們，
奈伊是駐紮在根茨堡附近，同時在這裏，
或是在河流的下游一帶，是埋伏着拉納，
那麼我們就該儘可能的向南面發動了！

馬克（轉身）

也好。我們就這樣辦吧。渠拉支赫，你到婆敏根去跟希邦根的軍隊一起在那裏抵禦敵人。里支，你要趕快的帶領了你的部下去佔領愛爾欣根橋和那邊上風的高地，以及沿河流左岸的那一帶區域，要找到一個能夠集中自己。同時能夠分散敵人的地點。我在這裏固守城池，等待俄羅斯援軍來到。

一將軍（低聲）

分散恐怕是一個最不好的辦法吧：

有人留着，那麽就應該全體都留着；要像刺猬般縮得緊緊的，再竪起了全身的刺毛準備着，那纔是道理呢！

馬克

朋友們，照這樣，會議總算是結束了；我馬上就去把那些命令發下來吧。

聽到鎗聲。

一軍官

這當然是從上面的密歇爾山傳來的？

馬克

不要緊的，我們留在這裏再等待五天，等俄羅斯援軍來到，就馬上萬事安全。

（分別退場。

第四景

烏爾談前面　同日

狂風吹着，暴雨洶湧的下着。前景是愛爾欣根附近的一片高起的平壇。

啞場

波納巴特從平壇上瞭望着，又指示着攻打密歇爾山的有戰壕防守着的高峯，那些山峯是在半山間，在城市的右上方高聳着。從迷濛的雨水中，可以看到法蘭西軍隊正在奈伊的領導之下爬上山去進攻。

他們慢慢的前進，後退，又前進，停頓。接着好久不見動靜。於是，他們顯得彷彿是在那裏不規則的，甚至混亂的，活動着；可是最後，他們到底肉搏的把山峯佔領了。

在拿破命和他的參謀部聚集着的那地方的下面，愛爾欣根村莊，閃燦着水光又塗滿着汚泥，在左面伸張着，現在也被法蘭西兵佔領了。它的白牆頭的寺院，它的在多惱河上的橋，新近被勇猛的奈伊打壞了的，都顯得非常頹唐的樣子因雨水而高漲又被狂風所吹皺的河道；也形容憔悴的像是在表示着同情。

立刻，法蘭西兵從他們所得到了的山峯上向下面的城市開礮轟擊。一顆從奧地利礮壘上打過來的彈子落在拿破命身邊，在地下炸出了一個泥水的池沼。皇帝帶領着他的軍官退到了一個比較不顯著的地點去。

同時，拉納從離拿破命那地方不遠的陣地前進着，直到他的軍隊達到了近邊的弗勞恩山的山頂上。拉納和奈伊的聯合軍隊在窯裏面的斜坡上開下山來，走向城牆，包抄到正在後退的奧地利兵的後方。有一枝法蘭西軍隊正在爬上一處城堵去，但是拿破命卻傳令停止攻擊，黃昏的黑暗加深，那整個景像便也逐漸消隱。

第五景

同上　密歇爾山

三天以後的一個正午，陰寒，但是並不下雨。在布景的背上，在北面，聳立着密歇爾山諸峯；下面伸展着城市和多惱河的遠景。在一個像高山的橫枝似的較低的山峯上，一堆柴火在燒着，站在柴火旁邊的最前面的一羣人，便是拿破命和他的參謀部員，後者穿着華麗的制服，前者卻穿着他的破爛的外套，戴着他的平常的翻起的帽子，反背着手，來來去去的踱着，有時候卻也停下來烤烤火。法蘭西步兵列着隊伍，密密層層的排在他們後面。

鎮守烏爾謨的全部奧地利軍隊從拿破命對面的城門裏開行出來。領頭的是馬克將軍，後面跟着淶裴、戈特斯羿因、克列腦、里支登斯坦因，以及其他許多軍官；他們走向拿破命，獻着力。

馬克

陛下，您瞧，我就是不幸的馬克！

拿破侖

將軍，勝負本來是兵家的常事，
無論順境或是逆境，你都祇能
一切聽憑變換的機會和命運。
請走過來烤烤火吧。在這樣沈悶，
黏膩，陰晤的日子，着水的樹葉子
到處陰溼的掉落着，病人身上的
爛肺似的霉菌到處生長着，祇有

熊熊的火焰，那纔是寶貴的生命。

（向他的諸參將）

叫他們都站立在我的左右兩旁。

——奧地利軍官們依照了別人的指揮排列着，——奧地利軍隊也魚貫的在他們的征服者面前走過，走近來的時候都一一解除着他們的武裝；有幾個做着忿怒的手勢，說着忿怒的話；有幾個卻沈思似的一聲也不響。

在座的各位將軍，請你們聽我一句話——

我老實告訴你們，我眞不知道爲什麽

你們的皇上要跟我來打這樣的狠仗。

幹這不公道的事情他會有什麽好處，

難道眞是爲了要叫我對於我自己的
軍人的技能再多一次練習的機會嗎？
他怕我的技能會因少練習而生疏嗎？
照這樣，我自然是非有所對付不可了！

馬克

陛下，現在要請您允許我說一句話，
來答覆您的責問；我要在這兒聲明：
我們皇上是從來就不願意打仗的，
他是受了俄羅斯的強迫！

拿破侖

要是這話當眞，
你們就再不能算是歐洲的一個強國了。——

我要叫他知道，就在眼面前的這點軍隊
並不是已經包括了我所有的全部實力；
我的那些俘虜，在遣送到法國去的路上，
也許可以看到些我那邊的充足的準備！
我還有二十萬名全受過訓練的志願兵，
祇消稍稍招呼一下就會全體齊集起來，
到六個禮拜之後，又成爲十足的戰士了；
至於你們那些用強力強迫招來的新兵，
卻是辛辛苦苦教上幾年都還不成材料。
可是我並不想在大陸上得到什麽好處；
祇有英吉利，那纔算得是我眞正的敵人。
我所需要的就祇有船隻，商業，和殖民地；

這對於你們，也像對於我一樣有着利益。
因此，我現在要要求你們皇上，我的弟兄，
叫他趕快就走上最便利的和平之路吧。——
所有的國家，無論強弱總有破滅的一天；
就連羅萊納王朝也是免不了要傾覆的！

奧地利軍隊排着隊伍走過以及解除着武裝的那些動作，還是在有規則而又單調的繼續着，彷彿永遠不會完結似的。

拿破侖（停頓了一會之後又喃喃着）

啊，這跟英國有什麼關係！它已經佔到便宜了；
我應該在波羅涅那面對它施行威嚇纔對呢……

排列在眼前的這麽許多聲勢浩大的軍隊，
也完全是英國人用金錢玩弄出來的把戲！
現在正在開近來的俄國兵也是一樣。可是，
他們慢慢總會遭到跟這班人一樣的結局。

年歲之精靈

就隨他這麽說吧，我們已經清楚的看到，
他是像影戲片子上的人物似的活動着。
這種人物，外行的眼睛看了一定會詫異，
是完全遵照着演出者的意志，由全權的
水晶片子強迫驅使着。

諷刺之精靈

可是，我的朋友，

最高的主宰看到了奧地利軍隊瓦解
這麼一幕滑稽戲，他自己就會高興着；
甚至，在你這場影戲裏迭管理畫片的
那個聰明伶俐的主事者，也都會覺得
自己的技術是非常有趣而微笑着呢。

年歲之精靈的合唱隊（縹緲的音樂）

不是的，不是的，不是的！

這一切都是像冰河一樣的難以超越。——
說不定多惱河邊的輕微的波浪，
會在黑森林的山峯上引起回響，
可是在這些影片上活動的人形，
卻不會輕易就引起主宰的關心——

他的本性素來是那麼堅強，那麼剛愎！

憐憫之精靈

爲什麽偏要使這些虚幻的人物有着知覺呢？——

這眞是不能容忍的自相矛盾呀！

諷刺之精靈

這也有道理。

如果沒有知覺。怎麽會把這場好戲發揮盡致？

諷刺之精靈的合唱隊（縹緲的音樂）

今天眞是烏爾謨城最丟臉的日子，

恐怕幾世紀都不能湔滅這場羞恥！

奧地利人的隊伍繼續行進，直到全景被一片霧氣所遮掩着。

第六景

倫敦　溫泉園

在疊斯勃里爵士的住宅前面，就在那一年秋季的一個禮拜日的早晨。在背景上，有一些閒人聚集着又逗留着。

庇得進來。過到麥爾格雷夫爵士。

麥爾格雷夫

庇得，日安！這些發出憔悴的聲音在地上掃過的樹葉子，暗示着陽光燦爛的日子

是差不多過去了。——他和奧、俄聯軍之間的
競爭，這是他從波羅的海岸虛張聲勢的
向我們威嚇之後的必然的第二步行動，
現在說不定已經在那裏開始了吧？——近來
可聽到什麽消息？他們究竟接觸了沒有？

龐得
那蘭西斯皇帝，一部分是依着我的慫恿，
已經把最高的指揮權交給了馬克將軍，
這是位能力極強而見識又極遠的人物。
他把軍隊集中在多惱河邊的烏爾謨城，
這也是壓築得非常堅固的城池，據着它，
就可以長期的抵當法蘭西兵，不叫他們

從黑森林前進，去跟正從東面開近來的
俄羅斯軍隊碰頭。所有的報告都這樣說，
波納巴特這次行軍非常迅速；如果當眞，
那麽他們到此刻便一定已經接觸過了。
——同時還有一個謠言……完全不可能的謠言！——

麥爾格雷夫

你還相信馬克是一位傑出的軍事家嗎？
有些人卻對他的遠大的見識很懷疑呢。

庇得（忽忙的）

我知道，我知道。——我此刻是來找曼斯勃里，——
在這樣的時候找人怕有點不大客氣吧？——
我要他幫忙翻譯郵局裏送來的這一份

荷蘭文的印刷品。曼斯勃里的荷文極好，好久以前他就在來登把它學得好好的。

他從衣袋裏抽出了一份報紙，把它翻開來，往下看着。

這裏面有一些時局的消息，可是，我卻一點也不懂，你也高興來吧？

他們走到曼斯勃里爵士家裏去。曼斯勃里在廳堂上接見他們，臉上帶着一種預先知道了什麼似的恐懼的神色向他們招呼。

庇得

請原諒我這樣早就來驚吵。郵船進口了，
替我送來了一份看不懂的荷蘭文報紙，
所有的機關今天又都停止辦公的，因此，
我特意帶來請你看看。

（把報紙遞過去）

這裏面說些什麼？
請你念給我聽聽吧。這文字你是懂得的。

曼斯勃里（遲疑着）

這，這，我已經看過了——而且不祇一次——
剛纔也有一份報紙寄到我這兒來……
我們現在遭到一個極大的災難了！
瞧這兒，這上面說，馬克被波納巴特

四周圍圍的圍困在烏爾謨城裏，
已經不得已而投降，已經率領他的
全體士卒在征服者面前繳了械了！

庇得的臉上變色了。沈默片刻。

麥爾格雷夫

眞是荒唐，眞是莫大的恥辱！

庇得

憑着上帝大人，這些消息，一定全是假的！
這些外國的印刷品是像在鄉村市場上
騙騙種田佬的賤貨商人一樣的靠不住。

這些話我一點也不相信。——完全不可能的。
怎麽！八萬名奧地利兵士，而且馬上可以
跟冰圖淑夫所帶領的俄羅斯民軍連絡，
難道會一仗也沒有打就馬上繳了械嗎？
這眞太不成話了！

曼斯勃里

可是，我想這消息倒是眞的！
你祇要看這消息的確實可靠的來源就明白——
這是一個那些造謠的人們所不注意的地方
那位記者還加上說，許多軍事家都在說笑話，
說那位『渺小的伍長』（註一）又發明了一種新的戰術，
他無需乎用他的士卒們的兵器（註二）來取得勝利，

祇消用他們的腿，也一樣可以拿敵人打敗的。哈哈！這句話把那伍長的敵人諷刺得眞厲害。

庇得（停頓了一下之後）

猶疑不決的普魯士呀！祇消它動一動，祇消它穩定的踏下一隻脚去，這一切便都可以避免的。——我現在不得不走了。眞的，眞的，我的心血算是完全白費了！

曷斯勃里陪伴他走到門邊，庇得不安的離開，向白宮那邊走去，當他走出去的時候，那兩個還在凝視着他。

你瞧，他一下子就變得那麼虛弱；這些事情，
就是身體更結實的人，恐怕也擔當不起吧。

曼斯勃里

近來，爲了王上的固執，他的一雙肩仔上，
是擔負起了整個歐羅巴的憂慮和操心，
而且，半個歐羅巴的軍隊的僱用和維持，
也差不多完完全全擱在他一個人身上。——
他那瘦小而縐縮的臉，容易發怒的脾氣，
都不是好的預兆。他是不會活得很久了。

麥爾格雷夫

他的身體變得簡直像時局一樣的快呢。

曼斯勃里

他的心血白費了；我們的錢也都損失了！眼見得這一次我們化了這麽許多金錢和精力總造成的大勝的團結，是要全部都化爲烏有了！

麥爾格雷夫

不過我們總還有點希望；正在集合的俄羅斯軍隊總還沒有打敗。

曼斯勃里

不錯，我們瞧着吧，如果波納巴特把這個也打平，而把那方面的抵抗全鎮壓下去，那麽他一定會從新回到波羅涅來，專心對付我們了。

麥爾格雷夫

希望奈爾遜能夠保護我們！

曼斯勃里

奈爾遜在那裏呀？眞的，到了現在這時候，
他也許被海水浸透了；在比斯凱灣上的
水渦裏攪昏了；也許給狂風吹到北極去；
也許在卡那里羣島或是阿特蘭底斯（註三）的
海邊上的一個人跡不到的安靜的洞裏，
沈醉的睡在他的親愛的迪多（註四）的心窩上——
我們所知道的就如此而已！自從九月間
他經過蒲特蘭之後，便一點消息也沒有；
那時候大家還以爲他到加提斯去了呢。

麥爾格雷夫 他是堅強的。據我想他一定處處留意着。

麥爾格雷夫離開。疊斯勃里進去。幕閉。

（註一）奈破侖出身行伍，故云。

（註二）「兵器」原文作 arms，亦可作「手臂」解，與下文的「腿」(legs) 恰成對照，譯語無法逸出，已經把風趣犧牲損失了。

（註三）卡那里群島（Canaries）為西屬大西洋中的群島之一，至於阿特蘭底斯（Atlantis）卻並非實有其地，而是古代傳說中的一個小島，正如蓬萊或瀛洲之類。

（註四）迪多（Dido）迦太基美貌的女王，據羅馬詩人桓吉爾的史詩伊奈德（Vergil's Aeneid）所載，她曾經跟流亡海外的特洛伊城的英雄伊奈阿斯（Aeneas）戀愛過，後因被伊奈阿斯所拋棄而自殺。此處即以奈爾遜比伊奈阿斯。

第五幕

第一景

特拉法爾加角口外

一幅海洋的鳥瞰圖呈現出來。這是在黎明時候，海角和西班牙海岸在東面替廣闊的洋面鑲着邊。在眼光所能達到的，最近的，波濤起伏着的水面上，法蘭西和西班牙的聯合海軍的船隻或稀或密的排列着，造成了兩條從北到南的平行線，另外有一堆船卻跟這兩條平行線離得稍稍遠一點；太陽緩緩的向上面移，這些船上的風篷便在陽光裏像錦緞似的閃耀着。

在西面的地平線上，有兩排高張着風篷的船隻顯露出來，小得像空幻的想像中的飛蛾一樣。那些船隻正在慢慢的向聯合艦隊移近來。

司書使者—(依據他的書本朗誦着)
維葉奈夫倒底祇能遵從了命運的支配,
雖然他曾經在加提斯召集軍官們集會,
而在會議上,就連他的最大膽的將校們,
(盡是些殺人不眨眼的魔君,
不怕戰爭,不怕流血,也不怕任何的犧牲,)
也都不肯自投羅網而表示這樣的主見:—
他們以為那些出沒無常的英吉利戰艦,
　正是在向他們巧妙的勾引;
如果他們徒然趁着一時的興奮與豪雄,
而竟自動的去投入那層層密佈的樊籠,

那便是徒勞的匹夫之勇，完全沒有理性。

司書使者二

可是從上面卻頒來了一道嚴厲的指令，
叫他們馬上離開加提斯，就向都隆進兵，
再等第二次的命令，又要向意大利航行。
如果維樂奈夫遵照着這計劃到了那裏，
便會發現最高的指揮已經交給羅西利。——
無可奈何的維樂奈夫就變得那麼粗狂，
竟大膽的去會見戰爭，奈爾遜，甚至——死亡！

年歲之精靈的半合唱隊一（縹緲的音樂）

在衝突還沒有開始之前，先來在
海洋裏，

半合唱隊二

看奈爾遜的戰船從西邊露出來，

悄悄地，

半合唱隊一

每張帆都高排着，每過人都曾經

盟過誓

半合唱隊二

要勇往直前的擔當偉大的犧牲

或勝利！

眼界往下沈，一直沈到維葉奈夫的指揮艦『人牛（註一）號』的甲板上。那上面就站着那位海軍提督，他的指揮艦長馬劚底，多底農參將，其他海軍軍官，以及一些海員。

馬剛底

我們整夜的在空中看見他們打旗號，他們的前鋒偵查艦隊老是在向他們報告着我們這方面的形勢。

維榮奈夫

敵人方面老是在恐嚇着，像要偷襲我們的後艄；打旗號給我們艦隊，叫把船尾迎着風；叫格拉維那的十二隻船也停止操練，馬上就到這裏來歸隊。

軍官們喃喃着。

我在這裏說呀——

叫格拉維那的十二隻船馬上來歸隊，

叫所有的船都把船尾迎着風！——把船頭

全轉向北方，把風篷迎着左邊的風勢！

照這樣，萬不得已還可以到加提斯去

重整我們的軍容。如果照現在這方向，

那麽我們能找到的唯一出路就衹有

直布羅陀海峽——但這是個危險的出路！

叫他們把船隻排緊，不准有一點空隙。

我剛纔交待過的話也要好好的記住：

現在快關照他們到戰事開始了之後，

叫他們不要老等我的號令，在混亂中，
我也許不能什麼都清清楚楚的看到，
甚至連號令也都說不定會無從傳遞。
那時候，『名譽』的呼聲就是各人的領袖；
一切都聽從『名譽』的指揮，他們就可以
一步不放鬆的應付這場猛烈的戰爭。
現在，總括的說一句：各人自己留心着，
每一位艦長，每一個軍官，每一名兵士，
在開火的時候都絕對不準擅離職守！

這個艦隊的船隻都遵照着指揮把船頭從南方轉向北方，緊緊的排成了兩行平行的曲線，每一行船隻的凹進的部分都向着敵人，而第一行的空隙處往往是由第二行上的船隻來塡補着。

一軍官（眼睛向英吉利艦隊睜視）

他們在悄悄的掩過來，他們的擁擠的風篷，
像在屠宰日之後的早市上所時常看到的，
放在腸肚舖裏的吹大的尿泡般的膨脹着。

小軍官（傍白）

對於我們，我們今天卻就是屠宰日之前的早晨，
我敢這樣的預言着——

望見英吉利的海軍提督正在向他的艦隊打着旗號。那旗號的句子是：「英吉利希望每一個人都能够盡他的責任。」當那旗語被讀出來的時候，從所有英吉利的船隻上發出來的響亮

的吶喊聲，便跟着海風一起飄蕩過來。

維棠奈夫

他們也在打旗號呢。——啊，衝突就要發生了！
你們慢慢的再開火，先叫大家都留意着，
且不要把自己方面的指揮艦表示出來，
直到打完了一仗爲止。這會使他們迷惑，
會在決最後勝負的時候對我們有益的。——
我想，他們也跟我們一樣分成兩行的吧；
我們停一會就可以知道。

馬剛底

那最前面的一隻

像要跟『桑逵·阿那號』接觸呢。如果眞是這樣：
那麽可以叫『烈火號』去幫助它。

維葉奈夫

就這麽辦吧——
時候還儘來得及。——我們的船應該嚴守陣地，
等敵人的船用鋼鐵的聲音喊着『喂！』的時候，
我們也同樣用鋼鐵的聲音向他們答覆吧。

他們等待着敵人方面由『勝利號』率領着的最北面一行戰船過來，偶爾也放一鎗試試兩軍的距離。正在等待的時候，卻聽到南面傳來一陣鎗聲，轉過頭去便看見『皇家號』艦上的科林烏德正率領着他的一行戰船在跟西班牙的『桑逵·阿那號』交鋒。同時，『勝利號』也越走越近，但始終不動聲色的保持着沈默在一個一致的時間，『人牛號』『桑底西馬·

特里尼達德號』和『霸王號』同時的向『勝利號』放着船側的連珠銃（註二）。

當煙塵消散了的時候，便看到『勝利號』上的後頂桅已經連同許多桿棒和許多船索一起倒了下來，它的輪子也給打掉了，它的甲板上堆滿了許多死人和受傷的人。

維萊奈夫

這樣很好，可是瞧，他們卻並不停止進兵，
他們還是無所顧忌的一股勁走近來呀！

多底農

那最北面的一行對準了我們的船移近來，
他們大概是打算把船頭從橫面撲上來吧。

馬剛底

『霸王號』船上的敘提的呂加斯，正在努力着要把敵人方面的這個企圖想法子阻擱住。——
你瞧，他怎樣的在奮鬭着，本來也許會打到
指揮艦上來的子彈，現在全打在他船上了！

這時候法蘭西船『霸王號』正在開上去，把自己夾在走近來的『勝利號』和『人牛號』這兩隻船的中間。

維樂奈夫

現在要動手了！『桑底西馬·特里尼達德號』，
『霸王號』，和我們這隻船的堅固的船身上，
一定會首先就受到鎗礮的猛烈的轟擊。
把你們的搭鉤和你們的戰斧準備起來！

我們要把鷹徽（註三）放到英吉利船的甲板上，
再立誓把它佔領！

全體船員

啊，我們全都願意立誓！

皇帝萬歲！

但是『勝利號』卻突然轉了灣，兜到『人牛號』的後面，穿過它的尾部的水痕，向它開着船側的連珠鎗，後面的鎗又連帶的打着了『霸王號』，把全景都包裹在重重的煙霧裏。

眼界逐漸變換。

（註一）人牛（bucentaure，）一種神話中的怪獸，一半像人，一半像牛。

（註二）戰船一面（左舷或右舷）的鎗礮，上下前後一齊同放，是稱爲"broadside，"姑譯作『連珠鎗』。

（註三）拿破侖時代，法國曾以鷹爲國徽。

第二景

同上　『勝利號』的後艙高甲板

英吉利艦隊的每一個支隊的前鋒都已經走近到敵方的聯合艦隊的順風的一面，把它們的秩序衝亂，『勝利號』已經近在『霸王號』旁邊，跟它平行着，而『無畏號』卻佔有了那隻船的另一面的地位。前面一點，『人牛號』和『桑底西馬·特里尼達德號』兩隻船緊緊的擠在一起。槍礮的煙霧和喧聲瀰漫着，在混亂中，有好些掛邊帆用的橫木都給打掉了。

奈爾遜、哈代、勃萊克烏德、斯各特祕書、派斯科參將，會計官勃克，海上步兵隊的阿岱爾隊長，以及其他軍官，都齊集在後艙高甲板上，或是在離開不遠的地點。

奈爾遜

瞧那邊，我們那位高貴的同伴科林烏德，

正勇往在前的指揮着他的兵船應戰呢！——

（向勃萊克烏德）現在，你也快回到你自己的地位上去吧。

——我們從今以後必需要

事事都聽憑着決定一切的偉大的『天意，』

以及鼓勵我們去努力的『正義』的驅使呀！……

（勃萊克烏德離開。

戰事越顯得劇烈起來。一個雙響的礮彈打倒了七八名『勝利號』的船尾高甲板上的海上

步兵。

阿侶爾隊長，把你的這些海上步兵分開來，
立刻就把他們散佈在船上的每一個地方。——
勃克，你的地位應該在下面，並不是在這裏；
啊，不錯；你可以像大衛似的看着我們打仗！

一陣緊接的毛瑟鎗的擊射聲從『桑底西馬·特里尼達德號』的艙頂上傳過來。阿侶爾和派斯科倒下了。還有些海上步兵也被連珠鎗像割草似的打死了許多。

斯各特

大人，現在我覺得應該鄭重的向您請求，
因爲這是我的義務，同時也是我的職權：
請您把您的大綬和寶星都一齊拿掉吧；

他們已經在把您當做了衆射的目標了。

奈爾遜

這些都是國家所頒給的榮譽的獎章，
我怎麼可以對頒給的人表示着不敬；
而胡亂除掉他們的禮物呢？不，如果我要死，
我寧可把它們藏在身上死。

他跟哈代一起上上下下的踱着。

哈代

至少，我們應該
請您穿上您的舊大衣，——大人，天是這樣的冷，

同時，穿上大衣就什麽都看不見您一方面可以保持莊嚴，一方面也可以叫人打不到。

奈爾遜

親愛的朋友，多謝你。可是不成——我沒有時間，你瞧現在這情形，很明白的，簡直連一秒鐘也絕對抽不出來。

不到幾分鐘之後，斯各特也倒地身死，一顆子彈剛巧打穿了他的腦袋。馬上，又有一顆子彈在海軍提督和隊長二人之間飛過，擦着了哈代的脚背，把他皮鞋上的鈕子都打掉。他們從身上撣掉了子彈所濺在他們身上的灰塵和木片。奈爾遜轉過身來瞧着，纔看見他的祕書已經發生了什麽事情。

奈爾遜　可憐的斯各特也完了！哈代，這眞是緊張的工作；緊張得叫人不能長久的支持下去。

哈代　我也這樣想；他們下風的門戶都封鎖住，不讓我們的船進去，我們的攻擊是比較鬆了。可是這樣近，我們每粒子彈都會燒着他們船上的木料。

奈爾遜　那些船眞沒用。——怎麼，那隻船彷彿已經下了旗，至少是快要下了！

毛瑟鎗的爆炸聲。

哈代

還沒有呢。——在他們船頂上的那些拿短鎗的人已經把我們的水手打掉好多。現在，我們的鎗也應該密密層層的打過去纔是呢，否則，他們就會向『無畏號』從那一面拚命的開鎗掃射了。

奈爾遜

不錯。——你一方面專心的在對付這一邊的敵人，同時還必需對那邊的幾隻大船猛烈的打擊——我意思是指『特里尼達德號』，以及那隻迎着風，華麗的帆布在海面上飄揚着的『人牛號』大船。

哈代

我去瞧瞧那邊究竟是不是也在好好的進行。

他們分開，各人向自己的方向走開去。現在，半身赤裸，汗水直流的舵手們，都正在許多甲板上迅速的行動着，火夫們到處來來去去的搬着水桶。死的和受傷的士兵愈來愈多，都紛紛的擡進去由外科醫生診視着，奈爾遜和哈代又從新碰到。

奈爾遜

叫那些火夫們再多搬幾桶水過來，
快把水潑到『霸王號』船上的每一個
我們的鎗礮所新打穿的破洞裏去，
要不然，我們自己也會被火燒着了。

哈代

大人，我還得鄭重的再來向您請求，
請您不要這樣把自己露出在外邊。
敵人船上的停在後桅上的那些人
很顯然的在對住您描準了開鎗呢。

奈爾遜

哈代，你不要再囉嗦了。他們一定描不準的；
他們祇是在自己的破風篷上放着火罷了。——
就是他們描得準，我也寧願犧牲十條像我
這樣的生命，而不願意藏起一顆鈕子來的。
我不能把自己的生命看得太重，我對你說。——
啊，你瞧那邊，一個女人也受了重傷跌倒了。
可憐的女人！快叫一個人來把她搬下去吧。

哈代

大人，在海面上的每一個最卑賤的人，船塢工人，跛脚的夫役，和駝背的船夫，他們都知道爲了那些依賴他們的人，而應該要寶貴自己的生命。至於一位目前的成敗全繫諸於他，這麼許多的戰士全依靠着他的，至高無上的人物，在一個對大家都是緊要關頭的時候，自然更應該處處都謹愼些。

奈爾遜

是的，是的；哈代，我懂得你的意思，我完全的明白你實際上是爲了對我的私心的愛護，卻偏要推說是爲了大家不得不如此。可是，我這樣的經驗多得很。我的工作也快完成了；要成功，總得跟下屬的人一塊兒去拚命。——啊，你瞧，他們的重礮都一一的沉默了！這應該要感謝上帝的。

哈代

不錯，他們現在單用些小號的兵器了。

他走到左舷上去看看在那一面他自己的船和「桑底西馬·特里尼達德號」之間的交鋒究竟進行到怎麽樣。

軍官（向一水手）把那些梯子揩一揩。那上面全塗着血，變成非常的滑，在擡傷兵下去的時候，稍稍不小心一點，就會失脚掉下去的。

當哈代艦長還稍稍離開一段路，沒有從新走近來的時候，奈爾遜爵士轉過身，向船尾走去，突然，從『穀王號』船上的後桅頂上，一枝毛瑟鎗打過一粒子彈來，打進了他的左肩。他在甲板上倒下去面部落在下面，哈代轉過臉來瞧，便瞧見了剛發生的這件事情。

哈代（忽忙的）啊，——這正是我所擔心着而不敢直說的事情了。……

他走向奈爾遜，那時候，奈爾遜已經由塞克軍曹長，和兩名水手擡了起來。

奈爾遜　哈代，我想，我想他們倒底把我打死了吧！

哈代　我想不要緊！

奈爾遜　不。我連脊骨都打穿了。我不會支持得很久了。

那幾個人繼續把他擡下去。

那幾根柁索

也給他們弄壞了；馬上就修起來呀！

看見奈爾遜受了傷，被擡下去，全體水軍起了一陣極大的騷動。

把我的臉蓋起來。像這樣分散了大家的注意，

叫他們全看着我一個人，是沒有一點好處的。

各位同伴，你們馬上把我擡下去吧：我不過是

今天在這兒這麼許多不幸的人中間的一個！

他被帶到堆積着許多死人和受傷者的傷兵房裏。

（向隨軍教士）

牧師，我完全沒用了。我眞是白費你的時間了。

哈代（剩下在後面）

希爾斯，你快到科林烏德那裏去對他說

我們這裏現在是已經沒有海軍提督了。

他走開。

一參將

現在，快把那個傷害我們大將的人打死吧——

就是那個在後桅頂上的，穿白外衣的傢伙。

波拉德——一海軍士官候補生（開鎗）

好，說打就打，這眞是個很好的描準對象呀！

那個法蘭西人跌在船尾的高甲板上，死了。

全場景像現在又顯得被包裹在重重的煙霧裏，眼界逐漸變換。

第三景

同上　在『人牛號』船上

法蘭西海軍提督的船上的船頭斜桅已經深深的插在『桑底西馬·特里尼達德號』的船尾望臺上；兩隻英吉利的三艙面船從右面攻擊着，『人牛號』的右舷已經被從那上面放射過來的子彈所打得粉碎，它的船尾高甲板也被另外兩隻從後面向它打過來的英吉利船所打得破壞不堪了。

在後艙高甲板上有維樂奈夫提督，指揮艦長馬剛底多底爬叁將、傅爾尼樂叁將，和另外一些人，都焦急的在忙亂着。全體海軍都正在拚命的應戰，在巳死的和垂死的人身上跌來跌去；殺傷率是增加得太快了，簡直來不及一一的搬運到下面去。

維葉奈夫

如果非情老這樣繼續下去，我們是完了。——

叫「特里尼達德號」向前面衝一下試試吧，

這樣也許就可以解掉了這個討厭的結！

多底農

提督，已經試過了，可是它一動也不能動。

維葉奈夫

那麼打旗號通知「英雄號」，叫他們再努力，

往這一面衝下來。

馬剛底

旗號我們是可以打的，

不過在這煙霧裏他們是不是看得見呢？——

我們現在已經打過了。

維葉奈夫

你瞧那邊，『霸王號』
跟『勝利號』兩隻船拚死命的扭在一起了！
在那隻英國船上彷彿少了什麼東西呢。
他們的提督怕已經死了吧？

一小軍官

提督，他們說
他在一小時或者半小時以前就打壞了。——
穿着漂亮的衣服像天神般站得高高的，
又掛滿了他的勳章在甲板上走來走去，
他便自然會打中的。

馬剛底

這纔是幸運的事呢！

把他打發掉，英國是受了不少的損失了。

（他注意着。

不錯！他現在已經不在那裏指揮了；你瞧，呂加斯愉快的走上船板去了，他的船具都放好了，他的精兵也都跟着他上去了。

聽到一聲震響。

維蘂奈夫

上帝呀，他已經太遲了！這一陣濃密的子彈

是從那裏來的？一下子，煙霧迷漫着，我簡直什麼也看不見。——啊，掛船板的鐵鍊也掉下了差些兒掉在一個人身上。——這一下子眞厲害！

馬剛底

這是從『無畏號』上打過來的；他們那惡毒的連珠鎗把呂加斯的甲板掃空了。

維棻奈夫

連呂加斯自己也完了。我看不見他。他那血染的船上怕有三百個死人吧。現在，就要對付我們了！

四隻英吉利的三艙面船已經漸漸的繞緊在『人牛號』周圍『人牛號』的船頭斜桅至今

還緊緊的繫在「桑底西馬·特里尼達德號」的船尾望臺上一陣連珠鎗從一隻英吉利船上掃過來，把「人牛號」打得更不像樣子。船上的主桅和後桅都已經倒下，所有的小船也都打得粉碎。一陣毛瑟鎗的排鎗聲繼續從進攻的船上傳過來，而「人牛號」卻還英雄的繼續向敵方還擊着。

馬剛底艦長受傷倒下了。他的地位由多底農參將替代着。

維棐奈夫

現在煙霧比較稀一點，到我們那唯一的
桅竿上去傳達我的號令，叫前鋒馬上就
把船尾迎着風，也努力的來參加作戰吧。
（旁白）如果真如他所嘲笑的話，成功，對於我
是祇需要一種沉着的態度，那麼對於

今天的事，他是不能再有所苛求的了！

毛瑟鎗聲繼續響着。多底農倒下了。他被攙了開去，他的地位由傅爾尼葉參將替代着。又傳來了一聲震響，甲板上突然全堆滿了船索。

傅爾尼葉

我們的前桅也掉下了。旗號怎麼能打呢？

維葉奈夫

傅爾尼葉，這隻艦褸的，枯焦的，又破爛的大船，它的所有的甲板上全散發着死人的血腥氣，它的右舷給打得粉碎，後艙差不多已經沒有，在這隻船上，我們是不必再作什麼嘗試了吧！

眞奇怪，這隻船怎麼還會浮着呢？——

「人牛號」呀，不幸的古舊的戰船呀！

我對你的責任已經盡了；現在，我就要離開你。

我要到別方面去貢獻我的命運，最好有一隻

小船能够把我從這個破船堆裏帶到前鋒去。

傅爾尼棐

我們的小船全壞了，已經給他們的子彈打得

到處全是洞，就像廚房裏用的網杓子一樣了！

毛瑟鎗聲。維棐奈夫的參謀長，德・普里尼，也受傷倒下了，此外還有許多人也紛紛倒下。維棐

奈夫煩亂的向他的艦隊從這隻船到那隻船的望着。

維梁奈夫

今天一淸早還是那麼乾淨的水波，現在卻已經
變得這樣難看！——自家人跟敵人的血全混在一起。——
我們可有沒有法子向『特里尼達德號』招呼一下，
叫它替我們放下一隻小船來呢？

他們吶喊着，希望引起『桑底西馬·特里尼達德號』的注意。

這個也辦不到；
在這震撼天地的礮火聲中，要向他們打個招呼，
簡直是困難得像跟地球反面的人打招呼一樣！……
我現在還是留在這裏。在我，奈爾遜的死也不會

是什麽幸運的事；他的燈燭炳煥的光榮的黄昏對於我，卻竟是慘淡的午夜了！好，就讓大家瞧瞧，我雖然萬不得已而投降，卻不會損失了尊嚴的。

「人牛號」下旗，表示投降。

英吉利的「征服者號」船上放下了一隻小船；維葉奈夫獻了他的刀，便給人從「人牛號」上取下來。但是那隻小船因爲一下子不能走近它自己的大船邊，它便被「火星號」所接了去，而法蘭西的海軍提督也便上了那隻船。

眼界變換。

第四景

同上 「勝利號」的傷兵房

頭頂上是一陣踩踏和移曳的聲音，正在交鋒的艦隊上的沉重而迅捷的爺礮聲伴奏着，有時候還聽到猛烈的震響。傷兵在四面一排排的躺着，等醫生去診視，有些在呻吟着，有些在悄悄的死去，有些已經死了。屋脊低低的船板上的陰沉的空氣裏迷漫着一股濃密的煙霧，帶火藥氣的木屑，和其它的灰塵，同時還散發着火藥和燭油的氣息，藥品和強心劑的氣息，以及腹部的創傷的氣息。

奈爾遜，現在他的面部因痛苦而顯得柔縮又憔悴了，是脫去了衣服躺在一名士官候補生的軍牀上，上面有一盞暗淡的提燈照着。比底醫師、梅格雷斯醫師、隨軍教士斯各特神學博士、會計官勃克、執事和少數旁人站立在四周圍。

梅格雷斯（低聲）

可憐的雷姆和可憐的湯姆·恢普爾，他們都死了。

比底

他們早就沒有希望了。

奈爾遜（破碎的說着）

你們在說那一個死了呀？

比底

大人，是兩位不久之前受了重傷的長官；一位是雷姆參將，一位是恢普爾先生。

奈爾遜

啊——

這許多生命都爲着光榮的戰爭犧牲了……

我也馬上要跟你們同去了！——哈代在那裏？

誰替我把哈代請到這裏來？沒人答應嗎？

他一定也死了。眞的，哈代一定已經死了！

一海軍士官候補生

他馬上就來了。在這場血戰的緊要關頭，

時時刻刻都需要着他親自在當場指揮，

因此，他不能隨意的趕快就跑到這裏來。

奈爾遜

我等一下好了。這一層我是應該想到的。

哈代不久就走了下來。奈爾遜和他握着手。

哈代，現在戰事的形勢究竟怎麼樣了呀？

哈代

大人，情形好得很，我們眞應該感謝上帝。他們的提督維蘂奈夫此刻已經下了旗，已經自動的投到『征服者號』的船上來了。我們差不多已經弄到了十四隻他們的頭號的戰船。最重要的就是那隻『八牛號，』此外還有那隻『桑達·阿那號，』還有『霸王號，』還有『烈火號』和『桑底西馬·特里尼達德號，』『聖·奧古斯底諾號，』『聖·弗蘭西斯科號，』『鷹號；』

還有那『穩快號』也給我們從新弄了回來，每一名水手都很高興。可是他們的前鋒卻轉了方向，向我們這隻『勝利號』圍攻着，單單是那木材和鋼鐵的重量也許就會把它擠壞了。因此，我派了三隻最好的船，這三隻船無疑的可以把他們全打退的。

奈爾遜

我想要弄到二十隻。——可是這樣也不少了。

哈代

我們還可以發展呢！不過，大人，沒有了您，本來是可以一鼓作氣的去從事的事業，現在是祇能慢慢的困苦艱難的進行着；

這情形，在我們這隻船上是更覺得顯然。

奈爾遜

不會的，哈代。——你永遠的有着這麼個錯誤，永遠的把你自己的能力看得這樣薄弱。可是，當我鄭重的選定了這隻「勝利號」船，而不要那些誇口的人來做幫手的時候，我就看出你是有着大將所需要的能力。現在，我的事業總算是做完了！我的朋友，我眼前全是黑影子……我幾乎看不見你了。

哈代

我們的子彈打在順着風一面的敵船上，揚起了煙，揚起了他們的破船上的灰塵，因此，纔把您的眼睛蒙得看不見東西了。

奈爾遜

不，不是船上的灰塵；叫我看不見東西的，確實是『死』的灰塵呀！

頂上震響着。哈代走上去。其他一兩位軍官也走上去，不久都陸續的回來。

外邊那聲音是什麽？

軍官

大人，『無敵號』戰艦在我們的船旁邊經過，向我們船上拚死命的開着連珠鎗。——可是，在他們那方面，『英雄號』的艦長也倒下了，

『阿爾赫西拉斯號』也被我們的桑勒艦長攻打了上去，他們自己的艦長給打死了；格拉維那提督還努力支持着；可是據說，他也給打掉了一隻手臂。

奈爾遜

我們一方面呢？——

告訴我，我們船上究竟損失了些什麽人？

比底

大人，除了可憐的斯各特、查理斯·阿代爾、雷姆參將、倏肯爾艦長的書記，這幾個人，士官候補生斯密士和帕森也給打死了，此外還有五十多名的水手和海上步兵。

奈爾遜

可憐的年青人，受傷的奈爾遜也馬上就要來了！

比底

受傷的：有參將勃萊海上步兵的參將派斯科，和里夫斯和皮克士官候補生里佛斯、威斯特法爾和伯爾克利；此外，還有一百多名普通水手。至於剛受傷，到現在還沒有擡下來的，都不算在內。

勃克

大人，停在他們後桅頂上把你打傷的那個傢伙，我們已經拿他根本解決了；他從他停着的那地方像一隻老烏鴉似的掉下地來，登時就已經沒有氣了。

奈爾遜

這眞是完全沒有必要的事呀！——他無疑的是一個有着單純而忠實的信仰，祇知道爲國家服務的人。願他的靈魂得到平安！同時還希望他的女人，他的朋友，和他的小孩子（如果他有的話），都能够忍受一點，不要因爲我所造成的不幸而過分悲傷。

哈代又進來。

誰？啊——你又來了！哈代，現在情形怎麼樣呀？

哈代
西班牙的海軍提督諾傳說已經受了傷，
我們可不知道究竟是不是靠得住，不過
無論如何，他總已經儘可能的召集起了
零落的艦隊，悄悄的逃避到加提斯去了。

在甲板上的一片混亂聲中，聽到一聲猛烈的震響。一士官候補生走上去，又回來了。

海軍士官候補生（在背後）
這是敵人方面的頭號戰船，「阿希爾號」，
它此刻已經炸得粉碎了，——當它著了火，
還沒有炸之前，艦長的女人爲要逃命

竟從艙室的窗洞裏一直爬到桅索上，
把自己的衣服剝得精光，跳下水，想要
游到許克爾的小船去。我們的看守人
一看見了她的給海水浸濕了的胸脯，
便喊着「天啊，是條人魚呢！」——他們划過去，
把她拖了起來——

勃克

這種意想不到的景象
也會在這流血的舞臺上出現的！

海軍士官候補生

「阿希爾號」
雖然已經着了火，而且明知道一定會燒到

他們的火藥庫，他們卻還繼續奮鬬着；後來，
它果然炸裂了。那地方現在是堆滿了浮屍，
除了少數之外大都是肢體不全的：手臂、腿、
軀幹、頭，都跟着無數的木材在水波上蕩漾，
許多碎片上都掛滿了水手們的五臟六肺。

奈爾遜（與旁的）

我們現在是應該下錨了。快去通知他們。

哈代

可是，大人，我現在不能不請問您一件事：
您自己受了傷，我們的工作也沒有完成，
我應不應該傳您的號令去叫科林烏德
替代您擔任了這個指揮全軍的職務呢？

奈爾遜（嘗試着要坐起來）

哈代，我現在還活着呢！不要，我希望不要！傳令給科林烏德。叫所有的船全下了錨！

哈代（躊躇）

大人，您意思是要馬上就把旗號打出去？

奈爾遜

是的。——天哪，如果我們的木匠能夠替我造一根假的背脊骨，把我支撑了起來，再支持那麽一小時，支持到戰爭結束，那麽我就會看到了！——可是現在，在這裏，身上打穿了，骨頭也斷了，什麽都完了！

比底（從別個傷兵身邊回過來）

大人，我要請您安安靜靜的躺着——照這樣，您所可能支持下去的時間是會更短的。

奈爾遜（氣竭）

比底，我知道，我完全知道——多謝你的好意。哈代，我剛纔很焦急，現在可比較平靜了。如果你有時間，能不能在這裏多坐一下？

比底和其他的人退出，祇把兩個人剩在那裏；他們默不作聲，那地方變得靜悄悄的，祇聽到頭頂上的踩踏聲和近旁軍牀上的呻吟聲。奈爾遜的痛苦顯然是已經減輕了些，他彷彿在瞌睡着。

奈爾遜（突然的）

你現在一聲不響的在想些什麽事情呀？

哈代（從短時間的沈思中驚醒過來）

大人，我的思想混亂得很：——甲板上的事情，
您現在的悲慘的境地，您的光榮的過去，
跟許多遥遠的往日的回憶混在一起了——
我想起童年時在家鄉威賽克斯的情景，
我那生長地，我那勃萊克登小山脚下的
安適的村莊，滚滚的溪流，和燦爛的花園。
在我們鄉下的那個灰色而恬靜的日規，
是決不會指出這個血流如杵的時間的；
同時，我父親樹上的那許多鮮紅的蘋果
現在正應該熟了。

奈爾遜

　　你這樣說，我也想起了
許多瑣屑的事情了。可是，我的心卻不能
理解你這種平靜的哲學——有一個人，哈代，
有一個人在走近來。——現在你大概猜得到，
我的記憶祇被這個人所全部的佔據着；
是她，是我的女兒——我可以老實說給你聽。
今天早晨你和勃萊克烏德做見證，看我
寫定了遺囑：這是很好的。現在，她是可以
靠着國家的榮譽而生活了……把我的頭髮
和一些我所喜歡的小東西都交給了她；
還要請你照顧她，就像現在照顧我一樣！

哈代答應着。

奈爾遜（又喃喃的說）

我不明白我們的軀殼死了，愛情究竟是跟着死了呢，還是能夠永遠活着？

沈默片刻。比底從新走近來。

哈代　　　　現在，我要去看看

您的號令究竟傳出去了沒有；等一下我再來。

奈爾遜（死的徵象已經開始使他的臉色改變着）

是的，哈代；是的；我知道。你一定要去了。——
我們不能再在這裏見面了。所有的船
現在都需要着你，你不能無所事事的
老在這裏陪着我：這也是天意呀！——比底，
你也好去了，去看看那許多流血的人；
他們也許還有救，我是無可挽救的了！
我一定最快就會死的。——啊，祇要我能夠
再支持一會兒，我就可以看他們下錨……
現在，太遲了——把號令傳出去！……——哈代，吻我：

哈代在他上面彎下身去。

我滿意了。多謝上帝，我的責任是盡了！

哈代用手拭着自己的眼睛，退出到上面去，在他還沒有走出去之前還停下來回頭照着。

比底（望着奈爾遜）

啊！——大家不要響！……

他不對勁了。現在，他恐怕沒有幾分鐘可以活了。請你們大家都離得遠一點。給他一點空氣。

比底、隨軍教士、梅格雷斯、執事，和其他隨從們繼續注視着奈爾遜。比底看着他的錶。

比底

他受傷到現在已經過了兩小時又五十分鐘；

現在他要去了

他們等着。奈爾遜死。

隨軍教士

是的，他是回到不再有海洋的

他的老家去了。

比底

我們要馬上去報告艦長知道，

讓他可以快一點就去跟科林烏德商量大事。

我現在要去料理旁的傷兵了。

他走到了傷兵房的另一部分去，一士官候補生走上到甲板上，全景消隱。

憐憫之精靈的合唱隊（縹緲的音樂）

他的生命之絲割斷得太慢了！當他受傷倒地，

向他的畢生事業永訣的時光，

就應該馬上停止了他的呼吸，讓他溘然長逝，

又何必把那痛苦無故的拖長！

年歲之精靈

年輕的精靈們，請不要批評上天的意旨，

它可以指導你們，同時也會責罰你們的！

憐憫之精靈

那許多人形，你曾經說過，是完全受着
『必然』的支配，上天卻還一一給以知覺，
可眞是矛盾而無聊的事！在這脆弱的
人羣中有一個人——索福克里斯（註一）——甚至在
把天意尊稱爲『神明』的時候，他就已經
看得淸淸楚楚了。他的話一點也不錯——
『像這　對他們自己的創造物的殘酷，
對我們這些凡人固然是莫大的不幸，
但對神明自己卻也是恥辱呀。』（註二）——被卷索
和樞軸所機械化了的東西時時照着
始終如一的統制者的意志有規律的，

有節奏的，永遠不停的成固定的圓周
旋轉着，它卻永世也不會感受到痛苦，
就是有，也得逕同它的主使者同時的
忍受着，否則這痛苦便一定無從成立。

憐憫之精靈的合唱隊（縹渺的音樂）

不錯，不錯，不錯！
每個傀儡所受到的慘痛的經過，
那造物者照理應該逐一的補償；
自己闖下的大禍，應該由自己來承當！
人們沒有除帳，這筆債務又從何說起？
爲什麼竟會毫無顧惜的糟塌了正義？

年歲之精靈

不要非難吧！你們根據什麼來非難呢？——
那無所不包而又無所關心的主使者
是什麼都沒有事前的考慮的；它祇是
無爲而治，一切都超乎意識；它永遠是
不識不知的單憑精神力進行着一切。——
你們因爲人生的痛苦而對上天埋怨；
如果我把這個向上天報告了，那便會
在冥冥之中，不知不覺帶來了更多的
（照你們這些近乎凡人的說法，卽所謂：）
悲慘而不幸的命運了。

憐憫之精靈

你不要這樣說。

你是不應該把這些話事先就聲明着；
這應該跟上天隱秘的意志完全一樣，
是不能先行洩漏的！

年歲之精靈的合唱隊（縹緲的音樂）

不要，不要，不要，
請你們不要把判斷下得這麼早，
要等到「時間」完成了偉大的工程，
你們纔會對各方面漸漸的看得分明。
對深思默慮的主宰，且不要發牢怨：
等事情結束了之後再談，都不嫌太晚！

（註一）索福克里斯（Sophocles），希臘三大悲劇家之一。

（註二）原註：「索福：特拉赫，一二六六至七二行。」

第五景

倫敦　市政廳

一大羣的公民聚集在外面，看許多車輛來到市政廳門口，從裏面走出了許多由府尹邀來赴宴的賓客；爲了這場宴會，市政廳裏面的燈火照耀得如同白晝。每當有一位著名人物的車剎來到門口的時候，便會聽到一陣民衆的歡呼聲。

第一公民

啊，啊！今晚上這場慶祝會，主要的對象本來應該是奈爾遜。可是他卻坐着跟這些車子不同的車子回到這都城來了！

第二公民　他們會把他那可憐的破碎的屍首運回家來嗎？

第一公民　會運來的。他們說，他們要替他在聖・保羅禮拜堂或是威斯敏斯特禮拜堂造起雲石的墳墓來呢。要是把他冠冕堂皇的陳列起來，咱們倒還可以看看他。到那時候，一定會有許多人來看他，那眞是可以引起人們的愛國心的景象呀！

孩子　爹爹，一個人死了這麽久，你怎麽能看得見呢？

第一公民　我的孩子，他們會把他混身塗起香料來，不叫他爛掉，就像古時候埃及的那些著名的海軍提督一樣。

孩子

他的太太很會替死人塗香料的，是不是？

第一公民

你別再問這些傻話了吧。

第二公民

那邊又有一個人來了！

第一公民

那是咱們的樞密大臣愛爾登。他要說些什麼話，從他的臉色上就可以看得出來！——庇得先生馬上就要來了。

孩子

我不喜歡比利（註一）。他殺死了約翰叔叔的鸚哥。

第二公民

孩子，你這話怎麼想出來的？

孩子

庇得先生想出來要打仗要打仗，就要招許許多多水手，有一天晚上，約翰叔叔走下威賓大街去跟漂亮的娘兒們談天。那一天晚上，沿河浜擠滿了許許多多的人，熱鬧得了不得。約翰叔叔就給帶到一隻兵船上去，跟着奈爾遜打仗去了。沒有人管約翰叔叔的鸚哥，它自個兒講講說說的就死掉了。先生，你想，這不是庇得先生把約翰叔叔的鸚哥殺死了嗎？

第二公民

老兄，你最好把這孩子管得小心一點。他的頭腦生得太珍貴了，老帶他到這鬧市口來是有許多危險的。不但如此，他想到的時候，他還可以說波納巴特把約翰叔叔的鸚哥殺死了。至於奈爾遜，——要是在他去的地方，人們已經替他把所有的擔負都解除了，那麽他眞可以說是在一片比我們更光明的海上航行呀！——法蘭西的報紙上全說，我們雖然得到這麽許多船，可是還抵不上死了奈爾遜的損失；因此，勝利照理應該算是屬於他們一方面的。老兄，憑着上帝，這話差不多是對的呢！

從鬧市口傳來了一片歡呼聲，那方面的羣衆開始動亂着，顯出興奮的樣子。

第一公民

他來了，他來了！孩子，過來，我把你擎起來。——怎麽，千眞萬確的，就像我是一個活人一樣，他的車子上連馬都沒有的！

第二公民

纔來纔去永遠是吃得！——怎麽，這個傢伙也像旁人一樣的把嘴張着又閉着，可是總不發出一點聲音來。

第三公民

我一天到晚做得辛辛苦苦的，那兒來得這麽許多氣力上這兒來花費，在這兒毫無道理的替貴族們喝采！如果你站在離開我十碼遠的地方，你也會覺得我是喊得跟旁人一樣的響呢。

第二公民

你這個人眞是無聊極了，到這個時候還要省氣力像普萊斯多隊地上的田雞似的，張開了嘴，一聲不響的望着。

第三公民

老兄，不是這麽說的；這是經濟；在目前這一種時勢，要擔任這麽許多可怕的捐稅來供給半個歐羅巴的軍隊，眞應該各方面都經濟一點纔是呢！眞的，如果用古人的話來說，那簡直是「實逼處此，」沒有旁的辦法！每個人都必需要省下些東西，否則，國家就無論怎麽樣都會變得像庇得先生自己一樣的破產了；雖然照他現在這樣子，卻並不像已經破了產似的。

庇得的車駕由一小隊跑着的成年人和孩子拖着走過。首相大臣坐在裏面，一個瘦小、軒昂、高鼻子的人，在他那永遠是蒼白的臉上，此刻卻顯着興奮的閃光。車駕來到市政廳的大門邊，頓了一下，就停住了。庇得樣子很虛弱的從裏面走出來，在歡呼聲中走進了那座大廈。

第四公民

簡直像凱旋歸來一樣了。有權力的人總是忽然被崇拜，忽然又被詛咒的一個月以前，他所僱用的軍隊和選定的將軍在烏爾謨投降了敵人，以致於庇得的歐洲聯盟政策完全給毀壞了的那件事，現在差不多已經被人所忘記了！啊，這次的特拉法爾加戰事總算是彌補了過去好多次的名譽的損失，使奈爾遜將軍差不多要做成國家的神明，要被認爲民族的救主，就連庇得，也差不多成爲在天上普照着英吉利的國土的明星，而許多在這種危急的時光拿國家的福利來當做兒戲的人們，也都可以免於責難了。

第三公民

誰說庇得在那兒生病！瞧他樣子，簡直像公羊一樣的結實呢。

第一公民

現在已經沒有人這麼說了。現在他的精神簡直好得像一枝火箭一樣。

孩子

是不是因為特拉法爾加離葡萄牙很近，所以他很愛喝葡萄酒？

第二公民

啊，朋友，我剛纔說過了，這孩子眞應該帶回家去，安安靜靜的放在牀上纔是呢！

第一公民

不管威廉有什麼錯處，今晚上這場慶祝勝利的宴會，總無論如何應該算是他的功勞！

庇得已經不見市政廳的門也關了，羣衆緩緩的分散，直到一小時之久的時間之後，街上已經黑沉沉的空着，祇有幾盞油燈還點在那裏。

幕啓，顯出了市政廳的內景，裏面聚集着許多都城裏的體面人物，如勳爵和大臣之類，庇得先生由府尹招待着，佔據了榮譽的首席。在被祝賀健康的時候，他是被稱爲英吉利的救主，於是大家便一邊歡呼，一邊喝着酒。

庇得（經人請求了好多次之後站起身來）

各位爵士，各位先生：——承你們諸位的寵幸，
把我贊美做挽救了英吉利的危亡的人，
我謹在這裏向各位表示最誠懇的感謝。
可是，據我看，並不是什麼人救了英吉利，

英吉利衹是靠自己的力量救了它自己；
我相信，它還能同樣的救了整個的歐洲

響亮的鼓掌聲，這其間，他坐下去，站起來，又重新坐下去。於是幕閉，全場又換上了外面的夜景。

年歲之精靈

既得這個人所說的這些話——我不妨事先
在這裏預言，這是他最後一次的豪語了——
首先是今晚上在座的這些賓客們聽到，
到將來卻一定會一代一代的流傳下去，
堅固而永久的保存在英吉利的語言裏，
直到這語言陳舊而消滅了，纔被人忘記——

註定了一切的天意，已經這樣的註定着。

因爲庇得的這一番話是說得如此漂亮，發言的時間和地點也選擇得如此適當，眞應該永遠的支配着這個熱情的民族的幻想。

（註一）庇得全名爲威廉·庇得，比利（Billy）係威廉（William）之暱稱，故比利卽指庇得。

第六景（註一）

維納城的一家旅舍

夜。一間臥房，在裏房的一張牀邊點着兩枝蠟燭，桌上放着些文具。

法蘭西的海軍提督，維業奈夫，已經部分的卸下了衣裝，正在房間裏上上下下的踱着。

維業奈夫

這些恐怖的幻覺差不多終於向我表明了，
這件事是絕對逃避不了的。奈爾遜，可敬的
仇敵和教師：像你這樣正當鬭爭的最高點，

正當周身都是榮譽的時候，就離開了世界，
眞可算得是莫大的幸福；而在同樣的時候，
那位剛愎的死神卻不肯把我也收容了去！
可是我也曾出沒在濃密的鎗林彈雨之中，
也曾苦口婆心的教導着，還拿自己做榜樣，
使士卒們在這絕望的戰爭中，也還能顧全
本人的責任和國家的榮譽，而不致於氣餒。

他在鏡子前面走過，在裏面看見了着他自己。

不幸的維葉奈夫呀！——因爲你做人太忠實了，
所以命運纔註定着要你受到這樣的痛苦。——

皇帝的責罵幾乎就等於一道賜死的聖旨。
被皇帝所詛咒，被我自己的朋友們所遺棄，
已經被英吉利捉了去，卻又馬上放了回來，
彷彿把我當做了一名不値得監禁的蠢漢——
這樣，我眞應該早早死了吧。爲什麼不死呢？
在地獄般的夜裏，許多幽靈老在對我說着；
「死了吧，再沒有旁的路好走了，還是死了吧！」
這也是非常幸運的事，我總算並沒有子女，
不會有人來繼承我的這一宗討厭的遺產，
而終身的在我這可恥的姓氏下呻吟着呀！（註二）

年歲之精靈

我要對他說了。他的心境現在正好聽這些話。

（向維葉奈夫耳根邊傳語。）

你已經選定適當的時間了！

維葉奈夫．

可是在今天以前，

我每一次臨到這種困難而又不愉快的時間，

卻爲什麽老是聽到彷彿有人在喊着「不要」呢？

年歲之精靈

現在可沒有呀！

死的自由上天總是會允許的；

你聽，這聲音在喊着「馬上。」你馬上可以動手了。

憐憫之精靈

願他的悲傷而絕望的靈魂，

像黄昏時候的

一陣微風般，

輕輕的，

悄悄的，

永遠消滅了吧！

維薬奈夫

從我頭頂的天上，從我身邊的空中，

這許多聲音好久好久的圍繞着我，

終於喊出了『馬上』兩個字。就馬上吧！

他封好了一封信，在上面寫着送到他太太那裏去的地址，隨後，他從掛在旁邊的戎裝上全下了一把短劍，仰天的躺在牀上，堅決的在自己身上刺了好幾刀，而把兵器剩下在那最後的創洞裏。

別了，苛刻的主人；別了，寬厚的敵人！

——維薬奈夫死；全景暗淡下去。

（註一）原註：『這一段的時間是稍稍提早了一些，把它包含在這一卷裏，是因爲它本質上是屬於這地方的。』

（註二）原註：『「這眞是多麽幸運的事，我總算沒有子女，不會有人來繼承我的這一宗可怕的遺產，而終身的在我頭姓氏的重壓下呻吟着呀！」——（摘錄那一天夜裏寫給他的妻子的那一封動人的信。——見朗弗來，第三卷，三七四頁。）』按：朗弗來（Pierre Lanfrey），係法國歷史家。

第七景

喬治王的海水浴場，威賽克斯南部。

「古屋」旅舍的內景，許多船夫和市民坐在火爐四周的高背長椅上，抽着煙，喝着酒。

第一市民

啊，他們可不是到底把他帶回家來了？他可不是要舉行一次熱鬧的葬儀呀？

第一船夫

多謝上帝，是的。……祇要能够在送到墳地去的一路上不發出臭味來，乾的躺着是比溼的躺着要好得多。他們也用過了種種方法不叫他發臭。

第二船夫

是要葬在聖保羅禮拜堂裏;他們知道的人全這麼說。要由「勝利號」上的全體水手在前面帶路,再由哈代艦長用一個絲絨做的大針盤佩着他的寶星和勳章一路的送喪。

第一市民

現在艦長在那兒呀?

第二船夫(向哈代艦長的家宅那方面點着頭)

在那邊他自己家裏,跟他的合家老小團聚着呢。我昨天看見他跟他們一起在草場上散步。他樣子倘直比出去的時候像老了十歲了。啊,是他把那位勇敢的英雄帶回家來的!

第二市民

他們究竟是怎麼樣的把他帶回家來的,居然還可以等到幾天之後再叫他莊嚴的躺着,讓大家來瞻仰呢?

第一船夫

還是用他們的老法子，——浸在一箱子酒精裏。

第二市民

眞的嗎？他現在還浸在酒精裏？

第一船夫（壓低了他的聲音）

可是眞實的情形是這樣的：他們回來，在路上走了好久，第一是爲了逆風，第二是爲了現在的「勝利號」已經跟破船祇差一口氣了。路上斷了酒，他們差不多把所有的酒精都用來浸了他的屍身因此——他們竟在海軍提督的酒桶上打了一個洞！

第二市民

怎麼？

第一船夫

啊，說得明白一點是這樣的：當他們把這箱子打開來的時候，竟發現船上的水手已經把他喝乾了。那些人有什麼辦法呢？全都已經打得精疲力盡，在船上簡直要支持不下去，酒是頂能夠增加抵抗力的，差不多可以說是救了他們的命。這樣看來，奈爾遜到死了之後，竟還像在打仗的時候一樣的是他們的救世主呀！如果他自己還能夠知道，他一定會覺得這是非常有趣的事。他一定會從那酒桶的洞裏笑嘻嘻的說：「夥計們，你們喝吧！與其叫你們沒酒喝，還不如讓我乾癟了吧。」哈哈！

第二市民

在船上，這也許是能夠增加抵抗力的；可是在岸上，聽了這事情可真覺得有點奇怪。

第一船夫

這事情我是從一個知道這詳細情形的人那兒聽來的——與佛康伯人波伯·勒夫岱——他也是『勝利號』船上的人，將來會一起送葬的。現在，我們不要再談這些沈悶的話了吧。彼得·格林，你把他們近來剛學會而在上一次的市場日滿街唱着的那個新調子唱起來吧。

第二船夫

好。不過我的氣管可有點兒塞住，因為自從開仗以來，啤酒是那麽少！

歌

特拉法爾加之夜

一

在荒涼的十月之夜，悽厲的秋風圍攻着大地，
後海（註一）連接着前海，我們的門戶全讓沙土封閉；
在屍骨堆山的死人灣上，波濤簡直像發了狂，
我們悄悄的懷念着遙遠的特拉法爾加戰場。

（全）遙遠的，
遙遠的，
特拉法爾加戰場！

二

像有人在喊着：「把風篷拉緊呀，否則船要沈了！」
我們拉着，卻發現自己是安然的在家裏睡覺；
可是那許多海船上的戰士們，當這長夜漫漫，
卻跟着水波浮沈在黑暗的加提斯灣的西南。
黑暗的，
黑暗的，
加提斯灣的西南！

三

不管是勝利者或是失敗者，水波都一視同仁，
水波把在痛苦中掙扎的戰士，一直掃到海濱；

死了的奈爾遜，連同他的半死的同伴和仇敵，
彼此不分，都捲入了深沈的特拉法爾加之夜——
深沈的，
深沈的，
特拉法爾加之夜——

雲幕落。

年歲之精靈的合唱隊（縹緲的音樂）
上天的意旨依然要堅決的執行；
時間過去，便發生了相反的事情；
又可以滿足着那位霸王的野心。

（註一）原註：「在那時候，跟這[illegible]的港口的後面一部分是運輸稱往的；而在漲潮的時候海流所沖過的那中島上的一角，是稱爲「狹道」」。

民国世界文学经典译著·文献版（第九辑：法国英国戏剧）

◆史诗剧◆

统治者——拿破仑战事史剧（二）

The Dynasts, A dram of the Napoleanic wars

[英] 哈代（Thomas Hardy）著
杜衡 译

SJPC
上海三联书店

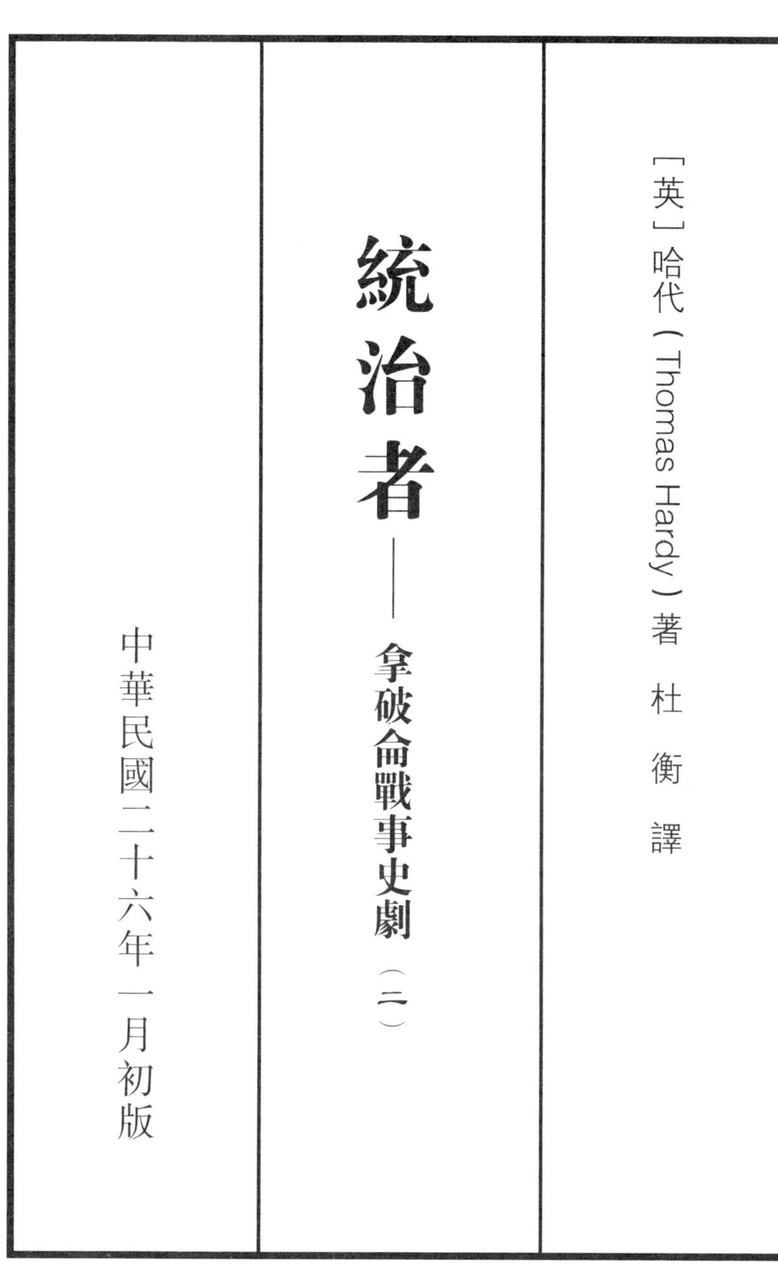

［英］哈代（Thomas Hardy）著　杜衡譯

統治者

——拿破侖戰事史劇（二）

中華民國二十六年一月初版

第六幕

第一景

奥斯特里茨戰場　法蘭西陣地

就在那一年的十二月一日，戰事發生的前夜。這是從皇帝行營所在的高地上望下去的景像。空氣陰寒刺骨天上星光閃耀，但是在較低的天界上，卻有一片白茫茫的迷霧像一片海似的伸展着，從這片迷霧裏有許多山峯像暗淡的巖石般矗立在外面。左面可以看到一些樹木叢生的較高的山崗。在前面半中間，普拉岑高原顯露着，到右面，卻突然低了下去，變成一片低低的平地，平地上蓋滿許多沼澤和池塘，可是此刻卻大部分都非常模糊。在高原上可以看到無數忽明忽滅的火光，那就是奥、俄聯軍諸中隊的行營。在跟前景很接近的地方，法蘭西兵營裏的柴火燃燒着，四周圍盡是些軍隊。由這兩支軍隊所組成的成千成萬的數不清的人羣的存在，在黑暗中顯得是非常朦朧的。拿破侖的營帳是豎立在最近的地點，四周圍有許多哨卒和其他的軍人顯現着，隨從們還牽着幾匹裝好鞍子的馬。皇帝正在裏面口述着一張宣言，他的聲音從裏面穿過那張帆布傳出來。

拿破侖的聲音

「兵士們，爲要報復奧地利軍在烏爾謨的敗滅，
莫斯科維的烏合之衆已經來到你們眼前了！
可是這有什麼要緊！難道這些人不就是你們
曾經在霍拉布侖碰到過又打敗過的那一羣？
他們可不是曾經害怕得逃走過你們可不是

也曾經就在這一帶路上將他們追逐過的嗎？

「我們自己方面的，堅固而又凌人的陣地，

是有着許許多多的便於進攻的機會的；

如果他們搶先攻過來，臨到我們的右翼，——

這幾乎是一條必然的路徑，——照我的預算，

他們的深入敵營的遊隊一定會給我們——」

一位將軍的聲音

在他們軍隊可能開始行動之前的十二小時，

您已經這樣公開的向大家宣佈着您的戰略，

陛下，這難道也可以算得是您每次行軍時的

深謀遠慮的作戰計劃所必需的一種謹愼嗎？

拿破侖的聲音

這一種認識所能夠給予大家的熱情，是儘可以抵得過洩漏祕密的危險的。

寫下去。

（繼續口述）

「兵士們，這一次我要親自帶領你們去作戰。可是你們放心好了；這並不是輕率的舉動，你們用不到阻制我的。祇要你們能夠照着從前的樣子，大家都奮不顧身的衝上前去，跟敵人混在一起，努力去奪得應有的勝利，那麼我自然會處處小心，留意着我自己的。可是，萬一勝負不是一下子就能夠決得定，到那時候，你們就會看到你們的皇帝，必然

身先士卒的在鎗林彈雨中冒着各種危險，
跟所有的普通兵士一樣的爲着國家出力。
因爲，勝利不是一件叫人猜度估量的東西，
不能像在陰晴不定的午前猜度正午時候，
究竟會不會出太陽般的一點也沒有把握；
勝利是必需要拿得穩的——威武而又堅強的
法蘭西陸軍的這麼許多年的名譽和光榮——
全國的人都這樣的寶貴着，這樣的珍惜着——
眞使我們非成功不可！
　　　嚴守着你們的陣線；
誰都不要因爲看見有一些傷兵給擡回來，
就餒減了自己的志氣；你們必需要人人都

假作有爲，人人都堅決的抱定了這個信仰：——
打退這些不是他們自己的國家所僱用的
軍隊，乃是我們這裏每個人的神聖的責任！——
的確，他們是英吉利所僱用的，而英吉利是
這樣惡意的仇恨着我們的國土和人民呀！
「這一回的勝利就可以結束了今番的遠征；
我們凱旋回去，就馬上會看到國內又已經
新訓練好了許多強大的軍隊來接應我們。
我們一旦能稱霸於世界，便可以締造和平，
爲着你們，爲着國家，同時也是爲着我自己！
「拿破侖。」
（向他的將軍們）

照這樣我們可以把他們所僱用的奴隸打平了——

我意思是指英吉利——那個一切戰爭的罪魁禍首。

繆拉的聲音

繼續送來的一些關於特拉法爾加的詳細報告

是不十分靠得住的。

拉納的聲音

這些報告上可又怎麼說呢？

拿破侖的聲音（含怒的）

我們聽說在交鋒的時候以及交鋒之後，

有二十六隻戰船都陸陸續續的下了旗；

那一天夜裏還整夜的刮着天大的狂風，

總算把猖獗的英吉利海軍抑制了下去。

運氣好，奈爾遜是死了，不過我們方面的
兩萬多名海軍，到底也做了敵人的俘擄，
到不列顛的船上去啃他們的指甲去了。
夏天的那一個偉大的聯合艦隊，到現在，
是祇剩下一些破銅爛鐵和竹頭木屑了。——
因此，維葉奈夫那個懦夫便也祇能放手！
我全盤的海軍計劃也就整個的毀壞了，
祇能再讓英吉利照舊的稱雄於海上了！
——啊，我一個人怎麽能對付得了各方面呢？——
不要緊，現在打一次勝仗也可以抵得過。
就讓那些水老鼠在泥水裏稱雄一時吧；
等着瞧吧！他們決不會老是佔着上風的。

兵船在陸地上也可以給打沈！

另一聲音

在陸地上？

陛下，能不能讓我問一問這是什麼道理？

拿破侖的聲音（譏諷的）

我要叫全歐洲的國家都把門戶封鎖起來，
不讓目空一切的英國船進口，這樣慢慢的
讓它的龐大的國庫和商業開始凋零下去，
直到它所有的兵船全在船塢裏自己爛掉，
而從它那渺小的島上向碧綠的海洋望去，
會永遠望不見一張自己的旗幟在飄揚着！

蘇爾的聲音

陛下，如果您想要完成這一件偉大的工程，
便必需先在這裏顯一顯大好身手纔是呢！

拿破侖的聲音

就是在這裏，我們的敵人也是庇得的金鎊：
這完全是一場這個庇得和我之間的決鬭；
今晚上，我隨時都覺得四周圍盡是英國的
仇恨的氣息，比俄國的人馬和奧國的花草
要強烈得多，好像從一個在附近出沒着的
看不見的怪物身上散發出來似的。——不要緊，
我們拿明天的勝利來抵制好了！——現在讓我
把明天的戰略再說一遍；第一步先由蘇爾
去發動這一次的偉大的計劃；由他帶領着

凡達麥的人馬，以及聖・伊萊爾的人馬，全體
都排成梯形隊，首先向右翼的火線上進兵。
勒格朗的軍隊在離得遠一點的後面等着——
最好是在我手指指着的那一帶地方近邊——
在那裏等待各方面的零星散兵前來接應。
拉納在這裏左面從奧爾繆茨大路上過去；
繆拉的全體馬隊也在左面幫助拉納進攻。
至於烏底諾的手榴彈隊，以及貝爾那多特，
里伏，和特魯戈的軍隊，還有皇家衛隊，卻都
祗消暫時留守在這裏後方，作為補充隊伍。

諸將軍的發音

陛下，您的命令我們已經完全記得了。

我們一定會努力去爭得明天的勝利！

拿破侖的聲音

現在，我們騎了馬到各處營帳去巡閱一下；
趁兵士們還沒有睡，去看看陣地是否堅固。
——明天送文書到國內去的時候，不要忘記了
要加上一道命令，叫所有在法蘭西國境內
發行的報紙，都不準提起特拉法爾加的事；
萬一有這消息，那麼就把它說成一場泥戰，
而我們方面也並不打敗，不過在那天夜裏，
海上的暴風雨卻把我們的船弄壞了幾隻，
因此，英吉利人就號稱他們是打了勝仗了。

拿破侖和他的將軍們從營帳裏顯現出來，都騎上了已經準備好的馬，在風霜中走向營地去。

皇帝一來到最近的軍隊跟前，兵士們便都興奮的跳了起來。

兵士們

瞧！是皇帝自己！他在這裏！皇帝在這裏呀！

一老年的榴彈手（親暱的走到拿破侖身邊來）

我們要替您奪取俄羅斯的錢幣和旗幟，

來慶祝您的登基紀念日（註一）

他們收集起了稻草，乾柴，和其它各種當被褥用的藁薦，一捆捆的紮在一起，在垂熄的柴火上點了起來，把它們當作火把似的搖着。每一次火光傳出去，別處地方也照樣的做，直到後來整個法蘭西陣地都變成一片浩渺的火光了。當皇帝走過的時候，最熱情的兵士們在後面成羣結隊的跟着從羣衆的吶喊聲，便可以認辨出皇帝是在這片廣大的曠野中的什麼地方。

憐憫之精靈的合唱隊（縹緲的音樂）

收服部下的心，眞可以算得是他的平生絕技！

譏刺之精靈的合唱隊

他們既不知道他的計劃，也不懂得他的心理！

憐憫之精靈的合唱隊

他們的忠實的靈魂，祇是在盲目的受人驅使！

黑夜的陰影遮蓋了全景。

（註一）奧斯特里茨戰役發生在是年十二月二日，適當拿波侖即皇帝位的一週紀念。

第二景

同上　俄羅斯陣地

午夜，在克列斯諾維支地方的元帥庫圖淑夫親王的營帳裏。營帳的內室顯露着，佈置得勉強像是一間會議室的樣子。在點了好多枝蠟燭的桌上攤着一張奧斯特里茨和它附近一帶地方的大地圖。

將軍們圍繞在桌邊，商量着什麽事情：伐伊羅特爾指着地圖，闌格隆，布赫夫登，和米羅拉多維支站在旁邊，多赫託羅夫彎身在地圖上，普列歇夫斯基（註一）卻像無所關心似的上上下下的踱着。庫圖淑夫，衰老而又疲乏，臉上有許多創疤，祗有一隻眼睛，是坐在桌子頭上的一張椅子裏，打着瞌睡，醒過來，又打着瞌睡。另外幾位比較低級的軍官是在後面從外邊佈來了準備好的馬匹的走來走去和嚼牙齒的聲音。

伐伊羅特爾正在發言；當他鄭重的說着話的時候，他一下子看看記事簿，一下子又替最近的蠟燭剪着燭心，一下子又把蠟燭在地圖上從這裏到那裏的移動。

伐伊羅特爾

瞧，這裏我們的右翼從奧爾繆茨路進兵，
把在那一邊所碰到的敵人首先驅逐了，
不讓他們繼續駐紮在聖東山上，然後再
從那裏直接進兵到布命。——各位聽到沒有？——
由馬隊去把平原佔領：我們的主力軍隊，——
你們各位究竟是不是在那裏聽我說呀？——
闌格隆伯爵，多赫託羅夫，普列歐夫斯基，

和柯羅拉特，——現在是在普拉頁的山崗上，到那時候就開下去，渡過戈爾德巴赫河，去圍困鐵爾尼茨，科貝爾尼茨，和附近的村落，把敵人趕到右面，進兵到他們後方，穿過希伐爾薩佔領了通維也納的大路：——照這樣，等到黃昏時候，我們的左翼，右翼，和中隊，就可以在布侖城下完全會集了。

閫格隆（吸着一撮鼻煙）

好的，將軍；這計劃好得很！——祇要波納巴特肯客氣的站在一旁，讓你的軍隊開過去。可是他不肯怎麼辦呢！——如果他先料到了我們這行動的用意，趁我們下去的時候先攻上普拉眞山來，使我們來不及包抄他的後方，倒先讓他包抄了去可怎麼辦！

庫岡淑夫（醒過來）

不錯，不錯；伐伊羅特爾，這恐怕是個問題。

伐伊羅特爾（不耐煩的）

如果波納巴特眞想要攻上山來，那麼他一定在今晚上以前就已經開始進行了，因爲他是一個那麼敏捷而又堅決的人。據我看，他一定是沒有軍隊可以打上來：他的全部兵力，充其量不過是四萬左右。

闌格隆

既然兵力是那麼薄弱，像他這樣的聰明，

怎麽竟會安安靜靜的留在這裏，等我們這一枝强大的軍隊去把他完全打掉呢？他如果要上來，是一下子就可以上來的！

米羅拉多維支將軍，你是不是這樣想法？

米羅拉多維支

我？這樣想想有什麽用呢！祇要等到明天，就什麽都可以知道了，根本用不到想它！

伐伊羅特爾

哼！到現在這時候，他已經在忽忙的退兵了。他那邊沒有一點火光；除了在那裏過冬的梟鳥和野狗的聲音之外，也沒有一點聲音。但是，卽使他已經近在眼前，我的這個計劃卻也照樣可以把他的企圖連根剷除了去。

庫圖淑夫（站起來）

好的，好的。傳下這個號令去，就馬上執行吧。

叫一個人把這些計劃清楚的抄下幾份來，各處都要送一份去。——我還要請逢·託爾總兵把這個翻譯出來。——各位將軍，時候已經不早，六小時的必要的睡眠，對於我們，一定會比老在這裏看地圖更有用處的。我們分散吧。

願我們大家都有幸運！明天見吧，明天見吧。

各位將軍和其他的一些軍官都分別的走出去。

這些計劃，全部是紙上談兵——定要等到明天，
我纔能够看出兩方面的眞正的戰略來呢——

他用手掌把所有的燭火都撲滅，祗剩下一兩枝，於是慢慢的走到屋子外邊去，站着。從法關西陣線那方面的高地上傳來了一片吶喊聲，龐大的火光愈燒愈烈，可是凹地却依然包裹在重重的迷霧裏。

一枝讓敵人威脅着而掉過身去逃命的
軍隊，難道會有這麼一副熱鬧的景像的——

（他依然在沈思着。

就在前面的普拉眞高崗上的俄羅斯軍隊起了一陣騷動，表示那個放棄上風要害的計劃是

快要實行了。在別處許多地方的俄羅斯隊伍裏，都傳來了一些醉漢在唱歌的聲音。

庫圖淑夫重新走進他的營帳去，臉上顯着疑惑的神色。

黑夜的陰影把全景包裹了起來。（註二）

（註一）原註：『這位將軍的名字（Prscbebiszewsky），據說應該讀成三個音節，差不多是 Presb-ev'-sky 這樣的發音。』

（註二）原註：『在寫這一景的時候，作者是像別人一樣的完全依據薛野先生所引用的陶格隆伯爵的手稿。但是，照這記錄，伯爵在這一次會議上的意見的健全，說不定也有點言過其實的地方，而太過的把他的同僚說壞了。』

第三景

同上　法蘭西陣地

在十二月二日早晨天明之前不久的時候。一片白色的霜和霧依然籠罩在低低的地面上；但是頭頂上的天卻已經很乾淨了。全場浸在死一般的沈默中。

拿破侖騎着一匹灰色的馬，由貝爾底桀密切的扈從着，繞在四周圍的是蘇爾，拉納，繆拉諸將軍以及他們的副官，全穿着大衣，在昏暗中騎着馬，從貝羅維支前面的，他們紮着營帳的高地上走下來，走到戈爾德巴赫河邊的朋託維支村莊裏，巳經跟前一日在當拉貝山崗前面的俄羅斯陣地的前線很接近了。皇帝和他的一夥人停頓着，向四周圍和山頂上望望，又在那裏聽着。

拿破侖

昨天夜裏還在山頂上點着的他們的營火，
現在可完全熄了。

拉納

陛下，您聽着！我彷彿聽到
一個我們所時時刻刻在希望着的聲音了，
如果我並沒有聽錯，那眞是我們的幸運啊！

拿破侖

天哪！那沒有問題是馬匹走下山來，和礮車
拖下山來的聲音；他們恐怕是要沿着這些
低濕的池沼臨到我們右方來偷襲達符的

防地吧？照這樣，就跟我的預料完全符合了。

繆拉

是的，他們已經在那裏開到鐵爾尼茨來了。

拿破侖

隨他們去好了！我們根本用不到想什麽方法去阻攔他們的。他們這種没有識見的，輕率的舉動，對於我們是比任何戰略都更有用一點！——讓他們下山來，走到那一帶白茫茫的低地去；他們一旦深入我們的陣地，即使突然發現了自己的錯誤，想要及早回頭，也都不會有法子可以回到他們昨天晚上還好好的佔據着的，那個佔優勢的陣地去。他們眞要後悔莫及呢！

現在，把這裏的幾枝軍隊在迷霧的掩蓋下悄悄的開過去，走下那斜坡，渡過俄羅斯陣綫下面的那條河流，去埋伏在那裏，再等我傳下號令來。

拿破侖和他的一行人退到貝羅維支東南面的一座小山邊，同時天色也在慢慢的泛白了。

離開這重霜霧，來到空氣清新一點的地方，眞是要舒服得多呢。剛纔簡直把我凍死了。

當他們走到了山頂上的時候，他們已經露出在迷霧上面了；突然，太陽在昔拉頓高地的左面輝煌的升起來，照亮了拿破侖的灰色的臉和繞在他周圍的那些人的臉。所有的眼睛都首先望了望太陽，然後又去找尋昨天夜裏逗估據着那高地的濃密的人群。

繆拉

我沒有看見他們。那高原上彷彿沒有人哪！

拿破侖（喜悅的）

果眞走了！——一小時以後，你本來要用怎樣的代價來換取這他們自動放棄的一隻角呀！勝利是我們的了。——這樣看來，天亮前我們所聽到的，便確實是他們下山來，到鐵爾尼茨和戈爾慈巴赫濕地去的聲音了。——你別性急，拉納，你看看這太陽，它把自己肥胖的面龐貼在平原邊上，又把刺猬一樣的髭鬚穿到

這一片光滑得像毛織的氈毯般的低地上，
在我們廣闊的帽沿的影子下面張望着呢。……
蘇爾，從這裏到普拉眞山頂上要多少時候？

蘇爾

陛下，祇消二十分鐘，或許還不到一點；
我們下面那些還褰在迷霧裏的軍隊，
現在已經開到半路上了。

拿破侖

好！現在就叫
凡達麥和聖·伊萊爾立刻開上斜坡去——
在右面的鐵爾西狹和湖沼附近的澤地上，已經在開始交鋒了，但是濃密的迷霧卻還把那景像遮掩着。

啊，盲目而糊塗的布赫夫登，你原來在

那一邊看你怎麽辦！達符會對付你的。

在那一方面，一位副官的頭從迷霧裏顯露出來，趕快的來到拿破命和他那一行人的面前，向他們報告着剛發生的事情。達符上馬離開，馬蹄先在掩蓋着敵人的襲擊的那一層層白霧裏不見了。

拉納和繆拉，你們兩個擔任的是左翼方面的職務，要去對抗巴格拉欣親王，以及全部奧地利俄羅斯聯軍的馬隊。

快去吧。我們可以拿得穩的這場勝仗，

會一聲霹靂似的結束了這次戰事了！

將軍們都帶了他們的副官奔馳開去，回到他們各人自己的隊伍裏。不久，就看到蘇爾所帶領的兩隊人馬排成了密接的行列在走上普拉眞山崗的斜坡去。在那上面，俄羅斯兵的中隊的人頭顯露出來，從另一方面衝破了山峯上的天線，拚命的想要重新奪取已經離開的俄羅斯兵所剩下的地位。蘇爾的軍隊和這些俄羅斯軍隊之間已經起着猛烈的衝突；後者，雖然極鎮定的嘗試着要收復失去了的優勢地點，卻已經被法蘭西兵逼得離開斜坡逼到低地裏去了。

憐憫之精靈的半合唱隊一（縹緲的音樂）

偉大的主使者呀，我們有一句話，你且聽了！

如果照你預定好的計劃，

奥地利必需受到一次殘酷而慘痛的屠殺，
那麽，最好要請你把戰爭的結局快些揭曉；
同時還要請你麻木了那些受難者的神經，
讓他們的靈魂早早的脫離了痛苦的肉身！

半合唱隊二

如果已經註定着在未來的人類的歷史上，
要使這個人受到亙古未有的無上的榮光，
　那麽最好能讓他的敵人，
　　雖然因他的成功而犧牲，
卻也不至於會身受着太多的痛苦和不幸！

年歲之精靈

主使者的統治方式，我是早就對你們說過了，

你們怎麽又來非難着呢？既然你們已經忘記，
那麽你們現在再來看一遍那個最高的權威，
那永久的主宰的神經，肌肉，脈膊，血管和纖微，
是怎樣的管束着這一次次的人事的變遷的。

立刻，像以前一樣，戰場上的雰圍氣顯出了一種不可思議的明朗。在這中間，全景變得像經過了解剖，所有一羣羣的活人都變得透明了。那統治着一切的『上天的密旨』也在這裏面顯現出來，像一個腦筋似的四面放射的線網，扭曲着，盤結着，纏繞着，處處跟這裏或那裏的人形聯絡着。

譏刺之精靈的半合唱隊一（縹渺的音樂）

天眞的精靈們呀，你們至今還是茫然！

你們難道不明白這許多人事的變遷，
是早就註定在人們還沒有出世之前？

半合唱隊二

最高的主宰是像一隻龐大的釀酒桶，
不識不知的儘是在暗地裏起着作用，
隨時隨地的把它的氣息向人間放送。

半合唱隊一

它那偉大的容量差不多是無所不包。
像這樣釀造着人事的變遷，已非一朝，
你們卻竟還會不識時務的向它呼號！——

半合唱隊二

整個歐洲在流血，你們祇看到一部分，

祇看到部分就已經這樣的悲傷難忍，
那眞可稱得是少見多怪，算得是恐慌。

半合唱隊一

年輕的精靈們，在你們都沒有出世時，
人類已經在上天的統治下顚沛流離，
你們如果早早看慣了，也就不足爲奇。

半合唱隊二

創造主運用着它的日新月異的手腕，
把一幕幕慘劇在人類的戲臺上扮演，
年歲之精靈和我們幾乎是天天看見。

半合唱隊一

彷彿時常覺得一場場老戲還不稱心，

它便壓灰的毀壞了已經用舊的模型，
把它那戲臺上的傀儡都一一的翻新。

半合唱隊二

許多悲慘的事情我們都曾親眼目睹，
曾看見進步到了極點的優秀的民族，
竟會全族都被無知識的野蠻人殺戮。

半合唱隊一

我們曾看到無數的民族衰落又繁榮，
這一個是清醒着，那一個卻像發了瘋，
造物者卻好歹不分，叫他們一樣遭凶。

半合唱隊二

每一次看到這人類互相屠殺的殘暴，

聽到無數痛苦着的靈魂在哀號絕叫，
造物主卻還會發出他的忍心的獰笑。

合唱隊

今天，大屠殺臨到了奧斯特里茨戰場，
我們見多識廣，再也用不到意亂心慌，
儘不妨在這裏看這些傀儡大動刀鎗！

大地之魂

不錯，仁慈的精靈們，你們無需乎對人類同情的，
你們祇消一聲不響的站着，看着這場戰事進行——
現在是已經演到了這本戲的最精采的一幕了。

第四景

同上　俄羅斯陣地

時間將近正午，這緊張的場面的地點是在鐵爾尼茨村莊附近。迷霧已經消散，太陽鮮明的照耀着。可是並沒有暖氣，池沼裏的冰塊在陽光下面閃動。

布赫夫登將軍和他的副官勒住了馬韁，在一座小山頂上停留着。那位將軍從他的眼鏡裏望着他的還在那裏爭奪村莊的軍隊。突然幾大隊的俄羅斯陸軍從普拉真高地上亂紛紛的來近這路邊。闌格隆伯爵正帶領着他們在向後退卻，不久，他臉色蒼白神志不寧的急忙趕到布赫夫登將軍身邊，布赫夫登將軍的臉色也變了。

蘭格隆

敵人已經在逼上來了，你倒還逍遙自在呢！普列歐夫斯基的軍隊已經打得四分五裂，我的軍隊也有一大半都做了他們的俘虜！克列斯諾維支給佔據了，索科爾尼炎也給圍住了；敵人的大軍就要打到你眼前來了！

布赫夫登

你彷彿處處都祇看見敵人，而不看見自己。

蘭格隆

就是敵人打到了你眼前，你恐怕還看不見！

布赫夫登

我在這裏等普列歐夫斯基的軍隊開過來，

好叫多赫託羅夫跟他會合。啊，他們在來了。

蘇爾，由貝爾那多特和烏底諾幫助着已經打退敵人，佔領了普拉眞山峯，他的軍隊可以看到正在從這一方面走下山來，抄到多赫託羅夫的軍隊的後方。把他們逼在自己的軍隊和沼澤之間。

蘭格隆

你們直迹法蘭西人和自己人都分不清楚！這些全是勝利者。——多赫託羅夫——他早就完了！

看到多赫託羅夫的軍隊在向水邊退卻。在那裏觀望的人痛苦而又緊張的站着。

布赫夫登

多赫託羅夫一定會努力找出條生路來的！伯爵，我們現在應該收拾起了我們的殘部，讓他們趕快從奧斯特里茨那路上退卻吧！

布赫夫登的軍隊和蘭格隆的殘兵敗將又重新集合了起來，取道奧耶茨特村落往後退卻。當他們走到一座小山頂上的時候，布赫夫登回過頭來望着本來是跟在他後面的蘭格隆的隊伍，卻已經被從普拉吳高原上開下來的凡達麥的軍隊所截斷了。蘭格隆的隊伍和幾支本來由多赫託羅夫所帶領着的小隊一齊衝到薩欽湖邊，想要在冰塊上渡過去。冰塊在人馬的重量下面格格的響。正在這時候，拿破侖和他的軍容壯盛的一行人卻在普拉吳的山頂上顯露出來。

皇帝臉上露着刁滑的微笑，望着這幅景像；他又傳令叫近邊的一隊礮隊向那俄羅斯人正在潑涉的冰塊上開着破破聲一響，便聽到猛烈的炸裂聲和潑水聲，那閃光的冰塊像一面鏡子似的裂成碎片，向各方面飛濺着。兩千名逃亡者都陷了進去，他們的絕望的呻吟，像一種帶諷刺意味的喝采聲似的傳到那些在高處看望着的人們的耳根邊來。

現在是祇看到全部的俄羅斯軍隊都亂紛紛的奔竄着，亞力山大皇帝和弗蘭西斯皇帝以及他們的後備軍也混雜在這些人堆裏，他們是在走向奧斯特里茨，想到那邊去把殘部重新集合起來；可是仍然沒有用，他們祇被許多亂兵衝得無從前進。

第五景

同上　帕萊尼的風磨近邊

風磨是在南面約模離開七哩路的地方，在法蘭西的前鋒和奧地利兵之間。營火正在燒着。拿破侖，穿着灰色的大衣，戴着前後都翹起的護面帽，騎着馬，跟貝爾底樂，薩伐里，和他的副官一起來到這地方，跨下馬來。他愉快的前前後後踱着，有時候像在想着什麽，有時候跟貝爾底樂談着話。在後面，兩枝軍隊裏的兩隊軍官分左右的站立着。

拿破侖

啊，現在亞力山大究竟在幹什麽？他可不是

像他的上將一樣，吃了一點虧就哭起來了？哈，哈！

貝爾底葉

陛下，外邊有人這樣的傳說，託爾總兵，元帥庫圖淑夫親王手下的參謀部員，在打了敗仗亂七八糟的退卻的時候，看見亞力山大在羅立支路旁的葛定地方近邊，自個兒孤零零的坐在一株沒有葉子的蘋果樹下的一塊石頭上；他的墨黑的軍裝和他的雪白的羽毛都拿掉了，他的形容憔悴，他的灰色的眼睛含淚的悲傷着自己軍隊的命運——

他的軍隊，死的除外，全向南邊逃散了。

拿破命

眞可憐！——可是他不久就會把這痛苦排遣了的——
一定可以比他的在海外的僱用者更快一點！——
哈！——這眞可以叫庇得和英吉利受到一回教訓，
還可以把特拉法爾加的光榮稍稍掩過一些。

一輛沒有遮掩的車子從霍里支那方面走過來，由一小隊匈牙利的衛隊護送着。當車子走近來的時候，拿破命走上前去，歡迎着從裏面走出來的奧地利的皇帝。他在一套白色的制服上面罩着一件灰色的大衣，帶着一枝輕便的拐杖，由里支登斯坦因的約翰親王，希伐爾眞堡，和其他一些人侍從着。他的臉上神采煥發，恰巧跟拿破命的青灰色的臉成了個奇怪的對照；可是現在，他卻也顯得有點瘦削而憔悴了。

他們照習慣的擁抱着。貝爾底桀，約翰親王和其他的人都退出，祇把兩位皇帝剩下在野火旁邊。

拿破侖
我在這個沒無遮蔽的曠地上迎接你——過去兩個月以來，這是我唯一的家呀。

弗蘭西斯
陛下，這個家使你得到了無上的光榮，你一定會對它覺得非常的迷戀着吧？

拿破侖
好！說起這場戰爭，那確實是最不巧的意外的事情，我是萬不得已纔這樣幹；本來，我早就已經集中了全部的兵力，

要使英吉利懂得，如果它背棄了盟約，
那麼它的圍在島國四周的這片海洋，
是根本不足以抵制法蘭西的憤怒的。

弗蘭西斯

我本來也並不打算破壞大陸的和平，
可是在意大利發生的那不幸的事實，
卻表示着現在法蘭西的確是在希望
獲得許多不仁的征服和不義的主權，
我好久好久都看不到一點轉機，因此，
我纔不惜重大的犧牲來和你周旋了。

拿破侖

可是，我在十一月裏已經跟裴來將軍

淸淸楚楚的訂定了許多重要的條約，
我已經極願意的允許不再掀動干戈；
我們約定從此不要再用軍隊和鎗礮
來爭奪阿爾卑斯山以北各處的主權，
我願意拿伊松索河來做我們的疆界。

非爾西斯

我一切都可以答應！——不過你對這裏的
俄羅斯軍隊卻又作着怎樣的打算呢？

拿破侖

陛下，你們自然亦要負擔一些責任的。
俄羅斯你隨它去，就讓亞力山大皇帝
自己來講條件好了；最重要的，自然是

要他從奥地利的彊土上完全的退出。
這樣，我就可以答應停戰。稍過一些時，
我打算要跟他訂立幾條根據於一些
簡單的諒解的，永久遵守和平的條約：
第一，俄羅斯軍隊不能離開自己國境，
此外，要封鎖起了它境內所有的海港，
不讓一隻英吉利的船隻進他的口岸。
同時對於你，我要趁現在進一句忠告：
從此祇顧自己吧；這次雖然跟俄羅斯
聯盟，但是各種損失卻還是你自己的，
而亞力山大的損失，也要你來負擔呢。

法蘭西斯

陛下，我也懂得，而且早就這樣的想了。
這些話本來不必在這裏多說的，現在
旣然打了敗仗，我就老實的承認了吧：
好久，好久，我就不願意跟俄羅斯合作，
不願意跟它一起的冒着戰爭的危險；
跟這些實際上一無所有的強國聯合，
我早就已經覺得是非常無謂的事了。

他們一邊談話，一邊走了開去。

一奧地利軍官

今天在這裏所看到的這次會面，眞可算得是

多變化的生活中所看到的最奇怪的景像了！
這樣一位倖貴的皇帝——在他身上，恐怕至今還保存着愛奈亞斯和光榮的凱薩皇朝的血液；保存着在一千多年以前是那麽名震一時的，幾乎不下於愛奈亞斯和凱薩的威武不屈的，雄視全歐的霸主們的血液（註一）——像這樣一位皇帝，卻竟會這樣恭敬而又謙遜的在這裏跟這個單憑着武力纔算從卑賤的民間跳了出來的暴發戶似的野心家作着這種卑屈的談話呢！

另一奧地利軍官

一點也不錯！講到他們的家世，那差別簡直像奧斯特里茨地方的薩欽湖和普拉真山一樣！

兩位皇帝又走近來。

弗蘭西斯

那麼，對於這次馬上要通告各方面的休戰，我總算已經完全的表示了同意；同時我還可以答應你，我的那聯盟國也一樣可以接受你的意見，就把軍隊一天天陸續的從我國境內全部撤回。

拿破侖

就這樣算決定了吧。不過我要你知道：有着莫大野心的是你自己，並不是我，我雖然爲事勢所迫，把你當做了敵人，

又把亞力山大當做了敵人，可是我們
在各種方面的利害關係卻完全一樣。
　　整個歐羅巴的這麼許多不幸和糾紛，
全是某一個國家用金錢引誘出來的——
這個國家便是虛偽的英吉利，它爲要
增加它的名譽，它的勢力，和它的收入，
使用種種方法來霸占全世界的商場，
而讓別個國家的人民去流血去挨餓。
在它周圍環繞着的那些海洋和巖石，
把它像貝殼裏的蛤蜊一樣的封閉着，
使它根本無從接受在我們大陸上是
那麼流行的優容，博愛，和寬大的精神，

而永遠的在計劃着損人利己的陰謀！

弗蘭西斯

陛下，到現在這地步，我是再也不配來談論英吉利的居心和企圖了，而同時，我也不能代替我的聯盟在這裏答應永遠不跟英吉利商船再做什麽交易。但是，除了這一點之外，我是一切條件都願意答應的；而我們今天這次會而，總算可以在相互的尊敬中告一結束。

拿破侖

明天一清早我再派韃伐里去跟俄皇開一次談判，便會把一切都說定當了。

至於我們這裏陛下那種友愛的精神，

我可以承認，我自己也是完全一樣的

他們退到弗蘭西斯的車駕邊。貝爾底菜，薩伐里，罡支登斯坦，和其他的隨侍軍官們從後面走上來，等兩位皇帝互相行着禮，很客氣告了別，便分成兩邊走散了。

憐憫之精靈的合唱隊（縹緲的音樂）

誰都爲着自己，爲着自己的家族，自己的子孫；

至於民衆的困苦和不幸，卻還有那個來關心？

諷刺之精靈的合唱隊

這眞是一個極有道理的責難！

可是不要再把這場好戲打斷：

從古以來的人君，

如果會沒有野心，

如果會處處顧到民衆的福利，

處處都爲義爲仁——

如果有這種事情，

那簡直會叫我們笑掉了牙齒！

年歲之精靈

不要說空話了，事情還多得很；我們且到西邊去吧！

雲幕緩緩的扯上。

（註一）弗朗西斯爲神聖羅馬帝國的最後一位皇帝，因此這位奧地利軍官便把古羅馬民族詩人維吉爾（Vergil）史詩中的英雄愛奈亞斯（Aeneas），建立羅馬帝國的奧古斯督·凱撒（Augustus Caesar），和在中古世紀建立神聖羅馬帝國的沙爾大帝（Charlemagne）的一系，都算做是弗蘭西斯的祖先了，實際上這系統是不可欲的。

第六景

蕭克威克屋，貝斯附近

賈廊內景。主人威爾特歇和庇得進來，庇得形容消瘦，衰弱似的走着。

威爾特歇（指着一幅肖像畫）

啊，這就是我們剛纔談起的那個女子：大人，這不是可以算得他的代表作嗎？

庇得

不錯，這的確可以算得是他的代表作，——

在層層陰影中包含着那麼一種透明，而在背後的那根柱子後面，又襯託着薄薄的一層青灰色的樹葉般的東西，頗能給人幻美的感覺。——是庫因甚的吧。

（走向另一幅圖畫。）

威爾特狄

不錯，是庫因甚的。他是個多方面的人，雖然有時候性情很粗糙。可是他們說，他最好的作品是跟福爾斯塔夫一樣天下無雙的。我可惜沒有見過他的面。

庇得

邱吉爾在他的『人物誌』裏面把他形容非常適當——

「他的眼睛永遠在黑沉沉的眼圈裏旋轉，
表現了他的靈魂的陰澀的脾氣和習慣。
畫想像的東西，也像畫眞實的東西一樣，
他的佈置和剪裁幾乎可說是無往不當；
自然力在他身上差不多可說是通了神，
雖然融化着無數名家，但他卻還是康因。」
——當甘斯波羅住在貝斯地方的運動場裏的那間我們所熟識的屋子裏的時候，他剛巧也在貝斯。——我的確非常喜歡這幅肖像畫。——甘斯波羅的明朗，是靠着他的兩種奇殊的能力完全表現了出來：他一方面是風景畫的匠師而在另一方面又跟約蘇亞爵士齊名，堪稱肖像畫的雙璧。——啊，你聽哪！

這是什麽聲音？你可聽到路上彷彿傳來了一陣得得的馬蹄聲啊？

威爾特斯

大人，我可沒聽到有什麽聲音。

庇得

這是跑馬的聲音，現在越來越清楚了。

而且——說不定是一個來找我的專差呢！

威爾特斯

大人，您難得安靜的到這裏來玩一次，我希望不要是討厭的大陸上的消息！

他們聽着。馬匹奔馳的聲音更響了，到那屋子門口卻停了下來。聽到一陣忽忙的叩門聲，一名因爲飛快的騎着馬而混身濺滿了汚泥的驛使被領到走廊上。他把一件公文遞送給庇得，庇得坐下來，忽忙的把它打開。

庇得（自言自語）

呵，果然是討厭的消息！……糟糕，眞是糟糕！

他坐着，樣子彷彿要支持不下去，用手捧住了前額。

戚爾特歇

大人，我想您身體沒有什麽不舒服吧？

庇得（停了一會之後說）

你能不能

替我弄一點白蘭地來？能不能馬上就給我拿來？

威爾特欣

可以，請您稍稍等一下。

白蘭地送了進來，庇得喝着。

庇得

現在請你離開我吧。我有事情會叫你的。這裏手頭有沒有一幅歐洲大陸的地圖？

威爾特欣從書架上拿來了一幅地圖，把它攤在那位大臣面前。威爾特欣，驛使，和僕人都走了出去。

天哪爲什麽叫我活着看到今天這日子！

他在那裏沉思了好一會；隨後，又看着那件公文。

『打敗了——奧地利俄羅斯聯軍——完全破滅了——奧斯特里茨——上星期——』奧斯特里茨在那裏？可是現在找到了這地方還有什麽用呢？……已經死了，而且已經埋到了墳墓裏去了，就是找到了墳墓的所在地又有什麽用！……奧地利和俄羅斯的聯軍是完全失敗了，爲大的法蘭西軍隊是不再受到牽制了，它可以傾全力打到我們的海灘上來了！……

我用盡這許多年的辛苦纔佈置好了的
計劃，今天想不到竟會整個的化爲烏有！
他從此可以稱霸於歐羅巴，可以征服了
所有的國家，可以把我完全視同無物了！

他又陰沉的對着那件公文和那幅地圖呆看了幾分鐘。後來，他很困難的站起身，按着鈴。

一僕役進來。

請你關照他們快把我的車子預備起來；
你再去對你的主人說，我此刻就要回到
貝斯去了。——我要走到這門邊去都走不穩，
還要人稍稍的扶我一把呢。

僕役

知道了，大人；

我現在馬上就去替您把我的主人請來。

他走出去，又跟威爾特欣一起進來。庇得由人扶着，走出房間去。

庇得

把這地圖捲起來吧。在最近的十年之內，

它是完全無用了！國土，法律，人民，和王朝，

都已經在那創造帝國的野心家的嘴裏，

被咀嚼得粉碎，永遠沒有恢復的希望了！

庇得，威爾特欽和僕役都走出去；不到幾分鐘，便聽到車馬離開那地方的聲音，幕閉。

第七景

巴黎　一條通到丟伊勒里宮去的街道

夜裏，幾盞暗淡的油燈照着一大羣男女市民在宮門四邊和附近的大路上閒步。

年歲之精靈（向謠言之精靈）

你可以下去混在這一堆熱鬧的人羣裏，隨心所欲的去跟那些人談一些胡話吧。

災禍之精靈

我去聽聽，這是比奧斯特里茨更有趣的。

謠言之精靈假扮做一個年輕的異鄉人的樣子走上場來。

精靈（向一娼女）

姑娘，這時候還走來走去的，不是太遲了嗎？

女子

像我這樣的貴婦人，這時候出來是應該的，
因爲現在，他就要到了！——最近這三個月以來，
他打了這麼許多次勝仗，那些地名，以前是
除了在鄰近村莊上的幾處熱鬧地方之外，
還有許多人都是出身以來從沒有聽到過，
可是現在，因爲出了這件驚天動地的事情，
就變得連最荒僻的鄉村裏都非常熟悉了！

精靈
好！這樣我倒可以整夜的在這裏看熱鬧呢。
女子
我們這行業近來是競爭得非常劇烈，
能夠弄到手的好處已經是非常的小，
而這一次的勝利又把這麽多外國的
同行弄到了巴黎來，照理我眞不應該
在這裏趕熱鬧，要趁早拉點生意纔是。
可是，這一回是大家都這樣熱心，我也
祇能拼着五個晚上弄不到一個銅子，
而在這裏跟大家一起唱着慶祝歌了。——
近來有多少驕傲的君主都想要跟我們的

那位偉大的霸主競爭呀！——可是他祇有別人四分之一的軍隊，卻能够運用着他的腦力，來把敵人的四十多萬名的精兵完全打敗，那簡直是歐洲的歷史上所從來沒有過的，替人類行軍技術開一個新紀元的事業呀！

精靈

這個人是誰呀？你把他的能力吹得這麼大——這個叫全世界都震動着，推翻了許多王朝，又把平原打成片白地的人究竟是誰？

女子

怎麽！你問得這樣清楚，可是又像什麽都不知道——

伙計，你的話是什麼意思？

精靈

我是一個異鄉人，
是一個流浪漢；我一向就住在地球那一邊，
永遠沒有來過，雖然我能夠說這裏的方言。

女子

看你樣子固然有點像，不過情形卻太奇怪！
如果我有一個丈夫，他一定會拿你抓住的。

精靈

丈夫你可以有好幾打的，多得簡直迷自己
也數不清，雖然你現在的確是一個也沒有。

女子

你是不是想知道一點這裏發生的事情呀?

精靈

姑娘,你雖然這樣說,恐怕你自己還不知道。

女子

我可以照着我那些當兵的丈夫所說的話,
稍稍告訴你一點我們皇帝的最近的功績:——
他這一回是弄到了四十五面敵人的旗幟,
全帶到巴黎來,今晚上就要在這些熱鬧的
街道上把這許多旗幟當做勝利品出着會,
把它們當作了光榮的紀念去高高的掛在
燈光暗淡的元老院和禮拜堂的屋頂上了。

精靈

當他在莊尼赫稍稍停留了一下，而你們的皇后約瑟芬親自去到那裏迎接他的時候，那地方也曾經非常熱鬧的開着慶祝大會。——

同時，在那裏，歐什尼（註一）——

女子　他是拿破侖的乾兒子——

精靈　他在那裏跟美尼的奧古斯塔公主訂了婚，（她是巴伐利亞國王的女兒，這以前已經跟巴登的太子訂過婚，現在卻强迫的毀約了；）此外，他還獲得了一種更高的榮譽：他已經被宣佈爲意大利王位的未來的繼承者了。

女子　這消息還沒有傳到外洋去，你怎麼會知道？

精靈　我是有一般人所沒有的通消息的方法的。——同時，前面說起過的那位巴登王子現在卻和斯底芬尼·波阿爾奈（註二）結合了；而斯底芬尼，許多人都這樣說，跟我們在等着的那個人還不單是父女的關係。

女子　眞的嗎？我可不相信。難道革命的洋渣竟這樣點汚了你的靈魂，使你對於革命的領袖也敢這樣懷疑起來？

今日之下，要叫大家都信任，眞是困難的事。

精靈

不錯！有許多丈夫的姑娘，你的心腸眞要比那些逛叫一聲你的名字都嫉弄髒了嘴的高貴的人們，純潔而又仁厚得許許多多呢。——可是我，祇要你能够跟我慢慢熟悉了起來，你便會覺得我的確是個肯說老實話的人。

女子

對不住，你的話我眞不敢領教。

精靈

你如果高興，把你那新聞說下去吧。

女子

你比我知道得更多——

精靈

在他一路回家的時候，有多少熱烈的羣衆
在慶祝着他的光榮的勝利呀！希特拉斯堡，
希圖特加特，卡爾斯路赫，都同樣的熱鬧着。
而在這裏，祇要他不是別人不知道就已經
來到了，民衆當然更要瘋狂的歡迎着他的，
你等了好半天，希望你能够看見他。——你聽呀！
吶喊聲在遠方高漲着，表示波納巴特已經在走近來。

不過，波納巴特是祇有在陸地上可以稱雄，到了海洋上，他就完全沒有辦法了；在那裏，他的偉大的夢想永遠不會有現實的可能，他一定做不成水上的霸主。

女子 爲什麽原故呢？

精靈 因爲他受到了阻礙，而那阻礙便是英吉利。

女子 可是現在它糟得很，它的奈爾遜也沒有了，（這是個好人他對女人的愛情是很誠懇的！）喬治是一天到晚在一間暗房裏說着胡話；

它那了不起的大臣也衰弱得快要死去了；皇帝已經把他們全解決了。

精靈　姑娘，話要分成兩方面來說；你聽到的消息未必就靠得住。——譬然，奥斯特里茨是一場大衆咸知的勝仗，可是我要告訴你一樁會叫你吃驚的事情：特拉法爾加的那場戰事，實際上，法蘭西是打得一敗塗地，海軍就此沒有翻身的希望，可是你們皇帝卻不讓這消息發表呢。

女子　先生，

我是沒有像你這樣的未卜先知的本領的
不過憑理性來推想，我卻以爲這許多消息，
一定大部分都還靠得住。

精靈　就算是靠得住吧。——
可是你要知道，這些英吉利人對於水上的
生活是非常熟悉，他們是從小就由霜露和
雨水養大來的，這些雨水灌到了他們身上，
簡直跟他們的血液混在一起了。海洋就是
他們的陸地，他們是永遠在那裏過生活的。

女子　祇要他們把陸地剩給我們，那麼就讓他們在海上的老家裏稱雄一時吧！——（御駕顯現出來。）

啊，皇帝來了！

皇帝萬歲！——他是陸地上的最偉大的人物呀！

波納巴特的車駕來到，卻並沒有隨從。街燈照到車輛裏面，可以看見約瑟芬皇后坐在他旁邊。當民衆用「奧斯特里茨的勝利者」這樣的稱號來招呼他的時候，喝采聲簡直像是發了狂。更活動的人們便去跟在車駕後面，車駕從聖・奧諾里路轉進加爾塞爾路，又從那裏向丟伊勒里宮那方面開過去。

女子

願他下一次出發遠征會得到更大的成功！

精靈

如果他的能力辦得到這更大的成功便是致英國的商業於死地而叫它不敢再背約！

女子

你這下流人，我不喜歡你這種古怪的知識。你臉上彷彿真有一股妖氣。假如不是現在理性女神已經把過去教會所流行的那種迷信完全打破了，我真會把你當做鬼怪呢。——再會吧。我不要你這種客人。我寧可挨餓的！

她走了開去，羣衆四散，精靈也不見了。

（註一）歐什尼·波阿爾奈係拿破侖皇后約瑟芬與前夫波阿爾奈子爵所生之子。

（註二）斯庭芬尼亦係約瑟芬與前夫所生。

第八景

背特尼　平草場屋

從外面的臺階上望進去的底得的臥房時間是在下午。從門口望進去，可以望到在房間底裏放着一張有帳幔的牀，牀邊坐着一位女子，那就是赫斯特·斯坦霍普女士。在房間前部轉身在一張桌上的，是醫生瓦爾特·法卡爾爵士。聽差帕斯羅和其他的僕役都站在房門近邊。林肯州主教湯姆林走進來。

法卡爾（用壓低了的聲音）

大人，這眞是不幸的事，我又不得不

來請你了，剛纔情形很不好，他這個纖弱的生命恐怕不能再支持下去。如果有什麽重要事情一定要叫他事前跟你交待交待清楚，那麽現在就是適當的時間，如果再耽擱下去，恐怕就要來不及了。

湯姆林　啊，事情竟這樣嚴重？

他這場毛病的名字是叫做——奧斯特里茨！自從上個月的那一天晤談的早晨，有人把這不幸的消息，從莫拉維亞平原上的那個荒僻的地方（注一）傳送到他耳朵裏以來，他便永遠祇記得奥斯特里茨這個字了。

法卡爾

上一次，在八月初頭，他曾經到威發克斯海邊上的格羅斯特行宮去向皇上請求，要皇上將他的這許多艱苦的責任稍稍減輕一些，如果那時候皇上能夠答應他，也許到現在，他倒可以勉強支撑過去了。可是那時候，皇上卻一步也不把他放鬆。

「你要福克斯，要格命維爾那一班人幹嗎！」他老這樣說。「你根本用不到他們來幫忙——什麼福克斯，我寧可爲他而引起內戰的！」

他脾氣像一條鋼，寧可斷，卻不願意彎曲，

因此他就支撑不住了。現在，時間快到了。

赫斯特·斯坦恩背女士轉過她的頭，走上前來。

赫斯特女士

朋友，你又到這裏來了，我眞非常的感謝！他現在總算好好的睡在那裏，可是剛纔，他又在焦急的問着哈羅貝爾士的消息，嘴裏還喃喃的說，說他這一次到柏林去是破碎的歐洲的最後的希望，這一回是不能再叫他失望了！

湯姆林

至今還沒有消息呢。——

這幾天以來，當我在他身邊坐着的時候，他曾經屢次的問起我風是從那一面吹，問起馬棚上的定風雞把嘴朝着那一面。我說是「東風」，他使這樣的回答：「東風很好！這個風可以把他快一點吹回到家裏來！」他的心還是這樣的掛念着國家的事呢。

法卡爾

我疑心剛纔惠萊斯里到這裏來探望他，是太使他興奮了。自從那個時候起，他就很快的衰弱了下去。

赫斯特女士

啊！現在他醒過來了。

（向主教）你有什麽話要跟他談，現在可以來談了。

赫斯特女士，湯姆林，和法卡爾退到牀背後，不多一會，鼾齁聲從裏面傳出來。隨後，主教走到一張寫字檯前面，赫斯特女士卻走到門邊去。梯級上傳來脚步聲，庇得的朋友羅斯商業部部長，出現在臺階上，在輕輕的作着詢問。

赫斯特女士（低語）

他願意把他身後的事完全交給他的好朋友湯姆林主教去辦，可是他的話，卻眞叫我聽了非常傷心；你想，他簡直把自己一生的勳功偉績看得這樣低，到臨死時還怕他的這些事業不足以使國家承認，不足以使他自己的家族得到政府的一點非常菲薄的年俸呀！他極想把他的遺囑自己親筆寫下來，可是他那沒有肌肉的手卻捏不住筆。——現在是由他的朋友湯姆林把他說的一些零零碎碎的遺言逐條的記錄着。

羅斯和赫斯特女士轉過身來，他們看到主教正彎身在牀上，手裏拿着一張剛纔寫好的紙片。不久之後，他把一枝筆蘸了墨水，把它伸到牀帷裏面去，把那張紙攤在下面。一隻纖弱的白手從牀帷後面伸出來，在那張紙上簽了字。主教把兩名僕役也叫了過來。他們也簽了字，牀的這一頭是法卡爾，那一頭是湯姆林，他們都在聽那垂死的人說着話。後來，主教從牀邊走開，來到衆人站着的那臺階上。

湯姆林

現在，幾條遺囑總算是已經完全寫定了，

他的心境彷彿比剛纔稍稍平靜了一點。

他問瓦爾特爵士，他的病究竟會不會好，

法卡爾便用安慰的口氣這樣的告訴他，

說他的病並不是完全沒有復原的希望。

我那朋友聽到這話便笑了笑，搖了搖頭，

他彷彿是在說：「你說這話的用意我懂得，

可是，出於友誼的安慰，我是不會見怪的。」

羅斯

他需要休息；可是他卻從來得不到休息。

他們等着，法卡爾走過來。

法卡爾

耗盡了他的一生精力的那些國家大事，這麼許多年來眞是一天也不把他放鬆，現在他已經昏迷過去，根本不省人事了，我恐怕他不會有可能再振作起精神來，談着這些事情了吧。

羅斯

可是你聽。他又說了。

他們聽着。

庇得

我的國家！我怎樣離開了我的國家呀！

湯姆林

這句話裏面是包含着許許多多意思呢！啊，——

羅斯

他的靈魂至今還在跟這些事情掙扎着，雖然在昏迷狀態中，他還要這樣掙扎着。直到這場悲劇閉了幕爲止。

他們繼續在門口輕輕的談着話。——庇得慢慢的昏迷下去，永遠不再醒了。

憐憫之精靈（向年歲之精靈）
在收場之前，你是不是還打算跟他說幾句話？
年歲之精靈
不，因爲我已經跟他說了太多的話了。在往時，
每當大地上所有的光都照在幽暗的冥府上，
咆哮的午夜的風又在一家家屋頂上掃蕩着，
而替他吹來了長長的一大串的民族的災禍，
像一幕幕凶險的戲劇似的在他的眼前搬演，
使他整夜的皺緊了眉頭極度痛苦着的時候，
我已經時常的在暗地裏跟他悄悄的交談了。
現在，他已經快要死去，我卻不想再來擾亂他，
就讓他安安靜靜的去找尋那永久的沉默吧。

災禍之精靈

看見一個人快要死了，他的毁滅是確定的了，
就速執行上天密旨的精靈也會變得慈悲的！

年歲之精靈

我們不應該在自家人淘裏這樣的吹毛求疵。
我也不打算再來辯辯。我祇要對你説一句話：——
我們是上天的奴僕，而且永遠是上天的奴僕！

合唱隊

像凡人一樣，我們是靠着神力憑空產生，
如果它一旦不再需要我們，
我們就祇能把一切的進行都立刻停止。——
我們的不具有形體的官能，

我們在天上的優越的地位，我們的統治，
　　我們所能知道的後果前因，
實際上祇不過比這些凡人們高出一層；
我們能夠支配人羣，也祇是件偶然的事，
我們還是處處都要依靠着上天的意旨。

一重陰影把全場遮蓋着。

（註一）奥斯特里茨是在莫拉維亞境內，故云。

第二部

人物

一　精靈之屬

古年歲之精靈
年歲之精靈的合唱隊

憐憫之精靈
憐憫之精靈的合唱隊

災禍之精靈與諷刺之精靈
災禍之精靈與諷刺之精靈的合唱隊

謠言之精靈
謠言之精靈的合唱隊

——大地之魂

——諸侍衛使者

——諸司衛使者

二　凡人之屬

男性

——喬治第三世

——威爾斯親王，後爲攝政王

諸王族公爵
福克斯
配西福爾
凱撒雷
一政府幫辦秘書
薛里登
拜得福德公爵
莫伊拉爵士
二青年勳爵
亞莫斯爵士與開斯爵士
另一勳爵
其他貴族，公使，大臣，退職大臣，議員，與紳紳，官吏之類

——

阿瑟·惠萊斯里爵士，後惠靈登爵士

約翰·謨亞爵士

約翰·霍普爵士

大衞·拜德爵士

貝雷斯福德將軍

安得生總兵

格雷漢總兵

科爾邦游擊，謨亞的副官長

哈定格隊長

沛吉特，弗雷塞，希爾，奈比歐

一驃騎隊隊長及其他

其他英吉利將軍，總兵，副官，驛使與軍職

二間諜

二軍醫

一隨軍教士

一輜重隊軍曹

一第四十三軍軍曹

二第九軍兵士

英吉利軍隊

逃兵和散兵

——

威里斯醫師

亨利・福爾福德爵士

赫伯登醫師
拜里醫師
國王的藥劑師
一紳士
二國王的隨從
——
倫敦某俱樂部諸會員
一在納也納的英吉利人
特爲特，福克斯的祕書
伯戈特先生
福斯先生，司儀官
僕役

一浮浪少年，一巡警等等

——

拿破侖·波納巴特

約瑟夫·波納巴特

路易·波納巴特，什羅麥·波納巴特，及其他拿破侖家屬

剛巴塞萊斯，國務總理

達萊朗

上議院議長

戈崙果爾

勒布侖，杜羅克，奈夫沙德爾親王，伯爾格大公爵

歐什尼·德·波阿爾奈

香巴尼，外交部長

德·波蓀，內庭掌管

——

繆拉

蘇爾

馬蓀納

貝爾底桀

預諾

爾瓦

羅瓦證

奈伊，拉納，及其他法蘭西大將，將軍軍官，副官與驛使之類

二法蘭西下級軍官

另一法蘭西軍官

法蘭西軍隊

——

大先導官，大賜施官，司儀官，及其他參與拿破侖婚禮之職官

德·普拉特長老，寺院住持

戈爾維薩，
布爾部野，　瑪麗·路易絲的　第一醫生
杜布瓦，　　　　　　　　　第二醫生
　　　　　　　　　　　　　產科醫生

舞會中之諸作假面舞者

丟伊勒里宮之二僕役

一夥巴黎的羣衆

季野·德·拉·什佛里野爾，一亂黨

法蘭西路易第十八世

在英吉利的諸法爾西親王

——

普魯士王

普魯士亨利親王

巴伐利亞王太子

綏亨羅赫親王

路赫爾將軍，陶恩青將軍，及其他侍從軍官

普魯士軍隊

普魯士散兵

柏林公民

——

卡羅斯第四世，西班牙王

非爾南多，阿斯圖里亞斯親王，國王之子

戈多伊，「和平親王，」王后之情人

蒙底訶伯爵

馬德羅薩子爵，

訶野戈·德·拉·委伽爵士，｝西班牙使臣

戈多伊之衛隊及其他兵士

西班牙公民

阿朗佽斯之一親兵

戈多伊之一僕役

西班牙軍隊

佚役

騾夫

——
弗蘭西斯，奧地利皇帝
梅特涅
另一奧地利大臣
希伐爾兵堡
德·烏得納德，一洗馬官
奧地利軍官
副官
奧地利軍隊
驛使與祕書
維也納公民
——

亞力山大皇帝
康士坦丁大公爵
拉巴諾夫親王
列文伯爵
奔尼格森將軍，與瓦羅夫將軍，及其他
侍從亞力山大的諸軍官

女性

凱羅林，威爾斯郡主
約克公爵夫人
路特蘭公爵夫人
撒利斯勃里侯爵夫人

赫特福德侯爵夫人

其他貴婦

菲炎勃特夫人

公使夫人，大臣與議員之夫人，及其他命婦

——

約瑟芬皇后

奥登斯，荷蘭王后

拿破侖的母親

保林郡主，及其他拿破侖族中諸郡主

崇德伯羅公爵夫人

德·崇得斯鳩夫人

伯炎斯夫人，瑪麗·路易絲之乳母

法蘭西部長及其他官吏之夫人
法蘭西宮庭中的其他命婦
沓果萊麥公爵夫人

——

路易沙，普魯士王后
福斯伯爵夫人，隨侍命婦
柏林諸命婦

——

瑪麗亞·路易沙，西班牙王后
布爾朋族的德需莎，戈多伊之夫人
約瑟法·郁多夫人，戈多伊之情婦
王后的隨侍命婦

一侯姊

麥·路易莎·貝亞特里斯奧地利皇后

瑪麗莎·路易莎公主，後瑪麗·路易絲皇后

梅特涅夫人

奧地利宮庭命婦

俄羅斯皇太后

俄羅斯安娜公主

第一幕

第一景

倫敦　福克斯的住宅，阿林敦街

福克斯，新的「全才內閣」的外交部大臣，正坐在一張桌邊寫着什麽東西，他體格強壯，皮膚黝黑，眉毛極粗，呼吸稍稍有點阻滯。他的衣服像是在睡覺的時候穿過似的，特哲特，他的私人祕書，也在近旁的一張桌上寫着。

一僕役進來。

僕役

大人，又有個不認識的人要求您馬上接見。

福克斯

啊，又有一個怎麽樣的一個人哪。

僕役

是一個異鄉人大人；大人雖然是個異鄉人，樣子倒並不很襤褸他說他是從格雷夫山德來的，不久纔離開，前之巴黎，還說護照是您弄給他的。還有一位警官陪他一起來。

福克斯

啊，對了。我記得。帶他進來，叫那警官在外面等着。（僕役走出去。）特魯特，你可不可以走開一會兒？可是不要走得太遠，我馬上要叫你的。

秘書退出，僕役帶了一個人進來，那個人自稱是季野·德·拉·什佛里野爾，瘦長的身材，年紀約莫有三十歲，生着一雙不安定的深黑的眼睛。他一走進來，門就關上了，屋子裏祇剩下部

長和他兩個人。——福克斯指着一個座位自己靠在椅背上，打量着他的來客，

什佛里野爾

大人，您能夠允許我遠道到英國，來這裏見您，我眞是非常的感謝。——如果沒有您這一種空前的信任，我的計劃恐怕是不可能實行的。

（略停片刻。）

大人，眞可歎，——歐洲是又把它的腳踏到了新的屠宰場的門檻邊了！

福克斯

我也這樣想！——從你的信上看起來，

你大概是一個眞正的法國人吧？

什佛里野爾

是的，大人。

福克斯

那麼你怎樣到這裏來的？

什佛里野爾

大人，我是從愛獸登坐着一隻小船——拼普爵士旗的，它的名字叫做『託比』——從那裏來到格雷夫山德。到愛獸登，我是從巴黎偸偸的從荷蘭過來的，有時步行，有時騎馬，或是旁的方法。

福克斯

你大概有着許多重要的消息，對我們國家是非常有用的吧？

什佛里野爾

不錯。這些重大的消息簡直可以說是能够緩和或甚至能够消滅那會損害許多幸福的戰事的手段，簡直是走到沒有痛苦的和平之路的引導。

福克斯

你說呀！沒有一位政治家是比我更需要它的。

什佛里野爾（回頭看看門是否關着）

大人，現在沒有一個民族能够過和平的生活，

能够作着它的各種計劃而不受到一點阻礙，
也沒有一個戴王冠的頭能够得到一天安靜。
像這一種混亂的高潮，害了熱病一般的不安，
不得已的死亡，這許許多多不幸的根源，其實
是祇有一個——一個人。我可要不要舉出名字來？——
那就是法蘭西的統治者。

福克斯

不錯，在前一些時候，
我也這樣的害怕着。可是近來，我們卻慢慢的
覺得有許多理由可以希望：那更廣闊的識見
和更溫情的智慧一定可以幫助他逐漸改掉
驕傲的習性，而開始走到神志清醒的路上去。

什佛里野爾

這一種寬大的希望是永遠不會如願以償的！一旦停止了侵略，他就等於不再存在了一樣。這是註定的事，他自己看得比誰都更淸楚呢。

福克斯

那麽，在這樣的情形下，你又有什麽寶貴的秘密消息能在這裏宣布呢？先生，我眞要把你當做是一名間諜，你這態度不像是對於誠意的人的一種誠意的幫忙！

什佛里野爾

大人，我要請求你

不要對我這樣懷疑。這懷疑是絕對沒有一點根據的。我要鄭重的聲明：法蘭西皇帝無論表面上顯得怎樣，他實際上總是我所說的那個樣子。同時我可以確切的擔保，我是有着能夠醫好歐洲的這些病痛的良藥。

福克斯（不耐煩的）

那麼快說到本題吧。我老實對你說，我是覺得無論你用怎樣的磋商法，都不能得到你所說的那種效果的。

什佛里野爾

大人，現在要請你允許說到本題了：——

一個不幸的事件的最好的補救法，
是祇有把那不幸的根源將個剷除。
爲要確切而安穩的達到這個目的，
我卻有一個最好的方法願意供獻，
因爲你和你的勢力所能及的人們
已經給了我在這裏直說的特權了。

福克斯（驚奇）

暗殺？

什佛里野爾

這事情叫什麽名字我是不顧到的；
一件事業的眞名字，是應該完全依據着
它的目標而定。一本『自由』和『和平』的字典，是決不會把這一類的事業稱爲暗殺的；
雖然在法庭和全世界的暴君的語言裏，
這一類神聖的事情通常總是這樣稱法。

福克斯

你怎麽會在我面前作着這樣的提議呢？

什佛里野爾

我知道你有着人道和自由的高尚精神，
知道你是這樣愛好着眞理，愛好着寬容，
愛好着正義和公道，愛好着國家的福利，
因此，我便對你懷着極大的信任和希望！——
現在，這事情已經好好的在那裏進行了，
已經在和拉西租定了一間屋子做機關，

從那裏就可以開始發動這神聖的企圖，而且成功就在目前了。對於我們的同盟是沒有一點危險的；責任全在我們自己。

福克斯（按着喈鈴）

先生，你這種不自覺的鹵莽眞使我不解，而你的那種對於我個人人格的估量法，也簡直是把我侮辱了。你上一次寄來的信上的那些重要的話和你的甜言蜜語，差些兒誘得我把一些有致命關係的話，都隨隨便便的說了出來。

巡長和祕書同時走了進來。

現在還來得及，
先生，你馬上就站起身來離開了這裏吧！
（向巡官）把這個人監視着，再把他好好的押送到
開往離我們和法蘭西最遠的海岸去的，
而且立刻就要起椗的任何海船上去吧。

什佛里野爾（不動聲色）

你這樣對付我，在我卻並沒有什麽關係。
就是少了我一個人，這計劃卻也一樣會
慢慢的成熟的。我的靈魂永遠這樣忠實，
即使我的骨頭在遼遠的海灘上曬白了，
也還是一樣。多謝你的接見。如果我眞要
結果你的性命，我是早就會動手了！你瞧——

（他拔出了一枝短劍，卻被人從他手上搶掉。）

他們是無需乎搶掉我的短劍的！即使你站起身來掙扎，跟我決鬪，還把我捆起來，我也決不用這把劍來傷你。在我這種人和我朋友手裏，愛和平的人總是安全的，即使因爲出於道德信條上的一種誤解，而對我們肉體施行了無論怎樣的虐待。

（什佛里野爾和巡長退場。）

麻克斯

特魯特，你眞要對我呆瞪着一雙眼呢！我樣子很興奮，是不是？同時，我也非常提心：這在我是有着極充分的理由的。

這位態度莊嚴而又沉靜木訥的先生，
是一個正在等機會的有膽量的刺客。
他計劃了一個行刺波納巴特的方法——
據我在忽忽忙忙中所料想的，或者是
趁他經過的時候躲在窗子裏面開槍，
或者是用一個痛恨專制主義，但沒有
正當方法可以克服它的痛苦的頭腦
所能想得出的別種偷偷摸摸的方法。……
現在我仔細想來，卻覺得剛纔的處置
也許有點不適當的地方。——這樣不對的。
你馬上把監視他的那個人叫回來吧，
你去叫他把那個人先扣留起來再說。

秘書走了開去。福克斯走到窗邊，默默的沉思着，直到秘書回來。

秘書

大人，我還來得及，那個人已經留住了。

福克斯

爲了國家的榮譽，我究竟該怎麼辦呢？——
其實我自己也像他一樣的極想用這
手段來對付法蘭西皇帝，我們的死敵！——
也許這完全是個金錢買出來的騙局；
但是，這可能有更多的意義的……
那個人對於自己的命運竟毫不關心，
這彷彿也是他身上的一個重要特點，

可以表明了他的狂妄的夢的眞相的！——
啊，現在我打算出發到下街去，到那裏去起一封送給達萊朗的公函的稿子，把這非情詳詳細細的告訴他。——這個人在寫來的信上你記得是用什麼名字？

秘書

「季野・德・拉。什佛里野爾」——是這樣個名字。

福克斯

不用說，這個名字一定是假的。你過來。
（向窗外望着。）
啊——弗蘭西斯・文生特爵士來了：他可以跟我們同去的。——時間可過得眞快，我的工作時間一下子又到了十二點鐘了！

我想，不久以後，英吉利要跟歐洲交談，是馬上就要不再借用着我的舌子了！

秘書

大人，我想不會的。可是您眞應該休息。您的事務眞是一刻不停的忙着，就連您的僕人們也都忙得支持不下去了，而許多從各方面來的不相識的賓客，爲要跟您商量各種事情，又不管是在早晨，夜裏，或正午，都慇勤的請你接見，使你一刻兒也不能休息。

福克斯

眞的，是眞的。——

我回想起在那愉快的聖・安娜小山上避暑時的情形，眞覺得是如同隔世呀！

他倚在祕書的手臂上，他們一起走了出去。

第二景

倫敦和巴黎之間的海程

是一幅從多佛海峽上面的空中望下來的，忽然像黑夜忽然又像白天的景像，從這個城到那個城的伸展着在夜裏。巴黎和倫敦都顯得是一小堆由一圈光暈包裹着的燈火；在白天，像一堆混亂的白色和灰色的閃光。在它們之間的海峽像是一面鏡子，跟着時間的轉換忽明忽暗的反映着天光。

憐憫之精靈

下面的這許多驛使究竟是在幹些什麽事情呀，

像這樣穿梭似的在倫敦和巴黎之間趕來趕去？

諧言之精靈（對唱）

一

前面說起過的那位替英吉利向遠方的國家交談的大臣的報告，

二

已經由一名驛使帶到海洋那邊去，而波納巴特卻這樣的回答道：

一

「信義和誠懇的原則是永遠的在鼓動着發這道封公函的人的靈魂，

二

「為了這次事前所意料不到的聯歡，我們是極誠意的感謝着你們；

一

「這次聯歡可以使你們知道，愛和平的心理是大家一樣，不分你我，二「而要達到這種圓滿的結局，我們必需處處拿阿密安條約當基礎，」

一　於是，倫敦方面便這樣回答：「英吉利的國王也願意從此走向和平；

二「要跟俄羅斯一起合作，來消滅鬧了這麼許多年的歐羅巴的紛爭。」

一　陰影般的使臣們卻還在多佛和加萊的水道上風塵僕僕的來往，

二　從泰姆斯河邊的高塔到巴黎的宮門，再從巴黎回到倫敦的海港。

一　法蘭西卻還這樣說：「兩方面雖然已經言歸於好，我們卻還是不安：

二

「因爲你們在別一些方面的行動，卻處處都並不像能够遵守約言。

一

「這一次重要的談判是快要結束了，我相信一定可以請你們允許，

二

「我們這次盟約，無論什麼情形或什麼藉口，都不能讓俄羅斯參與。」

災禍之精靈

拿破命那個製造死屍的機器居然固執着這個主意，那眞是幸運的事，要不然，歐羅巴便眞會有造成和平局面的那種嚴重的危機了。現在，且再說英吉利那方面的情形吧。

謠言之精靈（繼續）

一

於是又有名使臣像飛鳥的影子般打從肯特和碑卡提一路前來：

二
「您陛下要這樣否決我們的提案，究竟是何用意，我們眞無從推猜。

一
「俄羅斯早就是我們的同盟國了，我們要拉攏它，也不是新近的事。

二
「您到底能不能讓它來參與呢？——和約的能否成立，將完全繫諸於此。」

一
於是法蘭西便向海峽對面傳過粗魯的話去：「跟你們和沙皇聯盟，

二
「那簡直是光榮的法蘭西的莫大的恥辱，將要幾世紀都洗刷不清！

一
「英吉利軍隊一定要趕到弗蘭德來，浩浩蕩蕩的開進脾卡提海口，

二

「那纔配說這大話——够了。好在將來的戰爭，法蘭西並不是罪魁禍首。」

憐憫之精靈

這麼許多生命都成了在他們掌心盤弄的丸彈——

究竟要用怎樣的一種祈禱，纔能消滅這場災難？

謠言之精靈的合唱隊

要知道法蘭西已經偷偷的跟俄羅斯聯在一起，

那個孤立的不列顛小島卻要受到兩邊的排擠——

災禍之精靈

這竟是像下棋的時候明將着將軍一樣的顯然了——你現在可以瞧瞧，福克斯想要討好波納巴特而受到這樣的報答，同時他的冷淡的莫斯科方面的朋友態度又這樣的奇突，如果他發覺了這些情形，他定然會怎樣的變色呢——

憐憫之精靈

當他提起筆來，想要寫信通知亞莫斯爵士說，
到現在這情形，退讓是沒有用處的了的時候，
他的手簡直抖動得差些兒連筆桿都捏不住！

諷刺之精靈

現在，另外又有一個腳色來參加這場精采的好戲了——那就是勞德代爾爵士。——你瞧，又
有使臣在來往了！

憐憫之精靈

可是那個悄悄的走進英吉利的大臣的
密室和安歇處去的，我們雖然能看得見
而凡人們卻並不覺得的，灰色而無聲的
奇怪的人形究竟是誰呀？

年歲之精靈

那就是上天的
意志的多變化的器官，我的好朋友死神。——
你可以看到那位政治家的衰弱的軀殼，
馬上就會從這個世界上悄悄的消滅了，
而至今還沒有結束的各王朝間的賭博，
卻會照常一樣的進行着。

憐憫之精靈

這樣說，我那個
讓歐羅巴休息一下的希望又歸泡影了！
他的確是愛和平的——他曾經用盡了氣力
想要使全人類得到一些兒安歇，而現在

他自己就完了，而且沒有替代者存留着——

諷刺之精靈

啊，這篇文章的下文眞是非常滑稽的。磋商又會進行着；可是最後，你就會看到勞德代爾請求着護照，而英吉利的議會卻向全國宣佈跟法蘭西的和約是沒有可能訂的。

謠言之精靈（結束）

一

正在這個時候，普魯士的國王卻爲了邊疆上的事故而憤火中燒，

二

現在馬上就要爆發了，以前一切的和平和友愛，都變得雲散煙消。

一

你們仔細的聽吧，你們還可以聽得出他在愛爾福特宣佈的告白，——

二

爲要保障王室的安寧和榮曆，他現在是祇能完全用武力來解決！
年歲之精靈
這一塲插劇是演得太長，太嚕囌，
請馬上就垂下了帷幕；
我們還不如去看看那人馬兵車，
以及一切戰爭的工具！
雲屛遮蓋了那景像。

第三景

柏林街道

時間是在下午，大街上聚集了許多興奮而又焦急的公民。大街中間留出着一條走路，像等待着什麼人物來到似的。

一位漂亮的女子騎着馬上場來，她的豐富的褐色的鬈髮在微風中飄蕩，她的長長的藍色的衣襟在她的騰躍着的白色的牝馬的腰邊拍着。她就是著名的路易沙，普魯士王后，帶領着一隊驃騎兵，又穿着他們的制服。當她騎着馬走過的時候，擁擠的公民們熱烈的招呼着她。

憐憫之精靈

這位穿着軍服的漂亮女子是誰呀？

年歲之精靈

她是普爾士的驕傲，象着她的決意，

她丈夫纔有實行他的企圖的可能，

因爲祇有她是能號召得起人民的。

憐憫之精靈

王后參加戰事固然並不奇怪；可是，

整個的由一位女子來指揮着戰事，

卻眞顯得有點不自然了！

年歲之精靈

我們覺得

她是擔任了二十倍於男子的事業，

而能力卻祇有男子的一半。

憐憫之精靈

祇要讓
男的是勇敢而女的美麗，那就好了！

謠言之精靈

可是全部主權卻落在女的手裏呀！
那些送到巴黎又轉送到全世界的
公報裏面的無恥的譏諷，竟使那些
敬愛着她的人們驚醒了她的清夢，
這樣，她的保障國土的雄心，便開始
點污了她的美麗，破壞了她的溫柔，
而將使她的名譽蒙着一重損失了。

第一公民（狂呼）

憑上帝說話，這樣辦法是不錯的：馬上送一封最後通牒到巴黎去；憑上帝說話，這是咱們應該做的事情。這個萊茵河流域聯盟眞是一個想要毀滅咱們的壞人的壞想頭！

第二公民

那個有兩副面目和兩條舌子的國家，
那法蘭西，或者還不如說，那一個個人——
（因爲民衆，整個的看來，是非常誠實的）——
這個人，竟跟俄羅斯簽訂了一張密約，
使我們的損失完全得不到些微賠償，
而同時還假意的跟我們國王結着盟；
他一邊滿口擔保着我們國家的和平，
一邊卻損壞了我們來養肥旁的王國。

他嚴重的侮辱了我們，眞會使全歐洲
都替我們呼寃了。這許多小小的國家，
從古以來就是風俗相同，利益相同的，
而且從古以來就同住在日耳曼故鄉，
現在卻鬧得自己的骨肉都互相離棄，
反把那個異族的野心家認爲主人了。
他把那些小國當做刀，來刺痛着我們，
腓特力大帝可眞要在墳墓裏流淚了！

第三公民

不錯，我們以前雖然睡着，現在可醒了，
上天已經派她來把我們大家叫醒了！

王后走近來，帶領着那一隊人又轉了回去。狂熱的吶喊聲到處震盪的響着。當她走近來的時候，他們看着她。

誰說她是一個阿馬戎（註一），是一個誇大者，
是勇敢的輕騎兵的一個僭妄的同伴——
她雖然穿着軍人們的制服，可是她的
每個舉動都祇是表示着女性的熱情，
絕對不至於稍稍損壞些兒她的尊嚴，
也不會有時候偶爾犧牲了她的身份，
而就可以糾正了國內的一切錯誤的——

第四公民（上場）

外邊的消息說，俄皇亞力山大

已經鄭重的拒絕了批準他的大使跟法蘭西所訂定的盟約，而英吉利國王所提出的那個犧牲我們來補償法國的辦法，也並沒有被接受。

第三公民

這是當然的，罪惡決不會時常的佔到優勢。趁上帝正在幫忙我們的時候，快把這決定吧；他馬上會變的（略停片刻。）

第四公民（上場）

咱們的大使路契西尼已經在離開巴黎了。他對於他們皇帝是再也忍耐不下去，因此他們的皇帝也表示對於路契西尼是再也不能忍耐下去了。替代路契西尼的克諾貝爾斯多夫已經決定祇賣一盎斯的鼻煙和一磅的蠟燭，因為他怕用不完，他知道不會在那兒就久的。

王后走過，人們跟着她和跟在她後面的軍隊。

咱們難道沒有兵？咱們難道沒有布命斯威克公爵可以指揮他們？咱們難道沒有軍餉？咱們難道沒有城堡和一條愛爾伯河可以抵禦敵人的侵入？

馬隊經過，漸漸的看不見了，群衆也紛紛散開。

第一公民

天哪，我要去喝一點啤酒，抽一點煙，來消消我的怒氣了！

（諸公民下。

年歲之精靈

上天是這樣的把它的意志寄託在
這個驕傲不屈的民族的忿怒上了——
這民族是一味信任着過去的光榮，
而根本不顧到目前的各種形勢的。
爲一實力趕不上那種氣焰，而自信
又使他們失去了謹愼，那可怎麽辦？——
主宰同時又在隨心所欲的阻滯着
他們那位首領布命斯威克的血液，
使它流動得非常遲緩，使他祇用那

拘泥，笨重，而又極老式的軍事計劃，
去抵抗對方的各種最近代的戰略！

黃昏降臨到這城上，天色變得灰暗了。兵士們都下了班，幾位年青的軍官游戲的作着停步挑戰的姿勢，抽出了他們的刀，當他們在法蘭西大使公館前面走過的時候，便把刀在堦石上磨着。磨刀的聲音整條街上都能聽得到。

憐憫之精靈的合唱隊（縹緲的音樂）

一個不幸的民族的靈魂
是正在發燒，
他們是沒有一刻兒安寧，
竭力的想要

從新肯定過去的權威，再增加歷史上的光耀！

半合唱隊一

他們這樣在鬧市上喧擾，

眞像發了狂，

他們是根本的未曾料到

上天的思想，

他們祇知道信任着自己，不想想天定的禍殃！

半合唱隊二

就是在政府的會議室裏，

也沒有反應，

國王和議士們聚在一起，

都默不作聲，

而把幻想中的勝利，當做已成的事實來承認！

合唱隊

一個不幸的民族的靈魂

是正在發燒，

他們是沒有一刻兒安寧，

竭力的想要

憑着一股拚死命的蠻勁來裝點國家的光耀！

午夜的鐘聲打着，燈火一一的熄了，全景消隱。

（註一）希臘傳說，小亞細亞有阿馬戎族（Amazons）者，軍人均由女子充當，故女兵可稱爲阿馬戎。

第四景

葉那戰場

天色剛從一層灰色的十月的朝霧中泛着白。法蘭西兵，背向着雲霧的光，慢慢的浮現着，顯得已經武裝好了的樣子；拉納佔據中央，奈伊擔任右翼，蘇爾極右翼，與什羅擔任左翼。在法蘭西陣地中部的後面，皇家衛隊和繆拉的馬隊也已經在蘭德格拉芬山上排列着。在一直伸張到這高山的尾部爲止的山谷裏，一條叫做薩勒的小河向北流着，注入愛爾伯河，葉那城就是在這條河邊。

在法蘭西陣線前面的不規則的高原上，而且離得非常近，便是陶恩青所帶領的普魯士軍，而在後面右方稍遠一點的，通到伐伊馬爾去的一路上，便是霍亨羅赫所帶領的大隊人馬。布侖斯威克公爵（威爾斯郡主的父親）是帶領他的軍隊在十二哩以外的伊爾麥流域中的奧爾斯塔特地方。

拿破命和侍從着他的，帶着火把的人們走上場來。他在他的軍隊前面走來走去，而在迷霧和四周圍的東西之間不見了。但是他的聲音卻還能聽得出。

拿破命

你們要好好的留心着他們的馬隊，
那馬隊在過去曾有着極大的名聲，
也許現在還很厲害；我們要留心着，
我們要排了方陣毫不畏縮的應戰。——
朋友們，你們去年曾經攻破烏爾談，
因此，這一回，你們也無疑會勝利的！

兵士們

皇帝萬歲！上前呀，上前呀！

拿破侖

慢慢，你們要留心！要照平常一樣的，等我發了號令之後你們纔能動手。

啞場

一瞬息之間，就可以在微光中看到拉納的軍隊在向前面移動在一串迴紛不斷的火鎗的噼啪聲中，在闊德格拉芬山前面的一片原野上，他們更遠更廣闊的散佈着。普魯士兵士在迷霧裏看見了這一大堆敵人已經近在眼前，便吃驚的向伊爾孜河退卻。

霍亨羅赫親王是帶着他的普魯士兵在南面的通伐伊馬爾的一路上，他忽忙的派出了一大隊步兵過來接應陶恩青的退卻的軍隊，他自己也帶着馬隊和礮隊趕上來。當業那的彈打着十點的時候，他和奈伊之間的接觸又從新開始了。

但同時，卻可以看到與什羅在普魯士兵的這一邊，蘇爾在那一邊，都過來幫助奈伊作戰，而拿破侖又在闊德洛拉芬山上傳令叫皇家衛隊進兵。不幸的普魯士兵被趕了回去，這一回失敗是更決定的；在趕下斜地向後面的伊爾麥河邊去的時候，他們有許多人是倒下了，有許多卻做了俘虜。路赫爾將軍作着最後的掙扎，想要集合他的殘部，他竟一個人親自去抵當着法蘭西兵的痛擊。一粒子彈打穿了他的胸膛，他便倒下身去死了。

這場狠鬭的最高點是達到了，雖然戰事還沒有完畢。拿破侖從闊德洛拉芬山上看到已經到了決定勝負的時刻，便又派繆拉帶了他的全部馬隊衝上去。馬隊專對付着散失的普魯士兵，把他們圍困住，把他們整千的衝倒着。

在地平線後面十二哩之外的地方，在眼前這場戰事的熱鬧的餘聲中，又可以聽到另一陣猛烈的喧聲，因爲另外一場沒有看見的戰事又在進行着了。這時候，將軍們和其他軍官們都互相望望，作着各種的猜度，法蘭西方面面帶喜色，而普魯士方面卻陰沉難堪。

霍亨羅赫

據我看，這就是表示着布命斯威克公爵
又碰到敵人方面派出的更多的軍隊了；
他們說，這是達符和貝爾那多德的軍隊……
希望上帝能使他的命運比我們好一點，
要不然，這一個痛苦呻吟的懷孕的日子，
一定會在最後的分娩之前，先就替我們
親愛的祖國生下一對就是到五十年後
也都還不肯死去的，不幸的孿生兄弟了！

一名散兵騎着馬上來。

散兵

親王，我是特意從奧爾斯塔特繞道過來，
向您來報告那邊戰事的驚人的消息的；
如果看見這戰事的人的報告是真的話，
那麼戰事是從迷霧的早晨開始，到現在，
我們是打了勝仗了！

霍亨羅赫

我想要趕到那邊去，
也許可以補償了在這裏所受的損失吧！

第二和第三散兵先後上場。

喂，濕臉的人，你從那裏來的？有什麼消息？

散兵二

大人，我是騎着馬直接從哈森藹森地方留着那鎮市和薩勒河岸之間的，熱鬧的戰場上的鎗林彈雨到這裏來的，那戰事簡直是混亂得無論什麼人都看不淸楚勝利究竟屬於那方面。

羅亨羅赫（向散兵三） 你又有什麼消息？

散兵三

大人，我沒有什麼具體的消息。

羅亨羅赫

瞧你樣子，
你一定是有着重要的消息而不願意說。
好，把他扣留在這裏。

散兵三

我的消息是太不利，
因此，我的知覺都錯亂了！……我曾親眼看見
布侖斯威克公爵騎在馬上親自帶領着
他的榴彈隊向敵軍衝鋒，想不到竟會在
臉上吃到一粒葡萄彈，臉給打掉了半張，
他就在那個地點那個時候當場陣亡了！

霍亨羅赫

布侖斯威克陣亡？——這眞是震撼天地的事！……

而且這是他自願的。近來曾經有好多次，
他彷彿有了種奇突的先知的能力似的，
時常在說起他一定會遭到這樣的結局！

散兵三

他的衰老的屍身總算給帶到戰場以外，
而勇敢的繆侖多夫，卻在刺激的絕望中
宣誓他不願意單獨活下去；他衝到前線，
竟也被敵人所殺死了。為了祖國的憤怒
同樣充溢着軍官和士兵的心，就連王上，
也像平民一樣的打着。可是這還沒有用。
他的馬倒下了，他本人至今還不知下落。
威廉親王也受傷了。就連勇敢的希滋洛

也已經變得殘廢了。一切都沒有希望了。我們軍隊竟像秋天的樹葉一樣掉落着！

霍亨羅赫

不用說了，我們這裏也一樣。潰散的前線還在把我們擠後去。我們不得不退卻了！

〔霍亨羅赫，隨侍軍官，和散兵等同下。

普魯士兵越發混亂的從葉那退卻，有好幾千人都已經做了繆拉的俘虜，他向着伐伊馬爾一直追趕過去，連那地方的居民都驚嚇得在街上狂奔亂叫了。

十月的白晝行近薄暮。在這時候，跟着普魯士王從奧斯塔特那個第二戰場退卻的軍隊，卻和從葉那逃亡的路赫爾和霍亨羅赫所帶領的軍隊碰到了。兩隊交叉的逃亡者在驚奇中互相衝撞着，而混亂卻跟着天色黑暗的程度更形加深，直到夜幕遮蓋了全景爲止。現在，除了嘈雜而逐漸低微的聲音和偶爾顯現着的火光之外，是什麼都沒有了。
朝霧又回來，把全景掩住。

第五景

柏林　一個臨着公共場地的房間

一群態惶失措的婦女聚集在窗邊，向外面望着，焦急的談着話。時間將近正午，突然聽到了一陣奔馳的馬蹄聲正沿着長長的樸茨丹街上走去，不久之後，又轉入萊布齊希街，而來到那幾個女子的窗門所臨視着的廣場上。它在她們對面的一座政府建築面前停止了，而騎馬的人走進院子裏去，不再看見。

第一女子

不錯，他一定是戰場上派來的一名驛使。

第二女子

我們要不要趕下去聽聽，他究竟又帶了什麼不幸的消息來了？

第三女子

我們在這裏望着，也可以大致的看得到他的消息的內容，用不到趕下去的。（她們等着。）啊，不錯；你們等着瞧吧他們馬上就要把那一張布告釘起來了！這樣看來，這個人的確是從戰場上來的……

當布告正在張貼的時候，她們等待着。

第二女子

那布告上的字句我是一點也看不出來。我在這麽許多擁擠的人堆裏望着，衎直望得眼睛都出水了。善良的上帝，要請你保祐；爲要證明你的善良勝利是必需要關於我們這方面的——……你看到些什麽話呀？

第三女子（從一面眼鏡裏念着）

「戰事已經耗盡了我們的氣力；可是祇要有決心，現在還能够補救。我們上一次的總攻擊已經失敗。我們第二次還要嘗試。」

屋子裏沉默了好久。又聽到一個人騎着馬走近來，馬蹄聲比聚集在那裏的市民的睛喻澄要

響得多第二女子向窗外望着

第二女子

這個人祇不過是一名散兵。……可是他們卻不管他的消息是否靠得住也張貼出來。

第三女子（又從她的眼鏡裏念着）

「布命斯威克公爵已經在帶着他的部隊衝鋒的時候陣亡了。希邁滔也已經戰死；威廉親王受了傷。可是我們還在支持着，用我們最後的補充軍跟敵人們相周旋。」

街上的喧擾傳到了房間裏。有幾個女子覺悄悄的流着眼淚，一聲不響的候着，道一回經過的時間是更長了。終於，又聽到一個騎馬的人得得的來到廣場上，她們又痛苦而急迫的向窗外望着。

第二女子

我想這是總命多爾夫將軍的一位副官，可是我不知道猜的對不對。瞧呀——你瞧呀！——雖然是看得叫人連眼珠都要彈出來了，不過你還是不能不看！

第三女子（拿起了眼鏡）

等它貼好了就看……啊——這是有重大的關係的！那些人的態度就已經把不幸的意味洩漏出來。（讀。）「柏林人，國王已經戰敗了！你們要好好的忍受着。

一個健全的公民的最重要的責任，便是要在這種不幸的時候維持勇敢的鎮靜。這便是現在我們政治當局所要要求於全國的老小男女的事了。……國王他還活着。」

她們從街邊走回來，悄悄的坐着，偶然祇有幾句極簡單的話來打破了這沉默，心不在焉的在聽着外面的跟着先前的興奮和希望而來的絕望的喃喃聲。

外邊傳來的吶喊聲打破了這凝滯的空氣，那喊聲帶着一種抑制的感情，又混和着悲慘的意味。她們又向外面望着。路易涉王后正帶着幾名極少的隨從在走出城去，而民衆卻顯得給鎮壓住的樣子。她們凝着眼睛望着她，直到看不見了爲止。

第四女子進來。

第一女子

她可怎麽能够怎耐得下？她到那裏去呀？

第四女子

她到丘斯特林找國王談話去的，在那裏，她也得像我們一樣的忍受着各種不幸。雖然大難臨頭，可是她那種剛毅的精神，卻能使她在苦痛中不失掉國母的身份，除了偸偸的掉落幾滴眼淚之外，她簡直是完全不動聲色。

諸女子分別的離開了窗口。

諷刺之精靈

掌握在上天手裏的命運是時常在變動的。這一個王國的基礎，大部分可說是建築在波蘭人的枯骨上，現在，自己也變了枯骨了！讓那漂亮的女子痛苦着。波蘭從前也一樣。

年歲之精靈

這時候，那位偉大的皇帝是正在走近來了；不久之後，在這裏的城門口就馬上會聽到震動的鼓聲和響亮的喇叭聲，伴送着他那軍容壯盛，氣焰萬丈的行列在近邊出現了。

暮靄籠罩着全景。

第六景

同上

這是一個光明的早晨，吹着清新的風，天上沒有一點雲。公衆的廣場和近邊的街道上擠滿了無數的公民，在他們的仰起的臉上，彷彿好奇的神色竟把恐慌和沉痛掩蓋了過去。聽到軍樂聲，起先是很輕的，過後卻響起來，接着是無數馬匹的踐踏聲以及兵器和甲冑的鏗鏘聲。從那街口望去的靠右邊的街道上開來一隊法蘭西的輕騎兵，替波納巴特開着道。幾個女子從新上場來，像以前一樣忽忙的走到街邊，有幾個眼睛裏還掛着淚珠。

第一女子

以前這個光榮的普魯士王國難道竟會這樣輕易的消滅了嗎？一陣救國的呼聲，一場戰爭，衝鋒，毀滅——難道竟這樣簡單嗎？

第二女子

多謝上帝，王后總算走了！

第三女子

叫她上那裏去避難呢？地震時是不會有地方可以躲的！——這就是人們所謂征服嗎？這難道要造成古時的征服那樣的結局嗎？或是可以溷雜現代的理性和文明的觀念來避免了呢？——這一回的結局是誰也不敢輕易的預言，

可是在事前先害怕起來，以致受着猜度
和事實的雙重的痛苦，卻也是愚蠢的事。——
如果我們國家眞會給剷掉全部的邊疆，
那麼凡是在地球表面上的其它的國家，
便都要把命運交給那位霸主，而國王們
也將大家都去侍奉着那位統治一切的
更高的國王了；要到最後忍無可忍，以致
激起一次暴虎憑河的抵抗，那總也許會
從那壓迫下解放出來。

第二女子

他未到這裏以前，
就幹了褻瀆神聖的事了。戰事沒有開始，

我就聽說，昨天從楼炎丹開過外的時候，
無髮宮不知怎麽竟引起了他的好奇心，
那裏甚至腓特力大帝的墳都給掘開了。

第四女子

宮裏所有的東西——以前是那樣的珍貴着，
一切都保留在大帝忽崩時的那原地方——
那些書籍，那些椅子，那些墨水壺，那些筆，
他却非常好奇的一件件都拿來玩弄着；
走到我們那位英雄的遺骸埋葬的地方，
他又把貯藏在那裏的刀和旗幟拿了去；
也不知道該算是無恥，還算是開心古物，
他吩咐要把這一切東西都搬回到巴黎，

作爲禮物送給他們的傷兵院去陳列着。

第三女子

這種誇耀是很無聊的；於大局並無關係。

一隊華貴的軍官替拿破侖當着隨員，現在是來到正在窗子前面的廣場上了。皇帝自己騎着馬，在中間走着。女子們一聲也不響。那行列在前面走過，一直走到了王宮的大門邊。在門口拿破侖下了馬，在他的兵士們的響亮的軍樂聲和羣衆的沉默中走進那座建築去。

第二女子（感觸似的）

啊，像他這樣的一位人物，爲什麽要降低自己的身份，竟去提倡着叫人對於一位失去抵抗能力的王后施行無聊的侮辱！

一位大人物是無需乎佔這種小便宜的——祇有弱者在沒奈何的時候纔會這樣呀！

第五女子進來。

第五女子（喘不過氣來）

除這一點之外，着實還有更大的恥辱呢。他還對他的兵士們張貼着煌煌的布告，說是對我們和我們的聯盟極表示同情，同時卻又宣稱，非到法蘭西的敵人完全消滅了之後，他是不肯就此放下干戈的。——你們以爲他所謂敵人指的究竟是誰呀？

第一女子

我們？

第三女子

俄羅斯？奧地利？

第五女子

全不是的，是英吉利——

他至今還以爲英吉利是主要的原動力，
是破壞了列國間的和平的最大的罪魁，
覺得它彷彿有着一種莫名其妙的勢力，
可以統治所有海洋和港口。

第二女子

照這樣說來，

英吉利是倒霉了！他一旦解決了俄羅斯，

便馬上要輪到英吉利。他們全這樣說的！……

瞧——他現在已經走進了我們王家的宮門，

竟把宮殿佔爲己有了。——我們還是逃開吧！——

可是，到此刻，卻又叫我們逃到那裏去呢？

（諸女子下。

帷幕暫時垂下。

諷刺之精靈的半合唱一（縹緲的音樂）

他以爲自己的權力是偉大無疆，

還想使歐洲大陸上所有的國王，

都來幫助他在全世界大肆猖狂。

半合唱隊二

誰知道天意卻並不能盡如人意，
祇把他封閉在海洋以內的陸地，
而把海上的霸權留給了英吉利。

半合唱隊一

在特拉法爾加，他那不幸的海軍，
竟會失敗於一向被看輕的敵人——
這的確是一條無從補救的創痕。

半合唱隊二

啊，這眞是個叫人不能忘記的刺，
不時不刻的刺痛着皇帝的手指，
使他不能在英國的和約上簽字。

合唱隊

創造世界帝國不能把海洋除外，
可是那海上的王國卻是個阻礙；
它永遠在把這偉大的雄圖破壞！

帷幕從新拉開。

現在，一片陰沉的空氣籠罩着廣場和全城。可以聽到波納巴特在宮中說着話。

拿破侖的聲音

英吉利濫耕着它那種海軍的勢力，
竟敢對於公法和別個國家的主權，
屢次的作着令人不能容忍的損害；

它竟膽敢把別個國家普通的商品，
認爲是跟它的敵國有陰謀的證據，
而全部沒收了去——這是不能寬容的。
現在，我們這次空前的龐大的遠征，
是補償了這損失了；我可以叫所有
英吉利的船隻都永遠的不能再跟
大陸上的國家通商。我這樣的傳令：——

諺言之精蘊

這便是他那著名的「柏林公告」的大概。
也許他是在睡夢之中作着他的計劃，
也許他是在跟隨從們談，也許他是在
一邊想，一邊口述，叫他的書記記下來。

拿破侖的聲音（繼續）

所有英吉利的海港都要給嚴密的封鎖起來；
從此以後，所有跟他們的交通都一律要斷絕；
所有從那小島上來的人民無論在那裏碰到，
都要當作是戰時的俘虜似的拿他們扣留着；
所有從那裏來的出產，無論是原料或是製品，
無論在什麽地方都可以供人們隨意的掠劫；
所有從英吉利的海邊上開到大陸來的船隻，
都不準走進我們大陸上的任何國家的港口：——
我們要這樣，纔能對於他們損害人權的舉動
和他們那種輕慢隣國的態度施行了報復了！

災禍之精靈

照這樣，我們這一本熱鬧緊張的好戲，一下子還不會演完呢！

年歲之精靈

這一次的糾紛，就是再經過許多年的痛苦和歎息，

再經過幾個不幸的夏季，流血的冬天，也不會完結。

夜慢慢的黑下去，宮殿的輪廓看不見了。

第七景

鐵爾西特和尼門河

這是從波納巴特的行營的窗口望出去的景像。幾個曆從皇帝的下級軍官在從窗口向外邊望着。

這是仲夏之後的一天，約莫在一點鐘光景。一大羣的兵士和看客排列在廣闊的河道的兩邊，河道悄悄的緩緩的向西北流着，差不多在正中的地方有一架綁住的木材所組成的木筏停泊着。把木筏當做地板，由掛着布幔的木材搭起了一座華麗的亭子，每一面對着河流的一岸，都有一座結着華麗的綵的圓頂門。這座笨重的建築彷彿跟着水流起了一種有節奏的搖動，像在喘氣似的，微風又時時刻刻的在水面上吹起一陣顫抖。

啞場

在西南面，或是說在普魯士那方面，拿破侖皇帝穿着軍服，騎着馬，由伯爾格大公爵，奈夫沙德爾親王，貝西野爾將軍，近侍將軍杜羅克，和司馬官戈蘭果爾扈從着，皇帝神采很好，但是在胖起來。他們走上了一隻在他們面前的裝飾得非常華麗的船，船馬上就開了出去。現在，在兩岸的人可以清楚的看到，差不多完全同時，一件同樣的事情也在對面，即俄羅斯那一方面，進行着，而主要的人物便是亞力山大皇帝——一個三十左右的，文雅而懦弱的人，有一副客氣的態度和一張和順的臉。他是從那一邊的一家旅館裏出來，由康士坦丁大公爵，奔尼格森將軍，奧瓦羅夫將軍，拉巴諾夫親王和副將列文伯爵扈從着。

兩隻船向木筏開過去，差不多同時的在鳴礮聲中達到了木筏的兩邊。每一位皇帝從他自己那面的門走進去，在亭子的中央互相碰到，他們照習慣的擁抱着，他們一起走進了掛着帷幕的亭子的內部去，每方面的扈從卻都剩下在亭子的外半部。

一小時以上的時間過去，還不看見他們出來。從拿破侖的住處望着這景像的那些法蘭西軍官們無聊的來來去去走着，同時也時常好奇的走到窗邊去，從新望着那木筏。

年歲之精靈的合唱隊（縹緲的音樂）

這一場平靜的戲的序曲，大家留心着，便是那時間已經向我們暗示了的事蹟，
這事蹟是發生在去年的冰雪還沒有封鎖了立陶宛尼亞的松林和池沼之前，
這事蹟我們曾經在落葉的時候說過，那時普魯士的驕傲正受到初次的打擊，
那時冒險的人已經在傳統和嚴格的規律的人的寶座上憑着強力來佔了先。

憐憫之精靈的半合唱隊一

你這一片雪地冰天的荒原，阿伊勞呀，你這一片廣闊無邊的四顧茫茫的大野，
你這一個冰凍的池沼，冰凍的四肢，和一流出了脈管就會凝結的血液的故鄉！——
鐵甲的艦隊包裹在密密的雲層裏，從沒有路徑的地方過來作了致命的追襲，
戰事過去，便有四萬多名已死的或將死的人蓋滿了黑夜來得特別早的疆場。

半合唱隊二

在這些犧牲者中還應該加上弗里特蘭德，它那午夜的行軍，它那抗敵的勇敢，它那威武不屈的精神，卻還是衡不開曲彎而又多磨坊的水邊的敵人的圍攻；那個爲要阻制他的野心的發展而結合的各國的聯盟，卻不一會就完全解散，而一個大團結的理想便像是夢中的幻影似的，一覺醒來，竟馬上就消匿無踪。

啞場（繼續）

拿破侖和亞力山大從他們那隱祕的地方顯現出來，每人都在向對方的扈從說着些很客氣的道賀的話。他們許多人都互相告了別，告別的樣子像是不久之後就又要碰頭似的，接着便每一方面都在看客的吶喊聲中回到了河岸上。

拿破侖和他的將軍們來到他的行營門口，走了進去，但是並不走進那有許多看客在徘徊着的前面的房間裏，卻在別的房門口走了進去，不再讓人看見。啞場完畢。

一陣喃喃的談話開始響起來，這是開着的窗門下面的群衆堆裏的兩個人所說着的話。他們是穿着本地人的衣服，但是他們的口音卻顯得很生疏；在軍官們看來，他們祇是兩個在那裏談閒天的居民，因此從來就沒有人去注意他們在說些什麽話。

第一英吉利間諜（在下面）

你有沒有替我弄到了好多材料，可以讓我報告上去的？

第二英吉利間諜（註一）

我已經知道了他們的談話的內容了。真的，在歐羅巴的歷史上，沒有一次和議曾經弄出這麽奇怪的一種會面來過。天哪，他們簡直像是一個游婦和她的情人了。可是真奇怪，亞力山大的一位隨員，當他去到木筏邊的時候，卻這樣對他說：「陛下，我要請您不要忘記了您父皇的命運！」這可不是奇怪嗎？

第一間諜

有沒有什麽關於那個我用不到說出名字來的小島的消息？

第二間諜

很多；同時也是很叫人詫異的。『我們爲什麽要互相打仗呢？』他們一碰到的時候拿破侖就這樣說。——『啊——眞是沒有道理！』那一個說。——『眞的，』波納巴特又這樣說，『我要跟你打，祇因爲你是英吉利的聯盟；你跟我打，你祇是在替他們效勞，並不是爲着你自己的利益。』——『照這情形，』亞力山大又說，『我們是馬上可以成爲友邦了，因爲我對於英吉利，也是像你一樣的討厭的。』

第一間諜

見了鬼，他們竟說起這些話來了！

第二間諜

後來，他們就又說了一大堆的，英吉利是怎樣的自私，怎樣的貪心，怎樣的會騙人的這些老話。可是談話的焦點卻是關於西班牙的，結果是這樣他們都以爲佔有西班牙王位的布爾朋族是應該廢掉而叫波納巴特的親屬去替代他們稱王。

第一間諜

這消息非得要差一個人飛快的去報告我們內閣不可！

第二間諜

我已經把這個消息用密碼記了下來；叫人在心裏記住是靠不住的，同時也免得發生意外。——他們還同意了法蘭西可以佔有教皇區馬耳他，和埃及；拿破侖的兄弟約瑟夫在拿波里之外還可以兼領西西里；同時他們還要把奧託曼帝國拿來兩家平分。

第一間諜

這簡直把歐羅巴當做一塊梅醬糕似的分割了。他們眞是好傢伙！

第二間諜

於是，那一對貴人又說到了可憐的普魯士。亞力山大，據說，對普魯士是很關心的，因爲他跟它有着事前的約定。拿破侖彷彿已經答應了，祇要亞力山大允許，就肯把所有的小國都還給普魯士國王，這樣，沙皇就自以是可以自由的跟他的新朋友作着新的計劃了。

第一間諜

一定的，這不過是一種猜想之辭吧？

第二間諜

絕對不是。有一個隨員曾經偷聽到，我是從他那兒探出來的。還有旁的許多事情，我可並沒有知道。同時，爲要安慰那一對不幸的國王和王后，他們不久之後還要請他們到這裏來赴宴呢。

第一間諜

這樣一位有志氣的女子是一定不會來的！

第二間諜

我們等着瞧吧。有時候爲事勢所迫也沒法子好想；她是曾經經歷過說不盡言的憂患了！

第一間諜

天哪，會使英吉利吃虧的，倒是那件關於西班牙的事情！現在，快要叫他們知道纔好。

法蘭西下級軍官（從上面望着）

我眞奇怪，那兩個老百姓這樣起勁的談着些什麼話呀？這地方的方言是跟英文有點類似的。

第二下級軍官

這當然是因爲他們全是條頓民族的原故。

間諜發覺了他們已經被人注意着，便混到了人堆裏去。

幕落。

（註一）原註：「近來有人猜度這兩個富有冒險精神的人，一個是羅勃特·威爾森爵士（Sir Robert Wilson），另一個可能是赫欽森爵士（Lord Hutchinson），他們冒着危險在做着偵探的工作。」

第八景

同上

仲夏的太陽已經快要落山了，前面說起過的那房間裏放好一張準備舉行宴會的長桌子，在許多裝飾品中有着幾束夏季的玫瑰花。

在屋子的不放東西的那一端（跟放餐桌的那一端用一幅摺門遮隔着，可是現在卻開在那裏）可以看到傘破命皇帝，康士坦丁大公爵，普魯士的亨利親王，巴伐利亞王太子，伯爾格大公爵，和隨侍軍官們。

沙皇亞力山大進來。傘破命迎接着他，他們兩個撇下旁人，一起走了開去，波納巴特替他的客人放好一張椅子，自己便在另一張椅子上坐下了。

拿破侖

我所能給予的安慰並不是很大的，同時我所能供應的也是非常的少，祇算是表示一點招待的意思而已；雖然這樣，還請您接受吧。

亞力山大

這樣很好。能夠解除了國家的束縛，那眞是像從煙霧裏走到新鮮空氣裏一樣的。王后怎麽樣呀？

拿破侖

她就會跟國王同來。

雖約定他們兩位到這裏來的時候，
現在大概還有那麽一刻鐘光景吧。

亞力山大

好。我很想談起他們。經過了這些事情，
她還肯到這裏來，這是有很多意義的！
這種屈服的行動，對於像她這樣一位
（他的聲音震動起來。）
驕傲的女性，一定是件非常痛苦的事；
因此，陛下，我要請求您，您能不能給她
留點兒小小的希望吧？

拿破侖

我已經留着了！——

現在，陛下我們要談的是這一些事情：強固的友誼和信任使我不得不重説、您是大大的受了您的聯盟的欺騙了。

亞力山大顯着屈辱的神色。

背督士是騙子，英吉利是謀王篡位的，祇有您，纔確實有着眞正的皇族血統。您的錯誤是完全出於太仁愛的夢想，以及您那一些愚蠢的大臣們的猜疑。祇要能親自接洽，那麽在一小時之内，就會把幾個月不解决的事情全解决。

今後我們二人間不要有第三者參加：
這是有很多危險的，野心勃勃的英國，
它至今還在用讒言挑撥我們的感情。
您的重要的參謀部員也是這樣意思。

亞力山大

我自己的意思也像我的參謀部一樣。

拿破侖

總括起來說一說。對於您，這一次聯合
可說是最有利益的。上天的意旨要使
我的好朋友喬林蘇丹離開他的皇位，
讓我自由的處理奧託曼帝國的事情；
而我自己也覺得，現在已經到了應該

把這時代所不容的帝國結束的時候。
如果我不斷然處置，那麼它的腐敗，便
一定會增加我們敵人英吉利的勢力。
那個國家包辦着許許多城市的商業，
差些兒就要達到了獨家經營的地步——
自然，彼得斯堡的商業也包含在內的；
他們到處拿錢借給別人，重剝着重利。——
照這樣，就是要毀滅俄羅斯，謀殺他的
皇帝，他們也可以單用金錢收買出來。
無論在什麼時候，它的艦隊一下子就
可以把你的在波羅的海和黑海上的
艦隊包圍起來，而使你成爲釜底的魚—

我們兩方面是有着這些共同的敵人——在海上是英吉利，在陸地上是德意志——便應該爲着自身的利益而切實合作。我們可以把土耳其王國對半的平分；爲了全人類的利益，我們自己的榮譽，我們可以攜着手，一同來統治這世界！

亞力山大（不安的紅着臉）

我看到這偉大的前途在眼前展開了！可是，在您還沒有提出這些計劃之前，它是早就幾次的在我的理想中浮現，不過，因爲我並沒有像您這樣偉大的首領，政治家，哲學家的天賦，因此那種理想一向就顯得是輪廓不很清楚的。
我祇要能早認識你幾年幾個月，甚至
幾小時，我就可以避免了好多的錯誤。
奥地利怎麼樣？我們可要它來參加嗎？

拿破侖

兩個人一牀我睡過，三個人卻辦不到。

亞力山大

哈哈—這樣很好—那麼西班牙又怎麼樣？

拿破侖

我在柏林曾經偶然看到了幾封信件，
在這些信裏面，卡羅斯竟向我挑着戰。
要知道，他是布爾朋族，又離得那麼近，

便一定是很危險的。我馬上要對付它！……我們的條約的稿子現在已經起好了，等一會我們可以宣讀一下。如果喬治竟不肯完全照着這裏所提出的辦法馬上講了和，我也有法子強迫他答應。您這樣做成了法蘭西的聯盟，那真是很幸運的事，奧地利卻還求之不得呢！英吉利，因爲我們的聯合而陷於孤立，便馬上就會倒了。

亞力山大（天真的狂熱）

這真是偉大的聯合！

拿破侖

最好在智力的聯合外加上婚姻的聯合，
我們便可以一齊走向家族式的繁昌了！

亞力山大

啊，你的意思是不是指的我妹妹的事情？

拿破侖

近來，我時常覺得我這皇朝的後嗣問題，
現在是成爲極重要而急不容緩的事了，
可是這理由，我卻不願意就在這裏宣布。
我的好許多謀士們和我的兄弟約瑟夫，
都勸我趕快和我現在的皇后宣布離婚，
爲着國家的利益而另外再找一位皇后。
他們甚至還提出了好幾位外國的公主，——

可是這事情，到現在時機卻還沒有成熟，祇好在你我間隨便談談能了。……普魯士王后大概不久就要到這裏來了；貝爾底葉伴送着她。國王自己也會來的。你不是對她很欽慕嗎？

亞力山大（紅着臉，態度卻很坦然）

不錯……以前我曾經欽慕着她——時常覺得她身上彷彿有着種叫人迷戀的魔力似的。可是，說實話，有些謠言卻是完全靠不住，這些謠言簡直把這一位正經的女子寃枉了。

拿破侖

這個我知道

不過現在，她也該開始衰老了吧，據我算，她今年應該足足滿了三十一歲，是不是？

亞力山大（迅速的）

不，陛下。她還祇有二十九歲。從樣子看去，如果她顯得不止這歲數，那是因爲這場她所引起的戰爭竟鬧成了這樣的結局，而使她不得不憂心的原故。……我坦白的說，（既然我們已經說起這事情，）我始終覺得普洛士受到這次不幸是很使我不安的。不幸的國王啊！我想起了當腓特力大帝舉行葬儀的時候，我所對他立下的盟誓，

以及對他那位悲慘的王后的約言，現在，
卻竟看到他的國土和國庫將要縮小到
祇成爲以前的一半，我眞是非常痛心呢！

拿破侖（冷淡的）

您要知道，能够讓他們留着這一半，也是
完全看您的顏面呀：就是要拿他們全部
剝奪的乾乾淨淨，也是容易的。

他們來了，

怎麼，祇有王后一個人，是照着我的命令
由貝附底葉伴送着。國王隨後就會來吧。

亞力山大

（他站起來，走到窗邊。

陛下，能不能讓我來請求您對她說幾句溫和而安慰的話呀？

拿破侖

好的，我可以答應的。

普魯士的路易沙王后扶在貝爾底葉的手臂上走進來。她穿着莊嚴的衣服，嘴唇上帶着一絲微笑，因此便顯出了引人注意的美。但是她的眼睛卻帶着淚痕。她用一種受了傷的美人的暴風雨似的悲慘的神色接受着拿破侖的注意。當衆人正在招待她的時候，國王也來到了。他是一個簡單，羞怯而帶厚道，舉動奇突的人，顯着不幸而孤獨的樣子。可是他對拿破侖的態度卻是很莊嚴的，甚至有點僵硬。

這一夥人走到了放着餐桌的房間的裏半部，摺門也關了起來，他們全體入座，王后是坐在拿破侖和亞力山大二人的中間。

拿破侖

王后，我平常很喜歡華麗的衣服，可是，照現在這情形看來，我卻覺得並不是衣服的裝飾使穿衣服的人顯得美麗，倒是穿衣服的人使衣服顯得美麗了！

王后（帶着一聲歎息）

陛下，你是在贊美着一個這個淫猥的世界已經不再願意贊美的人了。可是，在這些地方聽到這種話，卻是寶貴的。

拿破侖

王后，這話是眞實的，並不是故意討好。像您這樣的人，眞是我生平所未見的。

可是，您知道不知道，在過去的十月裏，我的一隊驃騎兵差些兒將你捉住了？

王后

不，我是一個法蘭西兵也沒有看見呀！

拿破侖

可是無論如何，您倒底是太冒險了，應該謹愼一點纔是。如果在伐伊馬爾，您肯先來找我，事情就一定好辦得多。

王后

唉，陛下，我可沒有這種熱心來找你呀！

拿破侖（沉默了一會之後說）

在麥美爾，您是用什麽方法來消遣的？

王后

消遣？——我是在瀏覽着許多古代的史傳，想着那些早被人忘記了的篡奪的事，以及其它許多歷史上的不平的事蹟！

拿破侖

爲什麼不看看您自己這時代的記錄？這也有許多可以供您沈思的材料的。

王后

我因爲是生在自己這時代，因此，對於這時代是知道得太詳細了。希望上天能夠保祐我，讓我到死都不要再想起我們這時代的許多事情！

拿破侖
真是可歎，
您是一位王后，竟還受到這樣的痛苦！
王后
不，我現在是祇有怨毒而並沒有悲傷。——
普魯士居然膽敢跟世界的霸主爭雄，
那確是一件冒失的事：……可是，這是因爲
腓特力大帝的勳功偉績在鼓勵着它：
它的光榮驅迫它走上了毀滅的道路。
現在它算是受到責罰了！
（感情衝動得使她說不出話來。）
亞力山大（一邊焦急的望着她，一邊低聲說）

不要這樣說。
照你口氣，像是什麽都完了，其實卻還
不至於；這種絕望是完全沒有理由的，
而且是太使想要安慰你的人傷心了。

拿破侖（向國王）

陛下，我相信您要是再想一想那條約，
一定會得到點安慰吧？

國王（粗略的）

我是不幸的人，
現在祇能盡我的力量來忍受這不幸，
不能再徒然的希望得到什麽安慰了。
陛下，有一件事情我已經向您表示過，

那就是這場戰爭並不是我所引起的！我們跟您開始衝突，那是在安斯帕赫——安斯帕赫，我的伊甸園，受着您的軍隊那種蹂躪，那是我所不能忍受的恥辱！

拿破侖

我想，現在說這些話是已經太遲了吧。

國王（更憤然的說）

坦白的說老實話，是決不會嫌太遲的！

拿破侖（溫和的）

我要請您注意您的聯盟沙皇的情形。引誘您開戰的是他，並不是我；在當時，您祇要看看在阿仕勞所發生的事情，您就會發覺肯講和是對您最有利的。——

無論如何，他多少應該擔負點這損失。

國王（把頭搖了一搖）

我極願意，而且早經下了決心來拼着我的半個王國的損失了，祇要能不把麥格德堡包含在內就好。麥格德堡是我所心愛的地方，我希望能夠保全它！

拿破侖

在舉行着歡宴的時候，我們是不能夠說這一類傷心的話的。

（他突然把頭從國王那方面移開。

宴會上說話的聲音是更多了。宴會完畢，有人提議為「海上的自由」而乾杯，大家便又熱烈的喝着酒。

災禍之精靈

他們又是在隱射着英吉利和它的海船

我卻聽到對方船舷上的船艄的回聲了。

憐憫之精靈

現在且不要管英吉利再瞧那位王后吧。

你看她像這樣的向那個損害了他的人

獻着無可奈何的慇勤，眞是非常可憐的。

他們從桌邊站起來，摺門又開了，他們走到房間的前面一部分。

那地方現在是聚集着繆拉、達萊朗、庫拉欽、卡爾克羅特、貝爾底欒、貝西野爾、戈爾杲爾、拉巴諾夫、奔尼格森，和其他一些人。拿破侖在跟這個和那個說了幾句話之後便又開始跟路易沙王后談起天來，中間又向她的隨侍命婦福斯伯爵夫人遞着鼻煙壺。達萊朗看到拿破侖對王后越發的發生興味了，便設法走近他身邊去。

達萊朗（低聲）

陛下，難道這樣的事也是可能的：您竟會給一個女子的美色所迷惑，而願意讓她把您偉大的一生中的偉大的勝利所能博得的幸運，這樣輕易的就偸盜了去嗎？

王后的靈活的眼睛馬上就看到了這私語，她便過去和那位大臣談着話。

王后（譏諷的）

啊，親愛的達萊朗先生，據我個人的推想，我到跋爾西特來，世界上是祇有兩個人會引爲莫大的遺憾的。

達萊朗　　　　王后，是那兩個呢？

難道世界上竟會有這樣不識趣的人的！

王后

親王，親王就是你，和我自己。（嚴肅的。）不錯，我自己，和你！

達萊朗的臉色顯得呆板起來，他並沒有答話。

不久，王后準備走了，拿破侖又走到她身邊。

拿破侖（從花瓶裹拿起了一朶玫瑰花）

親愛的王后，在您離開之前，請您受了這件小小的禮物，作為我的紀念品吧！

他把那玫瑰花送給她，把手放在胸口。她遲疑着，但終於接受了。

王后（衝動的，眼淚像要流出來）

陛下，請您拿麥格德堡一起贈送了吧！

拿破侖（突然變得冷淡）

我的禮物是送給您的，要您來接受它。而且我祇能送這一點——不能再加多了。（註一）

她轉過頭去，這樣的隱藏着她的感情，退出了。拿破侖追上去，拿自己的手臂遞給她。她悄悄的接受着，他便看到了她頰上流着的淚珠。他們走向前面的房間，離開了旁的賓客。

拿破侖（柔和的）

最親愛的，還在哭嗎？爲什麼要這樣呢？

王后（抓起了他的手緊握着）

您的話補償了您的刀造成的創傷了！——現在，在我們一個男子和一個女子間，您難道還能夠追問我哭泣的原因嗎？爲什麼當代成這一位最偉大的人物，同時也是過去和未來的一切時代的最偉大的人物，還一次卻竟不能博得一個渺小的女子的崇拜呢！

拿破侖（莊嚴的）

您要知道，
我在這一點上眞是値得您的憐憫的。
我身上有一種力量，不管我是否願意，
永遠在支配我的意志，催我迎頭幹去！
這是應該怪我的命運，不能怪我自己。
這完全是無可奈何的！

王后

那麼就算了吧！
我的做母親，妻子，王后的責任是盡了。
我不必多說什麼話——可是我的心碎了！

〔拿破侖，王后，隨侍命婦同下。

年歲之精靈

他在羅提橋上也說過這樣的話。眞奇怪，他倒是歐洲大陸上很少數的能够懂得天意的施行的人中之一呢。

憐憫之精靈

照這樣說法，如果他不懂得，倒對於歐洲更有利一點！

拿破侖回到這屋子裏來，走到達萊朗身邊。

拿破侖（向他的大臣私語）

天哪，達萊朗，這一次眞是危險呀！她差些兒就要拿我克服了。當她跨進她的車子去的時候，她又用那種漂亮的態度說，『啊，我是被你殘酷的欺騙了！』她坐到了車子裏面，便又哭了起來；她也許不知道我是聽到的，那聲音簡直會使鐵石人都要感動。眞見鬼，我差些兒要關照他們停了馬，跳進車去，好好的吻着她，同時又答應了她所要求的一切。哈哈，很好；這眞是一件間不容疑的事。如果她早一點用這甜蜜而有魔力的藍眼睛來請求我，誰知道會發生些什麽事呢！可是她並沒有來得早一點，我總算還能够把得定我自己。

俄羅斯皇帝，普魯士國王，和其他的賓客都走上前來告別。他們分別的離開了。在他們走完了之後，拿破侖又轉向達萊朗。

那麽，還是照着條約的原樣辦理吧：
裏面的條文仍然一點也不要改動。——
叫人馬上給淸淸楚楚的抄錄下來。

（拿破侖，達萊朗，以及其他隨侍大臣和軍官同下。

大地之魂

我剛纔聽到像有粗魯的聲音從遠方傳來，
像是不列顛島國上的居民的語氣精靈們，
你們可知道這又是什麽道理。

諷刺之精靈

我也許知道！
因爲聽到了波納巴特在柏林的那個宣言，
說是要對付他們的海船，商業，甚至於生命，
不列顛終於也遲緩而忿懣的激怒了起來，
現在是在從他們那水邊的堡壘裏傳下了
對抗的號令來了。謠言之精靈們，請報告呀！

謠言之精靈一

「在所有強大的法蘭西和它的聯盟的海港，英吉利的商品，無論好歹，誰都能任意奪搶，同時還要把英吉利的金鎊作為他的獎賞」

諭言之精靈二

拿破侖這樣忿怒的把它稱為可惡的新王，他又把它稱為海洋上的十惡不赦的強梁，祇要他活着他是必需要使他們陷於滅亡！

憐憫之精靈的合唱隊（標緲的音樂）

這樣說來，那許多無辜的黎民，便又要遭殃！

黃昏的帷幕掉落。

（註一）原註：「賭送玫瑰花的傳說，可能是發生在這個時候，雖然不能夠確切的斷定」。

第二幕

第一景

比里尼山脈和隣近的山谷

還是從半空中望下去的景像，所能望得到的最近的區域，是在北面的巴雄尼，南面的龐貝路那，和西面的聖・西巴斯謫安之間，包含着甘達勃里翠山的一部分。時間是在二月。雪不但蓋滿着山峯，同時還蓋滿着較低的斜坡。穿過關卡的那些路道是已經給走得爛熟了的。

啞場

在許多高出的地方可以看到一大羣的拿破侖的軍隊，人數約莫有三萬，正在慢慢的爬過從法蘭西那邊通到西班牙這邊的彊界來。稀薄而長長的隊伍彎彎曲曲的沿着道路前進，有時候中斷，有時候卻完全消失在筆直的懸崖和廣闊的樹林後面。重砲和運輸車的棧白色的車篷，顯得是那行列中的最大的東西，它們被吃力的拉上斜坡走向分水嶺，它們的輪子的轆轆聲，就是在高高的雲堆裏都能够聽到。

同時，另外還有一大串砲隊和三萬兵士，卻正在渡過靠西面的山谷裏的那條比達索亞河去，這行動是跟這有計劃的進兵完全合拍的。

沿着那穿過比斯凱的大路，有許多驚異的本地車夫都把他們的蓋着羊皮的牛車拖在路旁，讓軍隊走過；在那伐爾，有好幾羣平靜的田夫好奇似的望着這些在眼前走過的步兵和馬兵。時間過去，有好幾個北方的要塞已經很接近着這些走近來的軍隊了。它們的官吏都應着敵軍的召喚顯現出來；他們作着一度似是而非的解釋之後，那些不被歡迎的外來的軍隊，便糊裏糊塗的給開了進去。

像這樣的算是被佔領了的主要地點，在前景中有龐貝路那和聖・西巴斯諦安，在向着地中海的閃光的地平線的遠處，卻有非圭拉斯和巴爾西羅那。

啞場完畢，山霧把各處籠罩着。

第二景

阿朗恢斯，馬德里附近「和平親王」戈多伊宮中的一個房間

一間內室顯示出來，很華麗的裝飾着許多圖畫，花瓶，鏡子，絲織掛件，鍍金的躺榻，和幾張造得非常精緻的椅。時間是在半夜裏，那房間是由幾架有屏幃的大燭臺照亮着。在全景後面的中部是一座有着厚厚的帷幔的大窗。

戈多伊和瑪麗亞·路易沙王后是在一張沙發上調着情。和平親王是一位漂亮溫雅的中年人，生着一頭鬈髮和一副好說話的情色。王后是比較年紀大一點，但是因爲施用了許多化裝技術的原故，在暗淡的燈光中卻顯得年輕不少。她有一副顯著的面貌，一雙深黑的眼睛，低低的眉毛，由一條綴珠寶的頭巾束着的黑頭髮，頭髮鬈曲的垂下在前額和太陽心上；她又帶着

長而重的耳環，穿着件袒胸的緊身衣，袖口在肩頭上鬆起着。一件外衣和其它的面巾之類的東西，是放在她身邊的一張椅子上。

戈多伊（沉默了一會之後）

親愛的，親兵方面始終還堅持着，不叫王上離開阿朗恢斯呢。

王后

那麼就讓他們堅持好了。我們留在這裏也好，我們要離開這裏也好，反正拿破侖馬上會帶領人馬到這裏來的！

戈多伊

他說他這次祇打算和平對付……我們要準備！

王后

最親愛的，我們最好是逃到安達魯西亞去，如果時間來得及，就可以從那裏轉到美洲。

戈多伊

我已經布置好了七千名兵士來保護我們，在加提斯港口上也準備了船隻。可是親王卻覺無論如何不肯逃走，他認爲法蘭西兵一定可以救了我們的。

王后

非爾南多必需要走！……

我最親愛的朋友呀，我們兩個人現在祇好先顧自己逃走，而把其餘的人交給命運了；

我們還可以到西方的花園去消磨這殘生！——
國王的壽命是一定不會再支持得很久的，
他的精力到現在差不多已經消磨殆盡了。
不過可惜的是，你的愛情是並不能專一的！
親愛的，你至今還在跟約瑟法·部多來往嗎？
她可不能像我一樣把全生命交付給你呀！
爲什麽在她之外還有着許多旁的女人呀？
我所佔據的部分是多麽小呀！

戈多伊

這是當然的。
要拋棄她們，我是絕對辦不到。你不要忘記，
在前幾年的時候，你也有着這麽許多情人。

王后

親愛的，我知道，我承認！你是不能拋棄她們；
不過，你如果能够再平心靜氣的想想清楚，
我關於你是經過多麽久的時間，而那許多
別的歡樂，都不過是你不在眼前的時候的，
我的無可奈何的消遣罷了：你明白這一層，
就應該對我忠實一點的！

戈多伊

不錯，我最親愛的。——
不過，我總從來沒有失約於你，我總從來就
照着一定的規律來找你，也算對得住你了；——
我總一禮拜跟你在一起，一禮拜到別處去。

這樣的辦法，對於我也是很麻煩而危險呢。——同時你也自己答應過，許我跟約瑟法來往，而且也表示過，對德雷涉，你是並不妒忌的——

（外面傳來一陣聲音。）

啊，這是什麼原故呢？

他從她身邊跳起來，穿過房間走到窗邊去，很小心的揭起了那帷幕。王后顯着吃驚的神色，跟着他過去。

王后　會不會是起了暴動呀？

戈多伊

趁他們還沒有看到，先把這些燭火熄了吧；他們會以爲我此刻是在那邊的王宮裏的。

他忽忙的把所有的燭火都吹熄，祇剩下一枝，他把它拿來放在幽隱的地方，因此，屋子裏是顯得很陰暗了。隨後，他把帷幕拉回原處，她走到窗口，伏在他身邊；他一面用手臂把她抱住，一面跟她一起向窗外望着。

在屋子前面，有一隊驃騎兵駐紮着，在駐軍外面，便是一片方場。在另一方面的燈光中顯出了王宮的白色的前景。在宮殿的側面有一座圍牆，牆裏是園子，花徑，和一座橘林。牆上有一扇小門。

一羣軍民混雜的羣衆擠滿了王宮前面的那塊空地，他們吶喊着，互相熱鬧的招呼着。在他們的喧鬧稍稍平靜了一會兒的時候，便可以聽到宮中的小瀑布上面的塔古斯河的河水的澎湃。

王后

這樣牽延着，簡直把逃走的機會都躭誤了！巴黎的恐怖時代的慘劇會在這裏重演的。我倒並不是怕我自己。不，不；我怕的是你呀！

（她拖住了他。）

萬一他們竟對於你加以傷害，我是一定會像在自己身上剜了一刀似的心痛死了的！

戈彖伊（吻着她）

現在，最重要的問題是該用什麽方法把你送回到宮牆裏面去。在這風聲緊急的夜裏，你爲什麽竟敢冒着生命的危險到這裏來？

王后（熱情的）

我是情不自禁呀，——而且我也願意冒這危險！
與其讓靈魂饑渴着，我是寧可犧牲一切的。——
今天，也許是相愛許多年後的最後一晚了，
你爲什麽還要罵我呀？

戈多伊

親愛的，我並不罵你；
我是爲了你自己，纔會表示着這種遊戲的。
你無論如何要想法子馬上就離開了這裏。
他們施行這種威脅，決不是爲了要對付你，
而是對付我一個人。……你那位侍女在那裏呀？

王后

在下面。還有名僕人陪着她。她們很靠得住，什麽事情都可以讓她們知道的。——可是你呢！

（喧擾繼續着。）

戈多伊

我有法子逃走。把她們叫來。你們三個全要照來的時候一樣的戴着面罩纔能够出去。

他們退回到房間裏。瑪麗亞·路易莎王后的隨侍命婦和僕人被召着。她們一起進來了。她們三個都開始戴上了面幕，戈多伊準備帶領王后走下樓去。

王后

不用陪我了！我是不要緊的。我們都很安全；你替自己想想法子吧。能不能從後面逃走？

戈多伊

可以的。——可是要等我把這裏安頓好了再走。——羣衆不知道那邊有一扇邊門——你們走那邊，再從邊道繞過去。——那邊現在還沒有什麼人。

（王后，她的隨侍命婦，和那僕人忽忙的走了出去。

戈多伊又從窗口望着暴亂的羣衆已經離開得遠了一點，屋子前面暫時已經沒有什麼人在那裏；三個裹着面巾的人可以從窗口望見，她們正忽忙的走向王家花園的牆上的小門去。當她們達到小門的時候，一名哨卒站起了攔着她們。

戈多伊

啊——現在她們可糟了！天，她們爲什麼要來呢！

看見他們在開着談判。有一件東西，顯然是賄賂，交給了那哨卒，於是那三個便被允許溜進去，王后顯然並沒有被認出。他放下了心似的喘過一口氣來。

現在要替旁的那幾個設法了。眞是天曉得！

他按着鈴，一僕役進來。

加斯底略菲野爾伯爵夫人此刻在那裏呀？

僕役

親王，她是在那裏找您。

戈多伊

你馬上去把她找來。

啊，她來了！（向僕人）很好，你去看守着那邊的方場吧。

戈多伊的情婦，約瑟法·都多夫人，走進來。她是個年輕而美麗的女子，她的活潑而深黑的大眼睛現在像是蒙着雲翳。她已經準備逃走而穿好了衣服。僕役走出去。

約瑟法（喘不過氣來似的說）

我本來是應該早一點就來了，可是我知道王后是在這裏跟你調情。她爲什麽偏偏要揀今天這樣的夜晚到這裏來跟你胡纏着，彷彿經過那麽許多次還沒拿你纏暢似的！

戈多伊

美麗的女子，不要這樣說！你是不必妒忌的，你很知道我的愛情是安放在那一個身上。——她自己要來，我可沒有法子攔住她不給來。

你很知道這個老傢伙的脾氣，你也很知道，
我是不得不敷衍她，讓她感到滿意了回去！

他連接的吻着她。

約瑟法

可是你瞧，那班暴徒是愈聚愈多了他們是
盤千的從馬德里步行着蜂擁到這裏來的。
他們會不會從王宮那邊撲到我們這裏來？

戈多伊

也許還不會。可是你無論如何應該快逃走！
車子已經等好在那裏，行李也完全裝好了。

（他又向外面張着。）

不錯，車子就在那邊；暴徒們是在走近來了，
我望過去彷彿是由蒙底訶帶領着，——是不是？
不錯，他們在喊着「彼得叔叔」——這指的就是他。
現在時候還來得及。我自己來送你下去吧，
我可以送你到不能再冒險的地方纔回來。

（他們離開了那房間。）

不多一會之後，戈多伊已經把她帶下樓去，自己便又從新走了進來，又向窗外望着。約瑟法的車駕由幾名戈多伊的衛隊護送着走開去。突然傳來了一陣喊聲，群衆衝了過去，把那車輛攔住了。接着是一陣爭吵聲。

羣衆

彼得叔叔，這一定那個婁人把非爾南多親王帶走了。快攔住他。

約瑟法（從車子裏伸出頭來）

蒙底訶伯爵先生，請您叫他們不要鬧。我祇是一個女子，我是加斯底略菲野爾伯爵夫人。

蒙底訶

朋友們，讓她過去吧，讓她過去吧！這不過是他的那個自稱爲伯爵夫人的漂亮的相好，貝帕·都多。近來，我們的尊稱時常是用得很滑稽的。我們馬上就可以把那雄的抓住了！

羣衆（互相說着）

國王和王后和非爾南多全在他們自己宮裏——不是在這兒！

依然留在王宮前面的那些人突然吶喊着，引起了羣衆的注意，他們開始擁回到那邊去，同時卻把約瑟法夫人的車子放過了。

群衆（走近王宮）

把國王和親王叫出來。國王萬歲！他不能走的。啊！他已經走了！我們要見他！我要他放棄了戈多伊！

王宮前面的喧聲依然在增加着，一個人形從一處洋臺上顯現出來。從燈光中，戈爾伊認得是非爾南多，阿斯圖里亞斯親王。他是在那裏搖着手。群衆突然靜了下來。

非爾南多（聲音顫抖着）

市民們！我的父王是跟王后一起在宮裏。他今天是很吃力了。

群衆

親王，你要答應不叫他離開我們。你答應呀！

非爾南多

可以。我可以替他答應的。他誤解了你們的意思，以爲你們要他的腦袋。他現在是明白一點了。

羣衆　那個混蛋的戈多伊故意向他虛報着我們的要求！打倒和平親王！

非爾南多　我的朋友們，他不在這裏呀！

羣衆　那麽請國王向我們宣佈，他已經把他革職了！我們要見他。要見國王；要見國王！

非爾南多走了進去。國王卡羅斯不情願似的走出來，向羣衆的喊聲鞠着躬。他用顫抖的手拿出了一張紙片。

國王（讀着）

「因爲這是國民的要求——」

群衆

陛下，說得響一點！

國王（更響一點）

「因爲這是國民的要求，我現在把和平親王馬努愛爾·戈多伊爵士免去了陸軍大元帥和海軍大提督的職務，準他自動的離開國境，無論到什麽地方去。」

群衆

好哇！

國王

市民們，這道命令明天就可以在馬德里公告出來了。

群衆

好哇！國王萬歲！打死戈多伊！

國王卡羅斯從洋臺上走了進去，而民衆的人數還是在增加着，他們全望着戈多伊的住宅，像是在想着攻打進去的方法似的。戈多伊從窗口回到房間裏；向四面望着，忽然嚇了一跳。一位慘白，憔悴，但是態度很鎮靜的女子，穿着件雖然陰沈而很雅緻的長袍，一個人站在黑暗中。她是和平郡主，布爾朋族的德雷莎。

郡主

馬努愛爾，不要怕，這是你不幸的妻子。她不會傷害你的！

戈多伊（聳着他的肩膀）

他們卻也不會傷害你！你爲什麼不留在王宮裏呀？你在那邊是要安寧得多了。

郡主

我真不懂得你爲什麼要把我的安寧看得那麼重。你已經救出了你的幾個真的妻子。至於你的名義上的妻子會發生些什麼事情，卻又有什麼關係呢？

戈多伊

親愛的，這很有關係。我永遠是很公平的。但是，你有着一種特權，根本用不到我來救你，因此我總有工夫救那幾個需要我救的人了。（聽到暴亂的群衆在走近來。）我真希望我能夠像你一樣的沒有危險呀！

郡主

不要響！

他又向外面張着。他的驃騎兵衛隊還端端正正的站在府邸前面；但是從附近營盤裏來的親兵卻幫着民衆嘗試着要衝破戈多伊的驃騎隊。鎗聲響了，戈多伊的衛隊衹能讓步，好幾扇門給打了進來。

群衆（在外面）

殺了他！殺了他！殺死馬努愛爾・戈多伊！

聽到他們在衝進院子和屋子來。

郡主

我看你還是走開吧！你不能幫助我，你還是救了你自己吧！木材間裏的那一堆草薦可以把你隱藏起來的！

戈多伊急忙走到一扇藏在假的書架後面的平門邊去，按着那上面的彈簧，回過來，吻着她。便躲了進去。

他的妻子坐下來，把背靠着那平門，拿扇子替自己扇着。她聽到羣衆走上樓梯來的聲音，但是她並不驚動，不多一會，羣衆便闖了進來。那幾個爲頭的都拿着木棒，短刀，和其它各種臨時的武器，有一些不穿制服的親兵卻拿着戟。

第一公民（在暗淡的光中張望）他在那裏呀？殺死他！（看到郡主。）你過來，他在那裏呀？

郡主　和平親王已經走了。到那裏去我不知道。

第二公民　這女的是誰？

親兵　是馮努愛爾·戈多伊的郡主。

公民們（坦白的）郡主，我們極誠意的要請你原諒！——你是個被虐待的妻子，而我們是被虐待的人民！共同的不幸可以使我們兩方聯合起來，我們是決不願意損害你的一根汗毛的。

郡主鞠着躬。

第一公民　可是，郡主，你卻斷然不能再就在這地方，因爲我們準備在這裏搗亂！可是，我們要先把你安安穩穩的送到了那邊宮門口，或是你指定的旁的什麽地方。

郡主

我是隨便。

隨你把我送到那裏都好。他可不在這裏。

有幾個人臨時組成了護衛，陪着她走出房間和那座屋子去。剩下的人還有許多，卻開始在房間裏搜尋起來，有一些還成羣結隊的打進房間的別部分去。

有幾個公民（回來）

在這兒搜是沒有用處的。她說過他並不在這兒，她是一位很靠得住的女子。

第一公民（冷冷的）

不過她是他的妻子。

他們離開了這房間到別處去搜尋，可是依然失望的回來。

有幾個公民

他一定是不知用什麼法子溜出去了｜既然咱們打不到他自己，那麼把他的骨蓋打掉了也好。

他們開始把傢具打成碎片，把掛件撕下來，在樂器上踐踏着，又在從牆上除下來的圖畫上用腳尖踢了許多洞。他們把這些東西連同鎖餞，花瓶，雕刻，和其它的許多東西一起，都紛紛的向窗外丟着，直到這屋子完全成爲破爛零落的所在。在混亂中，一隻琴箱給從桌上打下去，在跌到地板上的時候，因爲受着震動，卻開始奏着一支良夜幽情曲。

蒙底訶伯爵進來。

蒙底訶

不要這樣，朋友們；不要這樣｜這是沒有道理的——這完全是沒用處的出氣的行動｜我有話要說：

那位法蘭西大使德・波阿爾奈，是已經來到了，
他在那裏找尋我們王上。跟着他來的是繆拉，
帶着他的三萬軍隊，而且有一半是騎兵，快要
迫近到我們的那個倒霉的都城馬德里來了！
我眞不知道這個波納巴特究竟怎麼在打算；
他的藉口是說要幫助着我們去奪取葡萄牙，
可是我們要葡萄牙什麼用呢？據我估量，也許
他的目的是要誘我們大家全上了他的圈套！
王上是要退位的，而且他是立刻就要退位了，
就是那些不會活得長久的人也還能看得見。——
我們已經把我們國家從奸臣手裏救了出來，
現在，誰能把我們從所謂「朋友」手裏救出來呢？

暴亂的羣衆疑惑似的停了手，走出去；在地板上的琴箱繼續奏着，蠟燭已經燒完，那房間被包裹在夜的黑暗中。

第三景

倫敦 在撒利斯勃里侯爵夫人家裏

一間很大的會客室顯現出來，佈置成談話室的樣子。這是在接着的夏季的一個晚上；現在，這屋子還空着，而且暗淡無光。在一頭放着一件龐大的寫真，表示不列顛給予西班牙以財助，另外一頭是一位時間之神在替西班牙的國民軍的旗幟加着月桂冠。

年歲之精靈

啊，你們幾位傳播人間消息的精靈，

請你們說一說，歐洲的不息的紛爭，

是怎樣把一個和平的去處也捲入了波心！

諧言之精靈（唱）

一

西班牙國王已經服從了命運的支配，

他是已經決定要退位；

他的王后是從來就那麽放逸又荒唐，

她至今還不肯放開她那位『和平親王』，

誰料到這縱慾的行動，

竟把布爾朋王朝斷送！

波納巴特是打算用他自己手下的人，

從此就永遠佔據着這西班牙的王庭。

二

最可憐的該算是那些西班牙的百姓，
竟成爲受支配的物品；
他們夢想着英吉利會來幫他們的忙，
便派代表到他們議院裏去說短道長。
他們相信英國的兵力，
定能夠幫助他們獨立；
他們相信這完全是爲着正義的鬬爭，
無論成功或是失敗，都得拿性命來拚！

年歲之精靈

上天的意志又穿過空間，用它的指頭
把塵世上的凡人們當做泥土來塑弄；
我們將看到人們的熱情，罪惡，和煩憂，

又會毫無抵抗的服從

那變化多端而毫無定見的冥冥之靈，

它老是在暗地裏指揮着人世的旅程。

會客室裏的燈點亮了女主人走進來，許多大使和他們的夫人，路特蘭公爵和他的夫人，桑麥塞特公爵和他的夫人，斯太福德侯爵和他的夫人，斯太亞伯爵，威斯特謨亞蘭德伯爵，戈威伯爵，愛賽克斯伯爵，克蘭里子爵和他的夫人，莫佩斯子爵和他的夫人，梅爾朋子爵，欽奈德爵士和他的夫人，德·羅爾男爵，查理·格雷維爾夫人，凱文提希氏諸夫人，託馬斯·霍普先生和他的夫人，根寧先生，菲茨勃特夫人，和其他許多著名人物，都紛紛的進來。最後，她走到門邊去分別的迎接着威爾斯親王，法蘭西諸親王，和加斯德爾西加拉郡主。

撒利斯勃里夫人（向威爾斯親王）

大人，我們抱歉的告訴您，那兩位西班牙的愛國志士還沒有到呢。我想他們一定是因為不認識這裏的路徑，所以遲延了；他們一定馬上就會來的。

威爾斯親王

我親愛的女主人，你用不到性急。真的，我們有許多話可以談！我知道我們的大臣和那兩位貴賓之間的協定，一定包含着釋放我們這裏的西班牙俘虜這一條，這樣可以供給他們兵器，讓他們回去為祖國的獨立而奮鬪。

撒利斯物里夫人

如果他們真能夠阻攔了那個可惡的科西加人的前途，那真是一件幸運的事了。我不久之前聽到說，那個向福克斯先生提議暗殺他的可憐的外國人季野·德·拉·什佛里野爾，幾天之前已經在比賽特爾的瘋人院裏死了，而且死得很慘——也許是私刑弄死的吧可是沒有人知道。我們真希望福克斯先生當時能夠——啊，他們來了！

西班牙的馬德羅薩子爵和諾野戈・德・拉・委伽爵士進來。他們由伴送他們的希爾隊長和伯戈特先生介紹着。撒利斯勃里夫人又拿他們介紹給親王和其他的人。

威爾斯親王

子爵，眞的，我們剛在這裏講起你呢。你到我們敝國來，有着很重要的事情吧？

馬德羅薩（由伯戈特作着解釋）

大人，這對於我們眞是一件很費力的事。可是，你們貴國對於我們的親善，我們卻受到極深刻的印象而非常感謝着。

威爾斯親王

你們實際上是代表着西班牙人民嗎？

馬德羅薩

大人，我們是由阿斯圖里亞斯的

民衆大會直接選派出來的代表；
別個省份不久也會派代表來的。
我們有正式的委託文件託我們
來跟這個國家訂立聯盟的條約，
以準備對抗我們那殘暴的敵人。
此外，還有一封給你們王上的信；
還有一張宣言的稿子，這宣言是
馬上就要熱烈的在敝國公布了——
這宣言上說：國王卡羅斯和他的
太子非爾南多親王竟把那王位
讓給拿破侖所指定的人，那眞是
一件欺騙人民的事，我們人民便

也可以從此不再忠實於國王了。

菲炎勃特夫人

我想，這次篡位是因王族的分裂而引起的吧？

馬德羅隆

夫人，這話很對，同時也爲了他們恐發的者求着法蘭西皇帝的保護；加以他們早就膽小的打算偷偷逃走，使更促成了這事實。這正是一個他等了好多年的機會。

菲炎勃特夫人

一切都是和平親王戈多伊這個人害出來的！

威爾斯親王

真見鬼，瑪麗亞，你知道的真多！怎麼，波納巴特自己這樣的想着，「這個西班牙是一塊有趣的地方，正可以在我的土地上添上那麼一兩畝；就這樣幹一下子吧。」

諾野戈爵士（向伯戈特傍白）

這位夫人就是威爾斯郡主嗎？

伯戈特

嚇！先生，不是的。郡主是在肯辛登和別些地方遊玩，她有她自己的一幫人，不跟她丈夫一起在看家的。這位夫人是——你知道，許多人都說就是他非賓上的太太；可是——

諾野戈

啊！在這裏，女子也這樣混來混去的，就像在我們宮庭裏一樣！她就是這一位和平親王的貝帕·都多嗎？

伯戈特

不是的——先生，這話可不盡然。

諾野戈爵士

不錯，不錯。好，我的朋友，我留心一點就是了。我們西班牙固然是不成，可是你們在英吉利的，徇也並不是聖人啊！

伯戈特

不錯，我們並不是聖人。不過你們是露着臉犯罪的，我們可總要戴上一個面具。

諾野戈爵士

眞是有道德的國家呀！

路特蘭公爵夫人

有人以爲阿斯圖里亞斯親王非爾南多快要跟一位法蘭西的公主結婚，這樣可以把兩個國家和平的聯合起來。

馬德羅薩

有這個話。而我們那位輕信的親王差些兒還聽了旁人的慫恿，要去跟拿破侖在巴雄尼會面。此外還有那位頭腦簡單的可憐的國王，還有着了魔的王后，還有馬努愛爾·戈多伊。

路特蘭公爵夫人

那麼戈多伊已經離開阿朗恢斯逃走了嗎？

馬德羅薩

是的，他是躲在閣樓裏逃脫的。於是，他們就全去請求拿破侖的保護了，王后還在他面前立誓的說，國王並不是菲爾南多的父親這一夥人合起來，眞可算得是一個小小的有趣的動物園。誰也不知道他們將來會發生些什麼事情。

威爾斯親王

你們可是希望我們馬上派軍隊出去嗎？

馬德羅薩

大人，我們所最需要的，是兵器和軍需。可是我們願意讓英吉利內閣自己去決定最好的辦法；無論什麼辦法都好，祇要能夠幫我們向這個世界的暴君報復了這些恥辱就是。

路特蘭公爵夫人（向威爾斯親王）

大人，我們究竟用什麼方法來幫忙呢？

威爾斯親王

我聽說，我們馬上就要投票決定這五千萬的軍費問題。我們要着實的打擊他一回；子爵先生，要替你保衛着你們的尊貴的國家。關於這事情的辯論明天就要開始了。這將是庇得故世了以後下議院所碰到的最重大的事情。召集開會的辟里登已經說過，他將跟肯寧完全取一致態度；天哪，就像他的『評論報』裏的黨派一樣，當政府和反對派同意了的時候，他們的一致行動是著實可以驚人的！

馬德羅薩

馬德羅薩子爵，你和你的朋友們必需要到議會的行廊上來旁聽。真是的，你們非去不可！

大人，我們已經約定要去的。

威爾斯親王

子爵先生，你聽聽，你以後就會知道英吉利議會裏的辯論是怎麼一件美妙而偉大的事情！在這裏，像大陸上那樣的欺騙是沒有的。祇是有時候卻需要由法庭來維持秩序罷了；我想如果這是上議院開會，那就更好一點。可是，辟里登說，他這兩天內已經把他的話練習好了，他還在他父親的字典裏找到了許多會叫人嚇怕的長字。——（向非茨勃特夫人）啊，瑪麗亞，現在我要回家了。

撒利斯勃里夫人

那麽，英吉利終於要在這場猛烈的糾紛中衝到最前線去；而且完全出於發憤的要傾它的全力來應戰，來挽救整個歐羅巴。願上帝保祐正義所在的方面！

威爾斯親王離開，別的賓客們也都開始紛紛告退。

年歲之精靈的半合唱隊一（縹緲的音樂）

讓這一群汕啲的人去作着各種估量，

祇消再等過四個禮拜，就會顯示了一切的眞相。

半合唱隊二

要等那個議會作過了辯論纔見分明，

那時候纔可以號召全國，開始激發愛國的熱忱。

半合唱隊一

那時候，纔會看到那些港口裏的船隻，
載滿了武裝的兵士，迎着風，向海峽的對方進逼。

半合唱隊二

那時候，纔會看到西風送着戰艦前航，
而比斯凱灣裏的海水，將悲悼不可補救的創傷。

合唱隊

我們飛到南方去吧，我們是生着翼翅，
我們到那邊去看看這一位國手所落下的棋子！
會將室已經被外邊的黑夜所遮掩，觀點很快的向南方移轉，倫敦以及它的街道和燈光變得小下去，直到完全在遠方消失了爲止，而倫敦的市聲也被海峽和比斯凱灣上的水波的澎湃聲所替代了。

第四景

馬德里和它的附近各處

就是這一個七月間，一個熱得叫人窒息的白天之後的灰暗的薄暮。呈現在眼前的是一幅從城裏的屋頂上望下去的景像。那日灼的屋頂，黄色的炎熱的牆，都城的藍色的影子，都顯得跟平常一樣，祇除了稍稍有點新的裝飾。

啞場

看熱鬧的人聚集在中區的街道上；特別在太陽門廣場附近，人是聚得更多。他們顯着好奇的樣子但沒有熱烈的表示。一隊隊的法蘭西兵士在民衆面前來來去去的巡行着，彷彿把他們彌壓得非常安靜了。

都市近郊上傳來礮隊鳴礮的聲音，禮拜堂裏的鐘開始打着；但是這聲音卻慢慢的輕起來，變成一種悲涼的亂鳴，最後，是完全沈默了。同時，在北方地平線上的一片乾燥的，沒有遮攔，也沒有樹木的可以環城一覽無餘的平原上，卻起了一陣灰塵，看見國王的行列在走近來。這是那新的國王，約瑟夫・波納巴特。

他走近來，由四千名軍容壯盛的意大利兵扈從着，那輝煌的車子後面，跟着一百輛載着他的隨從的車子。當那行列走進城來的時候，有許多房子都把大門關上，許多市民離開了他經過的路徑走到別處去；至於還剩下在那裏的許多人，卻也都轉過了背，不去看這景像。

約瑟夫王這樣的走過了東方方場而達到了大理石的宮牆邊，在那裏他下車來，由一些貴族，一些教士，和佔領着那宮殿的幾位法蘭西將軍迎接着。傳令官從宮中走出來，急忙的向城中的各處走去，各處都吹着喇叭，又大聲的宣佈着約瑟夫已經登基爲西班牙王。這聲音，民衆祗是一聲不響的接受着。

（日落，幕下。）

第五景

英吉利海岸和西班牙半島之間的大海

在同樣的七月天氣，從高處向東面望去，這景像包含了廣闊的洋面和它的海岸線，從極左面的科克港一直到極右面的葡萄牙蒙德戈海灣。極西角（註一）和西里群島，威桑利非尼斯代爾角，都是在這幅畫圖中部的突出的形態，而英吉利海峽是緊近中央像一路小路似的退向後面。

啞場

在這景像上可以發現四堆像蛀蟲似的運輸船在靜悄悄的掠過這廣闊的水面。第一堆，在右面，正在蒙德戈角後面轉進蒙德戈海灣去，慢慢的不見了；第二堆，在中央，正從普萊茅斯海隘走出來，準備航上海峽去；第三堆正在離開聖海倫角向同樣的道路走去；第四堆，離海峽還很遠，卻顯然是在跟着前面兩堆緩緩的前進。一陣東南風猛烈的吹着；按照那些船隻所達到的部位看來，它們有幾隻是拿左舷向着風直接的航行，有幾隻卻迎着風曲折的前進着。

憐憫之精靈

請問這許多船隻究竟爲的是什麽呀，

要在這霧氣昏沈的大暑天，

急忙忙從不列顛的船塢和港口出發，

來到這閃光的南國的海邊？

謠言之精靈（唱）

半合唱隊一

那些都是載在海船上的武裝的隊伍，
去阻撊跋扈的軍人在這歌舞的國土
肆無忌憚的到處任意橫行。
這些船隻隻都擁擠得像載着牲口，
每一隻都有幾千的戰士在準備狠鬬，
還有帶領他們的幾位總兵。

半合唱隊二

那走在前面的一隊輕盈活潑的船隻，
此刻已經向南方的蒙德戈海口進逼，
裏面載着惠萊斯里，希爾，和克勞福德，
以及那位大將的隨侍副官；
還有託命斯，弗格森，和菲因他們三位，

還有許多中下軍官以及他們的軍隊，
還有那猛烈的戰事中所必要的準備——
這是以防不測的軍隊一團！
這裏的兵士將近有一萬二千的人數，
這許多健兒全都是自動的前來應募，
他們祇是一往直前，絕不會踟躇反顧，
是這樣的勇士擠塞了戰船！

半合唱隊一

另一隊正離開聖海命海岸迤邐南下，
那裏載着伯拉德霍普，和不幸的謨亞，
此外還有沛吉特和克林登；
關於這一個跟在後面的艦隊的船隻，

所包含的數目是遠遠的超出了一百，

所載的兵士卻又將近萬名。

半合唱隊二

那第三艦隊是從普萊茅斯海隘出口，

司令軍官是愛克蘭德和安斯特魯叟，

兵士的人數達到六千有餘。

我們還看到有第四個艦隊跟在後背，

那上面卻是載着笨重的礮車和馬隊，

每架礮車上都裝好堅固的輪子，準備

走上那山谷間崎嶇的路途。

年歲之精靈

夠了，你祗需把他們的實力一一點明！

也許有人會失敗，會獲得不好的名聲。

我們祇消在這裏冷眼旁觀，靜待下文。

啞場（繼續）

在這幅廣大的場面上可以看到幾堆隔開得很遠的運輸船，由戰艦護送着，正在迎着風不知不覺的飄過去，正像光滑的鴨毛浮過一個池沼一樣。最前面的一隊是由阿瑟・惠萊斯里將士帶領着，已經紛紛的在前面所說起過的那蒙德戈海灣裏拋了錨，可以模糊的看到那些兵士從小船裏走上海灘去。同時，由謨亞帶領着的那一隊卻還在海峽的口頭，可以看到被對頭風打了回去。可是它又勇敢的航出海口，跟由安斯特魯塞帶領的，從普萊茅斯出發的那一隊合在一起，努力的繞過威桑，緊跟在惠萊斯里所經過的路線的前面。那最後的一隊運輸船也同樣的進行着。

在觀察處下面，一層層飄動的夏雲像一幅天篷似的把這景像遮住了。

（註一）極西角（Land's End）是在英格蘭康瓦爾州的角上；因位於全島極西處，故稱。

第六景

聖格爾　約瑟芬的內室

是那一年的殘夏的一個灰暗的游暮，從舞台後面的還沒有放下帷幔的窗上，可以看到皇后和拿破侖，以及宮中的一些命婦和宮吏，正在廊上的火把光中玩着「抓住我，祇要你能够」的游戲。搖動着的火把把斑駁的光亮和陰影射進房間，在那裏，祇有一兩枝蠟燭遠遠的點着。約瑟芬和拿破侖一起走進來，顯得有點氣悶。她懶洋洋的去躺下在一張榻上，搖着扇子。現在，燭光照到了她身上，顯出了她的勻稱的面貌，她的生着長睫毛的柔和的眼睛，她的兩鬢角翹起而時常在掀動着的嘴，和她的由一條金帶壓在太陽心上的深黑的頭髮。

皇帝在她身邊的一個座位上坐下了，他們誰都不說話；後來，他站起身，用肘子碰着幾件古玩，開始在房間裏踱着。

拿破侖（突然陰沉起來）

我的朋友，這不費心思的游戲的確是很好；不過對於我們兩個人，今晚上也許已經是最後一次在一起玩了。

約瑟芬（驚跳）

你怎麽能說這個話！今天自從起身以來，我的這個可憐的頭腦老是在作着許多恐怖的幻想，你怎麽還要在這時候拿這可怕的夢覺來恐嚇着我呢？

拿破侖

我的頭腦簡單的約瑟芬，行將發生的事情
是決不會因爲故意閉着眼睛而避免了的。
與其讓不幸從不注意的角落裏撲上身來，
卻還不如張大了眼睛看它來到比較好些。

約瑟芬

也許這是對的，你是應該用這方法來處置——
一切歡樂眞不過是暫時躲避了的悲哀呀。

拿破侖

哈，哈！這眞是你的說法。近來，我是一天天的
祇得到不好的消息。自從我在巴雄尼幹了
那件奇怪的事情回來以後，我是時時刻刻
都在這樣的想着，因此我不得不擔心着了。

約瑟芬

我們這一次的旅行，可不是一切都很好嗎？

拿破侖

可是內幕卻一點也不好。我們的在貝侖的
軍隊是受了極大的汚辱。由於杜朋的不幸，
有二萬人都丟盡了臉就在這同一個日子，
我的兄弟約瑟夫到馬德里城裏去就王位，
卻也像着了潮的爆仗般的放不出聲響來！
從此以後，他的來信總是時常要口出怨言。
他們那邊的人都稱他爲"Napoléon el chico"——
這意思就是說他們稱他爲「渺小的拿破侖」。
再看看奧地利。事情也一天天的在壞下去，

他們對於英吉利的關注卻一天天在增加。此外，英吉利也已經用戰船載着軍隊過來，已經到了蒙德戈，由一個剛從印度回來的，名字叫惠萊斯里的人帶領着。他們是準備從維密羅南下到里斯朋。在不留意的預踏還沒有碰到他，而把他的全部軍隊趕回到那英吉利的煙霧裏（註一）去之前，他是一定先會幹下許多魔鬼式的暴行的！

約瑟芬

我的最親愛的，
你是在想着那些最不利的消息，可是此外，
卻還有着許許多多叫人愉快的好消息呢！……

這個我知道，我知道。

傘破侖（踢開一張小櫈子）

誠然，好消息也是有的；

可是這像蛀蟲般的時間卻老是在咬着我——

我這個王朝的嚴重問題，跟着時間的進行，

是一天天的在變得更使我提心吊膽的了。

約瑟芬

當然是那一件事情了——因爲除了那件事情，

是什麼也不會使你一天到晚的擔心着的；——

或者倒也並不是那問題本身在使你煩悶，

使你煩悶的卻是那些攪動這問題的舌子。

當初在意大利，行着光榮的登基禮的時候，

你也根本沒有想起這個皇位繼承的問題！
我當時簡直成爲你的仙子；他們都稱我爲
你的「勝利夫人」，我那時候眞是多麽幸福的，
後來，卻有一些危險的人物走近來，天天的
在你那肥沃的頭腦裏種着些害人的莠草，
害得我像一條屋上的快折斷的橫木，也像
吱吱叫着的小耗子，也像飄落着的樹葉般
顫抖着了；他們已經把我幸福的時光殺死，
我以前的一切愉快和我以前的一切希望，
都馬上就要打着喪鐘了！

傘破命（和藹的走近她）

可是幾年以前我們已經把這事情談起過；

而現在，因爲完全像我自己的兒子一樣的
與登斯的兒子一死，這問題便又從新出現。
這眞是我的親愛的約瑟芬的自私的地方，
她竟會這樣毫不顧到整個法蘭西的福利，
以及我們這一個偉大的帝國的萬世基業。
像你這樣的偉大的犧牲，是會替你的一生
裝着輝煌的金飾而照耀千古的。

約瑟芬

難道說我
眞是像英吉利的諷刺畫裏那樣的拙妻嗎？——
（他們把我畫成這個樣子，眞是件殘酷的事！）——
你怎麽能說這叫人掃興的話呀！

拿破侖

不是，不是！

我的伴侶，你知道，我是至今還是很愛你的。

如果我們之間早就有了很顯著的不和睦，

那麽你的恐慌纔能算得是有相當的理由。

可是世界上誰都知道我們兩個感情很好。

在全國中無論那一對比較有面子的夫妻，

萬一到了爲事勢所迫而必需分離的時候，

他們受到的謠言一定會比我們更多一點。

約瑟芬（撅起嘴唇）

謠言是現在就已經聽到了。

拿破侖

現在？是什麼呀？

約瑟芬

瓦列夫斯卡夫人！在葉那戰事發生了以後，我想要到你這裏來，你卻竟這樣的推託着：「氣候是那麼的不好，而路途又那麼的困頓，像你這樣體力和神經都非常脆弱的女性，是根本沒有希望擔當這種危險和辛苦的。」不錯，你這樣寫信給我。可是她倒不要緊嗎？

拿破侖（溫柔的）

這眞不値得提起，不過是七天的奇遇罷了！我要說的是關於法蘭西的事。——好幾年以來，時時刻刻像有一種力量在催迫着我，要我解除了這個不生育的婚姻。

約瑟芬（突然哭泣起來）

你完全怪我嗎？

你又何從知道問題一定不是在你自己呢？

拿破侖

如果一定要我說出來，我倒有堅強的理由。

你剛纔說起的那個波蘭女子，她已經可以證明問題不是在我這一方面。

（約瑟芬更厲害的哭着。）

你不要哭吧；

我的親愛的小小的約瑟芬，爲了像這樣的關係重大的事情，你竟一點不肯讓步，那眞不能算得是賢惠的舉動呀。

約瑟芬

啊，怎麼，——你知道——
既然事情是不能免——能不能過幾時再說呢？

拿破侖（游戲似的捻着她的手臂）

我的親愛的，我是已經等上了許多時候了——
自然像是一個日規，在這個日規上的影子，
是無論用什麼方法都不能倒撥過來——今年，
你是已經到了四十三歲的年齡了——

（約瑟芬又哭了起來。）

你想要
再多捱一些時候，那眞是非常無聊的事情；

夢想着用一些迷信的藥品和迷信的治法來使一個不會生育的女子解除了這不幸，那實在也是一種極可憐的想頭，這種辦法，是祇有使你受到害處，而不會有一點好處。事情實逼處此的到了這地步，我也沒辦法！許多人都幾次三番的在向我請求着，使我也終於不得不承認他們的理由是很健全，而沒有方法不聽從他們了。親愛的，有時候你自己也曾經聽到這事情而忍受了過去。幾年以前，我的兄弟約瑟夫早就很坦白的向我表示着，他說這事情是絕對不能避免；他這個人，你一定很知道，對於你本人卻是絕對沒有什麽惡意的。

約瑟芬　你揀了那一位公主？

拿破侖　你說我要娶那一位公主？這一層我是至今還沒有想到呢，這對象還是個模糊的——

約瑟芬　不，不；這是亞力山大的妹子，我可以完全斷得定！——可是爲什麽要這樣的癡想着親生的孩子和僅僅是血統上的後裔呢？你自己也曾經說過這是無足重輕的。你說過偉大的凱薩死的時候也沒有兒子；他這樣的絕了後嗣，倒反受到後世的更大的尊敬。腓特力大帝也沒有看到有嗣子。對於一位偉大的人物，上天的賦予是已經夠多的了，因此它一定會吝惜這一種平凡人所都能得到的幸福，這也是必然的天理呀！我的許多年的丈夫，你爲什麽不能在你的靈魂裏淸除一下子，把照理應該替代了普通的血統的傳授的，那種更高的智力的傳授看得更重一點呢？——從父親到兒子的遺傳，往往會變動得很多，竟會反比不上兩個陌生人之間的類似呀！——拿破命的後裔是非像拿破命一樣不可的；

他的王朝中的第二位君主，是必需要能够
在身上寄託着所有拿破侖的靈魂的人物，
那纔擔當得起全國的父親的偉大任務呀！
拿破侖（含笑的替她拭着眼淚）
我的親愛的，你以前總祇跟我談着那一些
關於遊戲和娛樂的事，我眞想不到，到今天
你居然也會說得出這樣的一番大道理來！
要是在當初，我徒勞的寫了許多封信給你，
叫你到意大利來陪我，而你卻過意在家裏
遙遙的向我賣弄着風情的那時候，如果你
在那時跟我說這些話，倒也許會有點效力！
可是現在情形卻不同了，現在我是在巴黎，

（帶着忿恨的樣子。）

而像這一種從前也許能夠打動我的理由，
我卻不會聽了；你就是打算用手段來騙我，
也得揀一個適當的時間。——可是我早就說過，
這是爲着我們的國家。——隔一個鐘頭再談吧。

（吻着她。）

我要去叫人寫幾封信。最近，英吉利進兵到
馬德里來，是必然的會引起不少的麻煩的。
你也不必再苦苦的想着這一些事情，爲了
國家的福利，犧牲點個人的幸福是應該的。
我們大家都是飄浮在天風中的一粒花子，
要吹到那裏去，什麽時候吹，要怎樣的吹法，

爲什麽要這樣，這都是我們所無從顧問的——……

親愛的，我馬上就會回來，那強壯的路斯當會拿着燈照着我進來。

〔拿破侖下，

在陰曆中閉幕。

（註一）英倫多霧，故云。

第七景

維密羅

在葡萄牙翠山中的一個村莊，約莫在里斯朋北面五十哩遠的地方。時間是在禮拜日早晨十點鐘。在村莊四周顯出了一隊包含一萬四千人的藍衣的軍隊，都互相分離的排着；還有一隊包含一萬八千人的紅衣的軍隊，卻排成了應戰的陣勢。藍衣兵是預諾所帶領的法蘭西軍隊；另一隊是惠萊斯里將士所帶領的，不久之前纔登陸的英吉利軍隊中的一部分。八月的陽光在英吉利兵的光滑的臉上，白色的綁腿布和白色的背帶上照耀着，他們一方面要出死命的打仗，一方面還流着汗，背着幾十斤重的背囊和皮袋，以及跟陰架木一樣重的火鎗。他們佔據着一些山岡，但是他們的陣勢卻是非常危險的，陸地在他們後面兩哩遠的地方突然完畢，而成爲臨着大西洋的高高的懸崖。法蘭西軍是佔據着英吉利軍前面的山谷，兩軍的區別是非常觸目的：紅衣的軍隊幾乎並沒有一些兒馬兵，而藍衣的軍隊卻有着許多。

啞場

戰爭開始，各方面輪流的動員，互相應付着，正像象棋開始的時候一樣。預諾派出了他右面的一枝軍隊作着側面的攻擊；惠萊斯里便派出了左面的一些軍隊去抵擋敵人。一枝包含六千人的法蘭西軍隊正在向着英吉利陣地的中部爬上山去，而把駐紮在那裏的軍隊逼退。英吉利的礮隊阻住了他們的敵人，步兵把失地恢復，而把失留的法蘭西兵依然趕下山坡去。同時，後者的馬隊和礮隊又在攻打着村莊，衝到了駐紮在那裏的少數英吉利輕騎隊面前，把他們打得四分五裂。一陣灰塵飛揚着，同時還可以聽到兵士的呻吟聲和戰馬的叫聲。在這屠殺場近邊，小小的馬賽伊拉河卻依然毫不關心的向大海悄悄的流着。

在英吉利陣地的左邊，有五千名法蘭西步兵已經爬上了山脊，兩方面都非常猛烈的互相鬪着火；但法蘭西兵終於又被六隊英吉利軍隊趕了下來。此後，最北面的一隊法蘭西兵，看見別的軍隊已經功虧一簣而不得不休息着，便也過來襲擊，用刺刀把敵人趕掉，從新佔領了原來的山塞。但是像這樣的一進一出又繼續着，英吉利兵又把進攻的敵人趕下去，從新把失地恢復。

法蘭西兵精疲力盡了，祇能停頓着，隨後，把部隊從新合在一起，向對面的山崗退卻。英吉利看見他們的機會來了，正準備追上去，以決定這一天的勝負。但是人們可以看到一名從遠處的隊伍裏派出來的使者，騎着馬，來到那個大鼻子的人前面；這大鼻子的人帶着一架望遠鏡，佩着一把印度刀，站在他的參謀部員中間，正在指揮着英吉利軍的行動。他接到了這一角公文，像是很驚異，同時又顯着忿恨的樣子，便祇得無可奈何的停止了追擊。他祇得向他的將軍們收回了成命，於是這嘗試便完全流產了。

法蘭西兵便不再來麻煩的繞道向他們所從來的，通託萊斯·委德拉斯的大路退卻，而把幾近二千名的死傷的兵士剩下在他們所離開的那山坡上。

啞場完畢，幕落。

第三幕

第一景

西班牙　阿斯託爾加近旁一條大路

看客的眼光，從一個酒窟的內部向道路掃射着，這酒窟是開在道路旁邊，是一所荒廢的屋子的底層，屋子的頂門，和百葉窗，都已經給拆了下來，讓軍隊做營火燒了。季候是在正月開始的當兒，原野滿蓋着一片泥濘的雪水。路上不時不刻的有一些笨重的車輛走過，路面已經被攪得成爲黃色的，有半膝蓋那麼深的泥漿，而在道路的無數的窟窿上，又給造成了一些更深的沼池。

在陰暗的酒窟裏放着一堆堆潮濕的禾藁，有許多衣衫襤褸的人就像半埋着似的躺在草堆裏，有許多男子都穿着英吉利軍隊的制服，還有些女子是穿着各種各式的破爛的衣服，有幾個甚至是半裸着。在這酒窖後面從一扇已經燒掉的門裏望去，可以望到那內室裏的一些木箍的酒桶；一個酒桶上插着一把手鑽，另一個酒桶的螺旋塞也已經被打穿了。酒流到水瓶裏，浴盆裏，碎磁裏，碗盞裏以及一切臨時的容受器裏。那裏的人大部分都喝醉了；有幾個簡直醉得失去了知覺。

這些人物差不多什麼事情也不做，祇是在呆望着外面的，幾乎是不斷的在走向同一個方面去的車輛。這些人裏面包含着從羅馬那侯爵所帶領的西班牙軍隊裏出來的一些混雜的散兵，和約翰·謨亞爵士部下的退卻的英吉利軍隊——那隱匿着的一些逃兵也是屬於這一方面的。

第一逃兵

啊，他是一個八十一軍的兵士，我很願意叫那個可憐的傢伙知道，我們這兒已經有了人生在世所能希望的一切東西了——好酒和肥美的女人。不過，我如果告訴了他，可不是我們自己倒沒有地步了——是不是？

他指着一個跛行着經過的人，那個人背上既沒有火鎗，也沒有背纍。在被那已經遺失掉的背纍幾星期的摩擦着的那個肩頭上，短衣和襯衫都已經給擦破了，而把他的皮膚露出在外面。

第二逃兵（昏沈的）

他也許是八十一軍的，也許是八十二軍的；可是，我不怕自相矛盾，我倒要這樣說，我願意上帝能夠讓我回到舊時的不列斯多爾去。我與其在這兒一桶一桶的喝着這些野蠻民族的酒，倒寧願回去喝一小盞我們自己的真正的「不列斯多爾牛奶」。

第三逃兵

祇有你纔是這樣的良心不知足，你已經把酒喝了那麽許多了。我跟你是一樣的不列斯多爾人，可是，我卻願意在這裏，也就像你願意在那裏一樣。那邊跟這兒完全不同，那邊沒有這些出於自願的，同時平常也是很規矩的女人；那邊也沒有公開的酒店。這個地方既然逃兵是那麽多，我倒要把我那一份喝剩的酒趁早先喝了。

他用肘子爬到了一個酒桶邊，翻過身來，讓酒流下他的咽喉去。

第四逃兵（向一個正在打鼾的第五逃兵）

夥計，你別在這兒打這樣響的鼾哪。又有許多人到這兒來了；如果咱們一不小心，就說不定會讓他們發現的。

在外面，有一大羣逃散的軍人上場來，有的還算穿着雙破爛的鞋子，有的卻赤着脚，而赤脚的人之中有一些脚上還流着血。有幾個人的手臂上和腰上還拖着像他們一樣衣衫襤褸而又赤着脚的女人。他們經過。

軍隊的退卻還在繼續。又有許多羅馬那部下的西班牙軍隊混亂的跛行着經過；隨後又上來了一隊混雜的英吉利馬兵，有一些步行着，有一些騎着馬；而這一隊人中的最後一個，是騎着一匹背頸上除了脊骨和鬃毛之外什麽也沒有的，掉落了蹄鐵而四足疼痛着的瘦馬。在經過的時候，那牲口竟力竭倒在地下；軍人走了下來，用手鎗把那牲口在頭上打死了。他和其餘的人繼續行進着。

第一逃兵（又聽到一陣脚步潑着水的聲音）

據我從這聲音來判斷，這一隊算是比較有點秩序了。（他伸出項頸去。）啊，這是四十三軍的一位軍曹，和他們的剩下來的一些第二隊的兵士。啊，上帝呀，在後面不遠的地方，我還看到放光的頭盔呢。這是一整隊的法蘭西輕騎兵！

那軍曹上來。他害着劇烈的咳嗽病，但在勉強自己支持着，努力要把那病痛在侵蝕着他的生命的狀態掩藏過去。他停了馬，向後面望着，等那四十三軍的殘部走近到他身邊，那殘部的總數約莫祇有三百個人，其中差不多有一半都受了重傷而變成殘廢，祇有另外一半纔是放得出去的，有武裝的軍隊。

軍曹

你們要振作一點，擺出點英雄的氣概來。萬一你們今天應該死，你們就不能拖延到明天去。歸隊！（那混雜的一羣人歸着隊。）所有的傷兵和沒有軍器的人都儘可能的走到前面去。快——開——步（傷兵等下。）現在你們聽着！——舖——（命令被服從着。）

那軍曹把這些散兵一下子就編成了許多中隊，他們裝着火藥，裝着鎗彈，莫名非妙的竟從混亂不堪的一些散兵變成精銳的軍隊了。

法蘭西輕騎兵在場上的左邊的後方進來。那四十三軍的最後一中隊轉過背去開着鎗，前進着。包在他們後面的第二中隊也同樣的幹着。這行動重複了好多次，終於把追兵打散了。法蘭西輕騎兵退去，放棄了這次的追襲。那位咳嗽着的軍曹和四十三軍的殘部又開了過去。

第四逃兵（向躺在他後面的一個女子）

我的寶貝，你看了這個情形覺得怎麽樣？它差不多又恢復了我的大丈夫的氣概了。啊，醒過來吧！咱們無論如何總得振作起來纔是。（他更接近的瞧着那女子。）我的小心肝，怎麽樣？各位朋友，你們瞧。（他們瞧着，發現那女子已經死了。）我眞想不到，她倒下去的時候是已經死了！……祇在一小時以前，我還盟着誓要娶她呢！

他們沉默着。外面的雪地裏，軍隊的退卻依然在繼續，現在經過的是一行牛車，後面跟着一羣混雜的英吉利和西班牙的殘兵，騾子，以及被英吉利軍官僱來搬運他們的行李的騾夫。那些騾夫向四邊望着，發現了法蘭西輕騎兵曾經追趕過來，便把縛着沉重的行李的綁帶割斷，帶着他們的騾子逃散了。

一個聲音（在後面）

總司令已經決定要維持紀律，我們一定要強迫執行。這裏再不准有人逃走了。在這一回的失敗中，這種行動簡直是比殘殺和搶劫都更壞的！

一位英吉利驃騎隊隊長，一位參將，約莫有一打的衛隊和三名囚犯上來。

隊長

我們祇要拿一個人來做榜樣就够了；如果他們願意抽籤，就讓他們抽籤。不過要叫他們快一點。敵人的前鋒已經離我們不遠了。

那三個囚犯抽着籤，那抽中的一個人眼睛被蒙了起來。一些驃騎兵帶着小手銃走下場去，走到一座牆垣後面。聽到鎗聲和什麽東西倒下去的聲音。酒窟裏的那些衣衫襤褸的人們戰慄着。

第四逃兵

如果沒有這一堆草，咱們也會這樣的。啊——在咱們這班人中間，祇有我的寶貝是健康而且安全了！

（他吻着死了的婦人。）

軍隊繼續退卻。一串六匹馬的輜重車顛顛跌跌的經過，旁邊有一位騎着馬的軍曹在行李旁邊躺着一些傷兵和生病的婦人。

輜重隊軍曹

如果他們眞是死了，你就把他們從車子後邊丟掉了拉倒。叫馬匹不必要的費這些氣力，是沒有一點用處的。

車輛停着。兩個不久以前死去的傷兵被搬了出來。放下在道路旁邊，馬上就有許多泥濘的雪水濺在他們身上。輜重車和軍曹下。

稍停片刻。又有許多騎着馬的英吉利軍隊走過，那些馬大部分都失掉了蹄鐵，顯得脚上非常疼痛的樣子。

約翰・謨亞爵士和一些軍官們上來。在暗淡的暮色中，謨亞顯得是一個很漂亮的人物，巳經早就過了四十歲，他的深黑的眼眶顯着非常焦急的神情。他口氣非常鄭重的，同時又做着急迫的手勢，在向他的幾個參謀官說話。他們穿過了臺面走過去，看不見了，他們的馬蹄踏着雪漿的濺潑聲也慢慢的消隱了下去。

第五逃兵（在睡夢中不連貫的說）

㨿鎗——開鐙——右手取彈——舉鎗——瞄準——快動作——去蓋——裝火藥——開鐙——開鎗——實彈——

第一逃兵（拿一隻鞋子丟向那睡眠者）

你別響！你以爲自己還在那個倒霉的隊伍裏嗎？

第二逃兵

我不知道他在想些什麽，可是我自己的感想，我是知道的！如果我還是在英吉利的家鄉，在那兒有的是古式的宴會有的是眞正的全能的上帝，而不是這裏的這個永久的聖母和她的孩子；——啊，如果是在家鄉，穿在那一條古舊的不列斯多爾的橋欄上，沒有人間起這種可怕的消息，冬天的太陽又像平常一樣溫和的斜照在巴爾德溫街上；如果是這樣——雖然我現在是什麽都記不清了，可是祇在家鄉，祇要我身體還很健康，我就可以想到，現在是正在那裏過新年了！這兒的情形我可不清楚。啊，今晚上，我們是應該彈着「亞當和夏娃」的調子，又高聲的唱着「月光曲」了。

這眞是個熱情的調子。那調子是這個樣子的（他用鼻音唱着）——

「我以爲是到了天明時候，
便悄悄的從她身邊溜走；
那知道這是滿地的月光！」

軍隊繼續退卻，現在經過的是頗有秩序的步兵。聽到了這歌聲，有一個軍官向四面望着，又派了一隊巡兵，帶着他們走進那所破屋子去，而大隊人馬卻繼續前進着。酒窩裏的人躲在禾稭下面。軍官各處張望，看不見人，他便用刀在草堆上刺着。

聲音（在草堆裏）

啊！見了鬼！別動手！我們出來好了！救救我們！饒了我們的命吧！ （躲藏着的人露了出來。

軍官

你們既然還有氣力唱這些淫蕩的歌，你們就一定還有氣力可以行軍。你們全出來吧——要不然就拿你們鎗斃，快馬上就出來！

若干人

隊長，你就把我們打死吧，要不然，法國人就會拿我打死，再不然，魔鬼也會把我們捉了去的；這一切我們都不在乎！可是我們簡直動不了。隊長，請你饒了那幾個女的，至於我們，就隨你怎麽幹吧！

搜尋者撤下了那些傷兵，卻把那些他們所可能發現的，還能夠行動的人，無論是男的或是女的，都一齊拖了起來。他們由巡邏隊逼着前進。巡邏隊押解着一些逃兵退場。那些留在那裏的人向大路呆望着。英吉利的後衛馬隊穿過這場面，走了進去。稍停片刻。天色越發暗淡了。

這眞是戰爭的微妙的詩歌和眞正的傳奇呀！
　憐憫之精靈
如果你高興，精靈，你就儘管嘲笑，可是別人卻
以爲詩歌常是躲在可憐的人類受難的地方！
全景包裹在黑暗裏。

第二景

同上

時間將近夜半。那些留在酒窖裏的逃兵已經靠着睡眠而把酒的效力打發了去，他們被一陣新的馬蹄的踐踏聲所驚醒，而這馬蹄聲是越來越顯得堅定了。這一次是法蘭西兵，他們已經塞滿了道路。前衛已經經過，德拉波爾德的軍隊，羅爾什的軍隊，梅爾勒的軍隊，和其它的軍隊，都陸續的在這黑暗中穿過。

不久之後，皇家衛隊的輪廓顯出在眼前了，於是，那些藏匿着的人們便突然發覺了他們的處境，一下子變得完全清醒着。拿破侖帶着他的參謀部員上場來。一名驛使正在不久之前趕上了他，他便下令叫環繞在他身邊的人都停了馬。

拿破侖

點起一個火來：啊，要快，就在這裏點起來。這些信件的內容，爲要達到它們的目標，是不允許我們稍稍停留一下的。

有幾個法蘭西兵走近那荒廢的屋子去，檢着一些還剩在那裏的木材，把它們在路旁堆起來，點上了火。雨水夾着雪花正紛紛的掉落，爆裂的火光把四周圍都照亮了。

第二逃兵（低聲的）

咱們馬上就會變成給鷂鷹了的屍首——不錯，馬上就會的——爲什麽我不死抱住英吉利，死抱住自己的信仰，而不要來貪戀這些外國的姑娘和外國的酒呢！……夥計，你能不能再從那個桶裏面擠出一些酒來，因爲我感覺到我的時候是已經來到了——……啊，我祇希望我還能有着那一把自己所丟掉的火鎗，還能有着那些糟蹋掉的火藥可以裝進去——現在，這一粒我因爲肚子餓而嚼着的子彈可大有用處了——……真的，我現在就可以拿他幹掉——

第一逃兵

你要幹掉他，就得低低的躺着，要不然，他倒可以拿你先幹掉——多謝上帝，那些寶貝是走了。也許咱們不會被發現，祇要咱們能有一動也不動的勇氣，悄悄的躺在這兒。

拿破侖跨下馬來，走近那柴火，向四邊望着。

拿破侖

我看到這裏還有着一些他們的死馬呢。

軍官

是的，陛下。我們已經數過，從培那文德起

到這裏就有一千八百多匹，全都中了彈。
有幾匹還得由我們來打死；他們是逃得
很急，竟來不及對他們的牲口發點慈悲。
他們的馬隊現在是有一半都沒有馬了。

拿破侖

那麽我們所搶到的輜重車又有多少呢？

軍官

西班牙的和旁的全完了，約莫有四百輛；
還有幾十輛大車是裝滿了火藥和火鎗；
還有數不淸的許多散兵和他們的姑娘。

拿破侖

啊，還有那麽許多姑娘所有虛僞的民族

全是這樣的，他們人民全是些好色之徒。——
那麽有多少俘虜呢？

軍官　陛下，七百名英國人，
西班牙人是有五千以上。

拿破侖　一點兒也不錯，
他們這樣快的逃走，爲的是要去過新年！
（他一邊折着那些公文，一邊在自言自語。）
無論是庇得，無論是福克斯，他們都不會
幹出像這一次似的錯誤來！他們竟膽敢
在陸地上跟我們法蘭西來挑釁，那眞是

忍妄到了極點的事呀——可是從那班奸黨，例如肯寧，凱塞雷，和配西福爾這一班人手裏，誰能够希望會幹出什麼好事情來，可以像一個政府當局的樣子——眞想不到，庇得所這樣慘淡經營的耕種，弄到結果，竟會讓這班無聊的政客來辦理收獲的。

他打開了一件公文，又去找尋着可以坐的東西。一件外衣擁在一塊木材上，他坐下去，鄰近火，看起公文來。其他的人站立在四周圍。被雪花所間隔的火光照耀在他的不健康的臉上和強壯的身軀上，他變得嚴重起來，像是在沉思着，直到他的面部低了下去。

這就是他們的答覆了——他們居然還這樣

大膽的來對待我他們竟拒絕繼續磋商——
他們把法蘭西和俄羅斯胡亂的侮辱了。
『因爲有人把一些非常合法的國王廢掉，
還拿他們當做俘虜看守着』——這就是說我——
『而又有人卻爲了卑鄙的利益而容忍着
這種不公的待遇』——這就是指的亞力山大……
啊，除此之外喬治可又要說些什麽話呢？——
『對於我們所奏的那和平的序曲，實際上
都不過是使剛逃脫了法蘭西的覊絆的，
圍繞在四周的強幹的民族軟化下去的
一種欺人的手段罷了。既已看到這一層，
我們就該明白，和平政策是應該被認爲

完全無用的了；我們祇有毫不畏怯的來面對這劇烈的血戰，即使失敗也顧不到。」這種口氣眞是荒唐極了！我是何等樣人，英吉利卻竟敢用這樣的傲慢來答覆我！

他忿怒的跳起來，在火邊來來去去的踱着慢慢的，他平靜了一點，便從新坐下。

現在要看看奧地利那方面的敵對態度……

（他拆開了另一個封套讀着）

啊，到明年春天總得用力來對付纔是呢！因爲我是僻處在這個西班牙的角落裏，它竟這樣毫不掩飾的說着，而且又這樣

坦白的承認了它和英吉利之間的密約，
全不想想我知道了之後會怎樣的對付。
它，英吉利，德意志好——我能夠對付得了的！
不要以爲在愛爾伯和萊因河之間竟會
沒有充足的法蘭西軍隊可以消滅他們，
我們這一種最新的勇猛的戰略，是馬上
就會把它的幻想打破的！不錯，他們也許
已經武裝了：不過它最近失去的那機會，
卻再也不能對它有什麼重要的幫助了！

憐憫之精靈

他可眞個一點兒也沒有料想到，他現在
聲色俱厲的痛罵着的那奧地利的朝廷，

此刻正不知不覺的在育嬰室裏養着個——他的未來的妻子嗎？

年歲之精靈

你也不過是猜到的，

這個人卻怎麼會知道呢？

拿破侖（拆開了另一件公文讀着）

東方怎麼樣啊——

現在連東方也鬼鬼祟祟的鑽出頭來了……
土耳其皇帝是措辭非常婉轉的拒絕着
不肯把我答應亞力山大的地方讓出來……
至於說要拿君士坦丁堡來做他的代價，
哼，我就第一個不答應。他真飛得太高了！

祇要我不以爲然，看他還有什麼辦法呀！（起來。）達爾馬希亞公爵蘇爾將軍在不在近邊？

軍官

陛下，他是剛從里昂的大路來到了這裏；他此刻就在近邊伺侍着，他是正在這裏等您披閱這許多公文。

蘇爾進來，拿破侖向他招呼着。

第一逃兵

願善良的上帝把我們從所有的大人物手裏挽救出來，把我帶回去從新過微賤的生活！那就是蘇爾將軍，達爾馬希亞公爵。

第二逃兵　照他那副樣子看來，眞是我們的可憐的殿後軍的地獄公爵（註一）啊！

第一逃兵　眞的，他一定要把他們逼得無路可走，纔拿他們來結果掉呢！可是明天，咱們一定要抄近路追上他們去，願上帝保祐！

拿破侖（指着那些公文）

公爵，這兒有着許多事情等我去辦理呢。這些不吉利的內容，正像古代的預言家對畔逆的猶太所給予的威脅完全一樣！與地利是不久就可以抓到我們手裏的，而英吉利卻非常兇猛，一時不容易解決，——這眞是號稱愛和平的國土的怪現象呀！

因此，我此刻必需要馬上就回到巴黎去——至少得回到伐里亞多利德；這樣就可以比就在這極西的一個角落裏更迅速的接到從驛使傳來的許多消息，同時可以留心着這些新形勢的動向，以便積極的籌備一次猛烈的反攻。……

現在，這邊還有着拉納，他至今還死勁的圍住了那個地獄般陰沈的查拉戈賁城。我還要再一次關照他用什麽方法先把這一種無效的猛攻結束了。——此外還有你——奈伊不在這裏，我想他也快要來到了吧？

蘇爾

陛下，他快來了，現在在培那文德的路上；
他要趕上我們，我算來恐怕還要幾小時。
　　奈破侖
這裏，我打算由你來替代我的職務，繼續
把謨亞的殘兵窮追着，同時我再派奈伊
來幫你一同擔任這工作。這一次你必需
把逃亡的英吉利兵一直追趕到海邊上。
你要一步不放鬆的把他們緊緊地追着。
上去還不久的梅爾勒和麥爾美的軍隊，
還有眼前的德拉波爾德，還有歐德萊特，
此外，羅爾什和拉烏賽的勇猛的輕騎隊
也會跟上來，再加上弗關契斯奇的馬隊。

對奈伊，我正要這樣告訴他，必要的時候，
他可以帶着馬爾桑和馬底爲前來助戰、——
這樣，你的軍隊總數已經到了七萬以上，
有一萬匹戰馬，此外還有一百多尊重礮，
是一定可以把這不列顛軍隊完全消滅
而在歷史上造成一次最光榮的勝利了。
（他俯身在柴火上面，很快的寫了幾個條子。）
我要先開進阿斯託爾加，然後再回轉去，
雖然回去的祇有我一個人，但是我一走，
西班牙這方面的命運是全部交給你了。

年歲之精靈

他所能計劃到的，還不是全部的變化呢。

他這一次的唯恐不及的突然轉回身去，大概是物極必反這道理的一點預兆吧！

人物分散，火光沈了下去，雪花和黑暗把一切都遮掩了。

（註一）『地獄公爵』原文作"Duke of Damnation"，與達爾馬希亞公爵（Duke of Dalmatia）聲音極相類似，故有此謔。

第三景

古羅尼亞前面

從北面的空中，在那座稱爲海庫拉斯塔的燈塔的頂上，在那一條古羅尼亞城所在地的地舌的尖端上，向南望去，就可以望見那背後的城市，港口，和小山；至於大海，那是在看客的背後。

在前景中，最顯著的東西便是那一座矗立在港口之上的古城以及那城裏的白色的高塔和房屋。那個新的市鎮，房子都粉刷一新，是在大城的下面，甚至在這麼個陰暗的冬季的下午，也是顯得那麼光耀的。再遠一點，在那此刻是擠塞着大大小小的不列顛運輸船的港口後面，是一串低低的，似斷似續的小山，小山中間由一些籬笆和石牆分隔着。

在這裏面一帶低低的小山後面一哩遠的地方，卻可以看到外面還有一串更高的山峯整個的臨視着那一帶小山。在這一帶山峯後面，卻除了灰色的天之外，便什麽也看不見了。

啞場

在前面所說起的那裏面一帶小山上是駐紮着少數的英吉利軍隊，總共祇有極可憐的一萬四千名步兵。他們正在那裏排着戰陣：羅普的分隊是在左邊，拜德的是在右邊。沛吉特卻帶着他的後備軍駐紮在他們後而左邊的隙地裏；在後面更遠的地方的非雷塞的分隊，卻顯出在右邊的稍稍高出一點的地帶上。

這一些在困難中的軍隊，現在卻顯得並不是那些在退卻的時候像流民般散漫的逃亡着的人們所組成的。但實際上，他們卻就是那些人，他們現在突然變得強硬，又因爲終於能够不向敵人屈伏而變得極守紀律了。他們像是兩行木樁做成的欄柵，但因爲人數太少，纔萬不得已而在好些地方留下了許多缺口。

在這些紅衣的軍人的頭上，在外面的那一圈山上，可以看到有二萬名由蘇爾倛追着一路追了過來的法蘭西兵士。他們跟那稀薄的幾行英吉利步兵比較起來，無論在地位上，或是馬隊和礮隊上，都佔着絕對的優勢。在這背景的左邊，而對着羅普是由德拉波爾德和梅爾勒的分隊所組成；在拜德四周，祇由那個愛爾維那村莊來隔離着，排成了一個可怕的弧形的，便是麥爾美的分隊，拉烏賽和羅爾什的輕騎隊，以及弗蘭契斯奇的馬隊；在最高的地方，還有一座包含着十一尊重礮的礮壘在轟射着整個英吉利的陣線。

時間是將近兩點鐘；不久以前，法蘭西前線上正起着一陣活躍的動亂。我們可以看到有三行軍隊從他們的陣地上移下來，第一行走向英吉利陣線中的最薄弱的大衛·拜德爵士的一分隊，第二行走向中部，第三行走向左翼。從礮壘上打下來的轟擊，同時還在掩護着他們的前進。

接觸開始了，英吉利兵被敵人的礮隊一排排的打下來。兩軍在他們之間的峽谷中的村子裏交着鋒，戰鬬是越來越猛烈了。

我們可以看到約翰·謨亞爵士在灰暗的天幕下騎着馬奔向前線去。

憐憫之精靈

我像在上面那個城中淸楚的顯現着的那座聖·加羅斯花園裏幻想似的看見了他的名字，日期，和那偉大的事業，都這樣像一座紀念碑似的很淸楚的標刻着了，但現在，這事業卻還是不固定的幻影哪。

年歲之精靈

這幻象祇能當做猜度，不能完全相信的。

當談亞達到了前線的時候，弗萊塞和沛吉特卻移向右邊去，在那邊，英吉利方面是最受到嚴重的威脅的。一粒葡萄彈打掉了拜德的手臂。起了一陣小小的騷動，他便被搶到後方去；同時奈比歐游擊也不再看見了，他已經做了敵人的俘虜。

這些不幸的消息傳到了約翰·謨亞爵士的耳朵裏。他卻衝到更前面去，親自率領着第四十二軍和一隊近衛軍；那一隊近衛軍都在鎗上裝好了刺刀，把敵人逼了回去。謨亞在鼓勵他們前進的時候的姿態，是非常激厲的。被追趕着的追兵和約翰爵士本人，現在都走到了小山背後去，不再看見了。啞場完畢。

視點移到了英吉利陣地的最近的後方。一月上旬的薄暮已經開始在散佈着它的陰影，一陣陣悲慘的喊聲從謨亞和前進的軍隊開進去的那小山背後傳出來。

一些散兵在陰暗中穿走着。

第一散兵

我知道的，他是吃到了礮彈了；我向全能的上帝禱告，希望他不會就這樣死了呀。

第二散兵

還是讓他死了吧。他的肩胛已經給打得粉碎了。因為大衛爵士受了傷，約翰爵士便焦急着怕右方會失陷，因此他纔衝上去，想拿它守衛得更嚴密一點。

第一散兵

無論如何，他還是不能使你嚴守陣地呀。

第二散兵

你自己也是一個樣子。

第一散兵

眞的，對於一個祇有一條性命而沒有鎗桿子的人，這是一個很危險的地方，因此，我覺得還不如躺在地下，讓他們搬回到後方去的好。一個人不見了鎗桿子，是不能仍然照樣的打仗的，我倒底也不是一個不知死活的莽漢哪。

第二散兵

我因爲失掉了鎗彈匣子，我也就跟你一樣了。如果你還有着你的鎗桿子，我也還有着我的鎗彈匣子，你知道，咱們現在一定還是在那邊呢！咱們之所以不在那邊打仗，那完全是政府的錯處，因為他們並不給後備軍供給一些新的鎗械。

第一散兵

當他帶領着我們去衝鋒的時候，他是怎麼說的？

第二散兵

『第四十二軍呀，你們要記得埃及！』我親耳聽見過這樣的話。真的，這就是他的嚴格的教條。

第一逃兵

『要記得埃及。』不錯，我是記得的，因為我以前也在那兒！……真的，現在恐怕馬上就又要退卻了！

第二逃兵

你聽我說。『第四十二軍呀，你們要記得埃及，』他是眼看着向我們轟射的法蘭西礮壘這樣的對我們說的。接着，便看到他從馬背上給打下來，仰天的躺在地下了。我記得埃及，同時也記得剛才發生的事情；我記得很熟，就是那城牆上的路徑都至今還非常清楚呢！——哈定格隊長正近在他身邊，一看見便跳下馬來，他和他隊裏的一個人把他擡着，現在是在把他擡回來了。

（第一散兵下。

第一散兵　可是，無論如何，現在可又要退卻了。記得埃及好！

第二散兵徘徊了一陣子，然後突然跟着第一散兵走去。安得生總兵和其他一些人忽忙的上場來。

一軍官　拿一條毯子來。一定要把他擡着纔好送回去。

（聽到吶喊聲。

安得生總兵　這就是表示我們快要勝利了！祗要命運肯收回了這最後一次打擊，現在這時候，就可以看到昏沈的天上現出顆明星了——

（下。

在昏暗中，六名第四十二軍的兵士手攙着約翰·謨亞爵士上場來。哈定格隊長走在旁邊，扶住了他。他暫時被放下在一堆牆的陰蔽處，他的左肩已經給打掉了，手臂由一絡筋肉懸掛着。

格雷漢總兵與烏德福德隊長同上。

格雷漢　烏德福德，這傷是非常嚴重的。你快些騎上馬去找位醫生來，就把那看護着大衛·拜德爵士的醫生找一位來也好。

（烏德福德隊長下。）

他的血流得這樣快，這樣多，我真怕他

會流血而死去，根本就來不及救治了！

哈定格

現在也沒有醫生，我來替他止止血吧。

（他把自己的腰帶褪下來，努力替他在受傷處捆紮着。謨亞微微一笑，搖着頭。）

血還是一點也止不住！那傷口太大了。

大得幾乎連一個人都可以鑽得進去！

一名兵士拿着一條毯子上來。他們把謨亞擡到了毯子裏去。正在擡進去的時候他的始終佩在身上的刀的把鈕忽然穿到了他的創口裏去。

我把這把刀解掉了吧——它會碰傷你的。（他開始解着刀。）

謨亞

不要隨它去吧！反正總是這麼回來了。
我希望能夠佩着腰刀在陣地上死去。

哈定格

你的聲音還很康健。這聲音在預言着
你馬上就可以復原的。

誤亞（悲慘的看看他的創傷）

哈定格，不會了：
造物者是不放鬆的！我的肩胛沒有了，
這左邊是差不多連肺部都快露出了。
現在，我充其最也祇有幾分鐘好活了……
你們能不能把我擡過去，讓我再看看
戰事究竟進行到怎樣。

哈定格

可以，約翰爵士——再走上幾碼高的地方，就可以看得見。

他們把他在毯子裏搬到了比較高一點的地方，把他擡起來，讓他可以看見那峽谷和戰爭的進行。

謨亞（愉快的）

他們彷彿在前進了。是的，是在前進了！

約翰·霍普爵士進來。

啊，霍普，我個人的傷勢固然是非常糟，

可是那邊的戰爭卻進行得很順利呢。（握着霍普的手。）
你不要走，我談談話可以忘記了痛苦，
你也可以對我講講——法蘭西兵退了嗎？

霍普

我親愛的朋友，他們在慢慢的退卻了。

謨亞（他的聲音軟弱起來）

我希望英吉利這一次——能够如願以償——
我希望我的故鄉一定——能够替我復仇……
我把克勞福德派到了奧倫斯路上去，
那是一個大錯誤。但如果我不派他去，
波納巴特卻會從那邊向我們進逼的。……

霍普

如果蘇爾是在路戈鎮那方面來應戰，
那就好——我們可以把他打得落花流水。
讒亞
是的……不過我是從來沒有碰到好運氣過，
就是蘇爾從那邊來了，也是沒有用處的。
我雖然也有過好運氣，但是，（悲憤的）卻總每一次
都是逃帶着各種各樣的，很不幸的事情——……
啊，這樣對於一個垂死的人是不適當的；
我們這些人，誰都是抓在命運的掌心裏，
我所受到的磨難，還不能算是最大的呢——……
照理，查拉戈查被圍的情勢一定很兇險，
如果眞是這樣，我眞替這個地方擔心呀。

我在達哈根的時候聽到說那地方最近
還是那麼英勇的支持着，始終不肯屈服。
可是現在，我是看不到了。——啊，你們能不能
儘先去看看我的朋友，把情形告訴他們；
再對我的母親說……（他的聲音越變得微弱了。）
霍普霍普，我有許許多多事情想託你呢，
可是衰弱卻把我的舌子黏住了！如果我
不能再看見斯坦霍普，那麼請你關照他，
要他去通知一聲我的妹妹。你一定知道，
我們之間的感情是從來就非常親切的。……
格雷漢總兵好嗎？我的那些副官都好嗎？
我已經做好了我的遺囑，——我另外抄錄着，

早已託給科爾邦了。

霍普

科爾邦正在走過來。

副官長科爾邦游擊進來。

諛亞

法蘭西兵已經打敗了嗎？科爾邦，退了嗎？啊，你瞧瞧，他們竟把我打成這個樣子了！

科爾邦

我看到的；我心裏眞是說不出的難過着。恩生是不多一會兒就可以來到這裏了。法蘭西兵已經退卻——離愛爾維邦很遠了。

謨亞

這樣是再好也沒有！沛吉特是在附近嗎？

科爾邦

約翰爵士，他是在前綫。

謨亞

替我向他致致意！

二外科醫生進來。

啊，醫生，你們恐怕沒有法子把我醫好了。——
可是我覺得還很壯健；——我心裏很是害怕，
我怕我的死，也許還要等上好許多時候；
可是我希望不要太長！

二醫生（在怱忙的診視了一下之後）

約翰爵士，你必需
馬上就給擡回到你自己的營帳裏面去。
請你要儘可能的一動也不要動，照這樣，
他們纔可以把你平平靜靜的擡回營去。

談亞

什麼事……那邊的火光像漸漸的淡起來了？

科爾邦

不錯，一定是我們的軍隊到處在逼上去：
我聽說，他們的將軍科爾貝也已經陣亡。

他們把腰帶張在毯子下面，拿他擡了起來，開始擡着走。一輛輕車進來。

諛亞　那車子裏是誰呀？

哈定格　約翰爵士，是溫文總兵。他受了傷，可是他定要叫這輛車來載你。

諛亞　不要。這很好了。你們也用不到跟我來的；這裏還有許多事情在等着你們去做呢。（愉快的吶喊聲。）啊哈——我就是希望自己能這樣的死法呀！——

諛亞，撐他的人，醫生，等等，慢慢的在黃昏中向古羅尼里退去。

全場黑暗起來。

第四景

古羅尼亞　堡壘附近

時間是在第二天天明以前，一切事物都還藏在昏暗中。但在昏暗中卻已經可以模糊的認辨出高起的聖·卡羅斯的園子的輪廓，以及四周圍的古羅尼亞古城中的許多屋宇來，雖然那地方並沒有一盞燈。在下面的港口裏的許多運輸船，卻都還點着風燈。在城牆的角上有一盞掛燈閃耀着。若干名英吉利第九軍裏的兵士，正用着臨時的器械在掘一個墳墓」

一個聲音（從遠處的昏暗中傳來）

「主這樣說，我便是復活和生命：信仰我的人，即使他已經死了，可是他還能够活着。」

兵士們擡頭望，看見從那一片土地的最遠處慢慢的走過來了一行行列。這行列在由幾個參加的份子拿着的提燈的光中走過來。有時候，光線會射在幾個擡着一具屍骸的人身上，那具屍骸並沒有棺材，祇捲在一條毯子裏，上面像柩衣似的粗粗蓋着一件軍服。屍首正在被帶到那還未掘好的墳墓去，後面跟着羅普格雷漢、安得生、科爾邦、哈定格、和一些副官，前面走着一位隨軍教士。

第一兵士

他們來了，他們眞性急得像我們一樣。
要掘得更深一點，現在已經來不及了：
把這麽深的一個底剷剷平也就很好。

他在這個隨便挖的洞裏，也可以像是在皇陵裏一樣的舒服呢。

第二兵士

還是再掘那麽一尺深好一點，這裏四周圍全是些外國人，他的奇怪的肥料眞想不到是用什麽東西做的！無論如何，咱們再替他多掘六吋，好不好？

第一兵士

現在是來不及了，還是把底剷剷平吧。

那短短的行列來到了這地方，等了一會兒，等那未掘好的墳墓由第九軍的兵士粗粗的掘好。兵士們從墳墓裏走出來，另一名兵士拿着提燈去照着隨軍教士的書。冬季的白晝慢慢的來到了。

教士

「凡是女子所生的人類，都祇有短短的時間可以活，而且是充滿了困苦的。他剛剛長起來，就馬上給割下了，像一朵花；他像一個影子似的消逝，永遠不停留一下子。」

在不遠的地方，法闌西礮壘上開着一聲礮；接着又來了第二聲。港口上的船隻都熄了它們的風燈。

科爾邦（低聲的）

我知道一到天亮他們又要開火了。

羅曾

我們必需要儘量的省下些時間來。

這悲慘的儀式能不能快點結束啊？

在把屍首放下去的時候，又聽到一聲礮響，他們陰沈的向那排列着法蘭西軍隊的山峯望望，然後又向那墳墓望望。

教士

「因此，我們把這屍身放到地下去。土歸於土，灰歸於灰，塵歸於塵。」（又是一聲礮響。）

一顆炸破的礮彈在不遠的地方掉落着。他們吹熄了他們的提燈。繼續開着火，有幾粒子彈是打在他們下面的港口裏。

霍普

有許許多多的活人都把性命託付給
我們，要我們去挽救，他們恐慌的逃着，

想要趕快上船去；爲着這許多的活人，我們不妨把對死者的儀式簡省一些，這在死者，我們知道，是決不會在意的。

哈定格

他如果還有知覺，他也會這樣的吩咐。……

翟普

這樣說來，我們最好還是把這個禱告趕快結束了吧——越快越好！——沒有說的話，我們大家心裏默禱一遍也就可以了。

教士（他的語聲因𠻳聲而顯得零碎）

「……我們極誠意的感謝着你，因爲你已經把我們這位弟兄從這個罪惡的世界的痛苦中挽救出來了。……他同時也教了我們，在這絕望的人生中，我們是無需乎替那在上帝的地方長眠的人們難受的。……願上帝從我們的居間者和贖罪者耶穌・基督給予我們這種恩賜。」

軍官們和兵士們

阿門！

第九軍的掘墳的兵士很快的把墳蓋滿了，送葬的人物退去，幕閉。

第五景

維也納　斯德芬斯場上的一家咖啡店

場上顯出了一個介乎光明和黑暗之間的游暮，有幾盞燈點着了。在離開一點的地方，聖斯德芬斯禮拜堂的偉大的建築和高塔一直聳立在雲霄，最後的夕陽卻還照在它的高處的石料上。一羣羣的人們坐在許多桌邊，喝着酒，看着新聞紙。有一羣人是非常興奮，其中包含着一個英吉利人，正在高聲的談着話。近邊的一位公民從報紙上擡起頭來望着他們。

公民（向那英吉利人）

先生，我在這裏也看到了你們所討論着的，

你們的誤亞所帶領的那支雄兵的厄運了。照他這樣的精神，雖然失敗，但不能算屈伏，像他這樣的英雄的死，簡直是莫大的榮譽，竟可以使勝利者的光輝都會相形見絀的。

英吉利人

的確是這樣的。有人雖然駡他，但也佩服他，雖然討厭他，但也贊美他。我幾乎可以預言，他在他那充滿了動人的甘苦的一生之中所忍受着的許多別人所沒有受過的痛苦，一定能使他一生的故事增加着一種魔力，而使他的那許多偉大的事業的記憶，能像勝利者的光榮一樣長久的，永遠的存留在後世的無數的人心裏。——這新聞紙上說起了軍隊是怎麼開回去的消息嗎？

公民（又看着報紙）

有的，這是從你們的新聞紙上引下來的，他們是飽受着無數的風霜和困苦纔到了普萊茅斯海峽。這消息這樣說，他們簡直不像人而像鬼了：一方面，一路上缺乏糧食忍飢挨餓的回來，一方面，在退卻的時候又受了疲勞和困苦。有幾個上岸之前已經死掉，有幾個在擡上岸來的時候也死了。在樸來茅斯也是一樣，大衛·拜德爵士的傷勢還是沒有恢復過來，

他躺在一張小牀裏，又白又瘦，像是一張紙，
約翰・羅普爵士也瘦得祇剩下一副枯骨了。——
此外，這裏還說起，據政府方面可靠的消息，
他們還要再積極的準備着一次新的遠征，
從新出發到西班牙去。

英吉利人

這消息我也聽到過。

公民

先生，你們還要來一下呢。我們這邊也一樣！

第二公民（對着對面的禮拜堂尖塔）

你有沒有看見今天一淸早在那兒舉行的
大彌撒典禮嗎？（向那英吉利人。）

英吉利人

不錯，我今天曾經進去過的；人眞是多極了，我差不多連硬擠都擠不進；可是有許多人都這樣游來游去的沒辦法，我就也這樣游一陣算了。

第二公民

聽說那位年輕的瑪麗亞、路易莎公主也在場的，究竟是不是？

英吉利人

是的，是的；同時所有的皇族也都全體在場；當那位主教替那高掛着的衛國軍的旗幟祝福着的時候，那裏的許多人簡直與瘋得狂賊起來這與尋你們那位公主也參加的。

第二公民

她眞是値得贊美的，她看到了法蘭西報紙對我們的朝廷作了這樣的侮辱，她簡直是忿怒到了極點了。——其實，報紙倒不是自願的，完全是出於他的命令。他是像魔法師似的把那些報紙全抓在手掌心裏，祇要一捏緊，它們就會說着他所要說的話了——……她眞是個非常愛國的女孩子，她也痛恨法蘭西人的。最近我曾經聽到有人說起，她在不久以前曾經得到一個非常可以叫人相信的預兆，知道波納巴特是命裏註定着今年要死了。

英吉利人

要使這個預兆完全實現，你也得出一分力。

第二公民

那是當然！我們現在正有着個極好的機會，可以出人不意的突然引起了戰事，而把他迅雷不及掩耳的捉住。他那熟練的軍隊的全部精華，現在是都集中在西班牙，正在跟你們貴國的軍隊交鋒；而在德意志的軍隊，卻又是這麼零零碎碎的到處胡亂散佈着。

第一公民（又從他的報紙上擡起頭來）

我在這裏還聽到說，他已經立過誓擔保着不再來無理的侵犯我們的任何一片領土，祇要我們能够答應他，馬上把我們國內的軍隊裁減了。你想想他竟提出這樣的條件，他的擔保可不是見鬼嗎！他眞是欺人太甚。（向那英吉利人）我喝這杯酒，祝賀着你們貴國的始終如一。我們和其它好許多歐羅巴大陸上的國家，都這樣忽而向他挑釁，忽而又向他求和了，你們卻並不像發寒熱似的時常在變化着，而始終對他們抱定了堅決的敵對的態度！

英吉利人（笑）

我們是沒有像大陸上的人那樣的被一種基督教的寬容精神所麻醉啊！（他們喝着酒。）

從遠方的街道上傳來了一陣軍樂聲，中間還夾着吶喊。第三第四公民進來，後面還跟着好些人。

第一公民　是什麼事呀？

第三與第四公民　那邊是在宣佈查理士公爵已經被任命着總司令的職務呀。

第一、第二等公民　好極了！這樣眞是好極了！

大家從座位上站了起來，非常興奮的互相碰着杯子。

第二公民

如果我們不是趁這個最適當的時候馬上就宣了戰，我們的短礮和長鎗就說不定會給我們去丟一個臉回來的！就在今天上午，我曾經碰到了幾位衛國軍；他們都性急着要出發了，雖然他們還衹入了幾個月的伍。

英吉利人

這其實倒是須要考慮的。他們如果比起那老練的法蘭西兵來，實在是覺得太年輕了！

第一公民

拿破侖的軍隊裏也是些未經世事的青年，他最近一次徵兵所徵來的人，其中有幾千

簡直還是些孩子。但是他卻想出各種法子
把這些小夥子混雜在那老練的兵士淘裏。

第二公民

這個國家所犯下的，看來是最可悲的錯誤，
就是在一定要替每次的挑釁找一個藉口。
其實我們是應該絕對不肯妥協的苦鬬着，
一定要像英吉利人似的始終如一絲不錯。
法蘭西人，那本來就是我們的幾代的仇敵，
而這個憑藉着武力在橫行不法的冒險家，
這個褻瀆了我們的神聖的神座的大勝者，
卻又是我們所受的一切苦痛的主動人物。……
他無所顧惜的踐踏了我們的五穀和菓樹，

竟使我們整個國家都變成一片不毛之地。
你想想，在上一次的不幸的戰事中，我們是受了多少痛楚，這也是他所引起的事情呀！在宮殿裏，在商號裏在田野裏，和在茅屋裏，有多少變成寡婦的女子，死了爸爸的，以及死了孩子的，他們所流下的眼淚，恐怕就是再過幾十年都不會乾吧。像這樣子的屈辱，是除了再打仗之外再沒有消滅的方法了；整個歐羅巴的解放是祇靠着這次的行動，它已經渴望了好久，想要推翻這個暴君了：現在，就由我們來首先發難，時機是來到了！（在桌面上拍着。）

第五公民（在另一張桌上，從他的報紙上擡起頭來，遠遠的說着）

我看到這裏說，俄羅斯已經聲明不肯幫忙，同時還說它知道普魯士也一定跟它一樣；這樣看來，希伐爾眞堡親王到亞力山大的宮庭去的使命，大概是已經宣告失敗了吧。

第三公民

老實眞是個莫大的罪惡，他眞是太老實了，竟這樣明言着他對於拿破侖所抱的惡意，這自然是太觸犯他們那位皇帝的耳朵了。

英吉利人

有人說他對於沙皇實在是過分的老實了，他甚至暗示着說，他的成爲拿破侖的聯盟，是會叫人疑心他和那個科西卡人連通着，用各種秘密而不正當的方法去推翻那些可憐的，輕信的，幼稚的西班牙方面的朋友。這樣，沙皇自然要不高興了。

第三公民

而我們的贈品——

那最後一道頂精緻的菜——卻也是一個錯誤。

第一公民

希伐爾眞堡親王的贈品究竟是些什麽呀？

第三公民

這就是替奧地利的王太子向亞力山大的妹妹，俄羅斯的公主，求婚的那一件事件啊。

英吉利人

無論有沒有提出，這是決沒有可能答應的：公主是早就約定給波納巴特，做他皇后了。

第一公民　那內幕我很懷疑！

英吉利人　過一些時候就會知道的。

第二公民　在我們第一次得到了響亮的勝利的時候，俄羅斯軍隊一定會看了眼紅，非常急迫的想跟我們合作了，到那時候，恐怕他們內閣也就沒有法子反對了！

遠遠傳來了一陣軍樂聲，還夾着一片吶喊聲。有許多人們正忽忙的經過，向那發出聲音來的地方走去。第六公民進來。

第六公民　查理大公爵正帶着他部下的所有的軍隊剛從跑馬場街那兒開了過去呢！

坐在那裏的一些較年輕的人熱烈的跳了起來。走出去，年齡較大一點的，卻還大部分都留着。

第二公民　自古以來，恐怕沒有一個國家，

會像處在這麼個動亂的時代的我們一樣，
覺弄到了非去擔當這場狠鬬不可的地步！

軍樂的奏聲和喊聲慢慢的薄弱了。公民們回來。

第一公民

朋友們，關於舉國的狂熱又有什麽消息嗎？

從新進來的公民們

在沒有達到跑馬場之前，大公爵還停下來
對他的兵士們作了一次演説，那演説正像
黎明時候的太陽照亮了朝東的屋子上的
許多玻璃窗似的，把所有在場者都激動了：

熱情的義勇軍從村子裏，從城市裏，都一齊蜂擁而來，是已經超出了所需要的人數了！

第一、第二、等等公民

好！這樣纔對勁！好！上帝保祐我們一齊前進！

他們站立起來，接着就互相碰着杯子，最後卻又變得安靜了，從新去看着報紙。夜漸漸的來到。在對面街上，一些舞廳都點亮了燈，跳舞是開始了。從這裏可以看到有許多人正極有丰姿的照着絃樂隊的緊張的音調在迴旋着，樂隊正在奏着一支有一個帶戰爭意味的名字的新的華爾茲舞曲，這舞曲不久就會遍佈到全歐洲。跳舞的人一邊舞着，一邊在唱着愛國的歌詞。

夜幕垂蓋下來。

第四幕

第一景

維也納城外的一條道路

這是五月初頭的一天早晨。大雨傾盆似的下着，中間還夾着一陣陣的雷霆。微溫的雨水像有一種魔術似的使許多樹木都顯出一種軟綠的色彩，同時又使不平的官道上的車轍成爲小小的河道。

一輛浸得爛濕了的旅行車正在經過，祇帶着極稀少的幾名隨從。在車子裏面坐着四位女子：瑪麗亞·路易莎公主，年紀約莫十八歲；她的繼母奧地利皇后，弗蘭西斯的第三位妻子，祇比公主大四歲；兩位奧地利宮中的隨侍命婦。在後面跟來的是一些從車，裏面載着僕人和行李。

車裏的人大部分的時間都是沈默着，彷彿是在一種陰鬱的心境中。她們時時的向那在外面瞥過的潮濕的春景望着，那景像顯得是被在車窗上掉下來的雨點，以及旅客的呼吸在玻璃上所造成的雲霧所扯出了。在四個人當中，精神最好的一個便是那公主，一個美麗的，藍眼睛的，身材高高的，嘴唇圓圓的女郎。

瑪麗亞・路易莎

雨打得進來也好，打不進來也好，我無論如何要把這扇窗開了。請你們讓我開了吧。（她直接把窗打開了。）

皇后（呻吟）

是的——開也好，——關也好，——我都不要緊。我覺得很不好過，什麽事都管不到了！（車輛在一個洞上顚了一下。）眞要命！你想想，我竟在這麽一輛破爛的車子裏，在這麽一條路上，在這麽一種天氣，倒要離開我丈夫的家呀。（雷聲響着。）這就是他的鎗聲哪！

瑪麗亞・路易莎

媽媽，不是的！這不會是他的錯處。當我們出發的時候，他們對我說，他還祇在從拉鐵斯朋到這兒的半路上，因此他一定還在離這兒將近一百哩遠的地方呢；一枝大的軍隊是走不快的。

皇后

應該永遠不讓他走過比拉鐵斯朋更近的地方來纔對呢！在愛赫繆爾地方的勝利對於我們眞是致命的打擊。愛赫繆爾呀，愛赫繆爾！我相信，在我們未到浦達之前，他一定會趕上我們的。

第一隨侍命婦

皇后，如果眞追上了，我們難道眞會給當作俘虜而帶着脚鐐手銬到巴黎去嗎？

皇后

那當然。可是我也顧不到。尤其是弄到這個地步也就完了……我覺得混身潮濕了，又冷，又疲倦！（她掩住了她的眼睛，像是要瞌睡的樣子。）

瑪麗亞・路易莎

看她這樣的受不住，眞是非常可怕的！（關了窗。）祇要道路不是這樣的不好，我自己倒的確不在乎。我簡直有點覺得寧可留在那兒；雖然在他來到了之後，砲聲是一定非常可怕的。

第一隨侍命婦

我不知道他究竟會不會打進維也納來。公主，他的人會不會把所有的屋子都打掉？

瑪麗亞·路易莎

如果他打了進來，我可以斷定他的勝利一定不會支持到很久。我的叔叔查理大公爵馬上就會追上來了！我曾經聽到過許多關於波納巴特的結局的預言，而且可以斷得定的，這結局是不遠了。他們說，在默示錄裏面被提起的那個人，指的就是他。就在今年，他就要在戈羅涅的一家名字叫做『紅蟹』的客棧裏死掉了。我也並不以爲這些預言一定有極重大的意義，可是眞的，如果這些話會靈驗了，我倒是非常高興的！

第二隨侍命婦

公主，我們也是一樣。那麽他的離婚計劃現在可怎麽樣了啊？

瑪麗亞·路易莎

也許這件事還沒有一點報告。這種謠言，我們是不能十分相信的。

第二隨侍命婦

可是，公主，他們卻全這樣說，他的確已經決定了要把約瑟芬皇后放棄，而且在去年十月裏他跟亞力山大皇帝在愛爾福特會面的時候就已經說定了，他要娶安娜公主做他的第二位妻子。

瑪麗亞·路易莎

我可以斷得定，她的母后一定不會答應讓羅曼諾夫族的閨女去嫁給一個科西加的平民的。叫我做了她，我也不願意！

第一隨侍命婦

公主，也許在這些事情上，他們俄羅斯人是不怎麼看重的，他們自己也是新起來的王朝，不像我們奧地利似的有着像你們這樣一個古舊的皇朝。

瑪麗亞·路易莎

也許是的。雖然在去年冬天到那邊去開談判的希伐爾貝堡親王曾經對我說，他們那位皇太后倒是個傲慢的老東西。我父親說的，如果他們兩家眞結合了，對於我們國家眞是個很大的不幸。我倒以爲這一類事情並沒有什麼大關係，就是要把我們流放都不要緊……我希望我的父親平安！

一位隨侍的軍官趕到車窗邊來，車窗開了。

皇后（張開了她的眼睛）

又有什麼不幸的消息嗎？

軍官

皇后，我們剛纔聽到了一個謠言，據說是法蘭西大兵已經沿着拉鐵斯朋的大路

在到這裏來了，中間是他們的皇帝本人，
前鋒的軍官是拉納，馬賽納，和貝西野爾，
他們已經把愛伯斯堡的城池佔領下來，
把所有的房子都燒掉，又在施行着屠殺，
同時又在燒着一大堆的死人和受傷者，
因此到處街道上都聞到焦皮肉的氣息。
在這以前，敵人又曾經渡過了特勞恩河，
驅着勇敢的希勒的軍隊來將我們追趕，
而長驅的到了安斯特登——還樣，跟維也納
又比以前接近了三十多哩路的距離了！

皇后

希望上帝能够可憐我們呀！可是爲什麼

大公爵竟不能把敵人攔住不給過來呢？

軍官

皇后，查理大公爵殿下，自從他萬不得已向波希米亞那方面退了兵之後，簡直就沒有這樣的氣力，而且時間又是來不及照了預定的計劃那樣去和約翰大公爵以及路易斯大公爵儘快的取得聯絡了。因此，拉納將軍就飛快的趕到維也納來，同時還有烏底諾和德蒙所帶領的步兵，還有馬猻納和他所帶領的全部的馬兵，再加上拿破侖自己的近衛隊和鐵甲兵，以及他親自帶領的整個兒的大隊人馬。

皇后
這樣說，維也納是完了！
軍官
眞是毫無辦法的！
皇后，您這樣逃走，還一點也不算太早呢。
車窗關上，那一個行列在朦朧的雨水中不見了。

第二景

羅波島，對面是伐格闌

在從半空中望下去的景像後面的北方地平線上，那便是從左邊的畢琊鎧一直伸展到右邊的伐格闌高原的一帶高地。在這一帶高地前面，是伸展着馬支非爾德平原，那平原是空空洞洞的，沒有樹木，祇有極少的一些屋子。（註一）

在前景中，多腦河緩緩的流過那場面，又曲折的在一些河中的有許多樹木的小島邊穿過。那些島嶼中的最大的一個，即在眼睛下面的那個，就是羅波島；那河流像是一條多節的樹枝，而這個島便像是樹枝中的一個結。

在這個島上，可以看到密密層層的排着無數黑黝黝的人羣，那便是穿着法闌西軍服的步兵，馬兵，和礮兵，人數差不多達到十七萬名。

舉起我們的眼睛來看看在他們對方有些什麼東西，我們就看到，在前面說起的伐格蘭高原上，在它前面的左方和右方，是伸展着奧地利的陣線，白色的，閃爍着的，人數達十四萬。

七月的午後慢慢變成薄暮，薄暮變成黃昏了。一種浸透了那生動的景像的，漸漸沸騰的感覺使人迫切的期待着，直到後來，連整個空氣都像被期待的焦急所充滿了。一件偉大的事跡正在等着產生。

啞場

在夜幕的掩蓋下，第一次的變動便是那島上的密密層層的軍隊開始準備交鋒的一件事。那隊兵士像是一大片的蘆葦，在這一大片中，每一枝蘆葦都應該算是一個人。

一架大橋和另外一些較小的橋把那島嶼和較遠的對岸連接着。在對面是一些龐大的方形礮臺和彎月礮臺，這是奧地利軍隊特意造起來抵擋敵軍穿渡用的，而法蘭西軍隊卻在濃密的礮彈中虛張聲勢的像要從那條大橋拼命衝過去。

但這實際上卻完全是一種聲東擊西的辦法，雖然截止到現在，奧地利軍方面卻始終還沒有發覺。真正的目標卻是在前景的右方，在那小島的一個支脈後面，在敵人所看不見的那地帶上；在那裏，有一些大的木筏和一切平底的船，每一隻上可以容納三百個人，正從一條被遮攔着的小港中慢慢的浮出去。

精選的軍隊來到了這些船上，這些船便立刻開始載了這些軍隊穿過去。同時在別一些看不見的角落裏也在悄悄的準備着浮橋，起先是分開的，慢慢的浮過去，聯在一起，而且由那些在木筏上渡過去的軍隊掩護着。

在黎明前兩點鐘的時候，幾千名被圍繞住的軍隊都開始走過了那些橋，而造成了一幅大規模的，從來沒有在軍事史上看到過的偉大的場面。在這樣進行着的時候，同時還陪伴着礮隊的猛烈的轟擊，而使奧地利方面也同樣的來回轟着。

在夏季，這樣的夜裏應該算是昏暗的，天上沒有月亮。暴雨現在又猛烈的下着，夾着閃電和雷聲。自然界的雜亂是這樣奇幻的跟鎗礮的子彈的雜亂相混和，着燃燒着的礮彈和叉子似的電光同時的劃破着那地方的空間大礮發出來的聲音又跟從雲端裏發出來的聲音交互的響着。

有一位眼光陰沈的人物從這條橋到那條橋來回的踱着，差不多像一頭猛獸般不安定的踱上了一整夜。全身都沾滿了泥漿又淋着雨水，簡直一點也不像是一位尊貴的或官場中的人物。這個人便是在催迫着他的人馬前進的拿破侖。

到天明的時候，大部分的人都已經渡過了河。到六點鐘，雨停止了，在迷霧中露出了太陽的臉來，陽光在法蘭西軍隊的頭盔和刺刀上照耀着。從奧地利的軍隊裏傳來了一陣驚奇的喧聲，他們把吃驚的臉轉向南方，看到了所發生的事情，他們的敵兵的行列是已經來到了那條河流的跟他們自己同一個方面，開始跟他們接觸，而準備向他們的左翼襲擊了。拿破侖自己騎着馬，走在他的軍隊的前面，那軍隊現在是佈滿在平原上，而且已經排好了戰陣。

〔喧場完畢，觀點改變。〕

（註一）原註：『在那個時候』

第三景

伐格蘭戰場

現在是從相反的一方面所看到的戰場，是從伏爾克斯多夫的一所府邸的窗上望到奧地利陣地後方的景像。那些窗差不多是向着正南，可以把馬支非爾德平原看得一覽無餘，遠方一直達到多島嶼的多腦河和羅波島。右面西南方十哩遠的地方，顯出了維也納的聖斯德芬斯禮拜堂的高塔的尖端。在左面中部是那擠滿了人的伐格蘭高原，那形狀是這樣的有規則，像是一件藝術品似的構造着。在極左的地方，七月的太陽正在升起來。

在房間裏面可以發現非蘭西斯皇帝和一些隨侍的家將連同着陸軍部大臣和祕書一起坐在房間後面的桌子邊。從開着的門裏，可以看到一間內室裏有着一些裨將，洗馬官，副官，和其他一些軍界人物。一位隨侍軍官走進來。

軍官

陛下，在黑夜的掩護中，法蘭西兵已經設法從側面偷襲到我們的左翼以及我們中部；他們這樣偷襲過來，就一下子把昨晚上的那種形勢完全改變了——等到我們開始發覺，他們這計劃是快要完成了。

非蘭西斯

可是我卻聽到口頭的報告說，查理大公爵自從昨晚上的那次猛烈的戰爭以來，也已經決定要修改他以前的那種辦法，把隊伍弄得堅固起來，又下着嚴厲的訓令，吩咐約翰大公爵馬上要連夜的把他所有的兵隊都調到這裏來，準備要包抄到法蘭西陣地的後方，拿他們猛烈的襲擊着啊！

軍官　陛下，這樣很好，這麽一種猝然的舉動是可以把他們的歸路截斷了，使他們不能再安安穩穩的躲到那島上去；這種手段也可以叫那貪功的冒險家知道，如果要對付我們奧地利那種嚴密的軍隊，在自己的後方留着一條河水而向前衝鋒，卻不是一種可以任意使用的安全的戰略！

弗蘭西斯皇帝和另外一些人從望遠鏡中察看着奧地利軍隊的形勢和動態，這軍隊在那平原上顯得是一片灰白的物體，在七月的陽光下的軍器和頭盔正散發着光輝從左面的紐西德爾高塔起，經過伐格蘭，一直到右面的斯丹麥斯多夫村。在這一行戰線外面，是那灰黑色的法蘭西兵，差不多跟奧地利的軍隊平行着。

弗蘭西斯

在向右方移動的那許多人馬，我想一定是派去幫助着里支登斯坦的約翰親王向着那一方面進兵攻擊的克列腦和柯羅拉特所帶領的軍隊吧？

稍停片刻。

現在，他們是已經達到了右邊了，爲什麼總攻擊卻至今還不開始呢？

軍官

陛下，在左翼方面，現在卻是已經在開始了。

皇帝從新拿起了他的望遠鏡，看見許多人體從紐西德爾塔邊小山上走下來，渡過路斯巴赫河走近那法蘭西陣地——這個動作差不多繼續了好久的時間。

同時，法蘭西軍隊卻來到了我們的中部了！

弗蘭西斯（轉過身來）

那兒卻正是我們最薄弱的地方！我眞不懂，爲什麼定要把中部的軍部儘量調動過去幫忙那已經非常堅強了的右翼，可是同時，我們的左翼受到這種襲擊，又是毫無救兵，卻竟不派些人馬去接應。

時間在沈靜中經過。

眞的，一點也不錯，敵人果然從側面向羅森堡的軍隊襲擊着，逼得他非向路斯巴赫那方面退卻不可了！

皇帝變得與痞起來，他的臉上流着汗。最後，他簡直不能再從那望遠鏡看着了，祇上上下下的踱將起來。

我的神經是說不出的混亂，眞不能再看了。

你們把看到的情形告訴我。——我可不敢輕信，那伐格蘭的山峯背後眞會是攻打不進的！

又沈默着，祇是這沈默卻時時被遠遠的鎗聲所打斷。

軍官（從望遠鏡裏望着）

克列腦和柯羅拉特正在拚死命的攻上去！

用我們的堅強的右翼來攻打敵人的左翼，

這畢竟是一個能够好好的實行的計劃呀。

希勒和里支登斯坦是在那兒合在一起了。

弗蘭西斯

我也聽到從那面傳來了一陣陣的廢聲呀。

軍官

陛下，這是他們的廢聲。現在我們且來看看，敵人方面究竟有沒有發現那邊有着危險。

弗蘭西斯

我祇希望波納巴特能够發現危機而就此束手，不要再等到什麽都來不及了的時候！

軍官（停了一會，不情願似的）

啊，天哪！

弗蘭西斯（突然轉過身）
什麽？什麽？現在發生了什麽變化呀？

軍官
陛下，他們已經打進我們的中部來了！可是，我們的中部也沒有我所想像的那麽薄弱。貝勒加德對付得眞不錯！

弗蘭西斯（向中央望着）
他怎麽樣對付呀？

軍官
法蘭西兵在濃密的煙霧中打進阿佾克拉；可是貝勒加德卻沿着後面的平原穿過去，向他們襲擊着，把他們散亂的打了回去了。

我還看到查理大公爵也親自開到那邊去，準備幫助貝勒加德應戰。

皇帝又拿起了他的望遠鏡；他們和其他許多人都悄悄的望着有時候望着前線的右方有時候望着中部。

弗蘭西斯

一點也沒有錯呀！

我們的軍隊在右方的攻擊一定會勝利的，這眞是奧地利偉大的超生呀！……（時間過去。）你把望遠鏡轉過來仔細的看看拿破侖和他們的副官們，他們正騎着馬拚命的趕到他們的中左方去，以便加強那邊實力來對付勇敢的貝勒加德。

你的眼睛能够望到他嗎？——就是那匹白馬，那匹單獨的跑在一隊飛快的前進的軍隊前面的。

軍官

陛下，我看到的；雖然我的望遠鏡看去並沒有像你的望遠鏡那樣的清楚，……那匹馬想來就是那匹著名的幼發拉底斯了——這是波斯的國王當做禮物送給他的。

沈默片刻。拿破侖來到了一輛正在行動的車子面前。這車子裏面載着馬賽納，他不久以前受了傷，不能再騎馬了。

弗蘭西斯

你瞧，那匹白馬和騎馬的人，在一輛不知道爲了什麼奇怪的原故在那裏趕來趕去的車輛旁邊停下來了。……那騎着白馬的人，不錯，的確是波納巴特，身邊圍繞着他的副官們。……一定是又換了一種戰略了；可是我們不久總會發現是什麼戰略的！（停頓。）

法蘭西兵決定了要固執的抵抗着我們的軍隊，他們的皇帝一來到旁邊，兵士就馬上變得頑強起來了。

時間過去。一副官進來。

副官

陛下，查理大公爵是在左肩上受了傷了；他是太急迫的想要把敵人從阿倍克拉趕回去，他差些兒被敵人方面所擒獲了。但是他的傷勢卻並不算十分嚴重。——至於在我們的右方，我們是勝利的。

另一位副官進來。

第二副官

陛下，我們已經從阿斯本的村路上把敵人趕回去，愛斯林也已經收復了。更重要的消息是，他們後方的那些橋，我們也快要佔領了，他們非常恐慌的聚集在未失掉的橋邊，一邊把路塞住，一邊在喊着：「什麽都完了！」

菲蘭西斯　這樣，我們國家是得救了。上帝眞該贊美！

〔兩位副官同下。

停頓片刻，在停頓中，國王和他的同伴們仍然焦急的拿着他們的望遠鏡。

我彷彿看到這場戰事像是發生了一種非常奇怪的現象。在我們右方，我們固然在很快的進展了；可是在左方，我們卻是

在一點點的退卻，照這局面再發展下去，
兩邊的軍隊也許竟會像一個輪子似的
互相換了一個方向。我真覺得並不樂觀！

另外一位副官進來。

第三副官
陛下，我們的左翼已經在遠符的威符下
後退了，他真是無敵的！他派遣了兩隊兵
穿過路斯巴赫一直來到紐西德爾附近，
而他自己卻親自攻擊着前面那帶地方。
他們的軍隊儘是一批又一批的擁上來，

簡直把那地方擠滿了。本來可以打回去——

弗蘭西斯

還是請你把大致情形簡要的說一說吧！

第三副官

我們已經被逼迫得離開了伐格蘭高原東面的那一地帶了。

弗蘭西斯

約翰大公爵在那裏？

爲什麼他不來呢？他手下一個人是足足抵得別人的一枝軍隊。他爲什麼這樣慢！

〔第三副官下。

時間過去，他們卻還彈着眼睛在察看那戰場。

彷彿紐西德爾附近的，我們的中右方也在開始後退了！希望慈悲的上帝不要讓海塞・宏堡也在那裏慢慢的往後退卻呀！

那位隨侍的大臣走上前來，皇帝和他密談着話；隨後，又上上下下一般不斷的踱着。又一位副官進來。

第四副官

陛下，不久以前，我們把紐西德爾失掉了，法蘭西兵的右翼已經到了伐格蘭高原；諾德曼和委葉已經陣亡；此外，海塞・宏堡，瓦德赫本謨格，還有差不多全部的名將都已經或輕或重的受傷了！

陰慘的沈默。第四副官下。經過了十分鐘。一位隨侍軍官進來。

非爾西斯

在伐格爾的山岑上響着的，是誰的礮聲哪？

軍官

唉，是達符的！陛下，我剛爬到了這裏屋頂上，所以把眞實情形全看清楚了。

礮聲繼續着。遲延不決的許多時間過去。皇帝又去拿起了望遠鏡。

弗蘭西斯

這裏也看到！

在我看來，彷彿他們早就有着事先的約定，
要傾他們全部的兵力向我們的右翼，中部，
和左翼猝然間同時的，非常猛烈的攻過來！

軍官

陛下，中部這方面是最最糟的，如果我沒有
看錯，敵兵彷彿已經迫近到蘇森布倫來了；
中部方面的攻擊是波納巴特親自指揮的，
他自己像是豁不顧身的冒着各種的危險，
但還是像有一種魔術似的始終沒有受傷。

弗蘭西斯（依然望着）

哈！現在，查理大公爵已經懂得敵人的企圖，
已經開始準備着對付的方法了。蘇森布侖
一定是個必爭之地。（沈默。）這一次可進來得不少！——
簡直馬上過來了。我們中部軍隊卻把他們
環繞着。他們不會堅持吧？他們的主將是誰？

軍官

陛下，他們就是馬克多納爾德

弗蘭西斯

像這樣子的
深入重地，恐怕要弄得片甲不留的回去了！
我們要用我們的烈焰來把他們燒成灰燼。
他們差不多已經被團團圍住了；如果真是

這樣，勝利就屬於我們了！他們後面是什麽？

軍官

是他們最後的準備軍，可以到前線補充的，

我們怕還不能樂觀吧。

弗蘭西斯

是的，他們的準備軍——

他們的輕騎隊和鐵甲兵——準備幫忙作戰的。

你瞧他們一邊走，一邊兵器這樣的閃耀着。

眞的，他們這一回是完全繫諸於這一舉了！

軍官

陛下，一點也不要緊的。他們的馬隊的攻擊，

現在已經完全慘敗了。

弗蘭西斯

步兵卻又擠了上來，同時，在步隊前面又放着這樣的一條大礮，這大礮的轟擊又使我們受了莫大的損失。

（時間過去。）

他們至今還是打算在那裏堅持。可是我們軍隊是這樣的堅固，這是用不到去害怕的。

第一副官又進來。

第一副官

陛下，查理大公爵已經不得已而退卻了；

照現在情形看來，這場戰事又未可樂觀。

非爾西斯（陰沈的）

是的：我也早看出來他不久就要退卻了，可是他退卻的時候還能反攻，還有秩序。

時間過去，直到後來，太陽已經移轉到了遠遠的西方。戰事的形勢現在是根本的改變了。法蘭西兵又從新奪到了阿斯本和愛斯林；奧地利兵從多腦河和伐格蘭的高岑退回來，人數顯得是加了倍；從伏爾克斯多夫望去可以看到奧地利兵正面對着夕陽，而對面的法蘭西兵的武裝，卻在夕照中閃耀着。

非爾西斯（阻塞的歎息着）

轉機過去了。我們形勢不好，可是沒有絕望！

法蘭西兵固然是拚命的想進展，但是很慢。
祇要約翰大公爵會很快的趕來幫忙應戰，
這場戰爭的形勢也許馬上就可以改變的；
可是他還這樣遲延！

另一軍官（不久之前纔進來的）

陛下，他已經在過來了。
他的軍隊已經在法蘭西兵的後面閃動着，
已經爬過西本布命和勒本斯多夫的山巒。

弗蘭西斯（不耐煩的）

他到現在纔來他爲什麼早一點不能來呢！
（他們注意的等候着。）
從這裏，我們是望不見那一方面的情形的。

進來了一位軍官，他在房間的後面向大臣談着話。

大臣（走上前來）

陛下，現在我可不能不來向你鄭重的提醒，也許到明天早晨，這場戰事就可以結束了，而照目前的情形，我們在前線的全部軍隊，似乎都在一步步的向比森堡那方面退卻，因此，您在這地方，也不再是安全的了，而且在這裏留風也是困難的。前哨兵回來說，無論遂符，或是波納巴特他自己，他們都想帶着他們在前線銜鋒的中間隊伍兇猛的一直向我們這一方面追逼過來，也許竟會一直追到了我們這座屋子邊來都說不定。
我想十分快是不會；今天夜裏總還不至於；
但是我們應得早點準備。

非爾西斯　如果我們要離開，
我們也應該從容的離開，堂堂皇皇的離開！
誰能夠斷得定，我們今天所損失的，明天就
一定沒有從新恢復的希望呢？

第四副官從新上來。

第四副官（喘不過氣來）

約翰大公爵，

因爲看到我們的主力軍隊已經逐漸退卻，
簡直就放棄了進攻，而其實衹要支持下去，
他就也許能把敵人的精兵完全擋住了的。

弗蘭西斯

唉，他眞是太忠心了！現在，我們還是離開吧。
像我們現在所擔戴着的這許多痛心的事，
簡直可以把我壓倒了，去躺在牛欄或甚至
豬棚裏的！這樣的辱恥！你想想！波納巴特是
這樣無所顧忌的冒着他自己生命的危險，
覺使我們的全部隊伍都棄甲曳兵的逃亡，
而我自己卻祇安閒的躲避在這裏！……我希望

西班牙那方面能够進行得比我們順利點

不列顛人卻不要跟我們一樣徒然的流血！

弗蘭西斯皇帝，諸大臣，諸軍官，和諸隨從同下。

黑夜來到，場面開始哨談起來。

第四景

達拉委拉戰場

就在同一個月份裏，而天氣也像前一景中一樣。

在達古斯河邊的達拉委拉城是在前景的極右端；在極左端有一帶山脈。

阿塞·惠萊斯里爵士所帶領的聯軍是伸展在中間——英吉利兵是在左方，西班牙兵是在右方——一部分佔據着全場左中部的一座小山，這小山是由一帶峽谷跟那山脈隔離着的，又一部分佔據着右中部的一座礮臺。這枝軍隊號稱有五萬人，而其實祇有二萬二千名是英吉利兵，他們都是背向着觀衆。

外面，在一座橄欖樹，橡樹，和軟木樹的樹林裏，是有着五萬到六萬名的法蘭西兵，面對着觀衆和聯軍。他們的右翼包含着一隊強固的砲隊，駐紮在一座小山上，剛巧和英吉利兵的左翼的小山遙遙相對。

在這一切的後面，撒里那斯山脈的一些高峯正做了全場的背景，那條小小的阿爾伯契河在那山脚下從左方流到右方，注入達古斯河，而達古斯河卻向前流到城邊，流到前面所說過的，全場的右方前角上。

啞場

酷熱而多灰塵的七月的下午是慢慢的變成黃昏了，朦朧的人堆從法蘭西陣地上開始掀動起來，走向前景，悄悄的爬在英吉利兵左面的小山去，突然向那英吉利方面猛烈的發射起來。他們幾乎把那正在爬上去的小山佔據了。

謠言之精靈的合唱隊（縹緲的音樂）

地點是達拉委拉，時間是夜裏十點鐘：
現在，呂香的猛烈的軍隊正在掃過來，
還有勇敢的維拉特統着他——而同時的，
拉比斯也從山谷開始發動——

英吉利兵從黑暗的山坡開始反攻着：
用鎗刺肉搏的把敵人從新逼了回去：
因此，性急的法蘭西人的第一次襲擊，
可說是已經在半路上斷送——

退回到了黑暗中之後，法蘭西方面馬上就用更多的軍隊從新上山來。每一個英吉利兵士所帶着的，高高的，方形的背囊，以及他們的軍帽，以及軍帽上的流蘇，都在暗淡的光中祇顯着輪廓；他們正列好了陣在等待接戰。

謠言之精靈的合唱隊

他們在推進着——他們一邊上去，一邊在
吶喊，——他們加強兵力，精神抖擻的進攻：
而掉落在敵人陣線裏的砲火的煙雲，
看去像是一點比一點更高。

他們雖然離得這樣近，但一聲也不響，
祇咬緊了牙關互相的轟射着，而祇讓
喧天的砲火聲充滿了這黑暗的空間，
造成一片混亂無比的喧囂。

他們已經迫近得所有的兵士都可以
互相看得見面貌和頭盔，眉毛和肩章，
看得見緋紅的雙頰，和燃燒似的眼球——
決定戰爭的勝負就在今宵！

法蘭西兵又混亂的退回到隙地裏而拉比斯御引兵向右方而去。聽到鎗聲漸漸的低下去，英吉利兵知道了發生的是什麽事情，他們便齊聲的吶喊着。

憐憫之精靈的合唱隊

照這樣，鎗聲漸漸的向後退去，而這場
黑夜裏的劇烈的戰爭，是告一段落了。
注意力可以稍稍鬆弛，而他們整天來

緊張的精力也得稍稍休息，
勇敢的軍隊現在是十分疲倦的躺着，
身上蓋着軍衣，身邊燒着熊熊的營火：
天亮時他們還得在統治者的棋局中
拚命的掙扎，直到戰鬥完畢！

第五景

同上

啞場（續）

天亮了。法蘭西方面又拚命的嘗試着想要把英吉利兵從小山上趕下來，那種攻擊的情勢是非常的堅決，就連英吉利兵看了也不得不表示欽佩。

法蘭西兵是在走下到山谷裏去，穿過了山谷，在希爾的整個分隊的礮火下面希望走上英吉利那方面的山坡去，但是還並沒有一點用處。當他們退卻的時候，在那山坡上差不多剩下了將近有二千名的死傷的兵士。

白天進展，將近正午，空氣在強烈的熱度中震動着。下了休戰旗，戰爭暫時停頓。

憐憫之精靈

現在，我所看到的，祇是一些口渴的軍隊

從兩個敵對的營陣裏一排排的走下來，

走到那邊把他們隔離着的一條小小的

溪水邊去，在那裏唯恐不及似的喝着水！

他們隔着這條小溪互相熱烈的握着手

而且發現了他們是同一個地球的居民。——

像這樣一種難得看見的，悲慘的手勢戲，

眞可以證實我們這時代是多麼錯誤呀！

諷刺之精靈

這不過是人生的奇怪的聯繫剛巧造成了你所看見的這麼一種奇怪的景像。在這樣的一個時代，我們是不能要求老年的年歲之精靈所謂「上天的密旨」去研究論理學的。上天所指示的那些景像，先是互相狠鬪着，隨後又和平而客氣的一起喝着水，這就是趣味所在的地方，這就是這本戲值得一看的地方！

災禍之精靈

諷刺之精靈呀，你不要把你的諷刺話說得太多了，否則你就會提醒了那不自覺的上天的意旨，而使他變動這一切殘酷的節目，以致害得我大失所望呢！

鼓聲響着，那兩個國家的人從他們互相愛好着的阿爾伯契溪水邊離開了。黑沉沉的一隊隊法蘭西兵又從新集合起來。阿塞·恩萊斯里爵士坐在一個土堆上，從那上面他可以整個的望到那座競爭劇烈的小山；他在那裏動也不動的坐了好久。當法蘭西兵列陣準備接戰的時候，他樣子顯得像是有了一個決定的辦法。他騎上了馬，傳着號令，而那些副官便騎着馬走了開去。

法蘭西兵穿過炎熱的空氣緩緩的前進，哨兵放在前面，正式的軍隊跟在後面移動着，但樣子卻像並不在移動。他們的八十尊大礮同時轟射着，他們的礮彈把他們前而的一切地方都掃平了。維拉特走過了大峽谷，來到了那座著名的小山中間的平壇上，帶着步兵和馬兵一路上去，而呂香的人馬又在後面跟着。

第二十三輕騎隊和德意志的驃騎隊，遵照着已發的號令，在一個選定的時間出發去抵抗着敵人的隊伍的前鋒。他們到半路上就不再看見了。

憐憫之精靈

為什麼這樣亂糟糟的？究竟出了什麼事呀？

謠言之精靈

事情是這樣的，因為看見敵兵慢慢的近來，
這座鋼皮的肉牆便積極的在準備着應戰，
想不到卻失足掉落在一個陷坑裏，以致於

這許多熱情的人和無辜的馬匹都殘酷的
在坑裏死傷淨盡了。

憐憫之精靈

但是那些活着的人們
卻還在前進我不忍再看了。你對我講講吧。

謠言之精靈

那麼你就聽着吧。現在法蘭西人還在前進，
帶着波蘭的長槍隊，威斯特法里亞的馬隊，
他們把那不幸的島國人四周團團圍住，
拿他們像河邊上的蘆葦般一批批掃射着，
差不多要把他們掃得連一個人也不剩了。

同時，在不列顛的右翼，西巴斯諦亞尼的軍隊又急忙趕過來對抗堪貝爾將軍的分隊，拉比斯的分隊對抗着中部，而在英吉利左方的小山又從新被攻擊着了。英吉利軍和他們的聯盟在這裏擁擠着，而怒潮似的敵隊又正在這人堆裏掃出一條路去。

謠言之精靈（續）

現在，法蘭西後備隊裏的步兵和馬兵，也都
擁上去攻打着那島國上的軍隊的中部了，
直打得他們中部的陣線整個的瓦解……現在，
是已經到了緊要關頭了。我們且轉移目標，
再看看對方準備怎樣反攻。

阿瑟·威萊斯里爵士把第四十八軍派遣了下來，由多納爾閣總兵帶領着，來補充那損失的軍隊。它走到那退卻的軍隊邊，退卻的軍隊讓開了一條路，讓他們經過。

謊言之精靈（續）

他們眞可算得
是不屈不撓的，再頑強不過的敵人了，你瞧，
拉比斯是已經中了彈而死去，而那進攻的
法蘭西兵卻退回到了他們原來的隊地裏。
至於英吉利那方面，也已經打得精疲力盡，
再沒有氣力追趕。——現在，那掛在西天的落日
正用一種陰沉而不動情的臉色看着一切，
而把跑不快的馬兵和走不動的步兵，完全
染成了金色，把他們剩下在疲乏的仇恨中。

最後，熊熊的柴火發出了一陣陣閃爍的光，
穿過這個遍地屍骸的，廣大而灰色的戰場，
在這裏，無論是同胞或敵人都一樣的堆着
彼此不分的在這一堆堆柴草裏同時火葬。

火光暗淡下去，黑暗包裹着全景。

第六景

勃萊登　皇家的亭閣

這是威爾斯親王的生日宴會。在那裝飾得非常綺麗的宴會廳裏，迎得極長的桌上是鋪放着金銀的器皿而在中間還有着一些人造的噴泉。

坐在餐桌上的人，有當主人的親王本人——面色微紅，頭髮鬈得很好，態度和藹可親，——約克公爵，克萊命斯公爵，肯特公爵，蘇賽克斯公爵，肯勃蘭公爵和康橋公爵，以及許多的貴人，其中包含赫德爾德爵士，勃克里爵士，愛格勒崇德爵士，齊契斯特爵士，德特萊爵士，發伊和發爾爵士，撒森背登爵士，赫斯非爾德爵士，歐斯欽爵士，開斯爵士，西·桑麥塞特爵士，裴·凱文汕希爵士，爾·西摩爵士，和其他爵士；此外還有西·坡爾爵士，伊·裴·德·克列比尼爵士，倅

里登先生；諸將軍諸海陸軍軍官，以及斯各特教士先生，

親王的樂隊在隣近一間房裏奏着樂，宴會已經快要結束了，而喧嚣的談話正在進行。

布命菲爾德總兵帶着一份公文走進來，到親王面前親王就在大衆的興奮中把它看了一遍。

不久之後，他叫大家暫時不要說話。

威爾斯親王

各位勳爵，各位先生，我真是非常的高興，
能够在這裏向各位報告一個剛接到的，
由凱漱雷爵士傳來的，惠萊斯里將軍的
消息，他在西班牙拿法蘭西軍隊打敗了。（喧嘩的喝采聲。）
那個地名是叫做達拉委拉·德·拉·雷伊納，——
這樣發音不知道對不對，——這個地方以前

是沒人知道，現在卻成爲光榮的紀念了！（喝采聲。）
這一封公文裏的主要的內容，我想把它
在這裏儘可能簡單的唸給諸位聽聽吧。（喝采聲。）

薛里登（聲音很輕的唱着）
「現在，外國的敵人已經逃匿無踪，
我們正可以趁這時候痛快黃龍！」

親王在斷斷續續的喝采聲中讀着那公文裏的說到戰事的一段。

威爾斯親王（繼續）
在接到使我們擔心的伐格蘭那方面的
消息之後，又接到像這樣的喜訊，那眞是

像在淒暗的夜裏忽然看見了太陽一樣！

薛里登（偷偷的）

老兄，你這話真說得漂亮呀！你是一位天生的詩人，而我們這班人全是人造出來的，而且又造得這樣壞。

大家熱鬧的喝着酒，祝着在西班牙的軍隊的健康。

威爾斯親王（繼續）

可是，在這一次的成功裏，我們這方面的損失也很大！不過這一種遺憾總是難免。——我們方面犧牲了麥肯齊，閣格濕斯，以及近衛隊的貝凱特；而敵人方面也損失了拉比斯和莫爾羅那兩位將軍。——我們現在先喝一杯酒來紀念他們！

他們悄悄的喝着酒。

各位朋友，今天所接到的其它的消息卻也是很樂觀的。那個派遣到歐爾特去的龐大的遠征隊，在不久以前出發了之後就碰到陣順風，（喝采聲）現在這時候，是已經可以到了目的地了。那邊的戰事，不久也就要積極的進行着；進攻的軍隊是首先來到凱德桑德口岸，隨後便進逼到伐爾歐侖那個小島上去。
可是，爲了策略關係，我們所計劃好了的第二步辦法，卻要到幾天之後纔能宣佈。（喝采聲。）
模糊的聲音響着，像大提琴和最低音提琴的聲音似的，當那發言的人稍稍停頓着的時候，便從外面的一座建築裏傳到耳根邊來。

本城的居民彷彿是要跟我們這個宴會競爭似的，特意在今晚上發起誕辰舞會，把城裏的所有的名人都一個個邀到了。他們曾經要我也去參加他們這個盛典，同時也要邀這裏在座的諸君一齊都去。

我們今天接到這樣的好消息，眞是應該熱鬧一下的此刻，我們大家馬上就去吧，我們還可以把我們自己軍隊在西班牙打了勝仗的消息報告他們，讓他們高與。（鼓掌聲。）我們可以到那邊去跟他們一起携着手，載歌載舞的一直可以熱鬧到天明時候——聽說那裏還來了許多超羣出衆的美人，這裏的許多獨身漢聽了更要高興萬分。（鼓掌聲。）

親王，他的弟兄們，和大部分到這亭閣裏來參加宴會的賓客，都顚顚跌跌的走向鄰近的那間堡寨裏的集會室中去，而這酒闌人散的宴會廳卻慢慢的黑暗起來。不久之後，佈景的後面張開了，顯出了後面的那幾間集會室。

第七景

同上　集會室

那些房間是由黃銅的大燭臺上的許多蠟燭照亮着，跳舞正合着一隊絃樂的音節在進行。時鐘剛打過十一點之後，司儀官福斯先生忽然向大家打着招呼。

福斯

親王殿下來到了！雖然他是來得遲了一點，
可是我們還來得及向他歡迎！（鼓樂聲。）各位跳舞的，
暫時停下來，快向我們的親王表示敬禮呀，

他就是我們未來的，至高無上的國王陛下。

在稍稍靜默了一會之後，門邊便聽到一陣動亂發，樂隊開始奏着國歌，親王走了進來，由參加亭閣裏的宴會的許多賓客陪伴着。有許多暫時離開的賓客也都從新聚集了攏來，直擠得那個地方差不多連站都站不下了。

威爾斯親王（揩着他的臉又向薛里登悄悄的說着）

我在這裏說些什麼話纔能合他們的胃口？眞糟糕，剛纔說了些話，簡直把氣力用光了！

薛里登（耳語）

如果像這樣的狂熱就是忠於——

威爾斯親王

如果什麼呀？

辟里登

如果像這樣的狂熱就是忠於皇室的表示，
這樣說下去，說些會叫他們歡喜的話就成。

威爾斯親王（向着衆人）

如果像這樣的狂熱就是忠於皇室的表示，
那就當然該應在這間屋子裏熱鬧一下了；
如果原意並不是如此，那麼今晚上的盛會，
也可以變成慶祝的意味。我所帶來的消息，
各位女士，各位朋友，各位先生，也許你們是
早就猜到了吧？你們猜得不錯，我們的軍隊——
就是那一枝實力幾乎是充足到了絕頂的，

派到西班牙那一片美麗而愉快的國土去把稱雄一時的拿破侖的暴政推翻的軍隊——是已經打了勝仗了！（喝采聲。）這次戰爭時間是很長；同時也打得很劇烈；雙方的犧牲也是不少；可是我們卻英勇的支持着；過幾天，無疑的，我們就馬上可以聽到這場偉大的戰爭的發個的結局了。我先來把這消息唸一唸吧。（喝采聲。）

在越來越嘈雜的喝采聲中，他又把那件公文讀着，而舞廳裏的人也越來越擁擠了。他唸完了之後，又問着問題；隨後又繼續說下去。

同時，我們的軍隊在別一方面也極有可能

得到很多很多的利益。我們是另外派遣了四萬名軍械充足的精兵乘坐着八十多隻牢壯的戰船，此外還有六十多隻的三桅船，單桅船，和礮船，都用着它們的凸出的搖槳潑着海水，浩浩蕩蕩的出發到歐附特去了；說不定在這時候他們是早已就到了那邊，而那伐爾歇命的海岸邊的淺水灘，是已經充滿了準備去把歐羅巴從暴虐者的手裏解放出來的，正在那裏忙着上岸的軍隊的，各種各式的不列顛方言的響亮的音節了！（喝采聲。）

一位貴族（向薛里登傍白）

親王的這一番漂亮的演說，薛里登，我頗疑心是你想出來的話。我死也不相信他自己會想得出這些話。你究竟是怎樣批發給他的？

薛里登

我現在不是用這個方法了，我祇給他一個摘要，向他抽一點稅。這辦法是更巧妙的，而且可以省掉許多麻煩。

那許多人走到了餐室裏去，舞廳是變得寂寞了。

憐憫之精靈

他們進去了。隨他們去吧！——啊，這是什麼呀——是呻吟聲嗎？——有好多船隻悄悄的從東方向我們飄來，從前面說起的島上飄過來。……

我真寧可永遠的無知無識，不要再來看

這個混亂的世界了！

年歲之精靈

但你既然有了知識，

你還是跟我趕到那個島上去，同去看看

那邊的海岸上又將鬧出些什麽把戲來。

第八景

伐爾歐命

在歐爾特河口子上的一個半隰的島嶼，由晚夏薄暮的低低的陽光照耀着。從西面照過來的夕陽，穿過一層白天的熱度從潮濕的泥土上蒸發出來的霧氣，順着一叢叢澄黃的色彩。有些地方長着衰草；還有一種奇怪的魚腥氣，一陣熱一陣冷的傳過來。過路人的脚步踏着更潮濕的地方，便時時會濺出黃銅色的，發珠光的，混和着許多氣息的水泡。在夜裏，這是螢燈所時常照到的地方。

啞場

一枝盛大的軍隊是駐紮在這個地方，在空曠的地方是排列着步兵——全是些瘦得祇剩一張皮的人，有的紅着臉，有的抖着，他們老是在移動着地方，因爲站定了是危險的。時時刻刻有人倒下來，便被帶到了沒有屋頂的醫院裏去；醫院裏也並沒有牀，就這樣在地下躺着。在遠遠的地方，有許多兵正在掘着墳墓，以便到天黑之後舉行葬儀；所以要到天黑了舉行的原故，那是因爲恐怕死人的數目太多了，也許會叫活着的人看見了害怕得發狂。在空中聽到微弱的聲音。

大地之魂

這些人在鬧些什麼呀，要這樣聲聲悲歎？
像這樣的情形，又在預言着那一種災難？

憐憫之精靈

我們聽到了人們正在發着這樣的幽怨：

憐惘之精靈的合唱隊（縹緲的音樂）

「我們在當時也是一枝身經百戰的雄師，
我們是隸屬在勇敢的謨亞將軍的部下，
當時曾看到同伴們含笑的受敵人殘殺，
而我們自己，爲着國家，也都是萬死不辭——
現在卻給丟在這小島上腐化！

「我們是給丟下在這樣一片卑濕的澤地，
四周盡是些憔悴的蘆草和臭水的池塘，
成天的在散發着這麽一種損人的氣味，
禁不住把我們引起了那種焦急的恐慌；
這裏所能期待的是祗有死亡。

一你這個祇看到水光閃爍的古舊的沙堆，
你這個被大陸所拋棄掉的廢除的泥土！
你祇用這樣的濕氣來把我們全身包裹，
直到我們的軀殼也都整個的變成塵灰，
永遠混和成這裏的黃土一坏。

一像生着炎症的狂熱是到了緊張的高度，
我們這裏也時常可以聽得到各種風聲，
說到那許多民族的一個個不同的遭遇，
爲要推翻暴君的勢力，他們都奮不顧身，
不屈不撓的作着偉大的鬪爭！

「在遠遠近近的許多靑色和紫色的田地，
在大大小小的有着教堂的鎮市和村莊，
在山谷裏，在岩石間，在那潺湲的溪水傍，
到處都祇在喧傳着那個侵略者的功績
　而我們卻遭到這可憐的禁閉！
「在這裏，這一天天爬行着的難捱的時光，
每天都要帶走了我們的好幾十名同伴，
把他們帶到那一去不回的最後的故鄉，
從此不再有這水波嗚咽的淒涼的海岸
　來把他們的夢魂苦苦的糾纏。
「我們到這不如當時在戰場斷送了性命，

那麽，雖然我們祇是爲着統治者而犧牲，
至少我們的戰死處總會有些人來光臨，
也會有人來向我們的父兄或子弟問訊，
　問起我們當時戰死時的情景；
「可是我們沒有這運氣，祇這樣默默死去，
後世也不會有人來記載着我們的光榮，
我們國家的主腦們，替自己的名聲發慮，
所以把我們的運命交給這無據的海風，
　讓它把我們吹散得無影無踪！」

年歲之精靈

你們爲什麽定要像一個機械的模倣者一般，

來響應着這一班無用的凡人們的，正當他們
快要解體的時候的，這麽一種徒然的哀鳴啊？
這種聲音是像那一陣陣無知識的風，在吹着
那邊船上的桅桿時所發出來的悽慘的嗚咽；
同時也像那些衰老的蘆葦，把它們那薄薄的
紙片般的葉子放在狂風中時的脆弱的聲音。
人生在世，充其量，是數不到一百歲就一定會
同歸於盡的：那麽這班人的死去，也何足爲奇？——
上天的密旨在冥冥中布置着全人類的生死，
無論你們是否替他們悲嘆，結果總不免如此！

夜霧包裹着那島和垂死的英吉利軍隊。

民国世界文学经典译著·文献版（第九辑：法国英国戏剧）

◆史诗剧◆

统治者——拿破仑战事史剧（三）

The Dynasts, A dram of the Napoleanic wars

［英］哈代（Thomas Hardy）著
杜衡 译

上海三联书店

［英］哈代（Thomas Hardy）著
杜衡譯

統治者

——拿破侖戰事史劇（三）

中華民國二十六年一月初版

第五幕

第一景

巴黎　剛巴西萊斯家裏的舞廳

從蒙着一幅帷幕的缺口上可以望見有許多燭火照耀着的國務總理家裏的廳堂，以及一大羣穿着奇裝，戴着面具的舞客；他們正跟着從廳堂最遠一端的一間小屋裏發出來的音樂聲迴旋的舞蹈着。場面的前部是一間小形的休息室，現在是什麽人也沒有，衹除了一個沈陰的人形；那便是拿破侖，他坐着，呆看着裏面的活動着的跳假面舞的人。

憐憫之精靈

爲了國家大事的煩勞，就是當着這一種
甚至會把那『憂愁國王』都引誘來參加的
盛大的享樂，他都是毫不動心的至今還
沒有去跳過一次舞呢！我要去跟他談談。

年歲之精靈

說就說，不過你的話是毫無一點用處的！

憐憫之精靈（向拿破侖耳根邊說）

拿破侖，你爲什麼要這樣？難道說伐格蘭
戰爭和它的光榮，它的刺激，和它的羞辱，
卻至今還使你的驕傲這樣的飢渴着嗎？

拿破侖（像在作着獨白似的回答）

人性之中的那一種猶疑和顧忌的特徵

時時刻刻在叫我用機智和權術來掩飾。
當然是愈快愈安全呀！最好就在今晚上，
我已經能在各方面都布置得停停當當，
免得到明天早晨，還是被那一種環繞在
四周的，使我憔悴的，無名的恐慌所纏住。……
完全意想不到的拉納的這種悲慘的死，——
他是像鐵一樣堅強的，現在到那兒去了！——
不讓人知道的，在四周想不到的大路上
出沒着的暗殺，以及斯太普斯那個狂人
最近一次的成功，都一起在慫恿着，不讓
我的未來的子孫的處在危險中的血液，
以及這個偉大的帝國的千萬年的嗣子，

再留在我自己的血管裏，遲遲的不出來。
也許就在這個時候，而且就在這屋子裏，
已經有我的敵人假意戴着愛情的面具，
而在悄悄的尾追着我，準備把我結果了。……
當最近的一次戰爭開始爆發的那時候，
各方面都輕信着奧地利一定會打勝仗；
那時候，許多懦弱的國王們都曾有一種
隱祕的期待，這種情形也清楚的說明了，
萬一我被推翻，就會遭逢到怎樣的命運！
因此，我必需替未來先準備着一支出奇
可以重新張着我的旗幟，講着我的功績，
現在有一個辦法。——我以前最好是並沒有

約定着娶亞力山大家裏的女子做皇后！

我是想別處去找。可惜是已經說過了呀！

跳舞完畢，戴假面的人們走進來，貝爾底棐也在其中。拿破命向他招呼着，他便走了過來。

貝爾底棐，我的朋友，在這班彩衣斑駁的人羣中，上帝使你得到了很多的愉快嗎？

可是我卻思想紛亂得完全感不到興趣！

他們在這裏說着什麽關於我的謠言呀？

這種化裝使許多婦女們都變得膽大了——

她們的害羞是爲了光，不是爲事情本身——

而且恐你這樣的智慧，我想是一定可以

像聽到不少我們離開了都城那時候的，無論是好的或是壞的各種消息和謠言。

貝爾底桀

陛下，我想您的最近一次遠征的偉大的功績，是像亞命（註一）的蛇頭杖似的，已經可以把歷史上所有的小功績都完全吞沒了。不過，這倒是真的，有許多人都在傳說着，英吉利人在伐爾歇命方面的企圖，固然已經完全失敗，鬧得一場沒結果，但是在達拉委拉方面，他們卻確實打了勝仗啊。

拿破侖

可是他們在伐爾歇命方面的計劃，卻是

非常好的，他們理想又大同時又很周密；我以前眞想不到這種盲目的英吉利人倒有這樣的見識。但是他們運氣太不好，竟弄了這麼一個傻子來領導這次戰爭，那就把事情弄糟；要不然，即使我們不會吃他的虧，但至少也不會這樣容易對付。——你瞧，這裏有一位太太慢慢的走過來了，從她的步態看來，我知道是梅特涅夫人；我很想跟她說幾句話。

拿破命站起身來，穿過房間，走向一位剛在門隙處出現的戴假面的女客。貝爾底葉退出；皇帝毫不客氣的拿起那位太太的手，把她引到一張椅子邊，在她身邊坐下來那時候，外邊跳舞又正在重新開始。

梅特涅夫人

陛下，我是一下子就馬上認識是您了；像我這樣子的有着尖利的眼光的人，怎麽不馬上就認識呢？

拿破命

夫人，你眞算得有一雙鬼精靈的眼睛呀！那些花花公子們所擅長的玩意兒，我們不知道爲了什麽原故總是個學不起來。——你的親愛的丈夫是在維也納到處遊玩，你在這裏倒放心嗎？

梅特涅夫人

是的，巴黎這個地方是至今還把我勾留着；但是我從不出來，祇有今天，他們竭力慫慂我到這裏來玩，否則，我也不會離開家的。

拿破侖

我得謝謝那個慫慂你的人！——我有一件事情要跟你商量，這件事，如果能有像你這樣聰明的女子出主意，一定會有很大的幫助。

梅特涅夫人

什麼事呢？

傘破侖

是關於我的婚姻。

梅特涅夫人

陛下，這是與我無關的！

傘破侖

你可曾聽到有人說起過，我已經決定要遵照着別人對我提了好久的勸告，準備跟現在這一位沒有經過教會的正式的認可的皇后，從此就脫離了夫婦關係嗎？

梅特涅夫人

也稍稍聽到說起過。同時還聽說陛下和俄羅斯的宮廷之間最近是正在磋商着，要把他們的一位公主配給您做未來的皇后呢。除此之外，我就沒有聽到什麼話。

拿破侖

這結合的確是有可能；可是愈順利愈糟。上星期，香巴尼曾經寫了信給亞力山大，替我向他的妹妹求婚，問他答應不答應。

梅特涅夫人

陛下，既然跟約瑟芬皇后離開的事已經完全決定在先，那麼還會有什麼您所謂「愈糟」的事啊？

拿破侖

這所謂愈糟的事是這樣的：

如果你們的公主，美麗的瑪麗亞·路易沙，她肯答應跟我訂婚，我倒寧願向她提出，而把那一個放棄的。眞的，俄羅斯的沙皇，他對我是這樣慢吞吞的不肯馬上決定，而我這方面卻這樣的急，我就有很好的理由把求婚的事收回了。——夫人，我來問你，你們那位公主，她究竟肯不肯嫁給我的？這就是說，你們皇上究竟會不會同意的？

梅特涅夫人

你這突然的問題眞叫我摸不着頭腦了！現在要來答覆這種問題簡直是不可能。

拿破侖

夫人，我現在另外用一種方法來問你吧：如果叫你處了瑪麗公主的地位，那麽你是否肯接受了我的求婚和愛慕之心呢？

梅特涅夫人

那是沒有問題的，我一定馬上就拒絕你！（註二）

拿破侖（粗魯的笑着）

哈哈！這眞是非常乾脆，同時也非常殘酷！——好，你寫封信給你丈夫，問他以爲怎麽樣，再把消息告訴我。

梅特涅夫人

陛下，何必要這麽辦呢？那邊過來的就是大使希伐爾貞堡親王，是我丈夫的後任。他現在是外交方面的一切交涉的正式的傳達者，這一件事情，你也可以憑藉他傳達到我們宮庭中去。

拿破侖

夫人，那麼請你跟他談一談吧；就在此刻，這裏，今天晚上。

梅特涅夫人

既然你非要我這樣不成，那麼我就非正式的去向他提一提也好，可是你不能把這事情算是交託了給我，你必需備着正當的手續，把這要求明天再向他正式提出；要不然，我豈不是成爲一個大家的笑柄，竟會做夢似的把一件根本沒有這麼回事的事鄭重的提出來。

拿破侖

我依了你的話，明天就把歐什尼派去吧。同時也得叫他準備一下。你這樣對他說：我的皇朝是必需要有傳宗接代的子孫，如果這一個女子不能替他生下孩子來，那就一定要找另外一個女子來替代的。

（拿破侖突然下場。

跳舞繼續着。梅特涅夫人坐在那裏，沈思着。希伐爾貞堡進來。

梅特涅夫人

皇帝剛纔正跟我在一起。他輕描淡寫的說了一些他現在的和未來的皇后的事。你可有點猜得到他說些什麼話？

希伐爾眞堡

關於她？

無非是說些什麼羅曼諾夫家的堆棧裏拿不出他所需要的那種精緻的貨色來。

梅特涅夫人

同時還說那未來的主顧是已經要找到我們維也納的舖子裏來了。

希伐爾眞堡

這眞是奇怪

這眞像我最近所聽到的德拉波爾德的
夢想同樣的不可思議；而且據我看來是
絕對不會成功。——夫人，你的意思怎麼樣呀？

梅特涅夫人

這會成功的，而是成功了也是很好的事！——
他叫我來事先向你這樣的稍稍提一提。
不久之後歐什尼親王就會親自來找你，
來替他向你正式的提出這婚事的請求。

希役爾眞蹬

我接到這正式的請求之後是祇能暫時
不加答覆，把這事情仔細研究一下再說，
同時也不願意把自己的眞心洩漏一點！

現在，你有沒有把這件事情通知梅特涅？

梅特涅夫人

我今夜裏就去通知，這樣，你的通知也就不致於就會使他覺得太意外而吃驚了。

希伐爾真堡

這件事一發生，以前許多意想不到的事都顯得不足爲奇了——正爲了這原因他纔在最近一次的混亂的戰事中會對我們這方面的軍官們態度和舉動都很客氣，他纔會希望跟英吉利講和，他纔會對於亞力山大的遲遲未答這樣的發着脾氣……據我看來，這事情如果一實現，至少至少，俄羅斯方面是一定會受着很大的打擊！

（同下。）

參加假面舞會的人們一批批的擠到舞臺前面來，他們的動作是越來越發得狂放了。一種奇幻的黑暗慢慢浸淫進來，慢慢擴大起來，直到後來，臺上是祇看到那些人物的衣飾上的閃光了。漸漸，漸漸連這些閃光也都跟着整個舞廳暗淡下去，而音樂聲也漸漸歸於沈默。

（註一）亞侖（Aaron）是摩西手下的最高的教士。

（註二）原註：「梅特涅大人是這樣的向她丈夫報告着這個會見的。但誰知道究竟是不是這麼回事呢！」

第二景

巴黎　丟伊勒里宮

第二天的黄昏時候。是宮中的一座廳堂，有着摺疊門可以通到餐室裏去。門是閃開着，從那裏可以看到裏面的餐桌上放着沒有吃過的晚餐，拿破侖和約瑟芬從餐桌邊站起來，隨侍內廷掌管德·波賽上上下下的踱着。皇帝和皇后來到了那座前廳裏，皇后面色慘白，顯着憂愁的樣子，又時常拿手帕輕輕的拭着自己的眼睛。

門在他們後面關攏了；一名僕役把珈琲拿出來；拿破侖做着手勢叫他走開。約瑟芬走過去倒着珈琲，但是拿破侖卻把她推開了，自己倒着；他同時還用一種奇特的眼色呆看着她，使她畏縮的坐到了一張椅子裏去，像一頭受驚的獸。

約瑟芬

朋友，我已經在你臉色上看到我的厄運了！

拿破侖

我看得出，我很討厭剛巴西萊斯的舞會的。

約瑟芬

不是的，這件事情是離婚！這件事情比到你以前丟開了我，到別處地方尋快活那一類事情，是嚴重得多。我以前是連那一類事情都要反對的，可是近來我是願意容忍任何不忠實的行爲了，祇要你能夠答應我繼續做着你的名義上的皇后！

拿破侖

我的心應該顧到
更重要的事情，怎麽能專管這些家庭瑣事！
國家的利益是比個人的幸福更加重要的，
而這一次離婚也是爲了國家不能不如此。
我信任着你的犧牲的勇氣和明白的見解，
知道你一定會跟我一起擔當命運的指示，
不等到時候來不及就把這事情解決了的。

約瑟芬

你難道眞個打算要永遠的跟我離開了嗎？
不要這樣，不要這樣，我親愛的丈夫，不要啊！
眞正愛着我的人，是一定不會這樣待我的。

拿破侖

我早就說過了，我們不過是形式上離了婚，
原因完全是在於希望有一個皇族的嗣子。

約瑟芬

可是我從來沒有幹過些對不住你的事呀！——
一直從我們結婚的那些愉快的日子以來，
我是甚至連得罪你的思想都不曾有過呀！
你自己曾經說過，我是個保赫着你的天使，
你也曾經說過，我是你的『幸運夫人』，此外，你
還說過了許許多多的這同一類的話，難道
你現在把那些快活的日子全都忘記了嗎？
你現在怎麼又可以用這種辦法來待我呢？
你近來也並不時常向我提起這一件事情，

所以我是永遠的在希望着又希望着，希望
這不幸的事情能從此消滅了。

傘破侖（不耐煩的）

親愛的，我要

告訴你這是已經決定，而且對象都選定了。

約瑟芬

啊，原來要娶那一位公主都決定了嗎？——我猜

你所選定的，一定是俄羅斯安娜公主無疑。

謠言是確實的了，雖然我以前還不肯相信。

她很年輕，但是不很漂亮！我也曾經看見過

她那愚蠢的不靈活的眼睛和粗糙的頭髮；

你將來得到了這位美女就會把我忘記的！

拿破侖

約瑟芬，眞的，你這種態度實在太孩子氣了：像你這樣年紀的女人還會說出這種話來！——我對你說，這並不是俄羅斯的安娜公主呀。

約瑟芬

那麽是別的一位美女了。照你這樣的聲名，是會把世界上所有鮮花般的閨女都一起弄到你的牀上來的，你眞應該小心一點哪！（輕鄙的）如果這位閨女也生不出孩子來又怎麽辦。

拿破侖（乾燥的）

我知道，是你希望她不能生！——不過你別忘記，瓦列夫斯卡夫人是曾經生過的，如果她有像你這樣的狡猾，這個可憐的女子是早就把她那個瘦得祇剩一副骨頭的丈夫離掉，而使他的孩子做成我的嗣子了。——這且不談，我對你說，到了十五號那日子，我們就需要在那張離婚據上簽字。

約瑟芬

到了十五號我就要自己簽了字，承認我自己願意跟你離開嗎？

拿破侖

不錯，我們全要簽。

約瑟芬

已經什麼都準備好了嗎？

已經決定了嗎？——就在十五號？——不要吧，啊，不要！我的最親愛的，我在這裏請求你，不要這樣！我們已經是這麼許多年夫妻了，請你不要一旦就把我拋棄掉吧！

拿破侖

天哪，你眞太胡鬧了！難道還要我再說一遍，我不是把你拋棄掉，我們不過是形式上算是離了婚；我們還是同居着，還是相愛着，不過表面上算是離開。

沈默。

約瑟芬（突然安靜起來）

也好，就這樣吧我就算是已經答應了你吧。（起來。）

傘破侖

可是同時你還要在事前先好好的答應我，到將來辦這離婚手續的形式的時候，你也定要裝出一種完全是出於自願的樣子來。

約瑟芬

我明明白白是勉強的，叫我怎麼裝得出來？

傘破侖

你非得要這樣不可——你到底聽見了沒有啊？

約瑟芬（顫抖）

這個——我簡直是忍不住的！這——這眞是太過了——

叫我這樣一個不幸的女子怎麼禁受得起！
可是，我現在就答應吧——我是沒有人幫忙的；
我什麼都放棄了——你要拿我殺死也不要緊，
我決不會喊一聲的！

拿破侖

此外還有一件事情呢——
你必需要幫忙我促成這樁親事，你必需要
幫我博得公主的歡心——她是奧地利的瑪麗，——
你必需要拿出你全部的力量來使它成功。

約瑟芬

原來就是——原來就是最近一次劇烈的戰事，——
我辦不到的——我不願意辦的！

拿破侖（兇猛的）

非得要辦不可！

你過去的經驗一定可以使你知道，凡是我說要辦到的事情，就無論如何一定要辦到！

約瑟芬（哭泣了起來）

我親愛的丈夫呀，你不要這樣待我——不要呀！

祇要你對我的愛情能有我對你的愛情的百分之一那麽一點，你就一定不會像這樣殘酷的來對待我，給予我這樣痛苦的刑罰。它這樣的傷害我，像一把刀似的刺痛着我。親愛的，不要這樣待我！不要這樣啊！，呵，呵，呵！

（她突然昏迷的倒了下去。）

拿破侖（喊着）波賽——

內廷掌管德·波賽進來。

波賽，你進來把這裏的這扇門關上吧。你在這裏幫着我。皇后她忽然生起病來了。你不要叫人來幫忙。祇要我們兩個就可以把她從這座祕密的小扶梯擡進她房裏去。來，我來擡脚好了。

他們把約瑟芬擡了起來，擡到了裏面去。當他們慢慢走向扶梯去的時候，她的呻吟聲也開始消失了。

兩名僕役進來，拿掉了珈琲杯，又整理椅子等等。

第一僕役

你瞧，這女的眞可憐，她竟聲音怪慘的唱起教堂裏似的哀歌來。我早知道那男的一回來，那女的就從此倒斃。

第二僕役

你看，將來波納巴特族的人一定會叫一聲好，喝一聲采的，因爲波阿爾奈族是從此倒下去了！他們正如那班詩人所說，也曾經有過他們的黃金時代，現在可就要輪到別人了！這眞是滑稽的！你要知道，時間之神眞是一位偉大的哲學家。將來那個女的究竟是誰呀？

第一僕役

那一定是個什麼條件都齊備的人。

第二僕役

是一些什麽條件呢?

第一僕役

她必需要年輕。

第二僕役

那自然。這一層全國的人民都會看到的。

第一僕役

同時她必需要健康。

第二僕役

也不錯。她必需要健康。這一層可以叫醫生來檢驗。

第一僕役

同時她必需要像術苟似的多結子。

第二僕役

啊，天哪。她必需要像葡萄似的多結子。這一層，願老天保祐，他是應該問他自己的；就像巴黎所有的這麽許多賤民一樣，要崇自己的。〔二僕役下。

拿破侖重新進來，帶着他的繼女，奧登斯王后。

拿破侖

你母親性情眞太暴躁，同時也太不講理了——這件事完全是爲了政治關係，她卻像這樣哭哭啼啼的，究竟算什麽呀！這也根本不是我個人的花樣，而是出於不得已——這完全是爲了國家的利益纔萬不得已而這樣辦的。

你去看看她，看她現在是不是淸醒一點了；你再一遍一遍耐心的向她解釋着，再回來報告我，你的勸告究竟有沒有發生些效力。

奥登斯走了出去。香巴尼被領進來。

香巴尼，關於我們離婚了以後的各種進行，我現在倒有幾句話要跟你明白的談一談。關於俄羅斯的安娜公主那一方面的問題，我覺得以後是再沒有重新提起的必要了。時間一年年的過去，我也不會更年輕起來。因此我已經下了决心，無論將來結果如何，我是要把目光轉移到奧地利的貴族去了！
這是一個最好的，最有現實的可能的對象，
而且我已經在開始嘗試。

香巴尼

陛下，是奧地利嗎？
我以前眞以爲這不過是一個偶然的夢想！

拿破侖

不錯，以前的確是夢想，不過這個美麗的夢
卻因它本身的魔力而變成種凝固的意念，
這凝固的意念又一天天的變成一種狂熱，
這種狂熱又一天天堅強起來，變成了一種
比任何人所有過的決意都更堅固的決意。——

我們當然必需要得到他們的皇帝的同意，
但是我預料這一層是並沒有什麽大難處。
我聽到傳聞說，那一位年輕的公主是一個
漂亮的金髮女郎；而且，你祇要想想她那位
母親是前前後後生下了十七胎之多，那就
可以斷定，她本人是决不會違我所需要的，
很少的一兩個孩子，都會永遠生不下來的。

德·波賽攜帶着公文進來。

德·波賽
陛下，從彼得斯堡派來的驛使是等在外面，

他隨身帶來了這些信，要呈送給您陛下的。

拿破侖（在悄悄的看了那些公文之後）

哈哈！不下雨則已，一下雨就這麽大雨傾盆！

現在，我可以現現成成的把那個弄到手了。

那句諺語眞說得一點也不錯：「你最好是先撇下了舊情人，然後再去找尋你的新情人！」

（他又把那封信看着。）

是的，戈爾果爾信上是這樣說他覺得現在有希望把這個結合很快的就商議妥當了！

沙皇是願意——他甚至很焦急着希望就辦成，不過他妹妹年齡太小，那是個唯一的障礙。

他們母后以前是向來就反對我的，這一次

〔德・波飛下。

因爲被虛榮心所驅使，已經馬上會答應了，同樣的，他們的整個皇族也都完全不反對。這一切，我現在看來眞是件多麼滑稽的事！就在不久以前，我還多麽希望這事情成功！

香巴尼

陛下，既然俄羅斯方面是這樣的猶疑不決，那麽你且等到這方面的事情決定了之後，再把他們的公主放棄吧。

拿破侖

不，我不願意這樣。我的自尊的感覺是無論如何不再允許我再去候着俄羅斯的那一架傲吞吞的鐘了！

我們在愛爾福特碰頭之後已經隔了好久，他可爲什麽要這樣拖泥帶水的不給答覆？而奧地利方面的情形，卻又是極有希望的。奧地利的年輕的公主現在已經不能算是一個孩子了，而那一位公主，據戈蘭果爾說，是至少至少要等到六個多月以後，纔能有做母親的可能——這一層又怎麽能等得及呢。

香巴尼

既然陛下是一心一意的在希望着奧地利那方面，那麽另一方面也就可以不用提了。

拿破侖

如果奧地利方面也失敗，那麽我還可以到

撒克遜族裏面去找。——現在是決定了，香巴尼，
你就把這些情形寫信去報告戈蘭果爾吧。

香巴尼

陛下，我馬上就這樣寫吧。

（香巴尼下。）

奧登斯王后重新進來。

拿破侖

啊，親愛的奧登斯，
你母親現在怎麽樣？

奧登斯

陛下，她已經很安靜了。

我可以擔保，她以後是再不會痛哭流涕的向您來胡纏了。她剛纔叫我來對您這樣說：她現在也像從前一樣的願意用着高尙的自然來聽憑着不得已的環境的各種指揮，她將一聲不響的服從着您的命令，祇要您叫她退位，她就一定退位，正如以前您叫她登上皇后的寶座，她就登上了這寶座一樣。既然以前她那個皇冠是您給加上的，那麽現在，也就讓您自己的手來把它除掉了吧。至於我們這班做她的子女的人，我們也很願意跟着這位從來沒有的最仁慈的母親一塊兒的離開，一塊兒的放下了這裏這些實際上是不能造成一點幸福的榮華富貴。

拿破侖（攜着她的手）

親愛的奥登斯，請你不要再說這些話了吧！

我早就說過，你是無論如何要住在我身邊。

就是你母親，她也應該保留着皇后的儀仗，

因爲這一次離婚並不是爲了什麼壞事情。

她以後，也應該完全像現在一樣的保留着

那種富貴的生活。她在這裏應該有一座宮，

再在鄉下有一座宮，她應該有同樣的財產，

以及並不亞於我未來的皇后的那種品級，

她可以算是我最親愛的朋友似的來看我。

現在我們找她去吧——

歐什尼，和你，和我自己——

我們去把這計劃弄停當了吧。

〔拿破侖與奥登斯同下。

場面縣下去，幕閉

第三景

維也納　皇宮裏的一間密室

那房間裏有着弗蘭西斯皇帝，臉色比平常更慘白，而且顯得有點慌張的樣子。

首相梅特涅走進來——一個嘴唇游洌的，鼻子長長的人，生着一雙尖銳的眼睛。

弗蘭西斯

我已經在這裏等了你有好幾分鐘了，

我們目前這事情是不能十分遲延的。——

對這奇怪的請求，你意思究竟怎麼樣？

梅特涅

陛下，我個人的意見當然還是老樣子。我無論以前在巴黎，或是此刻在這裏，都無時不竭力的主張着和平的政策；照我的政策，我覺得這一件事的確是最近一次創傷的止痛藥和傷口繃帶。

弗蘭西斯

很對。以一國之主的立場看來，我覺得這的確是達到我的目的的必經之路。我覺得這是可以擔保哈普斯堡皇朝，以後可以從此脫離了這幾年以來所陷入的那種心神不定的，迷惘的狀態！——

自然，這事情是發生得太突然了一點；如果我們能够早一點就猜透了那個在各處地方盛傳着的，俄羅斯朝廷和拿破侖之間的謎，而趁早在那時候就開始準備，我們就會有更多的好處的。

梅特涅

陛下，就是一秒鐘的躑躇我都用不到。他那方面是如此的急迫，顯然是爲要達到他的最近的重要的目的，那就是要使他的皇朝早一點得到一個嗣子。而且這事情愈快便對我們愈有益處；因爲法蘭西和俄羅斯兩國間的結合如果不能成爲事實，而且連這個意思都已經打消，這對於在隣近的那一些和平的王國，一定是一種迫切的危機。

弗蘭西斯

如果事情確實如此，那麽在家庭方面，我想是不會有障礙的。以父親的立場，我覺得這簡直是一種女子們連夢想都夢想不到的驕傲的幸運。我也覺得個人的幸福，她將來也是不會缺少的。

梅特涅

陛下，你的希望決不會落空的。那皇帝在國家大事一方面是專制而又堅決，但在家庭生活方面卻是非常好說話，我在巴黎住了這麼久，知道得很淸楚。再加上他那一種光榮而偉大的聲譽，無論在以前，或是在將來，都一定能够燃燒起年輕的公主的熱烈的情愛來。

弗蘭西斯

你的主張我很贊成。目前的問題是在：我們究竟要不要馬上就向他答應呢？

梅特涅

陛下，您最好是快點把這事情辦了吧：這一類的事情，是祗有一國之父纔能給予承認或是反對的回覆的。俄羅斯方面是因爲因循延誤而失去了機會，我們可不要蹈覆轍。

弗蘭西斯

你是說叫你處了我的地位，你就馬上答覆。怎麼答覆呢？

梅特涅

陛下，關於國家大事，就像私生活一樣，有時候就連自己所最親信的人，也都不能替他的主人來代出重要的主意，最後的責任應該還在主人自己身上。陛下，尤其是在單單靠思想還不足以指導自己的行動的時候，一切決斷是更需要完全出於自己的。陛下一方面是皇帝，一方面又是父親，因此，您就該個人單獨的來宣佈您自己的責任所指示着的，非要您這麼辦不可的辦法。

非蘭西斯　感情就是我的責任，心就是我的指導。——我既不想強迫，又不想慫恿，祇是打算拿事情交給我女兒，叫她自己去決定。她自己的意志，是應該比我對於國民所負的責任看得更重的。——梅特涅，你去把這消息告訴她吧。她對你是什麼話都會隨便說的。

（向對面的平壇望着。）

我看見她就在這近邊，

我把她叫進來。你問問她意思怎麽様。

他從窗口招着手，自己向別方面走了開去。

梅特涅

他這樣重形式嗎？生在河水裏的花朵

難道還能够把她的臉逆流的開着嗎？

定要她答應的事情，她一定會答應的。

瑪麗亞·路易莎穿着游園的服裝從一扇窗上爬了進來，她的容光煥發，顯着含羞帶笑的神憤。梅特湼嘲着躬。

瑪麗亞・路易莎

啊，親愛的丞相，你眞把我嚇了一大跳呀！

請你原諒我這樣鹵莽的闖進到這裏來。

我並沒有看見你啊。——那爲要避過東北風

而時常躲在那邊的三角頂下面的五隻

可憐的小鳥兒平常時常會看見的，現在

卻不知到什麼地方去了。我發現了一些

散亂的羽毛，我覺得眞有點替它們擔心！

梅特湼

我想它們是死了，像這一種柔弱的生物。

總是逃不過冬季，飢餓和敵人的攻擊的。

瑪麗亞·路易莎

你想，這眞可以算得是一件悲慘的事呀！

你別再說吧。——我看到皇上在這裏，是不是？

梅特涅

我彷彿還看見他向我招手！

公主，他的隨

曾經向你招手的，他叫我留在這裏向你

報告一件他所以要叫你來的重要消息。

瑪麗亞·路易莎

你說吧。我聽着。是遠方的還是近的消息？

梅特涅

〔她坐下來。

是遠方來的消息，雖然這個消息是有着
縮地的神力很快的就傳到我們這裏來。
親愛的公主，我請你允許我把這件事情
向你坦白的說說明白吧。法蘭西的皇帝
今天叫希伐爾貝堡帶信息到我們這裏，
要向你正式的提出愛慕和婚姻的請求，
他願意把他的光榮，勢力，和神聖的皇冠，
都一齊奉獻給你，他覺得你是比世界上
無論什麼都更爲寶貴的。

瑪麗亞·路易莎

他來向我求婚？

怎麼，像他這樣一個老頭子！

梅特涅（謹慎的）

親愛的公主，

他還不算老呢。固然，他事務是非常的忙，

因此，他過了一個月就像過了一年一樣，

可是眞正的計算起來，他還非常年輕呢。

瑪麗亞·路易莎

同時又這樣壞！

梅特涅（激怒似的）

這卻是立場不同的原故。

瑪麗亞·路易莎

可是，丞相，我說過他許許多多的壞話呢！

一個女子可以嫁給自己所駡過的人嗎？

梅特涅

壞話？我想總不是什麽大了不起的話吧，祇要過一些時候就不成問題。

瑪麗亞・路易沙

我說過的！

很難聽的壞話。眞的，我幾乎說過幾百遍，我說我希望他死！在上次戰事發生以後，第一次傳來了戰爭的消息，說是法蘭西軍隊已經打了很大的敗仗，而波納巴特又在退卻了的那個時候，我曾經拍着手，又說，我不但希望他打一次狠狠的敗仗，而且還希望他把腦袋都送掉！

梅特涅

這幾句話

是正像從噴泉裏潑濺出來的水泡一樣，

雖然來勢非常的急，其實是毫無道理的。

瑪麗亞・路易莎

嫁給一個自己平常時候所痛恨着的人，

我覺得也許是一件不正當的卑鄙的事——

梅特涅

我的最親愛的，又最被人尊敬着的公主，

這一類事是常有的——在西班牙和葡萄牙，

也曾經有過從仇敵變成了親戚的事情；

在英吉利，紅薔薇和白薔薇兩家交戰了

三十年之後，他們卻結成親戚了。（註一）

瑪麗亞・路易莎

告訴我，我爹爹他是怎麼樣主張？

梅特涅

他完全依從你。公主，對於這件跟你的將來的命運，家庭，稱號和勢力，都有非常重大的關係的事，他祇叫你儘管照自己的主張表示態度，千萬不要讓他的利益來左右你的意志。

瑪麗亞・路易莎（沈思似的）

我的意志，是應該由我的責任來決定的。

如果這對於國家的福利有莫大的關係，那就該顧到這利益，而不必問我的意志。因此，梅特涅丞相，我倒希望能够由你去對我們皇帝，我的父親，老老實實的說明，請他第一要對自己的國家盡他的責任，而千萬不要拿這件事情對於我個人的可能的關係作爲決定這個問題的前提。

房間裏聽到一聲像有什麽東西掉下來似的，輕輕的聲響。他們同時的轉過眼光去，看見了那幅放在一張擡桌上的，小小的瑪麗·安東奈特的琺瑯肖像已經面部向着下面的掉落在地上了。

年歲之精靈

眞是惡作劇的事！上天又得行使職權了。

災禍之精靈

也許大地聽了她的話竟會戰慄起來呢！

大地之魂

這個我願意承認。如果法蘭西和奧地利通了婚，世間的人類便又要遭到苦難了；因此，我這個恐慌並非絕對沒有理由的！

梅特湼

公主，你這答覆非常正當而且也很聰明。我現在就去把你的這些見解完全報告給你父親聽吧。他已經在等得很焦急了。

（走過去。）

瑪施亞・路易莎

讓我先走開吧。一想起這非情就會覺得心裏非常昏亂的，但是我總得把它想着。

「她顫抖的走了出去。

弗闌西斯從另外一扇門裏走進來。

梅特涅

我正在這裏想我陛下有些話要報告呢。善良的公主是這樣堅決的主張着，以爲關於眼前這嚴重的問題，您應該首先要顧到國家。國家的利益也就是她的利益。

弗闌西斯（感動的）

我女兒的這個主意一點也不使我驚異。
她意志是非常堅強的，決不會因個人的
好惡而就肯犧牲了一整個國家的利益。
當你跟她談着話的時候，我是正在想起，
這件事應該辦得聰明一點。我們一答應，
那就至少可以替國家保持許多年和平，
而我們的因上一次不幸的戰事而受的
那許多痛苦，也有許多時候可以將息了。
因此，既然我的女兒並沒有表示不願意，
那就毫無理由可以說我們應該拒絕的。
你馬上就派遣着一名驛使到巴黎去吧，
對他們說，對於向我們公主求婚的事情，

我已經接受了——但同時還得鄭重的聲明，除了這婚約本身之外，是並非又連帶着什麽條件，什麽約法，和旁的什麽束縛的。有一種重要犧牲的典禮，是不能給一些買賣式的契約所點污的。而這件拿自己孩子作爲禮物贈送的事，正就是這一類。

梅特涅（離開）

陛下，我現在馬上就去把這事情辦理吧，自然，我一定完全照着你的吩咐措辭的。

（一邊走，一邊自言自語着。）

眞辦得很妥當！……他還說出了『犧牲』這個字，他到底不免泄漏了顧惜他的女兒的心。

我們也何嘗不痛心呢！——但到了非這樣辦不可的時候，我們是祇能忍心的去辦的。

（梅特涅下。

雲幕遮掩着。

（註一）這是指發生在一四五五年到一四八五年的英吉利內戰，敵對的兩族中，約克族（House of York）佩白薔薇，蘭凱斯特族（House of Lancaster）佩紅薔薇，故稱薔薇戰爭。

第四景

倫敦　聖傑姆斯街上的一所俱樂部

冬季的午夜。兩個會員在火爐邊談着話；另一些是在後面躺着，有幾個還在打着鼾。

第一會員

我從一封私人的通信上看到，這已經在丟伊勒里宮裏皇帝住的地方執行了——離寶座室不遠的地方，他們到晚上在那兒聚集着，——波納巴特和他的心愛的妻子，（他們說她是從頭到脚的穿着純白的棉紗），荷蘭國王和王后，威斯特法里亞國王和王后，拿波里國王和王后，保林公主，還有旁的一兩個人；在場的官吏有國務總理剛巴西萊斯，和霍紐伯爵。人員是少得很。這儀式一下子就完了——又快，又輕鬆，就像一條驢子跑着一樣。

第二會員

我想對於那女的總並不輕鬆吧。她是怎樣忍受過去的？

第一會員

我想，當那皇帝宣佈着跟她離婚的時候，她態度一定是非常平靜的；可是，到了要輪到她來說她願意跟他離婚的時候，她就很劇烈的哭了起來，竟害得她的喉嚨完全塞住，一句話也說不出口。

第二會員

可憐的女人！天哪，我眞有點可憐她；雖然她在沒有離婚的時候是有着那樣的一種魔力。

第一會員

他們說的，他看見她這樣的哭起來也就有點兒生氣了。可是我敢立誓這一定是他們胡亂說的。你想想，波納巴特難道還害怕一個女子的詛咒嗎？她心裏早就記熟了她所要說的那句話，可是還不中用；終於祇能由雷紐來替她說了下去。最使她難堪的事情是要她自己來說：她是再沒有希留生孩子了，因此，出於她的忠心，她情願讓他能夠和別個女子去生。她簡直氣倒了，給由人扶了出去。這眞所謂物極必返，你想想，她以前是怎樣的用賣弄風情的事使他妒忌得發狂啊！

第三會員進來。

第二會員　議會的辯論怎麼樣了？是不是咱們的政府還是鬧不清楚呀？

第三會員　是的。不過一件事情卻誰都承認：年輕的庇爾的第一次演說眞是非常的出色。自從庇特以後，簡直就沒有一次演說能像他一樣的。他大聲的疾呼着奧地利的不幸——又說到了西班牙，自然，他是說我們應該繼續去幫忙它。最後又這樣漂亮的結束着，說什麼——他說些什麼呀？——說什麼「不斷的從不列顛軍人的忿怒的眼睛裏閃爍出來的，火一般的自由之光」——眞的，那無疑是事前記熟了的。

第二會員　我剛纔應該到那邊去聽聽。可是不久馬上就會轉了風向了。

第三會員　隨後戈威就提出了他的反對。天哪，他的反對也是很好。

第二會員　是的，戰事一定還要繼續。大家全都相信，這個彈劾，那個彈劾，都不過是放幾聲空鎗而已。

第三會員　空鎗Y見鬼，誰說是空鎗！戈威可不是一樣的能夠引動人？他說去年議會曾經把空前的經費交給了大臣們，而到了今年，對國家所造成的結果，簡直比沒有一點兒經費還要糟。他們的每一個嘗試都完全是失敗。

第二會員

這些話眞是誰都會講的。

第三會員

是的，這正是因爲這些話是對的。可是，當他提出了這一類的論點，說着「全國的財產都是不加思索的胡亂花用了」，說着「我們的幾千名兵士都在瓦爾歇侖的多瘴氣的隰地上徒然的犧牲了」這些話，又把我們所知道的詳細情形重新數說一遍的時候，那些大臣們雖然並不是沒有聽到這類話過，可是也禁不住動亂了起來。凱塞雷老是把眼睛留住他，像是要把這一番話完全認爲是對個人的汚辱而跳上去禁止他發言呢。

第四會員進來。

若干會員

現在誰在那兒發言？

第四會員

我不知道。我所聽到的最後一個瓦德。

第二會員

恢特布雷德今天對我說過，事實是這樣的，可以非難的材料實在是太多了，我們簡直沒有法子把它們整理成系統的論據。我們祇能拿它們一一的傾倒出來。

第三會員

瓦德態度非常柔和的這樣說：『彈劾？難道王上的大臣們會接受彈劾嗎？一點也不會。他們正在走來走去的用一種戰慄的聲音問着，當他們的彈劾辭在開始的時候，是不是任何人都聽到了。』

若干會員

哈哈哈！

第三會員

於是，他又作了另外一些議論，作數說了一遍我們的重要的失敗，例如西班牙，瓦爾歇命，和其它地方的失敗之後，他便這樣說：『可是大臣們是什麼方面都並沒有失敗的。；不而且在一件事情上他們是出奇的成功。他們攻擊科本哈根是成功的——因為這攻擊是對付一個聯盟國！』眞痛快，是不是？

第二會員

凱塞爾又怎麼樣抵當這個話呢？

第三會員

隨後他答覆了。他帶着一種受了中傷的無辜者似的神色，訴說着自己的意念的誠懇——他的話的確很不錯。不過當他談到了瓦爾歇命的時候，他是弄得毫無辦法了。這情形本來是沒辦法的，他自己也知道，因此竟說不出什麼道理來。可是，當表決的時候，他看見有許多人都走到他這邊來，他簡直像孩子似的高興着。肯寧的演說是很沈重的，說話裏也隨時帶着些修飾——薛里登說的，這些修飾就像棺材上面的黃銅釘子一樣。

第五和第六會員互相攜着手，顛顛跌跌的進來。

第五會員

那，那，——那表決是——，有，有九十六的大，大大多數反對——政府的——我意思就，就是說，反，反對我們。怎麼樣啊——喂！（向他的同伴。）

第六會員

該死的大多數——該死的九十六個——打倒該死的彈劾案！（他們沈下在一張沙發裏。）

第二會員

天啊，我眞想不到人數會這樣多的！

第三會員

唯一的信條祇是：半島上的戰事必需要繼續下去。既然我們大家對這一點都同意了，他們的多數不多數又有什麼關係呢？

辟里登進來他們大家都詢問似的轉過身去。

辟里登

你們可聽到最後的消息嗎?

第二會員

九十六個人反對我們。

辟里登

啊,不是的,這是過去的事;我差不多已經忘記了。

第三會員

因爲大臣不爲着被彈劾而判罪,就又起了變化嗎?

辟里登

據他們自己說,這一層是無論如何希望辦到的。不過,我現在要說的,卻是從海外傳來的消息

——這是一件比辯論和表決要嚴重得多的事——這些辯論和表決實際上不過是像禮拜天的彌撒一樣，它結果是所有參加的人都事先知道的——波納巴特不久就要跟奧地利結婚了——要跟他們皇帝的女兒瑪麗亞·路易莎結婚了。

第三會員

上帝看看吧！我們的不久以前的好朋友奧地利！您想，就在今晚上的辯論裏，他們都還在那裏談着我們的這個幫助弗蘭西斯皇帝去抵擋法蘭西的暴行和野心的重要原則呀！

第二會員

波納巴特在那方面一安穩，這一方面就什麼事都會發生了！

第三會員

我們最好是跟他講了和，大家各方面都攜了手吧。

第二會員

對這類事情，祇有搖頭纔是當然的辦法。哈普斯堡皇族啊，你們眞是完了！

恢特布雷德，赫欽生爵士，喬治・凱文提希爵士，喬治・彭森貝，溫德漢，格雷爵士，拜林，愛里奧特，和其他會員進來，有幾個已經渴醉了酒。談話變得熱烈而喧鬧了；有幾個人走到了打牌間裏去，幕閉。

第五景

維也納城西的一條古徧的官道

地點是在那官道穿過維也納樹林的傾斜下去的地方，一路上都是些美麗的樹林的風景。

啞場

一個非常長的行列正從城裏很快的趕下官道去；這行列包含着八十輛車輛，其中有許多是由六匹馬拖的，另有一輛是由八匹馬拖的；那些車輛的四周是由一隊隊的胸甲兵，團練兵，和各種馬兵扈從着。

那些由六匹馬拖着的車輛裏面是載着無數的廷臣，宮庭命婦，和其他的奧地利貴族們。那輛由八匹馬拖着的車子載着一位面帶微酡，眼光發藍的，十八歲的女郎，生着豐滿而殷紅的嘴唇，肥肥的身材，和灰褐色的頭髮。她便是瑪麗亞·路易莎，她的眼睛還因爲不久以前哭過而紅着。德·拉賛斯琪伯爵夫人，宮中的領班的命婦，是在車子裏陪着她，此外還有一些宮中的命婦載在後面；她們都顯着一種慘白，驕傲，而矜持的神色，彷彿都已經意識到了跟法蘭西講和的代價是要由她們女性來償付似的。她們一路上由法蘭西的軍樂送出維也納城來，而這一件小事情卻又增加着她們的悲痛。

觀衆的眼光是依然在注意着一大串的車輛和馬隊，而觀點卻慢慢的移高到空中去直到後來，那條褐色的官道上的一大串行列。祇顯得像是一行沿着花園裏的地面爬行的螞蟻了。現在所能看到的龐大的地面，顯出了這條路就是從維也納到慕尼赫，又從慕尼赫往西去到法蘭西的，橫貫歐羅巴的大路。

我們的眼光是跟着那一串微小的斑點移過去，地面彷彿是朝着相反的方向慢慢的在移動，而且有着無數山脈，峽谷，森林，和田野的變化。穿過橋，爬上山坡，馳過平原。達到許多村莊；在這些村莊裏有一個是聖·披爾頓，在那裏，天色晚了。

天又亮了，那一串皇家的行列又開始爬行着，一直穿過了林茨，在那裏，多腦河又重新現在眼前。那女郎顯得很高興的樣子，她直到現在還能看得見她的親愛的多腦河。不多時之後，勃勞腦的高塔出現了，在那裏，那活動的斑點停下來做着出境的手續，因爲這是兩國的交界處；於是瑪麗亞·路易沙便由幾個法蘭西官吏的要求從此成爲瑪麗·路易絲（註一），成爲一個法蘭西婦人了。

在路上又時常的停頓着，同時又有大雨把一層紗羅籠罩着全景。而後來，慕尼赫的房屋和屋頂顯現了出來，像是一片鏤嵌細工。在這裏，那行列停頓了好久。

那麻煩的進行又開始了。四周圍都是葡萄園的希圖特加特，平坦的卡爾斯路赫，屈曲的萊茵河，高聳的斯特拉斯堡，當行列前進的時候都在我們的眼光下瞥過。等到過了南西和巴爾·勒·丟克之後，沿路的景像便開始顯着法國的風味；不久，我們就看到沙隆和古爾的萊恩。旅程的最後一天又天亮了。我們的眼光在那一行扈從頭上飛快的移到了古爾弗勒，這是一個到索瓦松去所必需經過的小地方。在這裏，眼界又沈到了地下，啞場完畢。

（註一）瑪麗·路易絲（Marie Louise）是瑪麗亞·路易莎（Maria Louisa）這名字的法國式的寫法。

第六景

古爾賽勒

這地方現在可以看到是一個安靜的路邊的村莊，中央有一個小小的教堂，在教堂對面有一家旅店，大路正在旅店和教堂之間穿過。雨依然很大的下着。到處都看不見一個人。

有一輛倚陋的，孤單的車子從西面開過來，正向着準備去迎接我們剛纔看見的那一串車忽的方向走去。它在那旅店附近停了下來，有兩個裹着外套的人從那座教堂一方面的門走下了車，像是要故意不讓人瞧見似的。他們的臉看得出是拿破侖和他的內弟繆拉。他們在雨水和泥濘中穿過街道去，站在那教堂的門廊下，望着那下降的雨。

傘破侖（不耐煩的用脚在地上摑着鼓）

在一個下雨的三月天，是比無論怎樣冷的晴天都像是冷得多呢，祇有鬼纔不覺得！你估摸現在是什麼時候了？那個鐘又不走。

繆拉（無聊的看着他的錶）

是的，真冷；您的話很對。如果鐘會走得像你現在所需要的那麼快，那對於別人，可不是顯得很奇怪了嗎？

傘破侖（有趣的格格笑着）

我們真使柔瓦松的百姓失望了，他們紮好了這麼許多亭子，掛了這許多紫色的和金色的東西，準備來迎接新娘和新郎，希望看一次莊嚴的典禮。有幾千個人在那兒這麼的老等着。你瞧！我們倒來到了這個沒有人的地方呀！哈，哈！

繆拉

可是，陛下，爲什麼要使他們失望呢？這些亭子和儀式都是您自己下令去叫準備的。

拿破侖

不錯，不過因爲時候是越來越近了，我所以不願意在那兒閑蕩下去。

繆拉

索瓦松的百姓受了這樣的騙，眞算得是見了鬼！

拿破侖

隨他們去吧。我將來總有法子替你們償補一下的。——如果我們時間並沒有弄錯，她一定離這兒不遠了。（他在雨絲裏望着又靜聽着。）

繆拉

我眞不知道，如果她到了這裏，您要怎麼辦呢。您在這裏跟她碰了頭之後，還是走在她前面到索瓦松去呢，還是跟在她後面？或者我們應該怎麼辦呢？

拿破侖

天哪，我也跟你一樣的不知道！等到那個緊要關頭再看吧。（沈默。）聽——她在來了！她眞好，時間一點也不錯？

遠方的泥水被許多馬蹄和車輪所濺潑着，不久，駕着馬的人和車輛，馬匹和騎兵都出現了，身上濺滿了一路過來的各個區域的泥土。車輛在旅店門口停了起來。拿破侖臉上現着興奮的神色，他帶着繆拉衝到雨中，走向那一輛由八匹馬拖着的，載着那位藍眼睛的女郎的車駕去。他在車門口除下了帽子。

瑪麗·路易絲（在裏面退縮着）

啊，天哪！兩個強盜來搶我們了！

洗馬官德·奧德那爾德（同時的）

皇帝駕到！

車廂上的坡級趕忙的放下來，拿破侖泥身淋着雨水的跳了進去，擁抱着她受難的公主容得緋紅着臉但是她認識了他。

瑪麗・路易絲（她復原了之後顫抖的說）

你是比你的那些畫像要——要好看得多了——我差些兒就認不得我以爲你是在索瓦松。我們現在還沒有到索瓦松嗎？

拿破侖

沒有到，我最親愛的伴侶，可是我們現在在一塊兒了！（向外面的洗馬官喊着。）穿過索瓦松——在招待亭面前不要停下來，我們要一口氣趕到非比涅。

他坐下在車廂裏，車門關上了，繆拉對這景像悄悄的笑着。車廂和馬匹一齊向索瓦松出發。

諷刺之精靈的合唱隊（縹緲的音樂）

先前是個十足的蕩婦，
現在是個天眞的女郎——
金髮女代替了褐髮婦，
舊婆婆讓給了新娘娘。
　她會儘可能的快，
　替他生下個小孩，
這就是他要她做的事，
　　哈哈，
這就是他要她做的事！
　年歲之精靈
那些醜怪的精靈們，爲什麼嘴上這樣輕薄呀？
　諷刺之精靈

不，年歲之精靈呀！我們是用着這尊敬的歌詞，
在這裏慶賀着兩家皇族之間的神聖的婚儀。

雨愈下愈密，變成一片迷霧，把全景掩蓋住。

第七景

彼得堡　皇太后的宮殿

一間內室顯露了出來，在裏面坐着皇太后和亞力山大。

皇太后

你瞧，他已經選定了奧地利的一位公主來做他的新娘了——而沒有選中了我們的。你是這樣的給擱在一邊了。

亞力山大

媽，您還說我？說一句老實話，這事情我倒是要怪您的！如果完全交給我去辦，我是早就可以把我們的凱特嫁了出去了。

皇太后　孩子，你怎麽說？凱特林已經定了親，這事情是辦不到的。

亞力山大　那麽您最好還是馬上就把她嫁了出去，可以不叫拿破侖再在這一方面打主意。我們還有安娜呢。

皇太后

安娜？——這樣年輕的孩子！拿她這樣年輕的孩子去許給人，就簡直是一件違反自然的事啊。

亞力山大

過一些時間就不要緊了，而且他也很願意等待一時的；他所以會忍耐不住，馬上就在別方面去發展的原因，那完全是爲了我們方面的拖延政策，老是不給他的很急迫的要求一個直截痛快的答覆，纔會弄到如此的。

皇太后

我們對於什麽事情都是答覆得很遲的，

這差不多已經成爲我們國家的風氣了。
我親愛的兒子，我們是因此纔強大起來，
我還希望這習慣能幾世紀的保持下去！
那些自以爲可以跟我們地位平等的人，
是正因爲我們的驕傲纔傻傻的軟化了。

亞力山大

可是無論如何在目前這件事情上，您的
這個原則是完全失敗了：自然，誰都以爲
這種態度完全是一種傲慢的表示，因此
竟把我的好久的聯盟國趕到了奧地利
那方面去了，將來誰知道會有什麽結果！

皇太后

看奧地利會因這次通婚得到什麼好處！
你相信我好了，歐羅巴的無論那個朝廷，
如果跟拿破侖通婚，總是件很危險的事，
就像半夜裏跑馬一樣！他在將來倒底會
提出些什麼要求來，他將用怎樣的一種
狠毒的方法來破壞着列國之間的秩序，
他對征服空間的野心，將發展到怎樣的
一種非常的程度，那是誰都不敢預言的。
不過有一件事情我們卻可以完全斷定——
這就是，他決不會用正當的方法來統治。

亞力山大

不錯——很可能的！……我們沒有跟他結成親戚，

說不定到將來會顯得是一件幸運的事。——不過，我可以老實的承認，拿破侖在以前的確可以算得是我的朋友，而這次不能結成親戚，我是始終都認爲是一個遺憾！

皇太后

唉；你的所謂遺憾總時常是非常感情的。他既然命裏註定了不能成爲我的女壻，我卻絲毫也不以爲遺憾啊！不過，他那種推託的藉口，卻對我們多少是一種侮辱，在這件事情上，他的平民的根性可說是很明顯的洩露了出來了。我可以立誓說，他一定是派了代表同時的在兩個方面——

你和菲蘭西斯兩方面——進行着的。要不然，在那方面決不會這麽快就訂好了婚約！

亞力山大

這樣快的訂了婚，難道就會得罪了誰嗎？

皇太后

豈但是『會』得罪誰！簡直是『一定會』得罪的。

亞力山大

這事情我可不以爲意。

皇太后

這麽說就拉倒了。

我不過是個嫁到羅曼諾夫族裏來的人，但是對於這件事情，卻連我也彷彿感到像受了人的渺視，像受了一次大打擊了！

亞力山大

您別這樣說，媽，別說吧！沙皇是我，不是你，我可不敢像您這樣自信，這樣妄自尊大。我承認我也想能够跟法蘭西結成婚姻，不過命裏註定着辦不到，又有什麼辦法？（沉默。）

皇太后

安娜過來了。你別在她面前說起這事情。

公主，一位十六歲的女郎，走進來。

安娜

媽，你知道不知道，剛纔有消息傳過來說，以前是曾經那麽美麗的普魯士的王后路易莎，現在是奄奄一息的已經快死了？

亞力山大（洩漏着感情）

啊！這我是早就得到了暗示，在擔心着了。可憐的人，她的心是好久以前就死了啊。

安娜

哥哥，你說這樣的話，可又是什麽意思呢？

皇太后

我的孩子，他意思是說，他照例的在這位異國的美人身上化用了這麽許多情感，以致沒有剩下的能用在自己人身上了。

亞力山大

安娜，我的意思是說，她的國家的傾覆是已經把她的心殺死了。鐵爾西特的情形使我很了解她的爲人，使我非常尊敬她。甚至在那時候，她還是個可愛的女子呢！……眞奇怪，英吉利現在的那位威爾斯親王曾經希望跟她結婚過。如果這成爲事實，那麼他們也許會改變了歐洲的歷史了。

安娜

我聽到說，拿破侖有一時也曾愛慕着她；現在她一下子死了，他聽了也會傷心的！

皇太后

拿破侖和你的哥哥他們兩個全愛她的。（亞力山大顯着緊迫的樣子。）

但是，無論亞力山大是多麽傷心，那一個

卻決不會如此，因爲他向來就祇顧自己。

安娜

媽呀，您是千萬不能這樣子的誤解他的！

他是欽慕着奧地利的美麗的瑪麗公主，

因此，他就把她娶了去。

皇太后　腦筋簡單的孩子，

他是直到今天還看見也沒有看見她過。

這表面上是愛情，而實際上卻是種政策！

亞力山大（帶着一種掩藏不住的情感）

精神高尚的路易莎；——我到幾時纔能忘記
在長長的六月天，在鐵爾西特的聚會呀！
拿破侖的獻慇懃眞大大的騙了她一次，
她還癡心的以爲保全麥格得堡的懇求，
是已經可以算獲得了他的允許；而其實，
他祇是在殘酷的跟她開着難堪的玩笑！

皇太后

後來時間過去，她知道了這事情的眞相，
想起自己如何的容忍着他的蔑視，以及
他的那些誹謗的話，而到底還祇是這樣
一場沒結果，不能使她的國家得到絲毫
實際的利益，她是多麼悔恨着她的招待！

我很詫異，對於這樣個會陷害女性的人，
你怎麽還會以不能跟他結親爲遺憾呢！

亞力山大（不安的）

我想起這情形，連我自己也覺得詫異啊。

皇太后

親愛的安娜，你不必再在這裏陪我們了。

過一些時候，你一定會同意我這判斷的——

他能不向我們來求婚，那眞是最好的事，

而盲目的與地利像這樣把一國之中的

最美麗的花採給了他，將來卻總會懊悔！

〔安娜下。

幕閉。

第八景

巴黎　路佛爾宮中的長廊和毗連的正廳

眼光所接觸到的是長廊的中部，這地方，現在顯得是一幅非常華麗的景像。牆上掛着極大的畫件；沿着兩邊的牆，各有兩行穿着得非常華麗的女子；這些女子都是貴族裏挑選出來的，人數共計四千，每一行有一千。而在她們後面，每邊還有兩行貴族的男子。皇家衛隊的軍官們隔離的散佈在旁邊，算是指揮官。

臨時的欄柵在中間欄出了一條廣闊的走路，一直通到正廳，從門上望進去，可以望到這正廳是佈置成一座教堂的樣子，安放着一個龐大的祭壇，一些高高的蠟燭，和十字架。在祭壇前面是一座平壇，上面張着華蓋。在平壇上面放着兩張鍍金的交椅和一張跪桌。

那在等待着的一羣人並不是永遠的留在自己的座位上，而是在散着步，談着話；有時候這談話的聲音混雜在皇家樂師所領班的管絃樂隊的聲音裏而變成非常的糟雜。許多種的飲料又在到處傳送，而這個臨時的禮拜堂卻又彷彿成爲一座帝國的要人們聚會的大咖啡館了。

災禍之精靈

他們是整天的在那兒等着這一場熱鬧的戲，而現在，表演的時候是快要來到了。這正是一個很適當的時候，可以懷念起第十六個的路易，和這位新娘子的祖姑母（註一），因爲我看到，這走近來的行列，是恰巧的在走着那位尊貴的婦人的最後一次用柳條籠做成的車子所走過的路徑。……那行列現在是正在那她送了性命的斷頭臺的所在地點面前經過。……它馬上就會到這裏來了。

突然間，司儀官從行廊上向着丟伊勒里宮的一端走了進來，那些看客便完全排列到了他們自己的位置上不久之前，皇帝和皇后的婚禮的行列是看見了。非宗教的禮婚是已經舉行過，拿破侖和瑪麗·路易絲沿着那空的走路走向正廳，後面是跟着一大串的要人們；在他們走過的時候，從大行廊的各方面同時的傳來了一陣響亮的鼓掌聲。

憐憫之精靈

那些跟在結了一半婚的，手挽着手的一對
後面的，臉上顯着一種已經意味到了一次
也許會圓滿，也許會失敗的冒險的神色的，
穿得那麼華麗的人是些誰呀？

司書使者（朗誦）

走在前面的，
是那位皇帝的親兄弟路易，荷蘭國的國王；

後面是威斯特法里亞的什羅麥夫婦兩個；
再後面是母后以及西班牙國的幽麗王后，
再後面是波爾介斯親王和他的保林郡主，
再後面是意大利國的副王波阿爾奈，以及
拿波里國的國王繆拉，和他們兩國的王后；
還有巴登大公爵，和國務總理岡巴西萊斯，
貝爾底葉勒布命，還有同樣重要的達萊朗。
再後面是那位先導官，以及那位內庭掌管，
以及許多隨侍的貴人，以及那位大洗馬官，
再後面還有許多隨侍命婦和宮娥綵女們，
以及數也數不清的許許多多高貴的人物。

謊言之精靈

有許多人還是新近纔升到了王位的；
他們是完全依靠着自己本身的能力
纔弄到了現在這種地位，可是到將來，
卻可以成爲他們子子孫孫的特權了。

年歲之精靈

傳播消息的精靈呀，請你不必預言吧。
人世間所有的榮譽都是非常暫時的，
而這一種榮譽卻更是過去得十分快，
隔不了多少時候，就馬上化爲烏有了！

憐憫之精靈

拿破侖樣子很高興，他臉上像在發光。

年歲之精靈

可是這一切都得受着魔力的左右呀。

正在這時候，拿破侖的臉色黑了下來，彷彿多夜的影子落到了他臉上似的。顯着怨恨和威嚇的神色，他停止了那行列的進行，向兩邊的欖子上上下下的望了一下。

災禍之精靈

這是上天的意旨的聲技啊！——它把這一片歡樂的樂聲的單調打破了。

拿破命（向寺院主持）

主教們在那裏啊，爲什麽不到這裏來呢？

（他話是說得這麽響，使整個行廊都聽到了。）

德·普拉特長老（戰慄着）

陛下，有好幾位主教是早就來到這裏了；

但是另外有幾位卻生着殘疾，不能到場；
上了他們這樣的年紀，便時常會生病的。

拿破侖

你不要瞎說了！他們一大半全都是因爲
不願意來，所以不到的。這些懷二心的人！
現在隨他們去吧。將來我來跟他們算賬！

瑪麗·路易絲顯着慈惶的神色。行列前進着。

憐憫之精靈

我彷彿看見以前的那位奧地利婦人的
無頭的鬼魂，也穿着皇后的服裝在這位

新娘的身邊走着，而且還時時刻刻想要
扯着她的手臂呀！

年歲之精靈

不，你不要想着這事情。
現在是再不會有鬼魂從墳墓裏鑽出來；
我們已經可說是在這大泥球上出現的，
絕無僅有的精靈了！經過這十六年工夫，
她是早就在那後面一坐花園裏腐爛了，
時間所不能保持的骸骨都化爲灰燼了，
再不會知道她以前家裏的那許多勛爵，
也不會來參與這一次次登基禮和婚禮，
雖然這一次是她與地利的血親。別亂說！

這完全你自己的幻想，而且是被那一個
辛辣的精靈的話所觸發起來的。

瑪麗・路易絲（悲慘的對拿破侖說）

不知道

爲什麽，我對於今天這些儀式，竟沒有像
對於我們在恭比涅而會似的感到有趣。
我們四周儘是些陰濕的空氣，像從那個
有幽靈出現的屋頂上透下來，使我戰慄，
又使你發着這樣的脾氣！

拿破侖

啊，這沒有什麽，
我親愛的，你用不到擔心的：——這全是那些該死的意大利主教們的不是——可是我就馬上又會高興了。——你也應該高興起來呀。

瑪麗·路易絲

我試試吧。

在音樂聲中達到了正廳的入口邊，皇帝和皇后便由幾位大關施官焚着香迎接着他們在那華蓋下面就了座，一大串的要人們也在遠方的後面坐着，而侍從們卻站立在皇帝的交椅後面。

宗教的婚禮的儀式現在是開始了。唱詩班唱着讚美詩，皇帝和皇后走到祭壇面前，除下了他們的手套，宣着誓。

英吉利的教會眞應該感謝這一次的婚禮，因爲這可以替那個富於藝術性的國家的畫報清除了許多齷齪的東西：那些畫報對於這位新夫人，是不可能像對於可憐的平民出身的約瑟芬一樣的畫着許多諷刺的。這種固執而嚴格的保皇黨，他們決不敢來譏笑一位從如此神聖又如此久遠的哈普斯堡家族裏出來的女子啊！

隨後，做完了彌撒，便又和諧的奏着"Te Deum"之章，那樂聲在正廳的四壁迴蕩着，又傳到了那條長長的行廊裏去。行列又重新排起來，在濃密的人羣的動亂和吶喊聲中回出去。但是拿破侖卻還是那副固定的陰沉的表情。那一對新夫婦和他們的隨從打從西面的門出去，聚集着的人羣卻從另一個方向分散，他們離開的時候，雲幕慢慢的垂下來，掩蓋了全景。

（註一）指路易十六的皇后瑪麗·安東奈特（Marie Antoinette）后於一七九三年被革命黨人所殺死。

第六幕

第一景

託萊希·委德拉希的陣線

顯露在眼前的是一幅葡萄牙國境的半島式的土腰的鳥瞰圖，東面是閃光的遼古斯河，西面是起着白色的綿紋的，有飾奏的掀動着的大西洋。照這樣的看去，這土腰顯得有點像是一張後期哥特式的盾，從這張盾的右邊的上面直到花紋的上部，便是託萊希·委德拉希的陣線，從左面的什賛布萊河口一直伸展到右面的阿爾淡德拉，而在南方的底點，便是禍特·聖·攸里安。里斯朋的屋頂顯出在陰沉的底邊上，而在對面相對稱的地位上，便是羅加角。

一下子看去，便可以看到這個幾乎四邊都是海岸的區域，是祇有在北方的邊上，有一條路徑可以讓人從岸路走進來，再向邊疆仔細的一看，便又看到就連這唯一的去路，也被故意用各種方法阻攔住了。

從東面到西面是有着一長串防禦的設備，中間散佈着好幾打圓形和方形的礮臺，有幾座已經造好了，有幾座是在正造起來，在正在搭造着的一些之中，有兩座是非常龐大的。在這些礮臺之間有着爬不上的衛城斜坡，石牆，和其它的防禦設備，而在一切設備之前，又都有兩行用樹幹搭成的木柵。

在外面的一道防線之內又有一道用同樣的原則建造的第二防線，它的路線是依照自然的地勢而彎曲着。這第二道防線是已經造好了，顯得像是無論如何打不進的。

第三道防線卻是在南面很遠的地方，正環繞着那成盾形的國土的底邊，祇有另外兩道防線的十二分之一那麼長。這是一種連續不斷的壕溝和城堡的形式，它的目的顯然的是在掩護着海裏的兵船，這是可以從海岸外面不遠的地方有着一些搖蕩着的英吉利運輸船這一點上看得出來。

無數的人形像乳餅裏的白花似的在最北面的前線上忙着，在把容易爬上來的斜坡削成峻峭的，在掘着溝，在堆着石頭，在伐着樹木，又拖着樹木把它們鑲到前線上需要的地方去。

在那已經完成了的第二道防線上，是祇有極少數的人在移動。

在那完全裝置停當了的第三道防線上，有一些細小的紅衣的哨卒在毫無聲息的前前後後爬行着。

時間過去，有三行暗紅色的軍隊在北方顯現出來，沿着三條遂到第一道防線的三處地方的道路向南面移動着。這些是英吉利軍隊，準備進陣線來躲避的。從上面望下去，他們的行動像是三條毛蟲似的在蠕動。那左面的一分隊是由庇克登帶領着，中間是由萊斯和科爾帶領，而極右面的一隊，在阿爾淡德拉近邊的，是由希爾帶領。在其中有一條道路的旁邊，有兩三個兵士把項頸掛在樹上絞死了，也許是為了搶劫。

啞場完畢，觀點沉到了地面上來。

第二景

同上　陣線外面

冬季的白晝陰暗下去，變成了狂風的薄暮，那第一道防線外面的道路造成了舞臺上的前景。從壕溝北面的，在卡爾德里克斯附近的小山上，有一隊馬隊在飛揚的灰沙中走下來，其中包含着統帥法蘭西軍的馬賽納，以及福瓦，羅瓦藪，和他的另一些隨從軍官。他們在黃昏和暴風雨中騎着馬前進着，又仔細的窺看着，直到他們看見了描在天線上的堞住了他們所要走的道路的城堡。他們悄悄的停了馬。憔惑的馬賽納努力用望遠鏡精密的察看着那前面的障礙。

馬賽納

有這些東西在這裏擱阻着，我們的進行是困難到差不多不可能了！

福瓦

這是英吉利陣線——

是那些陣線的露出在外面的爪牙——我剛纔說過，這是惠靈登爵士最近特意的造起來，使自己可以在葡萄牙從此就立定了腳跟。

馬賽納

他覺把他的這些不成形狀的怪東西一直伸展到北面這樣遠的地方嗎？我本來以為它們祇在接近里斯朋的一帶地方，怪不得

惠靈登爵士會騎在馬上，大膽的在布薩科
來來去去，原來他有這東西保護着！這的確
很堅固，不過我想總有地方可以繞過去吧？
它們決不會從達古斯河起到大西洋為止，
竟一個可以通南北的缺口都並不留着的。

福瓦

我想一定是沒有缺口的；可是，我們也無疑
可以努力尋出一個比較不堅固的破綻來，
再想法子攻打進去。

馬賽納

我看是完全沒辦法的，
我們就是把死屍堆起來，把骨頭都堆起來，

也不會有什麼用處。像這樣的東西，那裏是人力所能爬得上的！你說後面還有什麼啊？

羅瓦薩

還有像這裏的一道防線一樣的第二防線，那一道已經完全造好了。後面還有第三道。

馬賽納

這許多高高的屹立在雲堆裏的防禦設備，他們究竟花了多少時候纔建築了起來的？

羅瓦薩

總共不過幾個月工夫。我也不知道有多久。這些都是惠靈登爵士親自仔細的設計的，造得就像他這個人一樣的沉重，結實，穩固。

馬賽納

希望他能够穩守着。這是他應收到的效果。

我以前簡直沒有聽到說這裏有這種屏障。——

啊，前面彷彿有着一條很平坦的道路，這是

可以給予我們便利的。……啊，今天夜裏風眞大！

當那些察看者在一個下面的土地所能供給的，很不好的陰蔽處逗留着的時候，暴風雨正在

他們上面的土城上狂吼着。他們正預備轉身回去。

預諾和另外的一些軍官從右面的一個十字路口走進來。他們是看見了一個信號，這信號報

告着那別一些人正是失散了的人，因此纔走了過來。

預諾

我們騎着馬一直走到了卡爾德里克斯去；

多虧着這個發着風的黑夜，風聲這樣一響，
我們的異鄉人的口音總算沒有被人發現，
我們在那邊的山谷裏看到一條平坦大道，
如果計劃得周密，就可以從那邊偷襲過去。

馬賽納

我也打算利用這天氣到那邊去察看一下。
如果那地方可以達到我們的目的，那當然
再好也沒有。如果不能，就得再到西邊去找。

馬賽納，預諾，羅瓦遜，福瓦，和其餘的那些人，都從右面的，舖着石子的十字路口走了進去。

風繼續在這個現在已經空無人跡的地方吹着，黑暗加深雨更大的下着，直到全場顯得模糊下去。

第三景

巴黎　丟伊勒里宮

瑪麗·路易絲皇后的臥室的前房裏面發現了穿着便衣的拿破侖，崇德伯羅公爵夫人，和其她的隨侍命婦；此外還有第一路生戈爾維薩和第二路生布爾諾野。時間是在天明以前。皇帝上上下下的踱着，有時候在沙發上坐着，有時候在窗口站着。裏面時常會傳出痛苦的呻吟聲來。

拿破侖開了門，向臥室裏說着話。

拿破侖

杜布瓦，怎麽樣啊？

產科醫生杜布瓦的聲音（恐慌的）

陛下，比我希望的還糟；

我怕保住兩個是辦不到吧。

拿破侖（惶恐的）

善良的上帝！

科爾維薩走到了臥房裏去。杜布瓦進來。

杜布瓦（遲疑的說）

還是救那一條性命呢？陛下，皇后到現在

還是在一種極危險的狀態下。這是眞的，

我幹這行當是已經有了許多年的經驗，
可是這種情形卻一千次裏碰不到一次。

傘破命

那麼請你救了那母親吧！你祇消顧到她。
這是她應有的特權，同時也是我的命令。——
杜布瓦，在這緊要關頭你可不要着了忙：
你儘最的用出你的最精明的手段來吧。
你祇要假定你是站在一個普通的產婦，
例如在聖德尼斯街上的商人婦的牀邊，
就那麼淡然的，那麼自信的，用出了你的
各種在平常情形下所慣用的手術來吧。

瑪麗・路易絲的聲音（在裏面）

（杜布瓦下。）

啊，請你，請你不要這些討厭東西我看了就害怕的！我不過是達到一個目的的工具，爲什麼這要叫我受到這樣的痛苦啊！還是讓我死吧！他用這種方法來待我，眞是太殘酷的！

拿破侖不耐煩的走到了臥房裏去。

德・蒙得斯鳩夫人的聲音（在裏面）

皇后，您不用害怕的！這種事情我自己也親自經歷過；我可以擔保，你是一點兒危險也沒有的。馬上就可以沒有問題了，我把你扶住在這兒。

拿破侖的聲音（在裏面）

天哪！你們爲什麼把那些該死的箱子讓她看見呢？你們拿她嚇成這個樣子，叫她又怎麼能抵當過去呢？

杜布瓦的聲音（在裏面）

陛下，如果您能够原諒我，我現在請您最好還是不要來干涉這裏的事情吧！陛下，如果您來干涉，會鬧出什麽結果，我是不能負罪的！爲了她着想，您最好還是迴避了吧。她一看到您過來干涉，是祗有更害怕而失掉了她的忍耐的。如果情形越來越糟，我就一定會過來報告您，把您請回來。

拿破侖從那臥室裏重新進來。他半掩了門，站在門邊聽着，顯着慘白而焦急的神色。

布爾詔野

陛下，我請您不要對這件事情心裏這樣的煩惱，這事情馬上就會什麽都不成問題的：可惜是陛下的太后和姊姊都在很久以前就離開了這地方了；要不然，她們的安慰倒可以大大的縮短了這痛苦的時間。

拿破命（心不在焉的）我們根本沒有想到她馬上就發動了，所以我請她們用不到在這裏等候着……她應該不成問題；就在眼前，她也有了這麽六七個熟手的人可以來幫忙她——經驗豐富的乳娘伯萊斯夫人，再加上德·蒙得斯鳩夫人和巴朗夫人那兩個。

杜布瓦（從門口說着）

陛下，該救那一個的問題已經過去了！孩子已經死去；可是皇后卻已經完全沒有問題了。

拿破命

這事情眞應該感謝上天！

我是不會爲着那孩子而感到悲痛的。……我以後也從此不要她再爲了想得到一個皇室的嗣子而受這樣的痛苦了。

蒙德伯羅公爵夫人（向另一命婦傍白）

他祇有在現在纔會說這樣的話。在冷心腸的時候，他就完全不是這個樣子。男子們就向來是如此的。

伯萊斯夫人的聲音（在裏面）

醫生，孩子活了！

（聽到一個嬰孩的哭聲。）

杜布瓦的聲音（從裏面喊着）

陛下，兩個都救轉了。

拿破侖衝到了臥房裏去，外面可以聽到他在吻着瑪麗·路易絲的聲音。

伯萊斯夫人的聲音（在裏面）

陛下，是一個很結實的孩子呀。白蘭地和熱手巾把他救了過來了，

蒙德伯羅公爵夫人

這是我早就猜到了的。像她這樣一位年輕而又結實的女子，是無論醫生怎麼說，都會平安的過去的。

停頓片刻。

拿破侖（滿臉紅光的從新進來）

各位夫人，我們已經得到個健康的嗣子了，
在這樁功績上，皇后是表現得最為勇敢的，
雖然她是受了很多的痛苦——要她這樣犧牲，
我以後卻寧可不想再生下第二個孩子來，
而不願意再叫這麼美麗的一株果樹從新
來忍受幾次就連看了都會害怕的苦楚的。

他走到了窗邊，把窗幃拉開，向外面望着。這是一個愉快的春季的早晨。丟伊勒里宮的許多花園裏是擠滿了無數的人羣，由一根繩子攔着，使他們不能十分走近皇宮來。隣近屋子裏的窗邊也擠滿了許多看客，而街道上又停滿了許多車輛，車子裏的人都在等待着這事情的結果。

年歲之精靈（向拿破侖耳語）

正在這時候，有一個婦人在近邊聲聲歎息，她就在巴黎帶了她和你所生的那個孩子，她本來也可以扮演這同樣的幸運的脚色，而她的孩子也同樣可以把你的皇位繼嗣！

拿破侖（自言自語）

這眞是奇怪的，像在我心裏突然閃動似的，我倒會想起了我在瓦沙所愛的那個女子，瑪麗·瓦列夫斯卡，和她跟我生的那個小孩！——
她受了別人陷害，我竟以爲她對我不忠實，
以致於使她失卻了這個非常寶貴的機會……
但是，從一個國家的立場看來，一個婦人的
命運又算得了什麽呢！——啊，有消息來報告了！

從傷兵院裏傳來了嗚礮聲。

——！

群衆（興奮的）

又來了嗚礮聲，又是一聲，這樣繼續着。

二——三——四——

礮聲一直繼續到了二十一響；正在這時候，大家都顯着一種期待的焦急。最後，礮聲又響着，羣衆的興奮像是加了倍。

二十二——是一個男孩子——

隨後又繼續數到了一百零一響，礮聲是幾乎被羣衆的吶喊聲所掩沒了。鐘開始敲起來；在火星場，有一個氣球放到天上去，從氣球裏散着報告這消息的傳單，一直飄過整個的法蘭西。

上議院議長，剛巴西萊斯，貝爾底葉，勒布侖，和其他的一些政府官吏走進來。拿破侖從窗口轉過身。

剛巴西萊斯

我們謹以最大的誠意，帶來了無限的

慶祝之忱，特意到這裏向您陛下道賀，

同時，您的萬千的民衆，也正很熱烈的

在慶祝着，在歡迎着這一顆在我們的

歷史的天線上出現的燦爛的晨星呀！

上議院議長

陛下，我們是帶了最大的祝福，來慶賀

這一位新的救世主的降生到地上來——

這一位救世主是比以前一位更偉大，

而且他降生的時間卻又剛巧的可以

增加着你的戰績的偉大的光榮！使它

傳諸永久，而又把那一重關稅問題的
慘淡的烏雲，完全向遠方永遠吹散了！

拿破侖

多謝你們；你們雖然，各位先生，據我的意思，
你們是應該感謝那位眞正的救世主。
可是我原諒你們。——不錯，孩子是生出了；
他來得的確不很爽快，但終於來到了。——
今天早晨外邊傳來了什麽消息沒有？
我是除了皇后今天生了個小孩之外，
其他的消息竟是一點也沒有聽到啊。

上議院議長

陛下，在歐羅巴發生的事，是沒有一件

能比得上這件事情，正像燕雀要去和偉大的鷹作比較一樣的完全不可能。有一件事因爲禁止了跟英吉利通商，我們的好多商人都受到很大的損失，因此，有好多最殷實的商號，也都一起朝不保暮的要破產了。下星期，他們說，就有六家最大的商號要祕密的關門。

拿破侖

這是不能的！我們這一次喜事，是不能讓這麼一件細微的事情來點污了的：應該設法救濟一下。我們雖然會受苦；而英吉利卻受得更多，那我就滿意了。

西班牙和葡萄牙方面又有什麼消息？

貝爾底棄

陛下，祇有一點模糊的謠言；這些謠言就像地震似的很快就傳佈到各處去，可是不知道是那裏來的。

拿破侖

關於馬賽納？

貝爾底棄

是的。他彷彿是碰到了那忠靈登爾士，為謹慎起見，所以退卻了。不久，就會有呈文來報告您陛下，向您解釋一切的。

拿破侖

老是退卻嗎？怎麽，他以前的那種膽力
現在是消失到那裏去了？怎麽，爲什麽
他最近在布薩科倒要這樣開起火來？
其實他是可以一直開到里斯朋去的——
他爲什麽要這樣逗留在達古斯河邊
而放着那必然的道路不走？我給了他
奈伊，蘇爾，和預諾，還有八萬多的人馬，
他可一點事也不做。照這樣的看起來，
難道我們眞打算跟這個惠靈登永遠
在那裏永遠的同住下去？

貝爾底葉

聽說他是在

託萊希·委德拉希造了許多堡壘，竟把馬賽納完全攔住了。

拿破侖

啊，現在且別談吧：像今天這樣的好日子，我爲什麼還在這裏談着這些很偶然的戰事消息呢。

拿破侖從一扇門走了進去，上議院議長，剛巴西萊斯，勒布侖，貝爾底葉，和其他官吏從別一扇門走了進去。

諷刺之精靈的合唱隊（縹緲的音樂）

連上天的意志也竟讓他佔了先，

處處都樂意的聽從着他的指示，
讓他這樣命令似的向自己發言：

「我必需要立刻就娶到一位妻子，
一定要她使我這個新起的貴人
連結着凱薩時代的光榮的姓氏。

「而且孩子又一定要馬上就產生，
而且一定要男孩，女的都還不要，
而且要使這男孩將來長大成人

「能夠繼承我這父親的一生光耀；

還有，在我這個孩子出世的當兒，
要叫通天下都一齊升旗又鳴礮！

這便是他向着上天吩咐的言辭，
上天竟完全使它實現，不爽些微。

皇宮的內部被帷幕遮掩着。

第四景

西班牙　阿爾布愛拉

同一個春天的五月中旬的黎明照亮了阿爾布愛拉村莊以及附近的原野；這是從一行小山頂上望下去的景像，由貝雷斯福德帶領的英吉利軍隊及其聯軍就駐紮在這些小山上。眼光所能看到的風景一直包含了右面前景中的一座山崗，這座山比其他的山要高出一點，而且跟那山脈稍稍有點離開的。這座山崗後面和四周的那些綠色的斜坡，都是未經人跡踐踏過的——雖然在幾小時之後，這整個戰事中最殘酷的一幕流血的場面，卻就能在這個地點演出了。

那村莊本身是在左邊的前景中，後面有一條河流從右面的遠方流過來。英吉利所佔領的那些山頂下面，有一流屈曲的溪流正在那村莊的所在地注入那條河水。在那條河流背面，卻可以看到有一些法蘭西軍隊在着。再在這些後面更遠的地方，是伸展着一座有幾方哩面積的大樹林，阿爾布愛拉的河水就是從這樹林裏流出來的；而在樹林的最遠的邊線後面，卻看見清晨的天在不時不刻閃動着。樹林裏的鳥兒，並沒有覺得這一天和它們所過慣了的別的許多日子有什麼不同，是依然用慣有的爽朗在唱着它們的晨歌。

啞場

四周的事物漸漸的清楚起來，我們可以看到，法蘭西軍的夜間的軍事佈置已經馬上就要完成了，這軍隊在前一天晚間，是正在英吉利軍前面的樹林裏。他們在黑暗中慢慢的顯出來，他們之中有好多隊——步兵，馬兵，和礮兵——已經爬到了貝雷斯福德的右方，而他卻一點也沒有覺得那些軍隊躲藏在前面說起過的一些較大的山崗裏，離貝雷斯福德的右翼已經祇有半哩遠了。

年歲之精靈

你們留心着吧，各位精靈們，——
我已經在那遙遠的天際，
看到了奇幻的符號和標記，
表示那偉大的上天的意志，
今天要在此處佈上了戰雲——
你們且等在這裏看個分明。

憐憫之精靈

我看見像有些鮮紅的血塊
點綴在那黎明時候的天上；
地下是無數機械般的人類，
國籍不分的胡亂排列成行，

永遠的忍受着辛苦和顛沛；——
他們不知道負的什麽使命，
祇徒然爲着統治者而犧牲！

年歲之精靈

要說得具體一點啊，別這樣空洞的。

謠言之精靈

由我來說吧。……戰事的形勢已經清清楚楚，
地點就是在那邊的村落和教堂的近傍：
從那樹林裏，衝出了一枝極堅強的隊伍，
由戈底諾帶領着，同時還有威勒在幫忙。
他們正攻向村子去。可是對方的迭克生
卻用葡萄牙兵的鎗礮向他們拚命洗掠，

幾乎要在密密的人羣中殺開一條血道！
法蘭西兵卻也增加着，一時間礮火齊鳴，
把那裏的牆垣和樹木都打得七顛八倒。

憐憫之精靈

這個地方本來是一片多麼秀麗的原野，
經這一場戰事，不知要變得如何的頹敗！

謠言之精靈

可是對付英吉利的眞正的狠毒的手段，
卻還不是在這裏。你們且對那右邊看看：——
你們且看看那在小山側邊進行的戰略
那裏有無數的礮兵，步兵，和勇猛的騎兵，
由威勒和拉郤爾·莫布爾兩個人帶領着，

一心一意的祇想那把峻峭的山嶺攀登。

貝雷斯福德現在已經覺察了在他側面的那計劃，便傳下令去拿他的右翼來抵當這攻擊。這命令並沒有被服從。差不多在同時候，法蘭西兵已經開始衝鋒了，英吉利方面的西班牙和葡萄牙聯盟軍已經被擊退，而山崗是被佔領了。但是有兩個英吉利的分隊卻從陣線的中央顯現着，拚命的在爬上山去，想要把那山崗從新奪回來。

災禍之精靈

我們之間現在如果有一位好奇的精靈，
他倒想學一學那不容易的殺人的技能，
他祇消留心的看着這裏的這一場把戲，
用全副精神向參加這把戲的人們學習，

他便會知道人類會用怎樣奇怪的法術，
在別人的皮膚上開着怎樣鮮紅的門戶，
又怎樣能使靈魂一下子就跟肉體脫離！

正在衝上山崗去的英吉利兵碰到了一頂濃密的迷霧，這迷霧使他們看不見背後有一些敵人的長鎗隊和驃騎隊在撲上來。那勇猛的六十六軍的陣線，以及跟他們在一起的四十八軍的陣線，在一片煙氣，鋼鐵，汗，詛咒，和血的混沌中，是可以看到像蠟似的熔化成混亂的一堆。他們的身體是僵硬的了；有時候，當敵人的馬蹄踐踏過的時候，他們也還絞撕着，轉側着。那些沒有倒下的，也都做了俘虜。

憐憫之精靈

古怪的精靈呀，這裏的情形你已經看見！……

啊，那裏有人這樣不顧死活的穿過塵灰，
來到了這鬪爭最為猛烈的可怕的地點，
那個身材高高的，可敬的勇士究竟是誰？
他這樣紅着眼睛，咬着牙關，又張着手臂，
像預備打完了這一仗之後就死在此地！

謠言之精靈

你所看到的那個人是貝雷斯福德將軍，
是英吉利方面的首領。

憐憫之精靈

他這樣奮不顧身，
一馬當先的抵當這層層的鋒鏑的攻擊，
又親自拔出了刀，在前線上勇猛的殺敵！

那戰爭的兇猛的最高點是已經達到了；我們可以看到交戰的兩方在能夠互相交談的距離間用葡萄彈和霰彈轟射着；後來直近到連對方的面部都看得清楚了，他們還是在拚命的開着毛瑟鎗。火熱的屍骸，嘴唇因爲咬鎗紐而發黑，四周圍是一些拋棄掉的背囊，火鎗，帽子，鎗柄，子彈匣和火藥管，再加上許多紅色和藍色的破衣服，脚絆，肩章，肢體，五臟，都堆積在斜坡上，從兩三個變成六七個，又從六七個變成一堆堆，身上蒸發着自己的暖氣，春天的雨輕輕的落在他們身上。

最緊要的關頭是來到了，英吉利兵已經潰滅。但是有一個比較的可以說是生力軍的分隊，帶着快鎗兵，卻又由哈定格和科爾帶領到了這混亂中來，他們使用出最後的努力，想要挽救這一天的戰局，挽救他們的名譽和生命。快鎗兵走上了斜坡，從煙霧裏鑽出來，出乎敵人意外的來到了那個對方自以爲已經佔領了的地點。

憐憫之精靈的半合唱隊（縹緲的音樂）

他們過來了，在鎗林彈雨中前進；
他們掙游着，像風中的蒼蠅一羣；
他們是得勝了又敗，失敗了又勝。阿爾布愛拉！

半合唱隊二

他們在一寸一寸的佔領到土地，
他們已經給燒焦了毛髮和眼皮，
他們還這樣咬緊了發黑的牙齒。

半合唱隊一

他們大家都興奮得像是發了狂，
他們的理性和感覺都不知去向，
祇一股勁兒衝向那尖利的刀鎗。

半合唱隊二

他們直衝得精疲力盡頭昏眼花，
像樹葉子似的旋轉，又紛紛倒下。——
但是先前的勝利者也付了代價。阿爾布愛拉。

半合唱隊一

本來，衝鋒的曾經有六千多人數，
他們都誓死的要把那山崗佔據，
現在，祇有一萬八千名的剩餘。

半合唱隊二

已經斷送了不少的軍官和士兵，
有的臉朝着地面，有的向着天庭，
他們勇猛的掙扎，又慷慨的犧牲。

半合唱隊

朋友和敵人都一堆堆混在一起。——
願大地替他們蓋上了黃土一抔，
讓地下的蟲蟻侵蝕他們的屍體！

合唱隊

願大地替他們蓋上了黃土一抔，
讓地下的蟲蟻侵蝕他們的屍體。——
男子何必發傷，女子也何必悲淚？
這樣的睡去倒比醒着更爲得計！——阿爾布愛拉！
黑夜來到了，黑暗把戰場遮蓋着。

第五景

温佐堡　國王行宮裏的一個房間

房間的牆上都張滿了掛氈，各種傢具上也都罩着東西，那些罩子上還包滿着緞子和絲絨，上面都有金線繡出來的花字和王冠。窗邊有人把守着，地板上加着厚厚的軟木，再舖上氈子。時間是緊接着前面一景。

國王坐在一扇窗邊，威里斯醫生的兩個助手也在房間裏。王上是已經有七十二歲了；他的眼力已經變得非常薄弱，但是他樣子卻並不像生病。他似乎正在起着一種憂鬱的思想，像責備似的對自己說着話；除了有時候洩漏着一種慌張的神色之外，他似乎再沒有其他奇突的徵象了。

國王

在我的一生中，我還沒有照顧她得充分——沒有充分——沒有充分！而現在，我是把她失掉了，我是從此不會再看見她了。但願我能知道，但願我能想到這個兩位先生，我是幾時失掉了愛美里亞公主的？

第一助手

陛下，是在去年十一月二號。

國王

那麼現在幾時了？

第一助手

陛下，現在是六月初頭上。

國王

啊，六月，我記得了！……六月的花並不是爲我而開的。我永遠不會再看見它們；她也不會再看見了。她是那麽喜歡這些花的。……我就是還能够活下去，我也不會再走到開着這些花的地方去了！不：我要到那她所從來不願意到的，也從來不知道的，陰慘而又荒凉的地方去，這樣就不會有東西再來觸動我去想起她，而使我的心痛到不能忍受的地步！……怎麽，是六月初頭？——這正是他們要來察看我的時候了！（他變得興奮起來。）

第一助手（向第二助手作傍白）雷諾爾玆醫生不應該先告訴他什麽時候要來的。這祇有使他更感到不安，更不宜乎去見他們。

國王 我給關閉在這裏，已經有多少時候了？

第一助手 陛下，是十一月開始的；這完全是爲着您的健康，這個陛下您自己也知道。

國王

怎麽，怎麽？這樣久了嗎？啊，是的。我必需要忍受下去。這是我可憐的一生中的第四次的磨難了，是不是？第四次。

門上有人輕輕的敲着。第二助手過去開了門，輕輕的說着話。亨利·哈爾福德爵士，威廉·赫伯登醫生，羅勃特·威里斯醫生，馬修·拜里醫生，國王的藥劑師，和一兩位其他的紳士輕輕的走進來。

國王

什麽！他們來了嗎？他們打算拿我怎麽辦？他們敢嗎！我還是漢諾佛的君主啊！（發現了這些人之中有着威里斯醫生，他竟尖叫起來。）哦，他們要來叫我流血了——是的，要叫我流血了！（可憐的說着。）我的朋友們，不要叫我流血呀——請你們不要再抽了我的血去，我要變得非常軟弱了。你們老是用這些水蛭，也一樣沒有好處的。我可以斷定，你們一定不會對我這樣的殘酷！

威里斯（向拜里）

這眞是奇怪的，他爲什麽竟這樣的討厭流血——這是種做可以放膽的施用的最好的辦法。他有時候用水蛭還肯答應，但是如果不強迫執行，我卻不敢說他還能活得長久。

國王（聽到了幾個字）

你們要強迫我嗎？不要啊，不要！

威里斯

不錯，水蛭是沒有多大用處的。我昨天對霍讃醫生說了，他說如果叫他來看這個病，他一定要叫他流血直流到昏暈過去！

國王

你們難道一定要違反我的意志來執行嗎？要你們以前的王上受到不必要的痛苦嗎？我的好朋友們，我現在切實的對你們說吧，

我是沒有做過什麽有害的事情。在我沒有
脫離了王位，在我沒有這樣的凋謝了下去，
在我還沒有被剝奪了神聖的權力的時候，
當我還健康着，而還統治着英吉利的時候，
我總是用着我的整個的精神和身體，來替
國家和人民盡力，來打算着全民族的福利！
我總是沒日沒夜的在祈禱着又在默想着，
在努力想着法子來改善我的百姓的生活。
我的朋友們，我的這種情形你們總知道的，
總不會趁我現在沒辦法的時候來捉弄我！（他顫抖着。）

憐憫之精靈

你們瞧，啊，這眞可以算得是個痛苦的靈魂

他一方面被那一種假意的忠心所捉弄着，
另一方面又被多荆棘的環境這樣的殘害，
看了這一幅可憐的景像眞不免叫人流淚，
叫人再也禁不住會對他表示着憐惘之心，
而相信這一定是一個卑鄙而惡毒的精怪
所玩出來的把戲——這精怪一定是自作主張，
在這樣好戲作樂的捉弄他的可憐的囚犯——
而決不是你所說的那個沒有一點理智的，
同時也不會有惡意的上天所排定的節目！

年歲之精靈

溫和的精靈啊，請不要感傷着人類的命運，
這是排定的戲，這是凡人們的必然的處境，

你無論怎樣傷心，也不能把這計劃來變更！

哈爾福德

陛下，您放心吧，我們是不會來把您傷害的。這是赫伯登醫生，我知道您一定很喜歡他；這是拜里醫生。我們所以要到這裏來，目的無非是來探望探望您究竟有沒有好一點，隨後我們就可以去報告給內閣方面知道，可以讓他們把好消息去向您的百姓公布。

國王

在溫佐的遠方傳來了一陣軍樂聲。

啊，這個軍樂隊今天在這地方奏些什麼呀？
她已經死了，同時我也不會活得很長久了！……
她的小小的手，恐怕到現在還沒有冷透呢；
他們卻覺這樣的不講道理，又這樣的殘酷，
竟在這裏奏起樂來！

哈爾福德

陛下，他們以爲您一定
不會聽到的，要不然，他們早把樂聲停止了。
他們這個囂亂的音樂倒使我記起了，今天
我們是來報告您陛下一件重要的消息的，
我們以最大的誠心特意到這裏來祝賀您
最近在國外所得到的一次最光榮的勝利。

這個消息傳到了還不久，那些軍樂隊就是爲着這個原因，所以在那裏熱鬧的慶祝着。

國王

一次勝利？我？你說在什麼地方？

哈爾福德

陛下，是眞的：是在遙遠的西班牙，是在阿爾布愛拉附近——這是千眞萬確的，陛下，您是又得到了一次空前絕後的，沒有人比得上的偉大的勝利！

國王

他是說我打了一次勝仗嗎？可是我卻以爲自己是這樣的一個可憐的沒辦法的囚徒，

儘是在這黑暗中拖延着我的寂寞的日子，
又時時刻刻的受着那些像吸血鬼一樣的
吸着我的血的暴徒們的恐嚇！呵，呵，呵！——
我現在除了趕快死掉之外沒有其他目的，
這樣可以使我的兒子早點得意——可是他卻
說我打了一次勝仗！上帝啊，真是見鬼的事！
要到什麼時候人們的說話纔能合於真實，
他們的舌子不再隨便翻呢！

紳士（傍白）

我真覺得奇怪，
在這裏，祇有瘋子倒是一個最清醒的人呀！

國王的臉上閃着紅光，他變得粗暴起來。助手們急忙趕到他身邊去。

憐憫之精靈

我看了這光景眞是悲傷，
一心一意想要禱告上蒼，
請他袪除了所有的不祥！

諷刺之精靈

你要禱告也就不妨一試：——
可是他的同情是在那裏？
他畢竟又抱着什麽宗旨？
是在那天火閃動的地方？

是在那太陽照耀的地方？
是在那繁星密佈的地方？
天意究竟是怎麽個樣兒？
是否真永遠垂照着大地，
在那裏推着永久的輪子？

憐憫之精靈

你儘管笑我痴心又恐盲，
我卻還是要來禱告上蒼，
叫他來解救人類的創傷。

國王的瘋狂狀態依然繼續着。助手們扶住了他。

哈爾福德
這眞是沒辦法的。誰也不知道他現在對於一切事情是怎樣的想法我想阿爾布愛拉一定是一個能够使他得到安慰的消息了。
（向助手）這種狂病是不是在這個禮拜更厲害起來？
第一助手
亨利爵士，倒也不見得。他近來時常在喊着去世的公主的名字，聲音是溫柔得像一個孩子看見了一隻挨餓的小鳥的時候一樣。
威里斯（向藥劑師作傍白）
旣然他不肯安安靜靜的讓人開刀，那麽我今天夜裏必需要增加點鴉片，還要多加兩貼水蛭來使他平復下去。

藥劑師

醫生，你應該一下子開上二十盎斯，而且一定要替他放血，直放到他失去了知覺。他是太結實了，不能用得太少的。噴水壺還是很有用處，要放在他頭上六呎高的地方，你瞧他多麼興奮。

威里斯

那村子裏的軍樂隊眞該死。最好是叫他們停止了。

赫伯登

爲了慶祝這次勝利，無疑的，整個英吉利都是在這樣的熱鬧着。

哈爾福德

當他還能自己意識到是一國之主的時候，他以國王的身份看到了這些情形，一定會非常高興的。……如果他能够在那平坑上走一下子，我想他的病一定會稍稍好一點。可是現在卻來不及。我們應當想想我們將怎麼的去報告樞密院。希望他好到怎麼樣程度，恐怕是沒有什麼可能了。你以爲怎麼樣，威里斯？

威里斯

沒有什麽希望。這一次他是完了！

哈爾福德

啊，我們還是說得稍稍輕一點吧，不要太叫王后那可憐的女子難受，也無需乎沒有必要的使樞密院分心。愛爾登一定會尋根究底的纏不清楚，而那些大主教們又是很容易受驚的，我們必需要照例的稍稍說得淡一點。

威里斯（從國王身邊回來）

他現在已經好一點了。瘋狂狀態差不多已經過去了。你們慢慢走，再跟他說幾句話，一定對他有很多好處的。

國王不久，就變得平靜起來，他臉上的表情現在卻顯出了一種頹唐的意味。助手們從他身邊離開：他低下了頭，用他的手掩住了他的面部、嘴唇掀動着，像是在祈禱。他隨後又轉向他們。

國王（柔和的）

各位先生，如果我剛纔對你們說了一些不應該說的話，而辜負了你們特意前來探望我這不幸的毛病的雅意，那麼我是非常抱歉的，但無論如何要請你們原諒！我的朋友們，我是神經鬆弛，全身虛弱了：「我所極願意做的好事情是始終沒有做，我所不願意做的壞事情倒先做了出來！」我眞是想起都慚愧的！

威里斯（向其他人作傍白）

他以前是兇暴到了極點，現在卻又和順到了極點。

國王

一位國王是應該像個國王；我又是出於
一個這樣悠久的王族我眞是覺得慚愧。……
你說起的那場戰事怎麼樣？——是西班牙嗎？
啊，在阿爾布愛拉犧牲了許多人？是不是？

哈爾福德

陛下，我很難受，有好多熱烈的心都冷了。
戰死的軍官有霍恪登游擊，伯克大隊長，
還有第三軍裏的赫勃特，和福克斯參將，
還有歐克和蒙泰格兩位隊長和旁的人。
受傷的有科爾和斯丟瓦特那兩位游擊，
此外，瓦萊斯軍需長也受了很厲害的傷：
總共計算起來，是有三位將軍，五位總兵，

五位游擊，五十位隊長，在這一個數目上
還得加上一百二十名左右的下級軍官，
他們都是一去就不回來了。至於在那邊
奮不顧身的鬭爭着的兵士們，直到現在，
更是一批批的已經犧牲了不少的數目！

國王

勝利的代價眞是可憐的！除了這個之外，
還得加上我在伐爾歇命所損失的那些。
眞是造孽！……我堅決主張要把查珊派出去：
這事情時常使我難受，直到不能活下去！

威里斯（向其他的人作傍白）

別讓他想起伐爾歇命的事情他又會發作了。赫伯登，請你跟他談談吧。他時常在想起你。

赫伯登

我來告訴他一些這場戰事的好的方面。（他走過去向國王談着話。）

威思斯（向其餘的人）

啊，我的肚子在叫了。我今天早飯吃的太早。亨利爵士，我們現在可不是有許多事情可以去報告王后和樞密院了嗎？

哈爾福德

是的——今天我要儘可能的趕快回到城裏去。西登斯夫人今天夜裏在她的威斯特朋的家裏舉行着一次宴會，所有的人全會到的。

拜里

可是我卻不到。我已經約定了要帶幾個朋友到伏克斯哈爾花園去，那邊今天夜裏有盛大的慶祝會和焰火。非奈小姐要唱「金絲雀」。——不錯，攝政王的宴會是延期到十九號去了，原因就為了這次慶祝。他這辦法眞是很聰明的。一定的，所有的人一定全會到那邊去——

威里斯　一定還有許多女客會到的。——啊，赫伯登過來了。他已經很好的使王上平靜了下去。現在我們可以走了。

醫生們悄悄的走了開去，幕閉。

第六景

倫敦　卡爾登屋和臨近的街道

這是一個天上沒有雲的仲夏的黃昏，西方暗淡下去，星光照耀着全城，而那顆暮星卻像一朵長壽花似的高掛着。但這些星光卻因爲在卡爾登屋四周和上面密佈着的異常的光彩而顯得暗淡了。從上面看去，這些光彩從天窗裏穿出來，滿過前庭向帕爾·馬爾街泛濫着，用一種澄淸的光照耀着臨視馬爾街的一些花園裏的遮帳。攝政王的慶祝會的時間是來到了。

一條車輛和轎子的水流，慢慢的移動着，一直從帕爾·馬爾街上的建築物伸展到倍凱迭里和朋德街，人行路上擠滿了羣衆，在望着車輛和轎子裏面的帶着珠寶和羽毛的座客。除了那帕爾·馬爾的柱廊裏的大門之外，在瓦威克街上還有一扇祇爲轎子而設的，小小的，隱藏着的邊門，轎子一來到，就像沒人看見似的悄悄的溜了進去。

諷刺之精靈

你們瞧，那邊有兩份人家的樣子真奇異，
一家在海德西面一家在公園邊的巷裏，
裏面竟沒有一位客人出來參加這狂歡，
倒像一個悲哀的面具般老是鎖着眉尖！

諧言之精靈

那裏面住着的是攝政親王的兩位太太；
慢慢再對你細說吧，請先讓我看個明白。

那兩座屋子的牆——一座是在公園巷裏，一座是在肯辛登街上——忽然變得透明了。

在那第二座屋子裏是他的第二位太太——
那就是布命斯威克族的凱羅林，她那位
勇敢的父親，是在棨那的戰場上戰死的，
而且不久之後，在她的接近的親屬之中，
將還有人會遭到這一種同樣的命運呢。——
她不喜歡這次宴會，但當有一輛歡樂的
車駕在路上經過的時候，她總在嘲笑着。
「我就像大主教們的太太一樣，」她笑着說，
「是永遠不會享受得到我丈夫的榮譽的。」

突然，有一個正像要去參加卡爾登屋的宴會的浮浪少年，卻在她的屋子面前停下來，叫着門，
又被領了進去。

他來向她報告着消息，說是又有個寵愛
迷惑了她的丈夫的心了；他還向她說起，
有幾位在不久以前已經去世了的朝臣，
也被那些錯誤百出的舊記胡亂邀請着，
來參加這場盛大的宴會。

從遠處可以看到那位郡主聽了他的賓客的幾句話，就從坐着的桌邊跳了起來，拍着她的手。

你瞧，這個消息，
卻竟把她的這樣熱烈的好奇心引起了，
使她一下子就想出了一個有趣的計劃。

威爾斯郡主

我的上帝啊，我打算化了裝，用個假冒的
名義從那扇專爲並不公開的歡迎着的
人物而設的，祕密的邊門裏混到裏邊去。
我要去悄悄的看看我那位新的替代者！
你以爲這辦法不正當吧？就不正當好了，
規規矩矩做人也不會得到什麽好處的！

諷刺之精靈

我們再來看看那一位被欺負的太太吧。

謠言之精靈

在那間屋子裏是住着那畏縮而乖戾的，
美麗的非炎物特。當一輛輛車經過時，
她是在窗口這樣呆看着，她那個地方是

這樣寂寞而又暗淡，像是在替她傷悼着
她的淒涼的命運，可是她也不肯甘心的
就乾脆放棄了她的親王和一切的榮華。
她在這樣說着：『他們祇是把我當做一個
出身低微的人邀我去赴會，我卻不願意
跟那些普通的太太們在一起！』同時也有
一位朋友寫信通知她，說是今晚上將有
一顆游星陪伴着她的丈夫；聽了這消息，
這位美麗的非茨勃特卻又在羨慕着了。

非茨勃特夫人（自言自語）

那一張我當着衆人的面拒絕了的請柬，
爲要滿足好奇心，倒可以偷偷的用一下！……

且讓我一言不發的再看一次眼前這種
像與鏡似的使我憂鬱的生活再看一次
造成這生活的人，從一個隱祕的角落裏
望着他的新的榮譽；——此後我就不再來了！

謠言之精靈

她坐着自己的轎子，披着外套，戴着面幕，
在同樣的混到那裏去的郡主身邊走過——
但她們是多麽不同，這兩位一樣的棄婦！

諷刺之精靈

將跟着弄到一張門劵的，沒來歷的婦人，
一起不讓人看見的混進那隱祕的邊門。

諷刺之精靈的合唱隊

一位是肉體的妻子，一位是靈魂的妻子，
這一位有點兒粗俗，那一位卻如此雅緻：
如果這兩位不同的夫人能够熔爲一爐，
他就將成爲全歐羅巴的最忠實的丈夫！

年歲之精靈

你們且不要把這些無家的婦人來嘲笑，
她們的戀愛和結婚都依着上天的指導！——
我們且轉眼來看看裏面的緊張和熱鬧。

卡爾登屋的牆打開了，看客可以對着這狂歡的景像仔細的觀察個淸楚。

第七景

同上　卡爾登屋的內景

一座居中的廳堂顯現了出來，由許許多多的蠟燭，擺燈，和提燈照耀着，又裝飾着無數開花的小樹。從左邊的一個開口處，可以望得見裏面的那座大會議廳，那是準備着做跳舞之用的，地板上鑲着圖案的嵌花，中間有"G. III. R."字樣，以及一個王冠，武器，和紋章的輔弼。靠牆邊安放了一些開滿了花的橘樹和薔薇藤。在右面是一長行閃光的餐室和餐桌，那裏現在正擺滿了賓客。這一行餐桌一直伸展到極西面的貯藏室，而且分枝到兩邊很長的行廊上去。

那主要的餐桌上是放着金銀的器皿，在桌端的高臺上，攝政王是像一座偶像似的坐在一張金紅色的端椅裏，背後站着六名僕役。他笨重的穿着一身華麗的軍服，軍服上鑲着紅的和金的滾邊，這表現他是大元帥；在四周圍環繞着他的一百四十名接近的朋友。

在這張華貴的餐桌的中央，有一條潺潺的溪水流過，上面架着一些奇幻的小橋，在這溪水裏面，有許多金色和銀色的小魚在長着青苔和花草的兩岸間活潑的跳動。這整個場面是由掛着的燭架和桌上的無數燭臺裏的蠟燭照耀着。

在上席的賓客裏包含着約克公爵夫人，她顯得很疲倦的樣子因爲她曾以主人的地位招待了許多來參加的貴婦人，衹除了那些不是正式來參加的；此外，是法蘭西的路易第十八，喬巢萊麥公爵夫人，英吉利全體的王族公爵差不多也是全體的普通公爵和公爵夫人；此外還有首相大臣，上議院議長，財政部和其他各部的大臣，倫敦府尹和府尹夫人以及其他的許多重要的貴族，貴婦，議會議員，將軍，海軍提督，市長，和他們的夫人。那些貴婦人差不多是穿着一律的制服，頭上戴着一種顫動的髮飾，上面插着駝鳥毛，又鑲着鑽石，身上是白緞子的長袍，上面綉着金銀色的花；因爲天氣炎熱的原故，燭臺上的蠟淚時常會掉下到這些華麗的衣服上來。衛隊的軍樂奏着，穿着藍色和金色滾邊的制服的侍役們來來往往的走着。

憐憫之精靈

我看到攝政王的母親，那位王后，是沒有
在這裏，同時他的姊姊也一個都不看見：
這是很好的。本來，他們在這裏像這樣的
開着一次盛大的宴會，如果我們替那位
被幽禁在溫佐的，奄奄一息的國王着想，
這差不多可以算是一件很不應該的事；
我看得出，就是今天在這兒出席的人們，
也一定有許多會贊同着我的這句話吧。

諷刺之精靈

我的親愛的精靈和知心的朋友，他們臉上的那種陰暗的神情，與其說是出於對一位受苦的
君王的忠心，卻還不如說是爲着出了百分之十一的利息借了他們的錢不來的緣故吧！可是我們

且來測驗一下他們的感情看。我要散佈一個消息出去。

他把謠言之精靈叫了過來，謠言之精靈便在人羣裏散佈着耳語。

一賓客（向他鄰席的賓客）

你聽到了這個說王上已經死了的消息沒有？

另一賓客

這消息剛從那一邊傳到我的耳朶裏來。會不會是眞的？

第三賓客

我想這是可能的。這一個禮拜以來他病得很厲害。

攝政王

死了嗎？天哪，這樣說，我的宴會是給毀了！

薛里登

國王萬歲！（他舉起了杯子，向攝政王鞠着躬。）

赫特福德侯爵夫人（那新的愛寵，向攝政王）

這事情是很可能的，不過時候實在太不巧了！這竟會在這時候發生，對於你，實在是太殘酷了！

攝政王

眞見鬼；這是眞的嗎？（他一時在臉上顯着一種尊嚴的神色。）

約克公爵夫人（在攝政王左面）

這話我是不大敢十分相信的。今天早晨他們還說他已經好了一點。

盎果萊麥公爵夫人（在攝政王右面）

在這一方面，

却有許多人都說這消息一定靠不住的——

他們說、死的是波納巴特的新生的兒子，
那位「羅馬國王」，卻並不是親王您的父親。

攝政王

這是再好也沒有！如果那消息是確實的
我倒眞會因此而受到全世界的咒駡了——
同時王后卻也會跟我一樣的受到非難。——
我已經把這一次的已經約定了的宴會
拖延了許多天，許多星期，希望他也許會
好起來，可是現在卻再不能拖延下去了。
現在照情形看來，大概死掉的卻是那位
出世還不久的羅馬國王；說不定他根本
就沒有出世也未可知！……像他這樣的一個

暴發戶的兒子，倒跟我們一樣稱起王來，那就簡直連一條狗都可以稱爲親王了！

拜德福德公爵

親王，我相信連那一個消息也不會是真的。我今天晚上從窩朋趕來的時候，我就聽到說了；但是這消息前後都不符的。

攝政王

公爵，你還是從窩朋趕來的？你爲什麽事情這樣忙啊？

拜德福德公爵

是的，我的紀念剪羊毛的午餐剛巧也定在今天，我是不能不到的。因此我在一點鐘的時候在那兒跟他們一起吃了飯，商量商量羊毛的事情，就出來，趕了四十二哩路，在我這裏的家裏急忙披上衣服，就到親王這兒來了。——我到得時候還不算太遲呢。

攝政王

眞惱害，眞厲害。眞的，這的確是忽忙極了！

不久之後，那多嘴的，衣光閃鑠的一羣人物從餐桌上站了起來，開始穿過各房間和鑲帳散着步，首先由攝政王做出了榜樣，他混在各等級的客人堆裏，不拘形跡的談着話。他和環繞在他四周的一羣人在比較遠的房間裏出現了；但大部分的人卻集中在希臘廳，這廳堂是在場上的前景，從這裏可以望得見裏面的擠滿了人的舞廳。

音樂隊正在奏着應時的歌曲，「攝政期笛曲」，并由三十對的舞客在跳着鄉村的舞蹈；因此，當頂上的一對對一直跳到了下面的時候，他們差不多連氣也喘不過來了。有兩位勳爵一邊在看着這景像，一邊在散漫的談着話。

第一勳爵

羅馬國王死了的消息究竟證實了沒有啊？

第二勳爵

還沒有。不過這很可能是眞的。他從頭就是一個身體很弱的嬰孩我相信他們簡直必需在他生的那一天就叫他受洗禮。而且在這一種僭妄的行爲當然不會有什麽好結果——他們把他稱爲新的救世主，而且這一切上帝全知道的。除了我們這個國家之外，每一個國家都在熱烈的頌揚着他。沙皇亞力山大聽到了這話的時候，他是這樣無味的說：「聰明的英吉利人哪！」

第一勳爵

這樣看來，彭貝和凱薩之間的感情是開始冷淡了。亞力山大對於他的妹妹給傲慢的拋棄掉那件事情的創痛，恐怕至今還沒有平復吧。

第二勳爵

此外還有許多的內幕。我敢打一個「基奈亞」的賭，我料定不出今年，俄羅斯和法蘭西之間是會發生戰事的。

第一勳爵

親王今天夜裏彷彿有點不大高興的樣子。

第二勳爵

是的。王后因爲王上的情形這樣壞，她很不主張開這次的宴會。她和她的朋友們都說這次宴會是應該完全打消了。可是威爾斯郡主卻一點也不因此而煩惱。雖然她自己並沒有人邀請，可是她卻到處張羅着，替她的人買着新衣服來參加可憐的愚蠢的女人啊！……

另一種今年的新的舞蹈又開始了，又有一長行的舞伴在跳着舞。

啊，現在他們在跳着的舞是非常有趣的。這叫什麽名字呀？

第一勳爵

這叫做『催耕舞』。這是新出來的。現在什麽地方都很流行。下面一次是一種外國式三八步的舞，他們稱之爲『圓舞』。我很懷疑，這裏不知道究竟有沒有人能跳得像。

「催耕舞」已經跳完了，音樂隊開始奏起「科本哈根圓舞曲」來。

譏刺之精靈

現在要來看看那兩位夫人了。她們都偷偷來到這樣，除非轉念一想，她們或者會從新回去；不過無論什麽都不能屈伏的自尊心，卻終於不免要屈伏於她們的婦人的好奇，因此她們就來了。使者們，把她們叫過來吧！

在另外一些房間裏走了一個之後，攝政王便出現在那座舞廳的門口，站在那裹向跳舞的人們望着。突然他轉過身，帶着一種紛亂的神色向四面望望。他在身邊看見了一個長長的紅臉孔的人，那就是莫伊拉爵士，他的一個朋友。

攝政王

莫伊拉，這兒眞是熱極了。我身上越發的熱！

莫伊拉

是的，天氣有一點熱。因此我不很想跳舞啊。

攝政王

我所說的話卻並不是這樣意思；我說這話，原是一種比喩的口氣。

莫伊拉

究竟是什麽意思呢？

攝政王

她在這裏。我已經聽到她的聲音。我敢賭咒！

莫伊拉

誰啊親王

攝政王

我說的是威爾斯郡主。你以爲我連她那種見鬼的日耳曼式的P字和B字的聲音都聽不出來嗎？——她曾經要求來的，可是給拒絕了；不過我敢打賭，她一定是從瓦威克街上的那扇邊門溜了進來，這扇門，我原是爲幾位我希望能夠偷偷的進來的女士們而設的。（他又向四周看着，他走過去，一直走到了一扇能夠望得見大扶梯的門邊。）天哪，莫伊拉，我看到有兩個人全是不應該來的——她們就是在那行廊的欄杆上。

莫伊拉

親王，有兩個？是那兩個呢？

攝政王

一個是她。另外一個是菲茨勃特——我差不多可以斷得定。我本來也歡迎她來，可是她卻驕傲的說，她不願意以一個平常的「太太」的稱呼來坐在我宴會上。我因爲已經立過誓，這次的宴會，每個人都必需要嚴格的依照着自己的等級就座，所以我沒有讓步。她眞不知見的什麼鬼會這樣的跑了來？眞是的，這兩個女人可眞要我的命了！

莫伊拉（小心的向那樓梯上望着）

親王，我可看不出來是她，同時也沒有發現那郡主。那邊有一大羣的閑人集在欄杆上，您也許是看錯了人了。

攝政王

啊，不是的。她們扭回頭去了。這一次送請帖的時候簡直錯得一團糟，就連倫敦的著名的蕩婦都說不定會請了來。她是在看着赫特福德夫人，這就是她在幹的事情。雖然表面上是那副漠不關心的樣子，其實她們兩個全都妒忌得像兩頭雌貓看見了一頭雄貓一樣。

有人輕說着樓上有一位女客昏倒了。

我敢賭咒，這一定是瑪麗亞！她時常會昏倒的。每當我聽到說近邊有一個女人昏倒在躺椅上，又叫人拿冷水的時候，我自己總是在這樣想，天哪，這又是瑪麗亞了！

諷刺之精靈

現在，且叫他再來聽到一次她們的聲音吧。

攝政王聽到從樓梯上傳來的兩位婦人的聲音是越來越響，越來越近了，他顯着驚駭的神色，郡主在他這一隻耳朵邊傾倒這責備的話，非茨勃特夫人在那一隻耳朵邊也同樣的說着。

攝政王

眞見她們的鬼，莫伊拉；我差不多要發狂了！
如果有血有肉的男子是祇能跟這麼許多
慣於迷惑人的女性之中的一個結合的話，

那麽上天爲什麽使我們有換口味的嗜好？——
天哪，我對於這場熱鬧眞有點討厭起來了
這裏這様的熱！替我弄一杯白蘭地來喝喝，
要不然，我也會昏倒的。現在，我們且走出去，
到那邊的空地上透一口新鮮的空氣去吧。
莫伊拉，亞莫斯，往這兒，你們跟我一起來吧。

攝政王同着莫伊拉爵士和亞莫斯爵士一起下場去。音樂隊奏着『美麗的加答里那』樂曲，一批新的人物聚集了攏來。

年歲之精靈

精靈們，你們在這裏錯用了你們的權力了，

你們會叫人覺得她們眞是上天的意志所
指派定了的人物。

諷刺之精靈

不是的，老前輩啊，不是的。
那兩位太太到這裏來，是冒着一些被請的
已經死了的人的名字，自作主張的前來的。
難道你以爲她們一定不應該到這裏來吧？

年歲之精靈

一個婦人的說話和她的行動之間，是有着
極大的距離的——他嘴裏雖然說：「我一定會來，」
但無論她來不來，你還是把你演的滑稽戲
停止了吧，讓這一場宴樂平平靜靜的過去。

首相大臣斯賓塞・配西福爾走進來，他是一個瘦小而莊嚴的人；另外有一位政府的下級祕書也走進來，跟他碰到了。

下級祕書

羅馬國王眞已經死了嗎？他的華麗的金搖籃眞已經沒有用處了嗎？

配西福爾

不是，他還活着而且在一天天長得更結實

聽到這奇怪的傳聞，在我們已經不是一次。

可是關於這件事情，我們卻又聽到了一個

意義更重大的，而且又是十分可靠的消息。

下級祕書

您的話很朦朧。

配西福爾　我說歐洲又要發生戰事了。無需乎等到今年年底。我們就會看見一次比歷來的戰事還要兇猛得多的流血事件。這一次戰事的主角將是俄羅斯和法蘭西；而且一定是很激烈的！

下級秘書　天哪，您以為這樣嗎？

凱激甫走進來，他是一個長長的，漂亮的人物，生着一個羅馬人似的鼻子，他看見了他們，便走近來。

配西福爾

啊，凱撒留。我在這裏一直就沒有看見你啊。我說，這消息眞是叫我們全都會吃一驚的！

凱撒留

我的心對這消息卻很淡淡！自從我離開了職務以來，我就像一個在什麼寂寞的洞裏修行的隱士一樣，外界有什麼好事情或是壞事情正在進行着。我是一概的不聞不問。

配西福爾

啊，幸虧你的停職是決不會延長得很久的。可是，目前這一次行將發生的糾紛，那結果也許竟會有着極遠大的影響，而我們一生

也會沒有可能看得到呢！眞的，波納巴特和
亞力山大，他們兩個人本來是很好的朋友，
現在卻馬上就要互相的殘殺起來，這糾紛，
就是用全歐羅巴的舌子也是說不淸楚的。
波納巴特說是錯處並不是在他這一方面，
亞力山大也是這麼說。可是我們卻很明白，
他跟奧地利一通婚，就種下這次的禍根了。
同時波蘭問題，卻又使這糾紛擴大了起來。
這戰爭一定會發生，不過是個遲早的問題。
照現在這局面，祇要惠靈登能夠在西班牙
那方面多多的支持一下子，不馬上就讓步，
那麼，波納巴特在俄羅斯和西班牙兩邊的

夾攻之下，就會弄得焦頭爛額的毫無辦法。

謠言之精靈（向年歲之精靈）

能不能讓我混到那人羣裏，用我從那遠方帶來的消息去證實了他們的這些猜度呢？

年歲之精靈

還是我去吧。你知道的也並不比他們更多。

年歲之精靈幻化成一位面色慘白，眼眶深陷的紳士，穿着一身繡花的衣服，來到了那屋子裏。正在這時候，攝政王，莫伊拉爵士，亞莫斯爵士，開斯爵士，赫特福德夫人，薛里登，拜德福德公爵，和許多其他的貴人們又從新進來。音樂隊換成了一枝叫做『打倒法蘭西』的流行歌曲，前面說起的那些人物向舞客們望着。

年歲之精靈（向配西爾爾）

是的，大人，您聽來的消息是一點也不錯的。東方和西方兩大帝國之間的，近在眉睫的一場狠毒的血戰，已經由歐羅巴的好許多朝廷和內閣傳出了祕密的消息來，而且由一種特殊的路線，已經傳到我耳朵裏來了。不過這一次衝突您是看不見的，因爲在它還沒有發生之前，您就要鑽到墳墓裏去了；（配西爾爾慈傷着。）可是請您相信着吧，用不到再經過像這樣泥亂的五個年頭——這些泥亂的年頭，簡直把人類的過去的文明完全給殘酷的掃淨了——那在問題之中的，最新起來的統治者（不管

這對於不說話的人類是有好處或是害處）
就會像武勇的索爾（註一）一樣的從此一蹶不振，
而歐羅巴的幾個陳腐不堪的王國，卻又會
從新振作起來；在這一次的偉大的事變中，
破壞和損失當然會達到空前絕後的程度。
所有的民族都將在這次的戰爭中損失了
他們的最優秀的人材，而在恐慌中戰慄着。
（他混在人羣裏，就此不見了。）

攝政王（他正張開了嘴藹着）：

配西福爾

他是什麼鬼東西啊？

親王，也許是一個穿着法蘭西的王公的服裝的人——不過他的話倒不是對着他們的。他樣子像是一個外國人。

凱湫雷

他的態度像是古時候的一位先知，他的面貌有一點猶太人的樣子，他的聲音像是希伯來人。

攝政王

他一定是不認識我的，所以會當着我的面隨便說着。

薛里登

我倒眞希望他能夠像古代的預言家似的空着手在牆上寫出字來。

攝政王（從驚奇狀態中回復過來）

他對於在歐羅巴發生的事情彷彿知道得很多，就連很秘密的消息都有點風聞，（向配西福爾）老兄，眞比你的政府消息要靈通得多呢。

配西福爾

親王，據我猜想他一定是剛從那邊來的，所以帶了這些最近的消息來。

攝政王

天哪，如果他所預言的話是眞的，那麼在我的攝政期間或是統治期間內，就一定會過得很平靜了！不過我是天生歡喜打仗的；這是我的命運！

他在軍服裏面挺了挺身體，走了開去。那一羣人分散，音樂隊繼續粗糙的奏着「打倒法蘭西」，同時，黎明之光慢慢的在透進來。

不久之後，攝政王的賓客們便一隊隊分別的告退了。

憐憫之精靈

你們瞧啊，這白晝之光已經鑽進了帷幕

外邊的芸芸衆生又將忍受一天的辛苦！

年歲之精靈的合唱隊（縹緲的音樂）

我們在這裏看什麼呀？不妨向四面望望，
歐羅巴正在那裏擺下它的廣大的戰場，
從奧斯曇里一直伸展到赫克拉的高崗，
我們且向四面望望！

請聽那高聳天邊的烏拉爾山上的松濤，
聽那邊每一株松樹都像在悲嘆又哀號；
再看那在天際縱橫密佈的洶湧的狂潮；

你們再看看那波濤滾滾的比斯凱海灣；
那海灣旁邊的大陸是這樣的悄悄無言——
上天不久將在這些地方全布上了塵煙。

就巡這一場極殘酷的傀儡戲的牽線人，
究竟這舉動是爲好爲歹，自己也不分明，
到結果，終還不免要受着些痛苦和犧牲！

憐憫之精靈的合唱隊

可是那牽線人卻總有一天會大澈大悟，
不等到這一片花花世界完全打得粉破，
它就會回心轉意的來拯救人類的痛苦，
來拯救人類的痛苦！

寂寞統治着這房間，幕閉。

（註一）宋爾(Saul)、以色列的開國國王，武勇好鬪，因敗於非里斯丁人之手，卒自殺。

第三部

人物

一　精靈之國

古年歲之精靈
年歲之精靈的合唱隊

憐憫之精靈
憐憫之精靈的合唱隊

災禍之精靈與諷刺之精靈
災禍之精靈與諷刺之精靈的合唱隊

謠言之精靈
謠言之精靈的合唱隊

——大地之魂

——諸傳書使者

——諸司書使者

二　凡人之鬪

男性

攝政王

諸王族公爵

里支蒙德公爵
波福特公爵
里佛坡爾，首相大臣
凱漱雷，外交部祕書
凡西塔特，財政部大臣
帕爾麥斯登，軍政部祕書
彭森貝
勒德特，
淡特布雷德，
鐵爾奈，羅密尼，
（以上）反對派方面的
其他議會議員
二隨員

一外交家

諸大使，大臣，貴族，及其他縉紳和官吏

|

惡靈登

烏克斯布里奇

陀克登

希爾

克林登

科爾維爾

科爾

貝雷斯福德

派克與措布特

比音

維維安

威・彭森貝，凡德勒，科爾肯・格蘭特，梅特蘭，亞丹與西・哈爾克特

格雷淡勒・馬爾桑，貝肯淡與斯塔普爾登・科登爵士

威・德・蘭西爵士

非炎羅伊・桑麥塞特

非雷塞，亨・累爾凱特，科爾邦，披美侖，赫普朋，撒爾登爵士，西・披貝爾諾總兵

尼爾・披貝爾爵士

亞力山大・戈登爵士，布里奇曼，泰勒及其他副官

茂雅隊長

其他將軍，總兵與各級軍官

諸驛使

——

一輕騎兵軍曹

另一軍曹

一第十五隊驃騎兵軍曹

一哨兵，諸司運輸馬匹者

一軍官的僕役

其他不列顛軍隊裏的非正式的軍官與兵卒

英吉利軍隊

——

威．蓋爾爵士，威爾斯親王的內廷掌管

萊格先生，一威賽克斯紳士

另一紳士

德諾佛之牧師

德拉梅齊尼先生與其他歌劇公司主人

羅西野先生，一跳舞家

——

倫敦公民

一村夫與一自耕農

一郵務司

市民，音樂師，村夫，等等

——

布侖斯威克公爵

奧侖治親王

阿爾登伯爵

逢・奧麥特遼，巴林，杜普拉特，與其他國王的日耳曼軍隊諸軍官

貝爾朋歇，貝斯特，基爾曼塞格，溫克，與其他漢諾佛軍官

比蘭特，與其他荷蘭・比利時軍軍官

若干驃騎兵

國王的日耳曼，漢諾佛，布侖斯威克，荷蘭・比利時軍隊

——

凡・卡貝侖男爵，比利時政府秘書

阿侖堡公爵與德・烏爾賽爾公爵

布侶塞爾市長

布侶塞爾的公民與游民

——

拿破侖・波納巴特

約瑟夫・波納巴特

什羅麥・波納巴特

羅馬王

歐什尼・波阿爾奈

剛巴西萊斯，拿破侖之大丞相

達萊朗

戈爾果爾

德・波賽

——

繆拉，拿波里王

蘇爾，拿破侖的參謀長

奈伊

達符
馬爾蒙
貝爾底莱
貝爾特朗
貝西野爾
奥什羅，馬克多納爾德，羅里斯東，康勃朗
烏底諾，弗里岙，雷伊德·愛爾隆，德爾奥，維克多，波尼亞託夫斯基，茹爾丹，奥其他拿破命軍隊
中的大將，將軍及軍官
拉普，莫爾諦野，拉里波瓦西野爾
凱勒曼與密羅
法佛里野，馬爾波，馬萊，艾麥斯，及其他諸總兵
法蘭西副官與驛使

德·加尼西羅馬王之洗馬官

萊薩爾指揮官

另一指揮官

布西，一傳令軍官

皇家衛隊及其他的兵士

諸散兵；一瘋狂的兵士

法蘭西軍隊

——

奧羅，布爾多瓦，與伊凡，醫士

梅奈伐爾，拿破侖之私人祕書

德·蒙特隆，拿破侖之一密探

其他拿破侖之祕書

菲斯當拿破侖之僕役，
伊斯當拿破侖之奴僕，
二馭者
一旅客
諸內廷掌管與諸隨從
丟伊勒里宮之諸僕役
法蘭西公民與市民
——
普魯士王
勃呂歇爾
繆夫林惡鹽登之普魯士隨員，
格奈塞腦

齊登

布羅夫

克萊斯特，斯太因美茲，提勒曼，法爾肯霍森

其他普魯士將軍與軍官

一法蘭西軍中之普魯士俘虜

普魯士軍隊

——

弗蘭西斯，奧地利皇帝

梅特涅，首相兼外交大臣

哈登堡

奈泊格

希伐爾真堡，大元帥

美爾非爾特，克萊腦赫塞・宏堡，與其他奧地利將軍

維也納諸貴人與要人

奧地利軍隊

——

俄羅斯亞力山大皇帝

柰塞爾羅德

庫圖淑夫

奔尼格森

巴爾克萊・德・託里，多赫託羅夫，巴格拉欣，普拉託夫，契查戈夫，米羅拉多維支，與其他俄羅斯將軍

羅斯託普欽，莫斯科市長

斤伐羅夫，一欽差

庫圖淑夫部下之一俄羅斯軍官
俄羅斯軍隊
莫斯科公民
——
阿拉伐，惡靈登之西班牙隨員
西班牙與葡萄牙軍官
西班牙與葡萄牙軍隊
西班牙公民
——
歐羅巴諸小國國王與親王
萊普濟希公民

女性

凱羅林，威爾斯郡主

約克公爵夫人

里治蒙德公爵夫人

波福特公爵夫人

赫・達林普爾夫人

德・蘭西夫人

查羅特・堪貝爾女士

安娜・漢密爾登小姐

一青年女士與她的母親

達爾比亞克夫人，一總兵之妻

普列斯科特夫人，一隊長之妻

其他英吉利貴婦與命婦

格拉西尼夫人與其她歌劇場諸女士

阿爾里尼夫人，一跳舞家

諸村婦

諸兵士之妻與情人

一兵士之女

——

瑪麗・路易絲皇后

奥地　皇后

拿波里的瑪麗亞・卡羅里那

奥登斯王后

萊鐵蒂亞，波納巴特夫人

保林公主

崇德伯羅公爵夫人

崇得斯鳩伯爵夫人

勃里諾爾伯爵夫人

瑪麗・路易絲的其她隨侍命婦

——

廢后約瑟芬

約瑟芬之隨侍命婦

另一法蘭西命婦

諸法蘭西市場上的婦女

一西班牙命婦

法蘭西與西班牙之諸遊婦

大陸公民之妻

諸隨軍婦女

第一幕

第一景

尼門河兩岸，科夫諾附近

前景是從濃霧的灰霾中所望見的一座在不平的高原上的山崗。在左邊後面的地方是灰黑的維爾科夫斯基的樹林，在右邊是一條大河的模糊的水光。

有一件形狀不定的，移動着的，朦朧的東西，從山崗下面的樹林裏顯現出來，這便是拿破侖的侵入俄羅斯的大軍的中隊，包含着烏底諾，奈伊，和達符的軍隊，以及皇家衛隊。這中隊以及右翼和左翼，人數總共將近五十萬，全都出發向莫斯科開去。皇帝自己是停留在山頂上。當最後面的隊伍也來到了的時候，拿破侖就帶着阿克飛爾將軍和一兩位其他的軍官，騎着馬，走在頭上，到河邊去察看着，拿破侖的馬顛跌了一下，把他摔了下來。不等別人來幫忙，他已經自己站起身。

年歲之精靈（向拿破侖）

皇帝，這一種預兆是非常不吉利的；

古羅馬人碰到這個，就馬上會收兵！

拿破侖

這樣無聲的在我的想像中響着的，

究竟是誰的聲音呀？

阿克萊爾與其他的人

我們全沒說話。

拿破侖

希望這預兆對說話的人是靈驗的！

（他從新騎上馬去。

當那些察看者又回到了前景中的時候，那許多盛大的軍隊是靜靜的站在那裏，圍成了許多圓形，每一隊都有隊長站在中間，手裏拿着紙。他們從那張紙上讀着一篇宣言。他們感動的顫抖着，像被風震動着的樹葉子一樣。拿破侖和他的隨侍軍官們從新走上那小山去；他自己也在向身邊的人作着同樣的演說，同時也聽到別人在說着跟他自己一樣的話。

拿破侖

兵士們，猛烈的戰爭又近在眼前了；
我們和俄羅斯在鐵爾西特約定的，
專爲對付英吉利的永久攻守同盟，
現在是給破壞得沒有可能補救了，

而這事情卻又完全是他們的過錯。
俄羅斯是必然的要採取最後行動，
他們狂喊着要把命運從新改造的，
這話就對我們而發。難道他們以爲
我們不再是奧斯特里茨的勇士嗎？
以爲我們把過去的能力失掉了嗎？
　它叫我們在刀和恥辱中選擇一項；
自然，我們的選擇是無需乎躑躇的。
因此，讓我們馬上就跨過尼門河去，
讓我們打進那廣大而枯瘠的國土，
在那裏照樣的散佈着我們的光榮，
而這樣的訂定了和約，就一定可以

使俄羅斯在這五十年來所陰謀的，
對於歐羅巴的事情的各種的把戲，
從此就無所施技！
仲夏的黑夜來到了。他們搭起了露營，開始睡覺。

憐憫之精靈

遠遠有人在說話。

年歲之精靈

這就是俄羅斯方面的相反的宣言，
在這裏，祇有我們的耳朵纔能聽見。
風中傳來的遠方的聲音

拿破侖對於我們的帝國所懷着的
隱祕的惡意時常使我們感到不安，
而叫我們祇好放棄了和平的政策。
既然這一個人身上的侵略的野心
已經把我們逼到無可奈何的地步，
我們所以就召集起了盛大的軍隊，
一方面向最高的主宰呼籲祈告着，
一方面就派出我們這軍隊去抵當
拿破侖的侵犯。——各位士兵，各位軍官！
要防衛着你們的生命，國土，和自由。
我救着你們。上帝會降罰於侵略者。

諷刺之精靈

在這樣的一個國家裏會說出『自由』兩個字來，我聽了真是非常奇怪的。

仲夏的白天來到，太陽從右面升起來，把這陣地照得很清楚。在那高丘上可以望到尼門河至直達數哩之遙，而此刻，河水正在早晨的陽光中閃爍着。河上架好了三條臨時的橋，法蘭西的大隊人馬正從樹林裏走下來，向橋邊走去。

他們唱着，喊着，向空中丟着軍帽，又念着那宣言裏的零星的語句，他們的兵器在太陽光中閃爍。他們走到那三條橋邊，把隊排得狹一點，開始走過橋去，步兵，馬兵，和礮隊這三者都有。

拿破侖已經從他那過夜的營帳裏走出來，到了前面的高地上；他站在那裏，用望遠鏡望着他的軍隊開出去應戰。達符，奈伊，繆拉，烏底諾，阿克塞爾將軍，愛勃列將軍，納爾朋，和其他的一些人都圍繞在他四邊。

這是一個熱得昏悶的日子，皇帝在從一隻喘氣的小馬移到另外一匹馬上去的時候，他自己也深深的喘了一口氣。輕騎隊，步兵，和礮隊已經過去，現在在過去的是沈重的馬匹，它們的閃光是比河水還耀眼的。

一名使者走進來。拿破侖看着送來的文件，他皺了皺眉頭。

拿破侖

英吉利的首領們至今還不肯把西班牙國王約瑟夫的政府認爲是那地方的「新興的王朝」的政府；他們是祇肯承認非迭南德——我要到莫斯科，再從那裏派出援兵去。法蘭西是寧可再打五十多年的狠仗，而不願意仍讓布爾朋族的君主去統治着這不安的西班牙！……

但是，現在剛算開始的這個偉大的工程，

（他眼睛裏有一道光在閃耀。）

將來的目標卻是在印度；那個地方，纔是

我打算根本推翻了不列顛統治的關鍵。

我衹要打到莫斯科，使俄羅斯首先屈服，

再要打到橫河流域去，便是輕易的事了，

我可以從底弗里斯方面得到很多幫助。

衹要經一次法蘭西帝國的武力的干涉，

大不列顛的在印度方面的商業的控制，

就完全可以破壞了。……誠然，像這樣的一個

東方計劃確是太大了，不過我也能辦到。

一個人固然是不會時常有打仗的能力；

不過我總還有幾年好幹！

憐憫之精靈

他爲什麼要去？——

到他們回來的時候，將不是軍容壯盛的隊伍，而變成喧擾混亂的一羣，而且有的甚至會不再回來了。

年歲之精靈

我把這原因告訴你。

以前所看見過的那一種超自然的光輝篡奪了太陽的光，使上天的密旨的纖微或神經像看得見的微風似的顯現出來，這些纖微或神經透入着一切東西，分枝到那個軍隊中，連拿破侖也包含在內，拿他們來造成了它的複雜的機構。

拿破侖（突然陰沈起來）

已經進行的事是一定要進行了，那一種在羅部橋上催動着我的力量，至今還是不管我願意不願意的在催動我；而且是時常違反着我的意志的。……我何以在這裏？——是有一種不可動搖的力量在支配着我！這無非是歷史在利用我，來織成它那個時間的巨網，而叫我在裏面湊一個脚色；除了這一點，是再沒有一些旁的意義了。不錯，戰爭是我的職業，無論那裏發生着戰事，他們總是要把我的名字標在上面！

自然的光輝回來，天意的機構消失了。拿破侖騎上馬去，在他的人馬後面下了山崗，走向那尼門河邊。他臉上顯着種陰沈的顏色，嘴裏哼着一枝小曲。

馬爾勃羅出去打仗了，
Mironton, mironton, mirontaine,（註一）
馬爾勃羅出去打仗了，
不知道幾時纔能回來。

〔拿破侖和隨侍軍官們下場。

災禍之精靈

多謝他陛下這樣的提了我一個頭。

（唱）

馬爾勃羅先生已經死了，

Mironton, mironton, mirontaine，

馬爾勃羅先生已經死了，

已經死了，而且已經埋葬了！

不久之後，已經縮小到像一個傀儡一樣的拿破侖的人形，又在下面的平原上，在他那一行人的頭上出現了。他騎在馬上渡過了那條搖動的橋。自從早晨起，天氣變得陰暗，這種黑暗現在差不多把河流那邊的遠遠走去的軍隊包裹着。風雨起來了，帶着雷聲和電光，河水變成鉛灰色，全場被傾盆大雨所遮蓋着。

（註一）這無非是歌曲的疊唱，無甚意義可尋。

第二景

桑達・馬爾達之淺灘，薩拉曼加

我們是在西班牙，在同一個夏季的七月的夜裏，空氣非常炎熱而且昏悶。在黑暗中，我們可以聽到託爾麥斯河水打在淺灘上的聲音，這淺灘是在場上的前景附近。

在左面的灰暗的北方的天上，電光閃耀着，顯出了那地方的崎嶇的山嶺。從山頭上傳來了兵士的脚步聲，斷續的，不規則的，像是被下山時的障礙所阻隔着，同時也彷彿爲了他們離開着還有好一些路。在右手的山頭上，在河水的那一面，是閃動着馬爾蒙所帶領的法蘭西軍隊的營火。閃電愈來愈密，中間還夾着雷聲；有一些粗大的雨點掉下來。

一名哨卒站在淺灘近旁；在他站的地方過去一點，是一間灘上的屋子，那小小的屋子是向大路和看客開着。那屋子祇有一盞提燈，裏面約莫有半打的英吉利騎兵，一位軍曹，和一位伍長；他們是馬巡隊的一部分，他們的馬匹是縛在入口邊。他們坐在一張長櫈上像是很鄭重的在等待着什麼，祇偶爾互相喃喃的說幾句話。

雷雨的聲音增加着，直到把淺灘和下山來的軍隊的聲音掩蓋了過去，使它們顯得比以前更遠了。那名哨卒剛想躲到那小屋子裏去，他突然在黑暗中發現了兩個女性的人形。

達爾比亞克夫人和普列斯科特夫人，兩個英吉利軍官之妻，走上場來。

哨卒

打仗的地方，就一定有女人；有女人的地方，就一定有麻煩！（聲音放響）那邊是誰？

達爾比亞克夫人

（向她的同伴）我怕我們一定要老實說出了我們是誰。（向哨卒）朋友們！

哨卒

過來，報出口令來。

達爾比亞克夫人

啊，我們不知道呀！

哨卒

那麽，你們退回去吧。惠靈登爵士定下了嚴厲的規則，行爲不端的女人是不准混到軍隊裏來的，這原因就是她們時常被敵人僱用着來當探子。

普列斯科特夫人

親愛的老總，我們是英吉利女人，要回到薩拉曼加去，因爲迷了路，所以遲了。我們需要一個地方躲躲風雨。

達爾比亞克夫人

如果必要，我也可以告訴你我們是誰。——我是達爾比亞克夫人，第四輕騎隊參將的太太，這位夫人是第七快鎗隊的普列斯科特隊長的太太。我們是到克里斯託伐爾找我們丈夫去的，可是到了那邊，軍隊卻已經開掉了。

哨卒（不相信似的）

『太太』！『太太』呵，現在是不成了！我以前也聽到過這些高尚的稱呼；可是我現在是不大相信了。不是『太太』，大概是用W打頭的另外一個字（註一）吧！——好太太，你們今天夜裏要到隨拉昆加去是很難了。你們會一路上被人盤問着；如果你們說不出口令，你們就會毫不客氣的給打死。

普列斯科特夫人

那麽你一定肯告訴我們，這口令究竟是什麽？

哨卒

啊——你們有沒有充足的錢來買這個口令？呢在風雨裏這樣的候着，政府卻祇給這一點兒餉銀。你們能出多少啊？

達爾比亞克夫人

六個『貝色達』。

哨卒

親愛的，那很好。我時常是心地很慈善的。來吧。（她們走上去給了錢。）今天夜裏的口令是「美爾御斯特尖塔」。等到天晴了，這個口令就可以把你們帶到城裏去。你們用不到穿過淺灘去的。你們可以在那個小屋子裏暫時躲一下。

當那兩個女子走向小屋子去的時候，步兵的足聲慢慢的來到淺灘邊；而這淺灘上，爲着大雨，潺湲的水聲是更響了。那兩個人走進了屋子。輕騎兵好奇的望着。

達爾比亞克夫人（向輕騎兵）

朋友們，法蘭西兵是要比你們運氣得多呢。你們要濕淋淋的穿過淺灘打上去，他們倒祇消乾燥的在阿爾巴的橋上退卻好了。

馬巡隊軍曹（從瞌睡中醒來）

那些駱駝兵乾燥的退卻嗎？親愛的，再也不會呢。那臨着阿爾巴的橋的堡壘裏還駐紮着一隊西班牙的守衛兵。

達爾比亞克夫人

有一個農夫告訴我，可是不知道我有沒有聽錯；他說，他看見西班牙兵已經退出了，倒反由敵人在那邊駐紮了一隊守衛兵。

那位軍曹很忽忙的叫了兩名兵士過來，他們一聽到吩咐就立刻上了馬，跑了開去。

軍曹

親愛的，如果這話靠得住，你倒幫了我們一次很大的忙了。不過忠爾登爵士聽到了這消息，他恐怕未見得會相信吧。……怎麼，不知道我的眼睛有沒有看錯，太太，你彷彿是達爾比亞克參將的夫人哪！

達爾比亞克夫人

是的，軍曹。我是跟着他到這裏來的，想來你一定聽到說起過；是住在薩拉曼加。我們迷了路，又着了這一場大雨，所以要找一個地方躲一下。

軍曹

太太，當然可以。一等到分隊巳經過來，風雨又停止了的時候，我就可以派一個人送你們回去。

普列斯科特夫人（焦急的）

軍曹，你可聽到說起，明天會不會發生戰事嗎？

軍曹

會的，太太。從各方面都可以看得出來。

達爾比亞克夫人（向普列斯科特夫人）

咱們的消息巳經可以使咱們安然的通行了。那六個「貝色達」可與化得兗。

普列斯科特夫人（悲傷的）

這我倒不大關心，我是關心着把孩子從愛爾蘭帶出來的事。馬上就會發生的戰事眞使我害怕呀！

年歲之精靈

這就是她將成爲寡婦的一種預感呀。明天，在薩拉曼加，無需等到傍晚時候，她就會發現她丈夫躺在死人堆裏了！

那一些步隊現在是已經來到了淺灘邊。颶風更增加着它的力量，溪水更兇猛的流着；可是那幾隊步兵卻開始在穿過來。閃電連續的起着；那灘上的屋子裏的一盞暗淡的提燈因外邊的火光而更顯得慘白；這些火光打着正在渡河的步兵的刺刀，又在起着水沫的溪流上照耀着。

憐憫之精靈的合唱隊（縹緲的音樂）

老天向這片古舊的土地撒着火花，
又拿雨水浸濕這一帶散亂的泥沙；
這一帶泥沙拿一件灰黄色的外衣，
掩蓋着這一個古舊的薩爾曼底加。
行進的軍隊一隊隊的開拔了過來，
他們根本沒有想到這種風吹雨打，
是上天故意來仿效着人類的紛爭，
給予這種紛爭以一種譴責的刑罰，
所以這樣的撒着火花。

自從在古羅尼亞經過了一場狠打，
我們所看見的這眼前的一隊人馬

是已經受了無數的恐慌，可是他們
却還是勇往直前的一點也不害怕，
在這樣穿過河水，踏過灘上的泥沙，
又冒着這猛烈的火花。

整個英吉利軍隊都已經漸漸的渡了過來，可以隱隱的聽到在走上對面的高崗去的脚步聲，
閃電還在照耀着，全場慢慢的消失。

（註一）這個字原是"whore"，意爲「娼妓」。

第三景

薩拉曼加之戰場

那戰場——一片高低不平的多沙土的曠地——是伸展在一片七月的午後的酷熱的陽光下。在左面的前景中，是聳立着一座枝出的，像天幕似的山崗，這山崗是叫做小阿拉貝勒山，現在是由英吉利軍佔據着。在後面，比較接近一點右方，是有一座同樣的比較大的山崗，那就是大阿拉貝勒山；那山頂上是駐紮着正在發動的法蘭西砲隊，法蘭西大將馬爾蒙，拉古薩公爵，就站在那上面。在向右面過來一點，在同一個平原上，是散佈着法蘭西軍的各分隊。再向右面過來，在很遠的地方，在羅德里戈鎮的大路上，一陣灰塵飛揚着，就是表示英吉利的輜重隊正在向那方面找尋安穩的躲避處。至於薩拉曼加城本身，以及那城邊的託爾麥斯河，卻是在看客的背後。

在那座近在眼前的較小的山崗的頂上，可以看到忠靈登正拿着望遠鏡在望着託米愛爾將領的法蘭西分隊，這分隊是和法蘭西軍隊的中部分離了的。在他四周圍是站着許多副官和其他軍官，都在興奮的猜度着馬爾蒙的戰略；他彷彿是以爲英吉利軍正想向前面說起的羅德里戈鎮的大路上退卻，所以儘量的在把軍隊調到那邊去。

英吉利的司令官從他站着的那個地方走下來，走到了一座牆邊的角落裏，在那裏，已經胡亂的放着一桌飯菜。有幾位軍官已經在那裏吃了。忠靈登坐也不坐下去的稍稍吞了幾口，從新走回去，又用望遠鏡向那戰場像以前一樣的望着。法蘭西礮隊打過來的彈子在四邊掉落着。

他的副官非炎羅伊·桑麥塞特走進來。

非炎羅伊·桑麥塞特（忽忙的）

法蘭西兵現在的行動是有很大關係的——

大人，他們是大批的在調動到左邊去了。

惠靈登

我剛纔也看到了；可是不知是什麽動機。

（他不再望着了。）

馬爾蒙的軍事天才現在是完全沒有了！

惠靈登一下子收攏了他的望遠鏡，他叫了幾個副官過來，把他們派下山去。他走到了牆背後，又吃了幾口東西。

（向桑麥塞特）非炎羅什，現在正是一個很好的機會啊！

（向他的西班牙隨員）我親愛的阿拉伐，馬爾蒙根本沒辦法了！

非炎羅什，桑麥塞特

他以爲我們方面並不眞想對他們攻擊，所以拚命的想要去包抄着我們的退兵。

惠靈登

是的；他想用礮火來把我們的退兵圍住，爲着這目標，他所以把託米愛爾的分隊儘許的調到左邊去；他根本就沒有想到，像這樣一來，他的左翼和中部軍隊間的相互的聯絡，就整個脫離了。這樣子很好；他們方面的疏忽當然是我們的機會呀！

那些副官所傳出去的號令是達到了，幾個不列顚軍的分隊在大阿拉貝勒山邊和旁的一些地方在穿過法闌西的前線去。法闌西兵用子彈向他們灑着；但是一個由派克帶領的英吉利師團卻已經向阿拉貝勒山上的較近的法蘭西兵攻打着，那些法蘭西兵便向下面突隊起的英吉利兵用重礮還擊。

微風向法蘭西方面吹，把灰塵和從英吉利的移動的軍隊裏傳出來的煙氣挾在他們臉上；同時，他們眼前還有猛烈的陽光在閃爍。

馬爾蒙和他的一行人是坐在大阿拉貝勒的山頂上，離小阿拉貝勒山上的惠靈登祗有半個礮彈聲射距離那麼遠；他也像惠靈登一樣的用望遠鏡望着。

諸言之精靈

馬爾蒙顯得是完全看淸楚了他敵軍的整個的計劃，他繼續不斷的派出了副官，一個個的派到那遙遠的樹林的邊境上，去鼓勵着他所派出在那個地方的軍隊，去烈忙着託密愛爾帶領的孤單的隊伍；
現在，要把他重新召回來，是沒有可能了。
熙雞登騎上馬去，把他的貝肯淡找了來，
他從右方衝到了這個廣大的競鬪場上，
在馬爾蒙的陣線的左方突然的顯現着，
看準託密愛爾的分隊乘人不備的襲擊。

當他發現了敵人的眞正的戰略的時候，
馬爾蒙便馬上親自來到那危險的地點，
而且立刻就受傷倒下了！——波奈騎上馬去，
繼續的擔任了馬爾蒙的總指揮的責任；
他已經看到了不幸的託密愛爾的分隊，

此刻完全被貝肯漢所阻擱住，正在那裏
跟英吉利的第四軍和第五軍努力作戰；
除了這一種威脅之外，勒・馬爾桑手下的
輕騎隊，卻又由斯塔普爾登爵士會同的
帶領着，向他們攻擊過來，使他們的損失
不一會之後又增加到了極可怕的程度。
科登受了傷倒下了。貝肯漢的衛鋒馬隊
還是一往直前的向着敵人猛力追撲着；
那邊，託密愛爾卻已經中着鎗彈陣亡了！

憐憫之精靈的半合唱隊—（縹緲的音樂）

一羣戰馬經過，撥得遍地塵土飛揚，

這馬隊的威力震撼着敵人的山崗；
勒·馬爾桑還拿着他的銳利的刀鎗
猛烈的攻打對方的陣地！

半合唱隊二

一粒子彈突然咻咻的飛過了空間，
剛巧就打中在勒·馬爾桑的腹肚邊，
他就跟託密愛爾一起到地下長眠，
他的猛攻也竟前功盡棄！

同時，戰事是集中到了中央的空隙處去，惠靈登從英吉利兵所佔有的阿拉貝勒山上下來到了那地方。

戰事越發的猛烈起來。科爾和萊斯已經受了傷；隨後，那指揮着葡萄牙兵的貝雷斯福德也倒丁下來，給擠了開去。在法蘭西方面，受傷的有繼續馬爾崇擔任指揮之職的波奈，馬納，侑羅婆爾，和菲萊，那最後一個傷勢非常的重。

忽而是英吉利方面佔着優勢，忽而又是法蘭西方面佔着優勢。惡靈登看到緊要關頭是來到了，便傳令派着他的後備軍。這些生力軍挽回了全場的局勢，法蘭西兵便把大阿拉貝勒山放棄。

他們的混亂的大軍退到了樹林裏面，就不再看見；正當黃昏逐漸來到的時候，英吉利兵已經站立在山頂上，而望見遠方的平原上有退卻的敵軍的鎗礮的火光在閃耀。在接近的前景中，有幾個黑暗中的模糊的人形在談着話。

惡靈登的聲音

我看樣子早知道他們馬上就會逃走的！

一副官的聲音

福瓦還算有秩序的退到了那樹林裏去;
莫居納想殺一條路到阿爾巴的橋邊去。

惠靈登的聲音

那麼快一點派兵向淺灘那邊追過去啊;
祇有這一方面纔是他們的可能的出路;
那條河流是成半圓形的把他們包圍着,
我們正可以拿他們像一堆草似的完全
擱在一把鐮刀的彎鈎裏。

副官的聲音

現在已經遲了。
他們已經在阿爾巴那地方走過橋去了。

惠靈登的聲音

這是不可能的。卡羅斯的鎗礮可以從那堡壘上向他們攻打的。

副官的聲音

不久以前從那邊傳來了一個我們做夢也想不到的消息：據說卡羅斯已經把他的守衛隊撤退了，阿爾巴的橋現在倒給法蘭西兵佔領着。

惡靈登的聲音

眞見鬼，他這種舉動簡直是違抗軍令了！這是怎麼發生的？這消息幾時纔聽到的？

副官的聲音

幾小時之前，有幾個女的傳來了這消息，

可是大家還不大相信。

惡靈登的聲音

已經發生的事情是沒有法子補救了，本來我們簡直可以拿他們一網打盡。

一將軍的聲音

大人，雖然有這個疏忽，可是我們這一仗還是很成功的。……您知道達爾比亞克總兵的太太今天跟着她的丈夫一起在前綫上嗎？

惡靈登的聲音

眞有這個事情嗎？

這一定是蘇珊娜，這個女子我是認識的——
是威賽克斯人，而且長得也算相當漂亮。……
不過，像這一種冒險的行爲，是總會造成
意外的事情的。——當法蘭西兵退卻的時候，
我看到在那下面來來往往的徘徊着的，
可不是就是她嗎？

另一軍官的聲音

大人，那個女的不是她，
那是第七軍的普列斯科特隊長的太太。
這些年輕的女人時常會在無可希望中，
還不肯心死的希望着——在太陽下山時候，
她發現她的丈夫是已經打死在那裏了；

天黑了，我們纔把他們兩個全弄了回來。（註一）

惠靈登的聲音

啊，我眞是替她難受。不過我覺得婦女們在後方陪伴她們的丈夫固然是不要緊，可是跑上前線來，卻多少有點不像樣子！

那在談話的人形不見了；當那戰場越發變得模糊起來的時候，那相當的平部是被從城市方而傳到的六絃琴和響板的愉快的音調，和其它一些慶祝惠靈登的勝利的歌唱聲所打破着。人民跳着舞，從那城裏出來，這娛樂一直繼續到半夜裏纔停止，於是黑暗和沈默便把所有的地方都統治着。

年歲之精靈的半合唱隊一（縹緲的音樂）

空間和時間是什麽？祇是幻想！——
我們可以憑着幻想的道德術
看到那片廣大的俄羅斯戰場；
將看到這些軟木樹和橄欖樹，
換上了枯瘦的無花菓和赤楊。

半合唱隊二

雖然那個俄羅斯是遠在天邊，
跟這個南方的半島是隔離着，
可是這半島上的猛烈的戰烟，
卻跟那在北方密佈着的戰雲，
實際上應該認爲整個的一片。

合唱隊

馬爾崇的驛使像是一隻燕子，
我們不妨跟他一起朝北飛去，
飛過山陵，飛過水流，飛過谿谷，
飛過日耳曼和波蘭人的國土！

在黑暗中起了一種像有什麼東西閃過空間的聲音。

（註一）原註：「作者沒有法子知道這個不幸的婦人和她的孤兒後來究竟怎麼樣。——（前面這個附註是在這劇本初版時就加上的，它被這位婦人的一個後裔看到了，她告訴作者說她後來另外嫁了一個人，住在，並且死在威尼斯；她的兩個孩子都長大了，而且過得很好。——一九〇九）。」

第四景

波羅謌諾之戰場

這是一幅從前進到俄羅斯都城去的法蘭西大兵上面的空中望下去的，在莫斯科西面七十哩的波羅謌諾地方的鳥瞰圖。

我們是朝東面望着，對住莫斯科和那攔住了到莫斯科的去路的俄羅斯軍隊。已經在我們背後沈下去的晚夏的陽光散佈在幾個場面上，這是一片大部分都空曠着而未經開墾的土地，祇偶爾有着一些赤楊樹。拿破侖的軍隊是不久之前纔來到這地方，正搭起營帳來準備過夜，有幾支落後的軍隊卻還沒有來到。前面的步哨隊裏的鎗聲時時刻刻在空中響着。皇帝的營帳是在前景中，在許多衛隊中間的山谷裏。一些副官和另外一些軍官在外面談着話。

拿破侖上場來，他跨下了馬，向他的隨從說了幾句話，便走到了營帳裏去。隔了一些時間。在這時候，太陽沉了下去。

馬爾蒙的副官法佛里野總兵走進來，他是剛從西班牙來到的。一隨侍軍官走到拿破侖的營帳裏去替法佛里野通報着，這時候，那位總兵卻在對外面的人談着話。

一副官

我想，那邊一定有一些很重要的消息吧？

法佛里野

馬爾蒙已經在薩拉曼加地方打了敗仗，而且還受了重傷——這是我要報告的消息！

沈默。從拿破侖營帳裏傳來了一陣咳嗽聲。

誰這樣的用咳嗽聲來把這平靜破壞了？

副官

是皇上。他近來老是這樣整天的咳嗽着。

法佛里野總兵被引到了營帳裏去。稍稍停頓了一下。隨後，裏面傳出拿破侖的粗糙的聲音來，而且一點點的更響了。

拿破侖的聲音

我從這些報告裏看得出來，如果馬爾蒙能夠不去理睬英吉利和西班牙的軍隊，他們也就會從薩拉曼加自動的撤回去，決不向我們挑戰的——這就對我們有利了！

我們就決不會吃上了這樣厲害的敗仗；這次敗仗，是比西班牙方面的任何一次敗仗，都更使我們丟臉！

法佛里野的聲音

陛下，我也這樣想。

拿破侖的聲音

是他自己要打的，他想趁約瑟夫還沒有來到的時候，就自己趕先搶了這個頭功！

法佛里野的聲音

不過兵士們是非常的忠心於您陛下的，他們的勇敢和他們的替您効勞的熱忱，是足夠抵得過一位大將的許多過失了。

拿破侖的聲音

你說吧，他爲什麽不通知最高的指揮者
就這樣動起手來？這就是一個不受命的
重大的罪狀，一切不幸都是種根於此的——……
祇要時間選擇得相當，我們就可以打勝，
可以使英吉利的援軍毫無辦法的溜走，
而從此，他們在西班牙方面的擾亂，也就
不會再使我們擔心了。到將來，我倒眞要
自己去會一會這個如此厲害的惠靈登！
馬爾蒙這班人已經顯然不是他的對手。……
他還這樣說：『祇要我還能够繼續指揮着，
我就一定可以在傍晚時候使這場戰事

完全換過一個形勢，而拿敵人全打退的。

眞可惜，六個禮拜的周密的計劃，這結果

是已經看得準準的，竟會在一下子之間，

就完全給毀了！』——（諷刺的）眞的，祇有這句話纔顯得

他們的確是非常聰明！這樣說法，我們倒

還應該稱贊他的行軍的周密和神速呢！……

不要緊，我明天可以在莫斯科的河岸上

補救了他在阿拉貝勒山邊所犯的錯誤。

我要看看，我將怎樣的對付這些英吉利

用金錢從全世界的各處地方收買來的，

俄羅斯的烏合之衆，看他們怎樣的收場。……

再見了。你現在可以退出去休息一下了。

法佛里野重新從營帳裏出來，走了開去。德・波袞上場。

德・波袞

箱子已經來了——已經給擡進去了沒有啊？

一軍官

擡進去了，將軍。現在是放在那外帳裏的一個屏風後面。可是我們還沒有把這個報告皇上知道呢。

〔德・波袞走進營帳去。

在模糊的談了一會話之後，皇帝突然聲音響了起來。幾分鐘之後，他出現在營帳的門邊，後面跟着一名手裏捧着幅圖畫的僕役。皇帝臉上顯着動感情的神色。

拿破侖

替我拿一張椅子出來，把這個放在上面。

德・波賽拿着一張椅子重新從營帳裏出來。

叫他們大家看看。我要我那些軍隊裏的孩子們來看看我家裏的孩子的這一幅肖像。讓他們看了一定會覺得非常高興。這樣放法光線非常好。

他山德・波賽幫助着把那幅圖畫張好在椅子上。這是一幅年幼的羅馬王的肖像，正在玩着「杯球」戲，而那球上卻畫成了地球的樣子。站在近旁的軍官們都被這張肖像吸引了過來，隨後，就是站在較遠的軍官和兵士也都跑上來，直到那地方聚集了一大堆的人。

讓他們排隊走過。

可以讓他們全看見。讓衛隊首先走過。

衛隊被召集了來，叫他們在這幅肖像前面走過；隨後又叫其它的隊伍同樣走着。

兵士們

皇帝萬歲！羅馬王萬歲！

當那些兵士們已經走過而且退開，德·波賽也已經把那肖像拿掉了的時候，拿破侖正要重新回到他的營帳裏去，但是對面俄羅斯陣地卻突然引起了他的注意。他拿起望遠鏡來向對而望着。

貝西野爾與拉普進來。

拿破侖　我看到有一些奇怪的人在他們軍隊裏慢吞吞在游行，他們是誰呀？

貝西野爾　陛下，這些是他們城中全體的教士，穿好禮服，手裏還拿着神像，據說這是有着神異的魔力的。

拿破侖望着。俄羅斯的教士們在已經武裝好了的軍隊中經過，手裏拿着聖像和其它宗教的儀仗。俄羅斯軍隊在聖像面前跪着。

　　拿破侖

啊，他們大概是感覺到自己的力量不够，
所以不得不拚命想叫神力來幫忙他們。
我雖然不是一個神學家，可是我很知道，
像他們這樣的辦法實在是最不合理的，
因爲戰爭這件事，不管是侵略或是防衛，
在本質總是異教精神的，而且無論如何
總是跟基督教的整個信條格格不相入！

　　貝西野爾

陛下，這目的是在鼓動他們瘋狂的勇氣。

拿破侖　他們還是把老年的庫圖淑夫叫醒了吧。——拉普，你料想明天戰事結果如何？

拉普　勝利的；不過一定打得非常猛烈。

拿破侖　我也這樣想着。

場面黑暗下去，露營裏的火光血紅的照着，法蘭西軍營裏的火光是近在眼前俄羅斯軍營裏的是在半中間排成了一長條，把一帶耀眼的光射在天上。到黑夜更深更靜的時候，便祇聽到法蘭西兵的歌唱和嬉笑的聲音，和他們敵人方面的遲緩的唱聖詩的聲音混和着。

那兩大群人慢慢的都睡去了，這地方什麽都沉靜着，祇除了綠色的柴火的爆裂聲；這聲音，當人們沉默了的時候，像還是在顧自己談着話。

第五景

同上

黎明把全景照亮着，太陽火紅的升上來。現在，那廣大的戰場是顯得很清楚了，它的崎嶇的地面是由那條從斯莫連斯克通到莫斯科去的大路平分着，這條大路正從看客的眼光下面一直伸展到最遠的天邊。這曠野同時還由卡羅查河穿過，這是從右中部的前景一直流到左中部的背景，跟前面說起的那條道路造成了一個十字，交叉處正是在半中間的波羅諾諾村的地方。

在那村莊背面，俄羅斯軍隊很密接的駐紮着。法蘭西的駐兵也是非常的密，他們在中間，在卡羅查河上，有着一座歇伐爾諾諾破壘。拿破命，他照常的穿着那件青灰色的軍服，白的背心，和白的皮袴子，是和貝爾底棐以及其他一些隨侍軍官一起駐紮在這個地方。

啞場

時間是在六點鐘，法蘭西方面的一聲礮響宣佈着戰事已經開始了。起了一陣鼓聲，右中部的軍隊，在清晨的陽光裏閃爍着，由奈伊和達符帶領了衝到有礮壘保障着的俄羅斯的陣地去。法蘭西攻進了這些礮壘，在那裏，有一個瘦小的人，巴格拉欣將軍，卻從俄羅斯軍的右翼帶了一支分隊來，堅決的拿敵軍趕了回去。

賽密諾夫斯科棐是一處緊對着法蘭西右翼的高地，是由俄羅斯軍佔領着。有幾營的礮隊，步隊和馬隊向它猛烈的攻擊，但是還不能把它打下來。

在拿破侖和他的幾位大將之間，時常有一些副官在穿過尖銳的鎗礮聲和飛揚的煙灰來來去去。皇帝踱着，用望遠鏡望着，走到了一張櫈子邊，坐下來，喝了幾盞烈酒和熱水，來平復他的至今還很劇烈的傷風症；這病症，是可以從他的紅的眼睛，僵硬的鼻子，他行動時的那種風濕病的態度，和發號令時的粗糙的聲音上覺察出來的。

憐憫之精靈

他是這樣的演出了他的殘酷的滑稽戲，

他以爲這是他的責任。……他是在說些什麼？

謠言之精靈

他說這就是當初奧斯特里茨的太陽啊！

俄羅斯軍不但沒有被趕出了他們的礮壘，倒反派兵向法蘭西方面進攻着。但是他們終於不得不退回來，因爲巴格拉欣和他的參謀部長已經受了傷。拿破命懷着熱望似的喝着他的烈酒，又傳下號令去，叫他的軍隊更猛烈的向那中央的大礮壘攻擊。

這號令被執行了。那礮壘邊起了一陣廣大的屠殺。而在戰場的其它方面，那些行動也不像是在打仗，而像是有幾千人在作互相的殘殺。情勢是有時候這方面得利，有時候那方面得利。

年歲之精靈

你們瞧吧，這些人都是些造物的傀儡，
像受到魔力，不由自主的在那裏執行
上天的意旨，這決不是他們每個人的
分別的意旨，而是一個整個兒的機體；
這是一個興奮的錯綜，一個忿怒的網，
把這裏的這麼許多人完全都包含着。

憐憫之精靈

在這裏統治着的這一種驚人的恐怖，
甚至使那醉眼朦朧的指揮者，都覺得

這一場戰事的醜惡！

諾言之精靈

繆拉卻在那裏說，

在今天這個期待了這麽長久的日子，

拿破侖的軍事天才顯然已經減色了。

從那破壘頂上作着的轟擊已經停止。法蘭西兵已經到了裏邊去。俄羅斯兵退到了後方，在山頂上堅守着。波尼亞託夫斯基猛烈的攻擊着他們。但是法蘭西兵是已經精疲力盡，祗能退回到未開戰以前的陣地。因此，這場戰事是毫無結果的停止了。太陽沈下去，那敵對的兩方面的兵士都回去躺下休息着。拿破侖在他的許多軍官中間回到了他的營帳裏，黑夜降下來。

大地之魂

這一股硝石的氣息和遍地的血腥
竟使我也感到自己的氣息的齷齪！

諷刺之精靈

這是一位乳母所必然有的煩惱呀。

謊言之精靈

眞奇怪，就在這營帳裏也沒有當時
像奧斯特里茨似的歡樂！（指着拿破侖的營帳。）

憐憫之精靈

你們看呀——
那些人是在瘋狂中呻吟着，在叫着
同伴們把他們打死，免得再受痛苦；
孩子們在喊着母親，老兵在詛咒着

上帝和人類。還有那麼許多受傷的
馬匹，也都痛苦得在顫動着，在想要
扯掉了它們的笨重的軛觭，在發出
這樣一陣混亂而驚心的鏗鏘聲啊！
——

年歲之精靈

不要再說了，趕快把這帳幕扯攏吧。

夜深。

第六景

莫斯科

前景是一片在城中的不規則的古舊的街道堆裏的廣場，四周圍呈現着形式雜亂的建築物，亞細亞的形式是比歐羅巴的形式更佔着優勢。一座龐大的，三角形的，白牆的堡壘，是在背景中的山崗上，矗立在教堂和彩色的屋頂上面；最受注目的東西是一座高塔，有一個金色的圓頂，這就是伊凡塔。莫斯克伐河正在這堡壘的雉堞下面流過。

一陣觸耳的車輪的轆轆聲從一些亂石子的街道上走近來，中間還夾着不斷的揮着鞭子的聲音。

啞場

旅行車、大馬車和行李車，上面載滿了圖畫、地毯、玻璃器、銀器、瓷器和漂亮的衣服，從城裏滾着出來，後面還跟着一大串的步行者，他們都在肩上背着的最珍貴的所有物。有些人背着生病的親屬，東西是不要了；做母親的背着她們的孩子。有些人趕着他們的牛、羊、山羊，使交通阻滯着。可是同時也還有些居民卻顯着冷淡而詫異的樣子，一堆堆的站在那兒互相問着話。

一個瘦小的人，生着雙尖利的眼睛，騎着馬經過，各處發着嚴厲的號令。

憐憫之精靈

那邊有個人這樣不安定的到處跑着，
衣服像一位將軍，眼光尖銳得像鷹鳥，
混在這一大堆混亂而瘋狂的人羣裏；
到處發着命令，催迫着這遲緩的百姓，

刺激着這些已經受够了刺激的人心；
他把恐慌的消息散佈到每份人家去，
報告着就在眼前的許多不幸的事件——
這個人究竟是誰呀？

年歲之精靈

他是羅斯托普欽，
他是這裏的市長，他的名字將奇怪的
一直傳流到以後的許許多多年歲去！

謠言之精靈

他的方法是奇怪的，他會用這種方法
也是非常奇怪的；他叫大家都儘量的
貯藏起一些容易着火的東西來，叫把

所有的抽水筒全毁掉，叫大家都準備
多量的發火的火把：——這就是他的辦法！

當俄羅斯的民衆已經向東面走了過去之後，從波羅諦諾退回來的俄羅斯軍隊也穿過了城，停也不停的走到鄉下去。他們大部分都是靜默而沉重的走着，雖然也有許多軍人離開了隊伍分頭去搶刼着東西。

當他們重新聚集了攏來，又走了出去之後，有一個奇怪的，滿臉傷疤的老頭子騎在馬上經過，他有着一副狐狸的神色，粗大的項頸和頭部，駝背的身體。他是庫圖淑夫，四周圍繞着他的軍官們。在離開一點的地方的別一些街道和橋樑上，奔尼格森將軍，巴爾克萊·德·託里將軍，多赫託羅夫將軍也都帶了他們的分隊同樣的經過；受了重傷的巴格拉欣是坐在車輛裏；他的將軍們也都像一羣秋天的候鳥似的排成了一行悲涼的隊伍走過。後面便是米羅拉多維支所帶領的後衛軍。

後面是來了另外一種的行列。

現在看到的是一大串載着傷兵的車輛，也跟在軍隊後面走出城去。他們的衣服上都留着已經乾了的血跡，他們的傷處的綳布是跟汚血凝在一起了。

這遷徙着的一羣人大部分都走上了到符拉提米爾去的大路。

第七景

同上　城外

前景是一座靠近斯莫連斯克大路的山崗，叫做「敬禮山」。從這裏望去那座城，和它的河流，它的花園，它的詭異的圓屋頂和尖屋頂的建築，呈現着一種華麗的景像。這在西方人的眼中看來眞是座美觀的城，它的無數屋頂在九月的陽光下閃爍着，在這些屋頂的正中間，便是那沙皇的克命林宮殿。

傘破命，繆拉，歐什尼，奈伊，達呂，和其餘的皇家侍從都騎着馬，走上這小山來。法蘭西軍的前衛已經在這小山腳下列好了戰陣，而長行的大軍卻伸展在後面較遠的地方。傘破命和他的將軍們停頓着，對莫斯科望着。

拿破侖

哈！我終於來到這裏了。這不過是個時間問題。

他向四周圍望着他的軍隊，它的人數現在是祇有當時快樂的渡過尼門河來的時候的四分之一了。

是的，不過是時間問題。……現在亞力山大怎麼說！

達呂

陛下，這一仗是僅夠抵過了薩拉曼加的失敗！

達符

那邊有多少圓形的教堂屋頂矗立在天上啊！

陛下，這個地方的人們的靈魂一定是腐敗的，所以需要這麼許多教堂來修補！

拿破侖　那是當然了。……

（向繆拉）請你馬上趕到那邊，把這種混亂先彈壓下去，

（向杜拉斯奈爾）你也馬上去跟那地方的當局們開一次談判，叫他們可以不必再這樣的恐慌了，對他們說，我對於被征服的國家的人民，向來是用一種寬容的態度來管理的。我在等着城門的鑰匙；城裏的官吏們來投降，我一定可以很客氣的接受着他們的。歐什尼，你要去把守好左邊的那一座通到彼得堡去的城門。達符，你的責任是去把守那座當中的通斯莫連斯克的城門，

我們打算就從這一座門進去。

前鋒隊的聲音

在眼前的就是莫斯科城。我們就可以休息了！

莫斯科！莫斯科！

這呼聲就連最後面的，曾經到過除了倫敦之外的歐羅巴的所有都城的老兵們也都聽到了，儘是在許多軍隊裏響應着。同時還可以聽到一陣陣的鼓掌聲，像滾滾的波濤似的；許多步兵走到高地上去看着這副景像，同時在他們的刺刀上面揚着軍帽。

軍隊開始開上去，拿破侖和他的一行人離開了『敬禮山』向城裏那面走去。

那許多軍隊還沒有走完，白天已經過去，灰暗開始統治着；忽然，一些消息傳到了後方，頗引起了不安。這消息是從前鋒一點點的傳過來的。

諷刺之精靈

這便拿破侖所夢想不到的樂極生悲呀！

謠言之精靈

他們說的，這城裏並沒有一位地方長官拿着城門的鑰匙來向他們表示着降服！街道上是荒涼的，所有的屋子都封了門，四周圍都靜悄悄的沒有一點聲息，祇有他們自己的礮車在隆隆的滾着的聲音，以及他們自己的步兵在行軍的聲音了。

「『莫斯科變成一座空城嗎？眞是奇怪的事！』——

可是他馬上就又聳了聳肩膀，輕蔑的說：

「原來俄羅斯人是用這個法子來打仗的！」

正在這時候，繆拉來到了克命林宮門邊，他發現那大門也一樣的關着。打了進去，裏面也是像街道上一樣的什麼也沒有，祇除了幾個幽禁在那裏的不幸的犯人。這地方彷彿中了一種魔術似的變成個像已經睡了一世紀的，絕無人跡的去處。

傘破命，跟在繆拉後面，又重新出現在那座城的前面，不久便又不再看見他已經走進克命林宮去。

停頓片刻。在伊凡塔上有一件東西慢慢顯現出來。

諧音之精靈的合唱隊（縹緲的音樂）

你可看見在那個他辛苦的掄來的城上，
有一個瘦小的人形顯現着？那就是上帝！
就連吃膩的烏鴉也伸出了它們的翅膀，
在天邊飛翔着，已經把它們的老巢拋棄。

場面慢慢的黑下去。

半夜的天懸掛在城上。在克命林宮那面的北方的黑暗中，顯出了一件東西，起首像是一顆淡黃的，兇險的星。它慢慢的大起來。差不多同時的，一陣東北風刮着，那道光跟着風勢忽隱忽現，顯得是起了火，不久，這火勢便大得可以把鄰近的建築物的前景都照亮了，而顯得是在向着克命林宮延燒，這宮殿的對着火光的堡牆從黑暗中顯得光耀起來。

同時還看到別的許多地方也都起着火。所有的火災都變得更劇烈，有幾處已經連在一起，變成了一個龐大的火燄，煙氣一直衝上天去，照亮了很遠的地方，而把屋子照耀得如同白晝一樣。火焰已經達到了克命林宮，向它的牆上撲着，但是還沒有使它燃燒起來。爆炸聲和噼啪聲時常可以聽到，同時還隱隱可以聽到被火燒着的人們的叫喊聲。大片的着了火的鏈布在風中像氣球似的飄揚。還沒有被燒死的雄雞啼着，它們以爲太陽在升起來了。

第八景

同上　克命林宮中

是一間有一張牀的房間，傘破命不久以前就在這張牀上睡過。時候還沒有天亮，外面的火災的光在狹窄的窗上照耀着。

傘破命已經穿好了衣服，但是穿得很雜亂，而且沒有刮過鬍髭。他驚惶的在屋子裏上上下下的走着。在他身邊有戈爾果爾，貝西野爾，和其他許多他的衛隊裏的將軍，他們都迷惑而沈默的站着。

傘破命（坐下在牀上）

不，我是不走的！放火的無疑是他們自己。
天哪，他們到現在還是像野蠻人的樣子！

新任的市長莫爾諦野進來。

莫爾諦野

陛下，這些火焰是根本沒有法子抵禦的。
我相信，一定是這些卑鄙的莫斯科居民，
知道我們在這時候一定不會有所防備，
便故意在城裏放起火來，使外界以爲是
我們自己放的火，而把我們疲乏的軍隊
和您陛下完全都燒死！

拉里波瓦西野爾將軍，一個年老的人，走進來，走近拿破侖身邊。

拉里波瓦西野爾

風是越刮越大了！

陛下，您願不願意讓一個老頭子，讓一個對您這樣忠心的人來說一句坦白的話？我所要說的話就是：您老是這樣的逗留在這裏，是對於您自己，您的軍隊，和我們大家都有着莫大的危險；照目前這情形，我們祇有趕快找尋安穩的辦法，以免得吃一個意外的大虧。

繆拉，歐什尼親王，和奈夫沙德爾親王進來。

繆拉

陛下，現在沒有辦法，是非離開不可了。我們的屋子下面還有許多很大的炸彈埋着，同時在這裏外面，我們的礮隊的輜重也一點防衛都沒有。

拿破侖（陰沈的）

辛辛苦苦奪來的地方，總不肯輕易讓掉！

一衞隊的聲音（在外面）

克命林宮着了火了！

他們互相望望。拿破侖衛隊裏的兩位軍官和一位翻譯官走進來。伴隨着一名俄羅斯的將士。

第一軍官　這個人在宮裏放火，我們把他抓住了：而且是當場就抓着的！火雖然是暫時已經給撲滅了，可是以後會不會再起火卻說不定。

拿破侖　你們去問問他！

第二軍官　是那個混蛋叫他放火的。陛下，他說這是他們的市長羅斯託普欽伯爵叫他放的。

拿破侖

這樣說來，就連古舊的克命林宮也都在他們的兇惡的計劃之內呀！把他帶出去；馬上拿他鎗斃了做個榜樣給別人看看。

若干衛隊帶了他們的俘虜走到下面的院子裏，不到幾分鐘之後，一聲毛瑟鎗響着同時，火焰是爆發得更響了，他們在着的那房間裏的玻璃窗震動着，又零零碎碎的掉下來。

放火的事還沒有停止，而我們也不知道以後還會鬧出些什麽亂子來；我們走吧。既然這地方吃了虧，我們就到彼得堡去——

我非要幹一手不可。

那些大將軍喃喃的說着話，又搖着頭。

貝西野爾

陛下，我要請您原諒，——我們全都知道，這樣的天氣，這樣的時間，這樣的軍需道路準備，心境全是不能讓我們輕易去嘗試這一個非常的冒險的。

拿破侖還是陰沈的一句話也不說。貝爾底桀進來。

拿破侖（淡漠的）

啊，貝爾底蔡。又有了什麽壞消息嗎？

貝爾底蔡

陛下，

現在有了消息，知道敵軍在什麽地方了。

那個狡猾的庫圖淑夫，先是儘往東面走，

像是要把他的全部軍隊都一起帶走到

符拉提米爾去，可是到了里亞贊大路上，

卻突然向南面拐了彎，打算要繞着圈子，

兜過了莫斯科，從新兜到卡路加那裏去，

以便攻擊我們的後方，截斷我們的歸路。

繆拉

這又是一個不能去攻打彼得堡的理由—
無論他們用什麼辦法，我們總得要打退
這支軍隊，安穩的從斯莫進斯克退卻到
立陶宛去。

拿破侖（跳進來）

我必需行動—我們還是離開吧，
要不然，這莫斯科將成爲我們的墳墓了。
希望上天降罰於這一場戰爭的主使人——
是他，是俄羅斯的大臣，他把自己卑賤的
出賣給英吉利，纔煽動起這一場戰爭來。——
亞力山大和我全都是受了這個人的累—

幾位將軍顯着不信任的神色，但是一句話也不說，戈闌果爾聳聳他的肩膀。

現在別多說了，你們聽着。歐什尼和奈伊，你們帶領着你們的分隊馬上就走上那兩條通彼得堡和斯威尼加羅德的大路，達符的分隊走那條斯莫棱斯克的大路，而我自己卻要退到貝特羅夫斯科伊去。來，我們走吧。

拿破侖和他的將軍們走到門邊去。在離開之前，皇帝停下來向後面眾望。

我很害怕，也許這一件事情，

就是我將來許多的不幸的事情的開端。……

我本來打算到了莫斯科之後要好好的安息一下，而現在，這夢想卻又化爲烏有！

（拿破侖和各位大將同下。

煙霧更濃密起來，把全景遮蓋住。

第九景

從斯莫連斯科到立陶宛的大路

季節已經快來到冬天。觀點是在高高的雲堆裏，這些雲層跟着風勢忽離忽合；從那裏看去，大地顯得祇是一片混亂的廣場。

憐憫之精靈

我們在什麽地方？爲什麽我們會在這裏？

大地之魂

是在我的一片荒涼的園子上面。這園子

現在是差不多除了陰森之外一無所有，
它的名字是叫立陶宛。連我自己也不懂
我們爲什麽會來到了這個無論在地上
或是在空中都無從施行法術的地點來。

年歲之精靈

這原因慢慢會知道的。在我們脚下面的
那些忽分忽合的，不定形的雲霧，不一會
就會把我們在這地方所要看見的東西
顯現出來了。

憐憫之精靈

我在這下面還看到了一些
最原始的樹木，松樹和赤楊樹——這些樹木

居然也會在這一片枯瘠得使別的生物無從生存的地上活下去，卻也是奇怪的。

年歲之精靈

你們在那遼遠的大地邊，看見那從東面向我們這裏移過來的東西是些什麼呀？

憐憫之精靈

有一件像是毛蟲似的東西，這樣蠕動着，像非常吃力似的，在一點點的走向這邊來了。……這遠望過去像是一個數個的東西，但實際上卻不是一個，而有着許多個體——這究竟是什麼呀？

年歲之精靈

這就是以前的那一枝
盛大的軍隊，他們被無形的主宰催迫着，
從那空無所有的莫斯科悄悄的退出來；
同時還帶領着他們的一大串的隨眾者，
男子，女子，和孩子，都混成了雜亂的一堆。

憐憫之精靈

爲什麽要這樣逃奔呀？

年歲之精靈

使者們，你們說吧。

司書使者一（平易的低緩調子）

這就是以前佔領了莫斯科的軍隊，
像以色列人似的受着命運的支配，

祇能在這一片荒地上狼狽的引退！

使者二

它本來是向達魯諦諾的路上逃亡，
後來卻又轉到亞羅斯拉維支地方，
在那裏受到襲擊，使祇能再度遠颺。

使者一

他們不得不重新回到波羅諦諾去——
那地方曾替他們博得這樣的榮譽，
現在卻在那裏等待着加倍的恐怖！

使者二

他們這樣的來到了斯莫凶斯科城，
在那裏胡亂點一點飢，便繼續爬行，

直爬到季節漸深，天上有稻雪降臨。

從天上飄到軍隊上去的是一片雪花。後來又一片片的掉下來，直到那跟着秋季的色彩而改變的景像越顯得混亂了，一切都顯着怪誕的灰白色。

那條毛蟲似的東西還是在慢慢的走近來；但是這東西不但不因爲走近來而顯得慢慢的大，卻反一點點的縮短了，而隨時在它走過的地上剩下一些從它自己身上掉落的小東西，這些東西不久就被雪花所遮掩着，變成了路旁的小小的白斑點。

年歲之精靈

這些小東西都是沿路倒斃的兵士，
現在是被白色的雪花所掩蓋着了。

在這行近來的東西的兩邊都長着荒涼的松樹；成羣的烏鴉在他們頭頂上跟着一起前進，準備去啄取倒斃的人的眼睛。雪下得更緊了，成塊的掉在人身上，差不多連搖都搖不掉。天彷彿跟地面接在一起。前進的人形很快的紛紛倒斃着，不久，就馬上變成了白色的墳墓。

我們是有着更靈敏的聽覺和視覺，但是那地方卻還是沉靜得沒有一點兒聲息。整個自然像已經啞了。除了鞭打着受不起風霜的傷馬的聲音之外，便什麽都聽不到了。

越走越近，同時也越顯得清楚起來。在樹林裏的陰路上，我們還可以看到俄羅斯軍隊也跟法蘭西軍隊平行的在移動。當法蘭西軍來到了克拉斯諾葉的時候，他們就被一隊隊披着外套的哥薩克兵所圍繞着，他們都拿着有十二呎光景長的，像大針似的長矛。法蘭西軍的前部在穿過鎮市去；後部卻被步隊和砲隊所攻擊着了。

憐憫之精靈

那個帶領着軍隊前來襲擊的，白帽子的，

獨眼睛的，臉上都是傷疤的，奇怪的老人，
我彷彿還有點認識呢。

年歲之精靈

他就是庫圖淑夫：
那被不斷的攻擊着的，便是密歇爾·奈伊。
這兩位將軍眞好算得是堅強的對手了！
庫圖淑夫像年輕了十歲，定要把侵略者
完全殲滅，而在這裏結束了我們的戲劇，
他努力想要把波納巴特殺死或是擒獲。
不過他畢竟是老了而且離死期不遠了；
因此這近在眼前的希望卻竟未能實現。

拿破侖自己也混在那一羣人堆裏，穿過雪花步行着，身上披一件皮大衣，手裏拿着一根笨重的手杖。後面一點，可以看到奈伊也跟在後部的軍隊裏。

在這正式的軍隊後面像有一根尾巴似的東西拖着；他們慢慢走近來，顯得這尾巴便是一羣混亂的隨軍者，男的和女的都有。這一堆盤個的雜亂的東西來到了前景中，卻被擱在大路前面的一條大河所擋住了。兵士們的衣服也跟隨軍者一樣完全變得破爛不堪，有的披着破衣服取暖，有的裹着被鋪和帷幔，有的甚至穿着裙子和其它各種女子的衣服。有許多人卻已經被飢寒逼迫得快要發狂了。

但是他們祇好動手幹着逃命的準備，開始在河流上架起一座橋來。

觀察點降到地面上，接近着那事件發生的地點。

第十景

貝雷西那河上的橋

這條橋是在斯圖斤安卡地方的貝雷西那河上。在河的兩岸都是些卑溼的草原，現在是冰凍得非常堅硬了；再在遠方，卻是一些稠密的樹林。許多冰塊從那深黑的水流中浮下來。

啞場

法蘭西的工兵們走到水裏去造着橋，水一直浸到他們的肩胛上。他們一直的浸在那裏工作着，直到冰凍得不能動彈，他們便陸續的凍死了，接着便由其他的人去繼續他們的工作。

同時馬隊卻在嘗試着叫馬匹涉過河去，有些步隊也嘗試着想步行的涉過河去。

在近旁，另一條橋又在開始了，這條橋的建造進行得比較快一點；它是準備讓車輛和隊伍過去的。

我們可以看到拿破侖已經在走到索家鄉這邊的岸上來，這就是在全場的前景中。有好多遂符，奈伊，和烏底諾部下的軍部也陸續的來到了這邊岸上。但是，維克多的軍隊卻還在河流的索莫斯科那方面；同時，巴爾多諾和他的後衛隊也還沒有過來；他是在河道的下流波里索地方，那裏有着一條已經坍了一半的固定的舊橋。

查普里支所帶領的俄羅斯軍隊從遠方飛快的跑上場來。不久，契查戈夫帶領的軍隊也在河流左面較遠的岸上出現了，那就是在波里索有一條舊橋的地方。但是他們離這新的渡河處還是太遠，來不及阻擱法蘭西兵的退卻。

隨後，普拉託夫也帶着他的哥薩克兵在場上出現了，這是一枝非常猛烈的軍隊。他從樹林裏出來，也同樣走近到河流的左岸。威特根斯坦因也出現了，他在維克多和巴爾多諾的兩枝未渡河的軍隊中間攻打了過來。普拉託夫便轉向巴爾多諾攻擊着，他的後衛隊便完全屈服；這樣一來，那已經潰散不堪的大軍便又損失了七千多人。

同時，契查戈夫軍隊中的查普里支卻已經從那波里索的舊橋走過去，繞到了那座新的橋的法蘭西軍那一面，向烏庇諾攻擊着；但是他卻被那拚命反攻的軍隊所打退。可是經這一仗，法蘭西方面便又損失了五千人。

我們現在看到的是那河流對面的維克多的分隊，他們至今還沒有渡過河來，祇是死勁的把守着那條新的橋。威特根斯坦因攻打着他，但是他還在堅持着。

那處心積慮的俄羅斯兵又派出了一個包含十二尊重砲的砲隊，臨視着那兩條新造的橋；那橋上正擠滿了無數的兵士車輛輜重，都急忙的想渡過來。砲隊向那混雜的人群轟擊，更多的俄羅斯軍擁上來，在那兩條橋和法蘭西的軍隊周圍繞成了一個半圓形，用圓彈和霰彈向他們更劇烈的攻擊着。天色慢慢的黑了，火光照耀着逃亡者的緊張的臉。在砲火的轟擊和車輛的重量下，那座給砲隊走的橋坍了下去，橋上的人驚駭的喊着，滾到了水流裏，全部都給淹死。

憐憫之精靈的半合唱隊（縹緲的音樂）

他們淒厲的叫着，那聲響簡直超出了隆隆的砲響和呼呼的風聲。

他們對悲苦的生活作着最後的吶喊，便從此脫離了人世的紛紜！

半合唱隊二

那還活着的，都想要浮到另一座橋邊去，強者拚命的把弱者推擠，

他們在水面上互相緊緊的抓着，像有無數的蛇互相盤結在一起。

合唱隊

那水流中還有這麽許多女子，有的還把孩子抱在慘白的手臂中；

眞是偉大的母親呀，就連在跟死神掙扎時還都一點也不肯放鬆！

這時候，契查戈夫也帶了他的二萬七千人趕上來，攻打着烏底諾，奈伊，和那『神聖的騎兵隊』。

一起的計算，我們看到是有四五萬人在攻打着一萬八千名半裸體的，軍械不全的，餓瘦了的，

同時還拖着幾千個生病的，受傷的，散亂的隨軍者的，逃亡的軍隊。維克多和他的後衛隊已經將兩條橋把守了一整天，現在終於在開始走過來。他們還沒有走完，那最後一座也着了火。在橋上的人都被燒死或是淹死；那些還剩在對方的人是根本沒有渡河的機會了，便不是在涉過水來的時候死去，便是被俄羅斯軍所殲滅。

憐憫之精靈的半合唱隊一（縹緲的音樂）

到明天早晨，這裏將是怎麼副模樣？
到明年春天，當遍地都滿了陽光，
是溶解的冰雪將顯出怎麼副景像？

半合唱隊二

我們會看到幾千副的可怕的骸骨；
燒焦的屍首還把手臂互相的勾抱，

這景像是壓倒了一切戰爭的恐怖！

合唱隊

這裏是剩下了一袋袋無數的膿包，
還是在情愛或是忿怒中伸手擁抱，——
他們的靈魂飛到迢遠的天國去了。

那燃燒着的橋上的火光延燒到了岸邊，便慢慢的熄滅，黑暗把全景包裹着；那地方除了河水的聲音和冰塊流動的聲音之外，便什麽都聽不見了。

第十一景

斯莫爾戈尼和威爾那之間的廣原

冬季是顯得更殘酷了，雪繽紛在立陶宛的那片沒遮攔的荒地上下着。在背景上，散散漫漫的有着些赤楊樹的叢林。

天色慢慢的黑起來，雖然太陽沉下去的地方卻一點標記也沒有。那地方什麽聲音也沒有，祇除了紮着軍營那方面的脚步的蹂踏聲。那裏有一些像枯骨似的襤褸的人們聚集着。他們的鼻子和耳朵都已經凍僵了，眼睛裏在淌出膿水來。

這些像在黑暗的地獄裏似的痛苦的陰影，便是從法蘭西軍隊裏殘存下來的最後的人。他們祇有極少數還帶着兵器。有一小隊人，在深到膝蓋邊的雪地上慢慢的爬過去，頭髮上掛滿了冰柱，一邊走，一邊像玻璃似的丁丁璫璫響着，在走到赤楊樹林裏去；隨後便聽到伐木的聲音。他們帶了一些樹枝回來；他們用這些樹枝向風吹來的那方面做了一個屏障，勉強升起火來。他們用刀從一匹死馬身上割了一些肉，在火焰上烤了一烤，拿火藥當鹽一起吃着。另面有兩個人也尋着了一隻死老鼠和一些蠟燭頭回來了。他們分吃了這餐飯。有幾個人開始補着他們的裂開的鞋子，或是包着他們的生了入骨的凍瘡的脚。

一名散兵走進來，他向那一羣兵士中的一兩個人輕輕的說着話。他們聽了這話便起了一陣戚慄。

第一兵士（驚惶的）

怎麽，你說已經走了嗎？走了嗎？

散兵

是的，他走了！

幾小時以前他在斯莫爾戈尼撇下了我們。就連「神聖的騎兵隊」他也剩着並沒有帶走。現在這時候，他一定到了成是經過了瓦沙，放開大步回巴黎去了。

第二兵士（瘋狂的跳起來）　走了？他是怎麼走的？一定不會的！他不會這樣子把我們拋掉的！

散兵　他顧自己跳上了一部車子，由馬夫路斯當替他駕着車子走了：戈爾果爾也坐在裏邊，跟着他一起走的。蒙東和杜羅克坐着雪車緊緊的跟在他們後面。——他還傳下命令來說，這事情暫時且不要讓我們大家全都知道。

其他的兵士們聽了這消息也都跳了起來，來來去去的踱着，顯着忿怒，悲哀，和絕望的神色，有幾個體質單薄的竟像嬰兒似的哭泣着。

災禍之精靈

那很好。這些自私而兇惡的人，是應該受到這種埋怨的。

散兵

不知道是真心或是假意，他說他覺得應該
趕快穿過普魯士這片國土回到自己家鄉。
他說，他應該趕快回去安定着國內的人心，
同時再去召集起一枝盛大的軍隊，到這裏

替我們的死者報仇。

若干人（心不在焉的）

是的，他把我們拋棄了！

拋棄了！我們受盡了千辛萬苦，卻到底祇有死在異鄉，連看一看法蘭西都沒有希望了！

有幾個瘋狂了起來，四周跳着舞。其中有一個唱着歌。

瘋兵之歌

一

這裏的這些雨雪風霜，

都是命裏注定的痛苦！

我們既沒有被單可以鋪牀，
也沒有剷子好掘墳墓。
恐蝨的人生呀，永別了！
我們以前這樣崇拜的
殘酷的領袖呀，永別了，
我們永遠不會回來了！
嘻嘻嘻——呵呵呵——

二

在這裏的雨雪風霜裏，
還有着什麼可以希冀？
我們以前都是好好的活人，
現在卻就要變成屍體。

愚蠢的人生呀，永別了！
我們以前這樣崇拜的
殘酷的領袖呀，永別了！
嘻嘻嘻——呵呵呵——
我們永遠不會回來了！

他們跳得精疲力盡，便又躺下在火邊。軍官們和志願兵都擠在一起取暖。其他的散兵走進來，坐在那第一散兵後面。黑夜漸漸的加深；天上顯出了非常光明的星，天狼星和獵戶星像短劍似的閃爍着，霜雪更結得堅硬了。

火光沉下去，慢慢的熄滅了；但是那些法蘭西兵卻並不動。天亮了，他們還是這樣坐着。在背景中，有若干俄羅斯的輕騎兵走進來，後面跟着庫圖淑夫和他的一些隨侍軍官。現在，他顯着一種非常可怕的神色，雖然已經在慢慢的衰疲以至死去，但還是勇敢的服務着，他的臉因受寒而發腫了，他的一隻眼睛彈視着；他坐在一堆馬鞍上頭一直沈到肩胛邊。那數隊人馬看見了那些睡着的法蘭西兵，便停了下來。他們喊着；但是那些露營的人卻並不做聲。

庫圖淑夫

去把他們叫醒來！我們不殺睡着的人。

俄羅斯兵走過去，用長槍撥着那些法蘭西兵。

俄羅斯軍官

親王，這真是奇怪的景像。他們是死的。

庫圖淑夫（漠不關心的）

呀，那是不足為怪的。自從下了雪以後，

昨天夜裏天氣是這樣的冷。恐怕我們
到威爾那去的路上，一定還會碰得到
許多這樣凍死的人呢。

軍官（察看着那些屍身）

他們全都坐着，
跟活人沒有什麽不同，不過已經僵了：
就連臉上的顏色也還沒有什麽改變，
他們的眼睛上還掛着淚水結成的冰。——
他們還不熔解，那眞是一件奇怪的事：
他們前面的衣服有的已經被火燒焦，
可是後面卻還是給冰結得這樣的硬。

庫圖淑夫

很好！俄羅斯的敵人是應該這樣死的！

庫圖沒夫，他的軍官們，和那隊馬兵一起向威爾那那方面走了過去；時間過去，雪又重新下着，慢慢的把那些死了的露宿者埋葬了起來。

第十二景

巴黎　丟伊勒里宮

瑪麗・路易絲皇后的臥房的前間，是在十二月的夜裏十一點半的時候。崇德伯羅公爵夫人和另一位隨侍命婦在跟皇后談着話。

瑪麗・路易絲

我覺得今天夜裏是什麽事都做不成了，我現在就得去安歇。

她走到鄰近的她的小孩的房裏去。

崇德伯羅公爵夫人

已經過了好多時候，我們還裏還沒接到過一封皇上的來信，而且關於他這次遠征，巴黎方面又聽到各種可怕的謠言。因爲愛人不在她面前，她感到整個的巴黎都顯得這樣沈悶了。

瑪麗・路易絲重新進來。

瑪麗・路易絲

羅馬王現在是安安靜靜的睡在他那張小牀裏。現在，兩位夫人我打算要睡去了。

她退出。她的貼身女侍們走到了她的房間裏。她們不久就回來，又走了開去。一名男僕進來，把百葉窗一一的脊上了。男僕下場。公爵夫人退出，那另一位隨侍命婦也站起來，正要回到她自己的在皇后臥房近邊的房間裏去。外邊的走廊上突然傳來了男子的聲音。隨侍命婦驚奇的張開了嘴，停着。那聲音越響了。隨侍命婦驚叫着。

瑪麗·路易絲忽忙的在睡衣上披了一件外衣，重新從裏面走出來。

瑪麗·路易絲

天哪，外邊這棧的吵鬧聲究竟是什麽呀？

我剛要睡熟去，這聲音突然把我吵醒了！
聽到門上有人敲着。

拿破侖的聲音（在外面）

喂！讓我走進來！快點把門上的鎖打開了！

隨侍命婦

願上帝保祐我們！在這樣的深更半夜裏，
還會有什麽男子闖到這裏來？

瑪麗・路易絲

呵，這是他！

隨侍命婦替那門開了鎖。拿破侖走進來，穿着一件有耳兜的皮大衣，幾乎叫人不認得他。他拋下了他的皮大衣，裏面是穿着一身襤褸不堪又滿是泥漿的衣服。瑪麗·路易絲震動得幾乎昏過去。

諷刺之精靈

這算是害怕呢還是高興？

瑪麗·路易絲

我真不敢相信我的眼睛了！你穿着這麼身衣服回來嗎？

（拿破侖擁抱着她。

拿破侖

我親愛的，我進來的時候也非常困難呢！看門的那些人全都已經不再認得我了，

因爲他們想不到我會坐着一輛破車子，
又祇帶着這一點行李。我拿臉給他們看，
在強烈的光下面照着，他們還不肯放我
進來；後來我說了話，他們總算纔相信了。——
親愛的，你愛不愛這樣個流氓似的丈夫？（他走到爐火邊去烘着手，）
啊，這個地方是要比那個俄羅斯的荒原
舒服得多了！

瑪麗·路易綠（膽怯的）

你在那邊吃了很大的苦嗎？——
你的臉瘦得多了，而且添上了許多皺紋；
也難怪他們會不認識你！

拿破侖

是的，是吃了苦：

我在那邊遭到了許許多多的不幸的事！——

唉！自從渡過了那一條貝需西那河以後，

我是祇好不讓人知道的溜回家裏來了，

眞的，我眞做了一個亡命者或是強盜了！

瑪麗·路易絲

你能平安的回來，我們還應該感謝上帝。

我已經睡覺了，所有的人都快要睡覺了！

現在你要些什麼？你大概總要吃點東西？

在隔壁房間裏的孩子開始哭起來，他是被拿破侖的響亮的聲音所驚醒了。

傘破命

啊，這是孩子的聲音！我要先進去看看他。

瑪麗·路易絲

我跟你一起去吧。

傘破命和皇后走到了那另一個房間裏去。隨侍命婦把一些打呵欠的僕役叫了來，交代着一些事情。那些僕役便出去執行了。

傘破命和瑪麗·路易絲重新進來。隨侍命婦走了出去。

傘破命

親愛的，我已經說過了——

公報上寫着的所有的損失，是總有一天要完全報復的。

瑪麗·路易絲

這些損失究竟大不大呢！

傘破侖

怎麽，你難道連最近的公報都沒有看到，我的好朋友？

瑪麗·路易絲

最近並沒有公報到這裏來。

傘破侖

這樣說，我一定是追上了送那公報的人。

瑪麗·路易絲

你的那枝大軍在那裏呀？

傘破侖

他們全不見了。

瑪麗·路易絲

不見？不見到什麼地方？

拿破侖

親愛的，全打完了。

瑪麗·路易絲（不信任似的）

我親眼看見從德來斯登到俄羅斯去的那六十萬大兵都完了嗎？

拿破侖（躺下在一張椅子上）

是的，他們現在，至少大部分，都做了這裏到莫斯科川的一堆堆的白骨了——……我這一次誠然是失敗，但使我屈服的卻是天氣，不是旁的東西。

（她臉上帶着煩惱的神情在他身邊坐下來。）

征服我的不是俄羅斯，而是全能的上帝！
從極偉大變到極可笑，這中間是祗有着
間不容髮的一點距離！——我從這麽遠回來，
我在一路上儘是在對自己說着這句話——
在這件事情上，我是從偉大變到可笑了！……
乾脆的說一句，這失敗眞是非常可笑的，
無論從什麽方面看去都是可笑的。——哈哈！

瑪麗·路易絲（簡單的）

那六十萬顆活潑的心，他們在德萊斯登
對我喝采的聲音，幾乎震聾了我的耳朵，
這樣充滿了精力往東方去，現在卻完全

變成枯骨——這是可笑的嗎？在他們的母親看來，難道也可笑的嗎？

拿破侖（不愉快的動了一下）

你是不大懂得的。

我是說這個動機可笑，並不是說這結果……我並不想要打仗，亞力山大也並不想打；不過準勢卻逼得我們兩個互相打起來；這一切，全都是支配着我的命運的那個天上的主宰指使出來的——如果我打勝了，那麼，我就可以造成一個有歷史以來所未曾有過的皇朝了，……這話現在且別談吧，——我來問你，巴黎方面可知道這一切情形？

瑪尼·路易絲

我也不淸楚。許多不利的謠言在街道上
像烏鴉似的飛着又叫着，可是一旦傳到
我耳朵裏，就變得平常了。西班牙方面的
事情，也同樣的引起了許多方面的不安。
馬爾蒙在薩拉曼加的平原上打了敗仗，
也使人們恐慌着。咖啡店裏的人們在說
西班牙就要沒有你的軍隊了。

拿破侖

等着瞧吧！
我想出了個法子，可以把事情補救一下，
雖然我首先是需要另外再召集起一枝

包含三十萬人的軍隊來。魚，無論在海裏，或是在江河裏，都是一樣的可以游泳的。可是第一，我們必需要使法蘭西放了心，我們必需要天天一起出去到外邊跑跑，好叫巴黎的善良的民衆知道我們還在，而並沒有死掉。——說起，我們這一對倒眞好算得是模範的幸福家庭呢！——同時，我打算要把傷兵院的屋頂用最上等的金葉子來鍍一次金，而且樣子要鍍得非常古怪。

瑪麗·路易絲 把屋頂鍍金？是什麽道理呢？

拿破侖

可以叫百姓有點事情想想。他們一定會像孩子似的到處談着，在近邊的咖啡店裏面討論着鍍金的藝術的好壞，而把莫斯科的這場敗仗輕輕的忘記掉了。

—內廷宰管來報告着晚飯已經準備好了。瑪麗·路易絲和拿破侖走了出去。全場黑暗起來，幕閉。

第二幕

第一景

維多利亞平原

這是一年中最長的日子的夜裏；同時也是維多利亞戰役的前夜。英吉利軍隊是在這半島上，他們的西班牙和葡萄牙聯軍是在離城約英六哩的地方，在平原的西面紮着營盤。在左面半中間的一些高地上，可以看到惠靈登侯爵的營帳，那裏有希爾，庇克登，彭森貝，格雷淡諸將軍，和他的參謀部員，都在走進走出的商議着應付這將要來到的重要事件的方法。在前景近傍是一些驃騎兵圍繞在柴火邊坐着，因爲這天夜裏是很陰涼的；他們的馬匹是拴在後面。在全場的最前面有一些軍官在談着話。

第一軍官

這一次延長到二十四小時的安適的睡眠，對於我們疲倦的兵士的確是非常寶貴的；而趁這時機，我們還察看到了不少的東西，照這樣，這悠長的一日，也不算完全白費了。

第二軍官（向那司令部的營帳望着）

現在這時候，他們大概已經可以把明天的重要的作戰計劃，大致的商量得妥當了吧：可是我對於這計劃卻沒一點清楚的觀念，連大致情形都不知道。他們議決了什麽呀？

第一軍官

據我們的觀察，他們是計劃停當了三方面的

猛烈的攻擊。格雷淡是將任着左翼方面的任務，他是準備着要衝過那條查多拉河去，攻打着敵人的右翼。在我們右翼方面，是由希爾將任着迅速攻擊普愛布拉諸山系的工作。領袖他自己是打算帶領着我們，擔任中部的攻擊準備要走過那邊的堤塘上的特雷斯·布恩德斯橋和在更遠一點地方的曼多查橋去。——這是我所知道的大致的情形，但是各位將軍卻都還各自保留着極大的隨機應變的權力，可以臨時把這戰略更動。

軍官們走了開去，沈靜的程度增加着，因此在比較後面一些地方的，驃騎兵的營帳邊的談話槩是可以聽到了。

楊格軍曹（註一）

我眞想像不到，在這麼個夏天的夜裏，斯多堡是怎麼個樣子，那邊的許多舊時的同伴們在幹些什麼。

第二驃騎

軍曹，我彷彿聽見您說起過，您是生在那邊的？

楊格軍曹

是的。這地方有時候顯得非常沈悶，雖然我現在不應該說這個話，因爲我的父親和母親還都住在那兒。我所最喜歡的地方還是勃德茅斯。那一年夏天，行宮也在那個地方，我們眞過得有趣呢；就連國王和王后也跟我們一起玩着，就像是天天看見的，普通的老頭子和老太婆一樣。眞的，到那邊去的人很多，離我們家鄉祇有一點兒路。我們在那邊玩得眞痛快極了！

第三驃騎兵

軍曹，我彷彿還記得，您帶了一個姑娘在那兒玩了幾個禮拜吧？

楊格軍曹

是的。而且是一個很漂亮的姑娘呢。可是卻弄得一點結果也沒有。在我們開拔之前一個月，她就跟小尼古拉斯悲裏的一個製蠟燭的人結了婚。我當時是非常的生氣，可是慢慢的也就想開了。

第二驃騎兵

弄到這樣結果，也是那女的志趣太低級的原故。——不過無論如何，說勃德茅斯是個好地方我是同意的。比在那邊更有趣的日子，我的確從來沒有過着過。軍曹，我還記得，你在那時候還編了一隻歌？

楊格軍曹

是的；我現在還記得。這首歌編好了，我們就交給那位每天下午王上進餐的時候在格羅斯特行宮前面指導奏樂的樂隊長了。

那位軍曹沉默了一刻，於是，他突然唱起歌來。

物德茅斯之戀歌

一

物德茅斯海濱眞是愉快的去處，
那裏有像桃花一樣鮮豔的美女，
生着雙深藍的眼睛，長着副婀娜的身材！
我們一邊在嘴裏這樣輕輕歌唱，
一邊又在心裏懷着滿腔的熱望，
帶着丁丁璫璫的聲音，老在草地上徘徊。

二

這些美女們把我們在那邊留下，

用愉快的戲樂拿我們當做玩耍，
照這樣，就連軍紀嚴厲的隊伍裏的軍人，
也都受了這一班女郎們的蠱惑，
不自知就把那一天的口令忘卻，
帶着丁丁璫璫的聲音，回到鎮上的軍營。

三

不知道她們可還在將我們忘記？——
現在，戰爭已經拿我們分在兩起，
現在，我們祇看到那些叫人討厭的容顏！
料想那一張張笑臉還照樣美好，
可是現在，我們卻再也看不見了；
不再丁丁璫璫的響着，走過區公所門前！

四

我們可會再在那裏跟她們遇見？
可會再看見她們的嬌羞的笑臉？
給綠衫（註二）可再會貼着她們的棉紗的衣裳？
她們可會伶俐的再將我們調笑，
再用那嫵媚的眼兒對我們一瞟，
聽着丁丁瑲瑲的聲音，看我們走過草場？

（別的許多驃騎兵都鼓着掌。）

大家又唱了許多歌，夜更黑起來，火光熄了下去，全營都慢慢的睡着。

（註一）原註：「斯德明斯特·紐頓地方的託馬斯·楊格（Thomas Young）在第十五王家驃騎隊服務過二十一年；死於一八五三；曾在維多利亞，都爾斷和滑鐵盧參加戰役。」

（註二）原註：「我們還可以記得，驃騎兵常是穿着一件皮衣，長袍，或『給綠衫』（那些人是這樣稱它的），這衣服總是很寬的披在他們肩上。著者還能想見這種服制所造成的生動的印象。」

第二景

同上，在布愛勃拉的山峯上面

現在是白天了；但是全場還罩着一層夏季的霧。從迷霧後面傳來了低音和次低音的鼓聲和一陣鐃鈸的喧聲，中間還夾着那流行的軍歌『巴黎之傾覆』的音調。霧慢慢的揭開，那平原便顯露着。從這高地上向北面望去，那戰地顯得像是一個怪物的右手手掌，中間有點空隙，橫面約莫有六哩路，那大姆指的骨節粗粗的可以由東面的一些山崗來代表，洪蘭西的中隊人馬就聚集在這些山崗邊；那『火星山』和『月亮』（在手掌的另一邊）是可以由平原的左面或西面的英吉利陣地來代表；『生命線』是由查多拉來代表着，這是一條從城市流向平原的深闊的河流，穿過南面的布愛勃拉諸山峯裏的一條峽谷流着，正在我們的眼光下面流過——這就是說，向我們這隻假設的手掌的腕部流着。由格雷淡帶領的英吉利左翼是佔據着幾個手指底邊的『山峯』（註一）；而那彎曲的指尖，卻是由平原外面，全場的北面或背景上的搖遠布迷諸山峯來代表着。從前面說起的那些布愛勃拉的多岩石的山峯上，可以遙望見在戰場的右面後方的山坡上的，白色的維多利亞城和它的教堂尖塔。在迷霧之後又稍稍下了一陣子熱雨，把那原野的氣息，葡萄園的氣息，在六月的氣候中長滿了樹葉子的花園的氣息，一絲絲的帶上來。

啞場

所有的英吉利軍隊都在向前面集合，這就是說，向東面集合，中部在靠西的堤塘上，右翼穿過峽谷走到南面，左翼在西面走下比爾包大路去，這許多隊伍的樂隊都奏着同樣的一枝輕快的歌曲，『巴黎之傾覆』。

年歲之精靈

你們看着。可是你們還是一點也沒有看到。

現在，你們看見的是一些什麽？

不久之後，下面就顯出許多人的心理狀態，這些人包含着惠靈登，格雷淡，塔作特，庇克登，科爾維爾，和其他不列顛方面的負責軍官；在法蘭西方面有約瑟夫王，他是站在小山上望着他的中部軍隊，四周圍環繞着許多隨侍軍官，其中包含着他的參謀茹爾丹將軍，以及在遠方戰場上的加發德·愛爾隆，雷伊，和其他的將軍們。這幻像是像一整個被燐光所照亮了的活動的腦筋的內部似的，但不久便消失了，而一切都回復了常態。

隨後，我們就看到英吉利的驃騎隊，外衣在風中飄着，騎在馬背上馳過了查多拉河上的一條橋，來到了戰場的中央；在前景中的由希爾帶領的英吉利軍沿着斜坡向敵軍推進；在遠方，在維多利亞的左面，也起着一陣陣煙灰，接着是一些輕微的隆隆聲，這就表示格雷淡所帶領的英吉利左翼也在那裏開始進攻了。

查多拉河上的半打光景的橋都已經被不列顛人所打了過去；惠靈登，跟庇克登一起佔據着中部，看到在他們前面（東面）的阿里奈斯的山崗和村落邊的守兵是非常薄弱，便帶領了第七分隊和第三分隊的軍隊飛快的向那邊趕過去。由驃騎兵幫助着他們終於打到了山頂上；在一片煙氣，火焰，灰塵，吶喊，鎗礮聲的混沌中，庇克登，穿着那件藍色的旅外衣，戴着圓帽，一邊走，一邊聲音響亮的發着誓。

同時，在前景中的面對着英吉利右翼的法蘭西軍隊，卻已經被希爾所擊敗了；那些山崙都已經放棄，軍隊混亂的在到維多利亞去的路上退卻，不列顛軍還緊緊的追逼着，在無比的混亂之中搶到了許多拋棄掉的軍械，直到後來，法蘭西又站定在那座城的前面。

憐憫之精靈

那遠方在發生些什麼事情呀？——說吧！

諸言之精靈的半合唱隊一（縹緲的音樂）

是的，那邊時常有奇怪的景像發生；

法蘭西兵是緊緊的佔着那座孤城，

用八十尊重礮努力的將陣地把守，

那一種緊張的艱苦真是從來未有。

有一條官道從那城市直達到後方，

那裏有載着珍珠寶貝的車輛一串，

在大路上造成了一種無比的混亂，

沒有恐慌的行人們儘在四處徬徨。

半合唱隊二

男的和女的，帶着他們的孩子逃避，

可是那居高臨下的英吉利的軍隊

卻拚命的緊跟着這波濤似的人羣；
他們的那些遠距離的猛烈的子彈，
在這人羣中造成一片恐慌的吶喊，
使他們作着那麼幽長響亮的哀鳴。

半合唱隊一

在這一片遠方的混亂的喧聲左邊，
格雷淡的堅強的隊伍正勇往直前，
努力的在把雷伊鎮守的陣地攻擊。——
隨後，我們就可以看到無數的敵人，
一邊在開火抵抗，一邊在陸續退兵，
直到一隊隊都向戰場的右邊消匿。

半合唱隊二

瞧那裏，那殘陽把淡黃的光線一道
對這背着背裝的英吉利軍隊臨照；
他們威武的刺刀儘在殘陽中閃耀，
但還是在那裏努力着要撲過戰場。
可是前面雖然是那麼堅強的陣線，
卻同樣有一大隊的傷兵跟在後面；
他們慢慢的爬行，耐着難受的苦楚，
直到夜的沉默把這後方完全包裹，
而在無數死者身上也都曬滿星光。

（註一）『火星山』，『月亮』，和『山巒』等詞，都是手相術上的術語。

第三景

同上　城外的大路

在太陽下山的時候，英吉利軍已經整個的佔有了從後面退去很遠的敵軍的各種車輛，這些車輛上面是載着圖畫、珍寶、麵粉、蔬菜、傢具、珠寶、雞鵝、猴子和女人；那城中的男性的居民都已經穿過田野逃走了。

路上已經塞滿了車輛，車上所載的婦人包含着妻子、情人、女伶、舞女、尼姑和娼妓；這些車輛都在努力的穿過一羣羣的牛、綿羊、山羊、馬、驢子和騾子，構成了一長串的，像大洪水之後所殘存下來的生物。

在這羣人前面很快的趕來了另一輛車，駕這輛車裏是坐着國王約瑟夫·波納巴特和一名隨從，後而是跟着一些裝行李的車輛。

約瑟夫（在車子裏面）

這裏事實的眞相的確是如此的：——
英吉利軍是一枝極猛烈的追兵，
而我們卻是混亂的逃兵！你瞧呀——
他們都拋掉了軍械救情人去了！

那車輛被從場外射來的鎗彈所打擊着。國王跳下了車，就跳上一匹馬去。溫德漢隊長帶了一些第十驃騎隊裏的馬兵從左面飛快的趕過來，追着那國王的車輛；右面來了一隊法蘭西的輕騎兵，跟驃騎兵接觸着，要阻攔他們的追趕。約瑟夫王在騎着馬下場，隨後，那驃騎兵和輕騎兵也一邊打，一邊走了出去。

不列顛的步兵雜亂的走上場來。由一位遊戲的拿着茄爾丹將軍的符節的，第八十七軍裏的軍曹帶領着羣衆退走。兵士們在國王的許多車輛裏搜尋着，把摩里羅，委拉斯該斯，和佐爾巴爾等人的圖畫從框子上割下來，用它們來包着東西，又把許多文件和卷案都拋棄在路上。他們隨後又走到一輛在背景上的車子邊去，這裏面有着一隻大箱子。有幾個軍人把那箱子一下子打開了。裏面是放滿了錢，這些錢幣向路上滾着。兵士們胡亂的搶着，但不久又恢復了秩序；他們開了上去。

另外又有些步兵上場來，他們已經不受軍官的管束了，那些軍官是在後面把他們緊緊的跟着。他們看見了錢，又亂紛紛的搶起來；他們又翻尋着其它的車輛，從那裏搶了許多軍服，女人的衣服、珠寶、器皿、酒和酒精。

他們都穿起漂亮的衣服來，有一名兵士帶上了一串鑽石項圈；有的還是在儘量的搶着路旁的錢幣向袋裏塞。天開始下雨了，有一名失去了包裹的志願兵便在一張脫離了框子的大畫家的作品中間打了一個大洞，拿它套在頭上，把它當做一件外衣似的披着。

惠靈登和其他的人走進來，臉色陰黑，又流着汗。

第一軍官

兵士們都向各方面分頭搶刼去了！

惠靈登

隨他們去吧。他們打得都非常努力。——這裏地下散着的是些什麽文件呀？

第二軍官（察看着）

大人，是約瑟夫王的宮庭中的案卷，也有一些是波納巴特寄來的信件。

惠靈登

我們可以拾來看看，也許有點用處。

另有一些軍隊走進來，在割斷了的皮條上拖着一些失掉了馬匹的車。從這些車子裏坐着些女人，她們發現自己做了俘虜，便喊着又哭着。

那些是什麽女人呀？

第三軍官

各種人全有的。

有些是年輕的法蘭西軍官的妻子，有些卻是情人——都穿着男子的衣服。您瞧，那邊有一位很漂亮的驃騎兵；這是一個西班牙女人化裝起來的，——是一位將軍的情人。

悲靈登

好，明天把她們儘可能多運一些到潘普羅馬去吧；我們這裏沒有閒暇來幹這些事情。天哪，在我的一生中，我是從來沒有看見這麽許多的娼妓過！

（惠靈登，軍官，和步兵同下。）

一兵士進來，他手臂環抱着一個衣服穿得很華麗的女子。

兵士

我親愛的，咱們一定要結婚了。

女子（不懂得他的話）

先生，祇要你肯饒了我的性命，就什麽都可以！

兵士　這裏旣沒有教堂，也沒有教士。不過這不要緊吧——是不是？

女子　先生，祇要你肯饒了我的性命，就什麽都可以！

兵士　咱們到天亮的時候就離了婚——好不好？

女子　先生，祇要你肯饒了我的性命，就什麽都可以！

兵士　不管她說些什麽話，這總是個很靈敏的女人；這個，我可以從她這張漂亮的臉上看出來的。那麽來吧，親愛的。爲着搶女人而打碎骨頭的事情決不會發生，我們可以用基督教式的順從來碰我們各人的運氣。

（兵士和女子同下。）

天色慢慢的黑下來，人聲也慢慢的稀少了，砲隊的隆隆聲已經停止，可是在逃亡中的軍隊的車輪聲卻還從遠方隱隱的傳過來，兵士們點起了營火，他們的火光把黑暗照亮着，火光一直照到遠處，在那些小山的斜坡上顯出了許多還沒有被運回來的在痛苦中的人們。那最後一隊勝利的軍隊從後方走上來，他們吹着軍笛，打着鼓，來到這安歇處；他們所奏的曲子是『巴黎之傾覆』中的最後一段：——

第四景

在伏克薩爾花園中的紀念會

這是在伏克薩爾花園中舉行的維多利亞勝利紀念會。那座著名的花園的音樂亭上張掛了許多的燈和燭火，裝飾得像是一座神廟的樣子，頂上有一個人工的大太陽在照耀着，在它下面是兩行用燈彩紮成的大字，這兩個字便是「維多利亞」和「惡靈登」。樂隊在奏着一枝新的歌曲，叫做「維多利亞戰場」。

在那個屋頂的柱廊四周，是有着許多同樣用燈彩紮成的那半島上的勝利的地名，下面便是戰勝的不列顛和西班牙將軍的名字，在這些名字上面都加着月桂的花冠。從那圓塔伸展到各花園裏去的小徑上，都是些彩色的燈火，看去非常悅目；別些地方的樹上也都掛着燈火的彩球，又有許多的燈映着戰爭的各個場面。

園子裏的廳堂裏都擠滿了人，到會的人中包含着各位王子，——約克公爵，克萊侖斯公爵，肯特公爵，和康橋公爵，——諸大使，貴族，貴婦，和其他英吉利的和外國的各種要人。

在最近的前景中的左方有一個亭子，裏面是比較陰暗的。兩個外國隨員走進來坐下了。

第一隨員

啊——現在要看花燄了。這是由康格雷夫總兵設計的。

在一條走路的底上，故意弄得非常黑暗，在那裏放着花燄。

第二隨員

很好：很好。——這位進來的人彷彿是蘇賽克斯公爵吧，我想。跟他在一起的那位女的是誰，我可不知道。

蘇賽克斯公爵穿着一種高麗人式的服裝走上場來，身邊有幾位官員也穿着同樣的衣服。他跟查羅特·瑞貝爾女士一起在花園裏走着。

第一隨員

今天門票的價錢非常貴呢——我聽說價錢一直討到十五個『基奈亞』。我剛纔是走到這裏門邊來的，那外面已經擠滿了車輛，我的車子簡直就無論如何走不進來。這差不多跟維多利亞的戰役一樣熱鬧了。

第二隨員

惠靈登打了這一次勝仗，就升做總司令了。

第一隨員

是的。說起你可聽到這次戰爭對於來欣巴赫會議所造成的影響嗎？——連奧地利都要幫着俄羅斯和普魯士來反對法蘭西了，你聽到說起嗎？拿破侖的婚姻竟會鬧成這結果我眞不懂，他現在對他那位老丈人可有什麼感想。

第二隨員

爲了這件事情大不列顛大概又得給法蘭西斯一點津貼了吧？

第一隨員

是的。正如波納巴特所說，英吉利的『蔡奈亞』纔是一切事情的本質！——啊，這裏凱羅林來了。

咸爾斯邢主來到，由安娜・潑密爾登小姐和格命勃維小姐陪伴着。她是由格羅斯特公爵和聖萊傑總兵引導着，披着一幅有繡花的黑邊的白緞子的頭兜，藏着一頂背色的綴鑽石的花冠。

從群衆間傳來了一陣向她招呼的吶喊聲。她很客氣的鞠着躬。

第二隨員

人民還很愛戴着她呢！……老兄，你可知道那奧地利的非關西斯聽到了維多利亞的消息之後怎麼說的？——他說「熱帶的氣候彷彿也像寒帶的氣候一樣的對於我女壻是不大適當吧。」

第一隨員

哈哈哈！

這一次光榮的勝利對於那些盲目的
歐羅巴的內閣造成的影響眞大極了。
波納巴特和梅特湼在德萊斯登地方
不知道究竟開了些什麼祕密的談判——
據我想，這已經是最後一次談判了吧！

第二隨員

不過我覺得弗蘭西斯竟會情願拿了英吉利的錢來推翻波納巴特，這總是値得遺憾的事。這是卑鄙的，不應該的！無論如何，他總是自己女兒的丈夫呀。

第一隨員

是的！他們說，她是至今還沒有知道呢。

第二隨員

眞可憐！我想，到一切都公開了的時候，她一定會非常難受。不過，事情的眞相是這樣的：自從去年凱塞雷重掌政務以來，維也納，柏林，和彼德堡這些地方便都佈滿了英吉利派去的密探，他們都準備好了充足的錢，到處的化用着，拚命在運動人聯合起來對付拿破侖。……（又放着花礮。）這眞好。——這兒又有一位王族在過來了。

約克公爵夫人走進來，她是由她的隨侍命婦以及皮·克雷文爵士和巴克萊總兵陪伴着。她一進來就受到了正式致敬的表示。

第一隨員

她卻沒有像凱羅林似的受人愛戴呀！

第二隨員

且讓我的話說完：——奧地利這種舉動

雖然對於這個國家是有很多的好處，

但到底是可恥的事！

第一隨員

不過無論怎麽樣，

這總使聯軍方面增加了二十萬人馬，

而拿破侖卻遇到他自已所想不到的

敵人了。——眞的，這種種情形據我看起來，

恐怕是推翻波納巴特皇帝的工作的

一個很好的開端吧！

威爾斯郡主準備要退出。一位英吉利的外交官來到這小室裏，走到兩位隨員身邊來。郡主和她的隨侍命婦們下場。

外交官

我看見你們在這兒，所以我過來了。那邊眞是又熱又擠，可不是嗎？

第二隨員

那末爲什麽這樣快就走了？

外交官

呵，這是因爲另外一些王族並沒有把她請到王族包廂裏去，所以她不高興了；雖然事前早就有人對她說過，那邊她是不能去的。眞可憐！今天簡直沒有人請她來。她來也沒有人請，去也沒有人招待。

第一隨員

我想，我們走過去也不會有人來招待的。要在吃東西的地方搶座位眞是件可怕的事情。

外交官

從這裏到馬希門的路已經走不通了。有幾位女客給攔在籬笆外面，祇能幾小時的在自己的車子裏坐着。我們恐怕非到明天正午不能回家吧。

一個聲音（從後面）

留心你們的錢！扒手！

第一隨員

很好。這總算替這兒解除了一些單調。

羣衆動亂起來。當這動亂平靜了下去之後，音樂隊便奏着一枝鄉村舞曲，許多帶着白椶帶和月桂葉的執事們到處的忙亂着。

第二隨員

我們過去看看他們跳舞吧。這是「你要跳舞嗎」——不，不是的——這是「恩利科」——

兩個男的夾着兩個女的。〔他們從小屋裏走了出來。

年歲之精靈

且讓我們離開了這場幻景，到那遠方的
這一切景像的主輪和紋盤所在的地方
去吧。我要請你們一路上把我所顯示的
東西仔細的留意着，——這中間有一幅景像
都是跟紛紜的人事有着密切的關係的。

看客像被捺到了天空中；雖然伏克陸爾的場面還是在下邊模糊的閃耀着，但是他的眼光卻向南方移到了中部歐羅巴——那大陸的扭曲而縮小的筋絡顯得像上一場一樣，不過這一次在夏季的星光下是更暗淡一點罷了。

有三座城在下面顯現着：那邊是維也納，

那邊是拿破侖現在正在着的德萊斯登，
再在那遠方卻是我們馬上就要前去的
萊普齊希。在那維也納和德萊斯登之間，
你們是否見了些什麼呀？

憐憫之精靈

有一件闊臉的，
平坦的，像紙一樣白的，可是那形狀卻是
長方形的東西；它是像一片雲似的向着
德萊斯登那面飄過去。

年歲之精靈

再看得仔細點吧。

憐憫之精靈

這一次我是看清楚了：這東西形狀是像
一封信件，可是竟大得像是一張大風箏，
這眞是奇怪的事情；在它的面上還蓋着
三顆龐大的印章，全都是紅的——據我推想，
這大概象徵着血吧？它移向德萊斯登去，
而使那座城池倒顯得非常小了。——據你說，
拿破侖就在那座城裏嗎？

年歲之精靈

這是一件公文，
因爲它是非常的重要，所以顯得這麼大，
這是弗蘭西斯自己簽名，送給他的那位
新婚的女婿法蘭西皇帝的一分正式的

宣戰書。現在，我們且快趕到德萊斯登去，
到那邊去看看這場行將發生的戰事吧。

黑暗的混沌繼續着，同時隨伴着一種像狂風似的怒吼聲。

第三幕

第一景

萊普齊希　在路伊德尼茲近郊的拿破侖司令部

一所私邸的坐起間。黄昏。一盆很大的焰火和蠟燭燃燒着。外邊傳來了十月的風聲。鐵皴片的古舊的窗櫺悲涼的震動着。

諷刺之精靈的半合唱隊一（縹緲的音樂）

我們來了；同時又知道跟着時間的進行，
凱塞雷的外交政策是逐漸的大功告成。

焦炙的眼光不久又將看到連天的烽火，
奧地利的戰書已經修好，而且已經送出。

半合唱隊二

不列顛的鏹幣收買了三個波蘭的强盜，（註一）
拿破侖祗好安心的等着這不幸的來到；
他提出議和，他們卻都驕傲的不肯依承，
寧可帶着這二十多萬人馬來引起戰爭。

在這房間的裏邊，維貞查公爵戈閣果爾和拿破侖的一位親信的祕書茹瓦納正在把拿破侖的地圖和文件打開來陳列着。在前景中，貝爾底葉，繆拉，羅里斯東，和另一些拿破侖的隨侍軍官們正在雜亂的談着話，一邊在等他進來。他們臉上都顯着陰暗的神色。

繆拉

至少至少，開拔到柏林去的那個計劃，現在總已經放棄了吧。

羅里斯東

這不是不經過他允許的：最近他顯然是讓步了，他是在布置着這裏來普齊希的事。不過他對我們的態度卻是那麼淡漠，好像不肯多說話。

貝爾底埃

開拔到這裏來，他時常以爲是一種要不得的退卻的辦法，他時常說，到這裏來就等於自己走入絕路。

可是要勸告他一下，卻也是非常危險的事，
這樣一來，他就會把責任全推在我們身上，
（向繆拉）不過決定這事情的，倒還是係着您的來信。
當初他是多麼心神不定的｜他老是在說着：｜
『到萊普齊希去呢，還是到柏林去？』一邊又在
一張紙上模模糊糊的畫着些奇怪的圖形，｜
『一方面是失敗的路，另一方面是成功的路，
可是究竟是那一條呢？』

繆拉（頑強的）

我又有什麼辦法呢？
他們的聯軍不但不像他所預料似的逃走，
他們倒反這樣軍容壯偉的向着我們這裏

開拔過來了！我覺得這是我的必然的責任，

所以我就把事實報告了他。

羅里斯東　就算打了勝仗，

可是，如果他再像以前在德萊斯登那時候

似的疎忽一次，咱們這班人就什麽都完了。

那一次眞倒霉，雖說是打了勝仗，可是我們

弄到結果，還是祇好躲在一輛車子裏逃走！

戈爾果爾（從後面）

那一次皇上是生着病；這個我可以斷定的。

拿破侖進來。

拿破侖（活潑的）

各位同伴，這場戰事的前途是頗可樂觀的！

繆拉（乾燥的）

陛下，您能夠這樣估計，我們自然也很高興。
不過據我們料想，情形卻不會是這麼簡單：
您想，我們在萊普齊希所可能召集的軍隊，
人數固然是可以達到十九萬以上的數目；
可是包圍在我們外面的敵人，他們的軍隊，
卻至少至少也已經有了三十五萬的人數。

拿破侖

我們還是照樣的需要把他們完全征服的！
我們的軍隊是集中在一起；他們卻散佈着，

一散開，就等於祇有二十萬左右的人數了：——可是我也承認這一次必需要努力的應戰，那纔能有勝利的把握。

繆拉

陛下，這是不用說的；要是不盡力，結果也許會比莫斯科還壞呢！

拉古薩公爵馬爾蒙（惠靈登在西班牙方面的對手）先由人通報着隨後自己進來。

拿破侖

啊，馬爾蒙，你有什麼重要的消息要來報告？

馬爾蒙

陛下，最近我捉到了若干名掘地道的工兵，
他們對我說聯軍方面是準備在後天早晨
向我們開始總攻擊。——現在，我是剛從那一座
里本塔爾的山頂上趕到這裏來的，在那裏
我看到遠遠的地平線上已經完全佈滿了
敵人方面的像射火的眼睛似的無數營火：——
我的前方哨兵，也都完全給他們趕了回來，
我需要救兵，要那麼，譬如說，三萬左右的人。

拿破侖（冷淡的）

敵人是一定不會來打擾你的前方哨兵的；
大概你是弄錯了吧。——可是現在，你馬上去吧。
你到萊普齊希城裏去，在這裏當後備軍吧。——

各位同件，我在這一方面的打算是這樣的：
第一天，我先要把希伐爾貞堡的軍隊消滅，
第二天，我要去消滅勃呂欲爾。照這個樣子，
我們就可以完全的擺脫了他們的網羅了。

貝爾底藥

不過我們的步兵卻比不上他們那樣的多！

拿破侖（愉快的）

我們不用排成三行，就把他們排成兩行吧，
這樣，我們就可以顯得多了三分之一的人。

貝爾底藥（不信任似的）

陛下，他們眞會受騙嗎？

拿破侖

他們自然會受騙的！

以我這樣的經驗，我也至少會把人數看錯四分之一；難道他們不會弄錯三分之一嗎？無論如何，這樣來試驗一下總不會有害處。

突然，有人通報着奧什羅求見。

很好！他來到這裏之後我還沒有看見他呢。

奧什羅進來。

奧什羅，我的老朋友，你到底回到這兒來了！

我們等待了你不知道多久呢。——（辛辣的）可是你現在已經不是加斯底路尼那時候的奥什羅了！

奥什羅

不是的，陛下！我還是加斯底路尼那時候的那個光榮的奥什羅，祇要您能夠把當時的在意大利的那一隊精壯的弟兄們還給我。

拿破侖

啊，現在我們且別談吧。……不過，我現在祇覺得四周圍彷彿盡是一種陰沈而冷淡的空氣，祇有我一個還很高興着。

奥什羅

陛下，這有道理的，

這陰沈是有很健全的根據的！我來的時候，我就聽到確切的消息，說是巴伐利亞已經在準備着，馬上就要對我們倒戈了。照這樣，我們就又意想不到的增多了六萬多敵人。

拿破侖（激怒）

我們是早就在這裏擔心着這樣的結果了！……我祇希望你們都能像從前似的還是對我那麼忠心耿耿！現在誰都靠不住了，除了我！（向繆拉）怎麼，就連你，我自己的妹夫，也都變得這樣似是而非的，像要馬上把我拋棄了的樣子！

繆拉（急迫的）

陛下，您說我？沒有的事！我可以在這裏發誓，這種加在我身上的重大罪狀是靠不住的。您心裏很明白，大概總不致於相信這些話，我想您一定知道我有着許多的敵人，他們都會隨時向您無中生有的說着我的壞話！

拿破侖（更平靜的）

啊，不錯，不錯。這是實在的情形。——不過，據我想，你至少是覺得人家用着奧地利對付我的手段來對付我，也是一件可以准許的事情！……不過我可以原諒你的。你是一個很好的人；你對於我的感情也非常好。你也非常勇敢。不過，我把你封了王，這事情卻是不應該的。當初我最好是祇把你封做總督就跟那個年輕的歐什尼同樣的等級，那就好得多了，你就會像他一樣的賣氣力，不會怠懈下去，現在自己也做了國王，你就一心的在忙着自己的事，不管我的事了！

繆拉和各位大將都沈默着，帶着一種爲難的神色互相望望。拿破侖走到後面的一張桌子邊，跟戈爾果爾一起彎身在地圖上面，向他的秘書們口述着一些拉雜文件，由他們筆錄下來。

諷刺之精靈

一位聰明的先知

會感覺到，這彷彿有點像這位軍事的基督在最後的晚餐時向他的門徒們所說的話！

一隨從進來。

隨從 陛下，撒克遜的王上和王后帶了他們公主已經來到了這裏，現在已經走進了城門了。他們是準備在這個安靜的城裏避着戰役！免得一不小心，也許給聯軍方面俘擄了去。

拿破侖 眞的嗎？我的好朋友奥古斯都斯，他來了嗎？他過來的時候，我要馬上就出去跟他會面，把他安頓在一個穩當的地方。（他回去看着地圖。）

停頓片刻。鐘打着十二點。皇帝突然站起身，歎着氣，又向前面走過來。

我要休息了。

各位同伴，我要睡去了。明天見。各位要記得，對明天這場不能放鬆的戰事，大家必需要用全副精力來好好的對付。這一定是一場非常猛烈又非常重要的戰事，它會決定了法蘭西的命運，決定了我們大家的命運的！

全體（誠懇的）

我們可以對天立誓，都願意用全力來應戰！

拿破侖

啊，這是什麽東西呀？（他拉開了窗幃。）

若干人

這是敵人方面的信號；

他們的南面的駐軍在向北面的打着信號。

在空中很高的地方看到一枝白色的火箭。隨後又來了第二枝，第三枝。停頓片刻；在停頓中，傘破命和其餘的人都動也不動的等着。一兩分鐘之後，在城的對面，看到射出了三枝彩色的火箭，顯然是在答覆着那三枝白的。傘破命沈思着，讓那窗幃掉下着。

傘破命

是的，是希伐爾真堡打給勃呂啾爾的信號。……

這表明他是準備好了。我們也準備好了啊！

他走了出去，不再說什麽話。大將們和其他官員們都陸續退出。房間裏黑暗起來，全場完畢。

（註一）三個波蘭的強盜，係指瓜分着波蘭的三個國家：俄羅斯，奥地利和普魯士。

第二景

同上　城市和戰場

這是從南方近郊上面的空中望下去的萊普齊希的景像；這座城是在一片平原上，西面，北面，和南面都有河道和澤地，在東面和東南面地勢卻比較的高。

在那時候，那座城是像一個D字的形狀，那直的一條線便是普萊塞河。除了這一方面之外，其它方面都環繞着軍隊——靠裏面的是守城的法蘭西軍，靠外面是準備要攻城的聯軍。

在城市最遠的地方——彷彿是在這個D字的頂上——在林登塔爾，我們看到是駐紮着馬爾蒙的軍隊，準備要抵抗來到那邊的勃呂歇爾的軍隊。在他右面是奈伊；再右面，在東方的高地上，是馬克多納爾德。沿着那條弧線向南方挨過來便是奧什羅，羅里斯東（在他後面是拿破侖和後衞隊），維克多（在瓦謬），和坡尼亞託夫斯登（他是在D字的底邊接近普萊森河的地方了）。在他近邊是凱勒曼和密羅的馬隊，而在同一方面是由繆拉帶着他的馬隊在把守從南面進城的大路。

在這許多軍隊的外面便是希伐爾貞堡所統帶的大軍，對着馬克多納爾德和羅里斯東，是克萊腦的奧地利軍和齊登的普魯士軍，邊上由普拉託夫所帶領的哥薩克軍掩護着。在維克多和坡尼亞託夫斯基對面是美爾非爾特和赫塞·宏堡的奧地利軍，威特根斯坦因的俄羅斯軍，克萊斯特的普魯士軍，魁萊的奧地利軍，以及里支登斯坦因和提勒曼的輕騎兵：這樣，那許多軍隊便已經穿過愛爾斯特河到了我們近邊的左方的澤地，到了D字的最底下了。

謠言之精靈的半合唱隊一（縹緲的音樂）

在這場戰爭中，拿破侖雖然有勝利的希望，
但是沒有一定的把握。他已經減少了兵力；

他老是在這個黏濕的十月的天幕下沈思，
眼看着四周圍的敵軍一天天更顯得濃密。

半合唱隊二

他知道，他知道祇要是兩方面的實力相當，
他自己就至今還是一個蓋世無敵的軍人，
可是現在卻有三方面的敵人來向他攻打，
這太多的人數也禁不住要使他刻刻提心！

啞場

萊普齊希的鐘安靜的打了九下，聯軍方面的陣線裏傳來了三聲礮響，這一場決定歐羅巴的命運的，也許是決定世界的命運的，戰事便開始了。這三聲礮響便是猛烈的總攻擊的號令。

這場戰爭是混成了一堆，我們簡直沒有法子把那些參戰者一一的分辨出來，祇覺得他們是一些有知覺的原子所組成的許多無定形的雲片和波浪，洶湧的捲在一起而已；我們祇能用種族和語言來把他們認辨着。在亞細亞的極遠處的民族在這裏跟歐羅巴在大西洋沿岸的民族碰頭了；這是第一次，同時也許是最後的一次。到正午的時候，那聲音是成爲一種響亮的沈音，像永不間斷的音樂，彷彿是從一架大風琴上的不斷的響着的鍵鍵上發出來似的。

諡言之精靈的合唱隊

現在，這場三方面的戰爭已經在城邊開始，那富於彈力的人肉的圈子卻又大小不定，裏面的一佔上風，那圈子就馬上臌大起來，外面的一佔優勢，那圈子便又立刻就縮緊！

不久我們可以看到，法蘭西方面是有着一種特殊的企圖，而聯軍方面的企圖卻是普遍的。法蘭西軍是想要突破敵人的中部而去包圍着他們的右翼。為着這目的，拿破侖又派出了一些生力軍，同時，烏底諾又在幫忙着維克多在攻擊符爾登堡的歐什尼的右方，而在他的另一方面，密羅和凱勒曼的馬隊又正在準備衝鋒。拿破侖的聯隊是勝利的，把歐什尼趕了過去。同時，希伐爾真堡是在普萊塞河和愛爾斯特河之間的澤地上堅持着，但是沒有用處。

在三點鐘的時候，同時受着法蘭西的左右翼的攻擊的聯軍的中部，是被繆拉，拉都爾·莫布爾，和凱勒曼的馬隊所衝破了。

萊普齊希的鐘打着。

憐憫之精靈的合唱隊

像這樣性急的鳴鐘慶祝，實在真還嫌太早！
這勝利的形勢能支持到多久，又誰能擔保？

希伐爾眞堡帶領了奧俄聯軍從那些澤地上退走。但是法蘭西的馬隊也在那些濕地上碰到了糾紛；而同時，馬爾蒙卻在麥肯給擊敗了。

同時，在萊普齊希北面的奈伊聽到了戰事的中心是在移向南方去，便也調過他的部隊來接應着。他剛來到不久，卻又得到了勃呂歇爾在攻打他來的那地方的消息，便又把幾枝分隊派了回去。

貝爾特朗是掩護着西面到林德腦和萊因河去的大路，這是法蘭西兵的唯一的退路。

到晚間，戰事是告了斷落。在天黑的時候，三響空砲在各處震盪着。

謠言之精靈的半合唱隊一

那聲音是這樣的說着，在這個幽暗的夜間，
大自然是熟睡着，這一場狠鬬便也得安眠；
而勝負是未曾決定。

半合唱隊二

法蘭西經過這場肉搏，
一半勝利也都失去了。

合唱隊

希望是漸漸的薄弱，
因爲它既然不能決勝在第一天的狠鬬中，
拖延到明天，恐怕把機會失掉，就難以成功！
夜漸漸的深，什麽都看不見了。

第三景

同上　從晉萊森堡的塔上

從這塔上可以望到大部分的戰場。天亮還不久，許多公民們因爲焦慮和失眠而紅腫着眼睛，都在那裏看守着。

第一公民

昨天半夜裏，當我在看守着的時候，天上陡然的刮起風來，又下着大雨，一片片的黑層遮蓋了月亮，所以今天，天氣就那麽陰沈沈的，彷彿在悲悼着這場戰事一般。
今天，恐怕那聲勢赫赫的聯軍方面，就要
用全力來作着他們的最後的攻擊了吧。

第二公民

那是一定的——他們在把這圈子更縮緊來，
把我們這些不幸的法蘭西兵團在裏邊，
使我們祇能把陣線一點點的縮得更短，
昨天還有五哩長，今天可祇剩下一半了。——
有人說，拿破侖在昨天夜裏已經決定了
要帶着他的軍隊退卻。如果這話是真的，
那麼他是祇有林德腦橋一條路可以走。

他們穿過陰寒的東方的光照着在城市西北角上的，從閣斯奈特門出去那條長而直的石子路，和在遠方的愛爾斯特河上的林德腦近邊的橋。

第一公民

昨天夜裏，我看到有許多狠毒似的軍隊在德萊斯登的大路上出現了；不久之後，那已經非常堅強的希伐爾貞堡的軍隊卻又加強了不少。同時我又清楚的看到，在天黑之前不久，貝爾那多特來到北面，把他的人馬在那一帶更周密的佈置着，那天邊是閃耀着無數敵人方面的營火，繞成了一個沒破綻的圈子把我們圍着。

天光漸漸的明亮起來，他們能把那些軍隊看清楚了。

第三公民

在康奈威支和德里支這兩個地方之間，
是駐紮着繆拉所帶領着的軍隊的右翼。
過來，是波尼亞託夫斯基，維克多這班人。
在這外面，在普羅勃斯泰遠地方，是駐着
拿破侖自己的中隊。圍繞在這一帶地方，
而對着彭斯多夫和戈里斯那些區域的，
便是奈伊的左翼。——照這形勢，你可以明白
他們是怎樣在每一個村莊裏躲藏起來，
而在前面佈滿了重礮。同時，在每個樹林，

谿谷裏也都處處埋伏好了許多的鎗手。

白天已經完全來到，陰沈的天上開始顯得淸楚起來。太陽出來了，以前是那麼黑暗而陰沈的物體現在卻在陽光中照耀着。現在是七點鐘，戰事又在日光的照耀中從新開始。在南面和東面的波希米亞軍隊分成了三大隊，集中的在向拿破侖的縮短了許多的新陣線進行着——第一隊有三萬五千人，是由奔尼格森帶領的；第二隊在中央，有四萬五千人，由巴爾克萊·德·託里帶領着；第三隊，二萬五千人，由赫塞·宏堡親王帶領着。停頓了若干時候。

第一公民

瞧啊！法蘭西方面受了挫折，在退回來了。

又停頓着。隨後，北方傳來了一陣礮隊的隆隆聲。

諾言之精靈的半合唱隊（縹緲的音樂）

現在，勃呂歇爾來到了，已經在開始應戰！
馬爾蒙當着他就衹能退卻。貝爾那多特
跟奔尼格森連在一起，跟他同時攻擊着，
奈伊就祇能讓步。這就是向希伐爾貞堡
打着招呼，叫他快開到普羅勃斯泰達去——
這地方現在是拿破侖的唯一的依賴了。
可是他經過許多努力，還不能如願以償，
因爲拿破侖正帶着他的精兵駐在近傍。

半合唱隊二

同時，奈伊卻還受着強烈的攻擊，已經在
一步步向城邊退走，卻又遭到新的不幸：
他的撒克遜兵的羽翼突然把他遺棄了
這樣便又短少了三萬六千精壯的步兵。
他祇能把那些還沒有叛變的軍隊集合，
帶着這些殘兵敗將，謹愼的向城邊退卻。

半合唱隊一

在普羅勃斯泰達一帶地方，猛烈的戰事
還在拿破侖親自的指揮下繼續進行着。
軍隊像被鐮刀割着的莠草般紛紛倒下，
刺刀冒着血的蒸汽。當大礮轟着的時候，
半空中便撒滿了人類的肢體。這場戰事

是這樣瘋狂的進行着。人們在喊着「衝鋒—」，
人們沸騰着人們亂滾着，人數是減少了。
猛烈的重礮繼續㷔燃着，響聲直搏上蒼，
無數的屍體和礮彈幾乎要把大地埋藏。

半合唱隊二

終於，聯軍方面是勇猛的攻打着，快要把
普羅物斯泰達佔領了。這個地方，正就是
傘破命的中軍的根據地和唯一的重鎮。
在夜幕下降，重重迷霧開始出現的時候，
傘破命便擔心着也許會把這重鎮失守。

合唱隊

接着，從這一片廣大的戰場的三個方面，

有二千多尊的重礮都同時作着最後的猛烈而又遙遠的轟擊，打擊着整個平原，想拾得了最後的勝利——在西邊一帶地方，是由貝爾特朗掩護着準備退兵的路徑，而且從正午以來，那地方已經有一大串隆隆的車輛在走着了。黃昏已經在來到；退卻的軍隊談着話，一邊早已神志昏迷，就連疲倦的戰馬也都像要閉上了眼皮。

在遠方的黑暗中散佈着殘廢的馬匹和受傷的人的喊聲。那些人努力在爬到城裏去，後來，那些街道上便擠滿了傷兵。他們的喊聲一陣陣的傳過來。

第二公民

他們在喊着要水喝！我們現在走下去吧，
也許可以替他們做點好事的。

憐憫之精靈

你們瞧呀，
在通堡的風磨邊，彷彿有一個火光點着。
我們去瞧瞧吧，也許拿破侖在那裏歇脚。

遠方的火光顯得更淸楚，更接近了。

（公民們從塔上走開。

第四景

同上　在涵堡風磨邊

拿破侖是在新點起的柴火邊上上下下的走着，顯着非常心神不定和疲倦的神色。在他身邊是繆拉，貝爾底葉，奥什羅，維克多，和其他在戰場的這一方面應戰的軍官們，都流着汗，渾身是污泥，又非常疲乏。

拿破侖

我真沒有想到他們竟會這樣卑鄙的——

那三萬個本來靠不住的巴伐利亞兵，

這一回叛變了，倒也不覺得怎麼奇怪
可是這些曾經立下背約的撒克遜人，
加上他們國王的關係，我以爲總一定
靠得住了！誰知道這三萬五千人又會
完全叛變這次失敗簡直不可收拾了……
繆拉。我們必需馬上就退卻，我們沒有
其它方面可以希望了！我們必需現在
就開始退卻。貝爾底樂，把命令發出去。——
我要坐一下。

一張椅子從風房邊端了出來。拿破侖在這椅子上坐下；貝爾底樂蹲在火光上面，一邊跪着皇帝口述，一邊寫起來那幾位將軍臉上發着火光的向那柴火窯着。

拿破侖口逃了一下之後便停止了。貝爾底葉轉過頭來，卻發現他已經睡熟在那裏。

繆拉（陰沉的）

我們還是不要去吵醒他；

他自己就會醒的！

他們等着，用一種像是對這結果不很關心似的語調互相喃喃的談着話。拿破侖熟睡了一刻鐘，這時候，月亮已經升到這平原的天庭上了。末了，他驚醒過來，詫異的向四邊望着。

拿破侖

剛纔我是不是醒着？

這難道是做夢嗎？——不對，這太像眞實了！……

可是這情形我以前也碰到過一次的。

口述又從新開始。在這樣口述着的時候，拿破命的語聲中時常被一些從平原上傳來的閒執的呼喊聲所混攪着，這聲音是像遠方的一陣鴉噪似的起落不定，中間還夾着馬蹄的踩踏聲和車輪的隆隆聲。敵軍的營火在四周圍環繞着，祇除了西面有一個小小的缺口——這是準備退卻的道路，至今還由貝爾特朗掩護着，有一些輜重車是已經開始在那路上退卻了。要全軍遵守的指令完畢了之後，拿破命便向他的將軍們道了別，跟貝爾底業和戈蘭果爾一起騎上馬，走向萊昔齊希城裏去。其他的人也都陸續退場。

憐憫之精靈的半合唱隊一

像在一個垂死的人的夢中，
那四堵牆壁是慢慢的狹小；

那牆壁把他的全身禁閉着，
可怕的末日馬上就要來到。

半合唱隊二

在今天這個不吉利的夜裏，
悲慘的黑暗老統治着全城，
偉大的拿破侖的畢生厄運，
也像這末日般悄悄的來臨。

全場崇在一片像淡黃的雲翳般遮蓋着火光的霜霧中幕閉。

第五景

同上 閣斯泰特門附近的一條街道

高高的哥式的屋子組成了這街道，沿着街，有一條水流似的車輛，輜車，馬車，馬兵，步兵，隨軍者和傷兵的行列，混亂的從城市的東面流過來，怱忙的向西面出城去，走上了到林德脳，呂貝，和萊茵河去的大路。

在一家叫做「普魯士手臂」的小旅店前面，有幾個拿破侖的侍從備着馬匹等着。

第一軍官

他剛跟國王和王后珍重的道了別，不久

就要回來了。……他們以前分享着他的光榮，
難道現在要來分擔他的不幸嗎？那國王
請他願自己走，不用來關心他們的命運，
叫他扰逃避了沒有必要的被擒的恥辱。（他焦急的對那門口望着。）
我希望他快一點！現在是不能再躭擱了。

第二軍官

國王將來一定會跟那聯軍方面講和的。
他們決不會傷害他。他雖然損失了一切，
可是情形究竟跟咱們不同。

在走近來的敵人的吶喊聲是更響了。拿破命從『普魯士手臂』裏走了出來，衣衫襤褸而又不整齊。他正要騎上馬去；但是他看到街上那種擁擠的情形，便又遲疑起來。

拿破侖

天哪，人眞多！

我還是走了去，倒可以更快的到城門邊。

我彷彿還記得什麽地方有一條小路的？

一公民從那客棧裏走出來。

公民

陛下，走這條路，就可以很快的到城門邊；

我能替您指點路徑，眞是非常光榮的事。

拿破侖

朋友，多謝你。（向侍從們）把馬匹全部都到那邊去吧；

如果我先到，我是會在那邊等着你們的。

那公民替拿破侖指點着那小路的路徑。

公民

陛下，在這條路的盡頭處有着一座花園，您就穿過這花園去。在那一邊有一扇門。過了門就可以直達愛爾斯特的河岸了。

拿破侖走上那小路，不見了。他的侍從們帶着馬匹混在一大堆車輛裏，步行着走下街去

另一公民從旅店的門裏走出來，向第一公民招呼着。

第一公民
他走了！
第二公民
我看看他可能走得過。
他從新走到旅店裏去，不久就在一座較高的窗口顯露出來。
第一公民（在下面）
看見沒有？
第二公民（望着）
他已經走到了那一座花園的盡頭處了；
現在，他離開了花園，在走到那河邊上去，

正在沿着那條河流走向蘭斯泰特門去。……

並沒有馬匹在等他！……那許多混雜的人羣

把他胡亂的推着，擋着，誰也沒有認得他。

啊——現在那些馬匹來到了。他騎上馬去了，

他在怱忙的出門去。……現在我又看到他了——

現在，他是走上了通到濕地去的大路了：

現在，他是騎着馬，在走過林德腦的橋去。……

現在，他是混在擠滿了道路的軍隊裏了，

我已經一點也看不見了。

第三公民從拿破侖去走的那方面上場來。

第三公民（喘不過氣來似的）

我看見他走的！

在他出城去的時候，我正站在那人堆裏，
近得差不多可以碰着他了！這一位皇帝
混身弄得骯髒不堪，幾乎誰也不認識他！——
這個什麼都斷送了的人物樣子很閒散，
他站在那裏不動，祇在嘴裏輕輕的哼着：
「馬爾勃羅出去打仗了！」一邊在等着他的
隨從把馬匹牽過來。

第二公民（還是在向遠方望着）

波尼亞託夫斯基的
波蘭兵現在是散漫的走上了那條大路；

同時，馬克多納爾德和雷尼野也都退卻。
那條新造的，不牢壯的橋是已經斷下了：
他們祇有一條舊橋好走。

第一公民

眞是眼光太近！

他們本來有一打橋可以走。

第二公民

所有的軍隊——

馬克多納爾德，坡尼亞託夫斯基，雷尼野——
他們都亂糟糟的一齊擠在那一座橋邊。
同時，勃呂歇爾的軍隊卻正在穿過城來，
正要從蘭斯泰特門邊向法蘭西的後方

出人不意的發聲。

一聲霹靂似的響聲把他的話打斷了，這是從他所滯留着的那方面傳過來的，穿過城市，把所有的門窗都震動着。不久之後，又聽到一陣粗糙的吶喊聲。

第一，第三等公民

啊，天哪！——這是什麽道理：

第二公民

那一座林德腦的大橋是已經被炸斷了！

憐憫之精靈的半合唱隊一（縹緲的音樂）

人體和石子全都飛上天空，

像在那裏撒着漫天的雲霧；

又彷彿有無數反叛的屍骸，
　從地下衝破了他們的墳墓。

　　半合唱隊二

林德腦的大橋飛到了空中，
　兵士們像水波般到處飛濺；
橋上的一大堆無辜的人們，
已經把愛爾斯特河流填滿。

　　半合唱隊一

林德腦是像個龐大的海灣，
　海灣裏堆滿了數百的屍體；
河牀裏泛濫着鮮紅的水流，
　將軍和士兵們都混在一起。

半合唱隊二

馬克多納爾德在水裏游泳，

他是勉强游到了對面岸上；

坡尼亞託夫斯基掉在水中，

他就此永遠的在波心埋葬！

第一公民

上帝保祐，法蘭西兵已經過去了沒有？

第二公民（還在上面望着）

雷尼野的軍隊，馬克多納爾德的軍隊，

羅里斯東的軍隊，還有波蘭兵，他們全

沒有過去。……勃呂歇爾的軍隊在開過來，

在這一邊的法蘭西兵全要做了俘虜。

弄到普魯士兵手裏，王上可真倒霉了！

另一些公民們也在他身邊從窗口露出臉來，在上面繼續的談着話。

諷刺之精靈的合唱隊

這列國間的戰爭是已經告了結束，
一個人遭到失敗，許多人得到成功；
這新的皇朝是已經在半路上傾覆，
許多舊的卻又將恢復往日的繁榮。

將來，所有的國家都監視着法蘭西，
使它再不能發生什麼侵略的野心；

但究竟還是舊制度更値得寶貴呢
還是這一大隊喘息的戕馬的暴行？
十月的夜漸漸的深了，把全場遮蓋着。

第六景

比里尼山鄉　尼委爾河附近

薄暮。惠靈登的司令部裏的餐室。桌上已經擺好了餐具。尼委爾之役就是在這一天的白天發生的。

惠靈登，希爾，貝雷斯福德，斯丟瓦特，統普，克林登，科爾邦，科爾塔布特（受傷處包紮着），和非他的軍官們上場。

惠靈登

這眞是奇怪的，他們今天倒會並不固執的堅守着他們的陣地。天曉得，我眞不知道咱們怎麽會把他們打敗的！

科爾邦

我的印象是這樣，他們一定在不久以前聽了什麼消息，所以沒有心思應戰了。無論如何，我在對那將軍招降之後拿來附在警號簽過的那些人，他們一定是接到了什麼奇怪的消息了。

惠靈登

啊，什麼消息呢？

科爾邦

大人，我也不知道。我祇知道他們在被俘之前，有幾個手裏拿着一份最近的皇家公報。他們在看着那內容，隨後就顯着非常頹喪的神色。

惠靈登

這很有趣。我眞猜不到他們得到的是什麼消息。

希爾

最可能大概是波納巴特的在撒克遜的軍隊的消息吧。不過我也很奇怪，那邊的事情怎麼這樣快就有了結果。

貝雷斯福德

啊，我卻覺得並不奇怪。最近，那邊的確可能出了許許多多的事情呢。

科爾邦

這眞是叫人難熬的事，他們趕快的把那報紙毀掉了，我們要想去阻止他們，卻來不及。

惡靈登

你有沒有問他們呢？

科爾邦

當然問了。可是他們在被擒的時候卻憤憤的一聲也不響；他們不肯告訴我們，祇推說什麼都不知道。他們說，他們皇上的軍隊跟聯軍的軍隊之間無論發生了什麼大大小小的事情，他們都沒有來報告的責任的，因此他們大部分都陰沈沈的不說什麼話。

悉靈登

在他們吃了飯之後，也許會高興一點，也許肯多說一些話吧。

科爾

大人，他們要在這兒吃飯嗎？

悉靈登

我在一小時以前替他們送了一張請帖去，他們是接受了。他們也眞怪可憐的，我祇好優待一點。不多時他們就會到這兒來了。要讓他們多喝一點馬德伊拉酒，好鼓勵鼓勵他們的興致。這一定會使他們變得高興一點，也許他們就不會那樣的守口如瓶了。

大家都在談着那一天的戰爭的情形。現在已經做了立過誓約，但是可以自由行動的俘虜的法蘭西第八十八軍的軍官們，以賓客的資格走了進來。他們由悉靈登和他的軍官們歡迎着，都陸續的就了座。

有一時，這晚餐簡直是在沉默中進行着；但是酒卻喝得很多，隨後，法蘭西軍官和英吉利軍官們都變得愉快起來，多說話起來。

　　惡靈登（向法蘭西指揮官）

我敢擔保，先生，在這裏，是要比今天白天困守着那座嘅壘的時候舒服得多了吧？

　　指揮官

大人，那何消說得，自然是這裏舒服得多！

　　惡靈登

天哪，我們在外面的人當然會覺得舒服！

　　指揮官（陰沈的）

不過我們心裏卻並不舒服呢！唉，唉，大人！

在接到了這一種痛心的消息之後，還要好好的打仗，那裏是人力所能辦到的事！這種消息簡直比流血的創口還更叫人沒有法子忍受下去啊。

惠靈登

我想，你是在說着從撒克遜方面來的什麽不幸的消息吧？

第二法蘭西軍官

是的：是關於我們皇帝在萊普齊希地方打了一場不可收拾的敗仗的消息，這是在剛送到這裏的公報上記載着的事情。

所有的英吉利軍官都不再說話了，祇注意的聽着。

惠靈登

那麽現在你們皇帝的司令部在那裏呢？

指揮官

大人，大人司令部是已經沒有了。

惠靈登

沒有司令部？

指揮官

大人，現在法蘭西司令部已經不存在了，因爲法蘭西軍隊是不存在了！法蘭西的威名是完了。您想，有着這樣的心事，今天叫我們怎麽能打仗呢！

惠靈登

這正可以解釋了我剛纔所說的話：我剛纔正在這裏詫異，怎麽這一枝跟我周旋了這麽許多年的，這樣勇敢的軍隊，這一次竟會很輕易的把這麽一個堅固的陣地一下子放棄了。

貝雷斯福德

各位先生，萊普齊希以後又有些什麽事？

若干法蘭西軍官

眞的，我們又何必守祕密呢？打完仗之後，我們一部分軍隊是走上了呂眞的道路；

但是我們的兩萬名殿後軍卻給截住在
給炸掉的橋後面了。——在前面的那些軍隊
總算跟着梟上一起安然的達到了呂貝——
那正是我們以前打過勝仗的一個地方—
他們是這樣怱忙的逃亡着，剛在達到了
愛爾福特的時候，勃呂歇爾已經追上來，
那時我們最後的希望就是渡過萊茵河，
可是由萊德帶領着的奧地利軍隊以及
巴伐利亞軍隊卻埋伏在哈腦的森林裏，
把我們的去路截斷了。

惡靈登

—哈覺會這樣的嗎？

第二法蘭西軍官

不過勇敢的人到那時候當然會發狠的，我們的軍隊是發了狠拚命的衝打過去，也顧不到損失。沿着弗蘭克福特的城牆，我們總算達到曼茨，在那裏渡過萊茵河。這是一條我們時常在凱旋回來的時候走過的長橋，而這一次，那些軍隊卻像是一串出喪的行列了！……以後又有什麼事情我們可還沒有知道。不過這個是知道的：在日耳曼境內，法蘭西兵是已經絕跡了！

一英吉利軍官

這眞是意外的事。

第二法蘭西軍官

我們也一樣的不懂呀。

關於萊普齊希的敗仗的談話一直繼續到晚餐吃完了的時候。那些法蘭西俘虜很客氣的道了別，走了出去。

惠靈登

這班人倒都是挺好的。我希望他們全是
我手下的將士！……啊，像這樣的把他們那些
祕密消息探聽出來，也不算是件壞事情：
他們不說，不久之後也會有人來報告的。

希爾

這樣看來，那個全人類的敵人大概已經

快要走到他的末路去了！

惠靈登

據我計算起來，大概再要不了半年的工夫，我們就可以在巴黎城內的街道上跟那聯軍碰頭了。——不過此刻，我們卻還有許多事情要做呢：到天亮時候，我們要渡過尼委爾河去了！

〔惠靈登和軍官們同下。〕

房間黑暗下去。

民国世界文学经典译著·文献版（第九辑：法国英国戏剧）

◆史诗剧◆

统治者——拿破仑战事史剧（四）

The Dynasts, A dram of the Napoleanic wars

[英]哈代（Thomas Hardy）著
杜衡 译

上海三联书店

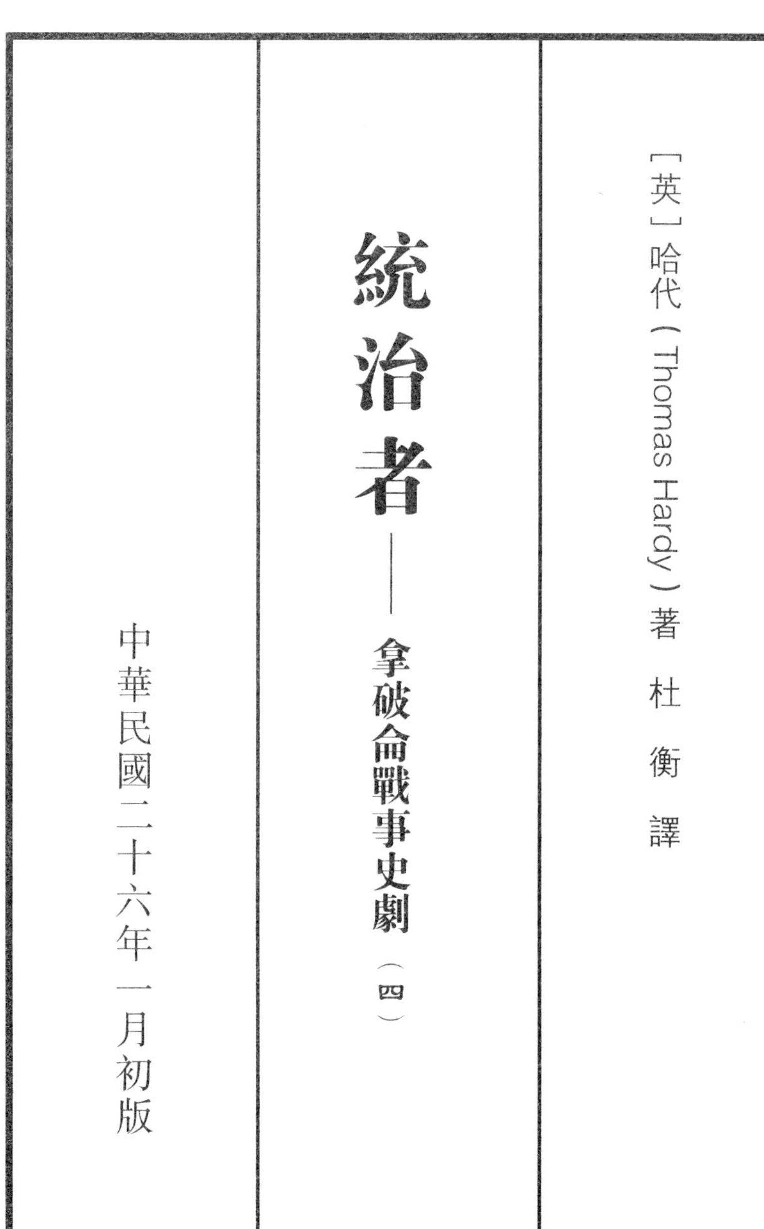

[英]哈代(Thomas Hardy)著 杜衡譯

統治者——拿破侖戰事史劇(四)

中華民國二十六年一月初版

第四幕

第一景

萊茵河上游

這是一幅從相當高的地方望到萊茵河上游所流過的美麗的區域的一幅鳥瞰圖。在歐羅巴歷史上的這個時候，這條河流正做着法蘭西和德意志之間的分界水。這是元旦日的清晨，遲緩的太陽光已經射到了一些凸出的堡寨門口，但是卻還沒有射到這條河流的小小的波浪上，這條河流是從沙夫蒿森向左面穿過許多里路向科勃蘭茲流去的。

啞場

最初，這地方顯得什麼都是平靜的，就連河水也都似乎並不流動。但是不久，在遠處卻發現了一些奇怪的黑色的斑點，像一條屈曲的帶子似的，在很慢的移動着。從這地方望去，那一片大地上是祇有一種活動的東西可以望得淸楚：這東西就是軍隊。現在，眼前所看到的，也正是一些軍隊。

最近的軍隊，差不多就在我們的眼光下面，正在一些由許多船隻聯成的浮橋上面渡過河來；遠是在萊茵河和奈卡爾河交匯的地方，那橢圓形的曼海因城便正在這兩條河流的交叉處，從這裏望去，樣子像是在一枝杈竿上掛着一個人頭。在渡河的時候，軍樂隊從各方面奏着；那些起伏着的隊伍像是一條條多鱗片的蛇似的閃爍着。

謠言之精髓

這是俄羅斯的軍隊，在侵犯法蘭西的國境！

在左邊許多黑的地方，在河水的下游靠近考勃那個小鎮的地方，又可以看到另外一些軍隊在同時的渡過這灰色的河水來，他們的武器和戎甲也同樣的閃爍着。

諾言之精靈

那邊卻是背督士的健兒，也在向這邊前進！

現在再轉向右面，在很遠的巴賽附地方（過了那邊就已經可以看到瑞士境內的羣山了），又可以看到一隊更多的兵士，人數是在二十萬以上。這枝軍隊已經渡過了在那邊是更狹一點的河流，已經向西方走了好幾哩路；從這裏望去，這一堆灰色而閃光的不定的人羣，像是分成了六個分隊，每一隊都彎彎曲曲的分成不同的方向走去。

諾言之精靈

在那方面偷襲過來的，便是奧地利的雄師，
他們一心一意的想要直撲到巴黎的城池：——
這兩枝都是抱着同樣目的和企圖的軍隊，
還有惠靈登在西班牙也跟他們遙遙相對。

所有這些灰黑色的軍隊，都安安穩穩的，毫無阻礙的向西面前進着。他們像是一種液體似的順着地勢向下面瀉着，像是一股從決了口的蓄水湖裏流出來的水流；大部分都是蛇的樣子，但偶然也有一些形狀卻像是蛙類和蜥蜴類的動物。雖然在地面上是有了這一堆的人體，但冬季的風景卻仍然顯着一種漠不關心的神色，像是並沒有發生什麼事情似的。

黃昏來到了，啞場模糊了下去。

第二景

巴黎　丢伊勒里宫

這是在禮拜日正做了彌撒之後的時間，衛國軍的重要軍官們都聚集在議事廳裏。他們都顯着一種期待的神色站在那裏，有幾個顯着憂容，有幾個顯着惶惑的樣子。

那扇從這廟堂達到鄰近的教堂的門是開着。皇帝拿破侖和他的皇后在這宗教儀式的最後的音樂聲中從那扇門裏走出來；而同時，從對面一扇門裏，女掌家崇得斯鳩夫人也走了出來；她手臂裏抱着羅馬王，現在是一個兩三歲之間的漂亮的嬰孩。他是穿着一身小形的衛國軍的制服。

崇得斯鳩夫人抱着那孩子走上來，扶着他站在他的母親身邊。拿破侖臉上帶着一種悲哀的微笑，一手攙着那孩子，一手攙着態度很安閒的瑪尼·路易絲，慢慢的走上前來。衛國軍突然的鼓着掌。

拿破侖

各位衛國軍的同伴，各位親愛的朋友，

我現在要離開你們了；在我離開到那

祇有上天知道的個人的命運去之前，

我還得把我所認爲在這一個世界上

最寶貴的人託付給你們，請你們照顧：——

我的妻，法蘭西皇后，我的兒子，羅馬王。

我之所以要走，是爲了要保障你們的

家庭和親屬，不讓外邊的敵人來侵犯；

現在，知道我親愛的妻子是由你們在
保護着，我就可以安心的到遠方去了，
因爲你們的忠心我可以完全相信的。

（衛國軍熱烈的鼓着掌。）

軍官們（感情的）

我們可以立誓決不會辜負您的信託！
我們將永遠不讓除了您和您的家屬
之外的人來坐在這法蘭西的皇位上。

拿破侖

我現在在這裏准允了皇后的攝政權，
以後皇位的繼承也照着從時的決定，
同時，我叫我的兄弟約瑟夫來擔任着
全國大都統的職位，來幫她處置國事。——

大家不要發生分裂的事，來使她煩惱；
大家第一要顧到全國的安全和秩序，
要顧到法蘭西的前途。現在，聯軍方面
是興奮得發狂了。他們最近一次勝利，
幾乎被認爲是一個爭權奪利的機會，
同時又拿我的痛苦來做自己的消遣。
　　我願意承認，我這次是不得已而走的；
不過我對將來還懷着希望，雖然最近，
有許多不幸的消息實在太使我傷心——
我的忠實的朋友們，你們想想，就連我
自己的妹夫，拿波里王，連他都倒到了
聯軍那方面去，同時竟還帶領着一枝

拿波里的軍隊向我們的歐什尼親王攻打着，我聽了這消息是多麼難受的。
　　日後的各種處置和行動，是必然的會把許多的敵人都引到我們巴黎來的，可是你們卻千萬不用害怕；不久之後，我就可以設法把蹂踏着我們國土的那些趾高氣揚的敵人完全消滅下去；我一定會像以前屢次打着勝仗一樣，這一回也可以帶着許多勝利回轉來！——現在，你們瞧着，在我離開之後，我親自把我的兒子和繼承者交託給你們了。

他抱起了那孩子，走過去輪流的給軍官們看着。他們都非常感動的鼓起掌來。

你們能保護着他們母子嗎？能起誓嗎？

軍官們

我們願意的！

拿破侖

這樣說，你們算是答應了？

軍官們

我們答應了。希望皇朝永遠的繁昌着！

他們的吶喊聲傳到了外邊校場上，由聚集在那裏的衛國軍的兵士們響應着。現在，皇后是流着眼淚了，由皇帝把她扶住。

瑪麗·路易絲

這樣副悲壯的景像，我真從沒有見過！——

就連維也納的軍隊也沒有這樣熱烈。

在繼續不斷的宣誓和道別聲中，拿破侖，皇后，羅馬王，蒙得斯鳩夫人，等等，向一方面退出，衛國軍的軍官們向另一方面退出。

幕垂下來，休息了一會。

在重新啓幕的時候，整個屋子是在黑暗中它的空氣是陰寒的。外面，一月的夜風呼號着。兩名僕役怱忙的走進來，點起了蠟燭，升起了火焰。時鐘上的針指着三點。房間裏一切都很紊亂的，皇帝走進來已經整頓好了這一次旅行的行裝，瑪麗·路易絲穿着一身晚服跟在他旁邊走着，他的左手臂環繞在她的腰邊。他的右手臂抱着羅馬王，手裏拿着一束紙。貝爾特朗伯爵和一些少數的家屬跟在後面。

走到屋子中間的時候，他吻着那孩子，又將皇后擁抱着；皇后滿眼都是淚水，那孩子也同樣的哭着。

——傘破命傘着那些紙張走到火爐邊去，把它們丟在火裏，等它們燒掉；隨後，他的侍從們也另外傘了幾束紙來燒掉了。

傘破命（陰沈的）

這樣辦是最好的；因爲誰也不知道將來會發生些什麽事，也不知道他會落在誰手裏。

瑪麗·路易絲

我彷彿像感覺到了一種說不出來的恐慌，我恐怕就此永遠的不能再看見你一面了！

傘破命

你用不到恐慌，就是眞這樣也用不到恐慌，

命裏註定要發生的事情是終於要發生的。
如果黑暗要來到，那麼你就祇能讓它來到，
正像光明要來到，你也不必多費心思一樣；
如果眞這樣，敵人倒會想到自己是犯了罪。

他們最後一次擁抱着。——拿破侖等同下。隨後，——瑪麗・路易絲——和那孩子也走了出去。

年歲之精靈

她的預感表面上的確是顯很敏銳的，不過
卻還是有着限度。她的預感固然也許不錯，
他們倆也許就此不會再見面，不過，我可以
憑藉我的天賦的神力來作着這一番預言——

那一種使他們倆永遠隔離着的屏障，恐怕
說出來就連她自己也不會相信的：這屏障
不是一種監獄的痛苦，也不是劇烈的戰爭，
卻是一種溫情的勸告，時時的在慫恿着她，
使她起了驕矜之心，而把初衷慢慢的忘記，
直到後來，他在她的靈魂裏的影像，也會跟
遙遠的平原上的巨人像一般漸漸的縮小，
或是像大海上的人形般漸漸的化爲烏有。

燭火熄滅了，那廳屋給剩下在黑暗中。

第三景

同上　皇后的房間

將近七點鐘，三月的晨光陰沈的射到瑪麗·路易絲的私人的客廳裏，祇使鍍金的傢具照着一種微弱的光彩。兩個內廷掌管在那裏伺候着。他們從窗口望着，又打着呵欠。

第一掌管

看樣子彷彿就要下雨了！在皇帝離開，叫她來攝政的時候，誰想得到她和這攝政時期也會在這麼短的期間裏就過去了呢！

第二掌管

昨天晚上已經有了議決嗎？

第一掌管

是的。樞密院一直到後半夜還在那兒開着會，在辯論着那個她和她的孩子究竟要不要留在這兒的熱鬧的問題。有人是主張這樣，有人又主張那樣。後來她自己說她要走，總算把事情決定了。

第二掌管

我早就想到一定會鬧到這個地步。我聽到那警鐘整夜的響着，在把衛國軍召集起來；我聽到說，已經有一些志願兵開拔出去幫馬爾蒙的忙了。但是人數不多，這一點人又幹得了什麼事情呢？

宮門外面傳來了一陣車輪的隆隆聲和馬匹的咴嘶聲和跳躍聲。麥奈伐爾和宮中的另外一些官吏們走進來；不久，瑪麗·路易絲也從另一面的她的臥房裏走進來，穿着旅行的服裝，戴着旅行的帽子，身邊隨帶着羅馬王，也穿着準備旅行的衣服。她神志顯得昏沈，面色慘白。隨後出來的是內廷侍從長崇德伯羅公爵夫人，宮庭命婦德·呂雅伯爵夫人，加斯底略尼夫人，蒙得斯鳩夫人，和另外一些人，全都穿着旅行的服裝。

羅馬王（哀傷的）

媽媽，咱們爲什麽要做着這些奇怪的事情？
咱們今天起來得這麽早又是什麽道理啊？

瑪麗・路易絲

孩子，這個道理我實在也講不清楚。這許多
事情在一下子之間突然的一件件發生了，
現在我就是對你說，也沒有法子說明白的。

羅馬王

可是你知不知道咱們爲什麽要這樣離開？
是不是因爲咱們害怕敵人會打到這裏來？

瑪麗·路易絲

我們是不是要走，是到現在還沒有決定呢。
也許是非走不可，不過你現在不要來問我。
過一些時候我會告訴你的。

她遲疑似的坐了下來，用一種忽忙的神色向會集在那裏的官吏們招呼着。

羅馬王（喃喃的說）

我要留在這兒，
我不願意跑到我所不知道的什麼地方去。

瑪麗·路易絲

孩子，你快些跑到鴆媽媽身邊去談談天吧。

（他走過去，到崇得斯鳩夫人身邊。）

（向崇德伯羅公爵夫人）我聽到說，有幾個傾向於保皇黨的婦女們，這幾天老是把她們自己關在自己屋子裏，一天到晚的忙着在趕製出白色的帽章來。——是的，我必需要走！

崇德伯羅公爵夫人

皇后，您爲什麼要這樣急？咱們不久就會聽到好消息的；最近從皇上和約瑟夫王那裏有什麼信息傳來沒有啊？

瑪麗·路易絲

我是在等着約瑟夫王。他是跟軍部裏的人一起到前方親自踏看軍情去了，他要去看聯軍方面有多少實力，離我們有多少遠近；

他應該馬上就回來了。

沈默着；後來，突然從門外傳來了走近來的脚步聲。

啊，這是他在回來了；

現在我們就可以知道。

忽忙的走進來的，卻並不是約瑟夫，而是衛國軍的一些軍官和其他的人。

軍官們

願攝政皇后萬萬歲！

皇后，我們請您千萬不要離開巴黎。請您要留在這兒，千萬别走。我們立誓會保護您的！

瑪麗·路易絲（激動的）

各位勇敢的軍官，我極誠意的感謝着你們。不過，這一次事情，我祇能服從皇上的吩咐。他曾經立過誓說，他與其讓我和我的兒子落在法蘭西的敵人的手掌之中，卻還不如讓我們掉落到賽納河的河底裏去淹死的。因爲不讓我們冒這種危險，他就傳下命令，叫我們到敵人用重兵來侵凌我們國境的時候，就馬上把政府一起都遷移到羅瓦爾那地方去。現在，敵人們的確是在打過來了，馬爾蒙和莫爾諦埃兩位將軍已經退卻了，他所預料到的危機是馬上就要來到的了。一切都已經準備好；金庫已經裝上了車輛，文書，印章，和密報，這些東西也都包紮好了。

軍官們（遲疑的）

不過，離開巴黎卻就等於自己走入絕路啊！

瑪麗·路易絲（使性的）

我要照着我說的話那麼辦！……我根本不知道我應該怎麼辦！

她突然哭了起來，衝到了她的臥房裏去，後面有那年幼的國王和她的幾位隨侍命婦跟着。接着是可怕的沉默，這沉默有時卻被裏面傳出來的哭泣聲和勸慰聲所打斷。一位隨侍命婦從新進來。

命婦　她眞是完全失去了常態了；她昏昏沈沈的跑進臥房去，就在牀上一倒，一邊在說：「我的上帝，就讓他們快下了決心，無論這樣也好，那樣也好，就讓他們狠毒的逼着我執行，結束了我這個痛苦的生命吧！」

一官吏從大門邊走進來。

官吏

我是由軍政部長派到這裏來的，
我要見皇后，我有事情要報告她。

瑪麗·路易絲和羅馬王從新進來。

皇后，我奉命到這裏來對您通知，
現在事情危急，您得趕快就走了。
普魯士軍隊的前哨，現在是來到
我們這裏的城門邊，快要進城了。

麥奈伐爾

這就是整個歐羅巴的前哨！

國務總理剛巴西萊斯，波阿爾奈伯爵，醫生戈爾維薩德・波賽，沈馬官德・加尼西，和其他的人同上。

剛巴西萊斯　　皇后，

現在再不能耽擱了。整個歐洲的軍隊都聯在一起在對付着我們，已經要打到城邊來了。

波阿爾奈　　如果您再留着，那麼您就會落在哥薩克兵的手中了。同時，人民的心理也都變得暴亂起來：

他們都以為您如果還留在這兒，那就祇能使他們不能安居在巴黎，對於您自己卻也一樣沒有好處。再打下去是沒用的，徒然犧牲性命。您現在是祇有走的一條路；我，和所有樞密院的官吏也都要跟着您走。

瑪麗・路易絲

這樣看起來，我剛纔說要走是不錯的——現在我當然是要走，誰也不能再攔阻我，叫我再留在這兒。

羅馬王（哭着）

我不要去——我頂喜歡仍舊住在這地方——

（她準備着要離開。

媽媽，不要到朗布野去吧；請你不要去。
那個地方很齷齪！我們還是住在這裏。
鳩媽媽，你跟我們一起在這裏，不要走！

瑪麗·路易絲（向洗馬官）

帶他抱下來吧。

瑪麗·路易絲含淚的走了下去，後面有一些隨侍命婦和另外的人跟着。

德·加尼西

您過來吧，殿下，您來吧。

他把那孩子抱在手臂裏，準備要跟皇后走去。

羅馬王（踢着）

不，不，不！我不要離開我的家——我不要！我不要現在爸爸走了，我已經是主人了！（當洗馬官把他抱出門去的時候，他卻把門緊緊的抓住。）

德·加尼西

可是您一定要走。

那孩子的手指被拉開。德·加尼西和羅馬王下場；但是在那孩子被抱下扶梯去的時候，卻還有喊聲傳進來。

蒙得斯鳩夫人

我覺得孩子是對的！

他大概是得到了什麼奇怪的預兆了。

她應該不走的。可是，事情卻已經決定！

蒙得斯鳩夫人和其餘的那些人都跟着走了出去，房間裏是空了。

幾名僕役忽忙的走進來。

第一僕役

天哪，咱們今天夜裏到那兒去吃飯，到那兒去睡覺呢？倒了霉的人又有什麽辦法呢？

第二僕役

我也要像他們一樣的逃難。所有最正確的哲學家都已經走了，就是比較正確的哲學家也開始在走。我是在聽到打警鐘的時候就已經下了決心，要照着從古到今最正確的哲學家一樣辦法。

第三僕役

我可要留在這兒。聯軍決不會來擾攪我們的。大風會吹倒——啊，夥計，你知不知道『隱喻法』

是什麽東西？最近我倒學會了不少。

第二僕役

什麽『隱喩法』？是不是哥薩克兵打仗的時候用的一種兵器？

第三僕役

夥計，你的想像力總有一天會害你吃上一次大大的苦頭！『隱喩法』乃是一種我所用的，智慧上的兵器。我的這種『隱喩法』，當你在上流社會裏的時候，倒也許會偶然碰到幾次。這就是的：大風會吹倒松樹，可是倒會放過了 [illegible]（註一）。現在你懂了沒有？

第一與第二僕役

不錯！朋友，你的教訓是像眞寶的宗教一樣健全的。咱們不用走了。你聽聽外邊是什麽事情。

（聽到車輛行動的聲音。諸僕役走到窗邊去向下面望着。）天哪，現在公爵夫人上車了。現在上車的是管衣廚的那位太太；現在是宮裏的命婦們；現在是那些官吏；現在是那些醫生。他們上車眞慢！正像我是一個愛國者一樣，那下面的確有將近一打的四輪馬車呢！另外那些車輛是載着財貨。那些人多麽靜哪！這就像一個出喪的行列一樣。誰也沒有對她鼓着掌！

第三僕役

多謝聖母瑪麗，在聯軍來到之前，我們倒有一個很適當的時間，可以吃一點東西，喝一點東西，甚至撈一點東西呢！

從城裏的遠方傳來了奏着進行山的軍樂聲。隨後鎗聲響着。另一名僕役衝了進來。

第四僕役

已經在攻打着蒙馬特爾了，盎丹街上又掉落了許多的炸彈！

（第四僕役下。）

第三僕役（從衣袋裏摸出了些東西來）

那麽現在，我是需要披起盔甲來了。

第二僕役

你手裏拿着什麽東西？

第三僕役拿着一枚皺縮的白色的帽章，拿它插在自己的頭髮裏。鈴聲更響了。

第一與第二僕役

你還有嗎？

第三僕役（又拿出了一些）

啊，還有呢；不過要錢買的。

其他的人向第三僕役買着帽章。又聽到一片軍樂聲。第四僕役從新進來。

第四僕役

這城市已經投降了。據他們說，到明天，聯軍方面的元首就要排成盛大的行列進城來了：先是普魯士馬隊，隨後是奧地利步隊，再後面是俄羅斯和普魯士的步隊，最後是俄羅斯的馬隊和砲隊。最重要的是，巴黎的民衆也極願意看到這次的變動。他們竟在那一行大軍裏的拿破侖的雕像的項頸上套着一根繩子，開玩笑的拿它扯着，一邊又在喊着：「絞死暴君！」

第二僕役

啊，啊！在這個萬花筒似的世界上花樣可眞多呢！

第三僕役

祇要事情跟你自己沒有關係，你就會覺得什麼都是很滑稽的。從八十九年（註二）到現在，我們已經碰到許多次的這一類事情了。我們每一次總是馬上就掉過頭來的。願布爾朋皇朝萬歲！

（他離開，第一與第二僕役跟着。）

第四僕役

眞的，我很希望到老年的時候能夠做一個英吉利人，在那裏，是不會有這麼許多政體的變動的。

（跟着其餘的人退場。

聯軍的軍樂聲越來越響了，幕閉。

（註一）這裏原文是如此寫法，究竟是什麼字的簡寫，實無從得知，但全句意思卻還是明瞭的。

（註二）指一七八九年法國大革命開始那一年。

第四景

封泰納勃羅　宮中的一個房間

拿破侖是在房裏不耐煩的，上上下下的走着，而且不時不刻的在向時鐘望着。

奈伊進來。

拿破侖（並不招呼）

啊，結果怎麽樣？可是照你這副態度看起來，你所來報告的，大概不會是什麽壞消息吧！怎麽，可不是決定攝政嗎？不是決定由皇后代替我的兒子攝政，將來再交還他自己嗎？

奈伊

陛下，像革命一類的事情是不會向後退的，而祇有向前面走。現在，您本人和您的家族，是根本不能坐上皇位，重新管理着政事了！他們已經正式的宣布，如果要各方面停戰，如果要保障法蘭西的安全，那就非得要您這個的退位不可，而且要您無條件的退位。那些元首的這種決意是絕對不能改變的，所以我急急忙忙的特意跑來報告您知道。

拿破命（抑制住感情）

我非常的感謝你，你居然坦白的告訴了我！——

不過這也是意料中的事。我是早就得到了馬爾蒙最近不能盡責的消息，和第六軍的消息，早就在料想着今天的這一種結果了。

奈伊

此刻，巴黎的民衆全都佩上了白色的帽章；三色旗全給塞在狗窠裏。他們是像發了狂似的在慶賀着布爾朋皇朝，在慶賀着和平。

拿破侖（冷冷的）

我也像他們一樣的能替巴黎造成和平的！

奈伊（遲疑的）

陛下，您以前並不主張和平。據我看來，他們大概總是照着各人的過去來判斷着將來。

拿破侖（嚴厲的）

對於這事情，我可以一個人想法子對付的。

奈仇（固執的）

他們祇看到以前那種慘痛的流血的光景；
他們祇記得自己的那種困苦的情形，因此，
對於這些舉動的結果都沒有深切的考慮。

拿破侖

現在，我對於這事情還定不下確切的主意。
我還得把這事情仔細的想一想。等到明天
正午光景時候，你就可以知道我的辦法了。

奈仇（準備要走）

我相信我所說的這一些不能不說的事情，

也並沒有觸犯了您吧？

拿破侖（憤憤的）倒並不；不過你那種忽忙的態度倒使我不高興，這情形是顯得你的心已經不在我這方面，不替我着急了！現在政府方面的那一種巧妙的勾引手段已經引誘得你把從前的友誼完全忘記了！好，將軍，我們到明天再見吧，到那時候再談。（奈伊走開。）

戈爾果爾和馬克多納爾德進來。

奈伊在你們之前來過了；我想，他大概是把

什麼事都在說了吧?

戈蘭果爾

最初的時候我還以為
我們總是會勝利的。不過命運卻不肯答應。
現在，陛下，我們如果坦白的說，我們會覺得，
如果您陛下願意謹慎一點處置，不冒險的
讓皇后去受到各種損壞尊嚴的恥辱，同時
也不讓法蘭西受到更大的不幸，那麼恐怕
祇有退位，纔可算得是一條最安穩的路了。

拿破侖

這話我完全聽到過，可是我不能跟你同意。
我的資產到現在還不致於弄到這可憐的

地步，我還不必訂下這一種恥辱的契約呢！我現在還有着足足五萬人馬，還有奧什羅，還有蘇爾和須歇，還有其他的許多人，難道你以爲現在我竟弄到一無所有的地步嗎？直到現在，我還是可以跟亞力山大和他的聯盟一樣的玩着這種軍事方面的把戲呢！現在我給你們看。啊，我的地圖在什麼地方？我可以把未來的戰事說給你們聽！紙，墨水，快拿來，我要把我的實力開出來給你們看！

戈爾果爾

陛下，你那些將軍們實際上都已經離散了。

馬克多納爾德

陛下，就算您還有着軍隊，可是您所剩下的這一些解體的軍隊是再沒有方法應戰了。他們一定會叛離，這是有先例可援的事呀。

傘破命

不錯，照你們這種態度，我就可以看得出來，事情是要比我所預料的糟得多！……唉，馬爾蒙，你這樣鬧了端真是糟糕！……我是一向就拿他當自己的兒子一樣看待！我老是袒護着他，完全出於感情的把他升到了將軍的地位，我以爲他的忠心是像巖石一樣的牢靠了，我時常說，『無論誰叛變，他總無論如何不會。』我當初這樣的信任着友誼，眞是太幼稚了！……

好，現在就照你們的主張辦吧。奈伊的態度
顯得就連他都傾向到布爾朋族那面去了。——
我一離開，法爾西竟弄到連疆域都縮小了，
這眞是一件叫人非常痛心的事情。這一點，
眞好算得是一把拿我傷害得最厲害的刀。……
不過一切都來不及了：我知道前途是完了。
我就答應了吧。把貝爾特朗和奈伊叫進來；
叫他們來做我的這次不幸的收場的見證！

他非常不安的走到了寫字檯旁邊，開始起着一張草稿。貝爾特朗和奈伊走進來而在他們後面，從門邊望去，又可以望到管家菲斯當，馬夫得斯當，和其他一些僕人的臉。大家都一言不發的等着，直等到皇帝把那稿子寫完。他頭也不擡一擡的從他的座位上轉過身來。

拿破侖（讀着）

「聯軍方面已經正式的宣布過。說是歐羅巴的和平的主要的障礙便是在於拿破侖佔據着法蘭西的皇位，現在，皇帝因爲忠於他舊時的誓約，願在這裏聲明他自己和他的子孫都永遠放棄了法蘭西和意大利的統治權，因爲祇要對法蘭西有益處，他就連自己的生命都願意犧牲的。」我在這裏簽字了。（他轉身向桌邊簽着字。）

那幾位將軍感動的衔上前去，握住了他的手。

各位將軍，你們瞧；

我現在是跟把我征服的敵人訂約，可並不是跟那些竊佔了法蘭西的政權的去伊勒里的叛徒們訂約啊！戈蘭里爾，你照常的回到巴黎去吧，奈伊和馬克多納爾德也去，把這個交給亞力山大，交給他一個人好了。

他把這文書交給了他們，差不多沒有聲音的向他們作了別。那幾位將軍和其他的人走了出去。拿破侖依然把頭垂倒在胸前，坐在那裏。

沈默了好一會。隨後，從走廊上傳來了一陣磨刀的聲音。馬夫魯斯當走進來，他的皮帶裹佩着一塊磨刀石，手裏拿着一把刀。

晉斯當

陛下，這是很明白的，您這一次失敗之後，是決不會再要活下去了；我知道這情形，所以替您帶了這把刀來。

拿破侖（點一點頭）

晉斯當，我懂得你的意思。

晉斯當

那麼，陛下，您打算自己動手呢，還是要我來替您動手？

拿破侖（冷冷的）

伙計，這兩個辦法

現在是無論那一個都還沒有什麽必要。

魯斯當

都不要嗎？

拿破侖

到了適當的時候，我就可以用更乾淨一點的辦法來執行這件事情的。

魯斯當

陛下，您拒絕嗎？您受到了像這樣的屈辱，居然還願意活下去嗎？好，我請您就用着這把刀把我殺死了，或者就把我開除了。

（他把那把刀遞給拿破侖，拿破侖搖着頭。）

我是不願意在這種屈辱之下活下去的——

（魯斯當驕傲的走了開去。）

拿破侖譏諷似的笑了一下，投身在一張沙發上，不久，他就在那沙發上睡熟了。

門輕輕的閃開。魯斯當和菲斯當向裏面張望着。

菲斯當

今晚上正是一個好機會，我們可以溜走了。他會在那裏睡上幾個鐘頭的。我還藏好着幾個法郎；這個錢我是應該得的，因爲我是忠心耿耿的足足伺候了他十四個年頭呢。

魯斯當

你存下了多少法郎？

菲斯當

這個，你一口氣是數不完的，就是兩口氣也數不完。

魯斯當

在什麼地方？

菲斯當

放在那林子裏的一株空心的樹裏。至於你的酬報呢？你可以很容易的把那小房間的鑰匙弄到手，那邊放着的法郎，一定要比我所弄到的還多。他是一定不會要了，無論是陌生人，無論是不相識的旁人，大家都可以拿。

魯斯當

我所需要的倒並不是錢，而是名譽。我要走，那是因爲我不願意再這樣不知自愛的留在這兒。

菲斯當

我卻是因爲在這種溫帶地方，是沒有旁的像這樣的聰差的存在；我不能讓自己在這種地方虛度下去，那是爲着社會的利益。

魯斯當

好，如果你今晚上要走，我就跟着你走吧，這樣，也可以使我們的離開有着一種戲劇上的對稱。

我眞希望能有一個感覺更靈敏一點的主人！他睡在那兒，簡直一點兒也不顧到像這樣活下去的恥辱！

拿破侖顯着要醒過來似的樣子。恭斯當和魯斯當不見了。拿破侖慢慢的坐了起來。

拿破侖

我眼前還是這副樣子！我還在這個地方啊！
事情是斷斷乎不能像這樣子繼續下去的；
我眞奇怪，這局面居然也會支持到這麼久。
不過無論怎麼久，現在總是要告一結束了！
（從外面傳來了穿過院子的脚步聲。）
聽啊，他們在離開我！這些狡猾的耗子，一到
船快要沈沒的時候，就紛紛逃走了。到明天，

恐怕就不會有一個人把我從牀上叫醒來，
或是對我問一聲早安了！

年歲之精靈

你們瞧吧，在這裏，
上天的意旨是多麼嚴重的在磨難着他的
神經，他的拮据的手，和他的沒光彩的眼睛。

諷刺之精靈

這是一切君主和臣僕的一幅真實的圖畫！

憐憫之精靈

不過，現在失敗的卻祇是拿破侖他一個人。
至於那灰色而熱情的民族卻仍然前進着，
要穿過重重黑暗達到光明！

拿破侖（站起來）

現在該結束了。

但斯當誠然是大大的誤解了我，不過他的
提示卻的確是彈着了我的鬆散的腦筋了。……
要使莊嚴的落日的景像顯得更光輝，除了
用那個古人所重視的辦法之外還有什麽？
普路逵爾克（註一）的英雄一失敗就不再活下去：
勃魯圖斯是這樣，特米斯託克萊斯是這樣，
加多是這樣，馬克·安託尼也未始不是這樣，
我爲什麽偏不這樣幹呢？願聖神幫助我啊！

他打開了一個匣子，取出了一個小小的袋，這裏面有一個瓶子，從這瓶子裏面，他倒出了一些

液體，他飲着。然後他躺了下去，又重新睡熟了。

恭斯當輕輕的從新進來，手裏拿了一大把鑰匙。在走向那小房間去的時候，他轉過臉來對傘破命望望。看見了那杯子，和皇帝的一副奇怪的樣子，他放棄了自己的事情，急忙衝了出去，在外面喊着。

馬萊和貝附特朗進來。

貝附特朗（搖着皇帝）

陛下，什麼事情？您現在又幹了什麼事情啊？

傘破命（吃力似的）

請你不要來干涉我的事，這樣子是很好的；把戈蘭果爾叫來。我在未死之前還要跟他稍稍說幾句話。

（馬萊忽忙的走了出去。

醫生伊凡進來；不久，戈爾果爾也進來。

伊凡，請你把藥性加重一點；

這個藥的效力太慢了，應該要再加點上去；

這個藥是放得太久，所以藥性變得那麼慢。

伊凡搖着他的頭，慌張的衝了開去。戈爾果爾抓住了傘破命的手。

戈爾果爾

您現在爲什麼還要叫我們受到這種不幸！

傘破命

請你鎮靜一點，讓我安安靜靜的死過去吧。——

我把我的妻子和我的兒子全託付了給你
請你把這封信，和那邊那一捆東西交給她。
希望你想念着我，又要好好的保護着她們。（他們搖着他。他吐着。

戈爾果爾

他是得救了；無論結果如何，他總不會死了！

拿破侖

天哪，在這裏，就連尋死都是這樣的困難的：
在熱烈的戰場上，要死，眞是多麽容易的事！

他們打開了一扇窗，把他扶到了窗邊去。他慢慢醒過來。

人們所不能決定的事情，命運會給決定了。

我祇能再活下去，一切聽憑着天意的擺佈。

馬克多納爾德和另一些將軍們重新進來。他們帶來了一封瑪泥·路易絲的信。拿破侖說着這封信，變得更活潑起來。

她們很安全；她們要到這個流放地來找我。

是的，我要活着！未來的事，誰能够料到底呢？

我的妻，我的兒子，這對於我已經很滿足了。——

我可以在這剩下的年歲中寫一部自敍傳，

可以用莊嚴的文字來使我們的後世能够

時時刻刻的記着我所完成的偉大的功績；

在這故事裏面你們的名字能够附在一起，

也就足以傳之永久了。

他不久又很健康的睡熟了。將軍們等退出。

房間給剩下去在黑暗中。

（註一）普路塔克（Plutarch），古傳記家，曾作英雄傳。

第五景

巴雄尼　不列頗軍營

前景是一帶隆起的土地，上面綴着一行行半島上的軍隊的營帳。在外面不遠的地方的校場上，步兵正排成了陣伍，在等待着什麽東西。再遠一點，在一條溪流後面，便是法蘭西的軍隊，也同樣的用一種靜以待變的態度列着陣。在半中間，我們所看到的是巴雄尼城市，地點是在阿杜爾河和尼委河的交匯處，四周圍都圍着扇山的城堡。在阿杜爾河的那一邊有一座駿臺聳立着，這是一座強固而尖銳的建築，孤獨的站在那兒。一面龐大而光耀的三色旗從那尖鬧的旗竿上驕傲的飄蕩着。阿杜爾河所注入的比斯凱灣在左邊的天界上顯得像一條平線的樣子。

兩邊的軍隊都是靜悄悄的，那地方的一切都是靜悄悄的，祇除了那面旗幟；但不久，那城牆邊的礮隊所發出來的號礮聲把這沈默打破了。幾千個人的眼睛馬上就向那礮臺移了過去。它那飄蕩着的三色旗從那旗桿上滑了下來，不見了。

全體軍隊（不自知的）

啊！……

不到幾秒鐘之後，那同一旗竿上又豎起了另一面旗——一面本來是白色的旗，但顯然是因爲擱置了好多時候，所以顯着發霉和黏濕的樣子。城上所有的鎗礮都同時發出了祝賀的聲響。這聲響又由英吉利方面的步兵和礮兵用獻礮聲響應着。

全體軍隊

嚇啦！……

於是，各方面的軍隊都向各自的方向走了開去，回到了他們的營帳裏。除了英吉利，西班牙，和葡萄牙這方面之外，布爾朋王朝的旗幟到處張掛着。

幕閉。

第六景

阿維尼雍近郊的一條大路

在灰暗的黎明之光中，羅恩河，古舊的城牆，多恩嵓和那上面的屋宇，都顯出在背景上。在前景中，有幾個馭者和馬夫帶着一隊替換馬匹等待在大路旁邊，向北而望着，又在那邊踱着。有幾個閒人聚集在那裏。

第一馭者

這個時候，他應該快來到了。據我想，他來到這個愛爾巴的島上一定是很高興的，雖然這是個很偏僻的地方；我聽到說，他一路上來的時候，大家都很怠慢他。

第二馭者

無論怎麼說，我可不管他會碰到些什麼事情！你想想若阿欣·繆拉那個人，他現在做了余波里國王了；這個人是跟我們一樣出身的，就生長在貝里戈德近邊的加荷爾斯那個地方，這眞是一個壞得不堪的鬼地方，還沒有咱們家鄉一半那麼好呢。爲什麼他會一升兩升的升到了國王的地位，咱們可連加一點餉銀都辦不到？這纔是我所要說的話。

第一馭夫

可是現在，我對於他的這種處置倒並不覺得怎麼不滿意。無論如何，他總沒有叫一個補鍋子的人，賣爛布的人或是婊子養着的漢子做成了國王；他所尊敬的總還是咱們這一種行當的人哪。如果咱們不是做了一世的馬夫，誰知道咱們一定不會做成國王呢？

第二馭夫

咱們做國王？如果咱們當時不是這樣不爭氣，居然跟了戰鼓走上前敵去，到了這時候，咱們恐怕是做了地底下的國王了。可是，我也願意答應你，我也可以替他拗着車子趕一程路的，這樣子，我可以幫他逃過了想在這裏陰謀着他的那些人的手。我在他的戰爭中並沒有像我所知道的另一些人那樣的斷送了自己的兒子。

一個旅客騎在馬背上進來。

先生，你一路上聽到了什麼以前那位皇帝拿破侖的消息嗎？

旅客

有確切的消息！他和他那一行人無論到什麼地方都給那些暴民們威脅着。我碰到一個回轉來的驛使，他對我說，在離這兒不遠的一個小客棧裏，他們把他的形像縛在一根牌柱上，在上面塗着血，又貼着這樣的標語：『你的末日來到了！』他被這一種滑稽的侮辱與拖延了好多時候呢。我是趕忙的向前跑着，纔避開了這種騷擾。

第二歐者

我看起來，恐怕你還不能算是已經逃過了呢。那些暴徒們在這兒也已經等了他一整夜了。

市上的婦人（走上前來）

憑着聖處女的保祐，我眞希望這裏不要再鬧出事情來了！雖然對於一個會像他那樣的待自己的結髮妻的人，我是不會感到多大憐憫的，不過，不希望鬧事情，倒的確是我的眞心話。他當初至少就應該把她們兩個都留着，因爲，對於可憐的婦女們，半個丈夫總至少要比沒有丈夫好一點。可是，這倒是眞的，我倒願意對他可憐一些，不願意像這樣的打翻了街上的攤子，跟那些人一樣的兒地，吵吵鬧鬧的搗亂着，又幹着那些叫我是連想也想不到的事情！

第一馭夫

祇要我們能夠勒着馬匹，悄悄的離開了這兒，那就不會再有這一類的事情發生了。他可以飛快的衝過了這城市，不要在那個他們在等着要跟他搗亂的客棧門口停留就好。——瞧哪，那邊有什麽人在過來了？

總到一羣㞒從在走近來的聲音。兩名驛使進來；隨後，載着德督奥將軍的車輛進來；隨後是載着拿破命和貝爾特朗的車輛；最後是載着列國的使者的車輛——它們全在向着愛爾巴走去。

那些車輛停下來，都忽忽忙忙的換着馬匹。但是這工作還沒有做了一半，波納巴特來到的消息，卻已經傳了開去，立刻就有成羣的男子和女子，拿着棒子和鏈子當武器，從阿維尼雍的城裏衝了出來，把那些車輛團困着。

民衆

科西加的妖怪！可惡的暴君！打倒可惡的暴君！

貝爾特朗（從車輛裏向外而看着）

別鬧，把你們的帽子除下來，你們這班沒樣子的小鬼！

民衆（輕鄙的）

聽聽——他這就是那個科西加人嗎？不是的；那麽他在什麽地方呢？把他交出來；把他交出來——我們要把他丟在羅恩河裹——

有一些人拖住了拿破侖的車駕的輪子，有一些人站得遠一點，卻用石頭向那車子投擲着。有一塊石頭竟把車上的玻璃都打破了。

老婦人（搖着她的拳頭）

你這個殺人的兇犯，你把我的兩個兒子還給我呀——他們的肉是在俄羅斯的戰場上爛掉了，你把他們還給我呀——

民衆

不錯；把我們的親屬還給我們呀——我們的父親，我們的弟兄，我們的兒子，他們全都做了你的該死的野心的犧牲品了——

有一個暴民抓住了車上的門紐，想要把門拉下來。一名波納巴特的僕人正坐在車廂裏，他拔出了刀，向那個人威脅着，要砍他的手臂。列國使者的車駕上的門開了，奈伊附·拙貝爾爵士，科勒將軍，和舒伐羅夫伯爵——英吉利，奥地利，和俄羅斯三國的使者——從裏面跳出來，走上前去。

拙貝爾

各位市民，你們要守秩序！你們難道不知道你們那位以前的皇帝這一次長途跋涉的出發到一個孤寂的島上去，是曾經得到過聯軍方面的確切擔保，來保障他的安全嗎？他的牙齒已經拔掉了，他就是再咬牙切齒，也不會傷害你們了。

舒伐羅夫

法蘭西的民衆呀，你們竟會來侮辱像他這樣的一個不幸的人嗎？他以前是能够任意的指揮着惶恐的世界，現在卻要聽命於人，要卑屈的向人乞憐了。你們難道不懂得，祇要大家不再去理睬他，那總算得是對他表示了最大的侮辱？因爲不睬他，那就等於不把他當作危險的人物。

老婦人

誰能斷得定這個混蛋一定不會再回來呢？祇要他還有生命，他就說不定還會作惡的！

一軍官帶着城中的保衛隊進來。

軍官

各位市民，你們全都知道的，我自己就是個熱心的布爾朋派。不過失約的事情，我卻是不願意幹的。你們走散吧！

兵士們把難民趕開，打開了一條向前進的道路。幾位使者從新上了車。傘破命暫時的把他的頭伸到車窗外面來。他的形狀顯得非常狼狽，穿得破破爛爛，焦黃着臉，枯掛着眼睛。

傘破命

隊長，我很感謝你；

同時也很感謝你的兵士們；我眞全虧你了！（向裏面的貝爾特朗）天哪，這裏的這些阿維尼雍人全都是非常固執的人，就像所有的普羅凡薩爾人一樣。——我不願意打這城裏穿過！

貝爾特朗

陛下，我們繞過城走好了；等到我們經過了這一個地方之後，在其餘的路程上，我們就得化裝着再趕路。

拿破侖

如果他們要求我，我也可以帶上白帽章的！我帶不帶白帽章，這事情又有什麽關係呢？在歐羅巴大陸上，我的前途是完全毀壞了……！

是的，我在歐羅巴是一點兒東西也沒有了！

貝爾特朗

陛下，我也這樣害怕。

拿破侖（停頓了一會之後）

但是亞細亞卻在等着一個人物——將來誰料得到？

衛隊軍官（向馭者們）

現在趕快上去吧，在沒有離開這城池之前一點也不能放鬆。

馭者們趕着馬匹，叫它們跑着，不久之後，那些車輛都看不見了。

幕閉。

第七景

馬爾邁滋　約瑟芬皇后的臥房

牆壁是由有金色的線條的鑲板組成的，傢具上都墊着白色的絲綢，上面都有人工繡着的花。長窗和牀也都同樣的包裹着，化裝用品都是金製的。從窗上望去，可以看見一條平闊的走路，沿路裝飾着放在座子上的花瓶和人像，四周圍都環繞着樹木——現在，這些樹木是正在聖靈降臨節日（註一）的早晨的陽光中射出了清新的綠色。從下面的一座禮拜堂裏，傳來了一陣風琴的聲音，在那裏是正在舉行着五旬節（註二）的彌撒。

約瑟芬躺在牀上，已經病得很重了，貝爾特朗住持站在她身邊。兩位隨侍命婦也坐在近邊，在那閃開着的，通到前房去的門邊，私人醫生奧羅和隨診醫生布爾多瓦正在輕輕的談着話。

奧羅

拉脫勒說的，水蛭能够把她醫好，祇要能够在我沒有來到之前，趁早用這個法子就成。既然這樣說，那麽他爲什麽偏要等着我呢？

布爾多瓦

現在再問是來不及了！她已經沒有希望了。我也想不出什麽好的方法來。其實，使她的長久的青春一下子憔悴下去的，倒並不是什麽病痛，而是心境不好。我們應得馬上就把這消息報告給奧登斯王后和總督知道。

奧羅

我想大概事實是這樣的：她本來還不致於

這樣快就無可救藥，可是那一次，她一定要從病牀上爬起來穿着再單薄不過的春服，照舊時的皇族的習慣似的以貴賓的資格去祝賀普王腓特力・威廉和俄皇，而那一次又受了些傷心的刺激，這纔弄得不可收拾。這祇是一種女人的虛榮！——可是結局多悲慘！她固執的說，既然他們這樣誠懇的來邀她，爲了國家的安全，她是祇能勉強的起牀來趕去赴宴的。我對這事情是堅決的反對着，我說了許多的理由，可還是沒有一點用處。眞是可憐的女子！到此刻這時候，各種事情無論她幹不幹，對國家都沒有什麼關係了！

亞力山大皇帝在停留在巴黎的這期間內，是什麽都很客氣的。昨天晚上，他還特意的到這兒來來探問咱們這位皇后的病狀呢。

布爾多瓦

我聽到說，惠靈登在都魯斯打了一場狠仗之後，此刻也跑到我們巴黎來了。

奥羅

他那半島上的軍隊也跟來了沒有呢？

布爾多瓦

我聽說他們已經把這軍隊調遣到了美洲去，英吉利在那邊又發生了戰爭。我們在這裏已經有了很多的軍隊了，已經有夠多的廚子，在做這碗雜碎湯！——

咱們去把奧登斯和歐什尼請了來吧。

（兩位醫生下。

貝爾特朗住持也走了出去。約瑟芬模糊的說着話。

第一命婦（走到牀跟前去）

皇后，我彷彿聽到您在說着什麼話吧？

約瑟芬

我在問現在什麼時候——是白天，是夜裏？

第一命婦

皇后，是上午十點鐘。您大概沒有記得

您在不久之前已經把這個話問過了。

約瑟芬

我剛問過嗎？我以爲是好久以前的事！
我很希望能夠到愛爾巴去跟他碰頭，
可是聯軍卻不答應。這是什麽道理呢？
我去了，也不會叫他和他們受到羞辱！
我本來可以帶了我的八匹馬和全部
行李，冠冕堂皇的到封泰納勃羅地方
去找他，而且永遠的不再跟他離開了。……
雖然我現在已經不是他的妻子，可是
我還是應該不顧一切的到他那兒去；
不過，我當初卻又害怕，他和那個他所
選擇的，因此而把我犧牲的女子之間，

也許會鬧出亂子來。

第二命婦　皇后，他們之間的亂子，已經超出她認爲適當的程度了。

約瑟芬　也許她是受着她父親的忿怒的影響，或者，她是被外交方面的原因說服了。不過，我還是覺得非常詫異，她怎麽會爲了這個世界上的次要的東西，而把一個至少她在表面上是承認愛好的丈夫放棄了的。

第一命婦

不單是夫妻間的情誼，就連他和她生的孩子，也應該時常會叫她想念着他的。

約瑟芬

可不是嗎？……我很高興，我也見過他們的孩子，雖然祇有一次。可是那一次，皇上抽空到巴加泰爾來我我，我對他說的話，我現在自己覺得，恐怕不能算是完完全全的眞話——當時我說，這是我一生中最愉快的時候了。其實我說着這話的時候，我心裏眞是多麽痛苦呀！——那一次，我又這樣對他說，我說我的手臂抱着他的時候，我簡直忘記了我並不是他的母親。——當初我是的確這樣說的，我現在還記得很清楚！——這是個可愛的孩子；他隨嘴嗜說的話，無意中就表達了父親的心理。我對他犯的罪，真好說受到了應有的責罰了！

第二命婦

您沒有傷害過人，更沒有傷害過他呀！

約瑟芬

呵，這個你不知道的！……在我們剛結婚的那幾年，我真將他捉弄得毫無辦法了。現在我真不懂當時怎麼會這樣狡猾！……

他要我到意大利去找他，可是我覺得在美麗的巴黎調情是比較更有趣的，所以我把他拒絕了。在那時候，我總是兩個人之中的主體，可是到後來，我卻慢慢的成爲奴隸，他倒是完全自由了。這是一定的，最後的勝利總屬於男子！爲了我的過失，我已經把一個女子所能有的一切都犧牲了！……我要寫信給他——我一定要寫，這樣他就可以更了解我。是的，我現在就要寫。把紙筆拿給我吧。

第一命婦（向第二命婦）

這是徒然的！她要寫信眞是太過分了；

不過，咱們順順她吧。

她們把文具拿了來。回到了牀邊的時候，她們發現她已經動也不能動了。歐什尼和奥登斯王后進來。他們看見了他們母親的這副樣子，便在她牀面前跪了下來。約瑟芬認出了他們，微微的笑着。不久之後，她又能够說話了。

約瑟芬（模糊的）

親愛的，我快死了，
雖然我覺得我是飲恨而終，可是你們
卻不要關心這個。你們兩個都很愛我——
至於對法蘭西，你們是知道的，我從來
就很顧到它的利益，而且總肯用盡了

一個女子所可能的能力來扶助着它……

你們是送我終的人，我在這惡對你們鄭重的聲明，我，拿破侖的第一個妻子，是從來沒有使他的國土流一滴沒有必要的眼淚過。你們把我的話告訴他——替我對他致意——我是不能自己寫信了！

停頓片刻。她痙攣的把她的手停放到她的兒女身上，讓它們掉落着，隨後就失去知覺了。他們拿了一面鏡子來，發現她已經斷了氣。堡壘裏的鐘打着正午。

幕掩上。

（註一）聖靈降臨節（Whitsunday）乃是復活節之後的第七個禮拜日，通常是在五月上旬。

（註二）五旬節（Pentecost）卽聖靈降臨節，蓋七個禮拜適合五十日之數。

第八景

倫敦　歌劇院

這屋子造出一些蠟燭的光照亮着；那時聯軍國的君主都到英吉利來慶祝和平。爲他們而演的戲不久就要開始。場上到處點綴着表示和平的裝飾。從街道上傳來了一陣軍樂隊的聲音，在奏着「白帽章曲」。

隣近的包廂之間的欄杆都已經拿掉，這樣便造成了一長行皇族的包廂。這包廂還空着，但是那劇院的別一些地方卻已經擠滿了太多的人，而且秩序非常混亂，裏面的門都巳經給包圍在外面的人所衝坍，有許多人竟不出錢就走了進來。那時，女子所流行的衣服是白緞子的，上面綴着些鑽石，還有少數人的衣服卻是紫丁香色的。

臺上啓了幕，歌劇阿里斯託岱廉的第一幕是開始了，主唱的脚色是格拉西尼夫人和特拉爰齊尼先生。在擠得差不多要喘不過氣來的人羣的噴嚷聲中，那戲劇的歌詞是幾乎一個字也聽不清楚。

在第一幕完畢的時候，接着是演了一段短短的插曲。幕已經落下了，隨後是一片期待似的沉默。這時候是剛打過十點鐘不久。

攝政王，陪伴着俄羅斯的亞力山大皇帝，穿着得像往常一樣的華貴，普魯士王，態度是比較沉着，以及歐羅巴的許多小國的君主，都一起走進包廂來。從人羣中傳來了一陣普通的鼓掌聲。在他們後面和隣近的包廂裏，是坐着里佛普爵士，凱塞雷爵士，隨侍着各位君主的軍官們，翻譯官，和其他的一些人。

臺上的幕又拉開了，可以看到演員們是在臺上排成了一長行。他們唱着「上帝保祐國王」之歌。各位君主站了起來，鞠着躬，然後又在更熱烈的鼓掌聲中坐了下去。

一個聲音（從行廊上傳過來）

親王，你的太太在什麽地方呀？（混亂。）

俄羅斯皇帝（向攝政王）

親王，這個問話是對我們之間的那一個講的？

攝政王

陛下，是對您，您相信好了，這不過是一種問候的意思。（註一）

歌劇的第二幕又繼續着。

俄羅斯皇帝

親王，最近可有什麽從愛爾巴傳來的消息没有？

攝政王

祇不過是一些謠言，這些謠言，老實說，我是不十二分敢相信的。一個謠言是說，波納巴特的一個管家在給人的信上講起，那位廢皇已經變成個最懦弱的人。他是做了那島上的居民的各種譏諷的對象了。

普魯士王

親王，如果這話是真的，那倒是個很有幸的結局。如果他不變成最懦弱的，那倒更麻煩。——他一定會在打算着在歐羅巴再引起第二次的戰爭。這真是一個眼光太不遠大的政策，我們當初怎麼會讓他住在這樣近的一個地方；這地方要不了多少時候，就馬上會成爲各種計劃和陰謀的中心點的！

攝政王

我聽到說，他的那位皇后瑪麗・路易絲卻到底並沒有跟他一起去。各位陛下，她離開了法蘭西之後是不是一向就留在欣勃侖宮裏？

俄羅斯皇帝

是的，親王；跟她的孩子一起住着。她是永遠不能再回法蘭西去了。梅特涅和她自己的父親已經把事情看得很明白，決不會再肯讓她回去。眞是個可憐的年輕的孩子，我眞時時刻刻的在替她難受呢。如果能够讓她自己打主意，她是會跟着拿破侖一起走的。——同時，我替他的另外一個妻子也很難受着。在她去世之前不到幾天，我曾經到馬爾邁遜去看她過。眞是個可愛的女子！她是願意到愛爾巴去，願意跟着他一起去受苦的。上一個星期她入殮的時候，差不多足足有兩萬個人都從巴黎蜂擁到那邊去看她。

攝政王

天哪，她眞是怪可憐的，怎麼竟沒跟他生下一個孩子呢！

普魯士王

我以爲那另一位太太的孩子，將來倒不見得會使我們受到多大麻煩的，不過我很希望能够把波納巴特自己送到更遠一點的地方去。

攝政王

我們政府裏的有一些人是主張把他送到聖海萊那去——這是一個不知道是在大西洋呢，還是在太平洋，還是在大南海裏的什麼地方的一個小島。不過他們的主張卻並不能實行。如果能實行，那自然是安穩得多了。

俄羅斯皇帝

關於他的談話和行動，我們時常會聽到一些奇怪的消息。我手下的一些人今天對我講，他們說他表示這一次所以會失敗，實際上是完全爲了奧地利的關係；他又表示當初他把這個國家拿在掌握中的時候，應該把它整個兒的毀滅掉纔對。

攝政王

陛下，這眞是見了鬼！他是野心太大，竟破壞了阿密安斯的和約，想要使英吉利受到屈辱，想要來侵犯我們，又在半島上用了這麼許多軍隊來跟我們周旋，那纔是他所以會失敗的重要原因呢，您想是不是？

俄羅斯皇帝

我們是不必太客氣的，我覺得把他打倒的實在是莫斯科。

普魯士王

陛下，他拒絕了我在普拉格和約裏所提出的條件，那纔是他一天天走向失敗的一個轉機。

威爾斯郡主走進到劇院的另一方面的一間包廂來，她是由查羅特・堪貝爾女士，威・藍爾爵士，和其他一些人陪伴着。更響的鼓掌聲在整個戲院裏震盪起來，把格拉西尼在阿里斯託代摩一劇中所唱的甜美的歌聲掩蓋住了。

查羅特・堪貝爾女士

這一大片的聲音是表示對您歡迎呢！

威爾斯郡主

親愛的，我想未見得吧。有了朋契（註二）出場，朋契的老婆就誰也不會再注意了。

查羅特・堪貝爾女士

我卻覺得不會錯，一定是對於您；他們的視線全向這一邊看着呢。

威・蓋爾爵士

夫人，您總會對他們的好感表示一點答謝的意思吧？要不然，他們就要噓我們了。

威爾斯郡主

我很懂得這情形，我是不願意從我丈夫手裏去撈這一點小便宜的。瞧那邊，他獨了這陣歡呼聲是多麼高興呀！我是不願意冒充這種歡迎是對我而發，除非他們叫清楚了我的名字。

攝政王站起來鞠着躬，沙皇和普魯士王也同樣的做着。

查羅特・堪貝爾女士

夫人，他和另外那些人都在那兒向您鞠躬呢！

威爾斯郡主

天哪，這樣，我也得向他們招呼了！（她站起來，向他們點着頭。）

攝政王（旁白）

她還以爲我們是因爲她來到而站起來的。——眞是個傻子！

俄羅斯皇帝

怎麽，不是的嗎？我站起來，卻的確是向她招呼。

攝政王

不是的，陛下。我們是因爲民衆的連續不斷的歡呼，所以纔站起來。

俄羅斯皇帝

嘿。親王，你們的禮法可眞有點叫人莫名其妙。……（向普魯士王）眞是位很漂亮的女子！我明天一定要去拜訪拜訪這位威爾斯郡主。

普魯士王

無論如何，我也得叫我的掌管代表我去對她致意。

攝政王（走到後面，到里佛普爾爵士身邊）

里佛普爾，眞是天曉得，我們總得想法子阻制他們纔是呢！他們簡直不知道，像這樣熱烈的擁戴着她，眞是使我變成一個笑柄了。去對他們說，叫他們最好還是不要這樣。

里佛普爾

親王，現在我是沒有法子對他們說的，因爲現在我們是在慶祝和平，慶祝惠靈登的勝利。

攝政王

呵，見鬼的和平，見鬼的戰事，見鬼的波納巴特，見鬼的惠靈登的勝利！——現在的問題祇是，我用什麼方法纔能管束住這個見鬼的女人！——好，好——我一定要寫信去，或是明天早晨把泰局恢特叫來，叫他們以後再不要爲着什麼政治上的關係而去找她了。

歌劇一直繼續到完畢，接着是唱贊美詩和頌揚和平的合唱。後面，是一幕維斯特里斯先生編的舞蹈劇，在這裏面羅西野先生和安琵里尼夫人一起合跳着一節二步舞。於是，各位君主在很多的鼓掌聲中離開了那劇院。

正廳上和長廊上的人現在是絕無錯誤的在喊着威爾斯郡主的名字。她站起來，被人熱烈的歡呼着，便作了三次莊嚴的回敬的儀式。

一個聲音

我親愛的，我們要不要把卡爾登屋放起火來，把他燒死在裏邊。

威爾斯郡主

不要這樣胡鬧，我的善良的民衆們！安靜一點。你們好回去睡覺了，讓我也好回去。

經過好多的困難，她總算離開了那屋子。民衆開始少起來。當剪蠟燭的人在熄着火的時候，從外邊又傳來了一陣吶喊聲。

羣衆的聲音

威爾斯郡主萬歲！我們要替一位被委屈的女子三呼萬歲。

歌劇院慢慢的在黑暗中消隱了。

（註一）顯然上面的不知何人所發的閒話是對攝政王自己說的，但他故意推說是對俄羅斯皇帝而說——這從下文就可以看得出來。

（註二）有一種木人戲，裏面有一個名字叫朋契（Punch）的駝子，時常和他的老婆裘提（Judy）吵吵鬧鬧的幹着些悲慘而滑稽的事；這種木人戲就稱爲『朋契和裘提』。

第五幕

第一景

愛爾巴　碼頭，波多·菲拉約

黑夜降下到一個美麗的藍色的小灣上來，這海灣三面都由山脈包圍着。碼頭的地位是處在這一帶凹進的地帶的西面（右手）角上，在那後面，便是鎮市的建築物；這些建築物的長長的白牆和成行的窗戶一層一層的在後面峻峭的斜坡上排列着，在中間被一些一直通到頂上的堡壘去的狹狹的小路和坡級所劃斷。在兩座這種堡壘之間的一塊巖石上是矗立着慕里尼宮，這便是拿破侖在菲拉約的住處。它的窗臨視着整個的城市和碼頭。

諷刺之精靈的合唱隊（縹緲的音樂）

維也納會議是正在那裏進行，
各方面鈎心鬭角的鬧個不停，
每一國都祇想到自己的好處，
而將朋友的利益卻置之不顧；
到頭來，那呼籲和平的說教人，
卻又要遭逢到一次新的鬭爭！

在巴黎是許多人都不能滿意，
大家都替那無名者私造旗幟；
人們向各處都悄悄的在傳言，
過去那個人物又將來到眼前！

啞場

在灰暗的掩護之下，在海灣裏，是正聚集着一個小小的艦隊，這艦隊包含着一隻叫做「無常號」的方帆船，和幾隻比較小一點的船。

謠言之精靈

現在，聯軍方面派來的那一個代表，
卻已經悄悄的離開了愛爾巴小島。
許多種可疑的行動使他牽記在胸，
雖然還不能確定，但是也不敢放鬆。
他已經坐上帆船，向弗羅命斯開放，
要把他的疑慮去報告奧地利首相。

諷刺之精靈

等他回來，拿破侖卻已經不知去向！

有一些小船從這些大船上放下來，放到碼頭邊，在那裏，現在可以看到已經悄悄的聚集了許多舊時的衛國軍的兵士。偶然有提燈的光在閃爍，從閃光中又可以看到帶兵的是德魯奧和康勃朗。他們在靜悄悄的走上那隻方帆船去，還有一些帶着不同的徽章的人也在走上別的一些船隻去。

謠言之精靈的合唱隊（縹緲的音樂）

拿破侖是就要走了，
沒有人會把他攔住；
這是個最好的機會，
他果然把機會抓住！

他已經打得疲倦了，
卻還要去幹些甚麼？
他將帶着七百兵士
把歐羅巴重新征服。

約莫在八點鐘的時候，我們看到慕里尼宮中的窗戶邊都點着燈，而且打開了，窗邊坐着兩個女子：這兩個人是皇帝的母親和保林郡主。她們向在下面的什麼人招着手，表示道別；不久之後，有一輛小小的，敞開的低輪馬車，由保林郡主的兩匹小馬拖着，從那屋子走下到碼頭邊去。羣衆高聲的喊着「皇帝」！拿破侖顯露了出來，穿着他的那件灰色的大衣，身體是比他離開法蘭西那時候要胖得多了。貝爾特朗坐在他旁邊。

他很快的走下了車輛，上了那隻等着的小船。這是一個很緊張的時刻。當那隻小船搖出去的時候，水手們唱着馬賽，聚集在那裏的居民也都跟着一起唱。當那小船搖到了方帆船邊的時候，那上面的水手也一齊唱了起來，同時還在喊着「不到巴黎毋寧死」的口號。但是這歌聲卻有一種悲涼的音調。鎗聲響着，表示他們就要出發。那一天夜裏，在這樣的季候要算是很溫暖而又平靜的。沒有一陣微風能把風蓬吹起來，船隻都還一動不動的停着。

謠言之精靈的合唱隊

能夠快走是最好的，
可是他卻還停留着；
海面上沒有一點風，
他的機會是延宕着—
如果那蘇格蘭總兵
坐快船回到這小島，

他的計劃便會失敗，
他將從此逃走不了！

他們是像這樣焦急的等候了四個小時之久。拿破侖是一聲不響的儘在甲板上站着，望着那鎮市上的燈光，在海灣上的水波裏，這些燈光的反照顯得像是一個個的螺旋似的。那些風篷弱柔無力的掛着。不久之後吹來了一陣微弱的風，隨後，纔有一陣強烈的南風開始把船上的風篷吹張了；那許多船隻便移動了起來。

謠言之精靈的合唱隊

要一陣南風，要一陣南風，
一陣南風就可以挽救他，
它會封鎖了敵方的戰艦，

不讓那戰艦趕來限制他；
他曾經有過的那個皇國，
現在他是努力想要恢復！

月亮已經在升起來；月亮是在天庭愈升愈高，同時，那些船隻也在遠方的地平線上靜悄悄的不見了。

第二景

維也納　皇宮

場面的前面一部分是一條行廊的內景，這行廊衹有極暗淡的光照亮着，在一方面有一幅鏤空的屏障，或者竟可以說是鐵欄，從這地方，可以臨視着下面的大廳的一幅鳥瞰圖。這時候，那屏障上是張着帷幕。從那大廳裏，有一陣陣的音樂聲和歡呼聲傳送到行廊上來。同時，還有一道閃光也從那同一個地方穿過鐵欄上的帷幕之間的隙縫向這個地方照耀着。

瑪麗·路易絲和勃里諾附伯爵夫人一起走進到這一條行廊上來，後面是由奈泊格伯爵跟隨着；這是一位漂亮的四十二歲的男子，在一隻眼睛上縛着一條綳帶。

勃里諾爾伯爵夫人

皇后，您聽哪。您在這兒，也就像在下面跟他們
混在一起一樣的可以把事情完全看清楚了；
同時，您在這裏還有一層便利，您看得不高興，
就馬上可以自由的走開。

瑪麗．路易絲

不錯，我親愛的朋友，
你這樣說法，眞算得是替我着想的一片好心；
不過，這地方我一參加就一定會掃了人的興，
至於叫一位過去的皇后來偷看這一場熱鬧，
也眞是一件太沒有趣味的事情了。固然，我那
父親也是出於好意，所以纔弄了這一個洞口，

可以讓我也來偸偸的滿足着自己的好奇心。——
不過我一定要先寫了一封信再來看熱鬧呢；
你如果沒事做，倒可以看看他們，借此消消悶。——
伯爵，請你把紙筆拿來給我。不久以前，我聽到
有人說起蒙得斯鳩夫人是受到了一場驚嚇：
我現在想要寫信去問問究竟是怎麼一回事。

奈泊格把文具放在一張桌上，瑪麗·路易絲便在桌邊坐了下來。勃里諾爾夫人走到了那屏風邊去把帷幕拉開了。

有一千枝蠟燭的光從下面射到了她的眼睛裏來。那一座大廳是裝飾着白色和銀色，各處又點綴着許多長青樹和花木。在廳堂的一端，是佈置着一座戲臺，戲臺上此刻正在演着活動的連續畫片，演的是奧地利皇室的故事，在這裏面，宮庭中的一些最美麗的女子都一一出場。

到場的看客是差不多把所有來參加會議的人都包含在內了，就連奧地利皇帝本人也在座，還有他的那位愉快的妻子，她的丰采幾乎把她的丈夫都掩蓋了過去，還有亞力山大皇帝和普魯士王——他是自從路易沙王后死了之後一直到現在都還繼續的穿着喪服，——巴伐利亞王和他的兒子，梅特涅，達萊朗，惠靈登，奈塞爾羅德，哈登堡，還有一些較小的君主，大臣，和各國的官吏。

勃里諾爾伯爵夫人（突然從戲欄邊轉過身來）

皇后，照這樣子看起來像是出了什麼事情了！那場戲一點也引不起他們的注意，他們全都聚集在一起喃喃的說着話。

瑪麗·路易絲

這是什麼事情呢？

她帶着一副懶散的，同時又是好奇的神色站了起來，奈泊格伯爵馬上就扶住了她的手臂，把她帶到前面去。他們三個人同時的從那鐵欄邊向下面望着。

奈泊格

皇后，照這副樣子看起來，他們在那裏討論的一定是一件非常奇怪的事。——讓我下去問問吧。

瑪麗·路易絲（遊戲似的）

不必了，你等在這兒吧。咱們馬上就會知道的。

奈泊格

現在您瞧瞧他們那班人的臉色。梅特涅伯爵滿臉肌肉不動的向遂萊朗親王呆瞪着眼睛。普魯士王卻向惠靈登爵士在霎着眼睛，樣子也顯得非常惶恐。

瑪麗・路易絲（稍稍顯得關心起來）

是的，他們態度的確很奇怪。……他們像是受了很大的驚惶。你瞧，雖然音樂還響着，可是那些女人卻都從戲台上走了下來，混在那一些人堆裏，簡直就忘記了她們自己身上是還穿着戲裝的服裝。那些君主們全都顯着非常嚴重的神色。……現在，我真有點兒懷疑，也許發生的事情是對我多少有點兒關係吧？不幸的消息大部分總會牽涉到我身上來的！

勃里諾爾伯爵夫人

您瞧，下面那些英吉利派來的，毫不講禮貌的外交官，他們看到了您父皇那副驚惶失措的樣子，還有俄羅斯皇帝和普魯士王的陰沈的氣色，全部聳着肩膀偷偷的在笑着呢！據我想，這大概就是一般人所謂英吉利式的幽默吧——他們看到旁人的不幸，就會感到非常有趣味！

瑪麗·路易絲（把她的預感隱匿着）

他們向來就對各種事情都看得非常淡漠的：他們有一片安穩的海保障着，所以大陸上的各種麻煩他們都可以不管。我能夠這樣纔好！可是我看得出惠靈登卻並沒有在那兒笑呢。

奈泊格

也許，對於在座的其他英吉利人是滑稽的事，對惠靈登倒是有新的工作要他做了。您瞧着，現在就連音樂聲也都老老實實的停頓着了！君主們和大臣都顧自己亂糟糟的走了開去，他們自己談着話，把那些女的完全剩在那兒——就連大公主和皇后他們也都漠然的不管了！——這種嚴重的事情已經使他們無心顧到禮貌。

瑪麗·路易絲（更迫切似的）

可憐的女子；啊，他們現在一直走到後面去了，他們彷彿互相輕輕的在說着些不吉利的話！——奈泊格伯爵，現在我倒要請你下去瞧瞧，究竟是發生了什麽不幸的事呀。我簡直沒有法子猜到究竟是怎麽回事，心裏弄得非常恐慌着。

蒙得斯鳩伯爵夫人進來。

啊，現在我們可以知道了。夫人，下面是什麽事？

蒙得斯鳩伯爵夫人（喘不過氣來似的）

皇后，拿破侖皇帝已經從愛爾巴那個小島上悄悄的不見了！他究竟走到那兒去，怎樣走的，爲什麽要走，卻誰也不知道又說不出所以然。

瑪麗·路易絲（坐到了一張椅子裏去）

我剛纔自己在這兒猜度的事情，大致也就是這一類的事情呀！惠靈登爵士臉上的那一副嚴重而沈靜的神態已經替這消息給了暗示。……

這件事情我雖然沒有參加在內，不過，照這樣，我就又會遭到許多麻煩的！……（停頓了一下。）

他一定不會成功！

我那個很周密的巴爾馬的計劃就要被破壞，我的兒子的前途是完了！——我必需要馬上跑到他們那裏去，我要向梅特涅鄭重的聲明着說，我對於這事情是完全不知道的；我祇可能把自己毫無考慮的交託給他，而且還要默認着願意替聯軍方面幫忙。……我覺得我眞是個生在不吉利的星宿下面的人，就是一件愉快的事，也會一下子變成不幸的！——伯爵，你跟我一起去。

（向二女子）你們留在這兒看看究竟鬧成一個什麼結果。（瑪麗·路易絲和奈泊格同下。）

蒙得斯鳩夫人和勃里諾爾夫人走到了鐵欄邊去，在那裏看着又跑着。

亞力山大的聲音（在下面）

我早對你說過了親王，這不會支持到多久的！

遂萊朗的聲音

不錯，陛下，當初你們應該把他弄到阿索萊斯，或是安替萊斯羣島去，最好自然是聖・海萊那。

普魯士王的聲音

我們當初計不出此，竟把他送到離開法蘭西祇有兩天路程的地方，還給他一個島，做他的自己的疆域，還給他很多的一隊衛隊，此外還給他幾百萬的金錢！

另一個聲音

可是這件事情的近因卻一定是在於監視得疏忽了一點，所以纔如此。不列顛的那位堪貝爾總兵總應早就看出了他想逃走的企圖，早一點想法子以制着，不讓這一隻狡猾的鳥兒飛掉纔是！

另一個聲音

根據各種報告，他是直接的就向拿波里海灣那方面走去了。

許多聲音（新來到的人的）

所有的人全這樣說，他是直接出發到法蘭西，而且已經在加納的港口上了岸！（紛亂。）

勃爾諾爾伯爵夫人

現在你瞧瞧，

這一場萬國親善的交際卻竟一下子就變成一場熱鬧的爭辯了！那些不重要一點的賓客，都寧願不讓人知道就悄悄的從那地方溜走，他們感覺到在這一場紛亂之中，他們自己是可以說完全成爲一種贅瘤。——我現在彷彿看到那位普魯士王在向那位英吉利公爵招呼着！然後，他們兩個就一起走開去。

崇得斯鳩伯爵夫人

是的，他們已經不再爭論了，他們都陸續走開了——遂萊朗親王，亞力山大皇帝，梅特涅，弗蘭西斯皇帝，這許多參加這場會議的重要分子全都紛紛離開了！祇有少數無足重輕的人物倒還留在那地方，他們也都顯得很蕉慌的樣子。……這一場歡樂的紀念竟鬧成這個不幸的結局。那紅色的戰神不久又要在歐羅巴的大陸上來去的走着了！

鐵欄上的帷幕掉落了下來。蒙得斯鳩夫人和勃里諾爾夫人離開了那條行廊。燈光一一的熄滅，場面完全消隱。

第三景

拉·繆爾格勒諾勃爾附近

在場面上所看到的是一條寂寞的道路，在一個湖和一些小山之間，離開拉·繆爾的鎮市約莫有兩三哩路光景。一隊法蘭西保皇黨的第五軍的軍隊，由指揮官萊薩爾帶領着，正聯同着一隊工程兵和掘地道的兵士在道路中央排列好了戰陣，這一枝軍隊併起來人數約莫有八百左右。

有一小隊長鎗手的分隊，由一位副官帶領着，從南面走上場來，向前面那枝軍隊走近去。這兩枝軍隊已經接近到可以互相通話的距離了。

萊隨爾

他們是波納巴特那方面的。把軍械交出來！

副官（喊着）

我們要代表着拿破侖來向你招降，我勸你最好還是加入了他這一方面吧。

萊隨爾

我們政府是不允許人跟叛逆的分子開什麽談判的。

你們再走近五步，我們要開火了！

副官

你這樣的對大衆的利益不惜作着這種猛烈的摧殘，

是應該對法蘭西，對無盡期的後世，都負着
一種極重大的責任的！

拿破侖的副官和那些長鎗手都回轉身去，騎着馬走開，隨後就又不見了。保皇黨的軍隊等待在那裏。不久之後，在那同一個方面又出現了一小隊的兵士，這便是拿破侖從愛爾巴島上用船隻載出來的，全部的小小的軍隊了。這軍隊是分成一個前鋒隊，由馬萊總兵帶領着兩個後衛隊，一隊波蘭的長鎗手，由樂爾曼夫斯基帶領着，地位是在道路的右面，還有一些沒有部隊的軍官，以巴戈尼游擊為首領，是處在道路的左面。

拿破侖自己是騎着馬，走在前鋒隊的中間，還是照往常一樣的穿着那一件古舊的灰色的外套，戴着尖角的帽子，佩着三色旗的帽章，他那為衆人所熟知的側面影是清楚的顯出在那些小山上。他是由貝爾特朗將軍，德魯奧將軍，和康勃朗將軍侍從着。當那一行人走到保皇黨的軍隊的鎗聲所能打得到的那麼遠近的時候，他們便停頓了下來，拿破侖跨下了馬，向前面走去。

拿破侖

傳令下去，叫他們全把兵器暫時的收藏起來，把鎗尖向着地面。在這個地方，我是還用不到他們來作戰呢。

馬萊總兵

陛下，您如果這樣的去跟他們交談，可不是一種很危險的舉動嗎？他們的心理，我們是沒有確實的知道。祇要有人把鎗鈕撥一撥，您可不是就完了嗎？

拿破侖

我的朋友，這事情我是已經想開了，我自己並不需要着這個生命，至於爲了法蘭西，我既然離開了它的懷抱，就像已經死了一樣。

他重複的傳着這個號令，於是大家全都執行了。各方面都靜悄悄的，連呼吸都彷彿屏住；鎮上的居民也圍繞了攏來，用一種慘淡的心情等候着。拿破侖一個人向那第五軍走了過去，翻開了他的外衣，使他那榮譽的爵位的制服和綬帶顯露了出來。他把手舉到了帽子邊上，招呼着。

萊薩爾　繳械！

那保皇黨的軍隊的鎗口向拿破侖瞄準。

拿破侖（依然向前面走去）

第五軍的兵士們，

你們瞧，我在這裏！……老朋友，你們不認識我嗎？

如果你們之中有人願意殺死他的過去的

光榮的領袖，那麽就讓他馬上走出來，馬上

拿他殺死！吧！（停頓了一會。）

萊薩爾（向在他身邊的一位軍官）

他們聽了這話臉色都變了！

他們是不肯打死這個人的。我沒有辦法了。

兵士們（突然的）

是的，我們全都認識您！而且很願意看見您！

願我們的皇上萬歲！我們要替您三呼萬歲！

他們把自己的兵器都丟在地下，衝了過去，跪下在地上，抱住了拿破侖的膝蓋，吻着他的手。那些不能走近他身邊去的兵士們，卻把他們的軍帽拿在手裏搖着，一邊又在嘴裏熱烈的喊着。

貝爾特朗，德聖奧，和康勃朗都走上前來。

拿破侖（偷偷的說）

貝爾特朗，現在什麽都完成了！到十天之後，我們就會安安靜靜的到了丟伊勒里宮裏。

那些兵士們把他們的白帽章扯了下來，拋在地上踐踏着，又從他們的背囊底裏摸出了藏在那裏的三色帽章，把它們佩了上去。拿破侖的自己方面的人現在也來到了，他們和第五軍的兵士們表示着親善，互相擁抱着。當狂熱的感情漸漸過去了的時候，拿破侖把所有的兵士都召集到一個方場上來，向他們演說着。

兵士們，我這一次帶了這少數的忠實同志，要來把你們從布爾朋族的手裏挽救出來，——我曾經把你們從各種陰謀，奸詐，腐的腐敗，封建的暴政中挽救過，現在卻還要來一次。——布爾朋朝的政權是完全的不能算合法的，因爲這政權並不建立在全民族的意志上，而祇是少數的人爲了自己的利益而造成。

同志們，你們以爲這話對不對？

一榴彈手　陛下，對極了。

您眞是上天派下到我們地面上來的使者；

我們願意跟您一起去奪到勝利，一起去死！（吶喊聲。）

正在這時候，有一隻呼號着的狗在他們面前走過，尾巴上卻縛着一枚白帽章。兩方面的兵士都大聲的笑了起來。

拿破侖把兩方面的兵士組成了同一枝軍隊。農民們帶了許多桶的酸酒和一隻杯子跑了過來；拿破侖率領着全體兵士一個個的挨過去，從那隻杯子裏喝着酒。他吩咐道幾個的軍隊跟他一起到格勒諾勃爾和巴黎去。拿破侖帶領着兵士們下場。

幕閉。

第四景

欣勃侖宮

地點是皇宮中的一些花園。四周圍有着不少的噴泉和雕像，而在後面的一座小山上，是豎立着一行格羅里野特的柱廊，它的輪廓反襯在遠方的天邊。

在那裏，我們可以發現以前那位皇后瑪麗·路易絲正在上上下下的走着。陪伴着她的是那位羅馬王——現在已經長成個藍眼睛的，捲頭髮的兒童了，但仍然由蒙得斯鳩伯爵夫人看管着。在近傍又有奈泊格伯爵，離開得稍稍遠一點，有美納伐爾，這是她的隨從，同時也是拿破侖的黨羽。

從花壇的另外一頭，弗蘭西斯皇帝和梅特涅走了進來。

瑪麗·路易絲（驚跳了一下子）

啊，皇上和梅特涅親王一起到這裏來了。

你可照了我的話寫了信沒有？

奈泊格

早就寫了。

我信上這樣說，您對於您丈夫的那一種瘋狂的舉動，是的確一點關係也沒有的；我說您願意叫聯軍方面做您的保護人。此外又加上說，您已經很鄭重的宣誓過，從此不再回到法蘭西去。

瑪麗·路易絲

你因爲太熱心，

所以處事未免太性急了。我自己的意思其實還沒有這樣的過分呢……不過，不過這並沒有什麼關係。這沒有什麼重大關係！

皇帝和梅特涅走了過來。奈泊格退出。

弗蘭西斯

我的女兒，你聲明要退婚，是剛巧在一個很適當的時候，一點也不太早。你可看到聯軍方面向整個歐羅巴所宣告的話嗎？

瑪麗·路易絲

我沒有看到。

非尔西斯

親王，請你念出來給她聽聽。

梅特涅（拿出了一張紙片來）

「聚集在這一次的會議中的列國

爲着要維護自己的信約和尊嚴，

同時也爲着要維護社會的秩序，

所以在這裏作着這鄭重的宣言：

拿破侖·波納巴特，因爲他破壞了

到愛爾巴去的允諾，所以就把他

自己的生存的權利完全斷送了，

同時，他也就此再沒有資格可以

跟我們來作着各種文明的談判。

我們對一個破壞世界和平的人，
是絕對沒有休戰或講和的可能，
他是咎由自取，做了大衆的仇敵。——
各國代表簽名。』

瑪麗・路易絲（面色慘白）

上帝，這眞是多麽可怕的事！
以後，以後會發生些什麽——（她開始哭泣起來。）

羅馬王

親愛的媽媽呀，
他們想要陷害的人，是不是就是我那爸爸？
這樣看起來，我再要替他祈禱也沒有用了；
我現在知道，我以後這個國王的稱號，一定

也不會保得到很久了！

蒙得斯鳩伯爵夫人（跟那孩子一起退出）

殿下，你替他祈禱吧，你要一天到晚的祈禱着他！他們在想着法子要叫我們兩個分開。可是我去了，你可不要忘記我對你說的話！

羅馬王

鳩媽媽，我不會忘記的！可是爲什麽我現在連一個用人都沒有了？爲什麽我那母后要這樣凄涼的流着眼淚？

蒙得斯鳩伯爵夫人

咱們到別處去談吧。

（蒙得斯鳩和羅馬王退到了後面。）

弗闌西斯

那麽至少，你是答應了
絕對不想回到巴黎去，找你那個沒良心的
丈夫，再去幫他替我們的國家製造出許多
新的麻煩來吧？你要牢記着我的話，我寧可
讓所有的人和所有的馬都打得一點不剩，
而不肯讓他再統治法闌西的。

瑪麗·路易絲

我早就說過
我願意對着聯軍方面；而我想已經夠清楚了！

梅特涅

皇后，為了大家的利益，同時也為了您自己

倆人和羅馬王的安全，我想從今以後，當這混亂的局面還沒有告一相當段落的時候，您那位年青的國王最適當是由您的父皇一個人來管束着。據我想，您祇要能够想到將要被封爲巴爾馬的公爵夫人的事，您就會覺得我的話是對的，而決定了您的行止。

瑪麗·路易絲

我已經知道你們要提出的條件是這樣的：把巴爾馬歸了我，做了我個人私有的財產，但同時作爲交換條件，我要把我的兒子的管理權整個兒的讓給了我的父親，此外，我還得從此不再回到法蘭西去。

梅特湼

還有一件事：

所有拿破侖寄來給您的各種信件您應該不把封皮拆開，就直接交給我們奧地利的內閣；同時，您以前所收到的他的那些信件，也應該全部的交出來。

弗蘭西斯

你應該想得清楚點，

這些事情對於你兒子將來的利益，是有着多麼重大的關係做了巴爾馬的公爵夫人，你就成爲一個非常有錢的人，將來還可以使你的兒子得到許多的財產，許多的租稅。

瑪尼·路易絲（憤憤的）

我一定要得到巴爾馬，而這些事情，卻就是要強迫我承認的條件——我現在對政治上的各種糾紛和複雜關係，真沒有精力對付了：我祇想得到些個人的安寧——……現在，對這事情，我也不想多說什麼話了。

美納伐爾聽到了她最後所說的這句話，便悲慘的走了開去。

弗蘭西斯

那就不用多說話，一切都馬上照着這個約定進行起來就是。

（弗蘭西斯和梅特涅走了開去。

瑪麗·路易絲退到花壇後面，向她的孩子和蒙得斯鳩伯爵夫人身邊走過去，奈泊格也來到了那裏，跟她們聚在一起。

德·蒙特隆從前面走了進來，這是拿破侖的一個祕密的間諜，假扮着一名花匠的樣子，在花園的各處地方察看着。美納伐爾認出了他，便走上前去。

美納伐爾

德·蒙特隆，你還在這裏幹什麼？什麼什麼都完了！

德·蒙特隆

爲什麼？我是奉命請她回到法蘭西去擔任
攝政的事情的；我可以把她和她那個孩子
一起安安全全的帶到希特拉斯堡地方去。
你想想，她會不會肯答應扮成一個男子的

樣子，悄悄的從這裏後門跟我一起溜走的？

美納伐爾

雖然這一種假扮的服裝會使她成爲一個像在出獵的早晨的阿多尼斯（註一）一樣漂亮的少年，可是她一定會拒絕她依然有着一種日耳曼式的羞怯；此外，他們又這樣能緒她，她恐怕連這意志都沒有了。我希望她能夠什麼條件都不要答應，可是還沒一點用處。

德·崇特隆（向瑪麗·路易絲望着）

我極願意能夠跟她一個人祕密的談一談。

美納伐爾

這簡直是不可能的事。你無論跟她怎麼說，

她總是會原原本本的告訴給那個老是在
她身邊的奈泊格知道。她現在是再也不想
能够重新攝政了；她祇在幻想着三個人的
未來生活：她和她那孩子當然是三個裏的
兩個，不過那個第三個人，卻並不是拿破命。

德·崇特隆（顯着一種慘淡而驚奇的神色）
這樣說來，我是根本沒有希望，祇能馬上就
回去，跪在地下向上天祈禱着一件事——祈禱
上天能够保祐着拿破命克服將來的困難！

美納伐爾
爲安全起見，我可以送你到門口，再讓你走，
雖然我自己在這裏也被懷疑是皇上的人，

而且隨時都有被開除的可能。如果開除了，

我打算立刻就回到巴黎去。（美納伐爾和德·蒙特隨同下。

諷刺之精靈

如果他能夠堅持到底，盡力的去慫恿着她，

叫她換上了男子的衣服，趕快的就溜回去，

那麼以後，安見得法蘭西的地圖一定不會

因此就換上了一個樣子呢！

從花園的另一方面，瑪麗亞·卡羅里那走了進來，這是以前的拿波里王后，瑪麗·路易絲的

祖母。瑪麗·路易絲叫蒙得斯鳩和那孩子退出，然後便走了過來。

瑪麗亞·卡羅里那

我實在太氣悶，所以從海與多夫跑來玩玩；
你爲什麼這樣不高興？

瑪麗·路易絲

爲什麼？當然是因爲
我的事情弄得很糟。您一定已經看見過了
他們爲對付皇上而發表的那一分宣言吧？
他是不受法律保護了，誰都可以拿他殺死
或是捉住，就像一隻野獸一樣。

瑪麗亞·卡羅里那

親愛的孩子，
我沒有聽到。不過這一種打破了你的婚姻，
又斷送了你的正當的光榮的，卑劣的陰謀，

眞使我非常反感！他們是不是一定不讓你跟你的丈夫合在一起嗎？如果叫我做了你，我可不管他們打算怎麼樣，就要自己馬上纔起衣服來化裝着，偷偷的溜到他那兒去，無論怎麼樣都不怕。婚姻應該是終身的事！

瑪麗·路易絲

多數人是這樣，不過不一定：約瑟芬就並不如此，說不定我將來也並不如此。不過現在，且不管婚姻不婚姻，逃走的事我也做不出。親愛的祖母，您是把許多的事情都忘記了。我不過是一個傀儡，被一種強固的力量所屈伏，所以纔這樣輕易的就嫁給了拿破侖，——

這個人，我從很小很小的時候就聽到人說，
是專會做出各種各樣的壞事情來的，簡直
可以說本身就是魔鬼。——我因爲被事勢所迫，
萬不得已的依了他們的說話，嫁給了他；
雖然嫁給了他，可是還老覺得自己不過是
一頭無辜的羔羊，被人殘酷的宰割着拿來
獻納在統治者的祭壇前面作犧牲品用的！——
因此，愛爾巴是根本沒有權力可以叫我去，
同時，巴黎也是一樣。

瑪麗亞·卡羅里那

我已經看得非常明白，
他們這次利用你，已經得到很大的效果了！

去吧，到你的伯爵那兒去吧，他是在等着你；

風吹過來的方向是用不到雄雞來報告的！

瑪麗亞・卡羅里那王后和瑪麗・路易絲王后（隨帶着奈泊格）分別的下場。

那花園裏的陽光已經沉了下去，去場而漸漸的模糊了。

（註一）阿多尼斯（Adonis），希臘神話中的美男子。

第五景

倫敦　舊下議院

那議院的內景是完全像第一部第一幕第三景中所敍述的一樣，祇除了那些窗門是並沒有打開，而外面的樹木也還沒有變成綠色。

我們看到有許多到會的分子，政府的各大臣和他們的黨徒，都坐在他們自己的席次上：這一派人裏面包含外交部大臣凱撒雷爵士，財政部大臣凡西塔特，貝塞斯特，軍政部大臣帕爾麥斯登，羅斯，彭森貝，阿勃斯諾特，留欣登，皇家代理律士加羅，耿弗德，朗格，普侖凱特，班克斯。在反對派一方面出席的人有：弗闌西斯·勃德特爵士，恢特布雷德，鐵爾奈，愛勃克朗貝，鄧達斯，勃闌德，鄧肯能，闌麥登，海斯科特，撒繆愛爾·羅密尼爵士，喬·瓦爾普爾，里德萊，奧斯朋和羅納。

顯然的，這場辯論是頗能够引起一般人的興味，所以長廊上都已經擠滿了人。凱漱雷爵士站起身來。

凱漱雷

議長，在我的紛亂而又緊張的一生之中，在我所經歷過的各種深印在記憶裏的事情之中，我是從來沒有像這一次事情似的會在心裏這樣嚴重的感覺到自己是負着一種突然的，同時又非常重大的責任。今天夜裏，我們是要從這場會議來解決對付那個從來所沒有的，狠毒的陰謀的方法；因此，今晚上的這場會議，它對於後世所能够造成的嚴重的影響，也是無論什麼事情所沒有的。旣然情形是這樣子，同時又看到最近這幾天來的各種事情，又在恐嚇着像要把二十個焦急的年頭的工程全毀壞掉，把這個期間的堅忍的目標完全打消，所以每一個有點眼光的人都發行，祇有那種種根在堅定的意志上的行動，纔能有效力的把我們從這一次跟歷史上的每個黑暗時代一樣黑暗的，全世界的大災難之中挽救出來。

現在，我們首先應該注意的一點便在這情形：我們應該知道這一次的糾紛斷然不能說是出於法蘭西全體民衆的意志。這完全是出於計謀，完全是出於那個以戰爭爲遊戲的人的，對於那些分擔着他的與誇，他的臟物，和他的罪孽的人們的，邪惡的影響與民衆實在無關。這個人，他是那麽不惜褻瀆神聖，把自己稱爲「憑着上天的恩寵而就位的法蘭西國的皇帝」；這個人，如果就個人的品格一方面來看，那就已經可說是變得非常的卑鄙，竟膽敢把自己所有的抵押，所有的契約，所有的擔保，都完全賴得乾乾淨淨；這個人，他現在已經祇能走上他的最後的立脚點去——那就是他個人的意志。的確，這幾乎是一件會叫人不敢相信的事情，怎麽這位冒險家竟會這樣神秘的把他所在計劃着的整個陰謀都祇放在一個人肚子裏，

就連那個他所最親信的同伴貝爾特朗，也都一向就並沒有預問着這一件事情，一直等到上船的命令發了下來的時候纔算剛剛知道，

我想我們的議院一定能夠很快的就看得到，在目前所遭到的這危機之中，我們自己這個國家所能夠走的，聰明而又安全的道路，一定不外乎下面所舉的兩條：——那第一條道路，就是跟大陸上的列強一致行動，直接的參加戰事，第二條道路就是現在先充分的作起武裝的準備，從消極方面來防衛着目前這次的糾紛。

對於這一件嚴重而又迫切的事情，無論我們這議院裏是有着多少種不同的意見存在着——

無論經過了精密的考慮之後，我們究竟還是
應該讓這已經有在的勢力聽其自然的存在，
還是應該在它剛開了端的時候就去對付它——
不過無論如何，這一點總是大家都能夠同意：
我們是在目前就必需想出一個自衛的辦法。
如果我今天不可能把這事情的各個方面都
詳詳細細的在議院裏向諸君精密的解剖着，
那麽到將來，如果有必要的話，我也可以找到
一個機會把這複雜的情形再在這裏說明的。
　　現在，我打算在這裏把我的提案首先提出來：
我們議院，在這時候應該很謙和的備好一封
呈文，呈送到攝政親王那兒去，請他傳下一道

確切的指令來給我們；同時，我們又應該向他也確切的聲明，他的忠實的議員們，對於這次法蘭西破壞了去年在巴黎訂定的和平條約，因此而使整個歐羅巴的生命和安全都受到莫大的危機的這件事，是已經非常的關心着，而且時時刻刻的在考慮着最好的對付方法。

同時又要對他說，在這一種普遍的關心之中，我們知道了跟陛下的聯盟各國一致的行動已經在那裏毫不拖延的，積極的進行着，我們眞可說是得到了一種莫大的安慰了。這一種跟大陸上的列強一致的行動，是確實的能够使歐羅巴的充分的，永久的安全得到保障的。（喝采聲。）

同時又要對他說，我們是很熱心的願意給他各種各樣的幫助，來加強他的海上和陸上的實力，使他可以有力量馬上在各方面準備着，使他可以很快的得到我們的理想中的成功。（喝采聲。）

物德特

聽了這位尊貴的勳爵剛纔所說的這一番話，我差不多根本沒有法子懂得他這個議案的用意究竟是在什麼地方，——要和平呢還是打仗。（聽着等一個答覆。）如果說，他的這一番話的意思不過是在提醒，叫大家應該要時時刻刻的準備着又防範着，免得讓人趁我們不準備的時候就打了進來，如果是這樣，那我自然是同意的。可是，如果他

主張把這一片國土再浸到鮮血的海洋裏去，
來幫助布爾朋皇朝從新在法蘭西建立起來，
那麽，我爲了要盡我自己的議員的責任起見，
我是不能不在這裏高聲的抗辯着，不能不來
反對這件會叫全國受到損失的重大的冒險！

議長，我因爲曾經親身經歷過，所以還記得起
先前那一次跟現在一樣的狂熱的戰事要求，
可是那一次弄到結果，卻竟反而使你們現在
在這樣害怕着的那個人加強他既成的勢力，
竟弄到迫整個歐羅巴團結起來，都還是不能
抵擋他得住，而讓他在俄羅斯的一片平原上
肆無忌憚的橫行，把全歐洲的軍隊完全打破。

難道現在，我們還打算來花費二十多個年頭，
來困苦艱難的幫助布爾朋王朝收回政權嗎？
把波納巴特的最近那種行動認爲是侵犯了
法蘭西的土地的完整，那實在是錯誤的觀念。——
天下那有這樣的事，說是祇有單獨的一個人，
就能違反了整個民族的意志輕易的就打進
一個有三千多萬人民的國家，又在短期間內，
就把整個的政權都抓在手裏！事實是這樣的：
整個民族在盼望着他，現在算是目的達到了。……
　　經過了這麼許多個的民生凋敝的年頭以來，
戰爭的痛苦我是深深的領教過了；因爲如此，
所以我時常主張，無論怎麼樣的偉大的目的，

如果要走這一條殘酷的路，那總是不值得的。誰也不能够懷疑，拿破侖這個人是完全順着法蘭西人民的意志纔做成了法蘭西的皇帝。既然這樣，法蘭西的事就該讓他們自己解決；我說，我們是根本用不到對這事情憂慮着的！——

雖然我還可以舉出許多理由來證明我的話，不過現在，我卻不打算在這裏多說了。我現在祇是把自己所以要反對這個提案的重要的理由，先簡單的在這裏向到會諸君說明一下。（喝采聲。）

彭森貝

我不打算說着許多的話，不過我覺得這幾乎是我的責任，使我不得不來擁護這一個提案。

這個提案的意義和本質，據我個人的眼光看，實在並不能算是一個準備打仗的初步計劃，其實不過是叫我們議院應該跟着這事情的各方面的發展而隨機應變，但不要置之不顧。

我個人覺得，剛纔那一位尊貴的勳爵的主張，是被這一位尊貴的亞男爵解釋到了錯誤的意義上去了：他以爲這個提案裏面是包含着一種堅決的意志，是想要根本剷除波納巴特在法蘭西的統治權，而使這個國家再回復到布爾朋族的帝制去，其實，這解釋法是不對的。在這一個非常的時間內，我們這自由的國家是應該處處的提防着，時時的準備着，這一層大概總是誰都不能否認的吧。如果一定要打，那麽就應該讓戰事快一點開始，同時也需要快一點達到它最後的目的。雖然我個人也是希望着，熱烈的希望着，能够永遠的保持和平。

恢特布雷德

如果我能够像我的這位朋友一樣的相信着剛纔那位尊貴的勳爵的模糊的話，和他那番模糊的話裏面所包含的模糊的意義，的確是應該像這位朋友似的解釋法，那麽我就一定會滿心情願的，又非常堅決的投票表示贊成這一個正當的提案了。不過我卻清楚的看到，這其實是一張纖弱的網，故意張在那裏，想要

引誘我的許多尊貴的朋友們的普遍的同意，
因此，我就必需用我的全副精力來提出抗議，
來反對這一次爲要決定那個誰應該來佔據
法蘭西的王位的問題的，熱情的，新的十字軍！

不幸的種子，是早就在許多處地方都下着了：
那一張各方面都簽了字來反對着拿破侖的
宣言，據我個人的見解來判斷，實在可以算得
是一件非常荒唐的事，而我們這國家居然也
簽上了名，那簡直就把國家的品格都損壞了！
如果把這裏面的話解釋出來，那就簡直可說
是在鼓勵着暗殺；那意義就是說，無論什麼人
碰到波納巴特，都可以隨隨便便的拿他殺死；

照這樣，聯軍方面無論現在再來怎樣的解釋，但是最初那件事，就至少等於已經宣過戰了。那位尊貴的勳爵今天夜裏卻又來變本加厲，他的意思彷彿是叫我們馬上武裝起來，再等列國方面也作着充分的準備，等到各方面都已經佈置停當了的時候，就一刻也不耽擱的要打到法蘭西去——

凱瀚雷

不是，不是！意思不是這樣的。

恢特布雷德

天哪，這樣說起來，他的話究竟是什麼意思呢？——不過無論如何，他的這一個否認，總多少可以

算是一種獲得，因爲我的誤解，是完全種根在
這一位尊貴的勳爵的一切雄辯裏所慣有的
那一種字句的模糊和那一種意義的神祕上。

那麽現在，我們是爲什麽要來作新的挑戰呢——
爲要幫忙着布爾朋王朝，使它恢復了政權嗎？
在這裏出席過的那個最俏皮的人（註一）曾經說過，
我們這個國家所負擔着的債務，其中有一半
是用在壓制布爾朋族的勢力的活動一方面，
而其它的一半卻是用在幫忙布爾朋復興上，（笑聲）
所以我必需在這裏堅決的反對再幹出這種
沒有一點意義的事情來——以前，大臣們是曾經
在沙底隆地方向波納巴特求過和，可是現在，

大臣們卻又要拒絕跟他作和平的談判了嗎？

所以，我需要在這裏提出我的簡單的修正案，要給大臣們的挑釁的行為一個相當的限制，不使它超出到保衛自己安全的範圍之外去。我們要在那呈文上加上說：「同時，我們又非常懇切的請求攝政親王能夠賞光的答應我們，要在各方面都努力着和平運動，不輕易挑戰，祇要這和平運動能夠不損害英吉利王冠的應有的光榮就好，因為我們是酷愛着和平的。」（喝采聲。）

凱漱甯

這裏幾位反對派的議員們的論斷，是祇拿着一些不足信的假定作為根據的，這一種假定，已經由經驗來證明了，不過是一種夢想。他們還以爲波納巴特這個人是有信用有誠意的，而主張根據這個錯覺來定我們行動的方針：而實際上，誰不知道這個人是向來就會破壞最神聖不過的盟誓和最嚴肅不過的條約的！……

雖然我們這個國家曾經不得已的在沙底隆跟波納巴特訂過和約，但不能因此就說現在也非跟他訂和約不可。至於說什麼暗殺的話，那麼我覺得今天夜裏在這裏說着這種話的人的，對於我們的親密的聯盟國的各分子的意氣，實在是要比由維也納的代表們簽字的宣言的，對於拿破侖的意氣更大得不知多少，而且是更富於挑撥旁人去從事暴行的作用——

總而言之，如果我們覺到了萬不得已的時候，非得要跟波納巴特宣戰不可，那麼這軍事的行動，也決不會缺乏一種道德上的根據，弄得沒有法子可以解釋的。我們的政府，在這一次事情上，是要始終跟聯盟國取着一致的態度，同時，政府的大臣們也有着他們固有的權力，可以在這裏向各位要求，不要叫他們的責任被什麼戰事是多麼可怕，而和平是多麼幸福這一類早就變成濫調了的話所擾亂着；（「呵，呵」的呼聲）我想，這大概誰都不否認吧——（喝采聲。）

彭森貝

我們要請問這位勳爵，他說的這一番話的意思，究竟是不是說現在馬上就要開戰嗎？

凱激爵

我的話並不是這樣子說的。

反對派的喊聲

這樣說，這個問題依然沒有得到確切的答覆！

那地方起了一大陣與會的呼聲，議院開始表決了。報告出來的結果，贊成恢特布雷德的修正的共計有三十七票，而反對的卻有二百二十票。時鐘打了十二點，議院便散了會。

（註一）原註：「薛里登」。

第六景

威喀克斯　德諾佛草原，凱斯特勃里支

地點是在凱斯特勃里支近邊，在德諾佛山上的一片小小的草地上，那地方是搭着一座粗拙的絞刑臺，臺上懸掛着拿破命的人像。在這人像下面，是放着一束一束的柴枝。

春天正當莽微朦朧的時候，那地方聚集着無其數的羣衆，這些羣衆中包含着從德諾佛近邊跑來的男男女女的居民，以及從離開許多哩路程的村子上趕來的鄉下人。同時在場的，彻還有一些鄉村的士人，他們都穿着白皮的長褲子和朱紅色的衣服，還有一些志願兵，穿着紅色的，鑲綠色的貼邊的制服，還有帕麥教士，他便是本教區的牧師，正站在他自已的花園門的柱子上，嘴裏吸着一枚長得叫人不相信的，泥製的煙斗。此外還有從愛格登草原來的保衛鄉丁揣特爾，還有從凱斯特勃里支來的蘇維門·朗威斯·德諾佛的音樂隊，這樂隊是包含了小號筒，蛇形喇叭，簫，手鼓，鐃鈸，和鼓這幾種樂器，是正在那裏奏着「惠靈登爵士歡愉曲」。

一個鄉下人從東面的道路上亂忽忽的走了進來，祇穿着襯衫，他的粗布外衣是擱在手臂上。

鄉下人（揩着他的臉）

天曉得，我差些兒就要趕不上，不能看見他給燒死了！我是在三點鐘的時候就急急忙忙的離開了斯多爾凱塞爾。如果我早知道這樣趕來已經太遲了一點，看不見開頭，我就是送了半條性命也是要早來一點的。

士人

你現在來得時候再適當也沒有。現在，這裏正要拿他點上了火。

鄉下人

可是我來不來得及看他死呢？我就是要看他非常痛苦的死過去。

士人

怎麽，你難道以爲要在這裏給燒掉的，眞是波納巴特自己嗎？

鄉下人

怎麽，難道要燒的並不是波納巴特？

一女子

眞是，你這個人眞是笑話！我對你說，不是的。這不過是一個他們所紮出來的波納巴特的人像，這個人像既沒有骨頭也沒有五臟六腑，他的肚子裏是祇有從勃萊德爾的莊園裏拿來的一捆稻草。

朗威斯

老鄉，他是用從我們這兒的兵房裏拿來的一件不知誰丟在那兒的褡馬巾和一條破褲子做成的。此外，格萊麥·玻爾又給了我們一件美格斯隊長從前在禮拜天穿的褶襯衫，這件襯衫，她本來是打算用來做火絨袋子了；美爾斯託克的看守人特里克西又把他的放火藥的角倒空了，倒存一個盛酵母的袋子裏，這樣就做成了他的心臟。

鄉下人（奮激的）

到了此刻，威賽克斯簡直連一點兒信義都不剩了！『今天夜裏波納巴特要在德諾佛草原上給燒死，』——在斯多爾凱桼爾的路上，有許許多多的人都這樣的對我說。當時我心裏確確實實在這樣想，他一定是在從他那小島上坐着船溜出來的時候給捉住了，便解到我們這裏來，在勃德茅斯上了岸，隨後又給丟在凱斯特勃里支的監獄裏，因為這監獄本來就是這一班犯人的必然的歸宿！——眞是可惡的騙子，叫我上了這個天大的當，毫無道理的這樣空跑了一趟！

朗威斯

你這樣的痛罵着威賽克斯人，眞是一點道理也沒有的，這完全是你自己太傻，太沒有知識的原故。

德諾佛的牧師拿下了他嘴裏咬着的煙斗，垂直的唾着口水。

牧師

我的想錯了事的可憐人，你難道竟以爲在這個基督教的國度裏，我們會變得這樣不顧人道，會把一個跟我們自己一樣的人活活的燒死嗎？

鄉下人

眞的，我卻確實以爲也許眞會有這樣的事情！在這種地方，德諾佛的人民是從來沒有太高的基督教精神的。不過我可眞沒有想到，就連一位牧師，在這種殘酷的時代，居然也會違反了教義，來參與着這一類的事情。這一類事情，我想在禮拜日總一定不會有，不過在像今天似的平常日子的夜裏，那就說不定了，何況我們又想到這個要給燒死的人是怎麽一個褻瀆神聖的混蛋，同時又是全世界對婦女最沒有情義的傢伙。

在這時候，那個傘破侖的形像已經給點上了火，那些人看它燒着，火焰使觀衆的臉一張張的都顯着黃銅色；閃光，同時又照亮了近邊的德諾佛教堂裏的灰色的尖塔。

女子（唱）

刺刀和火鎗！

我不願意讓我的媽媽知道，

我是穿着一件兵士的外衣，

讓他在閨房裏將我吻了！

塔特爾剛丁

說起把波納巴特燒死就算是違背了教義，那麼我倒要老實承認，當我上了性子的時候，我是無論什麼事情都會幹得出來的，不管這事情是違背教義的，或是合乎教義的，都幹！眞的，我可以一個人單雙手的跟波納巴特搏鬪；祇要我有着良好的兵器，我那火石匣子裏也有着新的命巴羅的火石，我就可以把他摔下山坡去我祇要手裏拿到一管鎗，就隨時隨地會變成一個非常狠毒的人！……聽哪，這是什麼聲音？（從東面通到倫敦去的路上傳來了一陣號角的聲音。）啊，郵車來到了。現在，我們馬上就可以聽到一些新鮮的消息。關於廝殺這一類事情的消息，眞是最能夠使我的神經與你的！

郵車和冒着蒸汽的馬匹上場。它停頓了一會兒，輪子是給殺住了。馬匹溺着尿。

若干人

管車的，你在離開庇凱提里街（註一）上的白屋酒店的時候，可聽到外邊有什麼新鮮的消息沒有啊？

管車人

我想，你們大概已經聽到了吧，政府方面已經下了命令，誰都可以自由的向他報復。我們大家都可以弄死他，無論用什麼好好歹歹的方法都不成問題。不過，那位被派去討伐他的奈伊將軍，卻一見到他就把手臂環抱住了他的項頸，而且帶了他的全部人馬歸降了他了。此外，普萊茅斯打來的電信上又有着從「雀號」船裏帶到那裏的消息，說是他已經來到了巴黎，國王路易斯卻已經逃走了。不過，電報還沒有打完，空中卻起了迷霧，因此，他逃到了什麽地方去，卻還沒有弄清楚。

德諾佛的牧師噴了一口煙雲，又垂直的吐了一口水。

牧師

我是見了鬼了！眞糟糕，眞糟糕！上帝是快要走入末路了。

管車人

有四個國家都同時的派出軍隊去討伐他，這四個國家就是英吉利，普魯士，奧地利，和俄羅斯：那頭兩個國家的軍隊是由惠靈登和勃呂歇爾帶領着。正當我離開倫敦的時候，那裏也舉行了一次表演，把一個像眞人一樣大小的波納巴特放在馬背上，把他垂倒了腦袋吊着。門票是收一個先令，兒童衹收半個便士。這眞是表演愛國心的好場面，不像你們這兒似的弄得這樣糟，衹好在部峃的鄉下地方幹一下。

那郵車開始趕下小山去，那些群衆都像有心事似的望着那形像被火燒掉。

女子（唱）

一

我的愛人是打仗去了，
在那號角召喚着的地方；
爲要消滅人類的委屈，
便得用着子彈和手鎗，
再佩着殺敵的腰刀，
不顧死活的効命疆場！

二

他在那裏記念着誰，

在那號角召喚着的地方？
他跟誰在一起喝酒，
隨帶着子彈和手鎗？——
他是臨到流血的前夜，
不久就要去効命疆塲！

三

有個人在他耳邊哼着，
在那號角召喚着的地方，
「愛人啊，我在等你回來，
隨帶着子彈和手鎗，
音樂隊一路打着銅鼓，
從那鎗林彈雨的疆塲！」

火焰已經燃着了那形像裏面的火藥，便把這東西炸得粉碎。音樂隊開了回去，一邊在奏着『當戰爭的警報來到的時候』之曲，羣衆向四面分開，那位牧師卻還是站在他的花園門邊，沈思着，抽着煙，直等到那火焰熄滅，黑暗把這場面包裹着的時候。

（註一）倫敦的一條著名的街道。

第六幕

第一景

比利時邊疆

穿過比利時的邊疆，從法蘭西這一方面望去，可以望到前景的中央是一幅波蒙村莊的鳥瞰圖，這村莊是在比利時那方面離邊疆很近的地方。有一片廣大的森林從這村莊向後一直引長到在這場面的背景上的桑勃爾河邊，這條河流是在兩道高高的河岸之間彎曲的流着，一直從左面的莫勃什流到右面的沙爾羅瓦。

在那一重重的把所有的事物都包裹着的陰暗裏，我們可以辨別出有無數的步隊和馬隊都在這村莊上和村莊附近的地方打着營房。這許多的人馬就是拿破侖的軍隊的中部。

那右翼可以看到是在右面比較遠一點的地方，但也是接近着邊疆的，在通到沙爾羅瓦去的大路上；左翼是在桑勃爾河上的索爾村，在那地方，河流和疆界差不多是密合着的。

模糊的景象慢慢的過去，六月的黎明開始出現了。

啞場

中部人馬的營房都一一的拆卸了下來，軍隊準備向右面的沙爾羅瓦開拔過去。在前面的十二個馬隊首先出發了；在半小時之內，許多部隊都陸續開拔。又過了半小時，已經開拔的是更多，一直到八點鐘的時候，便差不多全體的中部軍隊都已經在進行着。它排成了細行在森林中的狹窄的道路上魚貫的走着。奈伊將軍是騎着馬，在部隊的旁邊很困難的前進；可是他直到此刻，都還沒有接到上邊的命令。

時間慢慢的行近午刻，那地方的左面和右面也都顯出了動態和聲響來，顯得那左右兩翼也已經出發了，正和中隊同時的在向邊疆上前進。這全部的景象，現在已經很清楚的顯出來，祇是一個統一的行動，而且是祇由一個人支配着的。這三個隊伍，前面都有步哨引導着，這些步哨現在差不多已經集合在一起。

穿過稠密的森林，在狹窄的道路上前進，是很需要一些時間的。中部的大隊人馬的前鋒把一些敵方的哨卒逼了回去，達到沙爾羅瓦，把那裏的普魯士將軍齊登趕走了。它佔領了桑勃爾河上的橋，把那城池的門全炸開。

現在，觀點是降了下來，跟那場面非常接近。

在半中間，是皇帝親自帶領着近衛隊的工兵，陸戰隊，和青年衛隊來到了。那一片馬蹄聲便受了驚嚇的居民都逃回到門窗裏去。當拿破侖走過那峻峭的街道的時候，這些居民中的有一些人還喝着采。過了這城市不遠，在貝爾符旅店面前，他下了馬。有人拿過了一張椅子來，他便在那上面坐着，一邊在視察着那整個桑勃爾河的流域。軍隊在他身邊開過，向他喝着采，一邊打着鼓，吹着號筒。不久之後，皇帝是在那裏沈沈的睡熟了。

當那軍隊走過時所作着的聲響停止了的時候，沈默的空氣卻把他弄醒。他的沒精打采的眼光落在對面一堵牆上的一張半毀壞了的布告上——這布告便是聯軍方面的宣言。

拿破侖（讀着）

「……波納巴特已經把他所藉以生存的，僅有的合法的依據都破壞了。……他已經劍奪他自己的被法律所保護的權利，而又向全世界都表示了對他是根本沒有和平或休戰的可能的。因此，列強要在這裏宣言：拿破侖·波納巴特已經自己走到了跟人類斷絕文明的往來的地步；因爲他是做了全世界的和平的敵人和破壞者，所以誰都有向他自由施行報復的權利了。」

他的肉頭動了一下，像受到驚嚇似的轉過身去，彷彿他在想像着也許有人會從他背後把他刺死的。隨後，他站了起來，騎上馬，走了開去。

正在這時候，那軍隊的右翼已經毫無困難的在下游不遠的沙特萊地方渡過了桑勃爾河；左翼也在上游不遠的馬爾希安納地方渡了河，這三個支隊已經聯合成了一枝極盛大的軍隊。

當那迷霧的幕慢慢的在垂下來的時候，觀察點便又升了上去，可以極忽忙的看一看見很遠地方的對方是正在幹着些什麽事情。從歐羅巴的各處地方，都有長而陰沈的一條條的黑線蜿蜒的向這裏爬過來，像是毛蟲爬過草場一樣。這些便是正在開拔過來的聯軍方面的軍隊。

啞場完畢。

第二景

布魯塞爾的一座舞廳（註一）

時間是在六月的夜半，地點是在里支崇德公爵和公爵夫人的家裏。背景中設着一隊絃樂隊。廳堂裏擠滿了華貴的一羣，人數差不多在二百以上，這些都是為了戰爭或是別的原故而寄居在那地方的名人，以及當地的政府裏和社會上的重要人物。舞會已經開始了，樂隊首先就奏着「白帽章曲」。

在這些到場的人羣中，有的是在跳着舞，有的是在旁邊看着，我們可以發現有男主人里支崇德公爵，女主人里支崇德公爵夫人，他們的兒子和大女兒，公爵夫人的兄弟，惠靈登公爵，奧倫治親王，布侖斯威克公爵，比利時政府的祕書凡·卡貝侖男爵，阿侖堡公爵，布魯塞爾市長，波爾特公爵和波爾特公爵夫人，阿拉伐將軍，烏德那爾德將軍，希爾爵士，科爾淡爵士和科爾淡夫人，亨利・克林登爵士和蘇珊・克林登夫人，亨・達林普爾爵士和淡密爾登・達林普爾夫人，威廉・德・蘭西爵士和德・蘭西夫人，曷克斯布里奇爵士，約翰・比音爵士，蒲塔林登爵士，愛德瓦・桑麥賽特爵士，海依爵士，阿勃克朗比總兵，呼賽・維維安爵士，阿・戈登爵士，成・彭森貝爵士，德尼斯・派克爵士，爵姆斯・坎布特爵士，託馬斯・庇克登爵士，梅特蘭將軍，凱美隆總兵，其他許多英吉利的，漢諾佛的，荷蘭的，和比利時的軍官們，英吉利的和外國的婦女們，以及蘇格蘭的從高地的軍隊裏出來的跳雙旋舞的人。

「向牙利圓舞」也已經跳過了，那位女主人把高地上的兵士們叫了過來，叫他們表演給外國的賓客們看，究竟雙旋舞是怎樣的一件東西。那些人把手叉在自己的腰邊，急速的跳着這種舞。當他們跳完了舞，走到旁邊去休息着的時候，便又開照跳「漢諾佛舞」了。

威勃斯特參將，奧倫治親王的副官，走了進來。親王便跟他一起走到了旁邊去從他手裏接到了一件公文。他看完了這件公文之後，便向惠靈登說着話；他們兩個人由里支蒙德公爵陪伴着，一起走了開去，到了一間側面的密室，臉上都顯着嚴重的神色。威勃斯特在重新穿過那彝廳回去的時候，他又跟兩三位他認識的賓客怱怱忙忙的談了幾句話，便走了出去；這幾位他所認識的賓客中有一位青年軍官。

青年軍官（向他的彝伴）

法蘭西兵已經在沙爾羅瓦渡過了桑勃爾河了！

彝伴

怎麽，你這話的意思是不是説波納巴特眞是在向着我們這個地方進兵嗎？

青年軍官

不錯，是這樣的意思。剛纔那位在走出去的時候報告這個消息的人，

就是與倫治親王的一位副官，他是正從他那位
參謀部長雷貝克那裏帶了文書來報告他知道，——
雷貝克現在是正在前線上勃來納·勒·蔡特附近。
他說，那位帶領着法蘭西的前鋒隊的奈伊將軍，
現在是已經來到了加特爾·勃拉了。

舞伴

這眞是可怕！

那麼你需要不需要開到前方去跟他們交鋒呢？

青年軍官

我親愛的，自然是非去不可。而且馬上就要走了。（他向舞廳四周望着。）
你瞧，這消息在各處傳佈着，大家都無心跳舞了。
他們都三五成羣的談論着。（音樂聲停止。）這兒又來了一個人，

他是昔晉士軍隊方面派過來駐在我們這邊的司令部裏的一位代表。

繆夫林將軍走了進來。他臉上顯着有緊要事情的樣子，直接的走到那個密室裏去找惠蹬和里支崇德；這時候，布侖斯威克公爵也跟他們在一起了。

若干賓客（在舞廳後部）

你瞧，這消息一定是眞的。

軍隊已經在那兒準備着，不久之後就要開拔了。

庇克登（向另一位將軍）

我聽了我們又快要出發的消息，眞是非常的高興。老是在這兒鬼混，說不定眞要墮落得變成女人的跟班了——這是對於誰都沒有好處的，祇會叫人受到損害！

另一賓客

這樣看起來，這個舞會恐怕就繼續不下去了，是不是？公爵難道竟沒有知道法蘭西兵已經離這裏這樣近了嗎？如果他知道的，他又怎麽能夠這樣漠不關心的讓我們來冒這個危險呢？

淡密爾登·達林晉爾夫人（向她的舞伴）

那許多聚集在密室裏的當局們，他們臉上都顯着非常嚴重的神色。恩鹽登在表面上雖然還裝着一副若無其事的愉快的樣子，可是他心裏的焦急到底還是掩藏不住的！

里支蒙德公爵夫人走到了她的丈夫身邊去。

公爵夫人

我要不要叫這舞會停止了呢？如果這許多消息都是眞的，那麽恐怕再讓他們繼續跳着舞，眞是一件不應該的事情吧。

里支蒙德

我親愛的，我已經把這個話照樣的向惠靈登問過了。他說，我們現在用不到把賓客們趕走的。目前倒是應該先叫兵士們聚集起來，至於那些軍官們，那倒就讓他們再在這兒躭擱一下，也都沒有什麽不方便；而且他是寧可讓他們在這兒多停留一下的，免得在這城裏造成一番虛驚，因爲在這城裏是布滿着拿破侖的黨羽和間諜，他們是祇想弄到些這一類的消息，馬上就傳報過去給他知道，就可以想法子來利用着。

公爵夫人

那麽留在這兒可安全嗎？我們現在要不要想法子先把孩子們安頓好了再說？

里支蒙德

各方面都無需乎慌張，就是波納巴特的確一定會進來，也用不到慌張。可是事實上，他是無論如何不可能來到布留斐爾的——你根本就用不到這樣害怕着。

公爵夫人（焦急的）

我希望他能夠不來。可是我今天眞有點懊悔，我是不應該開這次跳舞會的！

里支蒙德

我親愛的，你現在纔懊悔，但已經來不及了。你別這樣亂忽忽的，你叫他們祇顧自己跳舞吧。

公爵夫人回到了她的賓客那裏。公爵回到了那間密室裏，去跟惠靈登，布侖斯威克，繆夫林，和奥倫治親王一起談着話。

惠靈登

祇要把所有的人都安排好了，讓他們先走，我們是就等到五點鐘再上馬也還來得及。

我們不能叫布魯塞爾的市民們聽了這個消息就以為非常危險了。……我想，他從這方面進兵，實在是一種錯誤的戰略，他應該取道蒙斯，而不要取道沙爾羅瓦，那纔是好辦法。

繆夫林

這一次的戰事，奧地利的軍隊和俄羅斯的軍隊總一定來不及參加了；這一場的衝突，無論它的結局是好是歹，總一定是等不到他們來參加的時候就要整個的告了段落。

惠靈登

真的，這真是一件遺憾的事。可是，上帝保祐，也許勃呂歇爾和我兩個人就可以把事情對付過去，用不到再去煩勞那兩枝軍隊了！不過，這倒是眞的，我這枝軍隊實在太不成，實力這樣單薄，也沒有好的供應，還要加上這樣無用的一個參謀部！

繆夫林

我們祇能宗運氣。現在這時候，勃呂歇爾總已經把全部軍隊集中在里尼一帶，他的公文上就這樣說的。您的人馬，我想總是集合在加特爾·勃拉吧？

惠靈登

是的，現在可以斷定，他這次進兵沙爾羅瓦，倒不是聲東擊西的辦法，雖然我以爲是會從尼委爾進兵的。里支蒙德，你有地圖沒有？

里支蒙德

在隔壁房間裏有一張。（里支蒙德退場。）

恩靈登把各位將軍和副官從那屋子的各方面召集了過來。庇克登，曷克斯佈里奇，希爾，克林登，維維安，梅特蘭，彭森貝，桑麥賽特，和其他一些人都輪流的來見他，接受着命令，又分別的走了出去。

奧倫治親王

照這樣子看起來，我的分隊大概是剛駐在這場戰爭的中心點上；公爵，我需要不需要馬上就準備起來，出發到格那普地方去呢？

我們是在布爵塞爾，所有的人全在跳着舞，那邊的事情是一直到現在都是由年輕的撒克塞·伐伊馬爾和貝爾川歇爾那兩個人在自作主張的安排着。公爵，我該出發了吧？

惠靈登

不錯，自然該走了。現在你是必需要出發了。我們再見吧！願你一路順風，希望我們能够得勝回來之後再碰頭！

（奥倫治親王下場；不久之後，繆夫林也走了進去。

里支蒙德帶了一幅地圖回來；把它攤放在桌子上；惠靈登把這幅地圖仔細的看着。

眞的，傘破命眞是在

那兒跟我開玩笑，竟這樣神不知鬼不覺的
走了二十四小時了！

里支蒙德

那麼您打算怎麼辦呢？

亞靈登

我已經吩咐軍隊把全部的實力都集中在
加特爾·勃拉，不過我們不會在那裏擱住他；
我必需在這裏跟他交鋒。（他用大姆指的指甲在滑鐵盧這地名上打上一個記號。）
啊，現在，我已經把
所有必要的安排都已經交代得清清楚楚，
現在，我們馬上就得告別了。（向布侖斯威克）公爵，這場戰事
是今天就要發生的。你現在可以出發了吧？

布命斯威克（走上前來）

我現在馬上就可以出發了。——公爵，我是已經起下了誓願，非到替我的父親報了仇之後，我是決不會把我的刀藏起來的。

悉靈登

我的朋友，你說這樣的話，彷彿有着太嚴重的意味了。你應該對眼前的這件事情態度樂觀一點，你應該冷靜的去應付纔對！

布命斯威克

我是起了誓了！再見吧。我們碰頭的地方是在加特爾·勃拉？

惠靈登

不錯的。這命令並沒有變動過。我們再見吧；不過，我們是要不到幾小時就又會碰頭的。我看到現在已經有一點鐘。

惠靈登和里支蒙德從那間密室裏走了出來，回到那位女主人身邊去，在密室裏，是黑黝黝的祇剩下了布命斯威克一個人。他彎身在地圖上看了幾秒鐘。

年歲之精靈

布命斯威克呵，命裏註定了喪亡的公爵呵。在九年以前，你曾經替他穿孝的那位先父，是被我的警官所襲擊了，而在九年以後的今天，你也將像他一樣遭到這無常的厄運，要跟着你的先父一起去了。

布侖斯威克（驚跳了起來）

我聽到隱隱中像有一個聲音在說着話，彷彿我的父親的陰魂在那裏叫我——這會不會是死的預兆呢！

他站在那裏，沈思了一會兒；隨後，他便向里支崇德公爵夫人和她的女兒道了別，一個人打從一扇邊門慢吞吞的走着，離開了那舞廳。

公爵夫人

布侖斯威克公爵今天態度老這樣嚴重的。

他那副陰沈的樣子老是使我詫異着，彷彿他本身就是我們常聽到但是很少看到的一種幽怪的東西。

恩靈登（淡漠的）

啊，你說他樣子很幽怪嗎？這話也許是對的。自從他的父親去世以後，他的心境老是不好，態度也老是這樣陰沈。他是一個很勇敢的人，他能够看得到危機，但是雖然看到，卻還去面對着它，不像那些膽小的人似的祇是不自覺的在冒着危險。

青年軍官（向他的舞伴）

那些軍官都溜走了！親愛的，我也馬上就要

走上那條石子路出發了。祇在幾小時以前，敵人已經佔領了沙爾羅瓦；他們已經近了。

舞伴（不安的）

這意思就是說，你需要拔出刀來打着仗的時候也已經近了，

青年軍官

這裏有幾個人是這樣說，我們是今天就要動手了。各種各樣的謠言都像金龜蟲似的到處飛着。

突然間，那舞廳裏是起了一聲拖長的，金屬的聲音，使所有在場的人都驚嚇了起來；這聲音彷彿是這樣的：

啊，果然不錯的，

我剛纔料得一點不錯。已經在打集合鼓了。

響亮的擂腰鼓的聲音由更遠的，更遠的其它的鼓聲響應着，直到後來，這種空洞的聲音是在全城都逼佈着了。婦人們的臉上都顯着一種憂慮的神色。那高地上來的，未經正式委任的軍官們和志願軍的軍官們都從容的離開了那舞廳，一一的不見了。

憐憫之精靈

你可看到有一個形像在他們面前出現嗎？——

這形像彷彿是這軍隊的一位鼓手長，或是領路人，但是卻有着副扭曲而冷淡的臉嘴。

年歲之精靈

這個形像就是我的朋友死神，他正打扮得整整齊齊的趁這時機來行使他的職務了！

憐憫之精靈

那麼跟在他後面的這許多人都要死了嗎？

年歲之精靈

是的，在六十小時之內，就差不多全要死了。

舞伴

這一陣陣殘酷的催人上馬的戰鼓的聲音，
也許還來得及讓我們再跳一次舞吧，這樣，

你走了之後也可以留着一個記憶，好讓我
傷心的等着又哭泣着……是的，還可以跳一次。

諷刺之精藴

我覺得在這裏還要調情是未免太甜蜜了！

鄉村舞蹈：「生命之精華」。（註二）

那正在顯現出來的悲劇的預感已經使大衆的情緒達到了最高度的緊張。所有的靑年軍官都和他們的舞伴站了起來；當那幾支舞曲奏着的時候，每次總有十五對或是二十對的男女在那裏跳着舞。空氣可以說是帶瘋狂性的，無論男子和女子都在緊張的動作中把自己忘記了。

差不多已經有半小時過去了，這支舞蹈卻纔算跳完。跳完了舞，大家便氣都喘不過來似的接着吻。這舞廳裏的沈默是被外邊傳來的，更悠長而空虛的擂鼓聲所打破；這次的聲音是非常接近，使窗上的玻璃都震動着。

若干人

這就是召集的鼓聲。現在我們必需要走了！

那些軍官們向他們的舞伴們告了別，便三兩成羣的開始離開了那地方。當他們走了之後，剩下在那裏的婦女們便在躊躇惘然若失的站着，又互相喃喃的談着話，又在靜聽着從外面的街道上傳來的男子的脚步聲和猛烈的碰上屋門的聲音。

淡密爾登·達林普爾夫人

公爵今晚上在這裏態度眞是非常的愉快，就是最年輕的人也還沒有他那樣的興致。

遂林普爾

也許是因爲他發現終於有機會可以去跟
波納巴特正面的交鋒，所以纔興奮了起來。
昨天半夜裏已經可以在弗拉斯奈斯看到
法蘭西近衞隊的長鎗手；戰事是不會遠的。

（他們離開了那裏。）

德．蘭西（向他的妻子）

我要先把你送到我們門口，再向你告了別，
然後從那兒再趕到公爵那兒去等候着他。
在很短的幾小時之間，我們就得開始行動，
要出發到那個誰也說不出來的地方去了！
親愛的，你可以照了原定計劃，先暫時搬到
盎特委爾普去吧。

（他們也離開了那裏。）

惠鑾登（向里支崇德）

現在，我也得要拔脚走了，我在上馬之前還得要先稍稍的睡一忽兒。布侖斯威克親王已經出發了好多時候了。

里支崇德和他一起走到了門邊。惠鑾登退場。里支崇德卻又回了過來。

公爵夫人（向里支崇德）

你瞧，有一些剩下在這兒的人又跳起舞來。我是不能禁止他們的；不過，想起剛纔那些走了的人，想起他們是到那兒去，爲什麽去，還跳舞眞是太無心肝了！

堅文崇德

隨他們，隨他們吧！

浮生若夢，青春在一生中是不會有兩次的，

可是，舞蹈卻已經變得很稀少的了，而且一點精神也沒有，婦女們是祇可能找到一些文官們

來做她們的舞伴，而且，那些文官們也大都寧願坐在那裏，出着神，一逕在等待他們的車來。

憐憫之精靈

當那些強壯的戰士開到城門邊去的時候，

我看到有許多人的面前都有同樣幽怪的

一個形像在走着，在盤旋着；他們之中有些

是看到這形像了，有些卻還一點也不覺得。

年歲之精靈

是那幾個人呢？

憐憫之精靈

布命斯威克，他是能看到的；還有個幽靈是在託馬斯·庇克登爵士前面移動着，他是正在望着它，又在跟它談着話；還有個幽靈是在彭森貝的身邊跳舞，但是彭森貝卻並沒有知道。同時，在德·蘭西，海依，戈登，凱美隆，和其他許多人的身邊，也都有從舞會跑出來的幽靈像僕役般的跟隨着。

年歲之精靈

這些都是我那位千變萬化的朋友的無數

幻影，他是打算馬上就要拿他們解決了的。
不久之後，你就又可以看到你以前是時常
看到的，他的各種各式光怪陸離的變化了。

憐憫之精靈

不錯，我實在已經看到得太多了呢！

那越發越冷清的舞蹈終於完全停頓，那些還剩下在那裏的賓客們也都紛紛離開音樂師也
離開了樂廳陸續的走了。里支蒙德走到了一扇窗面前，把一張窗帷拉開。天上已經模糊的顯
出了黎明的光；有許多燈凄暗的照着，可以看到一長行一長行的不列顛的步兵已經在街上
集合了起來。因爲在等着他們的長官傳下開拔的號令來，有些兵士已經等得不耐煩，便在舖
道上躺下去；有一些甚至在那上面睡熟了，頭是擱在背囊上，腰邊都佩好了兵器。

公爵夫人

可憐的人們。他們是多麽疲倦，全都想睡了！

里戈崇德

在仗還沒有打完之前，他們是會更疲倦的。在赤熱的太陽下面走上十八哩路程，然後就要休息也不能休息的，立刻的打起仗來，這就是他們註定的事。——現在是已經夜深了；不過，今晚上在布魯塞爾的人們，是無論誰都像我們一樣不可能好好的睡覺的！

他把那窗上的帷幕重新拉攏，便跟公爵夫人一起走了出去。有幾名僕人走進來，把燭火一一的熄了。全場便在黑暗中結束。

（註一）原註：「這一場著名的辯論是跟百日戰爭的歷史有着這樣密切的關係，差不多跟這歷史合爲一體了。可是，雖然經過了許多人的努力想要證實這一次值得紀念的集合究竟是在那一座屋子裏（現代的著作家是比三十年以前的著作家更熱心的想要追究這個問題），不過，如果根據冷靜的判斷，這地點還祇能說是尚未證實的。就連威·那萊塞爵士的話都不能當信。這事件發生到現在還不到一世紀，不過那地點卻如此撲朔隱約，竟變得像有高塔的凱米羅特（Camelot），普里安（Priam）宮殿，或是卡爾伐里山（Calvary）一樣的縹緲了。」

（註二）原註：「一種在那時候非常流行的辯式。」

第三景

沙爾羅瓦，拿破侖的司令部

就在那同一天的夜半。拿破侖和衣的躺在一張牀上。他是在跟他的參謀部長蘇爾商量着非情，蘇爾是坐在他近邊；他向他的祕書口述着關於明天的行動的命令。這些命令是發給凱勒曼，德爾奧拉波，什拉爾和其他的將軍們的。蘇爾走出去，要將這些命令發給他們了。祕書又重新讀着各種報告。不久之後，有人傳報着奈伊將軍求見。從外邊的扶梯上傳來了他在踏上樓來的聲音；隨後，他便走了進來。

拿破侖

啊，奈伊，你怎麼又回來了？你究竟已經佔領了
那個非常重要的交叉路口沒有？——你究竟已經
在加特爾·勃拉防衛得妥當了沒有？

奈伊

還沒有呢。
因為，陛下，我正在開過去的時候聽到了砲聲，
心裏害怕也許普魯士兵正在這裏襲擊着您，
所以就停止了。正在這時候，——

拿破侖

我是這樣交代的：
我們無論怎麼樣都要想法子使得惠靈登和
勃呂歇爾這兩個人沒有集合在一起的可能。

因爲英吉利的軍隊一定是從布魯塞爾來的
普魯士的軍隊卻一定要取道於納摩爾，所以
加特爾·勃拉就成爲他們的必然的集合地點：
你不把這地方拿在手裏，可怎麼能對付得了？

奈伊

陛下，我剛要把理由說出來，您就把我打斷了。——
我又聽到一陣陣密接的鎗聲，還模糊的看到
一行行的兵士，我就疑心一定是正在集合的
英吉利的軍隊，一定是惠靈登所帶領的全部
軍隊的前鋒。因此純粹是爲着謹愼一點起見，
我就把巴歇呂的分隊先留下在弗拉斯奈斯，
自己急忙的趕回來報告您知道。

拿破侖

奈伊呀，奈伊！
我眞有點疑心你已經不是從前那個奈伊了：
你從前是多麽勇敢的，現在卻變得這麽懦弱！
我有健全的根據可以斷定，那一些使你這樣
驚惶着的軍隊，不過是荷蘭的一些零星隊伍；
因爲，我有一些很好的細作派出在布魯塞爾，
他們都向我報告說，英吉利兵是至今還沒有
動一動，他們是正在那城裏作着通夜的享樂。

奈伊（憤憤的）

請您要先給我一個最後的良好的機會，然後
您纔能放膽的說這樣的話！

機會你就會有的！……

拿破侖　不過現在——現在暫時不談吧。我心裏還有其它各種的不安。我剛纔得到個叫人心慌的消息，說是布爾裴已經帶着他的整個部隊向敵人方面投降了。

奈伊　隨他去吧，我們總有法子補救的。

拿破侖　並不是這件事有什麼大要緊，不過這種預兆，卻總是不好！……對我的感情和尊敬是在淡下去；不過我總要補救。我們還有着很好的機會呢。

你必需要馬上就趕快的回到加特爾·勃拉去，
凱勒曼的胸甲兵很快的就會到那裏來跟你
一起努力把英吉利的軍隊趕回到布魯塞爾。
我現在要開到弗勒呂斯和里尼那一帶去了。——
祇要勃呂歇爾的軍隊馬上就退卻，而惠靈登
又居然會在布魯塞爾再繼續的打一天瞌睡，
那麼我就可以毫不費力的把那都城佔領了！

朋友，你到樓下去會看到有一份晚餐準備着，
你先拿它填一填肚子，吃完了，馬上就出發吧。
過去的這幾天，我們的運氣也着實不能算壞；
我們已經神不知鬼不覺的來到兩位首領的
身邊，使他們不得不隔離着來向我們應戰了。

現在，還有兩小時可以休息。——我的同伴，再見吧，到明天我們就又會碰頭的！

奈伊　陛下，明天再見了！

〔奈伊退場。

拿破侖睡熟了，那秘書等待着，等待他醒過來再繼續口述。傳令官布西走到了門邊。

布西　從巴黎送來的信件。（交着信件。）

秘書　等他自己醒過來之後，然後再拿這些信件給他看吧。他剛纔已經

連續十八小時的騎着馬；他身體也比不上
從前了。——巴黎有許多消息嗎？

布西

我所能知道的，
卻並不是這些消息。剛纔那個驛使對我說，
他這一次並沒有從維也納帶來了皇后的
信件給他，她是不像從前似的寫信給他了。

祕書

而且以後也永遠不會再寫的！據我看起來，
那鳥兒一丟掉了它的窠，就永遠不再要了。

布西

在巴黎，他們所能得到的她那宮裏的消息，

部是從那邊的偵探傳來的。其中有一個人曾經傳着這樣的謠言：他說約翰大公爵在要出來跟我們打仗之前向她告別的時候是這樣對她說：「我可憐的路易絲：我很替你憂愁呢；這一次出去，我是希望他就此失敗，或是給打死，或是斷了項頸，這對於你，也像對我們一樣有好處。」

拿破侖（醒過來）

這個「他」字指的是我嗎？

布西（吃了一驚）

陛下，正是指您。

拿破侖（嚴厲的）

那麽，皇后可怎麽樣回答呢？

布西

陛下，那個消息說是她並沒有回答什麽話。

拿破侖

是不是那個被他們所任命為她的掌管的奈泊格伯爵在去年春天正娶了他的妻子？

布西

陛下，是的。

拿破侖

哼。……現在你且走開，別再留在這兒。

（布西退場。）

那祕書把許多信一封封高聲的讀着。他已經讀到最後的一封信；他開始讀着；讀到一句話，卻突然的停止了。

不要緊，你念下去好了。大概又是什麽恐嚇，或是什麽瘋狂的預言嗎？下面是誰的簽名？

祕書

這一封信件下面簽的名字卻是「恩勤公爵」——（註一）

拿破侖（驚跳了起來）

眞是笑話！眞是惡作劇的事！沒一點道理的！這是最後一封信了嗎？

祕書

陛下，是最後一封了。

拿破侖

現在我要睡了，兩小時之後叫他們叫醒我。

秘書

陛下，我就去關照他們。

（秘書走了開去。

燭燭是拿掉了，祇把一枝剩下在那個地方，拿破侖努力着想要使自己鎮定下來。

諷刺之精靈

既然有人用恩勤公爵的名義來提醒了他，我再來跟他開一次小小的玩笑，也不會對他有什麼害處的。年輕的憐憫之精靈呀，這樣來一下你以爲好不好？

憐憫之精靈

如果年歲之精靈的話是靠得住的，那麼這舉動又有什麼道理。不過我不願意多說，也不來阻制！

這時候，拿破侖是躺在那裏，有一幅幻象在他眼前經過，這幻象是包含着千百副的枯骨和屍骸，腐爛的程度各個不等。它們都是從各個戰場上爬起來的，滿身血肉模糊，都向他責難似的望着。在這一大羣之中，他還認出了許多被殺死了的，他的親密的軍官們。在前面指揮着這一大羣怨鬼的，便是恩勤公爵。

拿破侖（在睡夢中說着話）

為什麼現在倒要來向我提出這種責問了？如果我的行動都是被那個毫無憐憫心的命運之神所統治着，那為什麼怪我自己呢？

他混身流着汗的跳了起來，把最後一枝燭火也吹熄了。全場便被黑暗的帷幕所包裹着。

（註一）恩勤公爵是布爾朋一皇族，在這以前的一八〇四年就已經被拿破侖所判處死刑。

第四景

一間臨視着布魯塞爾的一條大街的房間

六月的太陽正在升起來的時候；光線勉強穿過了窗上的帷幕，射到了屋子裏。在屋子深處的左方有一張掛着帳頂的牀。「勃萊登營地」或「我所剩下在後面的姑娘」之曲的悠遠的音節由外邊的鼙鼓吹奏着，聲音尖銳的傳到這屋子裏面來。有一位年輕的女子，穿着一身晚服，顯然的是在那裏等待着這聲音，現在聽到這聲音響着，便像一隻兔子從窠穴裏竄出來似的從牀上跳了起來，走過去把窗上的帷幕拉掉，把窗打開了。

一行行的不列顛的軍隊正從公園向南面開過去，從納摩爾門出了城。在這條街上的其它的屋子上的窗也都格格的打開了，所有的窗上都有着熱鬧的人擠滿着。

有人在房門上輕輕的叩着。一位比較年長一點的女子走了進來，向那第一女子身邊走去。

年輕的女子（轉過身）

啊，媽媽——我簡直沒有聽到你！

年長的女子

剛纔我睡得很熟，打鼓的聲音使我做起奇怪的夢來，後來我醒了，卻發現這些鼓聲倒是真的。我親愛的，這一陣熱鬧的聲音把你也驚醒了吧？

年輕的女子（厭惡的）

我是用不到什麽聲音來把我驚醒的。我一回來之後就根本沒有睡熟過。

年長的女子

這是因爲昨天夜裏跳舞會上太興奮了的原故。你的眼皮上也起着黑圈呢。（現在，那簫和鼓的聲音已經近在屋子對面了，使房間裏的空氣都震蕩着。）啊——這一支曲子是「我所剩下在後面的姑娘！——以前，有幾千個女人一聽到這個調子都會心跳起來的；如果她們以前聽了會心跳，那麼今天就一定又得跳一次了。

年輕的女子（她的聲音顫動着）

媽媽，你到這個時候再來提起這個話，眞可說是有點殘酷的。這樣一來，我就是要看看他們都看不見了！（她轉過身來拭着她的眼睛。）

年長的女子

我並不是在想着我們自己——更不是在想着你。——他們這樣揹上去多費勁——背着這麽大的背囊和火鎗，同時，我聽他們說，還背着五十六串的鎗彈子，在那個袋子裏還裝着四天的糧食呢。他們肩背上揹着這麽許多的東西，怎麽還能跑上差不多有二十哩的路程，怎麽還能打仗！……我親愛的，你不要哭呀。我早就想到，昨天夜裏你一定會爲着什麽人而感傷起來的。我應該早一點把你帶回家來纔是。你昨天跳了幾回舞啊？在聽到了戰事的消息，神經興奮着的時候，我們直沒有可能再來關心着你了。

年輕的女子

祇跳了三次——四次。

年長的女子

是那幾次呢？

年輕的女子

『恩里科』，『科本哈根圓舞』，還有『淡諾佛舞』，還有『生命之精華』。

年長的女子

祇跳了四次舞的力量就墮入了情網，那眞是一件非常滑稽的事呀。

年輕的女子（掩飾的）

墮入情網？誰說我是墮入了情網？這個話眞是多麽可笑的！

年長的女子

眞沒有嗎？……瞧這裏，那高地的軍隊正用他們的笛子吹着『高地情郎山』一路的走過來了。瞧，那些情人是怎樣的拖住在那些男子的胳膊上啊。（俯身向前面）後面還有許多的軍隊跟着呢。你瞧，對面那位先生彷彿是認識我們的。他的名字我已經記不得了。（他向對面點着頭，喊着。）先生，這些是什麼軍隊？

對面的紳士

是第九十二軍。跟在後面的是第四十九軍，再後面是四十二軍——德尼斯·派克爵士的部隊。

年長的女子

謝謝你。——我想這位先生恐怕就是我們在公爵夫人那裏跟他談過話的那個人，可是我還咬不定。（停頓了一下。另一陣軍樂的聲音。）

對面的紳士

那是第二十八軍。（這枝軍隊連同着它的樂隊和旗幟走了過去。）現在走上來的是第三十二軍——是墻布特的部隊的一部分。這許多軍隊差不多是走不完的，是不是？

年長的女子

是的，先生。那位公爵已經出城了沒有呀？

對面的紳士

還沒有呢。我想，總有一些馬隊會在前面開路的。現在在開上來的步兵第七十九軍。（這軍隊開了過去。）……這些跟在後面的便是第九十五軍。（這軍隊開了過去。）……這些是第一步兵衛隊。（這軍隊開了過去。樂隊在奏着「不列顛的榴彈手」之曲。）……現在是快鎗兵衛隊。（這軍隊開了過去。）……現在是「冷川」皇家衛隊。（註一）（這軍隊開了過去。他向公園那方面望着。）後面走過來的是貝斯特總兵帶領的一些漢諾佛軍隊。（這軍隊連同着他們的樂隊和旗號開了過去。停頓了一會。）

年長的女子（向她的女兒）

這些就是驃騎兵了。他們出發去打仗所帶的東西，眞要比在檢閱的時候多得多呢。那一大綑一大綑的乾草就重得要把他們累死了。（她轉過頭去，看見她的女兒臉色已經變得非常慘白。）

啊，現在我明白了！你那個男的一定剛走過！你怎麽能知道他的性情是怎麽樣的，又怎麽能知道他究竟會不會回來？

那年輕的女子走了開去，投身在牀上，臉向着下面，悄悄的哭泣了起來。她的母親向她瞥了一眼，可是沒有去理睬她。停頓了一會兒。外邊的街石上傳來了一陣許多馬匹的踩踏聲。

對面的紳士（喊着）

公爵在這兒過來了！

年長的女子（向年輕的女子）

你在最緊要的時候倒反從窗口走開了！現在走過的正是惠靈登公爵和他的參謀部裏的軍官們。

年輕的女子

我不想要看他。我什麽東西都不想再看了！

惠靈登穿着一件灰色的長外套，戴着一頂小小的尖角帽，態度嚴正而横貫，騎着馬過來，正走下街道去；他身邊有四五位隨侍軍官陪伴着，這些人便是代理軍需總督德・蘭西，菲次羅伊・桑麥賽特爵士，副官和繆夫林將軍。

對面的紳士

他就是隸屬在我們司令部裏的那位普魯士軍官，他的職務是專管傳遞惠靈登和勃呂歇爾之間的消息的；在此刻這時候，據他們說，勃呂歇爾是正在里尼地方受着法蘭西人的威脅。

那年長的女子轉身向她的女兒，走到了那牀邊去，彎身在她身上；這時候，惠靈登和他的參謀官們的馬蹄的蹤踏聲已經在街上慢慢的移遠去，變得模糊了，同時，最後一枝軍樂隊的樂聲也向索瓦遏森林那方面消隱下去。

發現她的女兒正因爲悲傷而顯出了歇斯的里的病態，她便趕忙過去把簾幃拉攏，使得從這房裏看不見對面的屋子。全場完畢。

（註一）「冷川」皇家衛隊（Coldstreamers），因係由蒙克將軍（General Monk）最初在蘇格蘭冷川地方所組織，故名。

第五景

里尼戰場

在同一天上比較遲一點的時候。這是一幅從布西的風磨的屋頂上向南面望去的，里尼戰場的遠景；這風磨的地位是在晉留士陣地的中心和最高處，是在加特爾·勃拉東南面約莫有六哩遠近的地方。

在盤個的前景中，那場地一直低下去，低到一條峽谷爲止，這峽谷裏有一條泥水的河流，叫做里涅河，在彎曲的流着，河水兩岸都種一行柳樹。在這幅景象的中部，在這水流的兩邊，便是那里尼村莊，村莊裏所有的祗是一些茅屋，花園和打着石牆的莊院；那村子裏主要的建築，例如教堂，墓地，和村子裏的草場之類，都是在里涅河的那一邊。

在那一方面，土地卻沿着一帶帶的麥田又高了上去，一直高到比前景中最高的地方更高的程度，一直達到右面比較遠的非勒呂斯地方。

在前面，在看客和那村莊之間的斜坡上，是駐紮着由齊登帶領的普魯士軍的第一隊，那最顯著的地帶是由斯太因美玆所帶領的第一分隊佔據着。提勒曼所帶領的一隊是排列在左面，庇爾希所帶領的一隊是在後方，算是齊登的後備軍。在前面的中部，正在那風磨下面，勃呂歇爾正帶着他的參謀部員們坐在一匹漂亮的灰色的駿馬上，在很留神的看着。

從這地方可以看到有一件黑色的東西，從離開約莫有三哩遠近的非勒呂斯地方的地平線上慢慢的向這邊開過來。這便是在開過來挑戰的拿破侖的軍隊的前鋒。

正在這時候，在那一條打從風磨後面經過的路上，卻起了一陣馬蹄的得得聲；從後面繞道走到前面來的，便是惠靈登公爵，他的參謀部諸軍官，和一小隊馬上的衛隊。

惠靈登和勃呂歇爾在風磨底下互相招呼着。他們走到了裏邊去，從裏面傳來了走上梯子去的聲音。

惠靈登和勃呂歇爾走到了這屋頂上，後面由非茨羅伊·桑麥裘特，格奈塞腦，繆夫林，和其他的一些人跟着。他們還沒有重新談話，卻先用望遠鏡向那遠遠地平線上的黑沈沈的動作望着。惠靈登的態度是鄭重的，堅定的，幾乎可說是淡漠的；勃呂歇爾的態度卻顯得迫切而又不安。

惠靈登

在加特爾·勃拉，他們是至今都沒有集合了像在這裏所集合的那麽多的軍隊。

勃呂歇爾

他們這一次是從弗勒呂斯的山峽裏突然過來的。我因爲受着了他們的縱隊的正面攻擊，所以在天剛亮的時候就祇能叫我的馬隊的前鋒退卻。……據我想，他們是不久就會到這兒來的！

惠靈登（依然用望遠鏡望着）

我已經看到他的參謀部，

如果我的眼睛沒看錯，我敢說連那個首領本人我都已經看到了。……親王，在我們前面的，竟是有着他們整個兒的軍隊呢。（沉默片刻。）好，好，跟他們較量一下吧！

您打算要我幫點什麼忙啊？

勃呂歇爾因爲完全在關心着他所看到的東西，所以竟像沒有聽到惠靈登的話似的。

格奈塞腦

公爵，我打算這樣說：

各方面的情形使我們知道，您這一次是帶領着您全部的兵力，從那村子後面過來，準備着要做我們的後備軍的。

繆夫林

可是，請您要注意這一層情形：

波納巴特是已經把他的全部兵力整個兒的都重新分配過，使您推測不到他究竟是什麼主意。所以您的計劃我是不敢贊同。

勃呂欽爾（拿下了他的望遠鏡）

從這情形看起來，

拿破侖的計劃彷彿已經改變了！他現在彷彿是

想要攻打我們的松勃萊夫和勃里之間的左翼……

如果眞這樣，我應得把防衛陣線重新整頓一下。

惠靈登

我們所看到的他的兩個分隊，其中的一個正在

從弗勒呂斯伸展過來，彷彿在向里尼方面出發，

另一個是向着聖·阿曼德。

勃呂歇爾

公爵，等到半小時之後，

我就可以完全弄淸楚了。如果他在打算的計劃

果然像我料想的一樣，那麽就該馬上叫逢·齊登

阻擱着他們過來的道路；叫庇爾希駐紮在這兒，

叫亨克爾駐紮在里尼，斯太因美茲駐紮在拉·戈。

惠靈登

這樣看起來，大人，我就可以照了我的原來計劃馬上就回去把我的兵力向着他們的左翼方面攻擊過去，努力把那一個方面的軍隊包圍起來。

勃呂歇爾

不錯，不錯。我們的對付方法自然而然的出來了；您可以拿您的全部實力都從加特爾·勃拉出發，沿着通那拉斯奈斯的道路進展吧。

惠靈登

我一定如此。

格奈森腦

到必要的時候，我就馬上可以向戈斯里出發的！

各位大人，如果叫我來對這些戰略做一個評判，我卻覺得這種辦法不會達到一致行動的目的；這種辦法實在是太富於偶然性了，不能算固定，差不多可以說是一種對不可知的事情的投機！

沈默了一會兒；後來，參謀部的軍官們便互相談着話，都主張無論如何是以集中實力爲最妥善的辦法。接着便大家都紛紛議論起來。

勃呂歇爾（下結論似的）

公爵，我們會在這兒等你趕過來幫我們的忙的。

惠靈登

說到歸根結蒂，我還祇能同意這是最好的辦法。

那麼我們就這樣決定吧。如果我自己不被攻擊，我就會到您這兒來的。——現在，我就要趕快的回到加特爾·勃拉去了。

勃呂歐爾　我也得從這兒走下去，再去把那下面的各種情形仔細的觀察一下，考慮一下；在這裏，我們是再也不能看得到更多的事情了。

惠靈登，勃呂歐爾和其餘的人都從那屋頂上退一場。他們不久便又重新在下面出現了，惠靈登和他的隨員們飛快的向加特爾·勃拉那方面奔馳而去。

停頓片刻。

啞場（在下面）

大礮響了三聲，這就是表示法蘭西方面已經在開始攻擊了。拿破侖的軍隊在對面的綠色的殺場上沿着斜坡在向這邊打下來，樂隊和人聲都一齊在演唱着勝利的歌曲。那法蘭西兵是分成三枝大隊下來的：凡途麥是在左方（在看客的右方）攻打着聖 阿曼德，這是普魯士陣地的最前面的一隻角；什拉爾是帶領着中隊在向里尼進展，格魯希是法蘭西軍的右翼，他卻還在後面較遠的地方。向那後方遠望過去，我們還可以看到拿破侖，皇家衛隊，和密羅所帶領的胸甲兵，他們是駐紮在後面，作爲後備軍用的。

這一次猛烈的攻擊是由一大羣的散兵做先鋒的，他們把高高的麥子都踏倒，使那些在後面的自己方面的人馬都顯露了出來。

在兩方面的砲聲中，他們已經慢慢的接近着普魯士的陣地了，雖然在他們自己的軍陣中也被普魯士的鎗礮打穿了幾條出路。他們把普魯士兵從里尼地方趕走，但是後者卻在那些屋子裏，菜場上，和村子的草場上重新集合了起來。

憐憫之精靈
我看見了一個混身鬆散的，奇形的怪物，
生着一副古代的神話中的人物的形像，
彷彿是有着十萬副以上的肢體和眼睛，
又生着五萬多個頭顱，這一個怪物是在
那些建築物旁邊糾繞着。

年歲之精靈
你自然會看到。
這便是那毀滅的巨魔，你再耐心的瞧吧。

在教堂的四周圍，他們連司令部也沒有的在打着，面對面的擊射着，用沒有裝在鎗上的刺刀
刺着，用毛瑟槍的柄子兒腦殼的搗着。那村莊已經着了火，不久之後就變成了一座大熖爐。門

篙打破時的木材破碎下來的聲音和交戰者的詛咒聲混成了一片，一直升到天上中間還夾着河流那方面的"En avant"的喊聲和比較近一點的"Vorwärts"（註一）的喊聲。戰陣一直伸展到西面的勒·阿摩和聖·阿曼德·拉·；艾里尼是嵌在一大片的烟塵裏，看也看不見了。

一陣聲音（在風磨的腳邊）

在這太陽下去的時候，我們都要流血了！
勒呂歇爾親王在焦急的等着的英國兵，
卻至今不能過來。悲靈登祇傳來消息說，
他在加特爾·勒拉也受到了敵人的攻擊，
恐怕不久竟會鬧到片甲不存的地步了！

這個消息顯然是非常可靠的。剛纔所能聽到的，從加特爾・勃拉那方面傳過來的一陣輕微而昏沈的聲音，現在已經擴大成一片怒吼似的聲響了。

全場突然的結束。

（註一）"En avant" 是法語，"Vorwärts" 是德語，意義同為「上前去！」

第六景

加特爾・勃拉戰場

就在這同一個日子。這幅景場是向着南面，那一條從布魯塞爾（在看客的後面）通到沙爾羅瓦去的，在前面的小山上過去的，枯瘠而筆直的大路，把這幅景象從前景一直到遠方平分成了兩半。在離眼前不遠的一帶高起的比較空曠的地方，在那個被稱爲加特爾・勃拉（註一）的一隻角上，那前面所說起的大路是被另一條道路成斜形的交叉着，這條道路是從看客的右面五哩遠的尼委爾地方通到左面二十哩遠的納慕爾地方。在左面五六哩遠近的地位，是跟前面一景中的地帶相接近了，里尼就在那地方，從那裏至今還繼續的傳來了一陣陣鎗礮的聲音。

在這場面中央的交叉路口到遠方的地平線之間，那地勢是深深的陷落了下去。在這陷落處的那一面，那同一條通到沙爾雜瓦去的筆直的大路是可以看到在爬上一個斜坡去，爬到斜坡頂上，便不再看見了。還有一片龐大的樹林，稱爲波需林，是從右面平中間的一座山崗邊伸展過來，差不多一直伸展到這交叉路口；這路口是稍稍有着幾座莊宅，還有一家小客棧，這一帶地方的地名就是從這交叉路而取定的。

約莫在離開四分之三哩遠近的地方，差不多是躲在向着沙爾雜瓦那方面的地平線裏，也有着一帶田場，地名叫做什密雜果爾；還有一帶田場，叫做比羅蒙，是在前者的左面一哩遠近的一帶高地上，差不多是在通納際爾那條道路的前面。

啞場

在這一場剛啓幕的時候，已經可以看到戰事正達到了它的最高點，而且是達到了最悲慘的階段了。悲靈登已經從里尼回來；由那些在早晨的時候從布魯塞爾開拔出來的兵士們把守着的，同時是由那些上一天夜裏還在公爵夫人家裏跳着舞的軍官們統帶着的，不列顛軍和漢諾佛軍的陣地，是在這景象的左面沿着通納摩爾的路上的一帶地方，同時又環繞着那個交叉路口。法蘭西軍的陣地，由奈伊統領着，是在後面遠方的那些山尖上；他們正帶着無數的人馬，從那上面撲下來。有一些前鋒的隊伍已經在攻打英吉利的左翼了；同時在戰場中央的煙霧之中，我們還可以看到有兩行前鋒散兵在互相的開着火——那南面的一行是深藍色的，北面的一行是暗紅色的。時間過去，一直到過了四點鐘的時候。

謠言之精靈

法蘭西那一方面的礮隊的猛烈的礮聲，現在是加了倍了。開到這裏不久的無數稠密的步兵，再由盛大的輕騎隊幫助着，此刻正像潮水般在向那死劲的盤據住波緊的叢林的布命斯威克的軍隊攻擊。
在那取攻勢的有幾隊法蘭西軍隊上面，
有一張像幽夜般黑的旗幟在空中飄揚，
這就是表示對敵人祇有殺伐，決不招降！

布命斯威克的軍隊已經被法蘭西方面的術術彈所打得七穿八洞，破敗不堪了，屍骸是一堆堆的堆積着。布命斯威克公爵本人努力着想要使軍心鎮定下來，點起了他的煙斗，騎着馬，在他的陣線前面上上下下的遲緩的走着，準備着不久就要發生的衝鋒。

謠言之精靈

法蘭西兵在向布命斯威克軍隊撲過去，
使他們祇能退走。公爵的末日是來到了。

他在自己的驃騎隊頭上騎着馬奔馳着——
這些騎兵都穿着壯嚴而又怕人的裝束，
全身黑色，頭上是喪服似的顫動的羽毛，
還藏着閃光的銀骷髏和交叉着的枯骨，
算是用來紀念他的幾年前陣亡的父親……
而現在，一粒子彈從敵人的營陣裏飛來，
把那活着的兒子也打中了。

布命斯威克跌倒在地下。他的軍隊完全失去了鎮靜，便都一點勇氣也沒有的讓了步。法蘭西的前鋒軍隊，同時由馬隊幫助着，一邊在吶喊一邊在向前進展。聯軍的軍隊已經被威逼到了英吉利的主要陣地邊。惠靈登本人有一次也受到了危險，但是他使他的馬跳了一下，纔算逃避了過去。

一重烟幕降下來。停頓片刻，帷幕又重新升起。

憐憫之精靈

且再看一看統治者們的殘酷的糾紛吧！
我們看了許多時候，究竟又發生了什麽？

司督使者（朗誦）

一大隊的英吉利的步兵和他們的聯軍，
氣急敗壞的從布魯塞爾那條路上趕到，
馬上就駐紮着，努力在抵抗敵人的進攻。
奈伊因爲沒有同樣的援軍而在擔着心，
他就吩咐他手下的胸甲兵的縱隊，立刻
準備好全部的武裝，向敵人猛烈的衝鋒。

是的，他們互相撲來撲去的努力攻擊着；
英吉利兵快要支持不住了，幸喜庇克登
卻帶了生力軍從一片麥場上出來幇忙。
　隨後，卻是由比猶的馬隊來擔任着衝鋒……
戰事是更加擴大了。英吉利的左翼已經
被趕到了比羅蒙，同時在他們的右翼上，
波需的叢林卻也受到敵方嚴重的威脅；
惡鹽登懷疑似的把眼光向四周圍望着；
英吉利的軍事的榮譽彷彿要蒙到損失，
而在里尼方面，吶喊聲卻也愈來愈響了。
　　諸言之精靈
你們的記錄剛告完成，戰事卻換了形勢；

不久之前，又飛快的來到了敵隊的援軍，
覺把英吉利軍的危難的局面漸漸打破；
凱勒曼的胸甲兵，是迷人帶馬都全部的
帶好了堅實的披掛，像潮水般洶湧而來，
現在正在大路上奔馳着了。還有許多隊
污穢而又渴熱的不列顛兵，現在也近了，
他們已經趕到了這座波霧的叢林裏了；
那地方是到處都被那稠密的樹陰遮掩，
猛烈的掙扎祇可能聽到，不能完全看見。
敵人在繼續加強，使奈伊看了不免變心，
他是至今還沒有盼到德·愛爾隆的援兵！

奈伊是一寸一寸的在退卻了，惠靈登卻在很快的進展。在暮霭中，奈伊的軍隊一直退到了後面的弗拉斯奈斯地方，在那裹他碰到德·愛爾隆趕上來幫他的忙，但是已經太遲。那疲乏的英吉利軍和他的聯軍是從這一天早晨一點鐘的時候就已經在開始趕着路，一直到這時候纔準備在交叉路口搭起營帳來。他們的火光閃爍了一會兒；漸漸的，他們是睡熟了，那地方祇剩着死一般的沈默。惠靈登走到了他的營帳裹去。夜慢慢的黑暗下來。從里尼來的一名普魯士的驛使走了進來，他被領導到惠靈登的營帳裹。

憐憫之精靈

在當地已經發生了這許多重大的事件；
一名驛使又會帶來什麽更緊要的消息？

司書使者（朗誦）

那早就開始了的驚人的搏鬭，在這一個

下午中，已經把顫抖着的里尼全部游平；拿破命的偉大計劃是差不多快要實現，他是看準了普魯士兵的精華的所在地，來施行他的預定的攻擊。勃呂歇爾，爲要抵抗敵兵，便把全部後備軍都召集起來，親自用衰老的臂膊舞動着他的指揮刀，催迫着他的白馬撲上前去。可是那部隊卻疲乏得跟隨不上了。這時候天色已晚，同時還起了雷雨和暴風。可是他卻還在鼓勵着他的部隊努力殺敵。不久，他的馬又中了飛來的槍彈，把他摔倒在地下了。他在萬馬奔騰的混亂中弄得神魂不定，

讓別人扶上了另一匹戰馬，纔離了險境，
他的狼狽的部隊不久也逃得無影無蹤，
於是他的陣地便數個兒的被敵人佔領。

全場在半夜裏閉幕。

（註一）加特爾·勃拉迺地名原文作“Quatre-bras”，意爲『四條手臂』，查卽指從兩條交叉的道路。

第七景

布魯塞爾　皇家方場

在這同一天的夜裏，黑暗而又蒸熱。一大羣的市民擁擠在這廣闊的方場上。他們老是把眼光定住在通納摩爾的路上望着，那路上每分鐘都有大大小小的車輛載着傷兵來到。另外還有一些受傷的人是跛行着回到這城裏來。還有一些從惠靈登的在加特爾·勃拉的軍隊的雜色隊伍裏逃回來的兵士也來到了，他們是走得更快的；他們打着手勢，向民衆說着前方是完全失利了，法蘭西兵不久就會打到布魯塞爾來了。

行李車和其它的車輛，有的有馬匹，有的沒有馬匹，都停在一家旅店的門前，四周圍是環繞着許多英吉利和其它各國的貴族和紳士，帶着他們的男女僕役，戰地通報在那方場的角上張貼了起來，那些人在暗淡的油燈光下面向這些通報看着。

有一陣馬蹄聲傳到耳鼓裏來，那些馬匹也從這同一座通納摩爾的城門走進城來。騎在馬上的人是比利時的驃騎兵，也是從戰場上回來的。

若干驃騎兵　法蘭西人快要來到了！惠靈登是打敗了！波納巴特馬上就要來到我們眼前了！

驚慌是達到了最高點。在旅店前面，大家都把馬匹忽忽忙忙的駕到車輛上去：人們擠到了車子裏，想要把車子開走。但是這些車子卻擠得太緊，而且四周圍都是人羣。因爲走不了，他們便在絕望中用各種不同的方言互相爭論着又咒駡着。

布魯塞爾的市長，卡貝侖男爵，德·烏爾賽爾公爵，和其他的官吏們上場來。

卡貝命男爵

把這個新的佈告張貼起來。這是一個比較可以叫人放心的消息，也許稍稍可以使他們鎮定一下子。

一張新的佈告在那街的佈告上面釘了起來。

市長

善良的民衆們，你們安心一點吧。波納巴特並沒有打了什麼勝仗。我們下午所聽到的鎗聲是愈來愈輕了，這就毫無疑意的可以表明那軍隊是愈退離這裏愈遠了。

一公民

據他們說，法蘭西兵在加特爾·勃拉的人數是有四萬以上，可是今天早晨卻並沒有四萬名的不列顛兵開拔出去對付他們呀！

另一公民

同時還聽到有人謠傳說，這城裏的文書和財庫都早就已經搬到了安特委爾背去了！

市長

這不過是爲預防起見。像這樣的處爲是一點好處也沒有的。在現在這時候，誰都是說有六七萬的聯軍在抵擋着拿破侖。現在，傷兵是一批一批的，這樣快的運回來，可是誰肯去看護呢？親愛的市民們，你們替這些不幸的人們盡一點力吧；你們要相信我，如果你們幹了這些慈善的事情，敵人就一定不會來傷害你們的。

公民們

叫我們怎樣盡力呢？

市長

我請那些家裏有牀墊，牀巾，和被鋪的人，都把這些東西帶到城中旅館裏來，再把牧師家裏的舊的麻布和絨布也都帶了來。

有許多人都去動手幹着這些工作了。停頓片刻，有一名驛使上場來，他向市長和卡貝侖男爵說着話。

卡貝侖男爵（向市長）最好馬上就告訴他們知道，免得他們再起一次虛驚。

市長（向公民們）我雖然很難受，可是不能不告訴你們，你們今天早晨看到的，騎着馬出去的那位布侖斯威克公爵，今天下午已經在加特爾·勃拉陣亡了。一粒毛瑟鎗的子彈從他的左手打進去，打穿了他的肚子。他的屍身現在正要搬回來。你們應該態度持重一點。

在人羣中讓開了一條向着納慕爾的道路的走路；於是他們都在那裏等着。不久，一個臨時的喪禮的行列緩緩的走到了這街道上來，那公爵的屍身是放在一架礮車上，後面跟着一小隊的布命斯威克兵，都傘着倒轉的短銃，他們帽子上的銀色的骷髏在燈光下面閃耀着。當這悲慘的行列經過的時候，市民們的混亂是被一種沈默而淒凉的空氣所替代了。

市長（向卡貝命男爵）

昨天夜裏開跳舞會的時候，我也已經在他臉上注意到了一種像表示着某種預兆的奇怪的樣子，彷彿他已經知道了今天的事情似的。

卡貝命男爵

公爵夫人也對我這樣提起過……他是比什麼人都還厲害的痛恨着法蘭西人，以前，他的父親也是一樣。啊，這裏，那位英吉利的漢密爾登總兵來了，他也是直接從戰場上來的，他一定能夠給我們一些靠得住的詳細的消息。

漢密爾登總兵從通納摩爾的路上走了過來。他向市長和男爵談着這一場戰爭的結局。

下。

市長

現在，我要到城中旅館去了，我要去替那些不能在私家住宅裏找到安歇處的傷兵們準備一

（市長，卡貝命德·烏爾賽爾淡密爾登等等，分別的下場。

有許多的市民都向城中旅館那方面走去幫忙了。一些剩下在那裏的人們，是都悄悄的在看着許多車輛把傷兵裝進去，一直看到很遲的時候。那方場附近和別處地方的屋子的門都打開了，裏面的房間都點着燈，在等待着戰場上再有人來到。

有一名驛使騎着馬飛奔的趕來，許多的閒人都向他詢問着。

驛使（忽忙的）

普魯士兵已經在里尼被拿破侖本人打敗了。他明天就要打到這兒來了！

（驛使退場。

第一閒人

眞見鬼！這樣說起來，我又得準備歡迎他了。我是不要逃到安特委爾普去的！

其他一些閒人（低音調）

皇帝萬歲！

從下城迷漫過來的一重溫暖的夏季的霧把公園和皇家方場重重的包裹着

第八景

通滑鐵盧的道路

現在所看到的是一幅從加特爾·勃拉向那英吉利軍來到的道路望回來的景象。這條道路成一條直線的從前景慢慢的縮小過去，一直到場面的半中間；它越過了聖·若望山，穿過了滑鐵盧，達到布魯塞爾。

這條路上現在是點綴着英吉利軍和聯軍的步兵的活動的形像，他們正在那裏退走，準備退到聖若望山邊的新陣地去。在前景中，太陽還照常光明的照耀着，但是在北方的地平線上的滑鐵盧和索瓦涅森林一帶地方，太陽卻被一重重慢慢的在升到天心去的黑雲所遮蓋着。

為要掩藏退卻的行動，英吉利的前哨兵卻還保持着他們在戰場上原有的陣地，依然面對着伊奈的軍隊，同時還不時的在散亂的開着火；馬隊也爲着這同一原因而暫時留在那裏，此刻正在那交叉的通納隧爾的道路邊列着陣。

惠靈登，曷克斯布里奇（他是馬隊的負責軍官），繆夫林，維維安和其他的一些人上場來。他們都拿着望遠鏡在望着弗拉斯奈斯，奈伊的在昨天夜裏退卻了之後的陣地，同時也留在里尼的拿破命的陣地。

惠靈登

正午的太陽這樣強烈的在那邊照耀着，使他們的兵器都變成鏡子了。他們走得愈近，光彩便愈顯得鮮明。馬爾貝附近的光彩彷彿是裝好的刺刀吧。

曷克斯布里奇

維維安正從望遠鏡裏看到，他們是胸甲兵。同時，我想，奈伊的隊伍也沿着那條道路走近來了。

惠靈登

這一點是可以斷定的：在我們眼前，整個的法蘭西軍隊正想聯合起來一同追趕過來。我們的對付法因此也決定了。我們的馬隊無論如何不能再在這裏逗留；它必需退到聖·若望山後去，在那裏充做步兵的後衞隊。根據戈登所帶來給我們的消息，我們可以毫無疑問的知道老年的勃呂歇爾在昨天的確已經在里尼遭到了一場狠毒的攻擊，而被迫得祇能引兵退卻了！所以我們方面，爲要遵從預先約定的計劃，現在也祇可能走着跟他同樣的道路。……當然，那些後方的人一定會說我們也打了敗仗。但也祇能隨它，他們是非說不可的！……（他向天庭四周留望着。）天上又像要下大雨了，道對於我們是更不利的！

那說話的人和他的參謀部員在步兵後面騎着馬，沿着通布魯爾的道路走了過去，呂克斯布里奇便又開始叫馬隊也退卻了。

茂塞隊長帶着一隊輕騎隊上場來。

茂塞（興奮的）

大人向後面瞧瞧，
從我過來的那一條路上出現的那一個人，
您瞧，可不是正就是波納巴特本人嗎？

易克斯布里奇（從他的望遠鏡裏望着）

是的；
太陽光從後面照過來，把他的面部的輪廓
顯得像一朵雲的邊一樣清楚！他那身衣服
也很清楚的！開火吧，要瞄得準！

那砲隊忽忙的準備了起來，開着火。

慢慢，別動手。

他還帶着他的馬上的礮隊一起趕過來呢，
我們在這兒非常危險了。快把礮車掛起來，
我們要趕快的逃走纔是。

英吉利的礮隊和馬隊加緊了速度退卻着，正在這時候，天氣卻突然變了，開始打着閃電，下着雨。他們都忽忙的沿着通布魯塞爾的道路奔馳而去，烏克斯布里奇和他的幾位副官騎着馬，在他們的部隊旁邊跑着；直到最後，加特爾·勃拉地方是除了已經殺死的人之外再沒有不列顛人的踪跡了。

場面的焦點是跟着英吉利的退軍在移動，那條道路和它的兩邊的風景是像迷霧的風景盤似的在看客的視線面前滑過。當這退卻在繼續着的時候，那些精靈們卻在單調的唱着。

謠言之精靈的合唱隊（縹緲的音樂）

黑暗的時間來到了；天上起了雷雨和颶風，
風吹着，雨打着，那地方是變成了一片迷濛，
蒸汽的帷幕到處張着，織成了茫然的霧海，
士兵們的紅色的軍服也失去鮮明的色彩。
被敵人的刀鎗追逼着，他們是拚命的逃亡，
穿過了無數的斜坡和山谷，又越過了橋樑；
他們千辛萬苦的來到了那格那普的村裏，
一邊在抵抗敵人，一邊在抵抗殘暴的天氣。
礮彈紛紛的掉落在那泛濫着雨水的路途，
龐大的馬隊在蓋滿了泥水的穀地上經過，
毛片黏濕的馬匹在汚泥裏把膝蓋都陷進，
像這樣的長途跋涉，眞可說是萬分的困頓！

後來，不列顛和波納巴特的軍隊都消隱了，時間已經慢慢的進展，已經到了薄暮時光，使得這茫茫的大野頃刻間變成一片昏黄。

在滑鐵盧前面的，聖·若望山附近的一帶地方，已經被英吉利軍的前鋒和大隊的步兵所佔據了，漸漸的，馬隊和礮隊也過來跟他們合在一起。隔不了多少時間之後，法蘭西兵便在那環繞着拉·貝爾·阿里盎斯村的一帶殺場上紮下了他們的新的陣地。

從英吉利軍的營帳裏，火光開始照耀着營中的水壺掛了起來，兵器也擱了起來，那些人站在柴火四周，烘着他們身上打濕的衣服。對面的法蘭西兵卻像死人似的躺在淋着水的綠色的小麥和大麥堆裏，既沒有晚餐，也沒有柴火。

漸漸的，英吉利軍隊也躺了下去，那些人都裹着他們的濕淋淋的被單在耕種過的泥地上縮做一團，有的卻坐在垂熄的火焰邊睡熟了。

年歲之精靈的合唱隊（縹緲的音樂）

黃昏的眼皮到此刻終於整個兒的閉住，
而那許多對這裏的田野是生疏的人羣，
卻像到了家鄉似的倒下身就昏昏睡去——

憐憫之精靈的合唱隊

這樣的時時刻刻提防着真是痛苦萬分；
在這一片正演着滑稽戲的廣場上守夜，
便當然是杯弓蛇影，便當然是草木皆兵——

一種無名的恐慌在威脅這綠色的原野，
眼前的景象已經在預言着未來的禍殃，
但不是日蝕或風雨，也不是大地的崩裂。

年歲之精靈的合唱隊

連野兔子都聽了馬蹄的蹦跳聲而驚慌，
它們一邊在逃走，一邊在把白尾巴搖擺、
小燕子也都紛紛的離開了茅舍的屋樑。

田鼠在地下的巢穴也都被車輪子傷害；
雲雀把它在孵着的卵拋棄，向別處飛奔；
掘地道的工兵們把刺蝟的家也都破壞。

蝸牛驚嚇得用它們的硬殼裹住了全身，
但終於還不免被滾過的車輪子所壓破；
蠕蟲們詢問着頭頂上發生了什麽事情。

他們趕快鑽到了泥土下面，深深的藏躲，
照這樣，便以爲自己是已經萬分的安全，
卻未曾料到還有被血潮所淹死的災禍！

飛蛾們早就已經冒了這一整天的風浪，
卻還要受到這許多馬蹄和人足的踐踏，
便都死得比死於氣候的欺凌更恐難堪。

一叢叢的麥穗也都踏成泥漿，完全糟塌，
它們都已經青了，卻再也不會變成金黃；
那許多含苞的花蕊也都從此不會開發！

憐憫之精靈的合唱隊

這一個季候的計劃是完全受到了損傷，
燦爛的成熟的時節，我們再也不能看到，
正像一個黃金時代的少年突然的夭亡——……
今晚上來到的那些人現在卻又怎樣了？

年歲之精靈的合唱隊

年輕的是睡熟了，但是那一陣陣風雨聲，
卻把老兵們的往日的痛苦兜上了心竅；
在印度所受的痛苦，半島上所受的辛勤，
弗里蘭德的陰寒，和奧斯特里茨的煩怨，
都來打擾着潮濕的牀，使他們睡臥不寧。

災禍之精靈的合唱隊

他們大家都一邊搖頭，一邊聲聲的悲嘆，
恐怕祇消等到明天曉霧揪開，天色未晚，
就要跟這一大堆黃土做成永久的同伴！

英吉利軍營裏的火是熄滅了，沈默把那地方統治着，祇除了那公平的落在兩枝睡熟了的軍隊身上的雨點的瑟瑟的聲音。

第七幕

第一景

滑鐵盧戰場

呈現在眼前的是一幅在太陽升起來的時候的，從窓中望去的戰場的景象。天上依然佈滿了雲片，雨依然在下着。一片綠色的原野差不多是連續不斷的，上面種着黑麥，小麥，和金花菜，一塊塊的分成了各種長方的或是不規則的形狀，但是中間卻沒有籬笆間隔着；這一帶原野蓋滿了那一片成水波形的土地；在法蘭西軍和英吉利軍的陣地之間，這片土地卻沈了下去，變成一帶淺淺的峽谷了。那一條從布魯塞爾通到沙爾羅瓦法的道路像一條地峽似的在兩軍的陣地中穿過，又從英吉利軍陣地後面繞過去，一直達到索瓦涅的稠密的叢林。

英吉利軍已經在從他們的營帳裏走出來。他們經過了一整夜潮濕的安歇之後，動作都顯得非常僵硬，遠望過去祇像一座蟻山上的螞蟻似的來來去去的忙着。那每十來個人成一羣的數千名兵士一堆堆在活動着，大部分都是紅磚似的顏色，不過那些外國供給來的兵士卻要顯得更黑一點。

早餐在青色的木材的多烟氣的火焰上燒了起來。無數的人羣，有許多都祇穿着襯衫，大家都在整理着他們的銹了的火鎗，拉着鎗機，開着槍試驗着，又在把他們自己身上的汚泥弄掉，把交叉的皮帶上的煙灰揩掉；他們的外衣上的紅色的染料是差不多已經被雨水打得褪色了。在六點鐘的時候，他們排列了起來，散佈開去，各自在戰陣上排定了地位；在戰陣最前面，是一帶成波浪形的長線，延長到三哩路光景，在烏戈蒙，拉·艾·聖和拉·艾道三個地方有三團軍隊聳出在這條長線外面。

向法蘭西陣地那方面望過去，我們又可以看到他們已經在天色未明時就悄悄的從他們過夜的那地方伸展了過來到此刻也正在展開軍陣各自排列到自己的地位上去——那些人都佩着紅色的肩章，背着毛茸茸的背囊，他們的武器像陳列在山脚邊的市場上的刀叉似的閃鑠着。

他們排成了三條成新月形的集中的戰線，都一致的緊對着英吉利軍的中部，在他們後面是駐紮着皇家衛隊的預備兵。他們的擂鼓的聲音，他們的喇叭的聲音，和他們的正凑着「爲帝國的幸福之曲」的樂隊的聲音，跟英吉利軍方面的沈默恰巧成爲顯著的對照。

一大堆的人，裏面包含着惡靈登，一些將軍，和其他的一些參謀部的軍官，老是騎着馬在英吉利的陣線前面來來往往的走着；在那陣線上，每一枝軍隊的旗號都在青年的旗手手裏飄蕩。

公爵本人，現在是已經四十六歲了，騎着他那匹名字叫科本哈根的栗色的戰馬，穿着一條輕便的長褲子，戴着一頂沒有羽毛的小小的尖頭帽，披着一件青色的外衣，這件外衣在被風吹起來的時候便顯出了它的白色的襯綫。

在法蘭西軍那方面，也有一隊分散的人在陣綫前面走着，在作着初步的視察。波納巴特——

他也是四十六歲——是穿着一身灰色的外套，騎着他那一匹名字叫馬朗戈的白色的阿剌伯馬，身邊由蘇爾奈伊，什羅麥，德爾奧，和其他的大將們隨侍着。有許多的副官像毯子似的在這一堆人和戰場的遠方各地來去的奔波着。太陽已經在開始照耀了。

憐憫之精靈

下面這許多擁擠的人羣，你可知道——
他們多麼勇敢的等着戰爭的來到。

年歲之精靈

謠言之精靈們，請你們詳細的報告！

謠言之精靈的半合唱隊一（唱）

請你們先向那法蘭西軍的左翼的陣線展望，
望着那烏戈蒙的原野，多麼平靜，又多麼空曠，——

這地方彷彿是從古以來就握着和平的特權，
可是到今天，卻也要同樣的看到戰爭的瀰漫——
現在，這裏是駐紮着雷伊的三枝步兵的分隊，
同時還有比雷的馬隊在他們左邊擔任防衛。
此外還有德·愛爾隆所帶領的四倍多的兵將，
他們是在右翼方面排成了綿延不斷的長行，
位置是在布爾塞爾到沙爾羅瓦的道路左方，
再加上耶基諾的輕騎隊，是那樣的兵強馬壯，
他們是在極右面，此刻已經在那裏磨礪刀鎗。
這就是第一條戰線的形勢。

半合唱隊二

此外，在他們背後，

還有着羅波伯爵，地位在布魯塞爾大路之右；
此外還有多蒙的馬兵，還有須伯爾維的馬兵；
還有凱勒曼的胸甲兵，把武器在陽光裏搖擺，
還有密羅的馬隊，是在當着德·愛爾隆的對手，
他們的刀鎗也同樣的在閃耀着鮮明的光彩：
這裏所說的，就是那第二條戰線的大致情形。

半合唱隊一

至於那第三條陣線，同時也就是最後的一條，
卻包含德·愛爾隆，羅波，和雷伊的步兵的對手；
此外還有用馬拖的重礮，都用輪子想得高高，
準備在空曠的地方跟馬隊一起進攻或退守。

半合唱隊二

再說到英吉利兵的情形，在極左邊作爲輔衛
便是凡德勒部下的驃騎兵和維繼安的馬隊；
再過來是庇克登的人馬，正佔據着一帶丘陵；
再過來是溫克和貝斯特的人馬，淡諾佛步兵；
比闌特的部隊是緊對着敵人，沒有一點屏障；
還有堪布特的步兵，派克從北方帶來的同黨，
他們都帶着肩章，絆着脚套，穿着北國的長裙；
羅爾凱特，盎曹特遼，基爾曼塞格也紮好陣營，
再過來，跟他們的綿延不斷的陣線互相連接，
便是巴林的部隊，佔據着那一片海奇的田野。

半合唱隊一

海特蘭和比音的人馬是列在科克的分隊裏；

在那一片古舊而陰暗的烏戈蒙原野的四方，
早就已經佈置好了防守的伏兵，稠密而堅強，
他們都在那田園的平靜的產物中深深躲避——
那地方有新結的蘋果，青色的蒔子，遮野成叢，
還有許多的薄荷和茴香，兵士們就藏在其中。——
最後，在那一條通到尼委爾去的道路的西面，
便是杜普萊特和亞丹兩位將軍的聯合陣線。

半合唱隊二

第二條陣線便是不列顛馬隊，前面有着屏障，
他們依照原來的指定，排列在那一帶斜坡上；
還有多恩堡，阿命希爾特，科根·格蘭特的精兵；
在他們左面是阿爾登的人馬所列好的陣營；

在阿爾登後面，著名的皇家馬隊也已經開到；
在近邊，就是在庇克登所把守的陣地的後方，
又來到彭森貝的聯合部隊，一路的吹着軍號。
再後面又有無數的後備兵，沿着這一帶長行，
還有許多舉動遲緩的礮隊填補了每處空隙，
他們的可怕的重礮把整個陣線緊緊的連接。

尼委爾的修道院裏的鐘在遠方打了十一點。不久之後，一圈圈的青灰色的煙氣沿着法蘭西軍的陣線升了起來，英吉利的礮隊也立刻就響應着，這一陣兇險的喧聲就是遠到安特委爾背也都還能夠聽見。

一枝從法蘭西軍的左翼派出來的軍隊人數約莫有六千以上，進展到烏戈蒙的堡寨前面的田野上。他們受到了英吉利軍的礮隊的轟擊；可是他們還是衝進了樹林，把駐紮在那裏的一

些敵軍趕走。法蘭西兵在走近那座堡寨的建築物去，但是被一堵有鎗眼的牆所阻擱住了，這座牆背後是躲着不少的英吉利的守衛兵。這些守衛兵從牆頂上和鎗眼裏拚死命的開着火。拿破侖傳令下去，叫一隊榴彈砲隊向這座建築物轟擊着。馬上，火焰從這座建築物裏燃發了出來；但是那些守衛的步兵卻依然把那院子把守着。

第二景

同上　法蘭西陣地

在羅索麥的田場附近的一座小山頂上有一張從莊宅裏搬出來的小桌子在那裏安放着；桌上攤着一些地圖，桌邊放着一張椅子。拿破侖，蘇爾和其他的大將們在四周圍站着，他們的馬是在斜坡的底下等候着。

拿破侖從他的望遠鏡裏向烏戈蒙望了一會兒。他的擡起的臉在早晨的光線裏很清楚的顯着一種陰沈的，怨恨的神情，在刮過鬍鬚的地方是青黑色的，又到處都被火煙所沾污，同時，在他的制服的胸前也有一些火煙的痕跡。他的矮而粗的身材此刻正向後面挺着，便更顯得他的結實了。

拿破侖

現在應得對富伊關照一下，他這樣準備了最大的犧牲去攻打烏戈蒙的堡壘，那實在是一件得不償失的事情。他這種行動，是跟我原來的計劃不一致的——我的計劃是打算從敵人的右翼方面攻打到他們的中部去。我這個辦法一定可以決定了今天的形勢，這方面的機會，我們比敵人要強到九倍呢！

蘇爾

是的。同時我們最好能夠來得及把格魯希先召了回來之後再動手。可是我卻還沒有看見他回來。

拿破侖（粗糙的）

幾小時以前我就去叫他過了。可是這沒有關係！他不來也不會少他一個。你們是吃了這個惠靈登的敗仗過的，所以就以為他是個了不得的人物。可是這一次，我要告訴你們，惠靈登其實也算不了什麼。他的軍隊也是怪滑弱的。今天這一場戰事，對於我們已經有了準備的軍隊，其實祇像吃一餐早飯一樣的輕易。

蘇爾

我也希望能如此。

拿破侖

你瞧，惠靈登還在那兒非常吃力的佈置着。
他祇顧在加強着戈崇的堡寨後面的實力，
而把左翼和中部照先前一樣的完全不管——
恐怕祇有比以前更薄弱了。他已經中了計！
事實上，從這裏我們可以看得到惠靈登的確在從他的主要陣線裏派出幾枝分隊去，準備要
阻制法蘭西軍在烏戈崇方面的企圖。
現在我再把這辦法說一遍。先派奈伊出去
把聖・若望山包圍住。再叫德・愛爾隆也出發，
把他的分隊從左翼方面一步步向前進展。
同時我還要另外派一枝軍隊去幫他的忙，

此外再叫工兵也緊緊的跟上去，在那一帶田塲上趕快掘着壕溝。

一位副官走進來。

副官　陛下，我是奈伊將軍派來的，他叫我快來通報您，所有的準備都已經弄妥當了，現在祇等您傳下了號令來，就可以作猛烈的攻擊。

拿破侖　讓我在那一帶山邊

看清楚了格魯希的地位，就馬上可以下令。

拿破侖把他的望遠鏡轉向了在右面離開四五哩遠的一片高地，這片高地的名字是叫做聖朗貝爾教堂山。他一邊更迫切而且鄭重的望着，一邊又在興奮中很快的吸着一撮撮的鼻烟；正在這時候，奈伊的軍隊是在那裏等着出發的命令，還有八十餘重礮排列在拉・貝爾・阿里盎斯前面準備幫他們的忙。

我看到了一堆黑沈沈的，像蝸牛似的東西
在那邊很遠的地方爬行——樣子彷彿是軍隊。
恐怕是格魯希的前鋒。你想是不是？

蘇爾（也在仔細的察看着）

是軍隊；

也許是格魯希的軍隊。不過空氣太模糊了。

拿破侖

如果是軍隊，那就無疑是格魯希的軍隊了。

你爲什麽這樣多疑呢！

另一將軍

我看彷彿是座樹林。

樣子是像一叢叢新近長了葉子的樹木呀。

另一將軍

我看是一朵在天空飛行着的雲片的影子。

另一將軍

這一定是一隊駐定在那兒不動的步兵呀；

我連那像樹林似的許多兵器都看清楚了。

傘破侖把叫奈伊開始攻擊的命令傳了下去——這便是對英吉利中部的總攻擊，迪拉·戈·聖的田場也是包含在內的。攻擊開始後，砲隊就連續不斷的作了半小時的雷一般的轟擊，後來卻終於停止了，以便讓德·愛爾隆的步兵走過。

四大隊的步兵一邊在挑戰的吶喊着，一邊又當着英吉利方面的回擊的砲火挨過去。他們是非常的勇敢，一步步的在向英吉利的聯軍的陣線逼近，以致使後者幾乎要把持不定。但是庇克登卻把派克的部隊調了上來；經這個部隊的迎擊，法蘭西方面也祇能退卻了。他們還嘗試着要攻打拉·戈·聖，不過從那裏，巴林的日耳曼兵也向他們開着火，作了堅決的抵抗。

從這裏可以看到惠靈登是帶着他的一羣人站在遠方的一株大榆樹邊，他向盎普特遼發着號令，叫他趕快派援兵去替巴林接應——這事情是可以從那些像跳着舞的蝙蝠般在幾方面來來往往的奔走着的副官們的行動上看出來。

在那條大路的東面，德·愛爾隆的部隊的右翼已經爬上了那些斜坡。比爾特所帶領的，正當着敵人的鋒鏑的荷蘭兵被打破了，他們的逃亡又衝亂了英吉利第二十八軍的陣線；同時，第九十五軍的短銃隊卻也從他們本來佔領着的沙地上被逼走了。

拿破侖

一切都進行得很順利呀！戈蒙是被圍住了；
拉·艾·聖也給圍住了，他們的中部是危險了；
特拉委爾斯和德·愛爾隊在那一帶山崗上
佔了優勢。我還要再派一些步兵去幫忙呢。
他們的軍隊是戰術不精的；英吉利的那枝
在西班牙，美利堅打過仗的軍隊是沒用了。
我們今天夜裏一定可以在布魯塞爾睡覺！

託馬斯·庇克登爵士看到了現在正在發生的情形，便傳令叫揣布特的部隊開上去。這枝軍隊用排礮殘酷的向德・愛附隊的部隊中的薰什羅的分隊掃射着，終於把他們逼了回去。正在他們退卻時，我們可以看到庇克登是在高聲喊着衝鋒的號令。

謠言之精靈

我彷彿聽到一個聲音在向庇克登警告着，叫他不要這樣的魯莽。可是他卻這樣回答：「我怕些什麼呢！我這個臭皮囊難道還值得迷戀嗎？」這樣說，他就不顧一切的衝了上去。

他的修長的，嚴肅的，陰沈的身材和他的那張古銅色的臉慢慢的在移近來，我們可以看到他在親自指揮着這次衝鋒。當他非常惹人注目的騎着馬，進展到了交叉路口和沙地之間的斜坡上的時候，他突然倒下身死了，一粒子彈正打中了他的前額。他的副官，由一名兵士幫助着，把他的屍體拖到了一株樹下面，便依然趕上前去。堪布特替代他擔任了指揮之責。隨後，馬爾戈涅是被派克的部隊所逼走。德·愛爾隆的步兵和特拉委爾斯的胸甲兵是被蘇格蘭的（註一）灰騎隊，皇家輕騎隊和 Inniskillens（註二）的聯合部隊所追擊着，已經給打得到處都四分五裂了；這聯合部隊顧自己瘋狂的向他們追趕過去，甚至迦易克斯布里奇爵士要把他們召回來，他們都置之不顧。他們走近了法蘭西的陣線，便立刻被密羅的胸甲兵所包圍，全隊生還者差不多還不到五分之一。

一位從多蒙將軍那裏派來的副官走上場來，走到拿破侖身邊。

副官

陛下，多蒙將軍叫我來對您報告，他是已經打聽清楚了，那在聖朗貝爾山附近的軍隊，一點疑問也沒有的，確確實實是普魯士的軍隊。

拿破侖

那麽格魯希將軍的軍隊在什麽地方？

馬爾波總兵帶了一名俘虜上場來。

啊，又是個普魯士兵——他怎麽會到這兒來的——

馬爾波

陛下，是我的驃騎兵在拉斯奈斯附近地方
將他捉住的——是西萊西亞馬隊裏的小軍官。
我們在他身上搜到了一個布羅夫送去給
惡靈登爵士的條子，說是普魯士軍隊馬上

可以來到了。陛下，他也能夠說我們的方言。

拿破侖（向俘虜）

在聖朗貝爾山谿的，究竟是那一枝軍隊呀？

俘虜

陛下，是布羅夫伯爵所帶領的軍隊的前鋒。

拿破侖的憔悴的臉上顯出了一種發虐似的怒容。

拿破侖

那麼，你們的大隊人馬昨天在那兒過夜的？

俘虜

在瓦佛附。

拿破侖

在那邊沒有接觸到法蘭西兵嗎！

俘虜

沒有。我們想大概是開到柏朗斯諾瓦去了。

拿破侖（乾脆的）

把他帶走吧。（俘虜被帶了開去。）有沒有去打聽格魯希究竟在什麼地方，去通知他普魯士兵快要來到了？

蘇爾

當然去了，陛下。我已經派了一名使者去了。

拿破侖（憤憤的）

一名使者！如果我那可憐的貝爾底棐還在這兒，那恐怕派六名還不夠！快去找到奈伊；

叫他趁布羅夫伯爵的軍隊沒有來到之前趕快用精兵把英吉利的陣地先攻打下來；現在不妨對他說，那在山邊的軍隊正就是格魯希的援軍。（旁白）這是我唯一的勝利的機會；聯軍方面這種機會卻很多！（向蘇爾）如果布羅夫眞來了，他也是來不及打入目前這場戰事的；就算他來得及，也祇不過是多了一枝軍隊。……今天早晨，我們本來有九成的勝利的把握，現在也至少還有六成。祇要格魯希能够不這樣不知去向，今晚上就一定可以解決了！

場面移轉。

（註一）蘇格蘭的，原文作"Scotch"，原註：「這裏用的是當時的拼法。」

（註二）"Inniskillens"一字意義未詳。

第三景

聖朗貝爾教堂山

一座在瓦佛爾和滑鐵盧戰場的半中間的山崗，在前面一景的東北面五哩遠近的地方。山崗上長滿了樹木，四周圍有一些空曠的原野。在全景的左面，即向着滑鐵盧那方面，便是一條狹谷。

啞場

有一些穿着普魯士軍的制服的，在行進着的軍官從瓦佛爾那方面來，到沿着那條道路穿過樹林在走上這座山崗來。

這些軍隊便是布羅夫所帶領的部隊中的前鋒隊和兩枝小隊，已經在那裏跟勃呂歇爾會集在一起了。勃呂歇爾自從在兩天以前在里尼戰場上打傷了之後，一直病臥在牀上。到不久以前方纔起來。他臉色至今還非常慘白，上一次打仗快完畢時所受到的摔下馬來被踐踏着的痛苦，似乎至今還留着嚴重的影響。

那些軍隊在山頂上停止了，隨後，勃呂歇爾便和他的參謀部員們商議着。從滑鐵盧那方面傳過來的大礮的轟擊聲是愈來愈顯得猛烈。勃呂歇爾在向幾方面望了一陣之後，便決定等到他能够達到柏朗斯諾瓦的時候，就準備向法蘭西軍的右翼攻擊，不過這目的現在彻還達不到。

從這個地方到那個地方之間，地勢是很峻峭的陷落下去，一直陷落到在看客左面的一帶峽谷，在這條峽谷裏有一條泥底的水流，叫做拉斯納河；在那另一方面，那斜坡也同樣峻峭的一直升到柏朗斯諾瓦地方。普魯士軍隊如果要到那邊去，便祇有這一條險道可走——不過這路徑要礮隊經過實在是極度困難的；不但如此，同時他們還猜疑着也許那地方敵人早在夜裏駐紮着一隊精壯的前哨，來阻攔聯軍從這一方面偷襲過去。

一個人走了開去，這個人便是法附根霍森游擊。他是被派遣出去偵察敵情的。他們很焦急的在那裏等了好一會，滑鐵盧方面的礮火聲是愈斯得可怕了。法附根霍森不久就帶了叫人振了高興的消息回來，說是那邊並沒有敵人的前哨。

現在是祇剩着關於道路的一種困難了；他們便開始嘗試着。當他們把重礮很費勁的拖下斜坡，拖到那條峽谷的污泥的底邊去的時候，我們可以遙望到勃呂歇附在騎着馬，來來去去的走着。在污泥裏輪子是被黏住了；那些人因爲從黎明五點鐘的時候就開始趕着路，到此刻已經累得不堪，差不多想要把重礮剩下在那裏，顧自己走了。但是，滑鐵盧那方面的礮聲依然在繼續，勃呂歇附用言語和急迫的手勢向他們勸告着，使他們終於把那些重礮都弄了過去，雖然時間是化上了不少。

那前鋒隊現在已經達到了一處濃密的樹林，叫做巴黎林。在它後面是跟着羅斯丁和希勒的步兵分隊，再後面又跟着這兩個分隊中的其餘的人馬。他們在這地方停了一會，等待着布羅夫的主力軍隊和提勒曼所帶領的第三隊人馬的來到。

場面移轉。

第四景

滑鐵盧戰場　英吉利陣地

惠靈登，騎着他那匹科本哈根，又發現在拉·艾·聖後面的榆樹下面了。人和馬的身上都蓋滿了泥漿，不過天氣卻已經好一點，所以公爵把他的外衣脫掉了。在他身邊的人有烏克斯布里奇，菲炎羅伊·桑麥藉特，克林登，阿爾登，科爾維爾，德·蘭西，赫維，戈登，和他的參謀部裏的其他的軍官們以及副官們；此外在場的人還有繆夫林將軍，虛格爾將軍，和阿拉伐將軍，此外還有庇克登的副官泰勒。戰事的喧聲繼續着。

惠靈登

——庇克登機牲了，我眞是說不出的難受呢。

他雖然是一個非常粗暴的人，同時他的談吐也是非常不雅，不過，他倒的確是個生活最少慾望，打起仗來卻最勇敢的人！

泰勒

這一次出發打仗之前，他曾經這樣說過：

『你聽着，我如果要死，那就一定是要死在戰場上的！』想不到他這個預言竟完全的說中了。

另一副官上場來。

副官

各位將軍，威廉・彭森貝爵士已經陣亡了。

他的馬陷落在一塊剛耕種過的泥地裏，
他就立刻被敵人方面的長鎗手包圍住，
同時有六枝鎗刺在他身上。這一件不幸，
完全是爲了那部隊太魯莽，一直衝到了
法蘭西陣線邊上去的原故。

惠靈登（嚴肅的）

唉，這話很對，
那個灰騎隊老是喜歡衝鋒衝得那麼遠，
所以就老是會遭到這一種悲慘的結局！
這種匹夫之勇往往會把自己斷送到了

敵人的虎口裏去。——希爾現在怎麼樣了呀？

副官

大人，我們最近並沒有看到他是在那兒。

惠靈登

天哪，我希望不要把他也一樣的犧牲了！

布里奇曼（剛走上來）

大人，希爾爵士的栗色的戰馬中了子彈，
把他這個人摔了下來。他是已經跌傷了，
可是還想掙扎起來，趕快的再上去應戰。

惠靈登

多謝上天，這還算是不幸之中的大幸呢！

現在，時間已經快近四點鐘了。拉·艾·聖已經被奈伊的第二次攻擊打得荒涼不堪。田場上是佈滿了蘇什羅的分隊，那地方的守兵，皇家的日耳曼親兵，已經打得把所有的軍火都用盡了。堡城不得已的打開；當那些守兵退回到聯軍的主要陣線去的時候，這枝軍隊是早已被打得散亂不堪了。

憐憫之精靈

充滿了悲慘而又奇怪的變化的田場呀，
你這神聖的海奇的原野，你徒然的有着
這神聖的名字，卻還逃不了毀滅的命運！

惡靈登（向繆夫林，堅決的）

雖然敵人在目前像是佔着顯然的優勢，
可是我能夠對無論那一位天神起着誓，

我總能夠繼續堅守着這裏的陣地，一直
等到你們的軍隊趕來跟我們一起合作。
我是在這裏等着；雖然現在有謠言在說，
布羅夫的部隊現在還祇開到了奧罕呢。
我已經派弗里羅特爾到那邊去找他們，
要去對他們說，我們是等待他們很急了。

繆夫林（看着他的錶）

我本來以爲勃呂歇爾此刻可以來到了。

那些參謀部員拿起他們的望遠鏡向法蘭西陣地望着。

馬克斯布里奇

他們現在在打算的是怎麼一種舉動呀？

惡靈登

我看起來彷彿是想要用馬隊大規模的
來作一次猛烈的攻擊吧。……（向副官）你快去叫他把
第二陣線的部隊調到前線上來做補充；
從後備隊裏也調一些上來。

布命斯威克兵開上前去幫助着美特蘭德的守衛；密楷爾和亞丹的部隊駐紮在烏戈蒙上面，那地方是至今還在煙火中。

奈伊還是在繼續進行着他那個原來的計劃，想要趁普魯士軍隊還沒有趕到之前先拿他的全部實力向不列顛軍的腹部攻擊，因此，他便用馬隊更強烈的攻擊着，敵人的礮火的掃射先替那馬隊開着路。一粒大礮彈穿過那株榆樹，在惡靈登和他的將軍們的頭頂上飛過，樹枝和

樹葉紛紛的掉落在他們身上。

惠靈登

眞是厲害極了！我敢賭咒說，他們那一回在西班牙決沒有打得這麼狠。（他把一位副官叫了過來。）你快去對恭普特遜說，叫他的步兵全都去躺下在那邊的斜坡上；現在敵人正在攻擊我們，這樣，他的部隊就可以免得完全被殲滅；他們可以以逸待勞的等敵人衝鋒過來。

（這命令被執行了。

奈伊的用馬隊衝鋒的計劃現在已經快要成熟。密羅的胸甲兵分成了二十四枝，在對面的斜坡上走下來，後面還有倍斯諾特所帶領的七枝長鎗隊和十二枝輕騎隊來幫忙着。他們有一時是在兩軍之間的空隙處不見了。

　　　　局克斯布里奇

啊，現在我們是懂得他們整個的計劃了！

　　　悲靈登（點着頭）

今天一定會有一場極猛烈的戰事發生，
這一層我是料到的。不過，我卻沒有料到，
今天的危機竟完全發生在我們陣線上，
而他們的陣線卻至今還沒有絲毫動搖。
他們的計劃，簡直是一種瘋狂的計劃呀！

　　　非炎羅伊·桑麥賽特

我剛纔聽到說，這是奈伊自動的在執行，

時機也沒有成熟，同時也沒有得到命令。

惠靈登

也許是的，他這人很魯莽。不過我很懷疑，
我也懂得拿破侖的性情。如果失敗，那是
奈伊的失敗；如果成功，那就是他自己了！

從那小山後面傳來了一陣無數馬蹄的沈滯的踐踏聲，隨後，那走在最前面的軍隊是顯了出
來，可以看得見了。

憐憫之精靈

嗚呀，那一枝燦爛的馬隊是在走近來了，
所有馬匹的身上都披掛着絢爛的色彩，

使人相信就連戰爭也都能成爲美麗的——

再看看戰士們的臉色吧，他們是每個人都顯得他們自身就是一幕嚴重的悲劇：胸甲兵的鋼掛在日光下眩目的閃耀着；紅色的是長槍手，藍色的是輕騎兵，藍的背後還有紅的，紅的背後又還有着藍的：他們是用這些顏色來引起敵人的恐慌——這原是一種野蠻時代的辦法，卻想不到到基督教的時代卻還會在這裏殘留着。

幽靈登拿起了他的望遠鏡，向一位敵方的軍官望着。這位軍官穿着一身華麗的制服，胸前裝飾着許多勳章，他是騎着馬，很接近的在那開過的軍隊前面走着。公爵臉上顯出了一種欽佩的神色。

惡靈登

帶領着這次衝鋒的，就是奈伊將軍本人。
他眞可算得是一位戴着外國的軍帽的，
最最優秀的馬隊的將領了吧；是的，我們
竟可說全世界都找不到！

諷刺之精靈

可是等到這位
無雙的將領將要遭逢到屈辱的死亡的
時候，現在這個說話的人卻再也不願意
給他一點兒輕微的幫助。

憐憫之精靈

這是可恥的事。

我早就明白了，戰爭是根本談不到寬大
或是憐憫的。

年歲之精靈

你們別再在這裏紛紛議論，
且讓永久的意旨去掀起戰事的旋風吧！

當奈伊的馬隊向着英吉利的陣地走上斜坡來的時候，這裏就已經可以聽到馬匹的肚子抹過那一簇簇轂穗的聲音，同時，馬蹄的轆轆聲也越發的加強了。英吉利的砲手已經準備好了他們的引火線，在那裏等候敵人的來到；我們可以看見這些引火線在白晝之光裏鮮明的閃耀着。那地方暫時是比較的沈默。

一個聲音

各位隊長，上了子彈沒有？

諸隊長

都已經上好了。

聲音

好好的瞄準吧，等他們整個的從山脊上顯出來了之後就可以開火。

當那部隊走上了斜坡，已經可以淸楚的滑到，而且離隘口祇有六十碼遠近的時候，那隘隊便開着火，響聲差不多把山崗都震動了。這猛烈的聲射打穿着敵人的胸甲兵的前面的行列，馬匹和騎兵都成堆的倒下來。但是敵人卻還是不屈不撓的向前面撲着，一直撲到了隘口邊，在空隙處衝了進去；已經跟山脈後面的聯軍的步兵相接觸了；聯軍的步兵因爲看到敵人的馬兵已經衝了進來，便改變了他們原來的彎弓形的陣勢排成了一個個的方陣。

諾言之精靈

奈伊正在指揮着那一隊短鎗兵的前部，
迅速的，不顧一切的祇在那裏向前衝鋒。
馬匹和胸甲，短劍和頭盔，都跟着這一枝
龐大的軍隊一起泥亂的撲到那英吉利
陣線上的刀尖上去；在那些刀尖後面的
暗紅色的人形，彷彿已經被敵人的馬匹
踏成一片泥漿了。啊，現在衝鋒已經讓步，
你們瞧吧，那邊的陣線卻堅固的支持着，
不過它的人馬卻稀少了。

憐憫之精靈

對方面的防守

固然非常勇敢，奈伊也眞好算得是英雄——

他眞是位一心一德，忠貞不貳的將軍啊！

爲什麼人類的値得重視的優點，卻竟會

應用在這一種野蠻的事情上呢！

那些胸甲兵和長鎗手在英吉利軍和聯軍的方陣四周圍像水波似的沖激着，猛烈的攻擊着他們，他們差不多要把他們打破了。他們卻在法蘭西兵的吶喊聲中一聲不響的，頑強的站在那裏。

惠靈登（向最近的方陣）

我的弟兄們。這眞是猛烈的戰事！我相信

你們一定會堅持下去的。

方陣的兵士們

一定堅持到底！

繆夫林（又看着他的錶）

眞的，他們無論怎麽堅決的支持着，不過他們的堅決總一定有一個限度的，因爲人的能力是有着限度！……大人，我現在趕到左邊去把齊登的部隊好好的催促一下。

惠靈登

好，現在正是時候。不過我覺得等他來到戰場上，恐怕是已經太遲了。

繆夫林走開去。一位副官氣也喘不過似的走了過來。

副官

大人，第九十五軍在敵火下面支持到了那麽久，現在是守得不耐煩了，他們要求衝鋒或是旁的行動，總不願意再把守着！

惡靈登

停一下會叫他們衝鋒的，現在卻還太早，現在還是叫他們堅守着吧。

（副官退場。

聯軍的方陣像小小的紅磚的堡寨似的站在那裏，一一都互相獨立，而且都動也不動，祇除了接受到時常在重複着的，叫他們擠緊來的，乾燥而怱忙的命令的時候，纔稍稍動一動，因爲這時候，他們的人數是愈變得稀少了。在另一方面，在那攻打過來的馬隊中的砲火和刺刀下面，也顯然的起了一種混亂的狀態；無數的鎗彈像石塊打着窗上的玻璃似的打在他們的胸甲上。這時候，先前是等候在後方的聯軍的馬隊卻撲了上來；他們漸漸的在挽救着一個個步兵的方陣，把他們的敵人逼回去，逼回到他們自己的陣地上去準備再來一次更猛烈的攻擊。

觀點移轉。

第五景

同上　聖若望山附近的婦女的營帳

在英吉利陣地背後的一叢樹林的有蔭蔽的一方面，營火在那裏燃燒着。兵士們的妻子，情人和從幾個月起一直到五六歲年紀爲止的孩子們成羣的坐在那裏的地上，環繞着柴火和一束束從隣近的田場裏搬過來的禾藁。受了傷的兵士們在那些女子身邊躺着。有時候，風會把煙火和各種戰場上的氣息吹送到這個營地上來；同時，喧聲是繼續不斷的可以聽到的。有兩架車子停放在旁邊；此外還有一四由輜重馬夫照顧着的醫生的馬，馬背上載着骨鋸，小刀，探傷針，鉗子，和其它各種外科醫生的用具。在後面，有一個剛生了小孩的婦人，由第二個婦人將她抱着。

此外還有許多女子都在那裏剪着絨布，一些年齡較長一點的孩子們在幫着忙。還有一些是在替那些從前線上退回來，不再上前應戰的兵士們的輕傷包紮着。沿着近傍那條道路，差不多不斷的有一行行傷兵載回到後方來。居留在營帳裏的人們對於礮火的聲響竟可說是毫不注意的。有一個隨營者在近邊湊着提琴。

另一個婦女走進來。

女子

現在是再也看不到我的丈夫的一點影子了。他的軍隊已經離開它原來駐紮的地方有半哩路光景。在他們開到火線上去的時候，他回過頭來瞧瞧，意思彷彿是在說，「南西，如果我從此不能再看見你，那麼現在就算是告别了，我親愛的。」眞是可憐的人！……雖然有時候他脾氣很不好，不過此刻，我眞覺得他怪可憐的！

第二女子

我是用不到關心這些事情了。我的丈夫——我在形式上總老是把他認爲我的丈夫的——現在是非常的安全。他在前天在加特爾·勃拉地方受了傷，就在那一天夜裏死掉了。不過在我還沒有來到這兒之前，我卻一點也沒有知道；我剛來的時候還這樣說，『究竟做了寡婦沒有呢，我總得知道一個究竟。』

一位軍曹顚顚跌跌的走進來，臉上流着血。

軍曹

各位太太，你們想，這可不是眞該算得是一件見鬼的事情！如果我早知道了不久之後幾個軍隊都要退回到布爾塞爾去，也就不會鬧成這個結果。我們再也不能支持得長久了！——如果沒有酒，那麼至少請你們看在上帝面上，給我一杯子水吧。（她們遞過了一個杯子去。）

第三女子（一走進來就倒臥在地下。）

願上帝保祐，別再讓我看見這些事情了吧，雖然當我去尋找我那可憐的勇敢的佐伊的時候，這種景象我是看到了很多——那位外科醫生叫我幫幫他的忙；這樣子簡直比殺豬的時候挖出腸子來還叫人受不住！（她靠倒了。）

第四女子（向一個年輕的女孩子）

我親愛的，你不要去管她；你還是過來幫忙我替這邊這一個包紮一下吧。（她和那個小姑娘走到一名穿着紅地黃邊的兵士的身邊去，他是躺在稍稍離遠一點的地方。）啊——現在已經沒有用了。他已經去了。

少女

媽媽，還沒有呢。他的眼睛還張得很大，彷彿是要看一看戰場上的景象！

第四女子

這沒有關係。有許多人死了之後都會這樣的呆看着。這完全要看他們是打傷在什麼地方。我在半島上打仗的時候什麼地方都到過，所以我知道的。（她用東西把那個人的呆瞪着的眼光遮蓋住了。外邊傳來一陣吶喊聲和更響的霹靂聲。）——天哪，這是什麼道理呢？

一名軍官的僕人走進來。（註一）

僕人

我是跟游擊部下很少的一點人馬一起等在那裏，——因為天上像噴筒似的下了一整夜又加上一整個早晨的雨，所以那地方的泥水差不多沒到我的膝蓋邊了，——在等着的時候，我看到了一次自從阿馬列凱特人（註二）的時代以後所從來沒有看到過的衝鋒。那些方針還支持着，不過奈伊卻又作了另一次的攻擊。他們的刀上都已經濺滿了血，他們的馬蹄又把我們那些躺在地下的兵士的肚子都踏穿了。一粒子彈打到了託馬斯·庇克登的額角上，把他像非里斯丁人戈里亞斯似的打死。我簡直看不出他們會想出什麼方法來抵擋法蘭西人。真的，這一定是上帝的意旨，要我們看到這些殺人的景象。啊，這個人是誰？（他們向那條道路望着。）可不是一位穿得很漂亮的，老年而健康的紳士嗎？這樣的人到這兒來幹什麼事情呢？

在附近的大路上，里支崇德公爵穿着便服，帶了兩個年輕人，他的兒子，騎在馬背上走進來。他們在一塊高地上勒住了馬韁，向那戰場望着。

里支崇德（向他的兒子）

現在，各方面的情形看去都很糟呢。我也不知道你那哥哥現在在什麼地方。不過現在，咱們不能再走近去了。……咱們最好還是回去，要不然，咱們就說不定會給兜在退兵的圈子裏，家裏的人一定會不放心的。……不錯，那些輜重的馬匹已經在那兒移開去，同時逃亡的人也越來越多了。天哪，你母親那一場跳舞會想不到竟會鬧成這個悲慘的結局！

他們掉過了馬頭，向布魯塞爾那方面走回去。萊格先生，一位威賽克斯的紳士，走進來，跟他們碰着了；這位紳士也是出來看看戰事的光景的。

萊格

先生，您能不能告訴我，戰事究竟進行得怎麽樣了？

里支蒙德

先生，很糟；據我看起來是很糟。看樣子，彷彿不久之後就要退兵了。

萊格

眞的！您瞧，就是現在，也有一大羣的逃亡者越過山崗向這邊過來呢。這些可憐的女人打算怎麽辦？

里支蒙德

誰知道！我想，她們一定會受到欺侮的。這也眞是件不可思議的事，她們當初怎麽會留在這個離戰場的後方這麽近的地點；照這樣，她們用什麽法子來逃避這場災難呢！不過現在，她們也在開始搬走了。眞的，咱們也該走了吧。

里支蒙德公府，他的兩個兒子，和萊格先生同下場。

觀點移轉。

（註一）原註：『撒繆爾·克拉克(Samuel Clark)，生於一七七〇年，死於一八五七年。葬於多塞特州西斯泰福德。』

（註二）阿瑪列凱特人(Amalekites)，古代阿剌伯貝特里亞(Petraea)地方的一種野蠻的游牧民族，好戰，性殘忍。

第六景

同上　法蘭西陣地

奈伊已經嘗試了三回，想要用他的馬隊來衝破對面的高地，但是始終沒有成功。他把散亂的部隊集合了起來，打算作第四次的攻擊。那一隊閃爍的人馬又在那些以前剩下在那裏的屍骸上面，在那些失去了坐騎的人，或是躺在地下哀鳴着，五臟六腑已經流出在外面，或是肢體已經折斷了的馬匹堆裏，又努力在爬上前面的一帶斜坡去。

拿破侖是在羅索麥田場附近望着，可是他呆打孩的顯出了像要瞌睡的樣子，不久，他果然習時的睡熟了。

拿破侖（驚醒了起來）

剛纔我做了一個惡夢，一個非常可怕的夢，
我夢見拉納走到了我前面來，正像那一天
在阿斯木戰場上的樣子，肢體破碎，流着血，
他對我這樣說：「還打仗嗎？又在這兒打仗嗎？」

他努力提着自己的精神，拚命的吸着鼻煙，又拿起他的望遠鏡來望着。

現在什麼時候呀？——啊，奈伊的攻擊眞是糟糕！
這又是一個錯誤；這樣的衝鋒要遲一小時
執行那纔有用處呢！——那邊，萊里底野又祇能
帶着他的部隊跟密羅的部隊一起開上去；

此刻，祇好叫凱勒曼也跟上去幫他們的忙。

蘇爾

我怕這一次我們又要像當初在滑鐵盧受了奈伊的累了；說不定會更糟！

拿破侖

事到如今，我們也祇好盡力想法子去幫助他的攻擊。他還沒有打死，那倒眞是一件奇怪的事情！

奈伊和他的一大批馬隊又一次衝過了英吉利聯隊的陣線，在對面的方陣之中不見了。

他們已經把礮隊放棄，他們那些方陣又被我們的軍隊所包圍了！……我眞希望還有繆拉在這兒幫着我的忙！不過我當初卻以爲是無足重輕；把他拒絕了。……現在我祇希望能够把英吉利的方陣打破五六個，就各方面都可以放心。繆拉就一定可以把這事情辦到，

從這裏望過去，可以望到奈伊和德・愛爾隆的部隊從英吉利軍的許多方陣中呈着混亂的狀態顯現出來，這就是說，這一次攻擊又像前幾次一樣的失敗了。

一位副官走到拿破侖身邊來。

副官

普魯士兵已經從巴黎林那方面不知不覺臨到了我們的右方了；羅斯丁的步兵已經在柏朗斯諾瓦出現；希勒的部隊是在左方。他們的前鋒由兩枝馬隊在謹慎的掩護着，此外還有三枝輕礮隊。

拿破侖臉上顯着一種暴怒似的不愉快的神色。

拿破侖

怎麼，此刻，這還不能算是一枝厲害的軍隊。叫多蘂的馬隊去把他們擋一下，就一定會把他們完全打散了。再叫羅波帶領着他的步兵，趕快向普魯士兵的前鋒方面撲過去。
就是受到他們敵隊的襲擊都決不能退讓。

（副官退場。

戰場上的喧聲依然在繼續着。不久又看到多豪的馬隊在向前進展，在攻打着在步兵前面的普魯士的驃騎兵；隨後，又看到他在努力着使自己的軍隊衝上去，向普魯士的敵兵方面撲，使他們不能繼續不斷的向自己襲擊。可是他終於祇能向羅波的步兵這方面退了回來。另外一位副官上場。

副官

陛下，我現在所帶來報告您的是這個消息：——
逢·里塞爾和逢·海克所帶領的普魯士步兵
不久以前剛從巴黎林裏面悄悄的出現了，

在向我們的陣地進展；此刻人數固然不多，
不過在這前鋒隊後面不遠的地方，卻還有
二萬大兵在跟着來呢。

拿破命

啊，他們來的這麼多？
不過無論他們怎麼狠，我們總要去抵擋的。
羅波的人馬一定會堅持下去。

他向英吉利陣線那方面留着，在那裏，奈伊的馬隊的攻擊至今還猛烈的繼續着。

你瞧，從那邊
騎着馬忽忽忙忙趕到這兒來的是什麼人？

蘇爾

我看彷彿是奈伊那兒派來的艾麥斯總兵。

傘破侖（陰沈的）

他的臉色就表現了他帶來的是什麼消息。

艾麥斯總兵上場來，混身濺滿了血，濺滿了汚泥，又急得氣也喘不過來似的。

艾麥斯

陛下，莫斯科親王，奈伊將軍特意的派遣我到這兒來，請求您馬上就再多派一些步兵，去幫助他的攻擊。這一次，援兵是無論如何不能省的，要不然，他就再不能支持下去了。

拿破侖（憤怒的）

還要步兵！他究竟是怎麼想的，還在希望着我能夠再派一些人馬去幫他的忙！眞見鬼，難道他希望我憑空替他變一些出來不成？他既然看到我們這方面也這樣吃緊，怎麼還會來提出這樣的要求！

艾麥斯

陛下，他是這樣的叫我來請求的。同時我自己也不能不直說，我也覺得如果再沒有人去幫忙，他的攻擊是一定要失敗了。

拿破侖

爲什麼？

艾麥斯

陛下，我們的馬隊是像一座用流血的屍骸造成的城堡似的把英吉利的陣地包圍着，而且正對着他們那些冒煙的礮口。奈伊將軍的第三匹馬都已經打死了。陣亡的除外，多諾，居育，德羅爾，萊里底野，比該，特拉委爾，還有旁的許多人，都已經受了重傷。至於在我們敵人那方面，威靈登是巧妙的躲藏在他的一座方陣裏，他的將軍們也大部分都打死或是打傷了，他那方面形勢也是非常險惡。好，既然這裏

看情形是根本沒有法子再派出些救兵來，
那麼我就回去這樣報告吧。

（艾麥斯退場。

拿破侖（向蘇爾，悲涼的）

奈伊眞很盡力，
我是極願意派一些兵去幫忙的。——他的攻擊
是差不多已經要把英吉利的陣地打破了，
本來，在太陽下山時候就可以完全勝利了！
不過，從我們的右翼上能派出什麼人來呢？
簡直是一個人也省不了！

停頓片刻。

唉，我一生的厄運是快要來到了吧！……現在，我唯一的辦法就是再派遣杜呂特出發到巴柏羅特去，叫他要更堅定的拿拉·戈把守住，照這樣，纔能夠阻擱住布羅夫的右翼的進展，不讓他過來牽制這方面的奈伊的攻擊。除了這個辦法之外，恐怕祇有上帝纔能想出旁的辦法來。

蘇爾馬上就開始忽忙的把這個命令寫下來。

觀點移轉。

第七景

同上　英吉利陣地

戰場上的喧聲依然在繼續。我們可以發現惡懿登，曷克斯布里奇，希爾，德·蘭西，戈登，和其他的一些人都在中部前線的近邊。

諦言之精靈

在這個緊要的時刻，就連最鎮靜的脈膊也都要開始怔忡了。無論那一方面，都是同樣的遭到一步步在走近來的危機了。

憐憫之精靈

像從來不會動搖的人物，到這時候卻也
不得不開始動搖了。

年歲之精靈

你們難道還不知道，
在這種平凡的事件中，無論那一個方面
都祇是受着主使者的調遣在那裏行動？
你們可要再看一看這主使者是怎樣的
在做着這些人間的紛擾的牽線人？

眼前的景象又沈浸在一片在最早的幾場上所曾經看到過的透明的光彩之中，那到處都存在着的『永久的意旨』的推動一切的情形變得可以用眼睛來看到的東西了。那個把所有表面上像是分離着的人形聯在一起的網，把惡靈也像其餘的人一樣的包含在它的組織之內，顯得他也是像任何人都一樣的，突然發現了自己行動的意旨，就馬上去行動着。在這一片透明的光彩中，每一行列，每一方陣，每一集團，每一縱隊的兵士，無論是法蘭西的或是英吉利的，都顯着一種像在做夢的人似的神色。

是的，

憐憫之精靈（驚駭的）

我看到了，再不要再弄這個來使我煩惱！

那奇幻的光過去了，許多在戰場上搏鬥的人們又回復了先前那種各自獨立的在行動着的樣子。

惡靈登（向曷克斯布里奇）

照現在情形看起來，他們的執行彷彿也不能實現拿破侖原有的計劃了。他把軍隊開上來，照原來那副樣子的向我們作着猛烈的攻擊，隨後又照原來一樣的給我們方面打了回去；就這樣一高一低的永遠不決定。

喧聲又增大着。惡靈登的副官，阿·戈登爵士，在他後面不遠的地方受了重傷倒下身去。公爵忽忙轉過身去看着。

戈登在那兒？

啊，他中了流彈了！天啊，這眞是糟糕，眞是糟糕！

〔戈登被擡了開去。一位副官進來。

副官

大人，盎普特遼總兵已經中了彈，倒在地下了，拉·戈·聖一帶地方現在是變成了一大片血池。再沒有救兵派去，那邊是再沒有法子支持了。快鎗隊也受着了極大的打擊！

又可以看到一位副官從堪布特那邊走過來。

惠靈登

他說的什麽話？

德·闌西

他說堪布特已經把部下的精華打得精光了，

所以叫他來向您請求援兵。

惡靈登（熱烈的）他也要討救兵嗎？

眞是見鬼的事，叫我從那兒去找到救兵，可以派去幫他的忙呢！我這裏是沒有一點救兵了，這情形他也應該知道。

副官（遲疑的）大人，這樣可怎麼辦呢？

惡靈登 怎麼辦？那自然祇有叫他那些還剩着的軍隊也像旁的軍隊一樣的支持着，直到打死爲止！

〔副官退場。

軍需長德・蘭西將軍正騎着馬在惠靈登近邊走着，突然被一粒猛烈的子彈所打中了，他便從馬頭上摔了下來。惠靈登和其他的人走到他身邊去。

德・蘭西（微弱的）

你們還是別來管我，讓我安安靜靜的死掉吧！

惠靈登

他是可以醫得好的，你們且把他搬到後方去，同時叫他們要好好的看護着他，不要疏忽了。

德・蘭西被搬了開去。此後不久，有一顆礮彈又在惠靈登身邊炸裂着。

希爾（走近來）

我眞覺得您現在站的地位的確是太觸目了！

惠靈登

我知道的，我知道的。不過這並沒有一點關係。
我就是一直躲在後面，根本不看見這些事情，
卻也同樣有給打死的可能。

希爾

這話固然也不錯，
不過萬一運氣不好，您覺在這一個緊要關頭
遭到了不測，那麼叫誰來統帶我們這軍隊呢？——
這不是一個兒戲的問題，我希望您要注意的。

惠靈登

這也是很簡單，祇要一息尚存，就得支持下去；

就算肚子上中了子彈，不過祇要還有一條腿可以站得住，那自然還是要拚命的幹下去的！

他跟其餘的人一起騎着馬，慢慢的走上去。奈伊的攻擊雖然截止到現在都還沒有一點結果，不過他的來勢卻還是非常猛烈的。他的軍隊現在是已經減少到一半了。終於，巴歐呂分隊的人馬和耶曼的部隊開過來幫着他的忙。他們一部分是被聯軍的砲隊所掃射掉，一部分又被步兵所割斷。現在，戰火是這樣的濃密，兩軍的陣地已經完全看不清楚，祇可能從砲口和槍口上的閃光，從在人羣後面所聽到的憤激的賭咒聲來推測了。恩靈登走了回來。

另一位副官走上場來。

副官

大人，現在我們是萬不得已的祇能來報告您，

我們的部隊是減少到祇有三分之一剩着了，
而且，就是那些到現在還沒有打死的兵士們，
也都又疲倦，又口渴，變得一點筋骨也沒有了，
所以我們的部隊是絕對的需要休息一下子，
就是暫時的休息也是好的。

恩靈登

去對你的將軍說，
他所請求的事情，照目前形勢是完全不可能！
去對他說，無論是他，是我，和在這個戰場上的
每一個英吉利人，都必需死在原來的陣地上，
傷口必需從前面打進去的！

副官

大人，這話儘夠了。

我可以切實答覆，他和他部下的每一個兵士，

連我也在內，都一定會照着您的吩咐來處置。

（副官退場。）

戰場上的喧聲依然在繼續。惠靈登態度顯得非常鄭重，但是很平靜的。他也像環繞在他四周圍的人一樣，身上是一直到帽子邊都濺滿了一部分已經乾燥的汚泥，同時還夾着一些紅色的斑點；他的臉也顯着同樣醜怪的樣子；汗水從他的前額上，從他的太陽心邊淋下來，淋過的地方像是開了一條條小小的河流。

克林登（向希爾）

其實，不單是那枝不幸的軍隊非常需要休息，

就是我們的領袖本人，他也非常的需要着了！

他今天已經疲乏得不成樣子，我以前是從來沒有看見他這樣的疲乏過。

希爾　不單如此，同時他還冒過說不盡的危險呢！萬一他竟遭了不測，會弄成什麼個結果，那我眞是想也想不到了！

惡靈登（向近邊的人喊着）弟兄們，以前在塔拉委拉，在撒拉曼加，還有在維多利亞，我們都曾經打過像這樣的狠仗的。雖然今天的情勢至今還料不到最後的結局，不過我們無論如何不能打敗！萬一竟打敗了，我們國內會罵我們的！

一陣喊聲（從法蘭西軍方面傳來的）

他們的中部給打破了！

皇帝萬歲！

這一片吶喊聲是從正在衝上來的爾瓦和巴狄呂的分隊裏傳過來的。羅爾凱特和杜普拉特的部隊前去抵擋着。杜普拉特中了子彈，立刻就倒地身死了；但是那冒險的法蘭西軍隊也被集中的礮火所穿透，被轟炸所打散，被逼得祇能退卻。

希爾（又走到惠靈登身邊）

雖然法蘭西方面的礮火還在那裏向我們的右翼拚命的轟擊；可是那邊的部隊還在頑強的抵抗着。他們這樣眞是太吃力了。

惠靈登

祇要我們還有一個人，我們就得這樣抵抗着。我自己，現在是必需要注全力來對付這裏的中部的事情。照目前這形勢看，是一切情形都對我們方面非常不利。那邊部隊雖然這樣少，但是還不能稍稍放鬆一點；如果一放鬆，那就整個兒的都完了！

戰事依然連同着它的那種震動，傷亡，煙氣，火藥的煙霧，從許多被鎗彈所打穿了的人和馬匹的火熱的腸臟裏升起來的蒸汽，忽而向這面，忽而又向那面的推擠着。有一個漢諾佛兵的方陣已經有一方面被打破了，但是那剩着的其它三方面卻排成了一個三角形。聯軍方面已經損失了許許多多的副官，因此，惠靈登是很難於得到遠方發生了什麽事情的報告。但是他們卻開始發覺了一件事情：在前線上，有一隊驃騎兵，還有一些斷絕了供給的兵士，是已經譁變了，同時又有一些在後方的軍官又老老實實的聲明這一次已經斷然的吃了敗仗而且竟安安靜靜的騎着馬回到布爾塞爾去了。惠靈登的參謀部裏所剩着的那些還沒有受傷的軍官們，看到這副情景都顯着陰沈而疑惑的神色，雖然他們的意志是依然很固定的。

災禍之精靈

一定要是一個鬼，那纔可能
在這一大堆一大堆的軍隊裏自由的來往着！
他們的鎗彈穿過我的身體，彷彿在奏着音樂，
彷彿把我當做了風琴鍵子似的，這眞是有趣！
如果我是一個血肉的身體，那可就不得了呢！

一位普魯士軍官來到繆夫林身邊；繆夫林是在不久以前又回到公爵這裏，跟他那一行人在一起了。繆夫林又急忙走到惡靈登身邊去。

繆夫林

勃呂歇爾的軍隊不久以前是在開始行動了；但是爲了格奈塞腦的行動太遲緩了的原故，所以我們的大隊人馬卻至今還不能望得見！齊登的部隊至今還在斯莫罕後面慢慢走着，他們開到這兒一定是很遲的。勃呂歇爾現在是在那裏攻擊着遙遠的敵人的右翼的後方，地位差不多在柏朗斯諾瓦附近。

惡靈登

這來得正好；齊登能夠快一點，那是更好了。不過，就算他們來得遲，總比不來要好一點。我們還得支持着。

觀點移轉。

第八景

同上　不久之後

奈伊的馬隊對英吉利陣地中部的長久的攻擊終於失敗了，他的部隊，和那些來幫忙的步兵所剩下來的一些人馬，都四分五裂，零亂不堪的穿過兩軍之間的低地退回來。同時布羅夫也打退了羅波的第六軍，而把柏朗斯諾瓦佔領了下來。法蘭西軍和英吉利軍之間的礮火的猛襲依然在繼續。第三步兵衛隊的一位軍官走到惠靈登和他的那些還活着的隨侍軍官們身邊來。

軍官

我們的肯寧總兵，不知道從什麼地方跑來——

惠靈登　是我剛纔叫人帶了緊要的話到那遙遠的陣線上去找他的。

軍官　正當他在回轉來的時候，一粒葡萄彈打中了他的胸膛，他就倒下去，立刻陣亡了。霍爾凱特將軍也給一粒子彈打穿了面頰，不過他總算還能勉強支持着。

惠靈登　德·蘭西怎麼樣了呀！

軍官

我聽到他們這樣說的，
他叫那些外科醫生別在他身上花費時間，
他就是等到重傷的人醫好了再醫也可以。

忠鑑登

他眞是一個値得欽佩的人！

現在，向峽谷那方面望去，是可以望到拿破侖正在進行着一種新的不知什麼戰略，這戰略的改變，顯然是因爲看到還有許多普魯士兵在開近來而決定的。皇帝本人所處的位置也像忠鑑登一樣的危險；他的軍隊現在是排成了一個直角（即所謂 "en potence"）；把長的一面向着英吉利軍，把短的一面向着現在已經來到的一些普魯士兵。他的樣子彷彿是在向一位他所召到面前來的軍官發着意義非常嚴重的命令。

諷刺之精靈

他是在吩咐拉・貝多邪爾馬上就出發，
沿着那整個怒濤似的陣線奔馳過去，
一路的向疲乏的軍隊散佈一個謠言，
（道些軍隊是身上背着七十磅的行裝，
還在那裏爲着個幻想而忠實的奮鬬，）
道謠言是說，那走近來的普魯士軍隊，
卻原來是格魯希的三萬三千名大兵，
來幫他們作戰的。

憐憫之精靈

可是奈伊卻反對着！

諷刺之精靈

奈伊聽了非常忿怒，以爲這樣的胡說，
實在是不應該的事情，可是波納巴特
卻又吸着鼻煙，皺着眉頭，堅決的宣說
他必需這麼辦。

災禍之精靈

眞是一位厲害的皇帝！
他在其它方面已經可說是夠偉大了，
如今又加上了沒有良心這一層，那眞
可說是偉大得無以復加了！

拉·貝多耶爾和一些傳令官出發去執行他們的使命了。從許多軍隊的興奮的調動上彷彿可以看到有一些未必可靠的消息在到處傳佈着；兵士們的精神恢復了，可以聽到他們在高聲的吶喊。

當非萊塞總兵騎着馬過來的時候，惠靈登像是已經料到了這未來的攻擊何是怎麼個形勢。

非萊塞　剛纔那邊有一個叛變的隊長這樣對我說，（他就是最近擔任衛鋒的短銃隊裏的軍官，）他說，敵人方面是將要發動一次比前幾次更猛烈的總攻擊，連皇家衛隊也完全在內，而且馬上就要執行了。

惠靈登　你這樣快的來報告，我眞是非常感謝。這樣，我的預料又證實了。

（向參謀部員）我們應該馬上就自己出發到整個前線去：
這樣纔能夠迅速的傳着號令，叫大家準備
去抵擋敵人的這一次的衝突。

那說話的人，由希爾烏克斯布里奇，和其他的一些人陪伴着，——這一班人，現在都是像小兵一樣的憔悴，一樣的渾身都是汚泥了，——沿着戰線走過去，把所有的部隊佈置着，準備去對付行將發生的猛烈的攻擊。步兵從他們不久以前所找到的隱蔽處調了出來，馬隊駐紮在後方，截止到現在還安放在後方的砲隊也都調到了前線上來。

現在，這場戰事的最後一幕是要開始了。

最早發生的是：誰什羅的部隊帶着一大羣的好的鎗手，先來作着一次初步的攻擊，希望給予英吉利軍和他們的聯軍以若干的不利。惠靈登早就已經很留心的注意着。他的戰事祕書非茨羅伊．桑麥賽特走到他身邊來。

惠靈登

那騷方面的部隊究竟遭逢到了什麼事情，
竟會弄到這樣四分五裂，潰不成軍的地步？

桑麥塞特

奧倫治親王已經受了很重的傷，他們說的，
一粒子彈把他的肩胛都打穿了；此外，就連
米爾曼塞格也像受了傷，樣子像是很吃力。
欽凱德的疲乏的部隊是人數愈來愈少了，
差不多已經變成了一些零亂不堪的散兵；
第二十七軍是已經打得精光。

惠靈登

啊！我知道了！

當他們在看着戰爭的發展的時候，一粒砲彈流過來，把桑麥賽特的右手臂打爛了。他由人扶着，退到了後方去。

現在，奈伊和弗里盎又帶領着當時的中部的皇家衛隊開上來，作着這一天中最後的一次，同時也是最猛烈的一次的攻擊；同時，在東面的董什羅和阿里克斯的攻擊也還在繼續着，作爲一種牽掣。時間差不多是八點一刻了；在下了一夜和一早晨的雨之後，這一個仲夏的游暮的天氣倒是很好的，太陽已經快要下山，在天邊顯出了一種絢爛的色彩。

那銳利而又結實的皇家衛隊，其中有許多人是曾經過奧斯特里茨和伐格蘭等戰役的，現在是排成了三四個梯形陣，從前面的一個正在走上那一帶斜坡向着聯軍的陣地進展。其它幾枝軍隊互相間隔的跟着，表示衛鋒的鼓聲一路不斷的響着。

謠言之精靈的合唱隊（標緲的音樂）

有六十多尊砲伏在那邊的重砲，

像許多在守候着的黑色的公牛，
它們在悄悄的等待着敵人來到
沿着那陣地排成了空隙的彎兜。

皇家衛隊已經走近敵人的刀鋒，
都拿胸口去對準了敵人的礮眼；
那一尊尊的重礮馬上開始炸裂，
無數的前鋒隊都已經紛紛不見。

那老年的弗里奈已經受傷倒地，
奈伊的第五匹戰馬也掉落塵埃，
那位主將便祇能蹦下他的坐騎，

徒步的在指揮着全軍攻打前來。

那兩枝部隊衝到了敵人的山巔，
繳着械，把對方的守兵紛紛逼退，
馬隊和步礮也同樣的勇往直前，
同時進逼着敵人的兩翼和中隊；

但倒底禁不住敵人礮火的猛發，
這枝衝鋒的部隊已經大半傷亡，
爲免得在敵營中全軍都被殲滅，
這第一批皇家衛隊便退守原防。

皇家衛隊的第二個梯形隊也開上來攻擊了。它的部隊已經撲到了很附凱特的右翼方面。很附凱特拚命想要使他的動搖的兵心堅定下來，他便自己抓起了那面第三十三軍的大旗，努力的搖着，正在這時候，他就受了傷倒下身去。但是他的兵士們卻還是非常堅強。同時那第四十二軍又由第七十一軍掩護着，已經衝過敵人的前線，從側面向皇家衛隊施行攻擊。那第三個梯形隊隨後就又來到了英吉利的戰線和方陣邊；衝過了敵人的砲火所集中的焦點，看見眼前再沒有什麼東西了，便大家齊聲的喊了起來。

皇家衛隊

皇帝萬歲！我們勝利了！

惠靈登

弟兄們，大家站起來！

馬上在方陣的前面排列起堅強的隊伍來！

有兩千名梅特闊的衛兵，以前是躲在那空隙的大路上，現在衝了出來，遵照上邊的命令列着戰陣，擔任了抵擋從各面射來的砲火的排擊的使命。在一堆人群中火藥炸着，鎗口閃爍着，一個個的砲彈向密集的法蘭西軍的像披着熊皮似的人身上傾射着；在法蘭西兵的回擊中，他們把德・奧伊里總兵打死了。

惠靈登

現在叫兵士們衝上去！他們一定吃不住的。

亞丹的部隊，包含科爾邦總兵所帶領的第五十二軍，攻打着法蘭西的皇家衛隊。

科爾邦（喊着）

衝鋒呀！第五十二軍的兵士們，努力衝鋒呀！

惠靈登

哈，科爾邦，你說得一點不錯！上去吧，上去吧！

現在是可以衝鋒了！

科爾邦帶領着第五十二軍向法蘭西的皇家衛隊集中攻擊，而皇家衛隊卻在緊要關頭來到的時候分裂成了兩隊。亞丹，梅特蘭，和科爾邦便趁這機會衝了上去。皇家衛隊的行列被衝散了，同時，波爾登的礮隊的榴霰彈又使他們的混亂更增加着。

堪貝爾，你傳下命令去，

叫維維安的驃騎兵也幫着忙，一起衝過了敵人的馬隊向貝爾·阿里盎斯那方面進兵。

你快去通知他。

西·坎貝爾將士接到命令就馬上走了開去。不久，就可以看到維維安和凡德勒的輕騎隊已經在開上去，不多一會，法蘭西軍的馬隊便紛紛退卻了。

惡靈登跟曷克斯布里奇一起向驃騎兵那方面走了過去。一粒礮彈在空中嘶嘶的飛過。

曷克斯布里奇（吃驚的）

天哪，我把我的腿都打掉了！

惡靈登

天哪，你真把腿打掉了嗎？一陣陣子彈的風
在我的科本哈根的肩頭上邊飛快的吹過，
就像女巫的掃帚在我的身邊拂拂着一樣。——
啊哈，他們已經讓步了！

當葛克斯布里奇由人扶着，扶到後方去的時候，忠靈登向第一步兵衞隊的總兵撒爾登打着手勢。

撒爾登（吶喊）

弟兄們，時候來到了，

大家衝上去就可以打勝了！

法蘭西兵的聲音

皇家衞隊已經支持不住了！我們是打敗了！

他們走下山崗去，紛紛的退卻，使拿破侖的軍隊的中部也起着同樣的混亂，正在這時候，普魯士軍也從這戰場的另一方面成直角的逼近去。我們可以留到拿破侖是站在拉・艾・聖對過的一塊空隙的地方，身邊什麼人也沒有，祇除了他的副官非拉奧爾伯爵。他的嘴唇動着，突然他大聲喊了起來。

年歲之精靈

他在說：「現在什麼都完了，現在是已經到了我的帝國的末日了！」

在拉・戈・聖方面，董什羅和阿里克斯所帶領的法蘭西兵是正在跟堪布特，派克，克魯塞，和朗貝爾特交戰着，他們看到那中部的皇家衞隊所遭逢到的情形，便都無心戀戰的也同樣的退走了；照這樣整個的法蘭西陣線便像潮水似的滾回去。正在這時候，普魯士兵又向巴柏羅特和拉・戈等處進逼。法蘭西兵的退走簡直成為一種毫無秩序的慌亂的舉動。

法蘭西兵的聲音（絕望的）

我們是上了一個大當！

惠靈登騎在馬上跑到了英吉利陣地中的一個最顯著的地方，停住了，把他的帽子舉在空中，向他的全部軍隊搖着。於是，整個陣綫上的兵士都同時起了一陣吶喊聲來響應他。

惠靈登

我的孩子們，現在且不要高興。還得衝上去，你們要趁西天還沒有黑透之前再衝上去，這樣，我們的勝利，在今天就可以完全確定！

少數的還沒有受傷的副官們帶着這個消息從這裏到那裏的跑着，於是，整個英吉利軍和他的聯軍便萬衆一心的開下山崗去，祇除了一些殘隊卻還停留在那裏，因爲他們不可能使殘車的輪子滾過那擱在前面的一堆堆屍骸。喇叭聲，鼓聲，號角聲，跟這全軍的進展同時的震盪着。

那一行行的法蘭西軍的逃亡者一邊在奔馳，一邊卻紛紛的被他們的追兵所衝激，所殺戮，他們的衣服上和痙搐的臉上都因爲煙氣和火藥而變成漆黑了，同時又濺滿着泥土和鮮血。有幾個法蘭西兵竟在混亂中把自己炸死了。太陽已經沉到了地平線下面，但是這場殺戮卻還在繼續。

憐憫之精靈

現在，可不是已經到了這場凡人的苦役的
最後一個階段了嗎？

諷刺之精靈

這些實祇算得是一場

僱用者替被僱用者安排好的狠毒的搏鬪；
你瞧，這些瘋狂的人們是得不到一點好處，
而完全是爲人作嫁！

年歲之精靈

在這些活人的爭吵中，
我看到了許多死人的骸骨也不安的動着——
這些死人已經過了無數平靜的年歲，在那
一堆堆被人忘卻的黃土下，在那些灰色的
尼委爾，柏朗斯諾瓦，和勃萊納·拉勒的無數
神聖的教堂邊的墓地裏安安靜靜的躺着。——
那些枯乾的牙牀震動了：『這些兇猛的軍隊，
竟把裹在安靜的殮衣裏的我們都驚動了；

難道以爲我們腐爛的纖維，對人間的功績，

至今還有所迷戀嗎？」

諷刺之精靈

這祇是你的幻想而已：

就是把那些死人的骸骨都完全發掘起來，

他們對於身後的事情，又能知道些什麼呢？——

我們還是來看眼前的實事吧。

諧盲之精靈

奈伊還活着，

他是在山谷邊，丟了帽子，混身蓋滿了煙灰，

他的短劍也在手裏斷了，他的衣服已經被

子彈和刺刀打得七穿八洞，他的一枚肩章

也不知道到那裏去了。他還在喊着「弟兄們!」

於是便有一些兒他的忠實的弟兄，又跟他

一起來作着最後的屠殺。你聽他的喊聲吧。

奈伊（向遠方叫着）

朋友們，你瞧，法蘭西的大將是怎樣死法的!

憐憫之精靈

唉，我已經預感到，他是不會死在戰場上的，

而是要死在別處!……在混亂中打從奈伊身邊

跑過的那位將軍是誰呀？

謠言之精靈

他就是德·愛爾隆;

你聽，奈伊在向他喊着。

奈伊

我的朋友，你要明白，

如果我們這一次不死在英吉利人的手裏，

那麼到將來，我們就除了布爾朋底人所製

我們的鐵鍊之外什麼都沒有了！

譏刺之精靈

他這個話，

對於態度模糊的人們眞是個辛辣的諷刺！

那皇家衛隊所殘餘下來的一些勇敢的將卒有一時居然把維維安所帶領的英吉利馬隊逼了回去，在敵人這次反攻中，第十驃騎隊的霍瓦德游擊和根與參將是陣亡了。但是打得非常疲乏的法蘭西軍終於敵不過由砲隊的榴霰彈在掩護着的追趕過來的步兵。

傘破命還努力想把他的殘部集合起來。這已經是作爲戰士的傘破命的最後一次努力了；他所集合的殘部畢竟因爲太薄弱而被敵人消滅。

傘破命

軍隊是完了！眞是克列西（註一）以後最大的敗仗！

他非常猛烈的從馬背上摔了下來，便吩咐他的隨從另外再準備一匹馬；他騎上了那另一匹馬，隨後就望不見了。

諸言之精靈

他把最後一個英雄的死的機會也錯過了！

那舊時的皇家衛隊中的兩三個最英勇的分隊也一步一步的退卻了；當他們受了重大的損失而人數減少了的時候，便停下來排成了方陣從新整頓着。最後，他們是被英吉利的精兵和其它的步兵團團圍住，被他們繼續的蹂躪着，以致人數便愈來愈少。康勃朗將軍被包圍在這方陣裏面。

休奇·霍爾凱特總兵（喊着）

投降吧！替這裏的許多英雄留着條性命吧！

康勃朗（憤激的）

沒有的事，你今天還得跟我們發了狠的人對付一下；現在性命是根本不算一回事了！

像在地獄裏的人發出來似的空洞的笑聲，從那些殘存着的舊時的皇家衛隊羣中傳過來，彷彿是在響應他們的將軍的呼喊。英吉利兵還繼續在施行屠殺，那猙獰的一羣是人數更形減少了；後來，一粒子彈打中了康勃朗，他倒下身去，被人馬踐踏着。

年歲之精靈

你們瞧吧，上天的意旨已經使這許多人羣都失了他們的遠大的識見和自制的力量，而變成毫無理性的魔鬼了。在強者一方面，是除了狠毒的復仇心理之外什麼也沒有，而在弱者一方面，卻祇有一股單純的忿怒。

憐憫之精靈

天意又爲什麼要造成這件殘酷的事情呢？

年歲之精靈

我早就對你說過了，它祇像受了魔力似的
無所用心的施行一切，什麽都不經過考慮。
諷刺之精靈的半合唱隊一（縹緲的音樂）
如果它知道它自己所做的事情，
那麽這一切便都不會見諸實行！
半合唱隊二
既然它對於一切都是不知不覺，
那麽究竟是誰在它的後面催促？
半合唱隊一
沒有這個人的一個渺茫的夢境，
便是上天的意旨的全部的理性。
半合唱隊二

一點也不錯，它完全是不識不知，
像一個隨手在揑製着的陶器師！

合唱隊

它最後的目標究竟是不是光與愛？
它究竟在不在關心着人間的好壞？
不是的，它的目標祇是在永遠翻新，
一刻不停的改變着這個花花世界。

年歲之精靈

你們對天意的認識既然已經說明，
且再來看看下界又有些什麼事情。

有更多的英吉利兵和普魯士兵開上場來，還是在跟法蘭西兵戰鬬着。奈伊是被這一大羣人所兜住了，被人擁了上去。呂里野爾把他的勳徽藏在他的外衣下面，跟着奈伊走去。奈破侖是被包裹在一大堆的逃亡者之中，誰也不知道他在什麽地方。

惠靈登和勃呂歇爾分別的顯現了出來。他們在灰暗中互相碰到了，便熱烈的招呼着。當他們兩位主將正在握手的時候，普魯士的軍樂隊便奏着「上帝挽救國王」之曲。從惠靈登的同意似的表情上，我們可以看到他是接受了勃呂歇爾的請他去追趕的委託了。

紅光從天邊消隱，黑暗的程度是越發的加深。這場戰爭的行動差不多退化成一種打獵似的性質，而且一步步的越發向南邊很遠的地方逃去。當那些在交戰的人們的腳步聲和吶喊聲慢慢消隱了的時候，這地方便可以聽到那些受傷的兵士所發出來微弱的聲音：絕望的呼籲，要喝水的喊聲，嚴酷的詛咒聲，和劇烈的怨罵天堂和地獄的聲音。在這片廣大而灰暗的屠場上，一些黑色的，慢慢的行走着的人形在移動着，這便是搶劫死人或是垂死的人的盜賊。

黑夜慢慢的變得清新而美麗起來，月亮沈思似的向大地垂照着。不過，這地方卻不像月光最近一次照着這些田野的時候似的充滿着青翠的草木和含露的麥穗的香氣了，現在所有的祇是火藥的氣味，和被踏倒的穀穗混攪着血塊和污泥的氣味。

年歲之精靈

照這樣，上天的意旨今天又盡了它的力量，
把這紛紜的世事，在無意之中又安排妥當；
歐羅巴有許多早就已經腐爛不堪的王朝，
現在卻又要重登寶座，穿上了燦爛的王袍！

全場被夜霧所包裹着。（註二）

（註一）一三四六年，在百年戰爭開始時，英吉利以弓箭短兵敗法蘭西騎隊於克列西（Crecy），爲歷史上一次重要的戰役。

（註二）原註：『著者在年輕的時候曾經認識了許多參加過滑鐵盧戰役的人們，其中有一位名叫約翰·本特里（John Bently），他是在快槍隊裏的，他時常說，打完了仗他是疲倦得不成樣子，祇老是躺在地下別人給食物來給他，他卻竟不能吃，傾空着肚子一直睡到第二天早晨。他在一八七四年死於恰爾西醫院，年八十六。』

第九景

波爾叢林

時間是在半夜裏。伞破命上場來；走到了樹林裏的一塊草坪上，祇有單獨的一個人，騎着一匹瘦馬。當他走着的時候，樹枝的影子在他的不安定的身上游動。那匹馬是自作主張的走着，後來卻停了下來，顧自己吃着草。貝咐特朗，蘇爾，德督奥和羅波都一直向前面走去了，希望找到一條可以退卻的道路，從這裏可以聽到他們的馬蹄在越過山崗退走的聲音。

伞破命（懶散的自言自語着）

這裏是應該有一些什拉爾的軍隊駐紮着的，

這樣纔可以掩護着大軍的退卻，免得再受到
更多的損失；可是現在，連這一點都沒有辦到。……
我是除了一條性命之外什麼都無可損失了！

一羣潰散的逃亡的兵士在近邊的道路上經過，卻都並沒有看見他。拿破侖不安似的坐在馬鞍上，他的頭是愈垂愈低了，後來他竟昏昏沈沈的睡去。月光照在他的臉上，這張臉是皺縮的，就像蠟製的一樣。

年歲之精靈

"Sic diis immortalibus placet,"——
「這完全是因爲永生的天神們願意這樣做，」
下界的凡人們時常這樣說的。波納巴特呀，

我們現在告訴你，你這一切的行動，全都是上天的意志叫你做的。

佘破命（驚醒過來）

在這樣寂寞的時候，誰還這樣無禮的對我說着這些冷酷的話？不過，這個話倒也是一點不錯的，我是向來就非常順從的服從着某一種意旨的驅策！

（他又打着瞌睡。

諷刺的精靈

我卻不高興來關心他們這些高深的理論，而祇打算在這裏提出一個極普通的問題——阿亞契約地方的波納巴特呀，我要問一問，這一切在你究竟是不是値得？

拿破侖

眞是討厭的，

我爲什麽還要在這裏受到幽靈們的盤問？

魔鬼呀，無論你是個什麽東西，如果我這個

憂傷的靈魂並不想要跟古代的英雄比並，

那麽你就會懊悔向我提出這一個問題了——……

爲什麽我在封泰納勃羅所吞的毒藥，竟會

不發生效力呢？如果我在那個時候就死掉，

如果我的根底沒有給人查出就早已死掉，

那麽，我就可以在灰暗的歷史上給撒上了

比漢尼拔（註一）還亮到三倍的光輝——現在遲了嗎？

是的。現在再在這裏自殺卻完全沒有意義。

如果當初在俄羅斯的戰場上就中了鎗彈，那麽我的榮譽就可以保持着：我一定可以成爲一個空前絕後的舉世無雙的英雄了。不然的話，如果命運之神還肯照顧我一點，那麽在今天這場戰事的濃密的鎗煙之中，我能夠脫離了這個軀殼，卻也是很好的事；這樣，我就可以像奈爾遜，哈羅爾德，海克託，西爾斯，騷爾（註二）般到別處去做個光榮的鬼魂。——不錯，在戰場上中了子彈，倒是個好的死法，可是，爲什麽從來就沒有顆子彈打中我呢！

照現在這情形，他們會把我認爲是失敗了。

在當初，我看見法蘭西的王冠落在汚泥裏，
我就拿我的所向披靡的刀鋒把這個王冠
輕易的拾了起來！可是經過了這一番波折，
結果還是弄得一無所有……

我當初是癡心的想要在人世的榮譽方面，
跟偉大的基督互相爭勝的，可是現在知道，
這在我是沒份的了。我出世的時代是太遲，
不可能做成一位先知或是神明；因爲這些
在現代是已經不可能，因此要顯揚於後世，
唯一的辦法就祇有努力想法子奪到王冠，
使我的子子孫孫永遠佔據着君主的寶座。
可是現在，我是到了威光熄滅的時候了嗎？

大人物眞是像流星一樣，它把自己燒毀着，
來照耀這世界。我是到了快殞落的時候了。

年歲之精靈

你說得一點也不錯。你是在德萊斯登戰役
那時候，就已經達到一生榮譽的最高點了，
那時候，差不多歐羅巴所有的君主，都祇好
委屈的來仰承你的鼻息。

拿破侖

英吉利卻是例外——
你這個「差不多」是一點也不錯。這一個小島
用着它那種結實的，集中的，又殘酷的力量，
竟拿我這樣追蹤着，牽制着，又這樣捉弄着，

到結果，想不到竟會把我逼到了絕路上了！

諷刺之精靈

眞的，這一個國家的統治者和全體的民衆，
雖然在平時是分成了兩個對立着的階級，
而兩方面的利害的關係又是互相衝突的，
可是這一次要把你推翻的意旨，卻可說是
上下都完全一致。

憐憫之精靈

你們不要再說了吧。他的
沈重的心上已經有太多的憂傷在壓着了！

年歲之精靈

拿破侖呀，你這樣苦苦思量，是根本就沒有

一點兒意義的，你的時機已經完全過去了！
像你這樣的人，用偌大的軍隊把世界征服，
而替人類造成一個幸福或是混亂的時代，
可是放到那永久的年歲的譜牒上，卻祇像
一張沒有人知道的樹葉子上的一條爬蟲，
不過是在大地的罅隙間偶然的浮現罷了；
同時也可以說是祇像一條撥火用的鐵棒，
替代上天來撥起人間的一星星火花而已。

月亮沉了下去，黑暗使拿破崙和整個場面同時消滅了。

（註一）漢尼拔（Hannibal），古迦太基名將。

（註二）以上五人都是歷史上著名的戰士。奈爾遜為本作中英國海軍將領；哈羅爾德（Harold），最後一個撒克遜王；

海克託（Hector），荷馬史詩中的特羅伊猛將；四徐斯（Cyrus），古波斯王；騷爾（Saul），乃是古以色列創國之君。

後景

上界

年歲之精靈及其合唱隊，憐憫之精靈及其合唱隊，大地之魂，災禍與諷刺之精靈及其合唱隊，謠言之精靈，諸傳書使者，與諸司書使者同上。

歐羅巴現在又像在前景中一樣的沈到了幽冥中最遼遠的地方，又顯得像是一個駝背而又憔悴的人形，阿爾卑斯山是這個人形的脊骨，一串串分出去的山脈像是肋骨，西班牙半島像是這個踤倒的人的頭。那許多低地像是一件半攤開着的灰綠色的衣服，四周圍的海像是一張這個人形所躺着的散亂的牀舖。

年歲之精靈

照這樣，那個偉大的沒有先見的天意，
已經照往常一樣的在不識不知之中，
運用着它那種慣有的經綸，在人世間
織好了一段永遠不會織完的錦繡了。
可是，我們在這裏所眼看到在織着的，
卻祇是那幅綢上的一條脆弱的絲線——
它那幅綢本身是大到無以復加，一直
要伸展到大地上所看不見的，無數的
太陽在喧囂嘈雜的冒着火花的地方，
同時還要高到在天上的幽靈的去處——
那裏有許多沒有定形的，醜怪的巨魔，

永遠的在無邊的黑暗之中飄浮游蕩，
永遠的在空無所有的深淵裏懸掛着。

這一個我們祇見其一斑的龐大的網，
如果要用理性來判斷，卻也整個兒的
像我們所看見的景象一樣全無用處。

憐憫之精靈

你還堅持着以爲天意是漫不經心的。——
可是，難道這情形一定會永遠不變嗎？
經過悠久的年歲人類是慢慢懂得了，
難道經過了億萬年之後，他所描述的
這個渾渾噩噩的天意，一定永遠不變，

永遠的像在原始時代一樣的昏聵嗎？

年歲之精靈

你倒底希望天意要變成怎樣纔滿意？
如果你的夢想是實現，而我的實現卻
完全是幻夢，那麽你將怎樣的贊美呢？

憐憫之精靈

我理想中的天意是完全跟你的兩樣，
如果現實了，我將永遠這樣的贊美着：——

憐憫之精靈的半合唱隊一（縹緲的音樂）

你是宇宙間衆生萬物的全部的光明，
你懷着慈悲的心腸，挽救微賤的人們，
你把專制而暴戾的統治者逐一摧毀，（註一）

我們將拿你像人間的聖母同樣贊美！

半合唱隊二

偉大而善良的神明，我們要拿你贊美，
你是拿強者摧殘，對弱者是處處保衛，
如果你眞是沒有這一副慈悲的心魂，
那也就不會創造像我們這樣的精靈！

半合唱隊一

雖然有時候，下界黎民的悲怨與哀傷，
卻也像並不能打動你的惻隱的心腸，
雖然有許多先知者是至今未曾明白，
爲什麽向你苦苦哀求，總是一無所得；

半合唱隊二

可是，我們也知道你倒底是寬洪大量，
總還允許我們留着一點最後的希望，
我們可以料到好日子已經近在眼前，
不多時你就會來把人間的疾苦催眠。

半合唱隊一

因此，我們用歌唱來贊美最高的神明，
你的心地是慈祥，你的權力又是萬能，
你維持宇宙的平衡，爲着衆生的福利，
你是用譴責來把人世間的不平調劑。

半合唱隊二

在你的諸天上有這麼許多太陽出現，
它們的律動都遵照着你個人的調遣，

所有四時的變化，和所有晝夜的周行，
這一切對於你，也始終都是唯命是聽！

半合唱隊一

我們在這裏所看見的這擾攘的人羣，
他們所有的辛勞和他們所有的苦辛，
歸根結蒂，都無非是爲着要討你歡喜，
他們將永遠像這樣誠心的依戀着你！

半合唱隊二

他們這種狂熱的膜拜是整個的對你，
因爲你的權力是沒有旁的可以比擬，
你在統管着一切生物的生命和死亡，
將來，他們總會感悟到你的盛德無疆！阿門。

憐憫之精靈

我們從來就這樣虔誠的贊美又歌唱：
雖然你所表現的天意是完全的兩樣！

年歲之精靈

你們這些一知半解的，癡迷的精靈啊，
那使你們作着這種贊美的東西，卻是
跟我們所眼看見的景象不能合拍的！
你們的歌唱差不多要把我所堅信的
哲理連根都劃除，而把我帶回到那個
跟你們一樣幼稚的年代去了。……精靈們，
你們不用詫異；在當初，我也是照樣的
懷着這種癡迷的幻想！可是現在不了。

當初我也曾這樣贊美！可是現在不了。

年歲之精靈的半合唱隊一（縹緲的音樂）

上天的密旨呀，既然你的意旨的變遷，
到頭來，都是毫沒有一點兒理性可言，
那麽，當初，你究竟爲什麽要創造空間？

半合唱隊二

既然你是沒有同情，同時也沒有憎惡，
對於人世的發傷也不願意加以愛護，
那你究竟是合着那一種調子在跳舞？

譏刺之精靈

這個錯綜複雜的問題我是無從解剖，
不過對於那茫然的支配一切的神明，

憐憫之精靈們卻給予了這樣的贊美，
那倒着實可算得是一件有趣的事情！

以前有位希臘人曾把這個問題提出，（註二）
我們要照他一樣的在這裏詢問一聲：——
我們看到的種種究竟是上天的幻術，
還是確實有這樣的事情在下界發生？

年歲之精靈的半合唱隊一（縹緲的音樂）

你們現在這問題的中心
還是跟先前並沒有區分：——

那上天的意旨，
那一切的主使，

究竟爲什麽要安排下這毫無理性的人世的紛紜？（註三）

半合唱隊二

悄然的在指導，

根本無所用心，

茫然的在塑造，

像是睡夢昏沉，

根本也不管自己的安排會在下界造成什麽事情。

憐憫之精靈的半合唱隊一

不，也許還有醒悟的一天，

也許以後就會不再茫然，

立刻變了計劃，

馬上換了辦法，

從此就起下漫天的宏願，來拯救這個悲苦的塵寰。

半合唱隊二

如果造物不仁，

永遠這樣固執，

還是漫不經心，

任意施行威力，

那倒還不如毀壞了空間，讓一切衆生都歸於消滅。

合唱隊

可是有一片悄悄的聲音，

已經在空中表示着歡欣，

這時代的痛苦，

將要成爲過去，

天意總有一天會翻然悔悟，從痛苦中解放了人類，
替未來的世界締造着無窮的幸福，和永久的和平！

（註一）原註：『καθεῖλε ΔΥΝΑΣΤΑΣ ἀπὸ θρόνων. —— Magnificat 之句。』按「Magnifici 之句」係路加福音中聖瑪麗之歌，因拉丁語譯文以 "Magnificat" 一字開始，故稱。

（註二）原註：『艾斯基羅斯，阿加曼農，合唱四七八。』

（註三）原註：『荷拉斯，插曲，一，一二。』

中華民國二十六年一月初版

(82342)

世界文學名著 統治者四冊

The Dynasts

每部實價國幣叁元陸角

外埠酌加運費匯費

原著者 Thomas Hardy

譯述者 杜衡

發行人 王雲五 上海河南路

印刷所 商務印書館 上海河南路

發行所 商務印書館 上海及各埠

(本書校對者 蔣國華 林東塘 徐仲盤)

四四〇六上